清同治本詩經原始

第三册

清　方玉潤撰

陝西省圖書館藏清同治十年隴東分署刊本

山東人民出版社·濟南

詩經原始卷之九目錄

小雅一

鹿鳴之什

杕杜　念征夫也

魚麗　燕嘉賓也

南陔之什

南陔笙詩也辭亡

白華同上

華黍同上

南有嘉魚　娛賓也

南山有臺　祝賓也

由庚笙詩也辭亡

崇丘同上

由儀同上

蓼蕭　天子燕諸侯而美之也

湛露　天子燕諸侯也

詩經原始卷之九

寶甯方玉潤鴻濛氏撰

小雅一

雅有大小正變之分自來諸儒未有確論故或主政事或主道德或主聲音皆非唯嚴氏粲云雅之大小特以其體之不同耳蓋優柔委曲意在言外者風之體也明白正大直言其事者雅之體也純乎雅之體者爲雅之大雜乎風之體者爲雅之小其言似是而幾矣然而未盡其旨也大風雅頌三詩各有其體原不相混其或雜而相兼者卽其體之變焉者也故凡詩皆有正變不獨小雅爲然如今之時藝有正鋒則必有偏鋒有正格則必有變格均因體裁而定體裁分則音節亦異其體裁之所以分者或因事異或以人殊或由世變則無定局采風者亦視其詩之純雜以定格之正變而已矣故不可專主政事道德聲音一端而言也然則大小之分究何以别之曰此在氣體輕重魄力厚薄詞意淺深音節豐殺者辨之而已太史公曰小雅怨誹而不亂若大雅則必無怨誹之音矣知乎小雅之所以爲小雅則必知乎大雅之所以爲大雅其體固不可或雜也大畧小雅多燕饗贈答感事述懷之作大雅多受釐陳戒天人奥藴之旨及其變也則因事而

異且有非作詩人自知而自主者亦如十二律之本乎天地陰陽正變相生循環無間變乎其所不得不變耳而姚氏顧謂雅之大小必有正而無變者豈理也哉

鹿鳴之什

集傳云雅頌無諸國別故以十篇爲一卷而謂之什猶軍法以十人爲什也仍之

鹿鳴　燕羣臣也

呦呦鹿鳴食野之苹興起我有嘉賓鼓瑟吹笙吹笙鼓簧承筐是將人之好我示我周行章一呦呦鹿鳴食野之蒿我有嘉賓德音孔昭視民不恌君子是則是傚我有旨酒嘉賓式燕以敖章二呦呦鹿鳴食野之芩我有嘉賓鼓瑟鼓琴鼓瑟鼓琴和樂且湛我有旨酒以燕樂嘉賓之心章三

右鹿鳴三章章八句序謂燕羣臣嘉賓夫嘉賓卽羣臣以名分

言曰臣以禮意言曰賓文武之待羣臣如待大賓情意既洽而節文又敬故能成一時盛治也傳曰賓臣者帝師臣者王周之賓臣周之所以王耳若後世則直以奴隸視之何賓之有無怪其治不古若矣雖賜宴飲賓錫爵賦詩未嘗不仿古遺意而上下之情則多隔而不通矣且其所賦之詩非沉酣卽貢諛求如周之賓臣望其周行示好則傚不恌者葢寡君子讀詩至此不能無時世升降臣道隆汚之感焉至其音節一片和平盡善盡美與關雎同列四詩之始殆無貽議云

【集釋】**呦呦**聲之和也**苹**〔嚴氏粲曰〕釋草苹有二種一云苹蓱其大者蘋此水生之萍也解見采蘋一云苹藾蕭此陸生之苹也鹿所食是也**承**卽奉也**筐**所以盛幣帛者也**周行**〔姚氏際恒曰〕周行大路也毛傳訓至道集傳訓大道皆非此與大東行彼周行之周行同猶云指我途路耳**蒿**〔集傳〕蒿菣也卽青蒿也**視**〔姚氏際恒曰〕視視鄭氏謂古

示字按上有示字不應又作視蓋視民猶民視謂小民視之不敢習爲偷薄之行而君子則是則是傚也案視民之視卽視事之視臨事可云視事故臨民亦可云視民也姚說雖通未免又費周折矣恌偷薄也敖游也芩〔集傳〕芩草名莖如釵股葉如竹蔓生湛樂之久也燕安也

標韻 苹八庚 賓十一真 笙庚 通韻 簧七陽 將行並同 本韻 蒿四豪 昭二蕭 恌同 傚十九效叶胡高反 敖豪 叶韻 芩十二侵 琴湛心並同 本韻

四牡 勸王事也

四牡騑騑，周道倭遲。豈不懷歸？王事靡盬，我心傷悲。章一

四牡騑騑，嘽嘽駱馬。豈不懷歸？王事靡盬，不遑啓處。章二

翩翩者鵻，載飛載下，集于苞栩。王事靡盬，不遑將父。章三

翩翩者鵻，載飛載止，集于苞杞。王事靡盬，不遑將母。章四

駕彼四駱，載驟駸駸。豈不懷歸？是用作歌，將母來諗。章五

右四牡五章章五句序謂勞使臣之來蓋本左傳襄公四年穆叔曰四牡君所以勞使臣也故後世解詩者因作君探其情而代之言然詩云是用作歌則明明使臣自咏非探情之所宜言矣姚氏際恒云試將此詩平心讀去作使臣自咏極順作代使臣咏極不順亦因作歌句橫隔其間也然則傳言非歟姚氏又云王者採後或因以爲勞使臣之詩其言亦頗近理故儀禮燕禮鄉飲酒禮皆歌此詩則又以爲上下通用之樂矣是古來先有此詩後乃採以爲樂非因勞臣而後作是詩故愈引而愈泛此又不可不知其獘之所以失也至詩之所以次鹿鳴者以上章君之待臣以禮故此章臣之事君以忠上下交感乃成泰運然勤勞王事固人臣所當忠而不遑將母又人子所宜孝故不

敢以將母之情而來告然後忠孝可以兩全此聖王之所以深嘉其情而樂予焉且用其詩以勞使臣亦將以爲使臣勸所謂求忠臣必於孝子之門者此也何諸儒泥傳言而以爲代探其情如是之迂折難解歟

【集釋】騑騑行不止之貌 周道大路也 倭遲回遠之貌 盬〔集傳〕盬不堅固也〔董氏逌曰〕說文貟海爲盬者池爲盬盬苦而易敗故傳以不堅訓之 嘽嘽衆盛之貌 駱白馬黑鬣曰駱 遑暇也 啓跪也〔項氏安世曰〕古者席地故有跪有坐跪跽起身居跽坐也 處居也 鵻〔集傳〕鵻夫不也今鵓鴣也凡鳥之短尾者皆隹屬〔羅氏中行曰〕夫不扶反不方浮反又如字爾雅作鳺鴀音同〔毛氏萇曰〕鵻壹宿之鳥〔陸氏佃曰〕壹宿壹於所宿之木鵻性慤孝謹 將養也 杞枸檵今枸杞也 駸駸驟也 諗告也

【標韻】遲四支 悲同本韻 馬二十一馬叶滿補反 處六語叶韻 下二十一馬叶後五反 栩七麌 父同叶韻 止四紙 杞同 母二十五有叶滿彼反 駸十二侵 諗二十六寑又音深

諏謀度詢四字卽從每懷靡及一句生出又須細玩四字無一虛下適經乃可致用也

叶韻

皇皇者華　遣使臣也

皇皇者華（首章興也）于彼原隰駪駪征夫每懷靡及一章我馬維駒六轡如濡載馳載驅周爰咨諏二章我馬維騏六轡如絲載馳載驅周爰咨謀三章我馬維駱六轡沃若載馳載驅周爰咨度四章我馬維駰六轡既均載馳載驅周爰咨詢五章

右皇皇者華五章章四句此遣使臣之詩上章臣知盡瘁此故可以使也然而使臣一人知識有限故又戒以每懷靡及之心於是周諮博訪乃無負職庶可副朝廷望耳夫天下至大朝廷至遠民間疾苦何由周知唯賴使者悉心訪察以告天子故膺茲選者凡修廢舉墜之在所當議邊防水利之在所當籌興利

除害之在所當酌遺逸者舊之在所當詢者莫不殷殷致意上之德欲其宣下之情欲其達故不可以不重也詩曰咨諏又曰咨謀曰咨度曰咨詢者意固各有所在非徒叶韻而已學者當於此等處求之則異日之使於四方亦可專對卽授以政而無不達之誚矣又豈徒循誦習傳爲博雅君子已哉

【集釋】皇皇猶煌煌也　華草木之華也　原高平曰原　隰下溼曰隰　駪駪衆多疾行之貌　征夫使臣與其屬也　懷思也　如濡鮮澤也　周徧也　爰於也　諏聚議也　如絲朱氏公遷曰猶言和柔也　謀計畫也　度酌量也　駰陰白雜毛曰駰　均調也　詢究問也

【標韻】隰十四緝　及同本韻　駒七虞　濡諏並同本韻　騏四支　絲同　謀十一尤叶莫悲反　叶韻　駱十藥　若度並同本韻　駰十一眞　均詢並同本韻

常棣　周公燕兄弟也

弟五章有兩解朱子以爲反言姚氏以爲追思皆通然追思較反言有意讀之令人酸鼻是周公當日情景故從之須看其全詩作法首章虛冒次章雙題三四章以良朋陪後二章以妻子陪此章是一樁筆作中間樞紐六章乃甚言兄弟之樂以起末二章耳此八段古文作法也

常棣之華，鄂不韡韡。凡今之人，莫如兄弟。一章（興起。總冒一篇八事。○變）死喪之威，兄弟孔懷。原隰裒矣，兄弟求矣。二章（此用變起二章患難中之兄弟）脊令在原，兄弟急難。每有良朋，况也永歎。三章（兩言良朋反應上兩兄弟）兄弟鬩于牆，外禦其侮。左國俱作侮 每有良朋，烝也無戎。四章（轉入亂）喪亂既平，既安且寧。雖有兄弟，不如友生。五章（平後之兄弟起下二章督法）儐爾籩豆，飲酒之飫。兄弟既具，和樂且孺。六章（而追想兄弟之樂）妻子好合，如鼓瑟琴。兄弟既翕，和樂且湛。七章（後以妻子作陪與上良朋相稱章法極變換亦極整齊）宜爾室家，樂爾妻帑。是究是圖，亶其然乎。八章

右常棣八章，章四句。此詩左傳富辰謂召穆公作，國語富辰又以爲周文公詩，唯韋昭云周公作常棣之篇以閔管蔡而親兄弟。其後周室既衰，厲王無道，骨肉恩缺，親親禮廢，宴兄弟之樂絕，故召穆公思周德之不類，而合其宗族于成周，復作常棣之歌以親之。是詩爲周公作，穆公特重歌之耳。且詩云喪亂既平

則明是誅管蔡後語非周公境地則不合斷斷不可移於他人兄弟上去召穆公爲周族歌之倘可曰諭先芬以戒後哲若他兄弟歌此豈能切乎小序但謂燕兄弟則大失詩旨故大序又補以管蔡事而不言誰作者亦非蓋非周公親言人亦不敢代爲言也集傳云首章畧言至親莫如兄弟之意次章乃以意外不測之事言之以明兄弟之情其切如此三章但言急難則淺於死喪矣至於四章則又以其情義之甚薄而猶有所不能已者言之其序若曰不待死喪然後相收但有急難便當相助言又不幸而至於或有小忿猶必共禦外侮其所以言之者雖若益輕以約而其所以著夫兄弟之義者益深且切矣若夫五章則姚氏云喪亂既平而安寧矣乃雖有兄弟反不如友生何哉

蓋此時兄弟已亡所與周旋者唯友生而已故爲深痛皆反覆明其莫如兄弟之意此說較集傳語氣差合故舍彼錄此其他六七八章姚氏又云追思兄弟之宜和樂也上以友朋陪說此又以妻子陪說然有不同友朋陪說屈之也妻子陪說以見一家內外之和樂也此亦較集傳差明故更錄之總之友朋妻孥未嘗無功於己然終不若兄弟之情親而相愛也蓋友朋妻帑皆以人合而兄弟則以天合以天合者雖離而實合以人合者雖親而實疎故曰凡今之人莫如兄弟豈不益信然哉周公深有悔於管蔡之禍恐兄弟情由此疎故不厭委曲詳盡極言異形同氣之恩以申告之使其反覆窮究而驗其信然不得以管蔡故遂自損其天倫之樂其用心亦可謂苦矣

集釋 棄傳常棣棣棣也子如櫻桃可食宋氏祁曰世人多誤以常棣爲唐棣於兄弟用之唐棣移也移開而反合者也此兩物不相親季氏樗曰何彼襛矣唐棣之華與論語所舉唐棣之華偏其反而則爾雅所謂移也此常棣與采薇詩曰維常之華則爾雅所謂棣也二者異木也 **鄂不韡韡** 鄭氏康成曰承華者曰鄂不當作柎柎鄂足也鄂足得華之光明則韡韡然盛姚氏際恒曰鄂萼同花苞也不附同花蒂也集傳以鄂爲鄂然本毛傳之謬又云不猶豈不也並謬案姚說本鄭而較鄭尤精存之 當 **威** 畏也 **原隰裒** 姚氏際恒曰原隰裒只說原隰廣野之地不相值則兄弟必求故下脊令亦用原字裒損少意易云裒多益寡謂少其人猶後世詩遍插茱萸少一人也集傳謂尸裒聚於原野之間令人可畏復可笑也且死喪原隰之下各有兄弟字豈可爲衆上之詞又不達文義矣愚案詩詞無尸聚字亦無人少字集傳既以意增加尸聚於其中姚氏又以意增添人少於其內豈得謂爲確訓蓋原隰者陵谷也裒爲損少則變遷之意上言死喪乃人事之變下言原隰乃山川之變總以見勢當變亂始覺兄弟情親起下急難外侮故兩言兄弟與下兩言良朋一主一陪兩兩相形可謂曲盡人情文亦整飭有法 **脊令** 雝渠水鳥也爾雅作鵬鴒禽經脊令友悌陸氏璣曰大如鷃雀腹下白頸下黑如連錢杜陽人謂之連錢陸氏佃曰物類相感志曰俗呼雪姑鳴則天當大雪 **況** 季氏本曰況與怳同言朋友情雖愴怳亦但長歎而已 **閱**

佳句極為閒雅
渾成 朋友則神明可質
親戚則婉詞相招

門狠也 禦禁也 烝衆也 戎〔姚氏際恒曰〕戎兵也言有外侮朋雖衆也無有兵相助矣 儐陳也 飫饜也 具俱也
孺小兒之慕父母也 翕合也 帑子也〔陸氏德明曰〕帑依字吐蕩反經典通為妻帑字今讀音孥也 究窮也 圖
謀也 亶信也

標韻 韡五尾 弟八薺 通韻 威五微 懷九佳 通韻 裒十一尤 求同 本韻 飫
難十四寒 歎同 本韻 務作侮七麌 戎一東 鬩疑 寍九青 生八庚 通韻
於六御叶虞反 孺七遇 通韻 琴十二侵 湛同 本韻 帑七虞 乎同 本韻

伐木 燕朋友親戚兄弟也

伐木丁丁鳥鳴嚶嚶出自幽谷遷于喬木嚶其鳴矣求其友聲相彼鳥矣猶求友聲矧伊人矣不求友生神之聽之終和且平一章 伐木許許釃酒有藇既有肥羜以速諸父寍適不來微我弗顧於粲灑掃陳饋八簋既有肥牡以速諸舅寍適不來微我有咎二章 伐木

兄弟則鼓舞爲樂須玩他措詞不同各還其分處然總歸之友朋內故首章不言燕享而但以神聽和平要其信誓也

于阪釃酒有衍籩豆有踐兄弟無遠民之失德乾餱以愆有酒湑我無酒酤我坎坎鼓我蹲蹲舞我迨我暇矣飲此湑矣 三章 ○極、盡、歡、樂。

右伐木三章章十二句 舊本六章從集傳引劉氏說爲三章以詩中有三伐木也 此朋友通用之樂歌也中間兼言親戚兄弟而諸父諸舅與兄弟皆言燕饗之事唯朋友反不之及豈篤於內者必疎於外乎曰非也蓋兄弟親戚中皆有友道在也朋友不離乎兄弟親戚親戚兄弟自可以爲朋友所貴乎朋友者心性相投道義相交耳故首章統言朋友之交當可質諸神明始終不渝如嚶鳴友聲雖使神之聽之亦終和且平已貫下親戚兄弟在內此下但分言燕饗而不必更及朋友矣其實燕饗非結以心性要之神明則情誼不眞燕饗亦未必能久且樂也此友道所以爲五倫之一也不

但此也朱氏善曰人之所以資乎朋友者以明道也以進德也貴之而爲天子賤之而爲庶人尊之而爲父兄卑之而爲子弟親之而爲同姓疏之而爲異姓其分雖不同而其可友則如一故以賤交貴而不爲諂以貴交賤而不爲屈以卑就尊而不爲僭以尊就卑而不爲貶內取之同姓而不爲暱外取之異姓而不爲泛道之所存德之所存卽吾友之所存也而何貴賤親疏之間哉此詩取友義也故曰朋友通用之樂歌蓋但指爲天子之詩意未免視友道爲甚狹已而豈詩人本意歟

【集釋】丁丁伐木相應聲嚶嚶兩鳥鳴也幽深也相去聲視也矧況也神聽之盟誓意許許【集傳】許許衆人共力之聲淮南子曰舉大木者呼邪許蓋舉衆勸力之歌也釃酒【集傳】釃酒者或以筐或以草泲之而去其糟也【禮記郊特牲】縮酌用茅明酌也【鄭氏康成曰】五齊醴尤濁和之以明酌藉之以茅縮去滓也

明酌者事酒之上也事酒今之醳酒皆新成也藇美貌羜郭氏璞曰今俗呼五月羔為羜速召也微無也顧念也

於歎辭粲鮮明也八簋器之盛也咎過也姚氏際恒曰寧時不來微我弗顧謂寧得不來乎無乃不我肯顧也

微我有咎謂無乃以我有咎也自反之意較前蓋深集傳云謂寧使彼適有故而不來而無使我恩意之有不至也迂拙之甚

案速客當婉詞以致其誠若集傳所云直罵客耳非速賓也講學家之不善體人情也如此衍多也踐陳列也無

遠皆在也乾餱食之薄者也愆過也湑亦釃也酤買也坎坎鼓聲蹲蹲舞貌

標韻丁九青嚶八庚通韻谷一屋木同本韻鳴庚聲生平並同本韻

許六語藇羜並同父七麌顧七遇叶韻埽十九皓簋四紙叶己有反牡二十五有舅咎並同叶韻阪十三阮衍十六銑踐同遠阮愆一先叶起淺反叶韻湑六語酤七麌鼓舞並同湑同上通韻

天保　祝君福也

天保定爾亦孔之固俾爾單厚何福不除俾爾多益以莫不庶一章

全詩以德字爲主

天保定爾俾爾戩穀罄無不宜受天百祿降爾遐福維日不足二章

天保定爾以莫不興如山如阜如岡如陵如川之方至以莫不增三章

吉蠲爲饎是用孝享禴祠烝嘗于公先王君曰卜爾萬壽無疆四章

神之弔矣詒爾多福民之質矣日用飲食羣黎百姓徧爲爾德五章

如月之恒如日之升如南山之壽不騫不崩如松柏之茂無不爾或承六章

右天保六章章六句序謂下報上也鄭氏集傳遂謂前五章皆君下臣此章乃臣報君殊知五章中非盡君下臣也且臣必待君賜而後報則所報者亦僞豈尚有愛君之誠哉此不過編詩次第應如是耳不可泥以說詩也全詩大意前三章皆天之福君後三章皆神之福君其祝頌且多複筆亦畧無規諷意不已

近於諛乎豈知臣之祝君非但君也實爲民耳蓋君之福卽民之福君一人受天地神祇之福卽天下臣民億萬衆同享天地神祇之福其所係不甚重歟故詩又曰羣黎百姓徧爲爾德是必在上有多福之君然後在下有受福之民特民在福中日用飲食皆君福所庇而不自知其所以然耳前後雖極言天神降福無所不至其實以德徧羣黎一句爲主夫使君德未徧天雖有福而不降神又豈肯受其享哉是知君福君自致耳非民所能祝也臣以此頌君臣不過盡其心所欲而已故極其頌禱不爲諛反覆譬喻而非夸若後世頌中帶諷未免有意於其間詎得以是爲名高歟

【集釋】保安也曹氏粹中曰保則不危定則不傾　爾指君也歐陽氏修曰詩人爾其君蓋稱天以爲言王氏質曰人

傳天辭如皇矣帝謂也固堅也單盡也除除舊而生新也庶衆也戩集傳聞人氏曰戩與窮同盡也穀善也

磬盡也遐遠也阜岡陵集傳高平曰陸大陸曰阜大阜曰陵皆高大之意川劉氏熙曰川穿也穿地而流也

蔡氏邕曰衆流注海曰川集傳川之方至言其盛長之未可量也吉集傳吉言諏日擇士之善蠲集傳蠲言齊戒滌濯

之潔饎集傳饎酒食也劉氏瑾曰儀禮有饎爨注炊黍稷曰饎邢氏昺曰言饎之一字通酒食兩名也享獻也宗廟之祭

春曰祠夏曰禴秋曰嘗冬曰烝孔氏穎達曰孫炎曰祠之言食礿新菜可汋嘗嘗新穀烝進品物也若以四時當云祠禴嘗烝

詩以便文故不依先後此皆周禮文自殷以上則禴禘嘗烝王制文也至周公則去夏禘之名以春禴當之更名春曰祠案詩

曰禴祠烝嘗取叶韻也公集傳公先公也謂后稷以下至公叔祖類也司馬氏遷曰亞圉子公叔祖類公叔祖類子古公

亶父司馬氏貞曰世本云太公組紺諸盩三代世表稱叔類凡四名先王集傳先王太王以下也孔氏穎達曰周之所追

太王以下其太王之前皆爲先公語錄問古無追王之禮武王周公以王業肇於太王王季文王故追王三王至於組紺以上

則止祀以先公之禮朱子曰然周禮祀先王以袞冕祀先公以鷩冕乃是天子祭先公之禮耳君集傳君通謂先公先王也

卜猶期也此尸傳神意以嘏主人之嗣毛氏萇曰尸所以象神孔氏穎達曰少牢云皇尸命工祝承致多福無疆于汝孝孫之

首章重言事故以見義不容辭非上所苦

不問家事

皆無生還

戢勝

守嚴

等是傳神詞嘏主人也 弔至也 詒遺也 質實也 恒弦也陸氏德明曰恒本亦作緪 升出也 嚮爵也

標韻 固七遇 除六御 庶同 通韻 穀一屋 祿同 足二沃 通韻 興十一蒸 陵 增並同 本韻 享二十二養叶虛良反 嘗七陽 王 疆同 叶韻 福一屋叶筆力反 食十三職 德同 叶韻 升十一蒸 朋 承並同 本韻

采薇 戍役歸也

采薇采薇，薇亦作止。曰歸曰歸，歲亦莫止。靡室靡家，玁狁之故。不遑啓居，玁狁之故。一章 采薇采薇，薇亦柔止。曰歸曰歸，心亦憂止。憂心烈烈，載飢載渴。我戍未定，靡使歸聘。二章 采薇采薇，薇亦剛止。曰歸曰歸，歲亦陽止。王事靡盬，不遑啓處。憂心孔疚，我行不來。三章 彼爾維何？維常之華。彼路斯何？君子之車。戎車既駕，四牡業業。豈敢定居？一月三捷。四章 駕彼四牡，四牡騤騤。君子所依，小人所腓。四牡

前三章○皆以采薇○興起是一○格調

此二章○諷○變

以上五章皆追述之詞、末乃言歸途景物並回憶來時風光不禁黯然神傷絕世文情千古常新

翼翼象弭魚服豈不日戒玁狁孔棘五章昔我往矣楊柳依依今我（末章又一變）來思雨雪霏霏行道遲遲載渴載飢我心傷悲莫知我哀六章

右采薇六章章八句小序集傳皆以爲遣戍役而代其自言之作唯姚氏謂戍役還歸詩也蓋以詩中明言曰歸曰歸及今我來思等語皆既歸之詞非方遣所能逆料者也愚謂曰歸歲暮可以預計而柳往雪來斷非逆覩使當前好景亦可代言則景必不眞景不眞詩亦何能動人乎此詩之佳全在末章眞情實景感時傷事別有深情非可言喻故曰莫知我哀不然凱奏生還樂矣何哀之有耶其前五章不過追述出戍之故與在戍之形而已蓋壯士從征不顧生還豈念室家曰我戍未定靡使歸聘者雖有書不暇寄也又曰憂心孔疚我行不來者雖生離猶

死别也至於在戍非戰不可敢定居乎一月三戰必三捷耳若其防守尤加警戒玁狁之難非可忽也今何幸而生還矣且望鄉關未遠矣於是乃從容回憶往時之風光楊柳方盛此日之景象雨雪霏微一轉眴而時序頓殊故不覺觸景愴懷耳詩意若此何可以人代言耶故以戍役歸者自作爲近是至作詩世代或以爲文王時或以爲宣王時更或謂季歷時都不可攷集傳姚氏同駁大序謂文王時之非而亦不能定其爲何王唯李氏樗引孟子文王事昆夷事謂下章西戎卽昆夷遂並此詩亦指爲文王時作然詩言玁狁而未及西戎姚氏又謂文王無伐玁狁事未知然否大抵遣戍時世難以臆斷詩中情景不啻目前又何必强不知以爲知耶

集釋 薇解見 作生出地也 玁狁北狄也 柔始生而弱也 烈烈憂貌 聘問也 剛既成而剛也 陽十月也今以十月爲小陽月 爾董氏逌曰爾雅注說文皆作薾薾華盛貌 常常棣也解見常棣 路車戎車也 君子將帥也以其乘路車而稱君子故知謂將帥孔氏穎達曰得稱路者左傳鄭子蟜叔孫豹王賜之大路是卿車得稱路也 業業壯也 捷勝也 騤騤強也 依猶乘也 腓猶芘也董氏逌曰案字書腓屣腨也易之咸艮皆取象以著其隨物以動也李氏樗曰言此車乃君子所處小人則從而動也 翼翼行列貌張之狀 象弭集傳象弭以象骨飾弓弭也 魚服集傳魚獸名似豬東海有之其皮背上斑腹下純青可爲弓鞬矢服也 戒警也 棘急也

標韻 作七遇 莫故並同本韻 柔十一尤 憂同本韻 烈九屑 渴七曷通韻 定二十五徑 騁二十四敬通韻 剛七陽 陽同本韻 盬七麌 處六語 疚二十六宥叶訖力反 來十灰叶立直反叶韻 華六麻 車同本韻 業十七洽 捷十六葉叶韻 騤四支 腓五微通韻 翼十三職 服一屋叶蒲北反 棘職叶韻 依微 思支 霏微 遲支 飢同 悲同 哀十灰通韻

將出征先寫車旂僕從之盛是一篇點兵行

王命仲言仲傳王命兩面互寫鄭重之至赫奕之至是全詩警策處

以上了一事此下又生一事以事之曲折爲文之波瀾

忽從其室家一面寫其未能卽歸種愈閒而文愈曲矣

玁狁是正意西戎乃餘波故曰薄伐須看他處處帶定南仲章法自能融成一片末仍歸重玁狁完密之至

出車　征夫還也

我出我車于彼牧矣自天子所謂我來矣召彼僕夫謂之載矣王事多難維其棘矣一章

我出我車于彼郊矣設此旐矣建彼旄矣彼旟旐斯胡不旆旆憂心悄悄僕夫況瘁二章

王命南仲往城于方出車彭彭旂旐央央天子命我城彼朔方赫赫南仲玁狁于襄三章

天子命仲之言　仲於是乘建旐宣傳天子命　大將威靈所向克捷

昔我往矣黍稷方華今我來思雨雪載塗王事多難不遑啓居豈不懷歸畏此簡書四章

征夫從中往來景象　又生一波

喓喓草蟲趯趯阜螽未見君子憂心忡忡既見君子我心則降赫赫南仲薄伐西戎五章

插此一筆乃與前後二章景物相稱看似閒襍其實非閒襍也

春日遲遲卉木萋萋倉庚喈喈采蘩祁祁執訊獲醜薄言還歸赫赫南仲玁狁于夷六章

此頂還鄉景物也

右出車六章章八句序謂勞還率集傳因之以爲追言其始受命出征之時而爲歌以勞之其言似是而實非也蓋赫赫南仲

等語乃下頌上非君勞臣之詞且君自稱王命自稱天子亦於
語氣不合大畧此詩作於當時征夫後世王者採以入樂用勞
還率以酬其庸蓋將以南仲勳業望之而已序言未能分晰明
白集傳又誤以爲勞南仲而作遂失詩人語意是烏能辨詩之
工拙也哉此詩以伐玁狁爲主腦西戎爲餘波凱還爲正意出
征爲追述征夫往來所見爲實景室家思念爲虛懷頭緒旣多
結體易於散漫觀其首二章先敘出軍車旂之盛旟旐飛揚僕
夫況瘁已將大將征伐聲勢赫赫寫出驚心動魄照人耳目次
又言王之命仲仲之承王愈加鄭重義正詞嚴聲靈百倍早使
敵人喪膽玁狁攝服故不煩一鏃一矢但城朔方而邊患自除
非赫赫南仲上承天子威靈下同士卒勞苦何能收功立效之

速如是哉不但此也方議回軍復事西戎故以得勝王師加諸一隅亡虜更不待衂刃而自解矣此尤見南仲恩威並著謀國遠畧有非他將所能及者然當其將還未還時征夫往來景物變遷固覺可感卽其室家撫景懷人寧無怨思總以王事多難簡書迫我故不敢顧私情而辭公義耳迨至今而春回日煖草長鶯飛采蘩婦子祁祁郊外而壯士凱還則執訊獲醜獻俘天子歸功大師西戎既伐玁狁之平愈固然非南仲之功而誰功哉於虖盛矣此詩意也讀者試咏其辭豈勞之者所能言歟至南仲時代諸家所攷亦無確見鄭氏以爲文王時人因文王不爲天子而以天子歸之殷王姚氏已駁其迂矣季明德及僞傳又以爲宣王時人因常武有南仲太祖一語然常武爲宣王之

上世可知但不知果何王耳案史匈奴傳云在襄王時又云在懿王時漢書人表有南中在厲王時匈奴傳又引出車之詩謂宣王命將征伐玁狁則又在宣王時史已無據復何證歟唯全詩一城玁狁一伐西戎一歸獻俘皆以南仲爲束筆不唯見功歸將帥之美而且有製局整嚴之妙此作者匠心獨運處故能使繁者理而散者齊也

牧〔爾雅〕郊外謂之牧蓋言可放牧也 郊〔劉氏瑾〕曰都城外五十里爲近郊百里爲遠郊 設也 旐龜蛇曰旐 建立也 旆注旆於旟干之首也 旟鳥隼曰旟〔集傳〕鳥隼龜蛇曲禮所謂前朱雀而後玄武也楊氏曰師行之法四方之星各隨其方以爲前後左右進退有度各司其局則士無失伍離次矣 旆旆飛揚之貌 悄悄憂貌 況與怳同 南仲此時大將也說見篇中 方指朔方也今靈夏等州之地 彭彭衆盛貌 旂交龍爲旂 央央鮮明也 赫赫威名光顯也 襄除也〔程子〕曰城朔方而玁狁之難除也 簡書〔姚氏際恒〕曰簡書天子策命也

四章落筆均望征夫之歸而各極其變

毛傳謂戒命鄰國有急以簡書相召則奔命救之此用左傳而誤也閔元年狄人伐邢管敬仲言于齊侯曰詩云豈不懷歸畏此簡書簡書同惡相卹之謂也請救邢以從簡書此箋謂當時天子有此簡書其中有同惡之語非鄰國之簡書也其後鄰國有戒命則亦謂之簡書耳**執訊**其魁首當訊問者也**醜**徒衆也**夷**平也于襄者埽除而無敵也于夷者蕩平而無事也

標韻 牧一屋來十灰叶六直反載十一隊棘十三職叶韻 郊三肴旄四豪通韻 旆九泰瘁四寘通韻 方七陽央方襄並同本韻 華六麻叶芳無反塗七虞居六魚書同叶韻 蟲一東螽忡並同降三江戎東轉韻 遲四支萋八齊喈九佳祁支歸五微夷支通韻

杕杜 念征夫也

有杕之杜有睆其實王事靡盬繼嗣我日日月陽止女心傷止征夫遑止章一 有杕之杜其葉萋萋王事靡盬我心傷悲卉木萋止女

思而不歸則代憂其父母且慮及車馬疲敝深情無限

再期不至卜筮兼論情切可知蓋事愈瑣而心愈迫矣

心悲止征夫歸止二章陟彼北山言采其杞王事靡盬憂我父母檀車幝幝四牡痯痯征夫不遠三章匪載匪來憂心孔疚期逝不至而多為恤卜筮偕止會言近止征夫邇止四章

右杕杜四章章七句小序謂勞還役勞之而不慰其心酬其力乃故作此婦人思夫之詞以媚之天下有是酬人法乎聖王縱曲體人情亦不代人妻子作悲泣狀也即使為之何益勞者而謂勞者受之耶大抵儒者說詩非迂即腐而又故曲其說以文所短則詩旨愈晦此詩本室家思其夫歸而未即歸之詞故始則曰征夫遑止言可以暇矣曷為而不歸哉繼則曰征夫歸止言計其歸期實可歸也既又曰征夫不遠言雖未歸其亦不遠矣終則曰征夫邇止言歸程甚邇豈尚誑耶始終望歸而未遽

歸故作此猜疑無定之詞耳然期望雖殷而終以王事爲重不敢以私情廢公義也此詩人識見之大詎得以尋常兒女情覩之耶

集説 杕杜 解見唐 睆 實貌 嗣 續也 陽 十月 遑 暇也 萋萋 盛貌春將莫之時也 檀車 役車 幝幝 敝貌 痯痯 疲貌 載 裝也 逝 往也 恤 憂也 卜筮 何氏楷曰禮大事先筮而後卜小事則龜也筮不相襲今相襲俱作以心之惶惑不定也 會 合也著龜之辭合一也

標韻 實 四質 日 同本韻 陽 七陽 傷遑 並同本韻 萋 八齊 悲 四支 萋悲 上同 歸 五微 通韻 杞 四紙 母 二十五有叶滿尾反 叶韻 幝 十六銑 痯 十四旱 遠 十三阮 通韻 來 十灰叶立直反 疚 二十五有叶訖力反 至 四寘 恤 四質 邇 四紙 叶韻

魚麗 燕嘉賓也

魚麗于罶鱨鯊君子有酒旨且多 一章 魚麗于罶魴鱧君子有酒多

直頭再描一層是畫家渲染法

且旨。章二 魚麗于罶鰋鯉君子有酒旨且有。章三 物其多矣維其嘉矣。章四 物其旨矣維其偕矣。章五 物其有矣維其時矣。章六

右魚麗六章三章章四句三章章二句從古本仍歸入鹿鳴之什 姚氏曰此王者燕饗臣工之樂歌大序謂文武始于憂勤終于逸樂贊說失理前人已辨之集傳謂宴饗通用之樂歌亦非然此詩本無義意不過極言餚饌之多且美故宴饗可以通用且燕禮鄉飲酒禮均皆用之則亦未爲過也唯因儀禮間歌鹿鳴三章後即間歌魚麗三章乃移南陔於此而以魚麗次華黍之後以爲篇次當如此然南陔白華華黍旣與鹿鳴三詩間歌何不竝移置三詩之間而但移此以配由庚者何哉此可見其心游移尙無成見徒成其姦而已愚故仍移置南陔之前以復其舊及至用

樂自有儀禮次序可循不必擅移古聖經文也若夫餚酒備極豐美燕賓之禮自當如是而諸家必衍至陰陽和而物類多禮意周而賢士就亦屬附會謬悠之談均覺可厭

〔集釋〕麗歷也罶〔集傳〕罶以曲薄爲笱而承梁之空者也鱨揚也〔陸氏佃曰〕今黃鱨魚性浮而善飛躍故一曰揚也鯊鮀也〔濮氏一之曰〕鯊魚多種有極大者其皮如沙今人以爲刀劍鞘吹沙小魚耳鱧鮦也〔嚴氏粲曰〕毛氏以鱧爲鮦本草云蠡一名鮦今黑鯉魚也鰋鮎也〔孔氏穎達曰〕釋魚有鰋鮎郭璞曰今鰋額白魚也鮎別名鯷孫炎以爲鰋鮎一魚郭璞以鰋鮎各爲一魚有猶多也

〔標韻〕罶二十五有酒同隔句韻鯊六麻多五歌隔句轉韻鱧八薺旨四紙通韻鯉四紙有二十五有叶羽已反叶韻多歌嘉麻轉韻旨紙偕九佳叶舉里反叶韻有同上時四支叶上紙反叶韻

以上鹿鳴之什凡十篇〔天序云〕文武以天保以上治內采薇以下治外今觀之乃不盡然鹿鳴以

下六篇雖多君臣燕饗之樂而四牡則勤王事皇華則遣使臣何以云治內采薇以下四章雖多將士征戍之詩而日杕杜則征婦思夫魚麗則王者燕賓又胡以云治外而日常棣乃周公之作采薇未定何王之詩文武安能用以爲樂卽此可見詩序之僞徒附會而無理也

南陔之什

南陔以下三詩蘇氏轍云此三詩皆亡其辭古者鄉飲酒燕禮皆用之孔子編詩蓋亦取焉歷戰國及秦亡之而獨存其義毛公傳詩附之鹿鳴之什遂改什首予以爲非古於是復爲南陔之什則小雅皆復孔子之舊今從之而以南陔爲什首

南陔 笙詩也辭亡

白華 同上

華黍 同上

右三詩序謂有其義而亡其辭集傳以爲有聲無詞於是諸家解者遂以亡爲無謂本無其辭非亡之也蓋古亡無字通然無

其辭又何以有其義乎郝氏敬辨之云夫聖人刪詩非刪禮也笙歌相間自有儀禮在何得以有聲無辭之空名寄之雅中辭生於心聲託於器凡樂由心生聲由辭生有辭然後有聲聲無辭不成章若笙自爲笙歌自爲歌一歌間一笙風雅頌之歌三百即合有三百笙奚獨南陔白華五六篇爾又謂儀禮於鹿鳴四牡以下曰歌於南陔白華華黍曰笙曰樂曰奏而不言歌以此爲有聲無辭之徵今案鄉射亦儀禮也云奏騶虞貍首而騶虞亦云奏周禮有九夏國語稱金奏肆夏樊遏渠案肆夏即時邁樊遏爲昭夏即執競渠爲納夏即思文皆有辭而皆爲金奏則奏亦辭也南陔白華之名即九夏之類金奏九夏有辭笙奏南陔白華獨無辭乎又周禮籥章以籥吹豳詩即七月籥吹七

月亦猶笙吹南陔白華華黍也幽有辭而南陔以下獨無辭乎又禮記文王世子明堂位祭統升歌清廟下管象象卽維清也謂管奏維清于堂下管有辭而笙獨無辭乎大抵歌卽樂也未有有聲無辭之樂集傳又云意古經篇題之下必有譜焉如投壺魯鼓薛鼓之節而亡之耳愚謂樂固有有聲無辭者不得謂盡皆有聲卽有辭也古之樂不可知今之樂如琴譜滄海龍吟天風環佩之類均有聲而無辭但非南陔白華可比環佩龍吟何辭可譜聲卽譜譜卽樂第能狀其形聲卽樂之佳者故無辭也若南陔白華則明明有篇可名有題可標而獨無辭乎故以爲義存而辭亡者近是唯序之所謂義者又僅就篇名以立義夫詩篇名只取首二字其義尚在後也南陔白華之謂安知非

詩人借以起興借以譬喻然後再入正意烏能就此二字卽可發全詩大義耶且其所序之義又多無理南陔曰孝子相戒以養也猶可說也白華曰孝子之絜白也果何謂乎無怪集傳駁之以爲尤無理也至華黍曰時和歲豐宜黍稷也則明是就華黍二字敷衍成義又不待明者而自知其僞矣今旣明辨序傳得失故僅存詩目於此而不復爲之補序云

南有嘉魚　娛賓也

南有嘉魚烝然罩罩君子有酒嘉賓式燕以樂一章南有嘉魚烝然汕汕君子有酒嘉賓式燕以衎二章南有樛木甘瓠纍之君子有酒嘉賓式燕綏之三章翩翩者鵻烝然來思君子有酒嘉賓式燕又思四章

右南有嘉魚四章章四句此與魚麗意畧同但彼專言餚酒之美此兼敘賓主綢繆之情故下二章文格一變參用比興之法其實無甚深意則如一耳蓋亦燕臣工之樂也故可與魚麗同時間歌而其後又以爲燕饗通用之樂矣

【集釋】嘉魚【集傳】嘉魚鯉質鱒鯽肌肉甚美出於沔南之丙穴【李氏樗曰嘉魚意以爲善魚是魚之美者案左太冲蜀都賦嘉魚出於丙穴在漢中沔陽縣嘉乃是魚名也 烝然發語聲也 罩【集傳】罩篧也編細竹以罩魚者也 汕【集傳】汕樔也以薄汕魚也劉氏瑾曰樔爾雅作罾並側交反鄭氏康成曰今之撩罟也 衎衎樂也唐氏汝諤曰易衎衎卽樂之甚也易曰飲食衎衎 鵻解見四牡 又既燕又燕也

【釋韻】罩十九效 樂同本韻 汕十六諫 衎十五翰 叶韻 纍四支 綏同本韻 來十灰 又二十六宥 叶夷昔反 叶韻

南山有臺 祝賓也

南山有臺，北山有萊。樂只君子，邦君之基。樂只君子，萬壽無期。一章

南山有桑，北山有楊。樂只君子，邦家之光。樂只君子，萬壽無疆。二章

南山有杞，北山有李。樂只君子，民之父母。樂只君子，德音不已。三章

南山有栲，北山有杻。樂只君子，遐不眉壽。樂只君子，德音是茂。四章

南山有枸，北山有楰。樂只君子，遐不黃耇。樂只君子，保艾爾後。五章

右南山有臺五章，章六句。小序謂樂得賢，與前篇樂與賢無異。姚氏駁之，而以爲此臣工頌天子之詩，以詩中有萬壽、父母等字也。然儀禮鄉飲酒及燕禮皆用之，則似非專頌天子詞矣。劉氏瑾曰：或疑賓客不足以當萬壽之語，愚謂此詩上下通用之樂，當時賓客容有爵齒俱尊足當之者。蓋古人簡質，如士冠禮祝辭亦云眉壽萬年，又況古器物銘所謂用蘄萬年，用蘄眉壽

萬年無疆之類皆爲自祝之辭則此詩以萬壽祝賓庸何傷乎故集傳以爲燕饗通用之樂亦不爲過然自魚麗至此三詩各有一義集傳於魚麗曰優賓於嘉魚曰樂賓於此曰尊賓頗得燕樂次序朱氏道行曰徐氏曰魚麗言品物之豐美故曰優賓嘉魚言懽忻之交通故曰樂賓南山頌德祝壽而德與壽天下之達尊也故曰尊賓三者備斯燕賓之道盡矣然愚案三詩未必同出一時不過後王用以入樂其詞義先後重輕適如其序焉云爾

【集釋】臺【集傳】臺夫須卽莎草也【陸氏璣曰】舊說夫須莎草也可爲蓑笠或云臺草有皮堅細滑緻可爲簦笠萊【集傳】萊草名葉香可食者也君子指賓客也杞【集傳】杞樹如樗一名枸骨栲山樗杻檍也眉壽秀眉也【朱氏公遷曰】秀眉眉有秀毛也長眉秀出於其間爲壽徵枸【集傳】枸枳枸樹高大似白楊有子著枝端大如指長數寸噉之甘美

如欲八月熟 楰集傳楰鼠梓樹葉木理如楸亦名苦楸 黃老人髮復黃也 耇老人面凍梨色如浮垢也亦名木蜜

保安也 艾養也

標韻 臺十灰 萊同 基四支 期同 通韻 桑七陽 楊 光 疆並同 本韻 杞四紙

李同 母二十五有叶滿彼反 已紙 叶韻 栲十九皓叶音口 杻二十五有 壽二十六宥 茂同

叶韻 枸七麌 楰同 本韻 耇有 後同 本韻

由庚 笙詩也辭亡

崇丘 同上

由儀 同上

右三詩繫儀禮鄉飲酒及燕禮用以配魚麗嘉魚南山三詩同閒入樂每歌魚麗則笙由庚歌嘉魚則笙崇丘歌南山則笙由儀言一歌一吹也與鹿鳴下三詩配南陔三笙同爲燕饗之樂

鹿鳴等樂既畢則魚麗諸樂繼進故集傳以此三詩分次魚麗各章之後愚以其非古故仍類錄於此以復其舊且南陔三笙既未移置鹿鳴等篇之下則此三笙又何必分配前詩以改觀耶至其辭亡無義與序義之無理已見前說茲不再辯

蓼蕭　天子燕諸侯而美之也

蓼彼蕭斯零露湑兮既見君子我心寫兮燕笑語兮是以有譽處兮章一　蓼彼蕭斯零露瀼瀼既見君子為龍為光其德不爽壽考不忘章二　蓼彼蕭斯零露泥泥既見君子孔燕豈弟宜兄宜弟令德壽豈章三　蓼彼蕭斯零露濃濃既見君子鞗革沖沖和鸞雝雝萬福攸同章四

右蓼蕭四章章六句小序云澤及四海也案詩止言天子諸侯

笑語心寫之樂曷云澤及四海爲之解者乃引易比之象曰先王以建萬國親諸侯諸侯正所以比天下以爲古序之旨簡而該以是爲簡而該則凡屬天子燕諸侯之詩莫不可曰澤及四海矣序詩如此何能使人測識有序若無序何若無序之爲妙乎此蓋天子燕諸侯而美之之詞耳然美中寓戒而因以勸導之曰德曰壽有是德乃有是壽固也諸侯之易於失德則尤在兄弟爭奪之間與鄰國侵伐之際故又從令德中特言宜兄宜弟夫必內有以和其親然後外有以睦其鄰諸侯睦而萬國寧乃眞天子福也故更曰萬福攸同是豈徒爲諸侯頌哉古人立言各有體裁以上頌下當以此種爲得體

【集釋】蓼長大貌 蕭蒿也 湑湑然蕭上露貌 君子指諸侯也 寫輸寫也 燕謂燕飲 譽善聲也蘇

氏轍曰譽豫通凡詩之譽皆言樂也邢氏敬曰如韓姑燕譽之譽**瀼瀼**露蕃貌**龍**寵也唐氏汝諤曰爲龍揄寵之

意爲光燁燿之意**爽**差也**泥泥**露濡貌**孔燕**猶言盛燕也**豈**樂也**弟**易也**濃濃**厚貌**鞗**轡也

何氏楷曰從絲曰轡從革曰鞗鞗鉋轡之別名革乃轡首之垂者**沖沖**垂貌**和鸞**集傳和鸞皆鈴也在軾曰和在

鑣曰鸞皆諸侯車馬之飾也**攸**所也

標韻 湑語六 寫二十一馬叶想羽反 語 處語 叶韻 瀼陽七 光同 爽二十二養 忘陽

叶韻 泥八薺 弟薺同 豈十賄 通韻 濃二冬 沖一東 雝二冬 同一東 通韻

湛露 天子燕諸侯也

湛湛露斯匪陽不晞厭厭夜飲不醉無歸一章湛湛露斯在彼豐草

厭厭夜飲在宗載考二章湛湛露斯在彼杞棘顯允君子莫不令德

三章其桐其椅其實離離豈弟君子莫不令儀四章

右湛露四章章四句小序謂天子燕諸侯也案左文四年衛甯

武子來聘公與之宴爲賦湛露不拜又不答賦使行人私焉對曰臣以爲肄業及之也昔諸侯朝正于王王宴樂之于是乎爲賦湛露則天子當陽諸侯用命也此序所本故無誤也然傳統言諸侯不言同姓鄭氏則又謂宴同姓矣豈不以在宗載考之謂乎姚氏曰宗宗廟也古朝聘享皆于廟則燕亦廟也毛傳以宗子之法解不醉無歸固已疎矣又以宗爲宗室尤非宗室宗子之室也王者亦有宗室乎集傳卽依毛傳謂宗室又曰蓋路寢之屬益可笑路寢聽朝之所也路寢其宗室耶宗室其路寢耶此可見在宗之詞不必其爲同姓賦也然夜飲至醉易於失儀故必不喪其威儀而後謂之禮成其威儀之所以醉而不改乎其度者則非有令德以將之也不可故醉中可以觀德尤足

以知藴蓄之有素況天子夜宴而曰不醉無歸君恩愈寬臣心愈謹乃可免愆尤而昭忠敬詎可恃寵以失儀乎詩曰莫不令儀莫不令德者蓋美中寓戒耳外雖美其德容之無不善意實恐其德容之或有未善則未免有負君恩而虧臣職其所係非淺鮮也

【集釋】湛湛露盛貌 晞乾也 厭厭安也久也足也 夜飲私燕也韓氏嬰曰飲之禮不脫屨而即序者謂之禮跣而上坐者謂之宴孔氏穎達曰楚茨云備言燕私傳曰燕而盡其私恩明夜飲者亦君留而盡私恩之義 豐茂也 宗已見篇中 考姚氏際恒曰載再也考擊也擊鐘也唐風子有鼓鐘弗鼓弗考再考鐘所謂金奏肆夏也入門客出及燕之時皆用之 顯明也 允信也 離離猶纍纍也

【標韻】晞五微 歸同本韻 草十九皓 考同本韻 棘十三職 德同本韻

離四支 儀同本韻

以上南陔之什六篇無辭凡四篇 案嘉魚南山與前魚麗三篇同爲燕饗通用之樂蓼蕭湛露則天子燕諸侯之詩其時代皆不可考毛公分魚麗以上爲文武詩嘉魚以下爲成王詩集傳已辨其非矣兹不再論

詩經原始卷之九終

隴州門人李沛霄校字

詩經原始卷之十目錄

小雅二

彤弓之什 十首

沔水　未詳

鶴鳴　諷宣王求賢山林也

祈父之什十首

祈父　禁旅責司馬徵調失常也

白駒　放隱士還山也

黃鳥　刺民風偷薄也

我行其野　刺睦婣之政不講也

斯干　公族考室也

無羊　美司牧也

節南山　家父刺師尹也

正月　周大夫感時傷遇也

十月之交　刺皇父㜸虐以致災變也

雨無正　周暬御痛匡國無人也

詩經原始卷之十

寳甯方玉潤鴻濛氏撰

小雅二

彤弓之什

彤弓　天子錫有功諸侯也

彤弓弨兮受言藏之我有嘉賓中心貺之鐘鼓既設一朝饗之一章

彤弓弨兮受言載之我有嘉賓中心喜之鐘鼓既設一朝右之二章

彤弓弨兮受言櫜之我有嘉賓中心好之鐘鼓既設一朝醻之三章

右彤弓三章章六句案春秋傳甯武子曰諸侯敵王所愾而獻其功於是乎賜之彤弓一彤矢百玈弓矢千以覺報宴故序與集傳皆謂天子錫有功諸侯是也范氏曰先王知諸侯不可無

長故爲方伯連帥以統之有功則錫之弓矢以正諸夏此王室所以尊也不然強凌弱大并小天子之命有所不行故曰彤弓廢則諸夏衰矣黃氏櫄曰周平王東遷晉文侯有功焉王賜之以彤弓一彤矢百其後襄王以文公有獻楚俘之功而命之宥亦賜之彤弓一彤矢百夫以周室既衰賞罰無章而彤弓之賜必待有功況盛時乎此彤弓之錫先王所以維持百世而不可廢亦不可輕以畀人者也是詩之作當是周初制禮時所定其詞甚莊雅而意亦深厚曰一朝饗之者謂錫弓之日非但錫弓且並饗之同在一朝也既重其典又隆其燕禮之甚盛者耳而集傳誤解一朝爲速引東萊呂氏之說必以衰朝寵錫私恩及後世屯膏吝賞之行以與先王相比論尊之適所以慢之也烏

乎可

【集釋】彤弓 朱弓也孔氏穎達曰彤赤故言朱弓爲弓者皆漆之以纁霜露色以赤者周之所尙故賜弓赤一而黑十以赤爲重耳 弨 弛貌孔氏穎達曰說文云弨弓反謂弛之而體反也嚴氏粲曰賜弓不張 貺 與也 饗 大飲賓曰饗孔氏穎達曰饗者亨太牢以飲賓設牲俎豆盛於食燕周語曰王饗有體薦燕有折俎公當饗卿當燕是其禮盛也 載 抗之也劉氏瑾曰載彤弓於弓檠也抗弓體使正言其藏之謹也 右 姚氏際恒曰右嚴氏曰助也右與宥侑通皆助也左傳言饗醴命宥注云以幣物助歡也 櫜 韜也陸氏德明曰櫜弓衣也 好 說也 醻 報也集傳飲酒之禮主人獻賓賓酢主人主人又酌自飲而遂酌以飲賓謂之醻醻猶厚也勸也

【標韻】藏 七陽 貺 二十三漾 饗 二十二養 叶韻 載 十一隊 喜 四紙 右 二十六宥叶於記反 叶韻 櫜 四豪 好 二十號 醻 十一尤叶大到反 叶韻

菁菁者莪 樂育材也

菁菁者莪。在彼中阿。既見君子。樂且有儀。比 一章 菁菁者莪。在彼中沚。

既見君子我心則喜二章菁菁者莪在彼中陵既見君子錫我百朋三章汎汎楊舟載沉載浮既見君子我心則休四章

右菁菁者莪四章章四句小序曰樂育材也朱子初說亦從其義既謂序失詩意遂改爲燕飲賓客之詩然詩中亦無燕飲字故姚氏兩駁之而以爲人君喜得見賢之詩其餘則不可以臆斷愚謂經文雖不露育材字而菁莪之產於美地在彼中阿中沚中陵有潤澤以養其材故物雖微而亦成其盛即如人材之在學校有教化以培植之故質雖魯而亦成其德即主育材言亦奚不可且所謂賢又安知其不從學校中以見之耶此種詩古來相傳既久可以不必與之立異唯大序云君子能長育人材則天下喜樂之矣迂曲難解則斷不可從蓋君子即賢者也

而乃以爲人君則下文樂且有儀錫我百朋二句直接不去儀謂享多儀之儀是君見賢而樂樂則有儀以將意若天下人得見人君則何儀之有乎百朋謂貝之多是君見賢而以爲寶不齊百朋之錫若天下人得見人君又何寶之是錫乎故此詩當是君臨辟廱見學校人材之盛喜而作此或即以燕饗羣材亦未可知總之不離育材者近是

【集釋】**菁菁** 盛貌 **莪** 嚴氏璨曰莪蒿也一名蘿蒿生澤田漸洳之處葉似邪蒿而細科生三月中莖可生食又可蒸香美味頗似蔞蒿是也 **君子** 指賢材也 **儀** 姚氏際恒曰既見君子之下句嚴氏謂從來皆承見君子者言是樂且有儀自言其既樂而且以儀將之也猶享多儀之儀 **百朋** 姚氏際恒曰百朋兩貝爲朋凡言朋是兩偶之義鄭氏謂五貝爲朋謬漢食貨志貝有五等其四等皆兩貝爲朋其一不成貝不爲朋鄭必是誤以五等爲五貝耳集傳漫不加考從之非也前人所論者如此 **楊舟** 楊木爲舟也

前三章皆閒寫車馬旂服之盛及軍行紀律之嚴而未及戰事是文章中展局法至此乃入戰事寫得賊焰甚熾而追然後我軍出敵一戰而勝所謂以逸待勞也好整以暇是大將

標韻　莪五歌　阿同　儀四支五何叶韻　沚四紙　喜同本韻　陵十蒸　朋同

本韻　浮十九　休同本韻

六月　美吉甫佐命北伐有功歸宴私第也

六月棲棲、（述、候、）戎車既飭、（車堅）四牡騤騤、（馬強）載是常服、（旂盛）玁狁孔熾、我是用急、（照明北伐之故）王于出征、以匡王國。（王、謂、征）一章　比物四驪、閑之維則、（再寫馬不惟力齊而且色備兼能調習）維此六月、既成我服、我服既成、于三十里、（戎服）王于出征、以佐天子。（帥、行、王、將、中、軍、以吉甫爲副）二章　四牡修廣、其大有顒、（三寫馬壯）薄伐玁狁、以奏膚公。有嚴有翼、（紀律單言嚴以將事）共武之服、共武之服、以定王國。（非同兒戲）三章　玁狁匪茹、整居焦穫、侵鎬及方、至于涇陽、（賊勢深入無所畏忌逼近京邑）織文鳥章、白旆央央、（軍中乃整車旂）元戎十乘、以先啓行。（吉甫先行出戰）四章　戎車既安、如輊如軒、（車強馬馴而安）四牡既佶、既佶且閑、（馬強分而閑）薄伐玁狁、至于大原、（北追奔出境而止歸功吉甫是一篇之主）文武吉甫、萬邦爲憲。五章　吉甫燕喜、既多受祉、（燕飲私第爲獻詩之故）來歸自鎬、我行永久、飲御諸友、炰鼈膾鯉、侯誰在矣、張仲孝友。（以宮悟作收）六章

身分
驕冠毋追深得御
邊之法
結似間而洽其實
借者友以晤文武
求忠臣必於孝子
是作者深意

右六月六章章八句孔氏穎達曰此經六章皆是北伐之事毛意上四章說王自親行下二章說王還之後遣吉甫行故三章再言薄伐上謂王伐之下謂吉甫伐之也鄭以爲獨遣吉甫王不自行王基云六月使吉甫采芑命方叔江漢命召公唯常武宣王親自征耳孫毓亦以此篇王不自行鄭說爲長衆論紛紜皆未嘗一讀經文也而小序但謂宣王北伐也則尤泛何足與論詩旨集傳雖亦歸功吉甫而辯說仍遵古序直以爲此句得之豈得爲說詩達詁蓋事本北伐而詩則作自私燕王本親征而將則佐以吉甫戰本同臨追奔則止命元戎詩旨甚明何不一細詳之曰王于出征者王于是自將親征也曰以佐天子者以吉甫爲副參佐王師也曰以定王國者將以一戰而定王國

非如灞上諸軍直同兒戲故愼以將事也此時王初卽位玁狁深入逼近京邑非自將親征又得元戎大將參贊其閒不足以退强虜而安王國故兵貴先聲理直則氣壯也此前三章命意所在亦文章中之蓄勢養局法耳迨至四五兩章乃敘戰事先言玁狁之猖獗無忌次寫大將之沖鋒先行故一戰而敵退王乃命將追奔直至大原而止蓋寇退不欲窮追也此吉甫安邊良謀非輕敵冒進者比故當其乘勝逐北也車雖馳而常安馬雖奔而恒閑何從容而整暇哉及其回軍止戈也不貪功以損將不黷武以窮兵又何其老成持重耶所謂有武畧者尤須文德以濟之非吉甫其孰當此宜乎萬邦取以爲法也然此皆追敘之筆卒章乃入題位蓋吉甫成功凱還歸燕私第幕府賓客

歌功頌烈追述其事如此故末以孝友之張仲陪筆作收與上文武字相應且以見賓客之賢是私燕作法亦獻詩者之自占身分處故論北伐事宣王爲主吉甫爲佐而論私燕情張仲是賓吉甫又是主此詩乃幕賓之頌主將自當以吉甫作主宣王則不過追述之而已小序漫不加考故但曰北伐也且其詩中又何嘗有王還後再遣吉甫行之說諸儒讀詩鹵莽如此無怪其不能得詩意也

六月 集傳六月建未之月也濮氏一之曰詩言四月維夏六月徂暑則爲夏正可知案周正改建未改月故四月仍用夏首不然本朝詩人咏本朝事豈可忽用夏正耶 戎車 兵車也孔氏穎達曰春官車僕掌戎路之倅廣車之倅闕車之倅屏車之倅輕車之倅注云此五者皆兵車所謂五戎也戎路王在軍所乘廣車橫陣之車闕車所用補闕之車也屏車所用對敵自蔽隱之車也輕車所用馳敵致師之車也是其等有五也 飭 整也 騤騤 強貌 常服 姚氏際恒曰常

旂屬也服屬也言常之屬也毛傳謂戎服戎服何謂之常服乎鄭氏謂韋弁服集傳謂戎事之常服並非且以服爲衣服與下章既成我服亦複矣通章三服字凡三義**玁狁**卽獫狁北狄也**比物**齊其力也**四驪**其色又齊也**我服**戎服也**三十里**一舍也古者吉行日五十里師行日三十里**顒**大貌**膚**大也**公**功同**翼**敬也**共**與供同**服**事也**匪茹**茹度也言玁狁不自度量也**整居**孔氏穎達曰整齊而處之者言其居周之地無所畏憚也**焦穫**毛氏萇曰焦穫周地接於玁狁者**鎬**前漢書劉向疏曰吉甫之歸周厚賜之其詩曰來歸自鎬我行永久千里之鎬猶以爲遠顏氏師古曰鎬非豐鎬之鎬**方**集傳方疑卽朔方也**涇陽**集傳涇水之北在豐鎬之西北言其深入爲寇也**織**幟同**鳥章**鳥隼之章也**白旆**繼旐者也**央央**鮮明也**元戎**舊解皆曰戎車也案此當作大將解猶稱方叔爲元老之稱也**先啓行**啓開也行道也前鋒先開道而行也**如輊如軒**言車之安適前後視之皆如軒輊也**佶**壯健也**大原**地名**吉甫**卽尹吉甫此時大將以佐宣王者**憲**法也**祉**福也**御**進也**侯**維也**張仲**吉甫之友也

標韻 **飭**職十三 **服**屋一 **急**緝十四 **國**職 叶韻 **則**職 **服**屋 叶韻 **里**紙四

詩三章皆言車馬旂幟佩服之盛而進退有節秋毫無犯禽鳥不驚是王者師行氣象然非大帥統率有方何能如是嚴肅乎故每章皆言方叔率止以見節制之嚴耳末乃大聲疾呼如雷震蟄喚醒蠻荆敢抗王師再以玁狁之事攝之故不覺其畏威而來

子同本韻　顒冬二公東一通韻　服國見上叶韻　茹六語穫同本韻

方陽七陽章央行並同本韻　軒元十三閑刪十五原元憲願十四叶韻　紙

芑紙八二十有五鯉紙友有叶韻

采芑　南人美方叔威服蠻荆也

從問地旁○觀典起　入題○　軍○　雖衆○而有制○

薄言采芑于彼新田于此菑畝方叔涖止其車三千師干之試方叔率止乘其四騏四騏翼翼路車有奭簟茀魚服鉤膺鞗革（章一）馬　車　章　馬

薄言采芑于彼新田于此中鄉方叔涖止其車三千旂旐央央方叔率止約軝錯衡八鸞瑲瑲服其命服朱芾斯皇有瑲葱珩（章二）旗　車　馬　服　佩

駮彼飛隼其飛戾天亦集爰止方叔涖止其車三千師干之試方叔率止鉦人伐鼓陳師鞠旅顯允方叔伐鼓淵淵振旅闐闐（章三）又一○與法　金鼓　進　主○擒ナ

蠢爾蠻荆大邦爲讎方叔元老克壯其猶方叔率止執訊獲醜戎車嘽嘽

服也全篇前路開
開後乃警策動人
然制勝全在先為
不可勝以待敵之
可勝故不戰而已
屈人之師文之局
陣如之

嘽嘽焞焞如霆如雷顯允方叔征伐玁狁蠻荆來威四章

右采芑四章章十二句凡作詩必先立題題立不佳則詩必不佳讀詩亦必須審題題審不真則更不能識人詩之所以佳如前章六月一詩誰不知其為宣王北伐此詩誰又不知其為宣王南征然同一征伐也而詩則有作於出師之始或作於班師之後或天子勞之而賜以詩或僚庶頌之而獻以句且有局外旁觀發為咏歌以紀其事後世采詩者則不問誰作第擇其工而且切者錄之以補一代國史所不及所謂詩史也前六月既為吉甫幕賓所呈獻此詩之作又將出於誰手與作於何時豈無所別歟觀其全詩題既鄭重詞亦宏麗如許大篇文字而發端乃以采芑起典何能相稱蓋此詩非當局人作且非王朝人

語乃南方詩人從旁得覩方叔軍容之盛知其克成大功歌以誌喜如杜甫觀安西兵過及聞官軍收河南河北諸詩故先從已身所居之地興起及入題乃曰方叔涖止以下卽極力描寫軍容之盛紀律之嚴早已爲懾服蠻荆張本且其人亦非荆人必詩人之流寓蠻荆者不然荆人何以自謂蠢爾蠻荆耶蓋其人雖流寓荆楚素必熟稔荆楚情形知其不臣已久而又不能力請王師以討之一旦得覩大將軍威元老雄略不覺深幸南人之得覩天日而已身亦與有餘慶焉故末一章振筆揮灑詞色俱厲有泰山壓卵之勢又何患其不速奏膚功也耶若序但謂宣王南征固已寬泛不切詩意卽集傳云王命方叔南征軍行采芑而食故賦其事以起興亦非語氣夫以赫赫王師何至

采芑而食有如飢軍困卒之所爲而乃以此起興乎且方叔涖止一語涖之云者人自他方來臨吾土之謂非我從本國適彼殊方之言故知其爲南人作也但姓氏無攷故不能確指其爲誰耳總之南征北伐皆宣王中興事卽江漢常武亦宣王武功詩而玁狁及徐夷必加親征者一患除肘腋一威宣遠夷也若江漢及此篇則但命將出征可矣其詩共四篇二入大雅二載小雅入大雅者朝廷紀功之作載小雅者草野歌頌之章讀者試涵泳而諷誦之不惟可以辨大小雅之分卽此篇之爲南人作也亦斷斷乎無疑義矣

【集釋】芑〔集傳〕芑苦菜也青白色摘其葉有白汁出肥可生食亦可蒸爲茹卽今苦藚菜宜馬食軍行采之人馬皆可食也 菑畝田一歲曰菑二歲曰新田三歲曰畬釋地文菑者災也畬和柔之意 方叔宣王卿士受命爲將者也 涖

臨也師衆也干扞也試肄習也言衆且練也率總率之也翼翼順序貌路車戎車也奭赤貌簟

第車蔽也鉤膺〔集傳〕鉤膺馬婁頷有鉤而在膺有樊有纓也樊馬大帶纓鞅也鞗革見蓼蕭篇中鄉民居

約軝〔孔氏穎達曰〕說文云軝長轂也朱而約之謂以皮纏之而上加以朱漆也衡衡有文飾也命服天子所命

之服也朱芾黃朱之芾也皇猶煌煌也瑲玉聲葱蒼色如葱珩佩首橫玉也隼鷂屬戾至也爰

於也鉦鐃也人擊鉦人也伐鼓鉦鼓各有人而言鉦人伐鼓互文耳鞫告也師二千五百人爲師旅五百

人爲旅淵淵鼓聲振旅春秋傳曰出曰治兵入曰振旅闐闐亦鼓聲元大也猶謀也嘽嘽衆也

焞焞盛也

【標韻】芑四紙畝二十五有叶每彼反叶韻　止紙試寘翼十三職叶韻　奭十一

陌革同本韻　鄉七陽央瑲並同珩八庚轉韻　隼十一軫叶息允反止紙叶

韻　止試見上鼓七麌旅六語通韻　淵一先闐同本韻　讎十一尤猶同

醜二十五有叶尺由反叶韻　雷十灰威五微通韻

首章泛言東行
東至圃田
蒐於敖山
諸侯來會是全詩主腦
五六二章皆言獵事極力描寫射御之善而獲禽之多不言自見
馬鳴二語寫出大營嚴肅氣象是獵後光景杜詩落日照大旗馬鳴風蕭蕭本此
八章贊美作結仍帶定軍行嚴肅乃是王者之師

車攻　宣王復會諸侯於東都也

我車既攻。我馬既同。四牡龐龐。駕言徂東。一章 田車既好。四牡孔阜。東有甫草。駕言行狩。二章 之子于苗。選徒囂囂。建旐設旄。搏獸于敖。三章 駕彼四牡。四牡奕奕。赤芾金舄。會同有繹。四章 決拾既佽。弓矢既調。射夫既同。助我舉柴。五章 四黃既駕。兩驂不猗。不失其馳。舍矢如破。六章 蕭蕭馬鳴。悠悠旆旌。神。到。之。筆。徒御不驚。大庖不盈。七章 之子于征。有聞無聲。允矣君子。展也大成。八章

右車攻八章章四句小序云宣王復古也語雖渾頗得其要大序復益之曰宣王內修政事外攘夷狄復文武之竟土修車馬備器械復會諸侯於東都因田獵而選車徒焉數語反嫌其贅而無當於義何也蓋此舉重在會諸侯而不重在事田獵不過

藉田獵以會諸侯修復先王舊典耳昔周公相成王營洛邑爲東都以朝諸侯周室既衰久廢其禮迨宣王始舉行古制非假狩獵不足攝服列邦故詩前後雖言獵事其實歸重會同有繹及展也大成二句其餘車徒之盛射御之能固是當時美觀抑亦詩中麗藻其所係不在此也而諸儒說詩專從此等處以求詩義豈能得其要哉至集傳欲併八章爲四意謂首二章逼言車馬盛備將往東都圃田之地三四章逼言天子諸侯來會東都之事故五六逼言田獵射御七八逼言始終整肅合而爲四也假此分章非惟難得事勢輕重且並不明文章蹤密蓋首章東行是一篇之冒次三乃言所至之地曰甫圃田也曰敖敖山也皆所期會獵處也四章諸侯來會五六始獵七收軍八則回

踵禮成此事之始終郎詩之次序故非八章不足以盡文局之變耳然既曰會諸侯於東都何不會之於洛邑而乃會之於敖甫之間且諸侯朝於天子當先期以至其地何乃後期始來此予所謂非假狩獵不足以攝服列邦者也蓋東都之朝不行久矣至宣王始行之而謂列辟能帖然服乎迨至來會得覩車徒之盛紀律之嚴射御之巧頒賜之公不覺心悅誠服始懽聲鼓舞而爲舉柴之助曰展也大成喜之亦幸之也中興之業豈易建哉

【集釋】攻堅也同【集傳】同齊也傳曰宗廟齊豪尚純也戎事齊力尚强也田獵齊足尚疾也龐龐充實也阜盛大也甫草姚氏際恒曰甫草毛傳謂大芟草以爲防則有字無着落非也鄭氏謂甫草甫田之草也鄭有圃田案甫圃同鄭說是田必芟草爲防故有取于田之草也集傳直以甫草爲圃田謬之子有司也孔氏穎達曰之子謂凡從王

者非獨司馬官屬也〔朱子曰〕不敢斥王故以有司言之**苗**狩獵之通名也〔張子曰〕蒐苗獮狩便習軍行草木閒事教茇舍亦然〔黃氏一正曰〕大司馬夏教茇舍遂以苗田義取其害苗者故獵可通名苗**選**數也**囂囂**聲衆盛也**敖**〔呂氏祖謙〕曰敖山名晉師救鄭在敖鄗之間士季設七覆於敖前則敖山之下平曠可以屯兵翳薈可以設伏也**奕奕**連絡布散之貌**赤芾**諸侯之服〔王氏安石曰〕諸侯涖其臣庶則朱芾君道也會同於王則赤芾臣道也**金舄**達屨也加金爲飾**會**時見曰會無常期也**同**殷見曰同殷衆也**繹**陳列聯屬之貌**決**以象骨爲之著於右手大指所以鉤弦開弓體也**拾**以皮爲之著於左臂以遂弦**佽**比也〔鄭氏康成曰〕謂手指相次比也**調**謂弓矢強弱相調也**射夫**指諸侯來會者**同**協也**柴**〔集傳〕柴說文作㧘謂積禽也使諸侯之人助而舉之言獲多也〔姚氏際恒曰〕毛鄭訓㧘爲積以爲舉積禽案下章方言獵事此不應遽言積禽亦非何元子謂卽毛傳大芟草以爲防褐纏旃以爲門之意防限之設必有門故用柴未知然否〔案〕二說當以說文爲長助我舉柴言其齊力同樂也若柴門之設乃有司事豈有以諸侯之人同舉柴門乎吾不知其柴門之設有幾許也至謂下章方言獵事此章不應舉積則此章獨非獵事乎**猗**偏倚正也不**馳**馳驅之法也〔劉氏瑾曰〕五御之目三曰過君表五曰逐禽左卽御田車馳驅之法也**舍矢如破**〔集傳〕巧而力也蘇氏曰不善射

御者詭遇則獲不然不能也今御者不失其馳驅之法而射者舍矢如破則可謂善射御矣 **大庖**〔集傳〕大庖君庖也不盈言取之有度不極欲也蓋古者田獵獲禽面傷不獻踐毛不獻不成禽不獻擇取三等自左膘而射之達於右腢為上殺以為乾豆奉宗廟達右耳本者次之以為賓客射左髀達於右䯚為下殺以充君庖每禽取三十焉每等得十其餘以與士大夫習射於澤宮中者取之是以獲雖多而君庖不盈也張子曰饌雖多而無餘者均及於衆而有法耳凡事有法則何患乎不均也舊說不驚驚也不盈盈也亦通〔案〕不驚不盈以正說為是 **允**信也 **展**誠也

〔標韻〕**同**一東 **東**同 **本韻** **阜**二十五有 **狩**二十六宥 **叶韻** **囂**四豪 **敖**同 **本韻** **奕**十一陌 **繹**同 **本韻** **調**二蕭 **柴**九佳姚氏曰柴今佳韻調今之蕭韻皆無入聲故為通韻說文以柴作祡與首句飲協意以二句調與三句同協也不知東蕭韻不相通故以柴作祡未然案祡入四寘亦與二蕭不叶故此韻終難解 **未詳** **猗**四支叶於箇反 **破**二十一箇 **叶韻** **旌**八庚 **盈**同 **本韻** **聲**庚 **成**同 **本韻**

吉日 美宣王田獵也

吉日維戊。既伯既禱。田車既好。四牡孔阜。升彼大阜。從其羣醜。一章

吉日庚午。既差我馬。獸之所同。麀鹿麌麌。漆沮之從。天子之所。二章

瞻彼中原。其祁孔有。儦儦俟俟。或羣或友。悉率左右。以燕天子。三章

既張我弓。既挾我矢。發彼小豝。殪此大兕。以御賓客。且以酌醴。四章

右吉日四章章六句此宣王獵於西都之詩不過畿內歲時舉行之典與車攻之復古制大不相侔而序亦以爲美宣王何也呂氏曰蒐狩之禮可以見王賦之復焉可以見軍實之盛焉可以見師律之嚴焉可以見上下之情焉可以見綜理之周焉欲明文武之功業者此亦足以觀矣故雖歲時常典宣王能修復之亦與東都會獵爲中興盛事詩人能不相因而並美乎姚氏云舊傳岐陽石鼓爲宣王獵碣或卽此時也詩中漆沮正近岐

陽其實非也禹貢謂導渭自鳥鼠同穴東會于涇又東過漆沮卽今洛河其源自延鄜流入同州在涇水之東北岐陽在涇水西南相離遠甚此當獵於延鄜之間與岐陽獵碣別是一事正不必強爲附會也

〔集釋〕戊剛日也〔黃氏一正曰〕外事以剛日內事以柔日內事如郊社宗廟冠氏外事如巡狩朝聘盟會治兵凡出郊皆是也伯〔集傳〕伯馬祖也謂天駟房星之神也〔案〕既伯既禱者既祭伯而又禱之也醜眾也謂禽獸之羣眾也庚午亦剛日也差擇也同聚也麀鹿北曰麀麌麌眾也漆沮〔集傳〕漆沮水名在西都畿內涇渭之北所謂洛水今自延韋流入鄜坊至同州入河也〔案〕皇輿表鄜卽今鄜州坊卽今鄜州中部縣同州卽今同州府並隸陝西省祁大也儦俟俟〔嚴氏粲曰〕儦儦而疾走俟俟若相待羣三曰羣友二曰友燕樂也發發矢也豝豕牝曰豝殪一矢而死曰殪兕野牛也醴酒名今甜酒也

〔標韻〕禱十九皓好同本韻阜二十五有醜同本韻馬二十一馬麌七麌所

體達民情

叶韻 有 二十五有 友 同 子 四紙 叶韻 矢 紙 兕 同 醴 八薺 通韻 六語

鴻雁 使者承命安集流民也

鴻雁于飛，肅肅其羽。之子于征，劬勞于野。爰及矜人，哀此鰥寡。一章

鴻雁于飛，集于中澤。之子于垣，百堵皆作。雖則劬勞，其究安宅。二章

鴻雁于飛，哀鳴嗸嗸。維此哲人，謂我劬勞。維彼愚人，謂我宣驕。三章

右鴻雁三章，章六句。序謂美宣王能安集離散，是已。而是詩之作，出自何人，持論不一。自來諸家皆本序說，指之子爲使臣。唯集傳以之子指流民，謂此詩爲流民所作。姚氏駁之云：哀此鰥寡，此者上之人指民而言，未有自以爲此者也。其意亦以之子爲使臣，則篇中三劬勞，皆屬使臣言，而末章謂我劬勞，乃代使臣之詞，是以此詩爲詩人所作而已。夫詩人雖能代人言，不能

代人難言之言雖能代人難言之言必不能代人所不及料之言哲人之言如此其哲愚人之言又若彼其愚則豈人所及料哉而謂詩人能代之言哉大抵使者承命安民費盡辛苦民不能知頗有煩言感而作此蓋小民雖遭散離而可與圖終難與慮始之見則千古一轍牢不可破非親歷人不能道其甘苦也詩首章乃承命四出未必僅止一人故曰之子于征者使臣自相謂也劬勞于野則尚無定所但覺滿目瘡痍莫非可矜之人而就中鰥寡尤爲可哀則不能不急爲安撫或施饘粥暫圖生存故以鴻飛肅肅無依爲比繼乃擇地安置代爲興築不日而百堵皆興有所庇矣此時民漸來歸不啻如鴻之集在彼中澤也雖曰劬勞究屬安宅蓋民之安卽使臣之安也敢辭勞哉乃

衆口嗸嗸哀鳴不已故又稍爲整頓而編聯之爲長久計則議論紛起毀譽交集其間愚知固自不等有能見理明而相諒者則以爲我之爲民誠劬勞矣其或愚而無知則且謂我多事徒逞能也我其奈之何哉此詩意也若集傳所云知者聞我歌知其出於劬勞不知者謂我閒暇而宣驕也吾不知此時之民尚何閒暇而宣歌也且詩言哀鳴而釋者乃云閒歌非惟與詩不類事亦並出情理之外矣其可乎哉

集傳 鴻鴈 水鳥名大曰鴻小曰鴈 肅肅 羽聲 之子 使臣自相謂也 征 行也 劬勞 勞瘁也 矜 憐也 鰥寡 老而無妻曰鰥老而無夫曰寡 堵 一丈爲板五丈爲堵 究 終也 哲 知也 宣 示也

標韻 羽 七麌 野 二十一馬 寡 同 叶韻 澤 十一陌 作 十藥 宅 陌 叶韻 嗸 四豪 勞 同 驕 二蕭 通韻

趣得趣妙

庭燎　勤視朝也

夜如何其夜未央庭燎之光君子至止鸞聲將將一章夜如何其夜未艾庭燎晣晣君子至止鸞聲噦噦二章夜如何其夜鄉晨庭燎有輝君子至止言觀其旂三章

右庭燎三章章五句此與齊風雞鳴篇同一勤於早朝之詩然彼是士大夫妻警其夫以趨朝此乃王者自警急於視朝故詞氣雍容和緩大相逕庭也但不知其爲何王所作耳然詩既敘於此考之宣王前後幽厲皆無道主豈尚有勤於視朝事哉又况列女傳云宣王嘗晏起姜后脫簪珥待罪於永巷宣王感悟於是勤於政事早朝晏退卒成中興之名以此證之卽以爲宣王詩也亦奚不宜唯序旣以爲美宣王也又以爲箴之詩無箴

意胡云儀耶程伊川及嚴垣叔更謂規宣王之過勤則亢可哂

誠有如姚氏所謂云

【集釋】其語辭央中也庭燎集傳庭燎大燭也諸侯將朝則司烜以物百枚并而束之設於門內也艾盡也

晰晰小明也鄉晨近曉也

【標韻】央七陽光將並同本韻　艾九泰晰八薺噦泰通韻　晨十一眞煇五微

旂同叶韻

沔水　未詳

沔彼流水朝宗于海鴥彼飛隼載飛載止嗟我兄弟邦人諸友莫肯念亂誰無父母章一沔彼流水其流湯湯鴥彼飛隼載飛載揚念彼不蹟載起載行心之憂矣不可弭忘章二鴥彼飛隼率彼中陵民之訛言寧莫之懲我友敬矣讒言其興章三

右沔水三章二章章八句一章六句〔集傳〕疑當作三章章八句卒章脫前兩句耳小序謂規宣王集傳謂憂亂之詩案宣王初政多亂定歸來之詩後皆美詞無所謂憂亂也其朝周召二公輔政幾復成康之舊何讒之有然詩前云念亂後言讒與分明亂世多讒賢臣遭禍景象而豈宣王世乎此詩必有所指特錯簡耳況卒章亦脫二句則此中不能無誤也不然其詩詞意與宣王前後諸詩大不相類故難詮釋姑闕之以俟識者

〔集釋〕沔水流滿也　不蹟〔集傳〕不循道也〔胡氏紹曾曰〕蹟者行道之跡故不蹟爲不循道　載起載行　不遑寧處　弭止也　率循也　訛僞也　懲止也

〔標韻〕海十賄　止四紙　通韻　友二十五有　母同　本韻　湯七陽　揚行忘同並　本韻　陵十蒸　懲興同並　本韻

園字是全詩眼目前後景物皆園中所有

名句

鶴鳴　諷宣王求賢山林也

鶴鳴于九皋聲聞于野魚潛在淵或在于渚樂彼之園爰有樹檀其下維蘀他山之石可以爲錯（此中有人呼之欲出）章一

鶴鳴于九皋聲聞于天魚在于渚或潛在淵樂彼之園爰有樹檀其下維穀他山之石可以攻玉（說有理趣）章二

右鶴鳴二章章九句此一篇好招隱詩也奈被諸儒讀壞蓋以理語解詩已覺腐氣難堪而又分跡而實按之則尤滯而不靈姚氏謂爲說詩之魔豈過當歟唯鄭氏謂教宣王求賢人之未仕者差爲得之然教字仍本小序誨字意亦非夫詩人之於宣王何教之而何誨之耶蓋諷之以求賢士之隱於山林者耳詩人平居必有一賢人在其意中不肯明薦朝廷故第即所居之

園實賦其景使王讀之覺其中禽魚之飛躍樹木之蔥蒨水石之明瑟在在可以自樂卽園中人令聞之淸遠出處之高超德誼之粹然亦一一可以並見則卽景以思其人因人而慕其景不必更言其賢而賢已躍然紙上矣其詞意在若隱若現不卽不離之間並非有意安排所以爲佳若如姚氏云通篇作譬喻看章法雖奇詩味反索然也此雅詩之近乎風者以其園景皆實賦故入雅體倘以爲比也豈非風乎

集評 鶴鳥名禽品中之最高貴者其鳴高亮聞八九里〔陸〕氏璣〔曰〕鶴常夜半鳴淮南子雞知將旦鶴知夜半皐〔韓〕氏嬰〔曰〕九皐九折之澤蘀落也錯礪石也穀〔陸〕氏德明〔曰〕說文云穀從木非從禾也〔陸〕氏璣〔曰〕穀幽州人謂之穀桑或曰楮桑荊揚交廣謂之穀中州人謂之楮殷中宗時桑穀共生是也今江南人績其皮以爲布又擣以爲紙謂之穀皮紙攻錯也

標韻野二十一馬渚六語叶韻園十三元檀十四寒通韻擇十藥錯同本

韻天一先淵同本韻園檀同上通韻穀一屋玉二沃通韻

以上彤弓之什凡十篇案是什詩雖十篇其一未詳舊說謂鹿鳴以下至菁莪凡十八篇爲正小雅六月後皆變小雅也不知其何取義若以世變論常棣之處兄弟之變采薇出車乃咏征戍之苦杕杜則更思婦之念征夫也何以同列正雅之中六月至無羊皆宣王中興事除沔水一詩未詳外其餘諸作無非頌揚勳烈以紀一時之盛何以悉名變雅大抵古序論詩皆畧得梗概未暇悉心詳求故啓後人之疑耳以愚所論自鹿鳴至此可讀者二十三篇鹿鳴四牡皇華伐木天保魚麗嘉魚南山蓼蕭湛露彤弓菁莪固是雅之正即吉日庭燎亦小雅之正以其詞氣和平格調亦整飭也六月采芑車攻鴻鴈鶴鳴固是雅之變即常棣采薇出車杕杜亦小雅之變不唯其時勢多故即詩筆亦多變幻也而鶴鳴一詩尤爲創格是變而愈變矣蓋正雅中未嘗無變而變雅中亦未嘗無正不可以一概論也以此例觀餘可類推然其義猶有不盡於是者讀者隨時諷咏以察其變焉可耳

祈父之什

祈父　禁旅責司馬徵調失常也

祈父。予王之爪牙。胡轉予于恤。靡所止居。一章 祈父。予王之爪士。胡轉予于恤。靡所底止。二章 祈父。亶不聰。胡轉予于恤。有母之尸饔。三章

右祈父三章章四句此禁旅責司馬徵調失常之詩諸家皆無異言唯毛鄭以千畝之敗實之而集傳又謂軍士怨於久役故呼祈父而告之是主久戍言也案成周兵制籍鄉遂之衆以作六軍而邱甸之民亦出車乘甲士步卒然其爲數少故統言之則六軍之士出自六鄉也至虎賁司右簡勇士屬焉以左右王鄭康成所謂征行之士例不取王之爪牙之士也此況千畝之役嚴華谷云宣王料民大原人不足用乃出禁衞以從征是禁旅原不出征偶一用之尚且致怨況久戍乎且自古兵政亦無

有以禁衛戍邊方者故當以箋疏爲長何元子又云千畝之戰諸侯之師皆無恙而王師受其敗則以勤王不力故耳故恨責之此祈父必侯國之祈父故其人自稱爲王之爪牙若對王朝之大司馬則無此文矣姚氏以爲議論細而是然非轉予口氣故亦未爲確也且末云有母之尸饔明明是不應征調而征調之謂矣尚何紛紛强辯以爲責侯國之祈父耶獨是宣王中興周室復振幾四十年至是始以諸侯勤王不力之故而致王師敗績朝綱再墜則怨而責之者不亦宜乎然非詩人本意也故甯從舊說爲是

【集釋】祈父〔集傳〕祈父司馬也職掌封圻之兵甲故以爲號酒誥曰圻父薄違是也〔孔氏穎達曰〕古者祈圻同字得通用故此作祈尚書作圻也　予司右虎賁之屬自謂也　爪牙〔孔氏穎達曰〕鳥用爪獸用牙以防衛已身此人自謂

王之爪牙以恤憂也恤也底至也亶誠也尸主也饔熟食也言不得奉母反鳥獸爲喻也

標韻牙六麻叶五乎切 居六魚叶韻 士四紙止同本韻 聰一東饔二冬通韻

白駒 放隱士還山也

皎皎白駒。食我場苗。縶之維之。以永今朝。所謂伊人。於焉逍遙。一章

皎皎白駒。食我場藿。縶之維之。以永今夕。所謂伊人。於焉嘉客。二章

皎皎白駒。賁然來思。爾公爾侯。逸豫無期。慎爾優游。勉爾遁思。三章

皎皎白駒。在彼空谷。生芻一束。其人如玉。毋金玉爾音。而有遐心。四章

愛賢而欲縶其駒與好客而至投其轄同一奇想

謝安爲布衣時人皆以公輔期之此必當時第一流人物

寫出賢人身分令人神往不置

右白駒四章章六句此王者欲留賢士不得因放歸山林而賜以詩也其好賢之心可謂切而留賢之意可謂殷奈士各有志難以相强何哉觀其初則欲縶白駒以永朝夕繼則更欲縻以

好爵而不暇計賢者之心不在是也終則知其不可留而惟冀
其毋相絕時惠我以好音耳詩之纏綿亦至矣而序乃以爲
刺宣王毛鄭之徒遂仍序意謂宣王之末不能用賢賢者有乘
白駒而去者朱子初年亦本其說集傳雖不實指宣王而立說
仍未能離去箋疏也試思宣王不能用賢何以眷眷於賢若是
哉其時中興初定安知宣王不有貧賤至交不肯出仕王朝如
嚴光之於漢光武李泌之於唐肅宗獨行其志以爲高者此詩
之作正光武所謂咄咄子陵不能相助爲理耶與肅宗所謂朕
非敢相臣以濟艱難耳今方同樂奈何遽去之意特無實證難
指其人若循文案義則如是也姚氏又謂或必欲以爲刺王則
謂大夫欲留之以見王之不能留庶可耳然則爾公爾侯之咏

又豈臣下所宜言哉

【集釋】皎皎潔白也駒馬之未壯者場圃也縶絆其足也維繫其靮也逍遙游息也藿何氏楷曰藿本作蘿說文云菽之少也或以為豆葉嘉客呂氏大臨曰嘉客者暫客於斯亦將去也賁然集傳賁然光采之貌也或以為來之疾也思語詞慎勿過也勉毋決也又保重意遁遯也

【標韻】苗二蕭朝遙並同本韻　藿十藥夕客十一陌叶韻　思四支期思並同二思字自為韻本韻　谷一屋束二沃玉同通韻　音十二侵心同本韻

黃鳥　刺民風偷薄也

黃鳥黃鳥無集于穀無啄我粟此邦之人不我肯穀言旋言歸復我邦族一章　黃鳥黃鳥無集于桑無啄我粱此邦之人不可與明言旋言歸復我諸兄二章　黃鳥黃鳥無集于栩無啄我黍此邦之人不可與處言旋言歸復我諸父三章

右黃鳥三章章七句此詩與下篇我行其野大畧相類亦同出於一時此不過泛言邦人之不可與處下章則並昏姻亦不肯相恤總以見人心澆漓日趨愈下有滔滔難返之勢其所以致民如此者豈無故與王氏曰先王躬行仁義以道民厚矣猶以爲未也又建官置師以孝友睦婣任恤六行教民爲其有父母也故教以孝爲其有兄弟也故教以友爲其有同姓也故教以睦爲其有異姓也故教以婣爲鄰里鄉黨相保相愛也故教以任相賙相救也故教以恤以爲徒教之或不率也故使官師以時書其德行而勸之以爲徒勸之或不率也於是乎有不孝不睦不婣不弟不任不恤之刑焉方是時也安有如此詩所刺之民乎此可見民之薄實由上之失其教也故小序以爲刺宣王

也集傳以為未見其然然皆不可考而在上之無以教其民也則不能辭其咎焉故此二詩重在不可與處及爾不我畜非重在復我邦族也且重在上之無以使民相賙相恤不重在民之不能相賙恤也蓋所哌在民而所刺則在上耳若集傳及諸家所云民適異國不得其所即投昏姻亦不見收恤不如仍歸故土之為善則是美宣王矣又何刺之有耶夫宣王中興令主固嘗遣使安集流散而有鴻雁之詩矣乃數十年而民風偷薄如故豈王氏所云未能以先王之所以教民者教其民歟聖人删詩存此二篇於中興之末見周之衰實自此始不必待東遷而後著也

穀木名解見鶴鳴　穀善也

標韻 穀屋一 粟沃二 穀屋 族同 通韻 桑陽七 梁同 明庚八 兄同 轉韻

栩麌七 黍語六 處同 父麌 通韻

我行其野 刺睦姻之政不講也

我行其野，蔽芾其樗。昏姻之故，言就爾居。爾不我畜，復我邦家。一章

我行其野，言采其蓫。昏姻之故，言就爾宿。爾不我畜，言歸思復。二章

我行其野，言采其葍。不思舊姻，求爾新特。成不以富，亦祇以異。三章

右我行其野三章，章六句。說見前篇，而詞較迫，以人愈親而情愈見其薄耳。乃蘇氏又謂甥舅之諸侯求入爲王卿而不獲者所作，則以私心測詩意，豈能切合？夫甥舅之國求入爲卿不得，必有所以不得之故，烏能怨王而與此刺之乎？此與前篇朱鬱儀所云宣王之世諸侯兄弟有失所而來依于王室者，及其季

年政體怠荒禮意衰薄思返故國而賦是詩同爲臆測然較蘇說差有理唯旣曰失所而何故國之可返耶家之詩意均皆不切故甯取王說而諸家可悉棄也

集釋　樗惡木也李氏樗曰樗不材之木莊子曰大枝擁腫不中繩墨小枝卷曲不中規矩　蓫集傳蓫牛蘈惡菜也今人謂之羊蹄菜　蓄惡菜也陸氏璣曰幽州人謂之燕蓄其根正白可著熱灰中溫噉之飢荒之歲可烝以禦飢　特匹也

標韻　樗六魚　居同　家六麻叶古胡反　叶韻　蓫一屋　宿　復並同　本韻　蓄一屋叶筆力反　特十三職　異四寘叶逸織反　叶韻

斯干　公族考室也

秩秩斯干澗水。幽幽南山面山。如竹苞矣如松茂矣林木○苞茂。兄及弟矣式相好矣○聚、族、而、處○晳、相、敬、愛、無相猶矣一章　似續妣祖承、先、志○築室百堵西南其戶創、新、業○爰居爰處爰笑爰語二章

先從形勝起乃卜築第一要着然非聚國族於斯則亦未見其盛也故首

及之次言承先志乃創業者之心
此下三章皆築室事先垣次堂次室層次井然須玩他鍊字有法垣則曰攸芋堂則曰攸躋室則曰攸寧一一分貼細膩處
藉夢作兆文筆奇幻再藉占夢男女雙題開下兩章乃文唐突此文心結撰精密處
生男育女兩大段對寫作收與稽首衆族承先選選相應非獨卜後之具亦見文章之美

約之閣閣椓之橐橐風雨攸除鳥鼠攸去君子攸芋 三章 如跂斯翼如矢斯棘如鳥斯革如翬斯飛君子攸躋 四章 殖殖其庭有覺其楹噲噲其正噦噦其冥君子攸寧 五章 下莞上簟乃安斯寢乃寢乃興乃占我夢吉夢維何維熊維羆維虺維蛇 六章 大人占之維熊維羆男子之祥維虺維蛇女子之祥 七章 乃生男子載寢之牀載衣之裳載弄之璋其泣喤喤朱芾斯皇室家君王 八章 乃生女子載寢之地載衣之裼載弄之瓦無非無儀唯酒食是議無父母詒罹 九章

右斯干九章四章章七句五章章五句此詩似卜築初成祀禱屋神之詞非落成宴飲詩也然自是皇家語非士庶所宜言以詩中有室家君王等辭故耳且鳥革翬飛亦豈民間制度耶集傳但言室成而不指爲何王固是然其意以爲考室通用之樂

則非故此詩若以爲成王營洛時作（朱鬱儀何玄子之言）則南山字無著落（姚氏際恒所駁）即篇中亦必無兄弟聚處及生男育女之祝蓋東都只爲朝會諸侯而設成王非躬居其室何必祝其生男育女於是室哉若以爲武王（鄒肇敏言）宣王（小序）時作武王詩不應廁于宣王之內宣王雖中興不無建營宮室之舉然京仍鎬京室仍舊室不過補葺而更新之又何必面山臨水作相彼流泉觀其陰陽有似卜築爲乎且劉向云周德既衰而奢侈宣王賢而中興更爲儉宮室小寢廟詩人美之然則此詩豈儉小之謂乎是知非爲宣王作可無疑矣當是時中興景運一新天潢世胄以次還朝各營新第於是卜築豐水面對南山擇其林木佳處聚族環處以爲世業常基者夫豈無人曰似續妣祖者纘承先志也曰

築室百堵者創建新室也曰熊羆占夢者子孫繁衍也曰室家君王者昏姻皆王侯世第也唯女子則勉以中饋無貽父母羞爲冣此非周室懿親及諸侯子姓孰能創建如是之巍峩輪奐乎故其詩次於宣王諸篇之末以紀一時盛事爲中興生色耳小序不知誤爲宣王考室皆其讀詩粗率處也

【集釋】秩秩有序也干水涯也南山終南之山也猶當作尤似嗣也爰於也約束板也閣閣上下相承也椓築也橐橐杵聲也芋尊大也跂竦立也翼〔嚴氏粲曰〕如論語翼如也之翼棘急也革變也翬雉也躋升也殖殖平正也覺高大而直也楹柱也噲噲猶快快也爽塏之意正向明處也噦噦深廣之貌冥奧窔之閒也莞蒲席也〔孔氏穎達曰〕郭璞曰西方人呼蒲爲莞蒲江東謂之苻蘺司几筵有莞筵蒲筵則爲兩種席也簟竹葦曰簟〔馮氏復京曰〕司几筵有次席注以爲桃枝竹所次成者其即此簟歟莞席在下即筵也竹簟在上即重席也〔案〕詩云乃安斯寢似此席非筵席乃寢處之席耳羆〔集傳〕羆似熊而長頭高腳猛憨

多力能拔樹〔陸氏璣曰〕羆有黃羆有赤羆大於熊　虺〔集傳〕虺蛇屬細頸大頭色如文綬大者長七八尺　大人太卜之屬占夢官也　璋半圭曰璋〔嚴氏粲曰〕璋玉以禮神明及朝聘以爲瑞璋瓚以祼宗廟此生男弄璋當止是璋玉也〔姚氏際恒曰〕今世傳有三代玉璋長一二寸至長不過三寸其制不一有孔可穿絲繩故初生子可弄　喤大聲也　芾天子純朱諸侯黃朱　皇猶煌煌也　君諸侯也　室家君王言昏姻皆王侯族也　裼祼也〔陸氏德明曰〕裼韓詩作禘〔孔氏穎達曰〕祼縛兒被也　瓦〔姚氏際恒曰〕瓦毛傳以紡塼解之不可以塼爲瓦黃東發謂湖州風俗婦人以麻線爲業人各一瓦索麻線于其上尤可笑瓦質重大豈初生子所能弄哉乎又見三代古玉長濶寸許如瓦形或卽是此未可知也

〔標韻〕干十四寒　山十五刪　通韻　苞二十六宥　茂同　好十九皓　猶十一尤　叶韻

祖七麌　堵戶並同　處六語　語同　通韻　閣十藥　橐同　本韻　除六御　去同　芋七麌　叶韻　翼十三職　棘同　革十一陌　通韻　飛五微　躋八齊　通韻　庭九青　楹八庚　正同　冥青　甯同　通韻　寢二十六寢　興十蒸　夢一送叶彌登反　叶韻　何五歌　羆四支叶彼何反　蛇六麻叶土何反　叶韻　祥七陽　祥同　本韻二字自爲韻　牀陽

起勢飄忽

牛羊並題

人物雜寫錯落得妙是一幅羣牧圖

單寫羊體物入微文筆一變

紆情奇想深得化俗爲雅變板成活之法

裳瑝皇王同並本韻　地四寘 裼十二錫 瓦二十一馬叶魚位反 儀四支音莪叶議

羅支寘叶韻

無羊　美司牧也

誰謂爾無羊。三百維羣。誰謂爾無牛。九十其犉。爾羊來思。其角濈濈。爾牛來思。其耳溼溼。一章 或降于阿。或飲于池。或寢或訛。爾牧來思。何蓑何笠。或負其餱。三十維物。爾牲則具。二章（此何是主） 爾牧來思。以薪以蒸。以雌以雄。爾羊來思。矜矜兢兢。不騫不崩。麾之以肱。畢來既升。三章 牧人乃夢。衆維魚矣。旐維旟矣。大人占之。衆維魚矣。實維豐年。旐維旟矣。室家溱溱。四章

右無羊四章章八句小序謂宣王考牧鄭氏踵之以爲厲王之時牧人職廢宣王始興而復之至此而成謂復先王牛羊之數

集傳則置而不論但云牧事有成而牛羊衆多也夫牧養雖非大政而犧牲於是乎出賓客於是乎享君庖於是乎充亦爲國者之先務宣王當板蕩之餘牧養之政久廢何有乎牛羊至是乃修而復之亦中興所恒有事但禮云問庶人之富數畜以對似天子不必以此誇耀富盛也故但曰美司牧而天子自在其中矣序必以爲宣王考牧未免小覻乎朝廷也且並上篇考室亦歸美宣王二事相題並論則尤附會無稽竊謂二詩雖同出於中興初年而其事不相屬編詩者後始類錄之耳若使同美宣王則二詩中皆以大人占夢必不能再言以取重複之誚是知考室自考室考牧自考牧不必盡爲宣王作也詩首章誰謂二字飄忽而來是前此凋耗今始蕃育口氣以下人物雜寫或

牛羊並題或牛羊渾言或單咏羊不咏牛而牛自隱寓言外總以牧人經緯其間以見人物並處兩相習自不覺其兩相忘耳其體物入微處有畫手所不能到晉唐田家諸詩何能夢見此境末章忽出奇幻尤爲匪夷所思不知是眞是夢眞化工之筆也其尤要者爾牲則具一語爲全詩主腦蓋祭祀燕饗及日用常餼所需維其所取無不具備所以爲盛固不徒專爲犧牲設也然淡淡一筆點過不更纏繞是其高處若低手爲之不知如何鄭重以言不累卽腐文章死活之分豈不微哉

【集釋】**犉** 黃牛黑脣曰犉 **濈濈** 和也 **溼溼**〔集傳〕溼溼潤澤也牛病則耳燥安則潤澤也 **訛** 驚動貌韓詩作譌 **何** 揭也 **蓑笠** 備雨具也 **三十維物** 也〔集傳〕齊其色而別之凡爲色三十〔何氏楷〕曰物謂毛物與此物四驪之物同 **蒸** 細薪曰蒸 **雌雄**〔姚氏際恒〕曰雌雄字從隹卽鳥也故以雌雄言鳥 **矜矜兢兢** 堅强也欲爭先

起得嚴厲有勢

首二章皆虛籠全局

上言師尹此特題大師字則其職任之重可知是通篇警策處

二章實寫爲政不平以及信任小人

而實緩貌鬻戲也崩傾也不傾崎嶇險从之處不傾跌也肱臂也旣盡也升入牢也占夢借占夢以爲豐年之北耳旐旟〔集傳〕旐郊野所建統人少旟州里所建統人多溱溱衆也

標韻 羣文十二犉韻 濈緝十四溼同本韻 阿歌五池四支叶唐何反訛歌叶韻 笠緝物五物具七遇叶居律反叶韻 蒸十蒸雄一東兢蒸崩肱升蒸並叶韻 魚六魚旟同本韻 年一先溱十一眞通韻

節南山 家父刺師尹也

節彼南山首二章○興起維石巖巖赫赫師尹民具爾瞻憂心如惔不敢戲談國其惑可知○旣卒斬何用不監故作危言虛嚇一筆領起全詩○章一 節彼南山有實其猗赫赫師尹不平謂何天再、唱、一、筆○不其方薦瘥爲政之○失喪亂弘多民言無嘉憯莫懲嗟病根在此○章二 尹氏大師特筆提起維周之氐秉國之均四方是維天子是毗俾民不迷乃○轉○入○本○意○不弔昊天不宜空我師章三

弗躬弗親其○下○歷○舉○不○平○之○實○庶民弗信弗問弗仕勿罔君子式夷式已勉之以平○則小人踞○退而無小人殆瑣

以見天人交怒之故然猶望其自懲不作痛絕之辭至此乃深惡而痛責之蓋知其不能自懲也觀下不懲二語可見迨至覆怨其正則惡愈深矣
王字輕輕帶出詩人忠君愛國之心含蓄無限立辭之妙可以爲法
點出作詩原由

項姻亞則無膴仕四章（無怨信○仕親○小○人之尤者惟○其不平天亦屢降○大凶）昊天不傭降此鞠訩昊天不惠降此大戾君子如屆俾民心闋君子如夷惡怒是違五章（再勉以○進○用君子○則諸怨自○消）（根第三章若○不爲○天所○恤○亂○未）不弔昊天亂靡有定式月斯生俾民不寧憂心如酲誰秉國成不自爲政卒勞百姓六章（至○已○）（是○誰○之○罪○應○上○秉○均○應○究○親○任○用姻亞）駕彼四牡四牡項領我瞻四方蹙蹙靡所騁七章（懲○喪亂○弘多）（應曆莫懲空）方茂爾惡相爾矛矣既夷既懌如相醻矣八章（故揚○筆○）（筆○出○王○字）（抑）昊天不平我王不寧不懲其心覆怨其正九章（明點作詩反應不敢戲談）（再勉以德是詩○人忠厚處）家父作誦以究王訩式訛爾心以畜萬邦十章

右節南山十章六章章八句四章章四句序以爲刺幽王也然桓王之世亦有一家父（春秋桓十五年天王使家父來求車）上距幽王之卒已七十五歲集傳及諸家多疑之遂有以爲東遷後詩者唯孔氏穎達云古人父子多同字此家父未必是一人姚氏亦云東遷後曷爲咏南山愚謂此家父乃與師尹同朝人不敢戲談而已獨

作詩以刺之者夫豈後人所能爲哉詩以直刺尹氏爲主言王因之不寤乃是臣子愛君之心若以爲刺幽王非惟失臣子事君之道且使小人得以藉口則必不敢直題姓氏矣尹氏爲政失在委任小人且多姻亞而又弗躬弗親政出私門故多不平以致召亂天人交怒災異迭興流言四起而猶不知自懲偶有規而正之者反以爲怨此家父之深以爲憂也然其人聲勢赫赫舉朝畏威莫敢戲談況侮之乎唯家父周朝世臣義與國同休戚故不憚誅罰直刺其非無或稍隱然始猶望其進君子退小人以挽回天意而安王朝既知其無可救正亂靡有定顧瞻四方不知逝將焉往又況天方降災危及我王尤非臣子潔身遠去緘口不言之秋不得不作爲歌詩以究王訩之所由倘使

其人聞之而因以改心易慮則猶可以轉禍成福而畜養萬邦亦未始非歌詩之力也此作詩表字之意所由來歟然非忠誠爲懷不計利害亦孰肯以一身當尹氏之怒而不辭者嗚乎家父亦可謂爲人之所不能爲者矣豈不壯哉

【集釋】節高峻貌〔何氏楷曰〕節通作岊徐鍇云山之陬隅高處曰岊巖巖積石貌赫赫顯盛貌師尹大師尹氏也大師三公〔孔氏穎達曰〕尚書周官云太師太傅太保茲惟三公〔集傳〕尹氏蓋吉甫之後春秋隱三年書尹氏卒公羊子以爲譏世卿者即此也〔李氏樗曰〕春秋後又書尹氏立王子朝則尹氏之爲世卿其來甚久矣具俱也瞻視也惔燔也〔李氏樗曰〕雲漢曰如惔如焚惔焚之類也卒終也斬絕也監視也有實其猗〔集傳〕未詳其義傳曰實滿猗長也箋云猗倚也言草木滿其旁倚之畎谷也或以爲草木之實猗猗然皆不甚通〔案〕山雖高必有草木以實之而其高愈顯以與師尹雖尊必有親近以附和之而其威愈赫薦荐通重也瘥病也弘大也憯曾也懲創也氏本也均平也維持也毗輔也弔愍也空窮也師衆也問咨詢之也仕任官之也君子指正直人言〔姚氏際恒曰

仕非事也君子非指王也以君子而弗咨詢之弗仕使之是誣罔君子也故戒其勿夷平也已止也王氏安石曰已廢退也孟子所謂士師不能治士則已之與此已同義殆危也瑣瑣小貌姻亞壻之父曰姻兩壻相謂曰亞膴厚也姚氏際恒曰小人則平其心而休廢之以小人危殆也故戒其無無無毋同瑣瑣姻亞指其事而言之蓋此輩不唯仕而且膴仕矣故亦戒其無應上君子弗仕意傭均也鞫窮也訩亂也戾乖也届至也闋息也違遠也酲病酒曰酲成平也項大也蹙蹙縮小之貌茂盛也相視也懌悅也家父家氏父字周大夫也

標韻　巖十五咸瞻十四鹽惔十三覃談同監咸通韻　猗四支叶於何反何五歌

瘥多並同嘉六麻嗟同叶韻　氐八齊維四支毗迷齊師支通韻　親十一

眞信同本韻　仕四紙子同殆十賄仕紙通韻　傭二冬訩同本韻

惠八霽戾同届十卦闋九屑叶苦桂反叶韻　夷四支違五微通韻　定二十五徑生

八庚寧九青酲庚成同政二十四敬姓同叶韻　領二十三梗騁同本韻　矛

十一尤醻同本韻　平庚寧青心十二侵正庚通韻　誦二宋訩冬邦

哭人交變亂形已著我何不幸乃適當此厄運

亂極則國必亡將來未知何如偶一念及詎堪設想天何爲而此酷

人乃不知其非可憐亦復可恨

已雖獨醒無地能容天高地厚二語根上天夢山卑作一大段

前言是非顛倒此後言用賢不尊

三轉韻

正月　周大夫感時傷遇也

正月繁霜（時乖秋○七）我心憂傷民之訛言（民謡於○下）亦孔之將念我獨兮（我們○憂之）憂心京京哀（無人能○識 ○疾○痛○叫○呼○父○母 ○○傷○已○適○遭○是○時）

我小心癙憂以痒章一父母生我胡俾我瘉不自我先不自我後好（嘆○黄○其○口○尤○變○可○畏 ○見○嫉○之○故 我之一不○幸）

言自口莠言自口憂心愈愈是以有侮章二憂心惸惸念我無祿民（動○無○罪○民○同○被○囚○虜 ○一○不○知○所○止 ○如○烏○之○止○屋○誰○屋）

之無辜幷其臣僕哀我人斯于何從祿瞻烏爰止于誰之屋章三瞻（乃○瞻○林○固○篇○中○興○起○大○小○亦○分○明○易○辨○民○患○叫○天○天○獨○不○應）

彼中林侯薪侯蒸民今方殆視天夢夢既克有定靡人弗勝有皇

上帝伊誰云憎章四謂山蓋卑爲岡爲陵民之訛言寧莫之懲召彼（古○今○通○病 ○召○亂○之○本）

故老訊之占夢具曰予聖誰知烏之雌雄章五謂天蓋高不敢不局（東○往○前○半）

謂地蓋厚不敢不蹐維號斯言有倫有脊哀今之人胡爲虺蜴章六（又○典○訓○後○一○半○文○字）

瞻彼阪田有菀其特天之抓我如不我克彼求我則如不我得執

政復暴虐咎歸褒姒言之可駭

二章極言得人者昌失人者亡純以聲喻出之故易警策動人

賢旣不用必難相容故特憂之爲一大段

此下言小人朋黨亂政民窮受害作收

我仇仇亦不我力章七心之憂矣如或結之今茲之正胡然厲矣燎

（倩○燎○田○起○下○致○如○威○罪○人○　以陰雨○行車）

之方揚寧或滅之赫赫宗周褒姒威之章八終其永懷又窘陰雨其

（此亂世○譏賢　承○上○正○言○以○見○賢○不○宜○棄）

車既載乃棄爾輔載輸爾載將伯助予章九無棄爾輔員于爾輻屢

（兩以魚此賢難避○戚）

顧爾僕不輸爾載終踰絕險曾是不意章十魚在于沼亦匪克樂潛

雖伏矣亦孔之炤憂心慘慘念國之爲虐章十一彼有旨酒又有嘉殽

（民、享、乘○平、求、人、）

洽比其鄰昏姻孔云念我獨兮憂心慇慇章十二仳仳彼有屋蔌蔌方

（又遭亂○、、、、、慘、然、）

有穀民今之無祿天夭是椓哿以富人哀此惸獨章十三

右正月十三章八章章八句五章章六句此自幽王時詩然序以爲刺幽王則非詩人語氣蓋其自傷多難不前不後生當厄運深恐國破家亡與無辜人民同時被虜爲人臣僕有似烏飛啞啞不知集于何屋則此情此境眞不堪預爲設想也夫天心

人事互相倚伏人當危殆則疾痛號泣而欲訴之於天今之天
則夢夢然其如醉若無辨於人之善惡也者是天心已不可問
矣世將禍亂則流言謗讟尤易煽動乎人若今之人則貿貿然
以自聖更難知其烏之雌雄也者是人事又何勝言哉然此特
天心未定訛言孔多時則然倘使人知自警天亂亦將平則有
皇上帝福善禍淫原無所偏愛而爲福又豈有所偏憎而降灾
予之處此未敢縱恣古人有言勿謂天高不敢不局勿謂地厚
不敢不蹐夫亦自小之甚矣而人顧不能容嘗肆毒以相害也
則又何故始予固嘗見用於世矣而無如天方抓我如恐不勝
譬彼特苗生於阪田風雨動之其能長乎夫始求之以爲法而
唯恐其不得繼得之而如仇亦終莫能用此世之所以亂而賢

者終莫能伸也又況淫虐召亂女戎方興赫赫宗周衆賢臣輔之而不足一褒姒威之而有餘可勝嘅哉然衆賢非不劬勞盡瘁以輔之也奈彼自棄其輔如行車然車載旣重又窘陰雨車輔相失其何以行迨至載墮困於泥塗始相呼助詎能及耶使其早見及此無棄爾輔又能愼戒僕夫則雖人世崎嶇路多絶險亦不難安車就駕如不經意而自踰矣乃今之世非第棄賢又將禍焉予是以憂心慘慘慮國之爲虐而不勝其深藏而自晦之然魚游淺水雖曰潛伏亦甚炤然恐終無以逃其禍耳夫天意難測亂未有已是非之淆旣若彼其甚人心多險國是曰非賢奸之辨又若此其難而欲國之無亡也得乎然彼小人則方且肆然得志旨酒嘉殽呼朋引類相與爲樂而不知其國破

家亡將在旦夕此乎獨深憂而不能自解者也雖然乎何足惜所苦者吾民耳前此宣王中興佌佌然民始有家亦蔌蔌然民方有穀將以爲從此安居可享無事福矣而孰知大亂又作是天降天孽椓害小民孽無可逭富者尚可自勝獨如此惸獨何哉此周大夫感時傷遇之作非躬親其害不能言之痛切如此而集傳疑爲東遷後詩姚氏駁之云此詩刺時非感舊也若褒姒已往鎬京已亡言之何益且與前後文意亦不相類是已然鎬京未亡何以遽言褒姒威之古人縱極戇直亦不應狂誕若此此必天下大亂鎬京亦亡在旦夕其君若臣尚縱飲宣淫不知憂懼所謂燕雀處堂自以爲樂一朝突決棟焚而怡然不知禍之將及也故詩人憤極而爲是詩亦欲救之無可救藥時矣

讀者循文案義其情自見又何必紛紛辯論爲哉

【集釋】正月正音政集傳正月夏四月謂之正月者以純陽用事爲正陽之月也訛僞也將大也京京亦大也癙憂幽憂也痒病也劉氏彝曰鼠病而憂在於內人所不知也我有鼠憂至於痒病人所不知也瘉病也莠醜也愈愈益甚之意惸惸憂意無祿不幸也辜罪也侯維也夢夢不明也局曲也陸氏德明曰局本又作跼蹐累足也號長言之也脊理也虺蜴皆毒螫之蟲也阪田崎嶇墝埆之處也菀茂盛貌特特生之苗也扤動也黃氏一正曰扤動搖跪跪使不遂也力用之力也正政也褒姒幽王嬖妾褒國女姒姓也烕亦滅也輔集傳輔如今人縛杖於輻以防輔車也輸墮也將請也伯或人也如某伯某仲之類員益也張氏彩曰員者周防完美無缺陷傾側之意炤音灼昭明易見也云周旋之意仳仳小貌蔌陋貌夭夭夭所禍也何氏楷曰商書彤日篇云非天夭民與此天夭同義椓害也哿可也

【標韻】霜陽七傷將並同京庚八痒陽轉韻瘉麌七後有二十五口同侮麌叶韻祿屋一僕祿屋並同本韻烝蒸十夢一送叶莫登反勝蒸憎同叶韻

詩史書法春秋用之

天變於上小人不知自警反以為常則無忌憚之心可見

地變於下又不知懲則尤可恨

小人用事於外變

陵蒸 懲同 夢送 雄一東 胡陵反 叶韻 局二沃 居亦反 叶 蹐十一陌 脊蜴並同 叶

韻 特十三職 克得力並同 本韻 結九屑 厲八霽 力桀反 叶 滅屑 威同 叶韻

慶 輔同 予六語 通韻 輻一屋 筆力反 叶 載十一隊 節力反 叶 意四寘 叶韻 樂

十藥 炤音灼 同 虐同 本韻 鄰十一真 云十二文 慇同 通韻 屋一屋 轂 祿

並同 椓三覺 獨屋 轉韻

十月之交　刺皇父煽虐以致災變也

十月之交朔日辛卯日有食之亦孔之醜彼月而微此日而微今此下民亦孔之哀一章 日月告凶不用其行四國無政不用其良彼月而食則維其常此日而食于何不臧二章 爗爗震電不寧不令百川沸騰山冢崒崩高岸為谷深谷為陵哀今之人胡憯莫懲三章 皇父卿士番維司徒家伯維宰仲允膳夫聚子內史蹶維趣馬楀維

梁承上○令之人歷○懲其人以○實之

妾固寵於內所以致變之由

皇此乃言己之受勞而被讒

並及鄉里受害

以自安所遇作收

師氏豔妻煽方處四章抑此皇父豈曰不時胡為我作不即我謀徹我牆屋田卒汙萊曰予不戕禮則然矣五章皇父孔聖作都于向擇三有事亶侯多藏不慭遺一老俾守我王擇有車馬以居徂向六章黽勉從事不敢告勞無罪無辜讒口囂囂下民之孽匪降自天噂沓背憎職競由人七章悠悠我里亦孔之痗四方有羨我獨居憂民莫不逸我獨不敢休天命不徹我不敢傚我友自逸八章

右十月之交八章章八句小序謂大夫刺幽王鄭氏又以為厲王之詩歐陽修蘇轍陳鵬飛皆非之李氏樗亦云唐書志云十月之交以曆推之在幽王之六年則是為幽王之詩無疑矣此詩中紀候力也然亦非刺幽王乃刺皇父耳朱鬱儀曰向在東都桓王與鄭人蘇忿生之田向盟州陘是也去西都千里而遙

皇父恃寵請城規避戎禍土木繁興徙世家巨族以實之人情懷土重遷傷其獨見搜括故賦是詩姚氏以爲此說得之今案詩詞特一端耳皇父援黨布置要樞竊權固寵罔上營私以致災異薦臻自懲乃敢誣天日彼月而食則維其常此日而食于何不臧是不唯欺君而又欺天矣小人無忌往往如此豈非罪之尤大者乎詩人刺之開口直書天變時日於上以著其罪詩史家法嚴哉

【集釋】十月建亥月也 交日月交會謂晦朔之間也一歲凡十二會 日有食之陳氏植曰日月交會日爲月掩則日蝕日月相望月與日亢則月蝕自是行度分道到此交加去處應當如是曆家推算專以此定跡密本不足爲變異但天文纔遇此際亦爲陰陽厄會於人事上必有災戾故聖人畏之側身脩行庶幾可弭災戾也【案】日食固爲月掩月食則非地隔蓋月本自有光半明半暗隨日爲盈虧日與月正對則其光反向上以避日向地一面則暗而成蝕然月食則以爲常者

月有盈虧乃其常耳日食而以爲變者日虧闕則爲變也天人原本一氣天有厄則人必有災日食雖非眞厄而其象則成厄象象著而氣亦足以相感此聖王之所以畏也**彼月而食四句**小人不知畏天故借口曰彼月而食固其常矣此日而食又于何不臧之有乎蓋不欲以天變自加脩省耳**爗爗**電光貌**震**雷也**甯**安徐也**令**善也**沸**出也**騰**乘也**冢**山頂曰冢**崒**崔嵬也**憯**曾也**皇父家伯仲允**皆字也**番聚蹶楀**皆氏也**卿士**集傳曰卿士六卿之外更爲都官以總六官之事也鄭氏康成曰皇父則爲之端首兼擅羣職故但目以卿士云**司徒**掌邦教也**維宰**姚氏際恒曰家伯之下註疏及蘇氏嚴氏本皆作維宰蘇氏曰維宰未知何宰也鄭氏則以家宰釋之集傳本則直改作冢宰更非**膳夫**掌王之飲食膳羞者也**內史**中大夫掌爵祿廢置殺生予奪之法者也**趣馬**中士掌王馬之政者也**師氏**亦中大夫掌司朝得失之事者也**豔妻**指褒姒也**煽**熾也**方處**陳氏推曰言其寵方固也**抑**發語辭**時**農隙之時也**都**大邑也周禮畿內大都方百里小都方五十里皆天子公卿所封地非都會之都也**向**地名在東都畿內今懷慶府孟縣**三有事**三卿也**亶**誠也**侯**維也**藏**蓄也**憖**陸氏德明曰憖爾雅云願也彊也且也**有車馬者**富民也**徂**往也**噂**聚也**沓**重複也**職**主也

先寫亂形見天心之不平歷數諸臣離心匡國無人時勢如斯庶幾君心悔悟乃更為惡痛責諸臣

競力也羨餘也徹均也

標韻 卯十八巧醜二十五有叶韻　徹五微哀十灰通韻　行七陽良常臧並同

本韻　令八庚崩十蒸陵懲並同通韻　徒七虞夫同本韻　馬二十一馬處六語

叶韻　時四支謀十一尤萊十灰然一先叶韻　向二十三漾藏王向並同本

韻　勞四豪囂二蕭通韻　天一先人十一真通韻　里四紙痗十一隊呼潰反叶

叶韻　憂十一尤休同本韻　徹九屑逸四質通韻

雨無正　周替御痛匡國無人也

浩浩昊天。不駿其德。降喪饑饉。歲饑。斬伐四國。民亂。旻天疾威。弗慮弗圖。善惡不齊。舍

彼有罪。既伏其辜。有罪反舍。倒句。若此無罪。淪胥以鋪。無辜受害。章一 周宗既滅。靡所止戾。宗室絕迹。無人救惡。正

大夫離居。莫知我勩。宰輔又遠去。三事大夫。莫肯夙夜。邦君諸侯。莫肯朝夕。諸親亦無人盡瘁。列辟更難輔相。庶

曰式臧。覆出為惡。故君惡日長。章二 如何昊天。辟言不信。如彼行邁。則靡所臻。只好呼天自訴君之不信忠言。有如行路無所底止。凡

乃自表己亦獨深憂慮愈見國之無人也舉朝如是爲之奈何可爲嘆息

代原臣亦君亦不能無過言極沉痛筆亦斬絕

末更望諸臣之來共匡君失因誥責之使窮於辭而無所遁乃作詩本意

百君子各敬爾身胡不相畏不畏于天三章　戎成不退饑成不遂曾

指上諸臣○雖各潔身不○肯格君獨不○畏獲咎于天○乎　亂作無人○止　民生無○人遂

我贄御憯憯日瘁凡百君子莫肯用訊聽言則答譖言則退四章　哀

惟我近○侍獨形憂○瘁爾諸臣○終莫進言○惟知唯諾○更巧避譏○

哉不能言匪舌是出維躬是瘁哿矣能言巧言如流俾躬處休五章

長○嘆○　○忠○者○不○能○言○　○能○言○者○不○忘○

維曰于仕孔棘且殆云不可使得罪于天子亦云可使怨及朋友

又代諸○臣自解出○仕之難直○道王以爲不○可枉道者○又得罪于○滴

六章　謂爾遷于王都曰予未有室家鼠思泣血無言不疾昔爾出居

滴淚然王不可無○補故招爾爾○乃自諉使予幽思○王子泣血言無○不痛爾以無○家爲辭然則出君又○豈有家耶

誰從作爾室七章

右雨無正七章二章章十句二章章八句三章章六句此篇名多不可解小序云大夫刺幽王也大序曰雨自上下者也衆多如雨而非所以爲政也朱子駁之以爲尤無理故集傳引歐陽公之言曰古之人於詩多不命題而篇名往往無義例其或有命名者則必述詩之意如巷伯常武之類是也今雨無正之名

據序所言與詩絶異嘗闕其所疑又引元城劉氏言曰嘗讀韓詩有雨無極篇序云雨無極正大夫刺幽王也至其詩之文則比毛詩篇首多雨無其極傷我稼穡八字始以劉說有理繼疑詩之長短不齊以爲非例且並疑其非幽王詩姚氏亦云此篇名不可考或誤不必强論然愚案韓詩於此篇首章忽多二句其爲僞增自不待言即詩中所言亦非爲雨傷稼穡也歲飢民亂分明是荒旱景象且不過借時勢以立言耳其大旨乃暬御近臣傷國無正人以匡正王失也故雨字或誤正字上下或有脫漏亦未可知曾魚帝虎古簡之常但須細審未可以無考忽之夫以赫赫宗周匡國無人而憂而望之者乃僅僅出於近侍微臣則謂之國無正也亦奚不可首章天既降災又多不平是

善惡不分天心難測時也其所以然者則以上失其道故耳上
之失道又以左右無賢匡正其惡故耳左右莫過宗親今之宗
親則滅迹而遠蹈矣其次正大夫今之正大夫則分封而離居
矣又其次三事大夫而今之三事大夫雖近在朝廷莫肯夙夜
靖共亦屬無益王邦君諸侯則更各適已國噂肯朝夕焉盡忠
耶是天災若彼其甚人心又若此其離王庶幾其一悟乎乃更
覆出爲惡則無救矣天乎天乎夫何忠言不信如此其極譬彼
行邁而無所止乎然而百爾君子雖各潔其身不相畏禍而獨
不畏於天乎恖王無人退民飢無人遂唯我暬御憂心日瘁而
爾諸臣其誰是以忠告進於王前者居平既多唯諸臨危又巧
於避讒舉世一轍莫知其非哀哉吾王孰與爲治蓋忠者不能

言而能言者不忠王之性又惡忠而好佞是以巧言者反得安
樂忠誠者徒形勞瘁也凡人莫不欲仕而抑知筮仕之難至急
且殆乎當今之時直道者王之所謂不可使而枉道者王之所
謂可使者也直道者得罪于君枉道者見怨于友此仕之所以
難耳然而君臣之義未可以因難而思退也寺恒勸爾諸臣各
還王都共思輔導而皆以無家辭使我幽憂至於泣血則雖言
無不痛而人終不肯來豈眞無家乎如曰無家則昔爾之去也
又誰爲爾作之室乎詎可以是相諉乎此詩不惟非東遷後詩
且西京未破之作故望諸臣遷歸王都若西京已破王室東遷
則勸王又自有人豈待暬御相招且其立言别是一番建功立
業氣象斷不作鼠思泣血等語曰周宗旣滅者周之宗室遠去

絶迹不來相依耳非宗周王國爲人所滅也觀其與下文正大夫諸臣並言歴敘而下則知其爲宗室大臣也無疑諸儒讀書何不細心體會但見周宗卽以爲宗周但見旣滅卽以爲滅亡豈不可笑且詩中明言曾我暬御憯憯日瘁凡百君子莫肯用訊又何以謂之大夫刺幽王耶愚謂諸儒說詩其實未嘗讀詩

盡不信然

【集釋】鋪偏也周宗周之宗族也止戾戾乖也靡所止戾無人止王之乖戾也正大夫姚氏際恆曰正大夫上大夫也卽卿離居姚氏際恆曰正大夫離居猶前篇皇父出而作都于向之類三事大夫姚氏際恆曰三事書立政篇爲常伯常任準人亦大夫之職也集傳以前篇擇三有事爲三卿此三事爲三公旣不一且皆謬又以大夫爲六卿中下大夫亦謬且三事大夫連言謂三事之人夫也今分之並謬辟法也臻至也凡百君子總上章宗親正大夫三事大夫及邦君諸侯而言也戎兵也遂遂生也暬御近侍也憯憯憂貌訊告也棘

急也　鼠思猶言癙憂也

標韻　德職十三　國同　本韻　圖虞七　辜鋪並同　本韻　戾霽八　勩寘四　通韻

夜禡二十二　夕陌十一　惡藥十　叶韻　天先一　信真十一　臻身並同　天同上　叶韻

遂寘四　瘁同　訊震十二　退隊十一　叶韻　出真　瘁同　本韻　流尤十一　休

同　本韻　殆賄十　子紙四　友有二十五　叶韻　都虞　家麻六　叶韻　疾質四　室

同　本韻

以上祈父之什凡十篇

案此什無羊以上六篇宣王時詩多美辭唯祈父及黃鳥我行其野三詩有諷意蓋末年政荒亂幾漸形矣節南山皆幽王時詩而鄭氏乃以爲厲王詩范氏處義駁之云小雅無厲王之詩鄭氏以爲十月之交雨無正小旻小宛皆厲王之詩也毛氏作傳遷其第因改之耳其說曰師尹皇父不得並政褒姒豔妻不得偕寵番與鄭桓不得同位先儒非之謂使師尹皇父番與鄭桓先後共事褒姒以色居位謂之豔妻其誰曰不可又謂韓詩之次與毛氏合案幽王八年以鄭桓公爲司徒安知其前無番爲司徒而四詩非厲王明矣又

謂十月辛卯日有食之驗之唐曆在幽王六年亦其一證其餘引證雖多無甚關係故不錄又有疑正月及節南山雨無正三篇為東周變雅者是皆未嘗案切時勢細咏詩詞而漫言之者其駁正已散見各篇之下茲不再贅

詩經原始卷之十終

隴州門人李沖霄校字

詩經原始卷之十一目錄

小雅 三

小旻之什 十首

大東　哀東國也

四月　逐臣南遷也

北山之什十首

北山　刺大夫役使不均也

無將大車　自遣也

小明　大夫自傷久役書懷以寄友也

鼓鐘　未詳

楚茨　王者嘗烝以祭宗廟也

信南山　王者烝祭也

甫田　王者祈年因以省耕也

大田　王者西成省斂也

瞻彼洛矣　闕疑

裳裳者華　闕疑

首二章就君臣兩面寫足邪謀臧人之害將無所止

此三章受惑之故其病在於不行不斷

採入鄉土懸言亦可

詩經原始卷之十一

寶甯方玉潤鴻濛氏撰

小雅 三

小旻之什

小旻 刺幽王惑邪謀也

旻天疾威，敷于下土。謀猶回遹，何日斯沮。二句冒主 謀臧不從，不臧覆用。就王一面言 我視謀猶，亦孔之邛。一章

潝潝訿訿，亦孔之哀。謀之其臧，則具是違。就臣一面言 謀之不臧，則具是依。我視謀猶，伊于胡底。二章

我龜既厭，不我告猶。謀夫孔多，是用不集。發言盈庭，誰敢執其咎。如匪行邁謀，是用不得于道。謀而不行 三章

哀哉爲猶，匪先民是程。匪大猶是經，維邇言是聽，維邇言是爭。謀而無斷 如彼築室于道謀，是用不潰于成。四章

國雖靡止，或聖或否。民

若無遠慮必有近
憂是以戰兢自惕

雖靡膴或哲或謀或肅或艾如彼泉流無淪胥以敗（勿義堪聽）五章不敢暴虎

不敢馮河人知其一莫知其他戰戰兢兢如臨深淵如履薄冰（只見目前不知遠慮）六章

右小旻六章三章章八句三章章七句此篇名以旻加小字說者雖多難詳其義集傳引蘇氏說云小旻小宛小弁小明四詩皆以小名篇所以別其爲小雅也其在小雅者謂之小故其在大雅者謂之召旻大明獨宛弁闕焉意者孔子刪之矣雖去其大而其小者猶謂之小蓋卽用其舊也其言頗近是而郝氏猶駁之云未有二雅先有篇目非先有小雅而後以此詩從之也頌有小毖又焉得有大毖乎然愚案古人作詩多不立題詩成而後始拈首二字以名篇故其名多可移易如唐風有兩杕杜一則云杕杜一則云有杕之杜皆後人分別名之以示異耳亦

豈作詩者有意以避之耶小序謂刺幽王固是然所刺者何事必須標明乃符序體否則何詩不可謂之刺王乎此必幽王多欲而無制好謀而弗明故羣小得以邪辟進王心愈回惑而不辨其是非雖有一二正直臣而忠不勝奸樸不勝巧亦難力與爲爭誰肯于發言盈庭之際獨闢衆論而身任其責以決之乎然其所謀者又皆便辟習近之言無遠大謀猶之計王偏惑而聽之亦如行路而坐謀之於室築室而反謀之道路豈能有成是皆不以先民爲法而維邇言是爭不以大猶是信而維邇言是聽者此亂本也能無慮哉然國論雖多賢愚互見民人雖寡芻蕘堪詢苟得其要亦易爲治若稍反焉則如彼泉流有淪胥以至於敗焉矣耳蓋人情每惕近憂而忘遠慮暴虎馮河之患

顯而易見則知所以懼而其他隱於無形者則雖有甚於暴虎馮河而亦不知所懼也故予有感於此不覺戰兢自持而如凜冰淵之戒焉此詩之作所由來歟夫天下不患無謀患在有謀而弗用不患在有謀弗用而患在用非其謀謀非所用則好謀實足以誤事又況以邪辟之人議之於前而以多欲之君聽而斷之於後也哉

【集釋】旻幽遠之意也 敷布也 猶謀也 回邪也 遹辟也 沮止也 臧善也 覆反也 邛病也 潝潝相和也 訿訿相詆也曹氏粹中曰潝潝然相和者黨同而無公是訿訿然相毀者伐異而無公非 具俱也 底至也 集成也 程法也 猶道也 經常也 潰遂也 膴大也 艾與乂同治也 淪陷也 胥相也

【標韻】土七麌 沮六語 通韻 用二宋 邛二冬 叶韻 哀十灰 違五微 依同 底四紙 叶韻 猶二十六宥 集十四緝韓詩作就叶疾救反 咎二十五有 道十九皓叶徒侯反 叶韻

案䐡謀無韻音韻𢻱云釋文曰韓詩作䐡莫咍切屬灰韻與止否謀協存以備考

思親 喩世 教子 戒弟 自卜 自警

程庚八經青九聽同爭庚成同通韻 止紙否同本韻 艾泰九敗卦十通韻 河歌五他同本韻 兢蒸十淵先一冰蒸通韻

小宛 賢者自儆也

宛彼鳴鳩。翰飛戾天。我心憂傷。念昔先人。明發不寐。有懷二人。一章（興）

人之齊聖。飲酒溫克。彼昏不知。壹醉日富。各敬爾儀。天命不又。二章

中原有菽。庶民采之。螟蛉有子。蜾蠃負之。教誨爾子。式穀似之。三章（興）（反跌下文）

題彼脊令。載飛載鳴。我日斯邁。而月斯征。夙興夜寐。無忝爾所生。（應上二人）四章（興）

交交桑扈。率場啄粟。哀我填寡。宜岸宜獄。握粟出卜。自何能穀。五章

溫溫恭人。如集于木。惴惴小心。如臨于谷。戰戰兢兢。如履薄冰。六章

右小宛六章章六句小序謂大夫刺幽王朱子駁之云此詩之

詞最爲明白而意極懇至說者必欲爲刺王之言故其說穿鑿破碎無理尤甚因改爲大夫遭時之亂而兄弟相戒以免禍之詩今細玩詩詞首章欲承先志次章嘅世多嗜酒失儀三教子四勗弟五六則卜善自警無非座右銘言固無所謂刺王意亦何嘗有遭亂詞岸獄溥冰等字不過君子懷刑不能不常作是想雖處盛世此心亦終不能無也然其作詩本意亦非全無所爲而漫爲之之比觀次章特題飲酒爲戒則必因過量無德恐致於禍乃爲此以自警且並勗子弟共相敦勉各敬爾儀無忝所生而時凜薄冰之懼也特其詞意在卽離之間似專爲此又似不專爲此故人難測其旨總之聖賢悔過自箴特因一端以警其餘規小過而全大德是以愈推而愈廣耳又有謂此爲同

姓兄弟刺王之詩故有螟蛉二句以比宜臼奔申申侯挾之而去（姚氏引嚴氏說）殊知螟蛉二句乃反跌下文爾子二語意以爲螟蛉之子尚且相類況爾親生獨不能相肖乎諸家誤認爲興體故多不得語氣若以比宜臼事則更失之愈遠也古序說詩病在牽洩尤多附會諸儒雖知其然未能盡除厥獘未免又牽合幽王爲言豈能有當詩意哉

集釋　宛（小貌）鳴鳩（斑鳩也）翰（羽也）戾（至也）明發（天將旦而光發明也）二人（父母也）齊（肅也）聖（通明也）克（勝也）富（甚也）天命（案天命諸家皆作天運解與上文意不貫當作天性言天命之性也）又（復也）菽（大豆也）螟蛉（桑上小青蟲也蜾蠃土蜂也似蜂而小腰取桑蟲負之於木空中七日而化爲其子楊氏雄曰螟蛉之子殪而逢蜾蠃祝之曰類我類我則肖之矣）式（用也）穀（善也）題（視也）脊令（常棣解見）而（汝也）忝（辱也）桑扈（集傳桑扈竊脂也俗呼青觜肉食不食粟陸氏佃曰桑扈有二種青質者觜曲食肉好盜脂膏素質者其翅與領皆有文

呼天自訴總起

去國景象觸目傷心

追慕父母言極沉痛筆亦鬱勃頓挫之至

章所謂率場啄粟有鶯其羽也呂氏祖謙曰淮南子云馬不食脂桑扈不食粟是也塡與瘨同病也岸獄集傳岸亦獄也韓詩作犴鄉亭之繫曰犴朝廷曰獄劉氏瑾曰字書云犴一作豻豻胡地犬也野犬所以守故以獄爲犴如集于木恐隊也如臨于谷恐隕也

標韻天先一人眞十一人同通韻克職十三富宥二十六又同叶韻采負有二十五似紙四叶韻鳴庚八征生同庚本韻粟沃二獄同穀屋一通韻木屋一谷同本韻兢蒸十冰同本韻

小弁宜臼自傷被廢也

弁彼鸒斯歸飛提提民莫不穀我獨于罹何辜于天我罪伊何心之憂矣云如之何一章興踧踧周道鞫爲茂草我心憂傷惄焉如擣假寐永嘆維憂用老心之憂矣疢如疾首二章維桑與梓必恭敬止靡瞻匪父靡依匪母不屬于毛不離于裏天之生我我辰安在三章菀

二章以舟流壞木作比見逐子失親無所歸依之苦

此章先言投兎死人反跌忍心

此章先言信讒後以伐木析薪反形不惠用意同而章法卻變

去國後猶當謹言尊子之慮患深矣

彼柳斯鳴蜩嘒嘒有漼者淵萑葦淠淠譬彼舟流不知所居心之憂矣不遑假寐四章鹿斯之奔維足伎伎雉之朝雊尚求其雌譬彼壞木疾用無枝心之憂矣寧莫之知五章相彼投兎尚或先之行有死人尚或墐之君子秉心維其忍之心之憂矣涕既隕之六章君子信讒如或醻之君子不惠不舒究之伐木掎矣析薪杝矣舍彼有罪予之佗矣七章莫高匪山莫浚匪泉君子無易由言耳屬于垣無逝我梁無發我笱我躬不閱遑恤我後八章

右小弁八章章八句此詩爲宜臼作無疑而朱子猶疑之者過矣唯大序以爲太子之傅作則不知其何所據姚氏駁之云詩可代作哀怨出于中情豈可代乎況此詩尤哀怨痛切之甚與於他詩者既又疑宜臼實不德孟子何爲以親親之仁許之不

知此特就詩以論詩耳又況孽子被放良心易見宜曰縱不德未至大惡當此操心慮患至危且深之際獨無良心發現而有一言之可取耶觀其三章追思父母況痛迫切如泣如訴亦怨亦慕與舜之號泣於旻天何異千載下讀之猶不能不動人以爲毛離裏之思則以親親之仁許之也抑又何怪然此特其良心之偶一發見耳若舜則五十而慕故稱大孝又非可同日並語者全詩大旨此章盡之餘不過反覆申言被放之由及見逐之苦或興或比或反或正或憂傷於前或懼禍於後無非望父母鑒察其誠而怨昊天之降罪無辜此謂情文兼到之作宜聖雖欲刪之而不忍刪也而謂孟子能不節取之哉至其布局精巧整中有散正中寓奇如握奇率然離奇變幻令人莫測讀者

孰思而細玩之當自有得勿煩多贅又此詩與邶谷風同爲棄

妻逐子而有風雅之異者蓋彼寓言此則實事故氣體亦因之

不同耳隱觀於此不又可以識風雅之辨歟

弁將飛拊拊翼貌〔何氏楷曰〕弁通作拚拊手之義鳥之將飛而拊翼似之 鸒雅烏也小而多羣腹下白江東呼爲鵯烏〔毛氏萇曰〕鸒卑居卑居雅烏也 斯語詞也 提提羣飛安閒之貌 穀善也 罹憂也 踧踧平易也 周

道大道也 鞫窮也 惄思也 擣舂也 假寐不脫衣冠而寐 疢疾也 桑梓二木名桑可給蠶食梓具器用

古者田園皆種之故多先人手植以遺子孫者後人賴其利用又爲祖宗父母所遺是以過其下必恭敬止今稱父母之邦爲

桑梓卽此意 瞻尊仰也 依親倚也 屬連也 毛膚體之餘氣末屬也 離麗也 裏心腹也 辰猶時也

菀茂盛貌 蜩蟬也 嘒嘒聲也 漼深貌 淠淠衆也 屆至也 遑暇也 伎伎舒貌〔孔氏穎達曰〕獸走故

以遲相待〔羅氏願曰〕鹿愛其類發於天性欲食皆鳴相召志不忌也 雊雉鳴也〔孔氏穎達曰〕高宗彤日雉升鼎耳而雊說文

云雊雄雉鳴也雌鳴而句其頸故字從隹句 壞傷病也 寍猶何也 先之〔王氏安石曰〕兎見迫而投人人宜利

而取之也乃或先之使得避逃〔冡〕先去聲塈塈也毛氏萇曰塈路冡也〔冡〕左傳曰道塈相望垂執也隕墜也躋報也

惠愛也舒緩也究察也掎倚也杝隨其理也佗〔集傳〕佗加也〔姚氏際恒曰〕佗郎他謂音唾訓加似無意義予與同謂舍彼之有罪而予之他人耳

標韻斯支四提罹並同本韻　伺歌五何同二字自爲韻　道皓十九草

擣老並同本韻　憂尤十一首有二十五叶韻　梓紙四止同母有二十五裏紙

在賄十叶韻　嘒霽八淠同屆卦十寐寘四通韻　伎支四雌枝知並同本韻

先霰十七蘇佃反叶　墐震十二忍軫十一隕同叶韻　讎尤十一究宥二十六叶韻

掎紙四居何反叶杝〔集傳〕敕氏反叶湯何反〔陳氏音韻攷曰〕說文無杝字篆文它也相似疑爲拖栘之訛佗歌五叶

顚山刪十五泉先一言元十三垣同通韻　笱有二十五後同本韻

巧言　嫉讒致亂也

從遭亂處起伏下亂階

悠悠昊天。曰父母且。無罪無辜。亂如此憮。昊天已威。予愼無罪。昊

緊跟亂字領下信讒以止讒作開以長亂作合亂節生於讒也以上皆因信讒以致亂之故

此下言止讒不難特提寢廟大猷以起下文見讒人之心亦易察耳

其碩言與巧言之分亦在蛇蛇如簧上辨之而已

讒人毫無才能唯憑口舌足爲亂階點明致亂之由章法一線穿成

天泰憮予慎無辜（一章）亂之初生僭始既涵亂之又生君子信讒君子如怒亂庶遄沮君子如祉亂庶遄已（二章）君子屢盟亂是用長君子信盜亂是用暴盜言孔甘亂是用餤匪其止共維王之邛（三章）奕奕寢廟君子作之秩秩大猷聖人莫之他人有心予忖度之躍躍毚兔遇犬獲之（四章）荏染柔木君子樹之往來行言心焉數之蛇蛇碩言出自口矣巧言如簧顏之厚矣（五章）彼何人斯居河之麋無拳無勇職爲亂階既微且尰爾勇伊何爲猶將多爾居徒幾何（六章）

右巧言六章章八句（集傳云以五章巧言二字名篇）此詩大旨因讒致亂而讒之所以能入與不能入則信與不信之故耳故前三章皆言信讒而至此讒人以爲盜甘之者不雕不知其人之有甚乎盜而且嗜其言以如飴則盜亦益甘其言以餌嗜者而進而餤之在

餤者方且以爲忠言可聽而不知其亂機已形豈甘讒乎實餤亂耳然讒非易進也有積漸焉容而受之譖乃能入使其初入怒以相拒則讒亦遄止矣否則從善如流讒無由進亂亦何自而生乎唯王不然而又甘之是以天心變亂罪及無辜然後屢盟相要欲以止亂其何能及雖然讒亦何難辨哉夫奕奕寢廟君子尚能作之秩秩大猷聖人亦恒定之豈讒人私心而予不不能度之乎使予而忖是心也如犬獵兎無不獲矣奈王性優柔不能自決往來行言未嘗不心焉數之而知其是非之所在獨至浸潤之譖膚受之愬行乎其間則不能以無惑蓋巧言無恥而如簧碩言出口而尚訥故訥者惡聽而巧者易入也噫彼何人哉而言之巧有如是哉論其居至卑且下論其材至柔且

憍論其疾則更微而且尰而乃憑此三寸舌以惑亂君心國政因之而紊天意因之而變人民亦因之而散不知者方疑其爲謀甚多而負勇實甚而豈知其人乃卑卑無足道哉卽其徒之倡而和者亦無幾何若鋤而去之根株不難淨盡奈王不悟則終末如之何也已矣此必有所指惜史無徵序不足信徒存空言以爲世戒俾知信讒之足以召亂也如此旨亦微哉

悠悠遠大之貌　且語辭　幠大也　已甚也　泰皆甚也　愼審也　僭始不信之端也　涵容受也

君子指王也　遒疾也　沮止也　祉猶喜也　奕奕大也　秩秩序也　猷道也　莫定也　躍躍音的跳疾貌　毚狡兔也　荏染柔貌　行言行道言也　數辨也　蛇蛇安舒也　碩大也謂善言也　麋水草交謂之麋季氏榍曰左氏所謂孟諸之麋是也　拳力也　階梯也　微尰集傳骭瘍爲微腫足爲尰孔氏穎達曰郭璞云骭脚脛也瘍瘡也膝脛之下有瘡腫是涉水所爲　猶謀也　將大也

開口直刺心艱而不言何人使讒者聞之自知所警

此三章極力摹寫讒人性情不常行蹤詭秘往來無定跟上心艱起下鬼蜮可謂窮形盡相毫無遁情

此二章故作和緩

標韻 且魚六 萋虞七 憮同 威微五 憮萋虞 通韻 泗覃十三 讒咸十五 通韻 怒遇七 沮御六 通韻 祉紙四 已同 本韻 盟庚八 長陽七 轉韻 盜號二十 橐同 本韻 甘覃 餤同 本韻 共冬二 邛同 本韻 作藥十 莫度並同 獲陌十一 叶韻 樹麌七 數同 本韻 口有二十五 厚同 本韻 斯支四 麋同 階佳九 轉韻 何歌五 多何並同 本韻

何人斯 刺反側也

彼何人斯（故作疑詞）其心孔艱（之辭全篇之主）胡逝我梁不入我門伊誰云從維暴之云（暑字點明其）一章

二人從行誰爲此禍（人倘不實指爲誰）胡逝我梁不入唁我始者不如今云不我可（自始無終）二章

彼何人斯胡逝我陳我聞其聲不見其身（有聲無形）不愧于人不畏于天三章

彼何人斯其爲飄風胡不自北胡不自南（蹤跡無定）胡逝我梁祇攪我心四章

爾之安行亦不遑舍爾之亟行遑脂爾車壹者之來云何其盱

之筆文勢至此一曲亦詩人忠厚待人之意
追念從前和好如壎如篪反形下文爲鬼爲蜮
末句結出反側二字應上心艱首尾一氣相承蓋惟心艱是以反側小人心迹千古如見

五章 爾還而入我心易也還而不入否難知也壹者之來俾我祇也（再望其來）

六章 伯氏吹壎仲氏吹篪及爾如貫諒不我知出此三物以詛爾斯（與誓以心）

（而終不來乃直斥其人而不忍隱矣 率性點明心艱之迫）

七章 爲鬼爲蜮則不可得有靦面目視人罔極作此好歌以極反側

八章

右何人斯八章章六句小序謂蘇公刺暴公暴公爲卿士而譖蘇公故蘇公作詩以絕之然詩中只有暴字而無蘇字故集傳及諸家多疑之愚謂小序雖僞其來已久此等證據或有所傳今亦不必過爲深考且刺暴公則只可明題暴字安能更有蘇字惟案詩意通篇極力摹寫小人反側情狀未及讒譖一語止誰爲此禍四字見其互相傾軋之意似不專指譖愬言小人之傾君子未嘗不譖未嘗不愬但詩既未明言則亦不必定以此

立說也況詩始云不入我門繼卽詢之伊誰云從始知其維暴公之從似此人初與蘇公和好繼慕暴公權勢遂疏此而親彼以至互相傾軋釀成大禍而又不來相弔故曰二人從行誰爲此禍蓋此詩不徒爲暴公發乃專斥依附暴公權勢而傾蘇公之人耳小人欺天罔人毫無畏忌亦不知恥是以交友則始合終離行事則有影無形居心則忽南忽北行蹤詭秘令人莫測所謂爲鬼爲蜮心極奸險不徒以譖愬爲工者也然蘇公雖受其禍未肯遽與之絕仍望其來者再至欲出三物以與盟心亦因曩昔和好不啻如壎如篪之相應而相和今忽決裂至此非君子交友大道故不惜委曲以相望而不料其人終不自反是其心之反側誠難定也乃形諸歌咏以見交游不終之故如此

然則何以列之於雅夫君子小人同秉國政互相水火君不能正之於上臣必亂之於下朋黨勢成而君心孤立其國焉得不亡君子讀詩至此不能無嘅於其際云

【集釋】艱險也 唁弔也 陳堂塗也堂下至門之徑也 舍息也 盱張目視也【集傳】盱望也字林云盱張目也易曰盱豫悔 還返也 易說也 祇安也 壎篪【集傳】樂器土曰壎大如鵝子銳上平底似稱錘六孔竹曰篪長四寸圍三寸七孔一孔上出徑三分凡八孔橫吹之 如貫如繩之貫物言相連屬也 諒誠也 三物犬豕雞也刺其血以詛盟也 蜮【集傳】蜮短狐也江淮水皆有之能含沙以射水中人影其人輒病而不見其形也陸氏德明曰蜮狀如鼈三足一名射工俗呼之水弩 靦面見人之貌也 反側反覆無常也

【標韻】艱刪十五 門元十三 云文十二 通韻 禍哿二十 我可同並 本韻 陳真十一 身同 天先一 通韻 風東一 南覃十三 心侵十二 叶韻 舍禡二十一叶商 居反車魚六 盱虞七 叶韻 易陌十一 知支四 祇同 叶韻 篪支 知斯同並 本

用譖人者不外文致簸揚兩端首二章已將小人伎倆描摹意一面寫足已下便不費手

此二章進一層說言譖人者亦將自受其譖

譖人與受譖於人兩面雙題總上起下爲全篇樞紐

處置小人不但投諸天外且欲得而甘心焉

受譖者旣已大受其害則惟有作詩以戒後之君子勿受其害而已

韻　蜮職十三得極側並同本韻

巷伯　遭讒被宮也

萋兮斐兮成是貝錦彼譖人者亦已太甚（一章）哆兮侈兮成是南箕（比、文、致、之○罪。比、簸、揚、其○說）彼譖人者誰適與謀（二章）（跌、回、譖○人、一、而）緝緝翩翩謀欲譖人愼爾言也謂爾不信（三章）捷捷幡幡謀欲譖言豈不爾受既其女遷（四章）（○既、不、肯、則○必、遷、怒、較○前章、更、深、承○上）驕人好好勞人草草蒼天蒼天視彼驕人矜此勞人（五章）（斷下）彼譖人者誰適與謀取彼譖人投畀豺虎豺虎不食投畀有北有北不受投畀有昊（六章）（故作痛○快語以洩○其憤亦無○可如何之○意而已）楊園之道猗于畝丘（與）寺人孟子作爲此詩凡百君子敬而聽之（七章）（淡淡作○收筆意一○變）

右巷伯七章四章章四句一章五句一章八句一章六句序謂刺幽王泛而無著大序云寺人傷于讒故作是詩此亦詩中明文無煩多贅唯集傳引班固司馬遷贊云迹其所以自傷小雅

巷伯之倫其意亦謂巷伯本以被譖而遭刑也遂以爲時有遭讒而被宮刑爲巷伯者作此詩其說較有理不然寺人於王最近誰得而譖之卽云同類自譖與寺人惡讒作詩以儆君子亦無此悲憤痛絕不欲與共戴天之語此必腐遷之流無疑其禍同其文亦同故班固引以譬贊此亦天之忌才故設此一局以厄文人未有腐遷先有巷伯古今人可同聲一哭也雖然遷不遭刑文亦不奇伯不遭禍詩何能傳此又天之玉成二人如出一轍豈不奇哉使伯回思至此自當破泣爲笑則投畀豺虎豺虎不食之人亦可以置之度外不必更投諸有北與有昊矣唯其時善人遭讒被禍至於此極不能不令人扼腕而嘆彼譖之萋萋耳

集釋 萋斐 毛氏萇曰文章相錯也 貝 陸氏璣曰貝龜鼈之屬其文彩之異大小之殊甚衆古者貨貝是也餘蚔黃為質以白為文餘泉白為質黃為文又有紫貝其白質如玉紫點為文皆行列相當其大者常有徑一尺小者七八寸 哆 侈 微張之貌 南箕 箕星名嚴氏粲曰箕東方之宿考星者多驗於南方故曰南箕集傳南箕四星二為踵二為舌其踵狹而舌廣則大張矣朱氏謀㙔曰天文箕主口舌以驗讒者 適 主也言有所以主之者則其為譖也深矣 緝緝 口舌衆也 翩翩 往來貌 不信 謂聽者有時而悟亦將不信爾言矣 捷捷 儇利貌 幡幡 反覆貌 女遷 謂禍亦將遷及於女矣 驕人 指譖行而得意之人也 勞人 指受譖之人 投 棄也 北 北方寒涼不毛之地 昊 昊天也 楊園 楊生下濕之地也 猗 加也 畝丘 高地也 寺人 內侍也 孟子 其字也蓋被宮而為寺人之官者也

標韻 錦 二十六寢 甚 同 本韻 箕 四支 謀 十一尤 叶韻 人 十一真 信 同 本韻 言 十三元 遷 一先 通韻 好 十九皓 草 同 本韻 謀 尤叶蒲補反 虎 七麌 北 十三職 昊 皓叶許候反 叶韻 丘 尤叶祛奇反 詩 支 之 同 本韻

谷風　傷友道絕也

習習谷風，維風及雨。將恐將懼，維予與女。將安將樂，女轉棄予。一章

習習谷風，維風及頹。將恐將懼，寘予于懷。將安將樂，棄予如遺。二章

習習谷風，維山崔嵬。無草不死，無木不萎。忘我大德，思我小怨。三章

右谷風三章，章六句。此朋友相怨之詩，而序固謂之刺幽王，何也？夫天下俗薄，朋友道衰，以此刺王，何事不可以刺王？且亦天下古今通病，豈獨幽王時爲然耶？凡人處世，當患難恐懼時則思朋友，遇安樂無事日則謝交游。受人大德，轉瞬不記；遣人小怨，終身難忘者，比比皆是。而詩固云爾也，亦身受其怨而不能自已焉耳。然詩體絕類乎風，而乃列之於雅，姚氏以爲不可解，愚亦以爲不可解，豈其間固不能無所誤歟？

先言父母劬勞勞瘁總起

次言無父無母怙恃題征

集釋 谷風〔姚氏際恒曰嚴氏曰來自大谷之風大風也又習習然連續不斷繼之以雨愉連變恐懼之時猶後人以震風淩雨將且頹〔集傳〕頹風之焚輪者也〔孔氏穎達曰釋天云愉不安也將也頹焚輪謂之頹孫炎曰迴風從上下曰頹然則頹者迴風從上而下力薄不能更升谷風與相遇乃相扶而上〔姚氏際恒曰維風及頹頹暴風也〕寘同置崔嵬山巔也草死木萎言草木值大谷暴風無不萎死也集傳云然猶無不死之草無不萎之木恐非詩氣姚氏際恒曰言草木萎死無長生之意舊說谷風為生長習習為和調難通矣

標韻 雨七麌女予並同本韻 頹十灰懷九佳遺四支通韻 鬼灰萎支通韻 德十三職怨十三元叶韻

蓼莪 孝子痛不得終養也

蓼蓼者莪、匪莪伊蒿。哀哀父母、生我劬勞。一章 蓼蓼者莪、匪莪伊蔚。比 哀哀父母、生我勞瘁。二章

兩章 嫂○鬱作起 比

缾之罄矣、維罍之恥。鮮民之生、不如死之久矣。無父何怙、無母何恃。出則銜恤、入則靡至。三章 父兮生我、母兮

追念父母劬勞之實姚氏云勿入淚眼全在此無數我字何必王裒末二章以況襯巳見巳之抱恨獨深

鞠我拊我畜我長我育我顧我復我出入腹我欲報之德昊天罔韻○字○妙

極四章 南山烈烈飄風發發民莫不穀我獨何害五章 南山律律飄風興○二章

弗弗民莫不穀我獨不卒六章

雙陪○作收鍋法○整飭

右蓼莪六章四章章四句二章章八句此詩爲千古孝思絶作盡人能識唯序必牽及人民勞苦以刺幽王不惟意涉牽强即情亦不眞蓋父母深恩與天無極孰不當報唯欲報之而或不能終其身以奉養則不覺抱恨終天悽愴之情不能自已耳若謂人民勞苦不得終養始思父母則遇勞苦乃念所生不遇勞苦即將不念所生乎又況詩言民莫不穀我獨不卒者明明一已所遭不偶與人民無關也詩首尾各二章前用比後用興前說父母劬勞後說人子不幸遥遥相對中間二章一

寫無親之苦一寫育子之艱備極沉痛幾於一字一淚可抵一部孝經讀固不必問其所作何人所處何世人人心中皆有此一段至性至情文字在特其人以妙筆出之斯成爲一代至文耳又何暇指其爲刺王作哉

【集釋】蓼長大貌　莪美菜也　蒿賤草也嚴氏粲曰釋草曰蘩之醜秋爲蒿釋云醜類也言蘩蕭蔚莪之類春始生氣味既異故其名不同至秋老成則皆蒿也此說莪蒿甚明以莪形蒿莪美而蒿惡　蔚集傳蔚牡菣也三月始生七月始華如胡麻華而紫赤八月爲角似小豆角銳而長案此蒿之麤者　缾罍皆酒器也缾小罍大　罄盡也　鮮寡也　恤憂也　鞠畜皆養也　拊拊循也　育覆育也　顧旋視也　復覆也不能背去也　腹懷抱也　罔無也　極窮也　烈烈高大貌　發疾也　穀善也　律律猶烈烈也　弗弗猶發發也　卒終也不卒言不得終養也

【標韻】蒿四豪勞同本韻　蔚五未瘁四寘通韻　恥四紙矣恃並同至寘叶

韻　鞠一屋畜育復腹並同本韻　德十三職極同本韻　烈九屑發六月

以下大放厥詞借仰觀以攄胸懷積憤與上杼柚酒漿等字若相應若不相應奇情縱恣光怪陸離得未曾有後世歌行各體從此化出在三百篇

害九泰叶音曷叶韻　律四質弗五物卒質本韻

大東　哀東國也

有饛簋飧有捄棘匕周道如砥其直如矢君子所履小人所視睠言顧之潸焉出涕一章小東大東杼柚其空糾糾葛屨可以履霜佻佻公子行彼周行既往既來使我心疚二章有洌氿泉無浸穫薪契契寤歎哀我憚人薪是穫薪尚可載也哀我憚人亦可息也三章東人之子職勞不來西人之子粲粲衣服舟人之子熊羆是裘私人之子百僚是試四章或以其酒不以其漿鞙鞙佩璲不以其長維天有漢監亦有光跂彼織女終日七襄五章雖則七襄不成報章睆彼牽牛不以服箱東有啟明西有長庚有捄天畢載施之行六章維南有箕不可以簸揚維北有斗不可以挹酒漿維南有箕載翕其舌

維北有斗西柄之揭（○○應○西○人○爲○東○人○之危）章七

右大東七章章八句姚氏曰大序謂東國困于役而傷于財是已謂譚大夫作則無可稽朱子亦以爲無据然又恐其或有所傳而不敢駁故集傳仍之愚謂譚亦東國詩雖無据安知其不爲譚所作耶此等考据可以不必詩本咏政賦煩重人民勞苦入後忽歷數天星豪縱無羈幾不可解不知此正詩人之情所謂光燄萬丈長也試思此詩若無後半文字則東國困敝極寫得十分沉痛亦不過平常歌咏而已安能如許驚心動魄文字所以詩貴有聲有色尤貴有興有致此興會之極爲欲舉者也然其驅詞寓意亦非漫無紀律者四章以上將東國愁怨與西人驕奢兩兩相形正喻夾寫已極難堪天漢而下忽仰頭見

星不禁有孄於懷呼天自訴因杼柚之空而怨及織女機縧亦不成章因織女虛機而怨及牽牛河鼓難駕服箱不甯唯是卽啟明長庚之分見東西亦若有所怨及焉以其徒在天而燦然成行也於是更南望箕張北顧斗柄箕非徒無用不可以簸揚反張其舌而若有所噬斗非徒無益不可以挹酒漿反揭其柄而若取乎東民之困於王者旣若彼其窮而人之厄於天者又如此其極天乎何其困厄東國若是乎民情至此咨怨極矣故不必論其辭之有意義無意義也若論意義織女牽牛南箕北斗有意義者也啟明長庚天畢無意義者也使以其無意義節而去之直接南箕句未為不可然文氣迫而不舒光燄亦因之頓減矣此中消息非老於文者不知卽非深乎詩者亦未可與

論得失也倘斤斤然字句間求之詎能免高叟之誚歟後世李白歌行杜甫長篇恐脫胎於此均足以卓立千古三百所以爲詩家鼻祖也

【集釋】饛滿簋貌 飧熟食也毛氏萇曰謂黍稷也孔氏穎達曰禮之通例皆簋盛稻粱簠盛黍稷 捄曲貌 棘匕集傳以棘為匕所以載鼎肉而升之於俎也 砥礪石 矢言直也 睠反顧也 潸涕下貌 小東大東東方大小之國也 杼持緯者也用梭以行緯也 柚陸氏德明曰柚本又作軸董氏逌曰柚卷織者 空盡也 佻佻輕薄不耐勞苦之貌 冽寒也 氿泉音軌側出曰氿泉 穫刈也 契契憂苦也 憚勞也 東人東諸侯之人也 西人西京之人也 職專主也 來慰撫也 私人皁隸之屬也 僚官也 試用也 鞙鞙長貌 璲以瑞玉為佩也 漢天河也 跂姚氏際恒曰跂跂予望之之謂 織女星名 七襄周天十二次自卯至酉一日而歷七次也 睆視也 牽牛星名 服駕也 箱車箱 啓明長庚皆金星以其朝在東先日而出故謂之啓明以其夕在西後日而入故謂之長庚也 天畢畢星也 行行列也 箕斗二星名以夏秋之間見於南方云北斗者

官暑而行
歷經三時
蒙罪之究實為殘
賊人所摘廢字乃

以其在箕北耳與北斗異翕也引舌箕下二星也朱氏公遷曰箕四星在天漢之中二為踵在上二為舌在下踵反在上故曰引其舌也

標韻七 砥紙四 矢履視並同 涕薺八 通韻 東東一 空同 本韻 霜陽七 行同 本韻

來灰十六叶六直反 疚宥二十叶訖力反 叶韻 薪真十一 人同 本韻

載隊十一叶節力反 息職十三 叶韻 來音賚叶六直反 服屋一叶蒲北反 裘尤十一叶渠之反

試寘四叶申之反 叶韻 漿陽七 長光襄並同 本韻 章陽 箱同 庚庚八 行陽

轉韻 場陽 漿同 本韻 舌屑九 揭同 本韻

四月 逐臣南遷也

四月維夏六月徂暑先祖匪人胡寧忍予一章 首章首夏○起不念○先臣舊烈○忍逐其子○孫 秋日淒淒百卉具腓 歷秋○

亂離瘼矣爰其適歸二章 又遭亂○離將安○所歸 冬日烈烈飄風發發民莫不穀我獨何害 歷冬○得暇久○

三章 山有嘉卉侯栗侯梅廢為殘賊莫知其尤四章 廢同繆○固不知何○罪 相彼泉水載清載 ○不能同流

全篇眼目召禍之由遭謫南國禍無可逃妙以譬喻出之結始點明

濁我日構禍曷云能穀（所以致禍○）五章 滔滔江漢南國之紀盡瘁以仕寧莫我有（○自西而南○紀程又遠○瑒誠報○國君反不知○）六章 匪鶉匪鳶翰飛戾天（如○不能高飛○）匪鱣匪鮪潛逃于淵（○不能潛伏○與）七章 山有蕨薇隰有杞桋君子作歌維以告哀（○只如作詩○聊以志痛○而已）八章

右四月八章章四句此詩明明逐臣南遷之詞而諸家所解或主遭亂或主行役或主構禍或主思祭皆未嘗即全詩而一誦之也頭緒既紛不知所從故序以爲刺幽王在位貪殘下國構禍怨亂並興焉割裂詩體雜湊成言前後文義竟不能通集傳雖專主遭亂說而曰我先祖豈非人乎何忍使我遭此禍也因遭亂而怨及祖宗非人天下豈有如是子孫至廢爲殘賊則又云在位者變爲殘賊誰之過哉方敘己之遭亂忽言在位兇殘語既無根事亦不倫且訓廢爲變恐無此解詩詞並不難解其

奈諸說自生轇轕何哉愚謂當時大夫必有功臣後裔遭害被逐遠謫江濱者故於去國之日作詩以志哀云冒暑遠征人情所難今遭放廢適當其厄豈得已哉然予雖獲罪而先人恒有功論貴論功之典行亦當寬宥而矜全之何朝廷不齒我祖於人而獨忍加罪于予耶故自夏徂秋由秋而冬歷時三序始抵南國則見江漢交流滔滔不斷包絡大地而經帶乎荆揚何其有條而有理也夫二瀆納川而注之海民得賴以安居是南國之有江漢南國之事皆可坐而就理矣獨予盡瘁王室而王終不我知而我有者何哉此其中蓋亦有故譬彼泉流清濁異派既不同流而合污自當見嫉而構禍予之放廢殘賊之所爲也故欲問其尤莫知所致盡展翰而高飛者鶉與鳶也潛淵而深

藏者鱣與鮪也予既匪鱣而匪鮪宜乎其不能潛藏而避患又匪鶉而匪鳶更宜乎其不能高飛而遠難此遷謫之禍所由來歟嗟嗟孤臣遠邁悵望何之游子無家去將焉往又況亂離多故萬民交病更覺無所依歸回憶來時景象頻更秋則白日淒淒冬則飄風發發雖南方嘉卉不少梅栗而江干落寞百草皆枯不覺愴然泣下有嘅乎於其際者蓋人皆安樂而我獨窮愁未免所遭之不偶耳雖然薇蕨生山杞梾在隰物各有宜人亦隨遇豈可側視夫是以作爲歌詩用訴哀情亦聊以抒吾鬱積之氣而已矣朱氏善曰此詩專以爲行役則先祖匪人之怨其辭過於深專以爲憂亂則滔滔江漢之詠其辭過於遠然則是詩也蓋大夫行役而憂時之亂懼其禍之辭也姚氏際恒曰此

疑大夫之後爲仕者遭小人構禍身歷南國而嘆其無所容身也是二說者蓋庶幾焉而未詳也愚故爲之衍其緒如此云

【集釋】四月建巳月孟夏卽周之四月也諸家作夏之四月者非另有辯　六月建未月季夏也卽此亦足見周正朔改歲時也　徂往也　淒淒涼風也　卉草也　腓〔姚氏際恒曰〕腓當依爾雅作痱痱訓病若腓則屬足肚　瘼病也　侯維也　廢放也廢　爲去聲　殘賊指在位貪殘賊民之人也　尤咎也　江漢見周南漢廣　紀〔集傳〕紀綱紀也謂經帶包絡之也　有識有是人也　鶉雕也　鳶亦鷙鳥也　鱣鮪大魚也　杞枸檵也　桋赤棟也

【標韻】暑語六　予同　本韻　腓微五　歸同　本韻　發月六　害泰九　叶韻　梅十灰　尤十一尤　叶韻　濁三覺　穀一屋　轉韻　紀四紙　有二十五有　叶韻　天一先　淵同　本韻　桋四支　哀十灰　通韻

以上小旻之什凡十篇　案是什序皆以爲刺幽王今閱之僅小旻大東二篇爲刺王之作其餘皆

臣子自傷所遭不偶或以弟兄多咎或以朋友不終或因父母早歿致不得終養或因朝臣排擠致被宮而被謫無非各寫遭際各抒胷懷雖小弁被讒子未可以刺父巷伯遭刑臣亦未可以刺君今乃槩謂之刺其可乎哉愚謂三百佳詩純被腐儒說壞即此亦見一斑

北山之什

北山

刺大夫役使不均也

陟彼北山言采其杞偕偕士子朝夕從事王事靡盬憂我父母一章

溥天之下莫非王土率土之濱莫非王臣大夫不均我從事獨賢二章

四牡彭彭王事傍傍嘉我未老鮮我方將旅力方剛經營四方三章

或燕燕居息或盡瘁事國或息偃在牀或不已于行或不知叫號或慘慘劬勞或棲遲偃仰或王事鞅掌或湛樂飲酒或慘慘畏咎或出入諷議或靡事不爲四章

歸重獨勞是一篇之主末乃以勞逸對言兩兩相形愈覺難堪

姚氏曰或字作十二疊奇末更無收束竟住尤奇

右北山四章三章章六句一章十二句（姚氏際恒曰末舊分三章今當爲一章以其文法相同從之）序謂刺幽王而不言何人作集傳云大夫行役而作此詩惟姚氏以爲此士者所作以怨大夫也蓋以詩中有偕偕士子及大夫不均之語故不得又謂大夫作耳幽王之時役賦不均豈獨一士受其害然此詩則實士者之作無疑前三章皆言一已獨勞之故尙屬臣子分所應爲故不敢怨末乃勞逸對舉兩兩相形一直到底不言怨而怨自深矣此詩人善於立言處固不徒以無數或字見局陣之奇也

集釋　偕偕（強壯貌）彭彭（不得息貌）傍傍（不得已貌）嘉（善也）鮮（少也以爲少而難得也）將（壯也）旅（與膂同）燕燕（安息貌）不知叫號（深居安逸不聞人聲也）鞅掌（集傳鞅掌失容也言事煩勞不服爲儀容也孔氏穎達曰傳以鞅掌爲煩勞之狀故云失容今俗語以職煩爲鞅掌其言出於此）出入風議（孔氏

穎達曰謂閒暇無事出入放恣議量時政者

【標韻】杞四紙事四寘叶韻　盬七麌母二十五有叶韻　下二十一馬土麌叶韻　濱十一真臣均並同賢一先通韻　彭八庚傍七陽將剛方並同轉韻　息十三職國同本韻　牀陽行同本韻　號四豪勞同本韻　仰二十二養掌同本韻　酒有告同本韻　議寘叶魚羈反爲四支叶韻

無將大車　自遺也

無將大車祇自塵兮無思百憂祇自疧兮一章無將大車維塵冥冥無思百憂不出于熲二章無將大車維塵雝兮無思百憂祇自重兮三章

右無將大車三章章四句此詩人感時傷亂搔首茫茫百憂并集既又知其徒憂無益祇以自病故作此曠達聊以自遣之詞

前三章因久役而思友

亦極無聊時也序謂大夫悔將小人而詩無將小人意集傳又謂行役勞苦而憂思者之作而詩更無行役語不知諸儒說詩何以好爲附會也如是

集釋 將扶進也 大車平地任載之車蓋駕牛者也 祇適也 疷病也劉氏曰當作疧與痻同眉貧反案右昏昏字同寫 冥冥昏晦也 熲集傳熲與耿同小明也在憂中耿耿不能出也 雝音壅猶蔽也 重猶累也

標韻 塵十一眞 疷四支當作疧叶眞韻叶韻 冥九青 熲二十四迥叶韻 雝二冬 重

同本韻

小明 大夫自傷久役書懷以寄友也

明明上天照臨下土我征徂西至于艽野二月初吉載離寒暑心之憂矣其毒大苦念彼共人涕零如雨豈不懷歸畏此罪罟一章 昔

此一章○起句作追○憶之辭章○法一變

我往矣日月方除曷云其還歲聿云莫念我獨兮我事孔庶心之

末二章曷友以無懷安首尾義意自相環貫

憂矣憚我不暇念彼共人睠睠懷顧豈不懷歸畏此譴怒（二章）昔我往矣日月方奧曷云其還政事愈蹙歲聿云莫采蕭穫菽心之憂矣自詒伊戚念彼共人興言出宿豈不懷歸畏此反覆（三章）（此二章起○三章落筆○同調）嗟爾君子無恒安處靖共爾位正直是與神之聽之式穀以女（四章）（句○作、正、喝、之○辭○又○一○變○ ○俾○語○無○慶○腐○氣○自○是、不、朽、名○言）嗟爾君子無恒安息靖共爾位好是正直神之聽之介爾景福（五章）

右小明五章三章章十二句二章章六句此詩與北山相似而實不同彼刺大夫役使不均此因巳之久役而念友之安居題旣各別詩亦迥異故此不獨羨人之逸且勉其不可懷安也而序乃謂大夫悔仕於亂世詩方勉人以靖共巳顧自悔其出仕有是理哉

【釋】芃野（地名藍芃遠之地無可考也）二月（建卯月也）初吉（朔日也）毒（言憂心如毒之苦也）其

人指僚友之處者共恭同郎靖共爾位之人罟網也除除舊生新二月初吉也譴怒罪責也奥煖也蹙急也詒遺也戚憂也反覆傾倒無常之意君子亦指僚友也靖共謝氏枋得曰靖如自靖自獻之靖凡事謀之心而安也共如溫共朝夕之共凡事共敬而不敢慢也與猶助也穀祿也以猶與也息猶處也介景皆大也

要韻 土七麌野二十一馬暑六語苦麌雨並同叶韻 除六魚莫七遇庶同暇二十二禡顧遇怒同叶韻 奥一屋蹙並同戚十二錫叶子六反宿屋覆同叶韻 處六語與女並同本韻 息十三職直同福屋叶韻

鼓鍾 未詳

鼓鍾將將淮水湯湯憂心且傷淑人君子懷允不忘一章鼓鍾喈喈淮水湝湝憂心且悲淑人君子其德不回二章鼓鍾伐鼛淮有三洲憂心且妯淑人君子其德不猶三章鼓鍾欽欽鼓瑟鼓琴笙磬同音

極力摹寫周樂之盛作收

以雅以南以籥不僭四章

右鼓鐘四章章五句此詩循文案義自是作樂淮上然不知其爲何時何代何王何事小序漫謂刺幽王已屬臆斷歐陽氏云旁考詩書史記皆無幽王東巡之事書曰徐夷並興蓋自成王時徐戎及淮夷已皆不爲周臣宣王時嘗遣將征之亦不自往初無幽王東至淮徐之事然則不得作樂於淮上矣當闕其所未詳觀此不惟不信幽王時作且並詩亦疑其非淮上詩也嚴氏又云古事亦有不見於史而因經以見者論固當已然詩文亦何嘗有幽王字哉夫疑此詩非幽王時詩也可且並此詩亦疑其非淮上詩也不可以詩固云鼓鐘淮上矣禹導淮自桐柏東會于泗沂東入于海淮之境固甚寬不必定指徐夷爲言又

況常武伐徐宣王親征何云亦不自往此詩之作或卽在於其時而誤簡於此歟玩其詞意極爲歎美周樂之盛不禁有懷在昔淑人君子德不可忘而至於憂心且傷也此非淮徐詩人重觀周樂以誌欣慕之作而誰作哉特史無徵詩更失考姑釋其文如此而仍闕其序云

集釋　將將鏘聲也　淮水出信陽桐柏山至淮安入海　湯湯沸騰之貌　回邪也　鼛大鼓也周禮作皐云皐鼓尋有四尺　三洲淮上地　笙磬三句姚氏際恒曰笙磬同音以其異器也若琴瑟則不言同音矣此固夫人知之然別有妙旨笙在堂上磬在堂下言堂上堂下之樂皆和也然尤有妙旨小雅言鼓瑟吹笙則瑟依于笙商頌鞉鼓淵淵嘒嘒管聲又曰依我磬聲則鼓管依于磬故言笙磬以統堂上堂下之樂詩人之善言如此南二南也二南爲文王之詩後世子孫必以用之爲樂矣唯雅未詳或大雅歟大抵議禮作樂之說出于三百篇後不可据以解三百篇也然二南亦非如禮所言以爲歌蓋以爲籥耳籥管籥也吹以應舞也季札觀樂所謂見舞象箾南籥者是矣此南籥也故承之曰以籥不僭

首章總冒先從稼穡言起由墾闢而有收成由收成而得享祀由享祀而獲福祿蓋力於農事者所以為神饗致其誠也是祭前一層文字
二三章備言牲體之絜俎豆之盛以及從祀之人莫不敬謹將事是以神

謂以籥南以籥雅也集傳釋不僭之義曰僭亂言三者皆不僭也以籥與雅南為三者謬也

標韻 將七陽 湯傷忘並同 本韻 喈九佳 湝同 悲四支 回十灰 通韻 鼛四豪 洲十一尤 妯猶並同 叶韻 欽十二侵 琴音並同 南十三覃 僭二十九豔 叶二十七沁反

韻

楚茨　王者嘗烝以祭宗廟也

楚楚者茨言抽其棘自昔何為我蓺黍稷我黍與與我稷翼翼我倉既盈我庾維億以為酒食以饗以祀以妥以侑以介景福一章濟濟蹌蹌絜爾牛羊以往烝嘗或剝或亨或肆或將祝祭于祊祀事孔明先祖是皇神保是饗孝孫有慶報以介福萬壽無疆二章執爨踖踖為俎孔碩或燔或炙君婦莫莫為豆孔庶為賓為客獻酬交錯禮儀卒度笑語卒獲神保是格報以介福萬壽攸酢三章我孔熯

降之福是初祭二大段四章祝致神語五章神醉尸起送尸歸神一往肅穆敬謹之至是既祭二大段卒章大燕宗族是祭後一層文字通篇層次井然一絲不亂

矣式禮莫愆工祝致告徂賚孝孫苾芬孝祀神嗜飲食卜爾百福如幾如式既齊既稷既匡既敕永錫爾極時萬時億四章禮儀既備鐘鼓既戒孝孫徂位工祝致告神具醉止皇尸載起鼓鐘送尸神保聿歸諸宰君婦廢徹不遲諸父兄弟備言燕私五章樂具入奏以綏後祿爾殽既將莫怨具慶既醉既飽小大稽首神嗜飲食使君壽考孔惠孔時維其盡之子子孫孫勿替引之六章

右楚茨六章章十二句自此篇至大田四詩辭氣典重禮儀明備非盛世明王不足以語此故序無辭以說之不得不創爲傷今思古之論然詩實無一語傷今顧安得謂之思古耶朱晦翁辯之既詳且疑爲正雅之篇有錯脫在此者而又指爲公卿之詩也何哉此詩之非爲公卿作也他不具論卽鼓鐘送尸乃奏

肆夏爲天子禮樂翕豈未之前聞何其疏忽乃爾耶至詩體之佳則姚氏云煌煌大篇備極典制其中自始至終一一可案雖繁不亂儀禮特牲少牢兩篇皆從此脫胎亦可謂善於論文者矣

【集釋】楚楚盛密貌　茨蒺藜也〔董氏逌曰〕鄭康成謂趨以采齊當爲楚薺之薺〔呂氏祖謙曰〕說文曰薺蒺藜也而茨則以茅葺屋覆之名然則當康成世宁猶爲薺其爲茨者後人誤也　抽除也　與與翼翼皆蕃盛貌　庾露積曰庾　億十萬曰億　饗獻也　妥安坐也〔集傳〕妥安坐也禮曰詔妥尸蓋祭祀筮族人之子爲尸旣奠迎之使處神坐而拜以安之也　侑勸也〔少牢〕饋食禮尸告飽祝獨侑曰皇尸未實侑尸又食主人不言拜侑尸又三飯　介大也　景亦大也　濟濟蹌蹌言有容也　烝嘗冬祭曰烝秋祭曰嘗　剝解剝其皮也　亨煮熟之也　肆陳之也　將奉持而進之也　祊廟門內也〔禮記〕郊特牲索祭祝于祊不知神之所在於彼乎於此乎注索求神也〔輔氏廣曰〕王氏云凡祀祼皆則求諸陰焫蕭則求諸陽索祭祝于祊則求諸陰陽之間蓋魂無不之神無不在求之之備如此　孔甚也　明猶備也著

也**皇**大也**保**安也**神保**〔姚氏際恒曰〕神保何元子曰本其生存謂之祖言其精氣謂之神朱子謂神保蓋尸之嘉號猶楚詞所謂靈保者案楚詞云思靈保兮賢姱乃謂神安附於巫身以賢姱目巫非以靈保目巫也若以神保名尸則于第三章神保是格固自難通而第五章神保聿歸之前不應變言皇尸載起矣**孝孫**主祭人也**爨**竈也**踖踖**敬也**燔**燒肉也**炙**炙肝也皆所以從獻也特牲主人獻尸賓長以肝從主婦獻尸兄弟以燔從是也**君婦**后也**莫莫**沖漠之意**豆**〔集傳〕豆所以盛肉羞庶羞主婦薦之也〔孔氏穎達曰〕肉羞在右陰也庶羞在左陽也**賓客**〔集傳〕賓客筮而戒之使助祭者既獻尸而遂與之相獻酬也主人酌賓曰獻賓飲主人曰酢主人又自飲而復飲賓曰酬賓受之奠於席前而不舉至旅而後少長相勸而交錯以徧也**卒**盡也**度**法度也**獲**得其宜也**格**來也**酢**報也**熯**竭也**工祝**工於爲祝也**苾芬**香也**卜**予也**幾**期也**式**法也**齊**整也**稷**疾也**匡**正也**敕**戒也**極**至也衆善所歸也**徂位**〔集傳〕祭事既畢主人往阼階下西面之位也**致告**〔集傳〕祝傳尸意告利成於主人言孝子之利養成畢也**神醉四句**〔集傳〕於是神醉而尸起送尸而神歸矣曰皇尸者尊稱之也鼓鐘者尸出入奏肆夏也鬼神無形言其醉而歸者誠敬之至如見之也**諸宰二句**〔姚氏際恒曰〕諸宰徹諸饌君婦徹籩豆諸宰徹于先君婦徹于

後故言諸宰在君婦先何元子以君婦在諸宰後遂謂君婦爲九嬪也婦女御之屬鑿也不遲以疾爲敬也入奏【集傳】凡廟之制前廟以奉神後寢以藏衣冠祭於廟而燕於寢故於此將燕而祭時之樂皆入奏於寢也後祿前祭既受祿矣故以燕爲將受後祿而綏之也惠順也

【標韻】棘十三職稷翼億並同祀四紙福一屋叶筆力反叶韻　蹌七陽羊嘗並同亨八庚將陽祊庚明同皇陽慶疆並同轉韻　踖十一陌碩炙並同莫陌庶六御客陌錯十藥度同獲陌格同酢藥叶韻　愆一先孫十三元遙韻　祀紙食職福屋式職稷敕極億並同叶韻　備四寘戒十卦位寘告二十一號叶古得反止紙起同叶韻　尸四支歸五微遲支私同通韻　奏二十六宥叶音族祿屋叶韻　將陽慶同本韻　飽十八巧首二十五有考十九皓叶韻　盡十一軫引同本韻

信南山　王者烝祭也

前三章因祭祀而推原粢盛所自出與楚茨同意而較詳
姚氏曰祭事祭前寫景皆入微後世不能到
至此可入祀事矣而未言牲酒先及獻瓜看似閒筆乃文章中養局法也
寫祭事精細入微
姚氏曰上篇鋪敘閎整敘事詳明此篇則稍略而加以跌蕩之閒情別致格調又自不同

信彼南山。維禹甸之。畇畇原隰。曾孫田之。我疆我理。南東其畝。一章

上天同雲。雨雪雰雰。益之以霢霂。既優既渥。既霑既足。生我百穀。二章

疆埸翼翼。黍稷彧彧。曾孫之穡。以爲酒食。畀我尸賓。壽考萬年。三章

中田有廬。疆埸有瓜。是剝是菹。獻之皇祖。曾孫壽考。受天之祜。四章

祭以清酒。從以騂牡。享于祖考。執其鸞刀。以啟其毛。取其血膋。五章

是烝是享。苾苾芬芬。祀事孔明。先祖是皇。報以介福。萬壽無疆。六章

右信南山六章章六句。姚氏云此篇與楚茨畧同但彼篇言烝嘗此獨言烝蓋言王者烝祭歲也集傳亦以爲大指與楚茨畧同而以曾孫爲凡祭者皆得稱之案首章從南山禹甸言起以疆理南東之制屬之曾孫此豈爲公卿咏者耶謬矣愚謂不寧

惟是詩中灌酒迎牲謂爲天子諸侯之禮且曰獻之皇祖則更非諸侯之所宜言矣姚氏又云此篇言曾孫與上篇曾孫別上篇曾孫指主祭者此言我疆我理則指成王也蓋我疆二句此初制爲徹法也然則此詩乃正雅之錯脫在此非幽王時詩誠有如晦翁之疑矣而何氏楷亦云楚茨信南山同爲一時之作楚茨詳於後而畧於前自祭祊以前但以祀事孔明一語該之信南山詳於前而畧於後自薦熟以後但以祀事孔明一語該之是二詩同出一時則二曾孫均指成王也詎得謂凡爲祭者皆得而稱之哉

【集釋】南山終南山也甸治也畇畇墾辟貌曾孫曾重也自曾祖以至無窮皆得稱之也疆爲之大界也理定其溝塗也畆壟也何氏楷曰韋昭云下曰畎高曰畆畆隴也案畆乃隴中水道古作甽六畎爲一畆對

畝則畎爲下對畎則畝爲高畝卽田身也同雲【集傳】同雲雲一色也將雪之候如此雰雰雪貌霢霂小雨貌

優渥也霑足也場音亦【何氏楷曰】疆場皆田界之名疆乃八家同井之界畔場乃一夫百畝之界畔場通作易翼

翼整飭貌彧彧茂盛貌畀與也菹酢菜也祜福也清酒一章【集傳】清酒清潔之酒鬱鬯之屬也騂赤色周所尚也祭禮先以鬱鬯灌地求神於陰然後迎牲執者主人親執也鸞刀刀有鈴也膋脂膏也啓其毛以告純也取其血以告殺也取其膋以升臭也合之黍稷實之於蕭而燔之以求神於陽也記曰周人尚臭灌用鬯臭鬱合鬯臭陰達於淵泉灌以圭璋用玉器也既灌然後迎牲致陰氣也蕭合黍稷臭陽達於牆屋故既奠然後焫蕭合羶薌凡祭愼諸此魂氣歸于天形魄歸于地故祭求諸陰陽之義也烝冬祭名

【標韻】甸十七霰田一先叶去聲叶韻　理四紙畝二十五有叶滿彼反叶韻　雲十二文雰同本韻　霂一屋渥三覺足二沃穀一屋通韻　翼十三職彧一屋食職叶韻　賓十一真年一先通韻　廬六魚瓜六麻叶攻呼反菹六魚祖七麌祜同叶韻　酒二十五有牡同本韻　刀四豪毛同膋二蕭通韻　芬十二文明八庚

首章泛舉農政大端作起
次入祭事於方社則詳禮物於田祖則詳樂器互文以見義一時之祭皆祈年耳非報自報而祈自祈也
此乃省耕王嘗其旨否古王者愛民重農之意寫得如許親切
稼穡之盛由於農夫克敏農夫之敏由於君上能愛農以事神全篇章法一線委貼周密神不外散

皇陽疆同通韻

甫田　王者祈年因以省耕也

倬彼甫田歲取十千我取其陳食我農人自古有年今適南畝或（賦　欽　周給　遞省）
耘或耔黍稷薿薿攸介攸止烝我髦士一章以我齊明與我犧羊以（勸相）
社以方我田既臧農夫之慶琴瑟擊鼓以御田祖以祈甘雨以介（總、點、祀事）
我稷黍以穀我士女二章曾孫來止以其婦子饁彼南畝田畯至喜（如畫）
攘其左右嘗其旨否禾易長畝終善且有曾孫不怒農夫克敏三章
曾孫之稼如茨如梁曾孫之庾如坻如京乃求千斯倉乃求萬斯
箱黍稷稻粱農夫之慶報以介福萬壽無疆四章（另提一筆總前祈年省耕收非美農夫也）

右甫田四章章十句此王者祈年因而省耕也祭方社祀田祖
皆所以祈甘雨非報成也觀其或耘或耔曾孫來省以至嘗其

饁食非春夏耕耨時乎至末章極言稼穡之盛乃後日成效因農夫克敏一言推而言之耳文章有前路自有後路賓主須分乃得其妙不然方祈甘雨何以便報成耶集傳按章分釋虛實莫辨已失語氣乃更謂報福爲上頌下之詞以君王而祝農夫曰萬壽無疆竊恐三代聖王不如是之悖且謬耳

【集釋】倬姚氏際恒曰倬大也毛傳作明貌不切甫亦大也十千鄭氏康成曰井田之法九夫爲井井稅一夫其田百畝井十爲通通稅十夫其田千畝通十爲成成稅百夫其田萬畝欲見其數從井通起故言十千陳舊粟也有年豐年也耘除草也耔雝本也薿薿茂盛貌介大也烝進也髦士朱氏公遷曰髦士卽農人之秀者慰勉之意不可人人曉之惟可與言者與之言庶幾達於衆也齊明齊與粢同曲禮曰稷曰明粢蓋齊盛也犧羊純色之羊社后土也以句龍氏配方四方之神也田祖先嗇也謂始耕田者卽神農也穀養也又善也曾孫主祭王者之稱也饁餉也攘取也旨美也易去聲治也長竟也有多也敏疾也如

茨 茨屋蓋如茨言其密比如屋茨也 如梁 梁車梁言其穹窿也 坻 水中之高地也 京 高邱 箱 車箱也

標韻 田先一 千同 陳眞十一 人同 年先 通韻 畝二十五有 秭四紙 薿 止 士

叶韻 明八庚 羊七陽 方 臧 慶並同 轉韻 鼓七麌 祖 南並同 黍六語 女同

通韻 止紙 子同 畝有 喜紙 右有 否 畝 有並同 怒七遇 敏十一軫 叶母鄙反

叶韻 梁陽 京庚 倉陽 箱 梁 慶 疆並同 轉韻

大田 王者西成省斂也

大田多稼。擇種 既種既戒。利器 既備乃事。以我覃耜。耕種 俶載南畝。播厥百穀。既庭且碩。曾孫是若。一章 先胃○筆 發苗○結秀○去草○驅蟲

既方既皁。既堅既好。不稂不莠。去其螟螣。及其蟊賊。無害我田穉。田祖有神。禱神 秉畀炎火。二章 有渰萋萋。興雨祁祁。雲○霓○慰○望○借○點○畀○物

雨我公田。遂及我私。先○公○後○私○忠○愛○可○愛 彼有不穫穉。此有不斂穧。低○穗○ 彼有遺秉。此有滯穗。遺○刈○穗○ 伊寡婦之利。三章 失○栽○穗○折○亂○穗 利○及○鰥○寡

曾孫來止。以其婦子。饁彼南畝。田畯至喜。來方 始入省○斂 並○祀四

追敘方春始種一層 順敘夏耘除害一層 秋成收穫一層排 蓁多稼瓶從旁面 畫花閒情別致令 人想見田家樂趣 有畫圖所不能到者

此乃省斂正面一路順寫與前篇局勢不同前篇詳於察與省而畧於耕此篇詳於斂與耕而畧於省與察

禋祀以其騂黑與其黍稷以享以祀以介景福 四章

方○ 牲○ 粢盛○ 祈福作收○

右大田四章二章章八句二章章九句此王者西成省斂之詩與前篇同出一時蓋春秋巡省祈年報賽用以答神者也前篇重在祈年省耕故從王者一面極力摹寫祀事巡典神則致其誠民則極其愛所以盡在上者之心也此篇重在播種收成故從農人一面極力摹寫春耕秋斂害必務去盡利必使有餘所以竭在下者之力也凡文正面難於著筆須從旁煊染或閒處襯托則愈閒愈妙愈淡愈奇前篇省耕只嘗饁食二語寫出聖王愛民之情千古如見其誠此篇省斂本欲形容稼穡之多若從正面描摹不過千倉萬箱等語有何意味且與上篇犯複尤難出色詩只從遺穗說起而正穗之多自見其穗之遺也有低

小之穗爲刈穫之所不及者有刈而遺忘爲束縛之所不備者亦有束縛雖備而爲𦪙載之所不盡者且更有𦪙載雖盡而折亂在壠爲刈穫所不削而束縛之難拾者凡此皆寡婦之利也事極瑣碎情極閒淡詩偏盡情曲繪刻摹無遺娓娓不倦無非爲多稼穡一語設色生光所謂愈淡愈奇愈閒愈妙善於烘托法耳集傳不知以爲有餘不盡取又以爲與鰥寡共爲不費之惠且以爲不棄於地爲不輕視天物皆呆泥句下未能曲盡詩旨誠如姚氏所譏又謂農夫答前篇之意則更非也

【集釋】種擇其種也戒飭其具也覃利也俶始也載事也庭直也碩大也若順也方集傳方房也謂孚甲始生而未合時也皁實未堅者曰皁稂童粱也莠似苗而害苗者也螟螣蟊賊姚氏際恒曰爾雅云食苗心曰螟食葉曰螣食節賊食根蟊按賊乃賊害之意以此押韻以爲蟲名恐非稺幼禾也有渰二句

何氏楷曰渰說文雲雨貌毛傳專以渰為雲與貌似無据所當指雲言韓奕之詩曰祁祁如雲可證有渰萋萋雖兼雲而意專在雨言隨雲之雨萋萋然興雨祁祁雖專指雨而意獨在雲言與雨之雲祁祁然也 **公田**〔集傳〕公田者方里而井井九百畝其中為公田八家皆私百畝而同養公田也 **穧**束也 **滯**亦遺秉之意也 **禋**〔集傳〕精意以享謂之禋董氏逌曰求方禋祀以其所至之方而禋祀也

標韻 戒十卦 耜四紙 叶韻 畝二十五有 穀一屋 叶韻 碩十一陌 若十藥 叶韻

皁十九皓 好同 本韻 螣十三職 賊同 本韻 稺四寘 火二十哿叶虎委反 叶韻

萋八齊 祁四支 私同 穉寘 穧八霽 穗寘 利同 叶韻 止紙 子 喜 祀並同 本韻 黑十三職 稷同 福一屋叶筆力反 叶韻

瞻彼洛矣 闕疑

瞻彼洛矣維水泱泱君子至止福祿如茨韎韐有奭以作六師 一章

瞻彼洛矣維水泱泱君子至止鞞琫有珌君子萬年保其家室 二章

瞻彼洛矣，維水泱泱。君子至止，福祿既同。君子萬年，保其家邦。三章

右瞻彼洛矣三章，章六句。此詩與秦風終南相似，然彼自咏諸侯，此則天子事也。序說之謬，固不必辯。何元子謂紀東遷爲鄭武公咏姚氏，取之然詩云：以作六師，豈亦爲未受命之世子咏耶？集傳云：天子會諸侯於東都以講武事，而諸侯美天子之詩，循文案義，自如此解。唯此等歌咏必有所紀，非泛泛者。今既求其事而不得，則不如闕疑以俟知者之爲愈也。如必謂爲東遷事，則當是爲平王賦，庶乎可耳。

【集釋】洛東都水名　泱泱深廣貌　君子指天子也　茨積也　韎茅蒐所染色也梁氏益曰茅蒐茹藘也古謂之茅蒐今謂之茜草茜亦作蒨染絳之草也　韐集傳韐韠也合韋爲之周官所謂韋弁兵事之服也　奭赤貌　作猶起也　六師六軍也天子六軍　鞸容刀之鞸今刀鞘也　琫上飾　珌下飾皆玉爲之　同猶聚也

韻矣紙四止紙本韻　疚支四師同本韻（姚氏際恒云每章六句三句一韻首末句協甚爲創格從之下同）珌質四室同本韻　同東一邦江三通韻

裳裳者華　闕疑

裳裳者華，其葉湑兮。我覯之子，我心寫兮。我心寫兮，是以有譽處兮。章一

裳裳者華，芸其黃矣。我覯之子，維其有章矣。維其有章矣，是以有慶矣。章二

裳裳者華，或黃或白。我覯之子，乘其四駱。乘其四駱，六轡沃若。章三

左之左之，君子宜之。右之右之，君子有之。維其有之，是以似之。章四

右裳裳者華四章，章六句。此詩與前篇互相酬答，上篇既無可考，則此亦當闕疑。唯末章似歌非歌，似謠非謠，理堂筆妙，自是名言，足垂不朽。雖曰承上沃若而下，不過借六轡在手以寫全

德備躬常變大小無適不宜蓋必誠於中而後形諸外也故曰維其有是以似若何元子引老子吉事尚左凶事尚右之言以釋毛傳曰左陽道爲朝祀之事右陰道爲喪戎之事未免泥而鮮通又以有似二語爲賦象賢指武公繼父興復王室事則尤鑿之又鑿姚氏雖存其說愚弗取也

集釋 裳裳 集傳裳裳猶堂堂董氏云古本作常常棣也 湑 盛貌 覯 見也 處 安也 芸 黄盛也 章 文章也有文章斯有福慶也

標韻 湑 六語 寫 二十一馬 處 語 叶韻 黄 七陽 章 慶 同本韻 白 十一陌 駱 十藥 若 同 叶韻 左 二十哿 宜 四支叶牛何反 叶韻 右 二十五有 似 四紙 叶韻

以上北山之什凡十篇 案是什可讀者纔七篇餘皆未詳其世而楚茨下四詩集傳疑爲豳雅固屬擬議要自是古王者田祀諸詩誤簡於此無疑即洛矣以下二篇詞氣和平亦非亂世之音諸儒不求其眞曲爲

詩經原始卷之十二目錄

小雅 四

桑扈之什 十首

角弓　刺幽王遠骨肉而近僉壬也

菀柳　諸侯憂王暴厲也

都人士之什十首

都人士　緬舊都人物盛也

采綠　婦人思夫期逝不至也

黍苗　美召穆公營謝功成也

隰桑　思賢人之在野也

白華　申后自傷被黜也

緜蠻　王者加惠遠方人士也

瓠葉　不以物薄廢禮也

漸漸之石　東征怨也

苕之華　傷饑亂也

何草不黃　征夫恨也

頌不忘規可作兕觥銘

詩經原始卷之十二

寶甯方玉潤鴻濛氏撰

小雅 四

桑扈之什

桑扈　天子饗諸侯也

交交桑扈。有鶯其羽。興君子樂胥。受天之祜。一章交交桑扈。有鶯其領。興君子樂胥。萬邦之屏。一章之屏之翰。百辟爲憲。不戢不難。受福不那。反起末句三章兕觥其觩。旨酒思柔。彼交匪敖。萬福來求。正應上口章四章

右桑扈四章，章四句。此詩詞義昭然，的爲天子燕諸侯之詩無疑。然頌禱中寓箴規意，非上世君臣交儆，未易有此和平莊雅之音。編詩者偶檢於此，亦正變互雜之際，能無所誤歟？考左傳

成十三年衛侯饗苦成叔甯惠子相苦成叔敖甯子曰苦成叔其亡乎古之爲饗食也以觀威儀省禍福也故詩曰兕觥其觩旨酒思柔彼交匪敖萬福來求今夫子敖取禍之道也正爲此詩下一注脚而集傳解不戢三句云蓋曰豈不斂乎豈不慎乎其受福豈不多乎是意在求福畧無警儆之意恐非詩旨故姚氏駁之以爲詩味索然且與來求犯複蓋二句皆正言非古語聲急而反言之那語辭非多也卽思柔句亦當作飲此兕觥之酒宜思所以柔和其德性則彼交匪傲而萬福來求矣集傳訓思爲語辭者皆非其說於理較順故從之至序所謂刺幽王曰君臣上下動無禮文焉不知所謂不敢妄爲附和也

【集釋】交交飛往來之貌桑扈竊脂也見小宛有鶯其羽姚氏際恒曰有如鶯之羽與領也古用字

紭戚如凿

多扐折　君子指諸侯也胥語辭祜福也屏蔽也翰幹也辟君也憲法也戢斂也難音儺愼也

如此　那語辭　兕觥爵也姚氏際恒曰兕性剛好觸故以其角製爲觥飲酒所以寓警戒之意使人不敢剛而傲也觩角貌

旨美也　敖傲通　萬福來求無事求福而福反來求我也

標韻　扈七麌　羽　祜並同本韻、領二十三梗　屏同本韻、翰十五翰　憲十四願

叶韻　難五歌　那同本韻　觩十一尤　柔　求並同本韻

鴛鴦　幽王初昏也

興　鴛鴦于飛畢之羅之君子萬年福祿宜之章一　鴛鴦在梁戢其左翼　工於賦物

君子萬年宜其遐福章二　乘馬在廄摧之秣之君子萬年福祿艾之

章三　乘馬在廄秣之摧之君子萬年福祿綏之章四

右鴛鴦四章章四句序謂刺幽王思古明王交於萬物有道自

奉養有節焉朱子譏其穿鑿尤無理誠然然以爲此諸侯所以

答桑扈也亦未爲得蓋臣子頌君何物不可以起興而乃有取於在梁斂翼之鴛鴦鳥耶夫鴛鴦匹鳥當其偕而雙棲一正一倒戢其左翼以相依於內舒其右翼以防患於外有夫婦情而無君臣義焉故白華之詩有感於伉儷之不終亦引用其語而下即云之子無良二三其德詞意固昭然矣白華爲申后被黜之詩安知此詩不爲申后初昏而作聖人兩存其詩正以見幽王二三其德雖有初而靡終也何元子說詩甚鑿唯解此與鄙意同姚氏亦甚取之故並誌焉然其說亦非始於何氏蓋創自鄒肇敏但彼謂咏成王自不如幽王之切而有據耳

【集釋】鴛鴦匹鳥也[崔氏豹]曰鴛鴦鳧類雌雄未嘗相離故謂之匹鳥　畢羅[集傳]畢小网長柄者也羅网也[孔氏穎達]曰羅則張以待鳥畢則執以掩物　梁石絶水爲梁　戢斂也　遐遠也　摧抹[許氏謙]曰莝與摧同說文莝斬

芻也秣食馬穀也艾養也綏安也

標韻 羅五歌 宜四支叶牛何反 叶韻 翼十三職 福一屋 叶韻 秣七曷叶莫佩反 艾九泰 叶韻 摧十灰 綏四支 通韻

頍弁 刺幽王親親詛薄也

有頍者弁。實維伊何。爾酒既旨。爾殽既嘉。豈伊異人。兄弟匪他。蔦與女蘿。施于松柏。未見君子。憂心奕奕。既見君子。庶幾說懌。一章 比

有頍者弁。實維何期。爾酒既旨。爾殽既時。豈伊異人。兄弟具來。蔦與女蘿。施于松上。未見君子。憂心怲怲。既見君子。庶幾有臧。二章 比

有頍者弁。實維在首。爾酒既旨。爾殽既阜。豈伊異人。兄弟甥舅。如彼雨雪。先集維霰。死喪無日。無幾相見。樂酒今夕。君子維宴。三章 比

右頍弁三章章十二句。序自節南山後無一不以爲刺幽王。此

則眞刺幽王詩也但謂不能宴樂同姓孤危將亡則非詩明言爾酒爾殽又云樂酒今夕何得謂之不能宴樂同姓耶蓋王平日親親誼薄雖有宴樂未能和睦故同姓諸公借飲酒以諷刺之曰豈伊異人曰兄弟匪他皆言外見意以爲此兄弟也豈異人乎哉使王不以他人視骨肉則骨肉自骨肉他人自他人誰弗知之同姓諸公又何至作此自外之辭以相諷刺此以知其爲王發也無疑卒章又曰死喪無日無幾相見雖不必定謂孤危將亡而對酒當歌人生幾何王能無所動於中歟夫同姓聯支本屬一氣卽異姓諸親亦非外人凡屬兄弟以及舅甥嘒弗欲庇護本根以囘皇家如蔦蘿之施松柏而松柏亦因以自蔭其根株以故見君則喜背君則憂而無如君之外視兄弟疎遠

舅甥未免本實先撥何哉此雖刺王而一片忠誠愛君之心溢於言表固自足存若集傳第以爲宴兄弟親戚之詩則此一宴也不過尋常款洽何足重輕於其際歟

集傳 頍〔集傳〕頍弁貌或曰舉首貌張氏彩曰許氏曰頍卽古規字規爲貝者弁之貌也 弁 皮弁〔孔氏穎達曰〕弁者冠之大名稱弁者多矣但爵弁則士之祭服韋弁則服以卽戎冠弁則服以從禽非常服也惟皮弁上下通服之故知皮弁也曹氏粹中曰士之爵弁服之以祭皮弁服之以朝其在王者常朝則服皮弁而燕同姓亦服之所謂皮弁者以白鹿皮爲冠其衣十五升布其裳積素 蔦〔集傳〕蔦寄生也葉似當盧子如覆盆子赤黑甜美 女蘿 兎絲也 弈弈 憂心無所薄也 何期 猶伊何也 時 善也輔氏廣曰以時爲善何也曰物得其時則善矣與維其時矣之時同 具 俱也 怲怲 憂盛滿也 阜 猶多也 霰〔何氏楷曰說文云霰稷雪也徐鍇云雪初作未成花圓如稷粒撒而下也

標韻 何五歌 嘉六麻 他歌 通韻 柏十一陌 弈 懌並同 本韻 期四支 時同

來十灰 通韻 上二十三漾 怲二十三梗叶兵四反 臧七陽 叶韻 首二十五有 阜 舅並同

前後兩章實賦一往迎一歸來二四兩章皆寫思慕之懷卻用興體中間忽易流利之筆三章反跌作勢全詩章法皆靈

本韻 霰十七 霰 見宴 並同本韻

車舝 嘉賢友得淑女爲配也

閒關車之舝兮，思孌季女逝兮。匪飢匪渴，德音來括。雖無好友，式燕且喜。章一

依彼平林，有集維鷮。辰彼碩女，令德來教。式燕且譽，好爾無射。章二

雖無旨酒，式飲庶幾。雖無嘉殽，式食庶幾。雖無德與女，式歌且舞。章三

陟彼高岡，析其柞薪。析其柞薪，其葉湑兮。鮮我覯爾，我心寫兮。章四

高山仰止，景行行止。四牡騑騑，六轡如琴。覯爾新昏，以慰我心。章五

右車舝五章章六句此詩依序及集傳均有可疑處序云大夫刺幽王大序謂褒姒嫉妒無道周人思得賢女以配君子故作是詩鄒肇敏駁之云思得孌女以間其寵則是張儀傾鄭袖陳

平綌闕氏之計耳以變易變其何能淑且賦白華者安在豈真以不賢見黜詩不諷王復故后而諷以別選新昏無論豔妻驕扇寵不再移其爲倍義而傷教亦已甚矣姚氏以爲閔此可以擊節然亦不能定其爲誰作也集傳則第以爲宴樂新昏之詩夫樂新昏則德音燕譽無非賢淑而高山景行亦屬閨門試思女子無儀是式而何德音之可譽閨門以貞靜是修更何仰止之堪思且令德既望其來教式歌又樂其且舞皆於事理有難通即頌揚亦覺其弗類孰謂證之關雎可以共得性情之正而爲昏禮通用之樂乎無已其爲樂賢友而得淑女以爲之配乎故曰覯爾新昏以慰我心此其人學品既端如高山之在望景行之堪追非得碩女何堪來教故於其乘車而往迎也不啻飢

渴之難待其攬轡而來歸也愈見琴瑟之靜好遂不覺中藏而心寫之以爲佳耦鮮覯雖無旨酒飲亦能甘雖無嘉殽食亦自飽但恨無德可以稱述於女則唯有式歌且舞以頌爾之新昏而已然頌新昏而不忘碩德此所以爲賢詩人與友均堪不朽夫子引之以爲詩之好仁如此鄉道而行中道而廢忘身之老也不知年數之不足也俛焉日有孳孳斃而後已者豈無意歟

【集釋】閑關車舝聲 舝左傳作轄車軸頭鐵也〔董氏逌曰〕案說文舝鍵也故謂之閑又曰舝車聲也車鍵而行則有聲故古人以閑關爲聲其說本此 孌美貌 逝往也 括會也 依茂木貌 鷮〔集傳〕鷮雉也微小於翟走而且鳴其尾長肉甚美 辰時也 碩大也 射厭也 女指友也 柞櫟也 清盛也 鮮少也 覯見也 景行大道也 慰安也

【標韻】舝八黠 逝八霽 渴七曷 括同叶韻 友二十五有 喜四紙叶韻 鷮二蕭 教

（四肴）通韻　譽（六御）射（十一陌）叶韻　幾（五微）幾（同）二字同韻　女（六語）舞

（七麌）通韻　罔（七陽）薪（十一眞）叶韻　湑（語）寫（二十一馬）叶韻　仰（二十二養）行

（七陽）叶韻　琴（十二侵）心（同）本韻

青蠅　大夫傷于讒因以戒王也

營營青蠅（興而比）止于樊。豈弟君子，無信讒言。（一章）營營青蠅，止于棘。讒人罔極，交亂四國。（二章）營營青蠅，止于榛。讒人罔極，構我二人。（三章）

右青蠅三章章四句。序以爲刺幽王也，集傳則云詩人以王好聽讒言，故以青蠅飛聲比之，而戒王以勿聽也。二者似是而未盡也。蓋詩明言構我二人，是此人已中其害，乃爲詩以遺王，非徒空言刺而戒之已耳。凡事必由親以及疏，由近以及遠，唯讒則必先由遠以及近，由疏以及親，迨至親近而亦受其讒，則讒眞無所底極已此人與王始必相得至是亦爲所譖故曰構我二人夫以我二人之親且信也似無所用其閒矣而讒居然行乎其間使我二人始合而終離外信而內疑者其爲術不甚可畏哉吾願王愼勿聽之可也王不知讒王獨不見青蠅乎青蠅之爲物至微而甚穢驅之使去而復來及其聚而成多也營營然往來飛聲可以亂人之聽始不過止于樊繼且止于棘終且止于榛是無往不入漸而相親是非淆而黑白亂矣故首章直呼君子以勿聽戒之然後甚言其禍如後世禪家之當頭棒喝使人猛省耳而君子之上必加之曰豈弟者微詞也

集釋　營營往來飛聲青蠅汙黑使白喻佞人變亂善惡也〈鄭氏康成曰蠅之爲蟲汙白使黑〉樊藩君子〈王肅曰〉樊也棘所以爲藩也極猶已也構二人〈孔氏穎達曰〉構者構合兩端令二人彼此相嫌交更惑亂也

詳言燕飲之失儀先舉射飲祭飲之不失儀者作起開局既覺宏敞宴飲亦非偏廢是高一層起法

上章先飲後射此章先祭後飲

至此乃入燕飲不然即與首章犯複

三章描摹醉客失儀狀可謂窮形盡相然上章由未醉

已與聽者

標韻 樊十三元 言同本韻 棘十三職 國同本韻 棒十一真 人同本韻

賓之初筵 衛武公飲酒悔過也

賓之初筵，左右秩秩。籩豆有楚，殽核維旅。酒既和旨，飲酒孔偕。（坐、有、次○序、陳、列、楚○核、飲、若、齊○一）鐘鼓既設，舉醻逸逸。大侯既抗，弓矢斯張。射夫既同，獻爾發功。發彼有的，以祈爾爵。（將射○改、縣、進、止○安、徐、射、之、有、節○善、射○者多○務、求、中○的、借、罰、勸○飲、）一章

籥舞笙鼓，樂既和奏。烝衎烈祖，以洽百禮。百禮既至，有壬有林。錫爾純嘏，子孫其湛。其湛曰樂，各奏爾能。賓載手仇，室人入又。酌彼康爵，以奏爾時。（備樂 備禮 各、酌、獻、尸、加、爵、再、酌○ 入、正、傳○）二章

賓之初筵，溫溫其恭。其未醉止，威儀反反。曰既醉止，威儀幡幡。舍其坐遷，屢舞僊僊。其未醉止，威儀抑抑。曰既醉止，威儀怭怭。是曰既醉，不知其秩。（○初○醉○僊○遷○其○坐○屢○舞、作、三○層、寫、一、層○深、一、層）三章

賓既醉止

寫到既醉次由失儀回顧令儀回環變換絕不呆板

末章總收歸重悔過是爲本旨

載號載呶亂我籩豆屢舞僛僛是日既醉不知其郵側弁之俄屢舞傞傞既醉而出並受其福醉而不出是謂伐德飲酒孔嘉維其令儀四章

（再醉則亂籩豆　醉極則冠弁亦復不整是一幅醉客圖　歸重令儀　總束）

凡此飲酒或醉或否既立之監或佐之史彼醉不臧不醉反恥式勿從謂無俾大怠匪言勿言匪由勿語由醉之言俾出童羖三爵不識矧敢多又五章

右賓之初筵五章章十四句集傳云毛氏序曰衛武公刺幽王也韓氏序曰衛武公飲酒悔過也今案此詩意與大雅抑戒相類必武公自悔之作當從韓義姚氏以爲此說出後漢書注未知是否小序因以爲衛武公刺時愚謂二說實相通詩爲武公之作無疑不必過爲苛論也當幽王時國政荒廢媟近小人飲酒無度君臣上下沈湎淫泆以成風俗者尚堪問哉武公初入

爲王卿士難免不與其宴旣見其如此無禮而又未敢直陳君
失只好作悔過用以自警使王聞之或以稍正其失未始非詩
之力也古人教人以言教不如以身教臣子事君以言諫不如
以身諫武公立朝正已以格君非雖曰悔過實以諷諫意耳毛
韓二說原未嘗錯特各主一義遂使詩旨不明以啟後世之爭
夫豈無因而至此哉詩本刺今先陳古義以見飲酒原未嘗廢
但須射祭大禮而後飲而飲又當有節不至失儀乃所以爲貴
古之飲也如是今之飲酒則不然飲必至醉醉必失儀不至伐
德不止其無禮也又如是兩義對舉曲繪無遺其寫酒客醉態
縱令其醒後自思亦當發笑忸怩難安此所以善爲諷諫也未
乃言立監俾勿大怠以至妄語大傷酒德總是自警語總前作

收爲全詩正旨篇法極爲整飭而前四章雖若古今二義平說其實章法各極變化盡作者之能事又非後世鱗次排比者比不惟言可爲戒文亦當法非武公盛德孰能爲之哉

【集釋】初筵初即席也周禮春官司几筵注筵亦席也鋪陳曰筵藉之曰席　秩秩有序也　楚列貌　殽豆實也　蒞臨　核籩實桃梅之屬孔氏穎達曰殽是總名此文核與籩豆相對故分之耳其實核亦爲殽　旅陳也　和旨調美也　偕齊一也　設將射更整其樂也　逸逸往來有序也　大侯集傳大侯君侯也天子熊侯白質諸侯麋侯赤質大夫布侯畫以虎豹士布侯畫以鹿豕天子侯身一丈其中三分居一白質畫熊其外則丹地畫以雲氣　抗張也　張集傳凡射張侯而不繫左下綱中掩束之至將射司馬命張侯弟子脫束遂繫下綱也大侯張而弓矢亦張節也　射夫既同比其耦也射禮選羣臣爲三耦三耦之外其餘各自取匹謂之衆耦　獻猶奏也　發矢發也　的質也侯中所畫之地爲質　祈求也　爵射不中者飲豐上之觶也　籥舞文舞也毛氏萇曰秉籥而舞與笙鼓相應也　烝進也　衎樂也　烈業也　洽合也　百禮言其備也　壬大也　林盛也　各奏爾能集傳謂子孫各酌獻

尸尸酢卒爵也而**仇**〔集傳〕仇讀曰㪺許氏謙曰釋文㪺音拘挹取酒也**室人**室中有事者謂佐食也**又**復也
賓手挹酒室人復酌爲加爵也**康**安也**時**時祭也**反反**顧禮也**幡幡**輕數也**僊僊**軒舉之狀**抑**
抑慎密也**怭怭**媟嫚也**秩**常也**號**呼也**呶**讙也**僛僛**傾側之狀**郵**與尤同過也**傞傞**盤旋
不休貌**俄**傾貌**伐**害也**令**善也**監史**司正之屬**謂**告也**由**從也**童羖**無角之羖羊必無之物也〔姚氏〕必
際恒曰由醉之言二句謂其醉言無實如可使出童羖然此必
無之物甚言其不實也集傳云則將罰汝使出童羖矣設言必
無之物以恐之也既曰必無之物又烏足以恐之且醉者
正以變易情志不畏於人無所恐也若猶有恐則不醉矣**三爵**
不識二句〔姚氏〕際恒曰三爵不識二句謂三爵之禮亦不識況敢又多飲乎集傳謂飲至三爵已昏然無所記矣夫
人量有寬窄何以知其量止三爵乎醉而失德者多因寬量飲
而不止所至若三爵便已昏醉則亦不能再飲何由至于失德
耶況以不識爲無所記
更不知欲其記何事也

標韻 秩無韻 楚六語 旅同 本韻 旨四紙 偕九佳叶舉里反 叶韻 設九屑 逸四質

通韻 抗二十三漾 張七陽 叶韻 同一東 功同 本韻 的十二錫 爵十藥 叶

韻 奏二十六宥 禮八薺 叶韻 林十二侵 湛同 能十蒸 通韻 又叶宥音怡 時

四支 叶韻 恭同上無韻 反十三元 幡同 僊一先 通韻 抑十三職 怭四質 秩同

通韻 呶三殽 僛四支 郵十一尤 叶韻 俄五歌 傞同 本韻 福一屋 德職

叶韻 嘉六麻 儀支 叶韻 否四紙 史耻並同 怠十賄 通韻 語六語 羖七麌

通韻 識職 又見上 叶韻

魚藻

鎬民樂王都鎬也

魚在在藻，有頒其首。王在在鎬，豈樂飲酒。一章 興

魚在在藻，有莘其尾。王在在鎬，飲酒樂豈。二章

魚在在藻，依于其蒲。王在在鎬，有那其居。三章

右魚藻三章，章四句。此鎬民私幸周王都鎬而祝其永遠在玆之詞也。然其體近乎風，所以爲變雅歟？不然，都鎬始自武王，詩

不當別序在此而序在此者以其體變故耳小序不知遂以爲刺幽王其說固非朗集傳以爲諸侯美天子之詩亦未得詩意夫使諸侯而美天子也則必將先序鎬京形勝以爲天下壯觀而願吾主之宅是鎬京以撫有四夷也乃所以爲下頌上之詞乃所以爲諸侯美天子之詩今不過曰王在鎬耳而其輿又不過曰魚在藻耳以魚之在藻興王之在鎬則其細已甚故知爲細民聲口也無疑矣夫細民何知險要但喜其身近皇居遂若私爲已有不啻形諸歌咏已耳細玩兩在字則其情自見聖人喜其眞誠無僞採以入樂且採以入雅樂亦足見周初盛時民情之愛戴其君上也如是亟唯鎬民則尤深幸無已焉若何玄子以爲武王愷還之詩則徒泥豈樂之豈爲愷還之愷耳說詩

朝覲正面只彼交匪紓一句寫足

考察乃天子維制諸侯之權

而死於句下則豈善說詩者哉

【集釋】藻水草也　頒大首貌　豈亦樂也　莘長也　那安也　居處也

【標韻】首二十五有　酒同本韻　尾五尾　豈同本韻　蒲七虞　居六魚通韻

采菽　美諸侯來朝也

采菽采菽興　筐之筥之　君子來朝　何錫予之　雖無予之　路車乘馬　又何予之　玄衮及黼一章　觱沸檻泉興　言采其芹　君子來朝　言觀其旂　其旂淠淠旂轄　鸞聲嘒嘒　載驂載駟車馬　君子所屆二章初至　赤芾在股　邪幅在下服飾　彼交匪紓容止　天子所予　樂只君子　天子命之錫命　樂只君子　福祿申之三章此章賦朝見　維柞之枝興　其葉蓬蓬　樂只君子　殿天子之邦屏藩　樂只君子　萬福攸同　平平左右　亦是率從四章並及侍從　汎汎楊舟興　紼纚維之　樂只君子　天子葵之考察　樂只君子　福祿膍之　優哉游哉　亦是戾矣五章

右采菽五章章八句此固是西周盛王諸侯來朝加以錫命之詩然非出自朝廷制作乃草野歌咏其事而已觀前後四章與筆自見事極與重而起極輕微豈國家錫予而有取於筐筥以爲興耶若集傳云此天子所以答魚藻也則尤非詩中明言天子所予天子所命等語則非天子自言可知讀詩不先明語氣安能更望其深探作者微意學者試將此詩與彤弓湛露等篇並讀其氣象之廣狹輕重迥不相侔然後知事體雖同詩旨各別太史編之亦將以紀一時之盛云爾若序謂刺幽王侮慢諸侯之說不悉辯

【集釋】路車（集傳）路車金路以賜同姓象路以賜異姓也　玄衮及黼（集傳）曰玄衮玄衣而畫以卷龍也黼如斧形刺之於裳也周制諸公衮冕九章已見九罭篇侯伯鷩冕七章則自華蟲以下子男毳冕五章衣自宗彝以下而裳黼

黻孤卿絺冕三章則衣粉米而裳黼黻大夫玄冕則玄衣黻裳而已觱沸泉出貌檻泉正出也梁氏益曰爾雅云

檻泉正出公羊傳云直出直猶正也正出者涌出也自發源處涌而直上故曰正出芹水草淠淠動貌嘒嘒聲也

屆至也股脛本曰股邪幅偪也邪纏於足如今行縢所以束脛在股下也交交際也紓緩也蓬蓬盛貌

殿鎮也平平姚氏際恒云平平韓詩作便便安順義亦作辯毛傳云辯治未聞左右諸侯之臣也率循也

紼繂也纚維皆繫也葵揆也膍厚也戾至也

標韻筥六語芧同馬二十一馬黼七麌叶韻　芹十二文旂五微叶韻　淠八霽

嘒同屆十卦通韻　股七麌下馬芧語叶韻　命二十四敬申十一眞叶韻

蓬一東邦三江同東從二冬通韻　維四支葵同本韻　膍八霽戾同叶韻

角弓

刺幽王遠骨肉而近僉王也

騂騂角弓翩其反矣兄弟昏姻無胥遠矣一章爾之遠矣民胥然矣

爾之教矣民胥傚矣二章此令兄弟綽綽有裕不令兄弟交相爲瘉

語意關合上下

章三

民之無良相怨一方受爵不讓至于已斯亡 章四 老馬反爲駒不顧其後如食宜饇如酌孔取 五章 毋教猱升木如塗塗附君子有徽猷小人與屬 六章 雨雪瀌瀌見晛曰消莫肯下遺式居婁驕 七章 雨雪浮浮見晛曰流如蠻如髦我是用憂 八章

右角弓八章章四句觀頍弁爲兄弟刺幽王之詩則此篇亦爲刺幽王也無疑特大序謂不親九族而好讒佞則詩中無刺讒語唯疏遠兄弟而親近小人是此詩大旨前四章疏遠兄弟難保不相怨而民且傚尤體多用賦後四章親近小人以至不顧其後而相殘賊詩純用比乃篇法變換處中間以民之無良一句綰合上下唯無良故兄弟相瘉唯無良故小人不讓如老馬之不量力而思任載如飲食之不自足而貪殘是縱王又不知

其惡反饱之欲是教猱以升木而以塗附塗其可乎哉雖然小人之情亦視君子爲轉移焉耳君子而有纖微小人亦將聽用而與爲屬譬彼雨雪見日卽消而自流也無如君子莫肯下遺以德反自矜驕小人得以逞志滅棄禮義敗壞王綱則與蠻髦無異非世道人心一大害哉吾用是隱然深憂而不能自解者也雨雪陰凝之象兄弟相瘉小人縱欲均包在內集傳專指讒言姚氏專主兄弟疑怨說均非蓋老馬二章卽承受爵不讓來雨雪二章卽承小人與屬來一氣相承而下前後雖若分說而蟬聯不斷章法之妙無以踰此章法明則詩旨亦自見矣奈何說詩諸儒多不以章法爲重哉

集釋 騂騂弓調和貌 角弓以角飾弓也 翩反貌集傳弓之爲物張之則內向而來弛之則外反而去有似

兩後字宜一頓言天王之威甚厲使予靖職莫敢或後後則責予無有窮極也
末章言天王之欲無有極至使予不早靖之則小民受害曰居以矜之地

兄弟昏姻親踈遠近之意 胥相也 令善也 綽寬也 裕饒也 瘉病也 饇飽也 猱獮猴也 塗泥也 徽美也

猷道也 屬附也 瀌瀌盛貌 晛日氣也 蠻南蠻也 髦夷髳也書作髳義同

反 十三阮 遠同本韻 遠叶於圓反 然一先叶韻 教十九效 傚同本

韻 裕七遇 瘉七虞叶韻 方七陽 亡同本韻 後二十五有 取同本韻

本一屋 附遇 屬二沃叶韻 瀌二蕭 消驕並同本韻 浮十一尤 流憂並同本

韻

菀柳　諸侯憂王暴厲也

有菀者柳不尚息焉上帝甚蹈無自暱焉俾予靖之後予極焉一章

有菀者柳不尚愒焉上帝甚蹈無自瘵焉俾予靖之後予邁焉二章

有鳥高飛亦傅于天彼人之心于何其臻曷予靖之居以凶矜三章

右菀柳三章章六句姚氏曰小序謂刺幽王或謂厲王大序謂

曷時能已哉

諸侯皆不欲朝集傳從之非也君雖不淑臣節宜敦不朝豈可訓耶大概王待諸侯不以禮諸侯相與憂危之詩其說義理較正大故錄之若如序與集傳所云是以私心待天王不臣孰甚焉此詩直可刪去何存之有然詩中所刺又似厲王非幽王也蓋其所述非暴卽虐於厲王爲尤近云

【集釋】菀茂盛也 尚庶幾也 上帝甚蹈姚氏際恒曰上帝甚蹈戰國策多字句錯互學者宜從本書不必言矣然其解釋則可以依之如以上帝爲上天則上帝指天也蹈毛傳訓動蹈者足動而履之之謂故訓動郝仲輿謂猶樂記發揚蹈厲之蹈亦可參証謂上帝甚蹈厲不可自暱於宴安也集傳曰上帝指王也又不言何王蹈當作神既從國策諸書以蹈作神而又別解上帝爲王混亂之極且言王甚神是讚之非刺之矣案上帝國策諸書雖作上天其實卽以上帝比天王也不然上天甚神與下文俾予靖之語意殊不相貫姚氏於上帝則從國策之文於甚蹈則又不從甚神之訓何也 暱玩也 靖靖職也 愒息也 瘵病也言無自取病也 邁過也言王必過責我也 傳臻

此三章士女旅題
臺提士

皆王也 曷予靖之 言我曷不靖其厥職也 凶 危地 矜 言民之遭凶危而可憐也

息 職十三 暱 質四 極 職 通韻 惕 霽八 瘵 卦十 邁 同 通韻 天 先一 臻 貞十一 矜 蒸十 通韻

以上桑扈之什凡十篇 案是什雖多刺幽王之詩而桑扈則天子饗諸侯魚藻則民樂王都鎬采菽則又詩人美諸侯之來朝均非後世衰亂之音幽王世焉有此和平作哉蓋周初正雅錯簡在此不必曲爲之說也大凡說詩不可預設成心須各還本面雖不能言皆有中要亦十得八九不可不知也

都人士之什

都人士 緇舊都人物盛也

彼都人士 狐裘黃黃 其容不改 出言有章 行歸于周 萬民所望 章一

彼都人士 臺笠緇撮 彼君子女 綢直如髮 我不見兮 我心不說 章二

彼都人士 充耳琇實 彼君子女 謂之尹吉 我不見兮 我心苑結 章三

女雙收與首章相應若不相應見篇法之變

彼都人士垂帶而厲彼君子女卷髮如蠆我不見兮言從之邁四章

匪伊垂之帶則有餘匪伊卷之髮則有旟我不見兮云何盱矣五章

重爲帶髮一層風致翩然令人神往不置

右都人士五章章六句序謂周人刺衣服無常蓋襲禮緇衣之誤不再辯集傳云亂離之後人不復見昔日都邑之盛人物儀容之美而作此詩以歎惜之然則此又東遷以後詩也況曰彼都曰歸周明是東都人指西都而言矣詩全篇只詠服飾之美而其人之風度端凝儀容秀美自見卽其人之品望優隆與世族之華貴亦因之而見故曰萬民所望也詩本無甚關係然存之可以紀一時盛衰之感而因以見先王化澤俗美之休猶未盡泯於人心云

【集釋】不改有常也周鎬京也臺夫須也見南山有臺緇撮緇撮緇布冠也綢直如髮集傳

綢直如髮未詳其義然以四章五章推之亦言其髮之美耳姚氏際恒曰綢直如髮毛謂密直如髮鄭謂其性情密緻操行正直如髮之本末無隆殺此說是如此解殊有味正見古人罕譬之妙且以髮喻女亦本地風光此云如髮下以髮云如蠆用字分明安得泥此以為詠其髮乎又此詠其髮後又詠其髮亦復又此詠其髮之直後又詠其髮之曲亦矛盾此言如髮者以髮之本末而言也詠其卷髮者以其縮髻也〔案〕姚駁朱傳是矣而遵鄭說仍非詩以綢直如髮對上臺笠緇撮臺笠緇撮實物也則綢直如髮亦應是實物非徒虛詠性情而已今訓綢為密緻直為正直是以虛對實术能相補且以性情如髮覺迂折難通遍攷諸書綢多訓縛束爾雅釋天素錦綢杠注以白地錦韜旗之竿禮檀弓綢練設旐注以練綢旌之杠楚辭九歌薛荔柏兮蕙綢注綢縛束也前漢書司馬相如傳靡屈虹而為綢注綢韜也又集韻韜音套臂衣也然則綢當是臂衣束素之類女子所着故以對士子之冠曰直如髮者其物必垂下如髮之鮮明光賦幾委于地者

璓 美石也以美石為瑱 **尹吉** 集傳鄭氏曰吉讀為姞尹氏姞氏周之昏姻舊姓也人見都之女咸謂尹氏姞氏之女言其有禮法也 **苑** 猶屈也積也 **厲** 垂帶之貌 **卷髮** 見姚說 **蠆** 蟄蟲也 **邁** 行也 **旟** 揚也 **盱** 望也

標韻 黃 陽七 章 望 並同 本韻 撮 曷七 髮 月六 說 屑九 通韻 實 質四 吉 同 結

[illegible][illegible]釣說章法一變

九屑通韻　厲八霽蠆十卦邁同通韻　餘六魚旟同盱七虞通韻

采綠　婦人思夫期逝不至也

終朝采綠，不盈一匊。予髮曲局，薄言歸沐。一章終朝采藍，不盈一襜。五日爲期，六日不詹。二章之子于狩，言韔其弓。之子于釣，言綸之繩。三章其釣維何？維魴及鱮。維魴及鱮，薄言觀者。四章

右采綠四章，章四句。此眞風詩也，何以列之於雅？倘所謂變體者非歟？幽王之時，政煩賦重，征夫久勞於外，踰時不歸，故其室思之如此。採詩者錄之以刺時，非詩有刺王意，亦非詩之刺怨曠者。序說既欠分明，辯之者亦未暇深爲理會也。夫王政失平，民人嗟怨，不在其人，卽在其家。茲錄其室怨曠之詩，雖無一語及王政，而王政之苦於民者自見諸言外，故曰刺也。

【集釋】綠王芻也郭氏璞曰菉蓐也今呼鴟腳莎董氏逌曰楚辭曰資菉葹以盈室王逸云終朝采菉今歿鄭氏說以為王芻則當逸時字為菉矣 匊 兩手曰匊 局 卷也 藍 染草也孔氏穎達曰藍可以染青故淮南子云青出於藍月令仲夏無刈藍是可以染之草 襜 衣蔽前謂之襜即蔽膝也 詹 與瞻同 五日六日 姚氏際恒曰五日為期二句五日成言也六日調笑之意言本五日為期今六日尚不瞻見只是過期之意不必定泥為六日而啄也鄭氏以其不近理改為五月六月何其固哉吁 綸 理絲曰綸

【標韻】綠沃二 匊屋一 沐同 通韻 藍草十三 襜鹽十四 詹同 通韻 弓東一 繩蒸十 叶韻 鰥語六 者馬二十 叶韻

黍苗 美召穆公營謝功成也

芃芃黍苗。陰雨膏之。悠悠南行。召伯勞之。一章 我任我輦。我車我牛。我行既集。蓋云歸哉。二章 我徒我御。我師我旅。我行既集。蓋云歸處。三章 肅肅謝功。召伯營之。烈烈征師。召伯成之。四章 原隰既平。泉流既

清召伯有成王心則寧五章

右黍苗五章章四句此詩明言召穆公營謝功成士役美之之作而序固云刺幽王者何也事與崧高同詩亦出於一時而彼篇則入大雅此自歸小雅者體異故耳詩以體分不在事同讀者試合兩篇而細咏之其厚薄輕重當自有得於心豈以士役朝臣及詩之長短而分大小哉姚氏之論未足憑也

集釋 芃芃長大貌 任負任者也 輦人輓車也 牛所以駕大車也 集成也 徒步行者 御乘車者 師旅五百人爲旅五旅爲師 肅肅嚴正之貌 謝邑名申伯所封國也在今汝甯府信陽州 功工役之事也 營治也 烈烈威武之貌 征行也 平土治曰平 清水治曰清

標韻 膏二十號 勞同本韻 牛十一尤 哉十灰 叶韻 旅六語 處同本韻 營八庚 成同本韻 清庚 寧九青 通韻

隰桑　思賢人之在野也

隰桑有阿。其葉有難。既見君子。其樂如何。一章　隰桑有阿。其葉有沃。既見君子。云何不樂。二章　隰桑有阿。其葉有幽。既見君子。德音孔膠。三章　心乎愛矣。遐不謂矣。中心藏之。何日忘之。四章

右隰桑四章章四句序謂刺幽王辯說以爲非刺詩然桑而曰隰則以興賢人君子之在野者可知夫以賢人君子而隱處巖阿則朝廷之上所處非賢人君子之儔又可知詩不喜在位廷臣而思野處賢士以至中藏心寫無日能忘則當日朝政爲何如哉故序言亦未可以厚非特此皆言外意詩中原未嘗露似亦不必據此爲說徒傷詩人忠厚意耳

【集釋】隰下溼之地　阿美貌　難盛貌　沃光澤也　幽黑色也　膠固也　遐（集傳）遐與何同表記作瑕鄭氏

全篇皆先比後賦章法似複然實創格又一奇也

注曰瑕之謂猶告言胡也謂也

標韻　難歌五何同本韻　沃沃二樂藥十叶韻　幽尤十一膠肴三叶韻

愛隊十一謂未五通韻　藏陽七忘同本韻

白華　申后自傷被黜也

白華菅兮白茅束兮之子之遠俾我獨兮一章（一〇比〇已〇之〇潔〇）英英白雲露彼菅茅（二〇比〇王〇恩〇之〇不〇及〇）

天步艱難之子不猶二章（三、比、王〇澤、之、不、廣〇）滮池北流浸彼稻田嘯歌傷懷念彼碩人

三章（四、比、已〇供、無、釜、之〇變）樵彼桑薪卬烘于煁維彼碩人實勞我心四章（五、比、已〇不、足、以、動）鼓鐘于宮聲聞于

外（王〇聽）念子懆懆視我邁邁五章（六、比、嫡〇失、位、）有鶖在梁有鶴在林維彼碩人實勞我

心六章（七〇比〇夫〇婦〇反〇目〇）鴛鴦在梁戢其左翼之子無良二三其德七章（八、比、尊〇卑、異、勢）有扁斯石履之

卑兮之子之遠俾我疧兮八章

右白華八章章四句小序謂周人刺幽后也蓋誤不必辯大序

謂幽王取申女以爲后又得褒姒而黜申后故周人爲之作是詩者亦非按此詩情詞悽惋託恨幽深非外人所能代故集傳以爲申后作也姚氏曰郝仲輿云愚幼受朱傳疑申后能爲白華之忠厚胡不能戢父兄之逆謀宜臼能爲小弁之親愛胡乃預驪山之大惡讀古序始知二詩託刺故序不可易也何元子駁之曰驪山之事不可舉以責申后申后被廢未必大歸又幽王遇弑事在十一年距廢后時蓋已九載此時申后存亡亦未可知鄒肇敏謂覩于宮于外在梁在林之咏亦如後世之賦長門耳此論爲允又曰郝氏依序最屬可恨故錄何氏之駁于此俾人無惑焉愚案后此時縱歸申且尚在亦不過一老婦人耳何能阻父兄之逆謀觀宜臼卽位後尚不能指叛臣而申弑逆

之典況申后乎論古人當卽勢以原心不可好爲苛論以責人也是詩之作與小弁同爲千古至文至今讀之猶令人悲咽不能自已非至情而能若是乎

【集釋】白華野菅也已漚爲菅〔陸氏璣曰〕菅似茅而滑澤無毛根下五寸中有白粉者宜爲索漚乃尤善矣英英輕明之貌天步猶言時運也猶如也滮流貌北流豐鎬之間水多北流碩人尊大之稱卬我烘燎也煁烓竈也〔集傳〕煁無釜之竈可燎而不可烹飪者也懆懆不安也〔說文云〕愁不安也邁邁不顧也鶖禿鶖也〔陸氏佃曰〕鶖性貪惡一名扶老狀如鶴而大長頸赤目其毛辟水毒頭高八九尺善與人鬭好啗蛇梁魚梁鴛鴦見前扁卑貌疧病也

【標韻】東二冬一獨屋一通韻　茅三肴猶十一尤叶韻　田一先人十一眞通韻　薪十一眞煁十二侵人眞心侵通韻　外九泰邁十卦通韻　林侵心同本韻　翼十三職德同本韻　卑四支疧同本韻

緜蠻　王者加惠遠方人士也

緜蠻黃鳥、止于丘阿。道之云遠、我勞如何。飲之食之、教之誨之、命彼後車、謂之載之。章一　緜蠻黃鳥、止于丘隅。豈敢憚行、畏不能趨。飲之食之、教之誨之、命彼後車、謂之載之。章二　緜蠻黃鳥、止于丘側。豈敢憚行、畏不能極。飲之食之、教之誨之、命彼後車、謂之載之。章三

右緜蠻三章章八句此王者加惠遠方人士也緜蠻黃鳥音雖可聽而所飛不遠極其所至不過止于丘阿丘隅丘側而已以喻遠方寒士雖有令聞無力觀光難賓於王者故代爲之設想曰道之云遠我勞如何豈敢憚行亦畏不能趨以極所至云耳然則國家宜何如加惠而體恤之乎夫亦曰飲之食之使內無所憂教之誨之使學有所就更命後車以載之使其利用賓王

者無所憚其勞則野無遺賢而國多俊士矣若如序云微臣刺亂而詩無刺意卽如集傳所云此微賤勞苦而思有所託者又何其卑鄙無足道哉姚氏曰此疑王命大夫求賢大夫爲咏此詩然則命車載之果誰爲之命耶是皆不可通之說也舊說又謂大臣出使小臣爲介依託于卿大夫而望其飲食教誨後車以載則不知其何所謂矣噫說詩之難也若是其甚乎

【集釋】緜蠻鳥聲何氏楷曰以其聲之微細相連不絕如緜而鳥語不可與人解又似蠻也阿曲阿也後車副車也隅角也憚畏也趨疾行也極至也

【標韻】阿五歌何同本韻誨十一隊載同本韻隅七虞趨同本韻側十三職極同本韻

瓠葉　不以物薄廢禮也

幡幡瓠葉，采之亨之。君子有酒，酌言嘗之。（章一）有兔斯首，炮之燔之。君子有酒，酌言獻之。（章二）有兔斯首，燔之炙之。君子有酒，酌言酢之。（章三）有兔斯首，燔之炮之。君子有酒，酌言醻之。（章四）

右瓠葉四章，章四句。序謂刺幽王，困鑿。集傳以爲燕飲之詩，亦泛。大抵古人燕賓，情眞而意摯，不以豐備而寡情，亦不以微薄而廢禮。瓠葉兔首，固不必拘，然總是微薄意。徐氏常吉曰：豐以燕賓者，魚麗是也，易鼎之彖傳曰大亨以養聖賢；薄以燕賓者，瓠葉是也，易損之彖曰二簋可用亨。知易之意，則知詩之意矣。然而格調平庸，詞意膚淺，未免三百篇之濫觴，則又不可不知也。

【集釋】幡幡瓠葉（羅氏願曰：瓠其葉可爲菜。）炮（毛曰炮。）燔（加火曰燔。）炙（炕火曰炙。）酢（報也。賓既卒爵

純興而造語甚奇若使月離句在上則語意自順而文筆庸平矣不可不知

而酌主人也

標韻 亨(庚八)嘗(陽七)轉韻　燔(元十三)獻(願十四)叶韻　炙(陌十一)酢(藥十)叶韻　炮(肴三)醻(尤十一)叶韻

漸漸之石　東征怨也

漸漸之石，維其高矣。山川悠遠，維其勞矣。武人東征，不遑朝矣。(一章)

漸漸之石，維其卒矣。山川悠遠，曷其沒矣。武人東征，不遑出矣。(二章)

有豕白蹢，烝涉波矣。(興。事。)月離于畢，俾滂沱矣。(天。象。)武人東征，不遑他矣。(三章)

右漸漸之石三章，章六句。此將士東征勞苦自嘆之詩。小序以爲刺幽王，姚氏謂其無据。然以詩體觀之，氣味甚薄，唯務造警句以爲奇，此正雅降爲風之候，故以屬諸幽王亦無疑也。唯大序云戎狄叛之，荆舒不至，乃命將率東征，久病於外，故作是詩則徒成爲附會而無据耳又豕涉波四句或以爲旣雨或以爲將雨或以爲實境或以爲虛擬借以起興均非確論此必當日實事月離畢而大雨滂沱雖負塗曳泥之豕亦烝然涉波而逝則人民之被水災而幾爲魚鼈者可知卽武人之露體塗足冒險東征而不遑他顧者更可見四句只須倒說則文理自順情景亦眞詩人造句結體與文家迥異不可以辭而害意也不然武人離家遠行何物不可起興而必有取於豕涉波月離畢之象乎古人作詩務要徵實況此東征尤關國事不可不据實直書以備國史採錄如十月辛卯日有食之之類所謂詩史不可滑過奈何諸儒說詩不從此等處着眼細勘反以爲虛詞起興徒賞其語意奇警爲得未曾有哉吁可嘆已

【集釋】漸漸高峻之貌卒卽崒字謂山嶺之末也曷何也沒盡也出謂深入不可出也豕白蹢

四句蹢蹄也烝衆也離月所宿也畢星名〔朱子曰畢是漉魚底叉網漉魚則其汁水淋漓而下若雨然畢星名義蓋取此今畢星上有柄下開兩叉形亦類畢故月宿之則雨〔集傳〕豕涉波月離畢將雨之驗也〔姚氏際恒曰集傳引張子曰豕之負塗曳泥其常性也今其足皆白衆與涉波而去水患之多可知矣此正指既雨後爲言也乃集傳又曰豕涉波月離畢將雨之驗也何居姬炳曰將爲雨既雨一諸說紛如總因注下離畢之義認爲若雨與鶴鳴蟻蛭之說同一可哂愚謂出師日久三年六月不知幾歷雨暘武人何浩浩以此爲若東山零雨特就歸途所遇而言不可以此例彼也豕性或喜羣聚卑濕之所有若謂喜雨而至于游泳波漣無不載胥及溺矣蓋二者皆以不得其所爲與豕性負塗而今涉波月行中道而今離畢武人以有家室而今東征是以行役久病不遑他事兩兩相況意直捷而味深雋此說甚佳存之〔案數說皆似是而實非其駁已見本文不再贅

【標韻】高四豪勞同朝二蕭通韻　卒四質沒六月出四質通韻　波五歌沱他並同本韻

苕之華　傷饑亂也

沉痛語不忍卒讀
奇闢

苕之華，芸其黃矣。心之憂矣，維其傷矣。章一

苕之華，其葉青青。知我如此，不如無生。章二

牂羊墳首，三星在罶。人可以食，鮮可以飽。章三

右苕之華三章，章四句。周室衰微，既亂且饑，所謂大兵之後，必有凶年也。人民生當此際，不如無生，蓋深悲其不幸而生此凶荒之世耳。序但謂大夫閔時，則不知其所閔者何事。大序乃云師旅並起，因之以饑饉，而其義始暢。牂羊二句造語甚奇，較之豕涉波尤爲警闢可愕。姚氏謂但覺其奇妙，不能深得其解，因引毛傳云牂羊墳首，言無是道也；三星在罶，言不可久也。集傳云羊瘠則首大，罶中無魚而水靜，但見三星之光而已，言饑饉之餘，百物彫耗如此。以爲二說皆非確義，唯集傳較近。愚案集傳是也，何云難解？姚氏說詩雖多穎悟，要亦有推求過深之處

故啟信而復疑耳

【集釋】苕集傳苕陵苕也本草云即今之紫葳蔓生附於喬木之上其華黃赤色亦名凌霄 牂羊牝羊也 墳大也

【標韻】黃七陽傷同本韻 青九青生八庚通韻 首二十五有罶同飽十八巧叶

補韻 叶韻 苕

何草不黃 征夫恨也

何草不黃何日不行何人不將經營四方一章何草不玄何人不矜哀我征夫獨爲匪民二章匪兕匪虎率彼曠野哀我征夫朝夕不暇三章有芃者狐率彼幽草有棧之車行彼周道四章

右何草不黃四章章四句此征伐不息行者愁怨之詩人皆知之矣唯兕虎二句迄無定解何哉大序云視民如禽獸君子憂

純是一種陰幽荒涼景象寫來可畏所謂亡國之音哀以思也詩境至此窮仄極矣

之集傳云言征夫匪兕匪虎何爲使之循曠野而朝夕不得閒暇也是皆泥兩匪字而不得其解耳姚氏雖知是倒句法乃曰率彼曠野者非兕非虎耶而又以爲興征夫朝夕在途也亦非蓋全詩皆賦體而諸家必欲以爲興故泥而鮮通至集傳則前後三章皆興獨虎兕章以爲賦尤覺可怪夫征役不息終歲往來以至何草不黃矣而經營四方者猶未有已時耶鄙至草色皆枯由黃而元而征行仍如故也且也曠野之間無非虎兕幽草以內盡是芃狐此何如荒涼景象乎哀我征夫朝夕不暇乘此棧車行彼周道是虎兕芃狐相率而爲羣也其幸而不至爲惡獸所噬者亦幾希矣嗟嗟我征夫也獨非民哉胡爲遭此亂離棄其室家幾至無人不鰥也哉蓋怨之至也周衰至此其亡

豈能久待編詩者以此殿小雅之終亦易卦純陰之象坤上六曰龍戰于野其血玄黃其是之謂歟觀於詩而世運之升降人事之盛衰可一覽而識其故矣

【集釋】將相將而行也　玄赤黑色草衰而黃既黃而黑也　率循也　芃尾長貌　棧車役車也

【標韻】黃陽七　行將方同上並本韻　玄先一　矜蒸十　民真十一　通韻　虎麌七　野二十一馬　暇二十二禡　叶韻　草十九皓　道同　本韻

以上都人士之什凡十篇

案是什有宣王時詩雜入其中者黍苗是也有東遷後詩雜入其中者都人士是也亦有周盛時詩雜入其中者緜蠻是也要之氣味甚薄體兼乎風故不得爲雅之正其餘急管繁絃哀音促節盡是亡國之詩徒以造句奇警爲驚人之具有似六朝陳隋人詩專以琢句爲工求其眞氣則索然矣文章厚薄關乎氣運雖三代著作亦不能不爲風會所移朱氏公遷曰自菀柳至此其詩多似風體雅降爲風亦有其漸歟可謂知言然愚謂不獨此也卽桑扈一什除賓之初筵及車舝采菽洋洋數篇外其餘莫非風體讀者試合前

六什而遞觀之則小雅正變之分亦可以得其梗概惟其間有以事變者有以體變者不能不細心剖别而後雅詩體裁乃判然而無混耳

詩經原始卷之十二終

隴州門人李沖霄校字

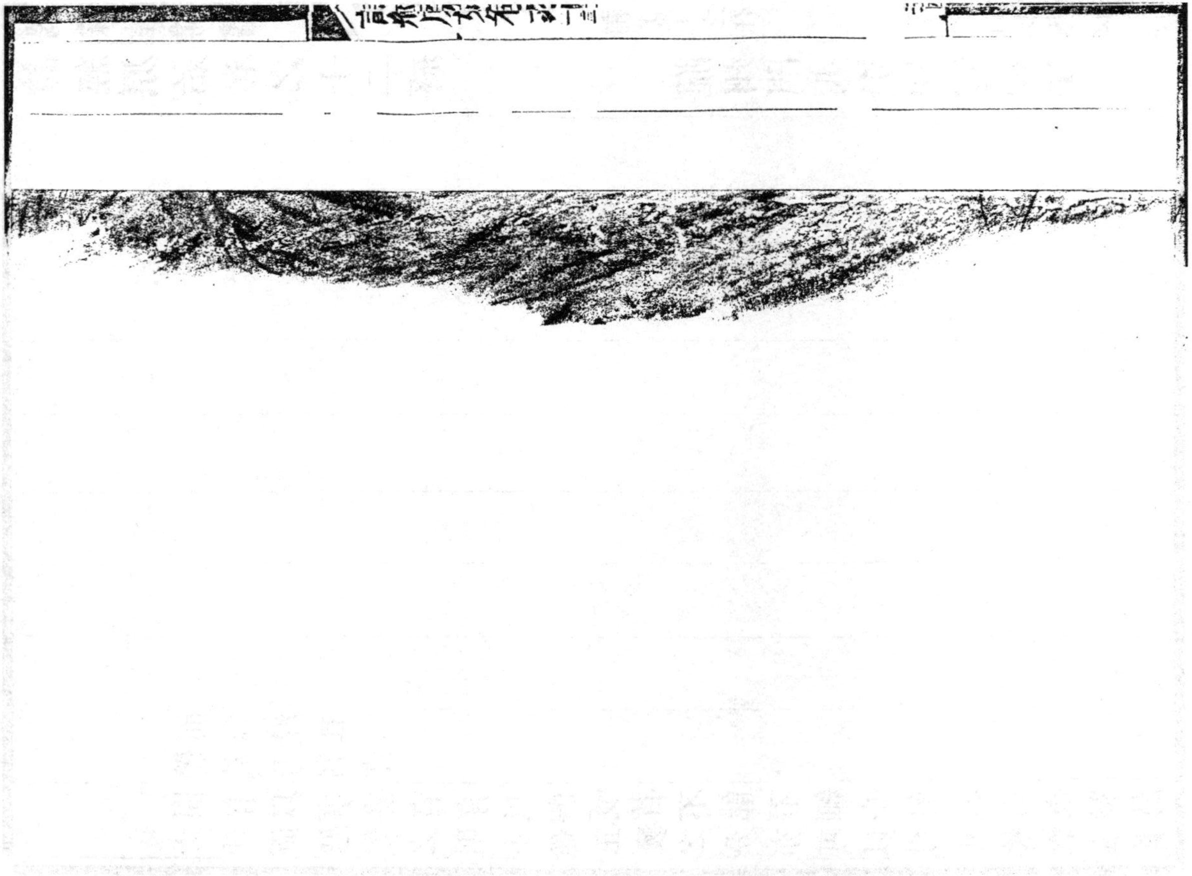

詩經原始卷之十三目錄

大雅一

文王之什 十首

下武　美武王上繼文王以昭後嗣也

文王有聲　鎬以成豐志也

詩經原始卷之十三

寶甯方玉潤鴻濛氏撰

大雅一

說見小雅○朱子曰大雅非聖賢不能爲平易明白正大光明章氏潢亦曰嘗讀李白詩云大雅久不作自其深明大雅之旨矣乎三代而下如韓退之唐平淮西碑其於小雅猶庶幾近之至於大雅豈特久不作而已乎而大雅之義其不明於世也亦久矣何也大雅篇什皆所以發天人之奥也雖後儒終生勤苦探索亦止能敷陳其理義云耳求其知性知天洞晰大雅之精奥者幾何人哉又曰自文王在上以至召旻篇什不齊其非此意但是詩也向非周召衛武申伯大聖大賢亦孰能有此大雅之音也案二說皆謂大雅非聖賢不能爲誠爲有見若云大雅篇什皆發天人之奥則未盡然夫大雅固有美有刺也雖多尚德亦嘗論功安能盡發天人奥哉如江漢常武美宣王之中興瞻卬召旻刺幽王之召亂何嘗有一言及於天人性理即行葦鳧鷖亦無非燕飲祈福等事固不害其爲大雅詩也蓋大小雅之分亦以體異焉耳讀者試即嵩高烝民二詩誦之而其體自見又即賓之初筵與抑詩合而詠之而其體愈見數詩皆前人之所謂人同事同者

首章總冒不過言文王之德與天合一而造語特奇此詩文之分也

福及孫子

福及多士

理語無塵障三代聖賢之所以異於宋儒處

商之孫子亦臣服于周

殷之多士亦助祭于周四章平列對舉一法一戒

也而何以詩之詞氣與音節迥然不同此可以知大小雅之分矣竊謂天人與蘊固非聖賢不能發大雅篇什亦多發之而欲執是以盡大雅之體則將以性理為風騷又何異宋人談詩入魔不知隔卻幾重障霧也耶

文王之什

文王

周公追述文德配天以肇造乎周也

文王在上。於昭于天。周雖舊邦。其命維新。有周不顯。帝命不時。文王陟降。在帝左右。一章 姚氏曰每四句承上語作轉韻。委委屬屬連成一片。曹植贈白馬王彪詩本此。愚謂曹詩只起落處相承。此則中間換韻亦相承不斷。尤奇。

亹亹文王。令聞不已。陳錫哉周。侯文王孫子。文王孫子。本支百世。凡周之士。不顯亦世。二章

世之不顯。厥猶翼翼。思皇多士。生此王國。王國克生。維周之楨。濟濟多士。文王以寧。三章

穆穆文王。於緝熙敬止。假哉天命。有商孫子。商之孫子。其麗不億。上帝既命。侯于周服。四章

侯服于周。天命靡常。殷士膚敏。祼將于京。厥作祼將。常服黼冔。王之藎臣。無念爾祖。五章

無念爾祖。聿修厥德。

再追念殷德未失
亦可配天以襯起
下章文勢乃曲而
不直

天無聲臭可求唯
法文王卽所以法
天應首章與天合
德作收法極嚴整

永言配命自求多福殷之未喪師克配上帝宜鑒于殷駿命不易 六章

命之不易無遏爾躬宣昭義問有虞殷自天上天之載無聲無臭儀刑文王萬邦作孚 七章

右文王七章章八句小序謂文王受命作周似是而非也文王未改元何以云受命歐陽氏蘇氏游氏諸家辯之詳已然愚獨怪漢以後儒者何不信經傳而信符讖不信孔子而信雜家孔子不云乎三分天下有其二以服事殷周之德其可謂至德也已矣使受命改元何以尙云服事哉天下豈有二天子而可云服事者故知文王並未改元也三分有二亦就人心之向背言之耳集註引春秋傳以釋論語云文王率商之畔國以事紂亦屬非是既曰畔國豈尙可以事紂乎哉此詩蓋推本文王之德

足以配天故可以肇造周室於奕禩商之孫子臣服于周與殷之多士亦來助祭皆武王有天下後事非謂文王時卽如是也呂覽引此詩以爲周公作蓋亦近之唯集傳云以戒成王則不必泥夫文王德配上帝而其後遂有天下者蓋能盡人性以合天心而天因以位育權畀之耳中古前聖君固常有之三代後帝王所必無也故周公述焉亦將以爲萬世法豈獨爲成王戒耶然求其所以能與天合德之故則不過曰穆穆曰於緝熙敬止而已子思子曰維天之命於穆不已蓋曰天之所以爲天也於乎不顯文王之德之純蓋曰文王之所以爲文也純亦不已此可謂唯聖賢能知聖賢矣然則此詩固不獨興王兆瑞之章抑亦聖學傳心之典故非周公不能爲也至其章法之佳句法

之奥已見眉評旁批讀者細玩之而自有得於心焉

集釋 於 歎辭 昭 明也 命 天命也 不顯 〔姚氏際恒曰〕不顯不字楊愼陸深皆作丕謂古字通從之後放此不說文大也 亹亹 〔姚氏際恒曰〕亹爾雅訓勉毛傳亦云齊亹勉也集傳云勉強之貌增強字非 令聞 善譽也 陳 敷也 哉 語辭 侯 維也 本 宗子也 支 庶子也 猶 謀也 翼翼 勉敬也 思 語辭 皇 美也 楨 幹也 穆穆 深遠之意 緝 續也 熙 明也〔眞氏德秀曰〕詩言緝熙者四文王之詩於緝熙敬止以德言也敬之之詩曰學有緝熙于光明以學言也維清之詩曰維清緝熙文王之典昊天有成命曰於緝熙單厥心二者以事言也 止 語辭 假 大也 麗 數也 不億 不止於億也 服 〔釋文云〕事也用也言服行也 膚 美也 敏 疾也 祼 〔嚴氏粲曰〕祼謂以鬯酒獻尸尸受酒而灌於地以降神也祼薦古字通也 將 行也酌而送之也 京 周之京師也 黼 黼裳也 冔 殷冠也 藎臣 〔姚氏際恒曰〕王之藎臣承上殷士言謂此殷士今皆爲王所進用之臣豈得無念爾祖文王之德乎義自明順集傳曰于是呼王之藎臣而告之曰得無念爾祖文王之德乎蓋以戒王而不敢斥言猶所謂敢告僕夫云爾其自爲迂拙如此 聿 發語辭 命 天理也 師 衆也 上帝 天之主宰也 駿 大也 不易 言難保也 過 絕也 宣 布也 昭 明也 義

將言文武受命故先揭出天人感通之故以爲全篇綱領而說得赫然可畏蓋危言以惕之也

次章至六章皆歷敘文武生有聖德

旨也 問（聞通）有（又通）虞（度也）載（事也）儀（象也）刑（法也）孚（信也）

標韻 天（一先）新（十一眞）通韻 時（四支）右（二十五有）叶韻 已（四紙）子（同）本韻

世（八霽）世（同）二字自爲韻 翼（十三職）國（同）本韻 楨（八庚）寧（九靑）通韻

止（紙）子（同）本韻 億（職）服（一屋）叶韻 常（七陽）京（庚）轉韻 冔（七麌）祖（麌）

同本韻 德（職）福（屋）叶韻 帝（霽）易（眞）通韻 躬（一東）天（先）叶韻

臭（二十六宥）孚（七虞）叶韻

大明 追述周德之盛由於配偶天成也

明明在下赫赫在上天難忱斯不易維王天位殷適使不挾四方（一章）（以下追述周德 此章先出太任 後出王季）

摯仲氏任自彼殷商來嫁于周曰嬪于京乃及王季維德之行

大任有身生此文王（二章）維此文王小心翼翼昭事上帝聿懷多福

厥德不回以受方國（三章）天監在下有命既集文王初載天作之合（一句綰合）

進非偶然蓋天作之合故父子夫婦之間皆有盛德以相配偶而生聖嗣在文法此爲鋪敘開文在詩意此爲追述要義

七八兩章始言伐商而有天下以終首章之意

清明作收與明明赫赫相應用字亦極不苟如是

全詩六句八句相間成章又是一格

在洽之陽在渭之涘文王嘉止大邦有子四章大邦有子俔天之妹文定厥祥親迎于渭造舟爲梁不顯其光五章有命自天命此文王于周于京纘女維莘長子維行篤生武王保右命爾燮伐大商六章殷商之旅其會如林矢于牧野維予侯興上帝臨女無貳爾心七章牧野洋洋檀車煌煌駟騵彭彭維師尚父時維鷹揚涼彼武王肆伐大商會朝清明八章

兩代佳偶○此章先出○文王再出○太姒

太任則○曰來嫁太○姒則曰親○迎兩世皆○配作兩樣寫○法

○雙收婦○德○落到武○王以下○側重伐商○

應在上○

特題尚○父隱含邑○姜文章虛○實之

右大明八章四章章六句四章章八句序謂文王有明德故天復命武王也直不知詩中命意所在卽辯說云言王季大任文王太姒武王皆有明德而天命之亦甚含渾蓋周家奕世積功累仁人恐知之所奇者歷代夫婦皆有盛德以相輔助並生聖嗣所以爲異使非天作之合何能聖配相承不爽若是故詩人

命意卽從此著筆歷敘其昏媾天成有非人力所能爲者然大任大姒明寫邑姜暗寫此又文心變幻處從來說詩者無人道及不將詩人一片苦心埋沒不彰耶至首尾三章極言天人感應之機捷於影響天可信而不可信王易爲而不易爲逆天者天必亡之順天者天必昌之其昌之也一朝而淸明其亡之也四方無所恃故必有明明之聖德而後有赫赫之天命天人之際豈不亦甚微哉吾願萬世之有天位者當以殷適爲戒而以武王爲法庶可以上應天心中承祖德下撫四方一戎衣而天下大定也然亦豈偶然得之者歟於虖盛矣

【集釋】明明德之明也赫赫命之顯也忱信也不易難也天位天子之位也殷適殷之適嗣也挾持也摯國名仲中女也任摯國姓也殷商黃氏一曰摯奚仲之後封彼殷商蓋摯商畿內國也

來嫁二句姚氏際恒曰集傳云嬪于京疊言以釋上句之意猶曰釐降二女于潙汭嬪于虞按書曰降言其下嫁也曰嬪言其成婦也曰潙汭詳其地名也曰虞詳其國名也此詩正與之同來嫁始嫁嬪成婦也周國名也京京師之地也古人立言悉有文理其層次毫忽不苟乃皆謬以詩書爲疊言胡文理淺事尚不之知而謬經耶**王季**文王父也**身**姚氏際恒曰身毛傳曰重也鄭氏曰重謂懷孕也孔氏曰以身中復有一身故言重古人辭析字義其精如此集傳但曰身懷孕也甚麤**翼翼**恭敬之貌**懷**來也**回**邪也**方國**姚氏曰方國爲方百里之國孟子曰文王由方百里起是也鄭氏謂四方來附之國向來從之非也**洽**水名在今西安府同州郃陽縣今流已絕故去水而加邑渭水亦逕此入河也**嘉**昏禮也**大邦**莘國也梁氏益曰莘姒姓之國文王妃大姒之母家今同之夏陽漢郃陽也有大姒家祠**子**指大姒也**俔**集傳俔磬也韓詩作磬說文云俔譬也孔氏曰如今俗語譬喻物曰磬作然也**天妹**姚氏曰妹少女之稱女將歸故易卦名歸妹天妹尊稱之也猶王曰天王之義云耳**文**禮也**祥**吉也言卜得祥而以納幣之禮定其祥也**梁**集傳梁橋也作船於水比之而加板於其上以通行者即今之浮橋也**纘**繼也**莘**國名**長子**指大姒也**行**嫁也**牧野**在朝歌南七十里衛之汲縣故商都牧野之邑**侯**姚氏曰維予侯興鄭氏解侯爲諸侯謂武王也集傳以侯爲維非**騵**騮馬

白腹曰驪尚父大公望也涼韓詩作亮佐助也會朝會戰之旦也蘇氏轍曰書所謂甲子昧爽也清明

孔氏穎達曰王肅云天下

乃大清明無復濁亂之政

標韻 上二十二養 王七陽 方同叶韻 商陽 京八庚 行陽 王同 轉韻 箕

十三職 福一屋 國職 叶韻 集十四緝 合十五合 通韻 渷四紙 子同 本韻

妹十一隊 渭五未 通韻 梁陽 光同 本韻 王陽 莘十一真 王商並陽 叶

韻 林十二侵 興十蒸 心侵 通韻 煌陽 彭庚 揚陽 商同 明庚 轉韻

緜 追述周室之興始自遷岐民附也

緜緜瓜瓞民之初生自土沮漆古公亶父陶復陶穴未有家室一章

比起。溯源。○先、稱、一、筆○領、起、全、局○

古公亶父來朝走馬率西水滸至于岐下爰及姜女聿來胥宇二章

遷居。擇眷。

周原膴膴堇荼如飴爰始爰謀爰契我龜曰止曰時築室于茲三章

卜地。定宅。

迺慰迺止迺左迺右迺疆迺理迺宣迺畝自西徂東周爰執事四章

經畫。

自次章至此皆經營遷居立國之事落筆乃乘勢帶起下章機局乃緊否則平散無力矣

上章威服强敵此章德感二君周所以日盛而昌大也

收筆奇肆亦饒姿態

乃召司空乃召司徒（董事）俾立室家其繩則直縮版以載作廟翼翼（先宗廟）五章

捄之陾陾（後宮室）度之薨薨築之登登削屢馮馮百堵皆興鼛鼓弗勝六章

迺立皋門（再次乃立○門）皋門有伉迺立應門應門將將迺立冢土（兼營大社○帶起下二○章）戎醜攸行七章

肆不殄厥慍（外侮）亦不隕厥問（內脩）柞棫拔矣行道兌矣混夷駾矣維其喙矣（服敵）

八章

虞芮質厥成（德化）文王蹶厥生予曰有疏附（四輔）予曰有先後予曰有奔奏予曰有禦侮九章

右緜九章章六句此上三章皆周公述祖德詩也然三章立義各有不同文王以天德言故曰令聞曰厥猶曰緝熙敬止曰聿脩厥德又曰宣昭義問而總歸之於陟降配天以至聲臭俱無使非穆穆不已烏能作孚萬邦故有天德者必膺天命此文王之旨也大明以人事言故有王季卽生大任有文王卽生大姒

有武王即生邑姜奕世賢淑互相纘承使非天作之合烏能歷顯其光故人紀肇修者人心亦附此大明之旨也此詩以地利言故曰自土沮漆曰至于岐下曰築室于茲凡屬宗廟社稷莫不制畫昭然使非去邠踰梁何以臣服戎狄故地利之美者地足以王是則緜詩之旨耳若論世次緜爲首王迹所自始也次大明再次乃文王若論功德周至文王而始大自當以文王弁首此編詩義例亦即詩人意旨從來說者不明作者深心概謂之追述而無所別豈知周室之興其有得於天地人三者之厚實有異乎歷代帝王之數故能如是之盛且遠耶然詩雖重地利仍以威德爲主故後二章一服昆夷一感虞芮王道大行天下歸心夫豈無因而致此蓋文王德修於內四臣力贊乎外

故以作歌自古帝王未有不得人而能自昌者地靈尤須人傑是之謂耳

【集傳】緜緜不絕貌瓞邢氏昺曰瓞名瓝小瓜也一沮漆二水名在陶地水經沮水出北地直路縣東過馮翊祋祤縣北東入于洛漆水出扶風杜陽縣俞山東北入于渭朱氏公遷曰自土沮漆自沮漆之土也語倒如此也古公亶父集傳古公號也亶父名也或曰字也後乃追稱大王焉趙氏順孫曰古公猶言先公也蓋未追王之本號古公當殷末時猶尚質故亶父以名言姚氏際恒曰孫文融曰此詩不但稱古公且仍書其名乃後又稱文王豈武王初克商甫尊文王尚未追王大王是彼時作耶案此誠不可曉季明德以未章言文王與大王不相連屬疑為錯簡殊妄左傳昭二年已賦緜之卒章以晉侯比文王以韓子比四輔矣陶復陶穴姚氏際恒曰陶說文瓦器也蓋瓴甓之屬復者平地纍土為之故曰復穴者土中室也復穴雖皆土所為而以瓴甓之類甃之復則以拒風雨穴則以隔土氣集傳云陶窰竈也復重窰也絕不明岐下岐山之下也許氏謙曰地理考異郡縣志岐山亦名天柱山在鳳翔府岐山縣東北十里姜女大王妃也胥相也宇宅也周地名在岐山之南膴膴肥美貌荼則姚氏際恒曰嚴氏曰內則言婦養舅姑公食禮

言君待其臣皆以堇則堇是美荼七月言食農夫以荼則荼非美荼也雨露所濡甘若薺實堇荼皆甘如飴言美惡皆宜也孔氏謂堇卽烏頭且引晉語驪姬寘酖於酒寘堇於肉爲證蓋以此堇爲爾雅芨堇之堇也說者皆祖之若爲驪姬寘酖堇肉內之堇則與酖毒同類與荼荼可食之物非其類矣詩人稱周原之美不應言其宜毒物也且毒物不可食何由知其如飴乎

契 〔集傳〕契所以然火而灼龜者也儀禮所謂楚焞是也或曰以刀刻龜甲欲鑽之處也 **慰** 安也 **止** 居也 **周** 徧也 **司空** 掌營國邑 **司徒** 掌徒役之事〔姚〕氏際恒曰司空司徒司馬商世所有之官天子有之諸侯亦有之故武王牧誓呼此三官而此詩以築室之故召此二官也 **捄** 盛土於器也 **陾陾** 衆也 **度** 投土於版也 **薨薨** 衆聲也 **登登** 相應聲 **馮馮** 牆堅聲 **堵** 五版爲堵 **鼛鼓** 解見鼓鐘以鼓役事弗勝者 **皐門應門** 〔集傳〕傳曰王之郭門曰皐門伉高貌王之正門曰應門將將嚴正也大王之時未有制度特作二門其名如此及周有天下遂尊以爲天子之門而諸侯不得立焉 **冢土** 大社也天子諸侯皆立也 **戎醜** 大衆也 **肆** 〔集傳〕肆故今也猶言遂也承上起下之辭 **殄** 絕也 **慍** 怒也 **隕** 墜也 **問** 聞通謂聲譽也〔姚〕氏際恒曰肆不殄厥慍二句必指當時與昆夷之事實言今不可考究觀二厥字與下章虞芮質厥成二句二厥字同可見彼爲事實則此章亦事實可知〔案〕此與集傳言大王雖不能殄絕昆

夷之愠怒亦不隕墜已之聲聞者與然集傳亦求其實而不得故爲此虛擬之言耳

虞芮一章 集傳虞芮二國名質正成平也傳曰虞芮之君相與爭田久而不平乃相與朝周入其境則耕者讓畔行者讓路入其邑男女異路斑白不提挈入其朝士讓爲大夫大夫讓爲卿二國之君感而相謂曰我等小人不可以履君子之境乃相讓以其所爭田爲閒田而退天下聞之而歸者四十餘國蘇氏曰虞在陝之平陸芮在同之馮翊平陸有閒原焉則虞芮之所讓也蹶生未詳其義或曰蹶動而疾也生猶起也予詩人自予也率下親上曰疏附相道前後曰先後喻德宣譽曰奔奏武臣折衝曰禦侮姚氏際恒曰文王蹶厥生蹶字難解然其義自承上句虞芮質厥成來而文王乃爲之蹶厥生大約是謂動其生讓畔之心耳解者離上句釋之便紛然募儗益無是處矣

標韻 瓞屑九 漆質四 穴屑 室質 通韻 父麌七 馬二十馬 滸麌 下馬 女語六 宇麌 叶韻 飴支四 龜 時 茲並同 本韻 止紙四 右二十五有 理紙 畝有 事四寘 叶韻 徒虞七 家六麻音姑 叶韻 直十三職 翼同 本韻 隩十蒸 薨 登 馮 興 勝並同 本韻 伉二十三漾 將七陽 行同 叶韻 慍十三問 問同 本

韻 拔十一隊 兌九泰 喙隊 通韻 成八庚 生同 本韻 附七遇 後有奏

二十六宥 侮麌 叶韻

棫樸 文王能作士也

芃芃棫樸，薪之槱之。濟濟辟王，左右趣之。一章 濟濟辟王，左右奉璋。奉璋峩峩，髦士攸宜。二章 淠彼涇舟，烝徒楫之。周王于邁，六師及之。三章 倬彼雲漢，爲章于天。周王壽考，遐不作人。四章 追琢其章，金玉其相。勉勉我王，綱紀四方。五章

右棫樸五章，章四句。小序謂文王能官人，姚氏以爲差些，蓋能作士耳。集傳又云：前三章言文王之德爲人所歸，後二章言文王之德有以振作綱紀天下之人，而人歸之。使非不能作士，人孰歸之？故此詩亦倒敘法耳。其作人之盛也，既美其質，復琢其

眉評：以天文喻人文，光燄何止萬丈長耶！

章故能煥發成采如彼雲漢之爲章於天矣豈不倬然也哉及其歸心也莫大乎承祭與征伐文王承祭奉璋峩峩無非髦士攸宜則其作文德之士也可知文王征伐六師扈從有似烝徒楫舟則其作武勇之士也又可見蓋非徒能官人而已又有以作之使其振興鼓舞而變化焉此周之人材所以獨盛於唐虞三代上也然豈一朝一夕故哉周王壽考始見成功故雖有聖人在上亦必久於其道而後天下化成才難之嘆不益信歟

【集傳】芃芃木盛貌　棫白桵也小木叢生有刺　樸言根枝迫迮相附著也　槱積也　辟君也　璋集傳半圭曰璋祭祀之禮王祼以圭瓚諸臣助之亞祼以璋瓚左右奉之其制在內亦有趣向之意　峩峩盛壯貌　髦俊也　淠舟行貌　涇水名　烝衆也　楫櫂也　于往也　邁行也　六師六軍也　倬大也　雲漢天河也　壽考文王九十七乃終故曰壽考　遐與胡同　作人謂鼓舞變化之也　追雕也　琢金曰雕玉曰琢　相質也

華貴

前後均泛言福祿中間乃插入作人享祀二端蓋享祀是此篇之主而作人則推原致福之由得人者昌天必祐之矣

勉勉猶言不已也 綱紀凡網罟張之為綱理之為紀

標韻 標二十五有 趣同 本韻 王七陽 璋同 本韻 峩五歌 宜四支 叶韻

棫十六葉 及十四緝 通韻 天一先 人十一眞 叶韻 章陽 相王方並同 本韻

旱麓 祭必受福也

瞻彼旱麓，榛楛濟濟。豈弟君子，干祿豈弟。一章 瑟彼玉瓚，黃流在中。豈弟君子，福祿攸降。二章 鳶飛戾天，魚躍于淵。豈弟君子，遐不作人。三章 清酒既載，騂牡既備。以享以祀，以介景福。四章 瑟彼柞棫，民所燎矣。豈弟君子，神所勞矣。五章 莫莫葛藟，施于條枚。豈弟君子，求福不回。六章

右旱麓六章章四句小序曰受祖也大序因以為周之先祖世

修后稷公劉之業大王王季申以百福干祿焉不知作何變豎即集傳以爲詠歌文王之德亦殊泛泛此蓋指其祭祀受福而言也與上篇絕不相類上篇言作人於祭祀見其一端此篇言祭祀而作人亦見其極盛姚氏但見其有作人字遂謂其與上篇大抵相似胡不即前後文而一詠之耶首章曰干祿卒章曰求福夫福祿豈可干而求之哉又況聖王明德配天祿自我祿福自我福非他人所能預抑豈有意爲之哉不知此正詩人立言之妙耳若曰文王盛德上有以得天下有以得人幽有以格神夫固與天人神鬼無毫髮之間祿何待干而後獲福何待求而始至而自人視之則若文王之有意干而求之也不然何以無祿不臻無福不備不求福則已一求福而神勞之以福不干

祿則已一干祿而天降之以祿一若事之操券而得者夫非有術以致之哉此蓋以常情擬聖德從不能摹擬中極意以摹擬之非眞謂祿可干而福可求也宋儒不解詩意以爲祿不可干福不可求乃爲之極力回護是眞以干祿求福擬文王亦何歟而可哂耶詩遇漢儒而一厄遇宋儒又一厄遇明儒又一大厄不知何時始能撥雲霧而見青天也

【集釋】旱山名麓山足也榛似栗而小楛似荊而赤豈弟樂易也瑟縝密貌玉瓚集傳玉瓚圭瓚也以圭爲柄黃金爲勺青金爲外而朱其中也黃流集傳黃流鬱鬯也釀秬黍爲酒以瓚酌而祼之也孔氏穎達曰秬黑黍一秠二米者也秬鬯者釀秬爲酒以鬱金之草和之草名鬱金則黃如金色酒在器流動故謂之黃流攸所也鳶鴟類戾至也瑟茂密貌燎爨也勞慰撫也莫莫盛貌回邪也

【標韻】濟八齊弟同本韻　中一東降三江轉韻　天一先淵同人十一眞叶

首章推本刑于之化實賴上有聖母數語爲全詩之主

描寫文王居室氣象刑于化洽自可想見

末二章承上家邦推廣言之

韻 備四寘 福一屋叶韻 燎十八嘯 勞二十號通韻 枚十灰 回同本韻

思齊 刑于化洽也

思齊大任文王之母思媚周姜京室之婦刑于之本大姒嗣徽音則百斯男刑于之實一章

惠于宗公神罔時怨神罔時恫刑于寡妻至于兄弟以御于家邦懇、明、王、意二章

雝雝在宮肅肅在廟刑○于○之○象不顯亦臨無射亦保兄弟字亦包在內三章

肆戎疾不殄烈顯家邦爲刑○于所推假不瑕不聞亦式不諫亦入四章

肆成人有德小子有造古之人無斁譽髦斯士五章

右思齊五章二章章六句三章章四句小序謂文王所以興以首章特標文王之母何也姚氏遵之遂以爲一篇眼目在是全詩只以首章爲主殊知此特推原刑于之化所自始耳詩蓋咏歌文王刑于之化也治化無不本於閨門由寡妻而兄弟由兄

弟而家邦乘其機而順以導之勢甚便也然非有所本則其化亦不能如是之神且速文王治家不獨以身爲率又得聖母以爲之倡故其宫闈寢廟間肅肅雝雝太和翔洽莫可言喻此蓋其母大任氏德性齊莊而又能上媚先姑以盡子婦之職故其子婦亦有所式化而成內助之功此文王刑于之化至神且速而獨有異乎人者也故此詩當以刑于數語爲主首章大任逆溯其源末二章戎疾造士順徵其效三章宫廟則虛寫其刑于氣象所謂德修於內而化成乎天下者非大任而能若是乎哉單重大任則全詩氣脈終難一氣貫下卽如集傳以爲此詩亦歌文王之德則所歌者何德造語殊欠分明均非善說詩者

【集釋】思語辭齊莊也媚愛也周姜大王之妃大姜也京周也大姒文王之妃也徽美也百

美眷西顧是全篇主腦然自求民莫來天豈有私於周哉接敘大王遷岐開闢景象歸重明德

男舉成數而言其多也（朱子曰）案春秋傳云管蔡郕霍魯衛毛聃郜雍曹滕畢原豐郇文之昭也井伯考武王十八人然此特其見於書傳者耳亦可見其多矣惠順也宗公宗廟先公也恫痛也刑儀法也御迎也又治也雝和之至也肅肅敬之至也不顯幽隱之處也射與斁同厭也保守也肆故今也戎大也疾難也殄絕也烈光也假大也瑕過也式法也髦俊也

標韻母二十五有婦同本韻音十二侵男十三覃通韻公一東恫同邦三江轉韻廟十八嘯保十九皓叶韻殄十六銑瑕六麻無韻式十三職入十四緝通韻造二十號士四紙無韻江氏以爲後三章皆無韻今改之唯殄瑕造士無韻

皇矣　周始大也

皇矣上帝。臨下有赫。監觀四方。求民之莫。維此二國。其政不獲。維彼四國。爰究爰度。上帝耆之。憎其式廓。乃眷西顧。此維與宅。一章

作之屏之。其菑其翳。修之平之。其灌其栵。啓之辟之。其檉其椐。攘之

通篇眼定二字發揮是周室歷代傳心家學

寫王季友愛帶出大伯是夾敘法亦是推原法而精理名言粹美無痕所以爲佳

以下敘伐密伐崇連用帝謂文王句特筆提起是何等聲靈通篇文勢皆振後代文唯韓愈往往有此

是都於程

不脫明德字三聖明德亦作三樣寫

上章伐密止按旅句此下伐崇備

大王　大姜　夾寫大伯

剔之其檿其柘帝遷明德串夷載路天立厥配受命既固二章帝省其山柞棫斯拔松柏斯兌帝作邦作對自大伯王季維此王季因心則友則友其兄則篤其慶載錫之光受祿無喪奄有四方三章維此王季帝度其心貊其德音其德克明克明克類克長克君王此大邦克順克比比于文王其德靡悔既受帝祉施于孫子四章帝謂文王無然畔援無然歆羨誕先登于岸密人不恭敢距大邦侵阮徂共王赫斯怒爰整其旅以按徂旅以篤周祜以對于天下五章依其在京侵自阮疆陟我高岡無矢我陵我陵我阿無飲我泉我泉我池度其鮮原居岐之陽在渭之將萬邦之方下民之王六章帝謂文王予懷明德不大聲以色不長夏以革不識不知順帝之則帝謂文王詢爾仇方同爾兄弟以爾鉤援與爾臨衝以伐崇墉七章臨

從王季一面寫友愛而大伯之讓德自見

眼定明德

逗下四章

攻具　攻具　城池

久而後降是亦章
詳畧相間法
一怒而安天下之
民所謂王者之師
也

衝閑閑崇墉言言執訊連連攸馘安安是類是禡是致是附四方（斬俘○祭禡○）
以無侮臨衝茀茀崇墉仡仡是伐是肆是絶是忽四方以無拂（再述攻○堅以見降○敵之難○）八章

右皇矣八章章十二句序云美周也天監代殷莫若周周世世修德莫若文王朱子無異議故集傳從之唯姚氏以為美周泛混大抵上篇思齊與此篇皆咏文王思齊則述其母以上及王母此篇則述大王以下至王季皆推原其所生以見其為聖也然以見其為聖一語又何嘗非泛混哉況經咏文王亦只言其伐密伐崇二事有此武功而已何以遽見其為聖此似是而非之說也周雖世世修德然至文王而始大故此詩歷敘大王以來積功累仁之事而尤著意摹寫王季友愛一段至德一以見大伯讓國之美一以見王季實能不負大伯推讓之心故至文

王而昌大也文王聖德自不必言而其所以昌大大王之業者實自伐密伐崇始有文德而又有武功所謂一怒而安天下之民者天之眷顧雖欲不西顧也其可得哉至篇中處處以明德作骨此尤周家世傳心學與虞廷執中受授無異學者於此斷斷不可輕意滑過三代帝王莫不本天德以爲王道若後世則兵强馬壯者爲之而已天命之歸亦未嘗不有所眷顧然而雜霸純王之分判若霄壤也

[illegible]皇大也臨視也莫定也二國姚氏際恒曰二國商周也獲得也商周之政大不相得于是悉反之承上天臨民定言舊解二國爲夏商不應遠及夏且此若本國及紂云也若夏商則亦不云此矣四國四方之國也究尋也度謀也耆毛氏萇曰者致也憎集傳憎當作增式廓韓氏廣曰式如式樣之式廓如匡廓之廓作[illegible]起也屏去之也菑木立死者也翳小木蒙密蔽翳者也修平皆治也灌叢生者也栵行生者也啓

辟芟除也　檉〔集傳〕檉河柳也似楊赤色生河邊〔陸氏璣曰〕一名雨師枝葉似松　椐〔集傳〕椐樻也腫節似扶老可爲杖者也〔陸氏璣曰〕即今靈壽杖是也　攘剔也　檿柘〔集傳〕檿山桑也與柘皆美材可爲弓榦又可蠶也考工記弓人取幹柘爲上檿桑次之　明德謂明德之君即大王也　串夷串即患謂昆夷也　載路謂滿路而去　配指大姜也　帝上帝也　柞棫三句柞櫟也棫白桵也均叢生有刺拔挺而上兌通也〔姚氏際恒曰〕柞棫拔而松柏兌往來道通人物蕃盛于是始成其爲邦而有君矣故曰帝作邦作對作對猶對于天下也　大伯大王長子　王季大王少子文王父也　因心四句〔姚氏際恒曰〕因心者王季因大王之心也故受大伯之讓而不辭則是能友矣下單承則友言則友其兄因以篤慶錫光描摹家庭一段靄然致祥光景也舊解皆切合受讓上糾纏作解古人作詩要無此意　奄〔集傳〕奄字之義在忽遂之間　貊〔集傳〕貊春秋傳樂記皆作莫莫然清靜也　克明能察是非也　克長教誨不倦也　克君賞慶刑威也　順慈和也　比上下相親也　比于至也　悔遺恨也　帝謂設爲天命之詞也　畔援三句〔集傳〕無然猶言不可如此也畔離畔也援攀援也言舍此而取彼也歆欲之動也羨愛慕也言肆情以狥物也岸道之極處也又曰人心有所畔援有所歆羨則溺於人欲之流而不能以自濟文王無是二者故獨能先知

先覺以造道之極至蓋天實命之而非人力之所能及也姚氏際恒曰畔援猶跋扈也歆羨覬覦也無然謂無使其然誕先登于岸謂先據高以制下也于是密人之不恭則征之不恭卽畔援歆羨之類岸鄭氏謂獄固非集傳說作道無論解詩不可說入理障且下密人不恭如何接得去又以道爲岸彼岸釋氏之教也解詩不可入吾儒之理況可入釋氏之理耶案姚氏之駁集傳是已然謂畔援猶跋扈者亦非且登岸爲據高以制下義亦甚淺而粗恐帝謂文王之意不如是耳愚謂畔者離而去之也援者攀而附之也無然者謂無間離人以攀附之心也至歆者欲之動乎中羨者心之慕乎外蓋利人土地而生羨慕之念耳今皆無之是帝心之所深眷者矣登岸猶言極民溺流而登諸高岸之上也以故密人不恭命爾以征伐者非利人土地非阻人來歸蓋將拯民水火以篤周祜以對于天下而已帝謂如此夫豈後儒淺見所能測哉

密 密須氏也姞姓之國案梁氏益曰密須子爵商侯國世本云商有密須文王伐之

阮 國名在今涇州密則靜甯州也

共 阮地名今涇州之共池是也案梁氏益曰虞公所奔之共池

按 遏也

徂旅 密師之往共者也

依其在京一章 姚氏際恒曰此言定都也案謂依其在周京之時蓋從伐密之侵阮來在伐密以後也集傳云文王安然在周之京而所整之兵既遏密人遂徙阮疆而出以侵密按既云遏密又云出以侵密無與辭費語可怪殊甚且侵阮本謂密人卽上侵阮阻共也乃云侵密尤不通鮮原必是

地名今無考或從竹書紀年為地名以証此書不可信案依其在京一語姚朱二說均未晰蓋既伐密之後將別遷都不必遠去但依其在周京左近之地故曰居岐之陽在渭之將去周京亦未遠也陟其高岡五句正度地之宜無近陵無逼泉泉以為池陵易成谷均非善地然非登高望遠不能相其陰陽故陟我高岡而後辨耳鮮原如姚說當是地名或即程邑也

懷明德 五句 姚氏際恒曰帝謂予懷文王之明德其整旅遏旅之時不大其聲音與色相也不長其役大與變革也集傳解不大句謂德之深微不暴著其形迹全本中庸說理不知中庸斷章取義豈可從乎其說近是存之蓋聖王處事臨大敵抒大難不動聲色不輕喜怒但循天理以著威德是此章大旨

鉤援 鉤梯也 **臨** 臨車也在上臨下者也 **衝** 衝車也皆攻城之具也 **崇** 國名在今西安府鄠縣史記崇侯虎譖西伯於紂紂囚西伯於羑里西伯之臣閎夭之徒求美女奇物善馬以獻紂紂乃赦西伯賜之弓矢鈇鉞得專征伐曰譖西伯者崇侯虎也西伯三年伐崇侯虎而作豐邑也 **墉** 城也 **閑閑** 徐緩也 **言言** 高大也 **連連** 屬續狀 **馘** 割耳也軍法獲者不執則殺而獻其左耳 **安安** 不輕暴也 **類** 將出師祭上帝也 **禡** 至所征之地而祭始造軍法謂黃帝及蚩尤也 **致** 致其至也 **附** 使之來附也 **弗弗** 彊盛貌 **仡仡** 堅壯貌 **肆** 縱兵也 **忽** 滅也 **拂** 戾也

民情踴躍於興作
相見之

標韻 赫陌十一 莫 獲並同 度藥十 廓同 宅陌 叶韻 騶霽八 椒 [illegible]韻

椐御六 柘禡二十二 路御 固同 叶韻 援隊十一 兌泰九 對隊 季寘四 友有二十五

叶韻 兄庚八 慶陽七 光 喪 方並同 轉韻 心侵十二 明庚 君文十二 通韻

比紙四 悔賄十 子紙 通韻 援霰十七 義同 岸翰十五 叶韻 恭冬二 邦江三

共冬 通韻 怒遇七 旅語六 祜麌七 下馬二十一 叶韻 疆陽 岡同 本韻

阿歌五 沚支四 叶韻 陽陽 將 方 王並同 本韻 德職十三 色同 革陌十一

則職 通韻 王陽 方同 援元十三 衝冬 墉同 叶韻 閑刪十五 言元

速先一 安寒十四 通韻 禡禡 附遇七 侮麌 叶韻 茀物五 仡同 忽月六 拂

同 通韻

靈臺　美遊觀也

經始靈臺。經之營之。庶民攻之。不日成之。經始勿亟。庶民子來。一章

飛走鱗介各適其性卻處處與王夾寫見人物兩忘不相驚擾之意描摹物情體貼入微辟廱鐘鼓盛世游觀何等氣象

王在靈囿麀鹿攸伏麀鹿濯濯白鳥翯翯王在靈沼於牣魚躍二章虡業維樅賁鼓維鏞於論鼓鐘於樂辟廱三章於論鼓鐘於樂辟廱鼉鼓逢逢矇瞍奏公四章

右靈臺四章二章章六句二章章四句小序以為民始附如同醉夢何足深辯而辟廱之名或以為學名或以為樂名或又以為習樂之所且更以為大射行禮之處紛紛聚訟迄無定解亦覺可笑以為學名者引王制論學曰天子曰辟廱諸侯曰泮宮遂以此辟廱為講學之地且其制水旋邱如璧遂謂廱為澤更名其學曰澤宮以為樂名者引莊子論歷代樂曰文王有辟廱故又以為樂名也蘇氏疑之曰古人以樂教胄子則未知學以樂而得名歟樂以學而得名歟是不敢以為樂而以為學樂之

所耳朱子又曰古人之學與今不同孟子所謂序者射也則學蓋有以射爲主者矣此又以爲習射之處皆爲學所泥也然獨不思所謂學者曰辟廱天子之學也其時文王未爲天子而何以有辟廱之學耶且辟廱環叩以水則不能習射地近靈臺靈沼靈囿與麋鹿禽鳥鱗介爲隣更非習樂講學地蓋游觀處耳夫人君游樂必有園圃築臺所以望氛祲察災祥也設囿所以域禽獸備田獵也至於闢沼則蓄潛鱗兼資灌溉耳然有游必有宴有宴必有樂此辟廱之樂所由名歟其後周家盛王以爲辟廱者文王之所經營也臺曰靈臺囿曰靈囿沼曰靈沼雖曰民情樂趨實亦地氣鍾靈故或就其地以爲學或仿其制以設教或假其名以別乎泮水學宮之號均不可知然於是始有以

辟廱爲天子學者而諸侯不得立焉矣若此時之辟廱則實以供文王之游玩而非以待諸生之觀聽也諸儒何不平心一細察之詩首章見落成之速使非民情踴躍胡以至是次章見蕃育之盛不啻人物相忘藉非賢者又烏樂此末二章則辟廱鐘鼓以助讌遊樂與此何如太平景象乎故同此鐘鼓管樂之音也同此臺池鳥獸之觀也而民之見之者有樂有不樂非可強而同之而此則不惟民心樂赴且亟欲同樂雖欲緩之而不能者果操何術以致之哉詩人觀此能不一再咏之以紀聖王游觀之美若以辟廱爲學則靈臺一詩前方縱游後忽講道殊覺不倫何以立訓古人斷斷無是文字而顧可以誣文王哉

經 度也 靈臺 文王所作也 營 鄭氏康成曰營表其位孔氏穎達曰謂以繩度立表以定其位處也 攻

作也不日言不數日也集傳言不終日者非亟急也囿說文曰囿苑有垣也案臺下有囿所以域養禽獸也麀
牝鹿也伏言安其所處不驚擾也濯濯肥澤貌白鳥鶴與鷺之類翯翯潔白貌牣滿也虡
業維樅集傳虡植木以懸鐘磬其橫者曰栒業栒上大板刻之提業如鋸齒者也樅業上懸鐘磬處以綵色爲崇牙其
狀樅樅然者也賁大鼓也鏞大鐘也論集傳論倫也言得其倫理也姚氏際恒曰論鐘鼓之節度不必改作倫
辟廱解已見篇中姚氏際恒曰辟廱非天子之學戴仲培楊用修皆闕之今按毛傳第言水旋丘如璧曰辟廱以節觀者
鄭氏于文王有聲曰武王于鎬京行辟廱之禮皆不言天子之學自王制曰天子之學曰辟廱毛傳輯王制之時鄭在其後而
皆不之信則王制之說果未然也大抵辟君也廱和也文王有辟上章曰皇王維辟下章曰鎬京辟廱正可證謂之辟廱者作
樂之地也故莊子言歷代之樂曰文王有辟廱是矣鎬京辟廱者築城池建垣翰以成京師而亦法文王爲作樂之地焉然則
辟廱既非學即毛傳水旋丘如璧之說亦非實然自有此說而以魯頌泮水爲半璧之形所自來矣案是說亦不以辟廱爲天
子學乃作樂之地耳然以之解是詩則近是若概謂辟廱非學則不然蓋後世因以辟廱爲天子之學矣考古家只知緊前而
不顧後往往如是鼉鼓集傳鼉似蜥蜴長丈餘皮可冒鼓陸氏佃曰夏小正云剝鼉以爲鼓其皮堅厚取以冒鼓故曰

前後四章皆首句躡上蟬聯而下中兩章忽用第三句相承格又一變

鼉鼓鼉鼓非特有取於皮亦其鼓聲逢逢然象鼉之鳴續博物志曰鼉長一丈其聲如鼓　矇瞍有眸子而無見曰矇無眸子曰瞍古者樂師皆以瞽者為之以其善聽而審於音也　公事也

韻讀　營庚八成同本韻　亟職十三來灰十叶韻　伏屋一濯覺三翯同躍藥十通韻　樅冬二鏞鐘廱同並本韻　鐘廱逢冬公東一通韻

下武　美武王上繼文德以昭後嗣也

下武維周。世有哲王。三后在天。王配于京。一章　王配于京。世德作求。永言配命。成王之孚。二章　成王之孚。下土之式。永言孝思。孝思維則。三章　媚茲一人。應侯順德。永言孝思。昭哉嗣服。四章　昭茲來許。繩其祖武。於萬斯年。受天之祜。五章　受天之祜。四方來賀。於萬斯年。不遐有佐。六章

右下武六章章四句小序謂繼文也意是而詞未達蓋有意與

下章繼伐相對故也武王伐殷而有天下謚曰武樂亦曰武人幾疑其以武功顯而文德或有媿乎三后殊知其所稱善繼善述者乃在文德而不在武功故詩人特表而咏之亦可謂深知武王者矣武王之德在永孝思孝思之永在求世德以上合乎天理而下孚乎人心徐氏光啓曰武王通先人之節以濟天下之變與先人志意流通此其心事何等光明正大故曰昭哉嗣服不但以其變俗化國爲能闡揚光大而已又可謂善說此詩者矣夫天子以善繼述爲能孝故武王之孝曰達孝尼父固嘗稱之此詩發端即曰下武維周下者後也武者繼也以後人而繼先世之業孝思之永孰大乎是箋傳甚明而朱晦翁乃云下義未詳又疑其字當作文無論文複三后即詩旨亦因之而晦

豐水之東卽鎬遷下鎬京無迹

姚氏譏其文義字義均不過雖未免言之太甚實亦有以自取

耳

【集釋】下（鄭氏康成曰下猶後也）武（毛氏萇曰武繼也）三后（大王王季文王也）王（武王也）配（對也）

京（鎬京也）媚（愛也）一人（謂武王也）服（事也）繩（繼也）武（迹也）佐（助也）

【標韻】王（七陽）京（八庚）轉韻　求（十一尤）孚（七虞）叶韻　式（十三職）則（同本韻）

德（職）服（一屋）叶韻　武（七麌）祜（同本韻）　賀（二十一箇）佐（同本韻）

文王有聲　鎬以成豐志也

文王有聲遹駿有聲遹求厥寧遹觀厥成文王烝哉（一章）文王受命

有此武功既伐于崇作邑于豐文王烝哉（二章）築城伊淢作豐伊匹

匪棘其欲遹追來孝王后烝哉（三章）王公伊濯維豐之垣四方攸同

王后維翰王后烝哉（四章）豐水東注維禹之績四方攸同皇王維辟

皇王烝哉五章　鎬京辟廱自西自東自南自北無思不服皇王烝哉六章　考卜維王宅是鎬京維龜正之武王成之武王烝哉七章　豐水有芑武王豈不仕詒厥孫謀以燕翼子武王烝哉八章

右文王有聲八章章五句此詩專以遷都定鼎爲言文王之遷豐也匪棘其欲蓋求厥甯以追來孝耳然巳兆宅鎬之先聲武王之遷鎬也豈徒繼伐蓋建辟廱以貽孫謀耳又無非成作豐之素志故文武對舉並言文之心卽武之心武之事實文之事自有日進於大之勢更有事不容巳之機文武亦順乎天心之自然而已夫豈有私意於其間哉序云繼伐固非詩人意旨卽集傳所謂此詩言文王遷豐武王遷鎬之事又何待言蓋詩人命意必有所在大雅之咏文武多矣未有以豐鎬並題者茲特

題之則必以建置宏謀爲纘承大計說者當從此究心以求兩
聖心心相印處乃得此詩要旨不然泛言繼述與詩無涉即呆
說豐鎬於事又何益耶詩共八章前四章乃說文王遷豐後四
章說武王遷鎬遷鎬則貽厥孫謀遷豐則適追來孝而皆以單
句贊詞煞腳此兩平欵板格也然八句煞腳中前兩章言文王
後兩章言武王中間四章二言王后二言皇王則又變矣不獨
此也言文王者偏曰伐崇武功言武王者偏曰鎬京辟廱武中
寓文文中有武不獨兩聖兼資之妙抑亦文章幻化之奇則更
變中之變矣若姚氏引鄧潛谷之言曰中四章皆言武王曰王
后皇王者本其在生爲君而言也末二章曰武王者本其崩後
之謚而言也忽生忽死忽皇忽后夾雜不清豈成文哉法律尚

且弗知義旨爲能盡識以此嘆說詩之難也

【集釋】通〔集傳〕通義未詳疑與聿同發語辭駿大也烝〔姚氏際恒曰〕烝說文火氣上行贊其熾盛升進之意舊說謂君非如王后皇王卽君也又曰君哉可乎伐崇事見皇矣篇作邑徙都也〔嚴氏粲曰〕國勢寖盛程邑不足以容乃作邑于豐以居之豐卽崇國之地在今鄠縣杜陵西南減〔集傳〕減成溝也方十里爲成成閒有溝深廣各八尺匹〔陸氏德明曰〕韓詩作洫匹稱也棘急也王后指文王也公功也濯著明也豐水〔集傳〕豐水東北流徑豐邑之東而注于河績功也皇王有天下之號指武王也辟君也鎬京〔集傳〕鎬京武王所營也在豐水東去豐邑二十五里〔呂氏祖謙曰〕後漢地志曰鎬在京兆尹上林苑中孟康云長安西南有鎬池古史考曰武王遷鎬長安豐亭鎬池也辟廱說見前篇〔張子曰〕靈臺辟廱文王之學也鎬京辟廱武王之學也至此始爲天子之學矣〔案〕靈臺辟廱不必爲學或至此始爲學耳思服心服也考稽也宅居也正決也〔嚴氏粲曰〕以吉凶取正于龜而龜出其吉兆以王定之也成之作邑居也芑草名仕〔姚氏際恒曰〕孔氏曰迹用材也豐水之傍以潤澤生芑穀喻養成之材材也武王豈有不仕之官者言無不用之無遺材也蓋欲傳其孫之誅而燕安輔翼其子耳〔案〕是說較諸家訓仕爲事之說差直捷故從之

詒遺也燕安也翼敬也子指成王也

聲庚八成同本韻　功東一豐同本韻　匹質四孝效十九叶韻

垣元十三翰寒十四通韻　績錫十二辟陌十一通韻　雝冬二東東一通韻

北職十三服屋一叶韻　京庚八成同本韻　仕紙四子同本韻

以上文王之什凡十篇

集傳云鄭譜此以上為文武時詩以下為成王周公時詩今案文王首句卽云文王在上則非文王之詩矣又曰無念爾祖則非武王之詩矣大明有聲并言文武者非一安得為文武之時所作乎蓋正雅皆成王周公以後之詩但此什皆為追述文武之德故譜因此而誤耳愚謂作詩時世多不可攷強為之譜亦臆測耳大抵文王一什皆周家有天下後追述祖德之詩故疑非周公不能作也卽棫樸旱麓靈臺三篇或譜人文王之世者亦非旱麓偶不稱王言論而棫樸靈臺二詩則居然言王矣豈西伯生存亦自命為王乎是一天子也詛可為訓詩以忠孝為本周家之德亦以忠厚開基說者以是誣文不識天經大義獨不念詩學根本乎是烏可以無辯也

詩經原始卷之十三終

汧陽門人王秉鈞校字

清同治本詩經原始

第四册

清 方玉潤撰

陝西省圖書館藏清同治十年隴東分署刊本

山東人民出版社·濟南

詩經原始卷之十四目錄

一大雅三

生民之什十首

民勞　召穆公警同列以戒王也

板　凡伯規同僚以警王也

受孕之奇
誕生之易
保護之異
嗜好天生

詩經原始卷之十四

寶甯方玉潤鴻濛氏撰

大雅二

生民之什

生民　述后稷誕生之異爲周家農業始也

（特、題、序、名）（素性好神）（以、弗字倘無子忽感）

厥初生民時維姜嫄生民如何克禋克祀以弗無子履帝武敏歆攸介攸止載震載夙載生載育時維后稷章一

（異迹）（遂有身孕）（懸明）（徵詞）

誕彌厥月先生如達不坼不副無菑無害以赫厥靈上帝不寧不康禋祀居然生子章二

誕寘之隘巷牛羊腓字之誕寘之平林會伐平林誕寘之寒冰鳥覆翼之鳥乃去矣后稷呱矣實覃實訏厥聲載路章三

誕實匍匐克岐克嶷以就口食蓺之荏菽荏菽旆旆禾役穟穟麻麥幪幪瓜瓞

克勤人事

教種曆封

播種肇祀

拔軷祈年

尊祖無怠通篇層次井然不待深求而自了了唯八章中皆以八句十句相間又二章以後七章以前每章起句均用誕字作首另是一格

唪唪四章誕后稷之穡有相之道茀厥豐草種之黃茂實方實苞實種實襃實發實秀實堅實好實穎實栗即有邰家室五章誕降嘉種維秬維秠維穈維芑恆之秬秠是穫是畝恆之穈芑是任是負以歸肇祀六章誕我祀如何或舂或揄或簸或蹂釋之叟叟烝之浮浮載謀載惟取蕭祭脂取羝以軷載燔載烈以興嗣歲七章卬盛于豆于豆于登其香始升上帝居歆胡臭亶時后稷肇祀庶無罪悔以迄于今八章

右生民八章四章章十句四章章八句從集傳此詩事異文奇未免駭人聽聞故說者紛然各異然所以異者其亦有故一由於不通文理一由於不解人事易言之詩曰生民如何克禋克祀以弗無子履帝武敏歆攸介攸止載震載夙載生載育集傳云

精意以享謂之禋祀郊禖也弗之言祓也祓無子求有子也意蓋謂姜嫄出祀郊禖見大人迹而履其拇遂歆歆然如有人道之感於是即其所大所止之處而震動有娠其說本史記及鄭箋諸儒多非之然證以二三章居然生子及屢棄寘而屢逢庇護雖牛羊禽鳥亦腓字而覆翼之則履迹之說似非虛誕唯從帝出祀郊禖雖履迹而心動安知其娠不爲帝子而爲異種必多方以棄寘之乎若毛傳云姜嫄出祀郊禖履帝嚳之迹而行將事齊敏則尤不通之至蓋從祀郊禖者求有子也求子而得子又反棄之有是理乎凡此皆克禋克祀以弗無子之文有未通耳詩言禋祀不過精意以致祭未言郊禖也凡言郊禖者皆後儒所增何以知其爲求子乎以弗無子鄭氏謂祓除其無子

之疾已迂而鑿姚氏又謂弗使其無子亦與下意棄寘不相貫唯鄧潛谷與季明德兩家以爲姜嫄未嫁而生子者得之蓋以弗云者以其弗嫁未字於人也無子者以其未字於人故尚無子也下乃云履帝武敏歆是倏然有感而心動故下又云居然生子而棄寘之文氣本自相貫其奈諸儒不細心領會何哉然則禋祀謂何愚意姜嫄其人性必好道而敬神故於天帝之類恒虔祀之其所履者亦卽天帝之迹非別有所謂大人也蓋平日精神所聚故不覺靈氣感通豈必待郊禖求子而後有所遇哉此等事不必上世始有之卽後世之見於稗官小說及釋典中者不一而足固無足異今黃梅意生寺爲釋子慧能所生地居然尚存亦其類也卽春秋傳鬭穀於菟之被棄爲虎所乳前

漢書高帝之母夢與龍交而娠何一非駭人聽聞者哉唯高帝
現有太公故明知其爲龍種而亦不忍棄之子文母未嫁而孕
故雖知其爲父後而亦不能不棄之有名與無名之分也是知
后稷之生必因無名而見棄若從帝郊禖而娠豈尚無名乎哉
愚謂諸儒不察文義且並不解人情者此也又況詩中溯源但
題其母不及其父則是無父而生也明矣姜嫄爲高辛氏世妃
或曰元妃都無定解然皆後日事若此時則尚未有夫也故足
怪詩首章言受孕之奇次言誕生之易三言被棄而庇護者多
四言稍長即知稼穡五言其有功農民因以受封六言其能降
嘉種以歸肇祀七言其祭祀之誠並祈來年八言周人世守其
業不敢有懈而因以得膺天命而有天下是皆后稷所賜故將

尊之以配天未爲過也然非姜嫄不及此故曰厥初生民自姜嫄始小序曰尊祖也大序曰文武之功起于后稷故推以配天集傳從之謂周公制禮尊后稷配天故作詩然皆得其半而未明也后稷配天已有思文一頌此特推原其故耳非用以爲配天之樂衆說不明故異論滋生何元子謂此詩郊祀后稷以祈穀朱晦翁又謂受釐頒胙之禮何不即詩辭而一細繹之耶

〔集釋〕民人也謂周人也時是也姜嫄〔集傳〕姜嫄炎帝後姜姓有邰氏女名姜嫄爲高辛之世妃謂其後世子孫之妃也未知其爲幾世故直以世言之姚氏際恒曰或云元妃歷來相傳如此〔案〕通鑑亦作帝嚳元妃所生即棄於堯爲長兄何以至舜始用此中年歲不無可疑或以爲世妃者庶幾近之第去帝嚳世亦未遠耳

祀〔集傳〕祀郊禖也古者立郊禖蓋祭天於郊而以先媒配也變媒言禖者神之也其禮以元鳥至之日用太牢祀之天子親往后率九嬪御乃禮天子所御帶以弓韣授以弓矢于郊禖之前也〔案〕祀者祭之通名詩第言克禋克祀者謂能精意以享祖

耳並無一語及郊禖意不知集傳何以引及此禖至使第三章棄寘之言竟不能通皆此注誤之也然不獨集傳爲然諸家正坐此病耳履踐也帝上帝也武迹也敏拇也郭氏璞曰拇迹大指處歆動也介大也震娠也夙集傳夙肅也生子者及月辰居側室也育養也誕發語辭彌終也終十月之期也先生首生也達小羊也羊子易生無留難也坼副皆裂也赫顯也不寧寧也不康康也居然猶徒然也腓芘字愛也會值也覃長也訏大也載滿也匍匐手足並行也岐嶷峻茂之狀口食自食也蓺樹也荏菽大豆也旆旆枝旟揚起也役列也穟穟苗美好之貌也幪幪茂密也唪唪多實也相助也茀治也種布之也黃茂嘉穀也方房也苞甲而未拆也褎漸長也發盡發也秀始穟也堅其實堅也好形味好也穎說文曰穎禾末也言其穗重而穎垂也栗孔氏穎達曰左傳云嘉栗旨酒服虔云穀之初熟爲栗邰陸氏德明曰邰后稷所封國也今在京兆武功縣姚氏際恒曰郿有邰家室毛傳曰邰姜嫄之國也堯見天因邰而生后稷故國后稷于邰孔氏曰邰國當自有君所以得封后稷者或時君絕滅遷之他所也羅泌駁之曰昔者帝嚳取于有駘氏曰姜嫄生后稷而后稷之封亦曰駘說者咸謂帝堯以其母國封之然及太王復取于有駘氏曰大姜是姜姓之

駘至周猶在豈得云以是而封稷哉不知稷封之駘在于武功而姜姓之駘在于瑯琊固不同也何元子曰瑯琊之駘固齊地乃有逢伯陵所居大姜祖也然大姜之有台據列女傳作有呂呂台相似疑但當作呂耳姜姓也國語云堯胙四岳國命爲侯伯賜姓曰姜氏曰有呂嫄固姜姓或是訛有呂爲有台轉訛爲有部未可知也羅說是何說亦存之**降**〔集傳〕降降是種於民也書曰稷降播種是也**秬**黑黍也**秠**黑黍一稃二米者也**穈**〔陸氏德明曰〕爾雅作虋赤粱粟也**芑**白粱粟也**恒**偏也**任**有任也**負**背負也**肇**始也稷始受國爲祭主故曰肇祀**揄**抒臼也謂取米出臼也**簸**揚去糠也**蹂**蹂以脫其穗也**釋**淅米也**叟叟**〔陸氏德明曰〕叟字又作溲濤米聲也爾雅作溞**浮浮**〔爾雅說文〕並作烰云烝也**謀**卜日擇士也、**惟**齊戒具修也**蕭**蒿也**脂**〔集傳〕脂膟膋也宗廟之祭取蕭合膟膋爇之使臭達牆屋也〔冢〕此亦氣相感耳**羝**牡羊也**軷**姚氏際恒曰軷爲祭行月令冬祀行本此以興嗣歲祈來歲也**印**〔姚氏際恒曰〕印我也鄭氏曰我后稷也終言后稷肇祀至於今承而行之幸得無罪悔也

〔標韻〕**民**真十一**嫄**元十三**通韻** **祀**紙四**子止**並同**本韻** **夙**屋一**育**同**稷**職十三**叶韻** **月**月六**達**曷七**害**害九**叶韻** **靈**青九**寧**同**本韻** **祀**紙**子**

牛羊未有不踐生草者，詩言勿踐，故知其從然起興者，比同一筵燕而有分別，已爲末章地步。

此寫醻酢爲燕正面。

同本韻。字四寘翼十三職隔句叶韻。林十二侵林同二字自爲韻。去六御呱七虞訏同路七遇叶韻。匐職食同本韻。旆九泰穟寘通韻。幪一東唪一董叶韻。道十九皓草同茂二十六宥苞三肴褎宥秀同好皓叶韻。栗四質室同本韻。秠紙芑同畝二十五有負同祀紙叶韻。揄虞蹂十一尤叟浮同並叶韻。惟四支脂同本韻。軷隊歲八霽通韻。登十蒸升同本韻。歆侵今同本韻。祀紙悔十賄通韻。

行葦　詩用未詳

敦彼行葦，牛羊勿踐履。方苞方體，維葉泥泥。〇緊承上來〇戚戚兄弟，莫遠具爾。或肆之筵，或授之几。點〇明〇燕樂一章

肆筵設席，授几有緝御。或獻或酢，洗爵奠斝。醓醢以薦，或燔或炙。嘉殽脾臄，或歌或咢。二章

敦弓既堅，四鍭既均，舍矢既均，序賓以賢。〇射作〇兩層〇寫敦弓既句，既挾四鍭。四鍭如樹，序賓以不

此寫射禮爲燕中事

老者不射故酌大斗欲之座中乃不寂寞

三章（以曾孫爲主則兄弟爲賓）

曾孫維主酒醴維醽酌以大斗以祈黃耇黃耇台背以引以翼壽考維祺以介景福四章

右行葦四章章八句從集傳此詩首章總提燕兄弟次言醻酢三言射禮末言尊優耆老詞意甚明而詩用莫詳者蓋以爲燕射而無尊老之文以爲養老則更非角射之典故小序但謂忠厚大序衍之云周家忠厚仁及草木故能內睦九族外尊事黃耇養老乞言以成其福祿焉朱晦翁駁之以爲逐句生意無復倫理是已然詩中有射而序遺之詩無乞言序反增之則尤謬之甚即集傳疑爲祭畢而燕父兄耆老之詩無論稽之三禮無文可考縱使有之鄒肇敏曰夫孔嘆之餘再欲逞破的之技即少壯者不堪又可苛求於高年乎故知聖王制禮必無祭後之

射尤無行射養老之文況燕毛不及異姓又安能有舍矢序賓之事其非祭後燕也明矣然則詩豈無所用乎姚氏云是詩者固燕同異姓父兄賓客之詩而醻酢射禮亦並行之終之以尊優耆老焉古禮不可考不得以後世禮文執而求之此亦無可如何辭耳然猶勝强不知以爲知者故愚亦以爲詩用未詳也

王何元子則直以爲美公劉之詩矣蓋一徵之吳越春秋曰公劉慈仁行不履生草運車以避葭葦一徵之列女傳曰晉弓工妻謁于平公曰君聞昔者公劉之行乎牛羊踐葭葦惻然爲痛之一徵之王符潛夫論曰公劉厚德恩及草木牛羊六畜且猶感德一徵之後漢書桓榮曰昔文王葬枯骨公劉敦行葦世稱其仁案衆說雖非詩義然公劉必有是事而後人稱之者衆觀

詩引此爲興未必無因特以爲美公劉則臆測耳詩曰戚戚兄弟莫遠具爾蓋承上來以爲去公劉之世未遠則皆骨肉兄弟也然則是詩因燕同姓之樂故又曰曾孫爲主不必以序賓爲疑其曰序賓者特射禮爲然他何及耶

【集釋】敦聚貌勾萌時也行道也苞甲而未坼也體成形也泥泥柔澤貌陸氏德明曰張揖作苨苨云草盛也緝續也御侍也獻酢進酒於客曰獻客答之曰酢主人又洗爵醻客客受而奠之不舉也斝爵也夏曰醆殷曰斝周曰爵醓醓之多汁者也燔炙燔用肉炙用肝臄口上肉也歌咢歌者比於琴瑟徒擊鼓曰咢敦雕通畫也鏃【爾雅】金鏃翦羽謂之鏃鈞參亭也舍發矢也均皆中也賢射多中也句彀通謂引滿也不侮射以中多爲雋以不侮爲德曾孫主席者之稱不必祭也如宗子嫡孫之類醹厚也台鮐也大老則背有鮐魚文引導也翼輔也祺吉也

【標韻】葦尾五履紙四體薺八泥弟並同爾紙几同通韻　御御六斝二十一馬紙

迮得飄忽
首二章福德雙題
三章單承德字四
章以下皆言福蓋
借嘏詞以傳神意
耳然非有是德何
以膺是福詩意甚
明何元明以來儒
者乃有專主福而
不言德者
蟬聯而下次序分
明
以下雖言福仍帶

二十二禡叶韻　膝十蟹號本韻　堅先一鈞十一真均同賢先遍韻　句上二
六宥鏃同本韻　樹七麌侮同本韻　主麌醻同本韻　斗二十五有考
同本韻　翼十三職福一屋叶韻

既醉　嘏詞也

既醉以酒，既飽以德。一○備○之○上○君子萬年，介爾景福。德、單、承、德○言 福、章一 既醉以酒，爾殽既將。
君子萬年，介爾昭明。章二 昭明有融，高朗令終。以、下、嘏○詞○祭○甫○之○誠 令終有俶，公尸嘉告。
章三 其告維何？籩豆靜嘉。朋友攸攝，攝以威儀。贊助之○誠 章四 威儀孔時，君子有
孝子。孝子不匱，永錫爾類。孝○嗣○之○誠 章五 其類維何？室家之壼。治助之○誠 君子萬年，永錫 於是始
祚胤。錫○福○ 章六 其胤維何？天被爾祿。後、胤、之○錫 君子萬年，景命有僕。以○母○厥○後 章七 其僕維何？釐
爾女士。妻婦之○錫 釐爾女士，從以孫子。章八

右既醉八章章四句。小序謂太平既泛，且混孔氏又從而附和

之尤無謂集傳云此父兄所以答行葦之詩因此章言祭並前篇亦言祭殊知前篇非祭此詩亦非答蓋祭而述神嘏之詞耳何答之有耶詩雖以介福爲言其實以德爲主不獨昭明高朗爲明德之光卽籩豆静嘉誠之寓於物也何其潔朋友攸攝誠之萃於人也何其敬孝子不匱室家之壼誠之著於後嗣與內助也又何其賢且孝於是錫爾以祚所以厚其身錫爾以胤所以昌厥後釐爾女士從以孫子則內助之賢且化及於僕婦後嗣之孝更貽厥夫孫謀凡以爲誠也誠者德之極有是德而後膺是福祭者無事而不盡其誠故神嘏無時而不錫以福此非光明俊偉之君治化熙洽之世不克有此祀事亦不克當此洊歌故諸家皆以爲成王時詩誠哉其爲成王時詩也唯以昭明

為福之光大令終為福之悠遠舍德言福非佞即諛而豈詩人意旨哉

集傳 德（王德也統下昭明及祀事之誠皆是）殺（俎實也）將（行也奉持而進之意）昭明（王氏安石曰昭明明德也）融（集傳融明之盛也春秋傳曰明而未融）朗（虛明也）令終（姚氏際恆曰高朗令終鄭氏曰天既與女以光明之道又使之長有高明之譽而以善名終此說是郎以永終譽之意自孔氏釋令終為考終命則又承鄭之誤而誤者何也鄭氏妄以景福為五福故孔氏遂牽合之集傳從之非也）俶（始也）公尸（集傳公尸君尸也同稱王而尸但曰公尸蓋因其舊如秦巳稱皇帝而其男女猶稱公子公主也）嘉告（善言以告郎報詞也）靜嘉（清潔而美也）朋友（指賓客之助祭也）攝（檢也）孝子（集傳孝子主人之嗣子也儀禮祭祀之終有嗣舉奠）匱（竭也）類（姚氏際恆曰類鄭氏謂族類是曰譜廣之以教道天下也春秋傳曰穎考叔純孝也施及莊公引證亦明毛傳以類訓善集傳從之亦非）壼（集傳壼宮之巷也言深遠而嚴肅也）祚（福祿也）胤（子孫也）僕（附屬也）釐（予也）女士（女之有士行者）從（隨也）

標韻 德（職十三）福（屋一）叶韻 將（陽七）明（庚八）轉韻。融（東一）終（同本韻）

俶屋告沃二通韻　嘉麻六儀支四叶韻　子紙四類寘四叶韻　壼阮十三

胥霽十二叶韻　祿屋僕同本韻　士紙子同本韻

鳧鷖　繹祭也

鳧鷖在涇，公尸來燕來寧。爾酒既清，爾殽既馨。公尸燕飲，福祿來成。一章　鳧鷖在沙，公尸來燕來宜。爾酒既多，爾殽既嘉。公尸燕飲，福祿來爲。二章　鳧鷖在渚，公尸來燕來處。爾酒既湑，爾殽伊脯。公尸燕飲，福祿來下。三章　鳧鷖在潨，公尸來燕來宗。既燕于宗，福祿攸降。公尸燕飲，福祿來崇。四章　鳧鷖在亹，公尸來止熏熏。旨酒欣欣，燔炙芬芬。公尸燕飲，無有後艱。五章

右鳧鷖五章，章六句。此繹祭燕尸之樂也。姚氏曰：序謂守成，泛混。鄭氏于上章下曰祭祀既畢，明日又設醴而與尸燕，成王之

時尸來燕也此說可爲詩旨而集傳本之因謂祭之明日繹而賓尸之樂然又有誤孔氏曰燕尸之禮大夫謂之賓尸郎用其祭之日今有司徹是其事也天子諸侯則謂之繹以祭之明日春秋宣八年言辛巳有事於太廟壬午猶繹是謂在明日也此公尸燕飲是繹祭之事䟽語分別明了惜乎其未聞耳此說詩旨甚明而鄭氏又以首章之在涇喻燕祭宗廟之尸二章之在沙喻燕祭四方萬物之尸三章之在渚喻燕祭天地之尸四章之在潨喻燕祭社稷山川之尸五章之在亹喻燕祭七祀之尸一在涇也而曲爲分別以譬在宗廟等處豈尚知詩人用字義哉水雖有五唯涇是名其餘沙渚潨亹皆從涇上推說猶言涇之旁涇之涯涇之涘耳而何至以配天地萬物山川社稷乎且

燕一尸而衆尸皆詠則所燕之尸又將誰屬諸儒說詩大都如此可嘅也夫

【集釋】鳧水鳥如鷖鷗鴨者也涇水名爾指王也爲猶助也渚水中高地也湑酒之沸者也潨水會也來宗尊也于宗宗廟也亹集傳亹水流峽中兩岸如門也熏熏和說也

【標韻】涇九青鷖同清八庚聲青成庚通韻沙六麻宜四支多五歌嘉麻爲支叶韻渚六語處湑並同脯七麌下二十一馬叶韻潨一東宗二冬崇東通韻亹十三元熏十二文欣芬並同艱十五刪通韻

假樂　詩用未詳

一詩大旨全在首章以下第承言之

假樂君子顯顯令德宜民宜人受祿于天保右命之自天申之一章

跟受祿○　跟令德○

千祿百福子孫千億穆穆皇皇宜君宜王不愆不忘率由舊章二章

跟令德○　跟宜人○　依宜民○

威儀抑抑德音秩秩無怨無惡率由羣匹受福無疆四方之綱三章

之綱之紀燕及朋友百辟卿士媚于天子不解于位民之攸塈四章

右假樂四章章六句姚氏際恒曰此分章從舊本中庸引此詩首章可證嚴氏分爲六章四句李明德分爲三章章八句皆不必從此等詩無非奉上美詞若無不解于位一語則近諛矣其所用既無考證詩意亦未顯露故不知其爲何王亦莫定其爲何用矣序云嘉成王以其詩次成王之世而言也集傳疑即公尸之答鳧鷖又以其篇在鳧鷖後而言也至何元子反以爲祭武王之詩則因中庸引詩以證舜故疑爲下章之武王咏也皆臆測也而何可以爲據哉自行葦至此四詩大抵皆賓筵祀事與祝頌之章後世因用以入樂世雖未詳而以爲成王頌者庶幾近焉雖體兼小雅在文王生民諸詩中實爲變體故又另爲一格也

遷都之始

度地之宜

民情之洽

【集釋】假（集傳）春秋傳皆作嘉，嘉美也。申，重也。穆穆，敬也。皇皇，美也。君，諸侯也。王，天子也。抑抑，密也。秩秩，有常也。匹，類也。燕，安也。解，惰也。塈，息也。

【標韻】子四紙 德十三職 叶韻。人十一真 天一先 申真 通韻。福一屋 億職 叶韻。皇七陽 王 忘 章 並同 本韻。抑職 秩四質 匹同 通韻。疆陽 綱同 本韻。紀紙 友二十五有 士紙 子同 位四寘 塈寘 叶韻。

公劉　始遷豳也

篤公劉，匪居匪康。迺埸迺疆，迺積迺倉。迺裹餱糧，于槖于囊。思輯用光。弓矢斯張，干戈戚揚，爰方啓行。一章（足食　足兵）

篤公劉，于胥斯原。既庶既繁，既順迺宣，而無永歎。陟則在巘，復降在原。何以舟之？維玉及瑤，鞞琫容刀。二章（民衆　點□染□華□貴□）

篤公劉，逝彼百泉，瞻彼溥原。迺陟南岡，乃覯于京。京師之野，于時處處，于時廬旅，于時言言，于時語語。三章（描、摹、遷、都□人、衆、永、定□景、象如、在□目前）

篤公劉，于京

燕饗之樂君宗即
此亦定
軍制稅法並寫蓋
寓兵于農也
新附民衆乃更擴
其土而居之以作
結筆見國勢之大
日進無疆也

斯依蹌蹌濟濟俾筵俾几既登乃依乃造其曹執豕于牢酌之用

匏食之飲之君之宗之（落成宴飲）四章篤公劉既溥既長既景迺岡相其陰陽

觀其流泉其軍三單（兵制）度其隰原徹田爲糧（稅法）度其夕陽豳居允荒（偏寫得如許風雅）五章

篤公劉于豳斯館涉渭爲亂取厲取鍛止基迺理爰衆爰有夾其

皇澗遡其過澗止旅迺密芮鞫之即（新居如畫）（竟住妙）六章

右公劉六章章十句姚氏曰小序謂召康公戒成王按詩無戒辭召康公亦未有據集傳漫從之何耶金仁山謂七月及篤公劉皆豳之遺詩其言曰篤公劉下視商頌諸作同一蹈厲七月亦然豈至周召之時而後有此哉且周詩固有追述先公之事者然皆明著其爲後人之作生民之詩述后稷之事也而終之曰以迄于今緜之詩述古公之事也而係之以文王之事此皆

後人之作也若篤公劉之詩極道岡阜佩服物用里居之詳七月之詩上至天文氣候下至草木昆蟲其聲音名物圖畫所不能及安有去之七百歲而言情狀物如此之詳若身親見之者又其末無一語追述之意吾是以知其爲豳之舊詩也案此說深爲有理然則此詩者固當日豳民咏公劉之舊詩而周召之徒傳之以陳于嗣王歟愚謂序以此爲召康公作者蓋因七月旣屬之周公則此詩不能不屬諸召公矣其有心附會周召處明白顯然卽二詩之爲豳舊作亦可概見二公當日陳之王前未必不聯名具上以見同心輔政之誠而後世强分而屬之誰作者適成其私心臆測之見而已是烏可與談大雅之樂哉詩首章將言遷都先寫兵食具足是爲民信之本古人舉事不苟

如此次相度地勢三寫民情歡洽于時處于時廬于時言于時語莫非鼓舞操作氣象毫無咨嗟怨歎之言此國之所以日大也四既落成而燕飲之君乃爲之立長分宗以整屬其民乃開國大計非泛然者迨至五章區畫略定乃定兵制軍分爲三並立稅法糧什取一民即兵兵即民故並言焉此寓兵于農之法千秋軍制無過乎是周家世守成規有由來矣至此遷都之事已畢而更度其夕陽以爲之地者何哉蓋舊民雖安新附日衆不可不設館以處之于是更即芮水之外廣爲安置或夾皇澗或遡過澗莫非民居悉成都邑豳居之境乃益擴耳首尾六章開國宏規遷居瑣務無不備具使非親覩其事而胸有條理者未見其如是之覼縷無遺又況千百載下人能執筆摹而爲之

也哉金氏之言大有見也故録之

集釋

篤厚也**公劉**后稷之曾孫也事見豳風陸氏德明曰王肅云公號劉名也尚書傳云公爵劉名也**居**安也**康**甯也不窋失官而犇于戎狄之間公劉爲不窋孫自不安于戎狄地故遷豳**場**田小界也**疆**田大界也**積**露積也**餱**食也**糧**糗也**橐**　**囊**無底曰橐有底曰囊**輯**和也**戚**斧也**揚**鉞也**胥**相也**順**安也**宣**徧也言居之徧也**無永歎**得其所無嗟怨也**巘**山頂也**舟**未詳**玉瑤二句**姚氏際恒曰舟毛傳謂帶或謂佩今未詳維玉及瑤言佩玉也鞞琫容刀言佩刀也鞞刀鞘也琫刀上玉飾珌刀下玉飾小雅鞞琫有珌是也此但言琫不言珌容刀謂鞞之容此刀也毛傳謂下曰鞞混鞞爲珌非是珌又與琕同非鞞也書誤以鞞作琕耳集傳解容爲容飾之刀謬又上既解鞞爲刀鞘又云或云容刀謂鞞琫之中容此刀耳琫爲刀上玉飾何能容刀尤謬總于諸字之義全未清楚耳**百泉**姚氏際恒曰百泉嚴氏曰泉水也今地理家言衆水所聚爲得水也曹氏據杜佑云百泉在漢爲朝那縣屬安定郡在唐爲百泉縣屬平涼郡當是其地因詩百泉而得名何元子曰不窋竄于西戎其地即慶陽府是也有不窋城又有不窋冢春秋時爲義渠戎國厥後公劉往遷于豳蓋道慶陽平涼而後達于今西安府之邠州邠州乃涇流所經而百泉則入于涇水自平

涼而來者也故詩人詠及之舊說但謂公劉自部遷豳而百泉遂茫然不知其處矣**溥**大也**京**高卯也**師**衆也京師
高卯而衆居也董氏曰所謂京師者蓋起於此其後世因以所都為京師也**時**是也**廬**寄也**旅**賓旅也**于京**
斯依一章姚氏際恒曰何元子曰京即上章京字人皆依乎此則宗廟之禮亦依乎此矣故營建甫畢即是舉遷廟
之禮蹌動也濟濟言齊也筵几乃供神者登謂登進神之衣服
于生也依神所依也祭統云鋪筵設同几為依神也正此詩義
此說可存乃造其曹至末言與羣臣燕飲之事殺豕酌匏之禮簡
不諱妙君之宗之謂公劉以一身為羣臣之君宗也以異姓之
臣言稱君以同姓之臣言稱宗合上四羣臣之字皆指羣臣言案此
說與呂氏建國立宗之義雖稍遜然自是一解存之亦足以備
參考**景**考日景以正四方也**三單**姚氏際恒曰單盡也謂三軍盡出于是也古寓兵于農之義加此鄭氏謂單為無羨
卒丁大適薾三軍之數汪蓋未然**徹**姚氏際恒曰徹毛傳訓治按井田起于三代商人行助法公劉做而行之故于此治
田為糧以為國用助法一夫七十畝公劉想亦同不然為商之一
臣敢變商之法乎其後周公增為百畝之制因取此詩徹之一
字以為本朝變更之號焉總之商周皆有公田皆治公畢然後
敢治私故孟子讀雨我公田之詩而謂雖周亦助也集傳曰一
井之田九百畝八家皆私百畝同養公田耕則通力而作收則
計畝而分周之徹法自此始其說謬也孟子曰井九百畝其中

為公田八家皆私百畝同養公田公事畢然後敢治私事八家各自耕百畝同出力耕公田百畝如今之當官事是也若謂通力而作計畝而分是八家合耕九百畝田均分其粟為九處公取其一八家取其八則是八家皆公九百畝非皆私百畝矣更不分公事與私事矣不與孟子之文明相反乎而乃引孟子文于前何也且詩云雨我公田遂及我私既無公私之分又何先後之別與加其說九百畝之廣地安能一鼓而齊作其中勤惰作止誰為之察多寡衡量誰為之分適以長其爭端又安能相友助而親睦乎必不可行也

夕陽山西也 **允**信也 **荒**大也 **館**客舍也 **亂**舟之截流橫渡者也 **礪**砥也 **鍛**鐵也 **止**居也 **基**定也 **理**疆理也 **衆**人多也 **有**愈衆也 **皇過**二澗名 **芮**集傳芮水名出吳山西北東入涇周禮職方作汭 **鞫**水外也

標韻康七陽疆倉糧囊光張揚行並同本韻 原十三元繁同宣一先歎十四寒原元通韻 瑤二蕭刀四豪通韻 泉先原元通韻 岡七陽京八庚轉韻 處六語旅語並同本韻 依五微濟八薺几四紙依微叶韻 曹豪牢同匏三肴通韻 之之之之四支四字自為韻顧氏以為無韻者非 長

陽 岡同本韻 泉先 單寒十四 原元 通韻 糧陽 陽 茺同並 本韻

館旱十四 亂翰十五 鍛同 叶韻 理紙 有二十五有 叶韻 澗諫十六 澗同

自爲韻 寔質四 即職十三

洞酌　召康公戒成王也

洞酌彼行潦挹彼注茲可以餴饎豈弟君子民之父母一章 洞酌彼行潦挹彼注茲可以濯罍豈弟君子民之攸歸二章 洞酌彼行潦挹彼注茲可以濯溉豈弟君子民之攸塈三章

右洞酌三章章五句小序謂召康公戒成王未知其何所據然相傳既久亦姑從之此等詩總是欲在上之人嘗以父母斯民爲心蓋必在上者有慈祥豈弟之念而後在下者有親附來歸之誠曰攸歸者爲民所歸往也曰攸塈者爲民所安息也使君

子不以父母自居外視其赤子則小民又豈如赤子相依樂從夫父母故詞若褒美而意實勸戒唯其體近乎風匪獨不類大雅且並不似小雅之發揚蹈厲剴切直陳者則又不知其何故耳

【集釋】洞遠也　行潦孔氏穎達曰行道上雨水流聚故云流潦也　餴集傳餴烝米一熟而以水沃之乃再烝也　饎酒食也　豈弟豈以强教之故有父之尊弟以悅安之故有母之尊　濯滌也　溉亦滌也孔氏穎達曰傳云溉清也謂洗之使清潔也　塈息也

【標韻】茲四支　饎四寘　母二十五有　叶韻　罍十灰　歸五微　通韻　溉五未　塈四寘　通韻

卷阿　召康公從游歌以獻王也

有卷者阿地飄風自南時豈弟君子人來游游來歌歌以矢其音一章　伴奐爾游承上游字入

三章俱以彌性作主彌性兼充滿無間悅怡不衰二義似先公主百神常純嘏端賴乎是此德之裕乎內者二章爲則爲綱即從德望來乃德之著乎外者二章就實賢以喻賢臣而臣之所謂賢無過忠君愛民詩特拈一媚字遂覺異樣生新承上再虛摹一層喻意始足而文心亦密總收因游獻詩意

矣。優游爾休矣。豈弟君子，俾爾彌爾性，似先公酋矣。二章 爾土宇昄章，亦孔之厚矣。豈弟君子，俾爾彌爾性，百神爾主矣。三章 爾受命長矣，茀祿爾康矣。豈弟君子，俾爾彌爾性，純嘏爾常矣。四章 有馮有翼，有孝有德，以引以翼。豈弟君子，四方爲則。五章 顒顒卬卬，如圭如璋，令聞令望。豈弟君子，四方爲綱。六章 鳳凰于飛，翽翽其羽，亦集爰止。藹藹王多吉士，維君子使，媚于天子。七章 鳳凰于飛，翽翽其羽，亦傅于天。藹藹王多吉人，維君子命，媚于庶人。八章 鳳凰鳴矣，于彼高岡。梧桐生矣，于彼朝陽。菶菶萋萋，雝雝喈喈。九章 君子之車，既庶且多。君子之馬，既閑且馳。矢詩不多，維以遂歌。十章

右卷阿十章，六章章五句，四章章六句。姚氏曰：小序謂召康公戒成王，未見其必然。又曰：或引竹書紀年以爲成王三十三年

遊于卷阿召康公從政附會此而云不足信殊知此正可以深信無疑何也詩首章不云乎有卷者阿豈弟君子來游來歌矣卒章又不云乎矢詩不多維以遂歌也此非王游卷阿而公因有是詩以陳王前之一證乎又何待旁考他書然後足信其爲有据也集傳亦云疑公從成王游於卷阿之上因王之歌而作此以爲戒當信者而反疑之亦由其心之游移未有定耳詩發端總敘以爲全篇之冒是一段卷阿游宴小記中間借游陳詞故稱頌中有勸戒意二三四章有土有壽有福可謂頌揚極矣而統而歸之曰俾爾彌爾性蓋必有性命德而後來福祿徵曰彌者益也謂充滿其性量而無間又恍怡夫性天以弗遺則似先公主百神常

假寫於是乎在此德之內蘊者然也五六兩

章曰四方爲則四方爲綱則就其德之外著者言之雖曰祝頌不忘規諷此其所以爲周召學歟七八兩章忽題鳳凰以頌賢臣曰王多吉士王多吉人豈虛譽哉蓋自鳳鳴于岐而周才日盛即此一游一時扈從賢臣無非才德具備與吉光瑞羽互相輝映故物瑞人材雙美並咏君顧之而君樂民望之而民喜有不期然而然者故又曰媚于天子媚于庶人也然猶未足以形容其盛也九章復即鳳凰之集于梧桐向朝陽而鳴高者盧寫一番則菶菶萋萋雝雝喈喈之象自足以想見其蹌蹌濟濟之盛焉是前半寫君德後半喻臣賢末乃帶咏游時車馬並點明作詩意旨與首章相應作收章法極爲明備何諸家議論尚紛然無定解哉又大序云言求賢用吉士也不唯止說得詩之後

半面且並似王多吉士吉人二語亦並未嘗讀者夫旣曰藹藹而又曰多矣則其人才之盛不待求而自足者可知也召公不必勸王求王亦何必待召公之勸而後用哉其所以寓規於頌者在媚于天子與媚乎庶人而已蓋能事天子乃能媚乎天子能愛庶人乃能媚乎庶人也且能愛庶人而不能事天子庶人未必媚卽能事天子而不能愛庶人天子亦未必爲其所媚是媚之一字似頌而實諷不可輕心滑過徒賞其鍊字之工也至嚴氏謂周公有明農之請將釋天下之重負以聽王之所自爲康公慮周公歸政之後成王涉歷尚淺任用非人故作卷阿之詩反覆歌咏欲以動悟成王因以每章豈弟君子鑿實爲指賢此尤如夢初醒純以私心測古聖詎能得其要領哉

卷曲也阿大陵也豈弟君子指王也毛鄭作凿八看者非矢陳也伴奐精神舒展之意優游起居自適之意爾指王也彌姚氏際恒曰彌釋文益也彌爾性謂充足其性使無虧間也不可解作終命亦不可說入理障先公姚氏際恒曰先公似指文武當曰先王抑亦可互稱歟酋終也昄章集傳昄章大明也或曰昄當作版版章酋版圖也茀嘏皆福也馮依也翼輔也顒顒卬卬尊嚴也鳳凰靈鳥也雄曰鳳雌曰凰孔氏穎達曰天老曰鳳象麟前鹿後蛇頸魚尾龍文龜背燕項雞喙五色備舉出于東方君子之國見則天下大安寧案鳳靈鳥不常見周初鳳鳴于岐山故鄭氏謂時鳳凰至詩因以為喻亦本地風光也翽翽羽聲藹藹衆多也媚順愛也

阿五歌歌同本韻隔韻叶南十三覃音十二侵通韻隔韻叶游十一尤休

酋並同本韻厚二十五有主七麌叶韻長七陽康常並同本韻翼十三職

德翼則並同本韻卬陽璋望綱並同本韻止四紙士子並同本韻

天一先人十一眞人同通韻鳴八庚生同本韻隔句叶岡陽陽同本韻

五章章法一例唯於字句淺深間見變換又一格也京師為天下根本故以居中亦見安攘之法

隔句叶　萋八齊喈九佳通韻　多五歌馳四支多歌並見上叶韻

民勞　召穆公警同列以戒王也

民亦勞止。汔可小康。惠此中國。以綏四方。無縱詭隨。以謹無良。式遏寇虐。憯不畏明。柔遠能邇。以定我王。一章 民亦勞止。汔可小休。惠此中國。以為民逑。無縱詭隨。以謹惛怓。式遏寇虐。無俾民憂。無棄爾勞。以為王休。二章 民亦勞止。汔可小息。惠此京師。以綏四國。無縱詭隨。以謹罔極。式遏寇虐。無俾作慝。敬慎威儀。以近有德。三章 民亦勞止。汔可小愒。惠此中國。俾民憂泄。無縱詭隨。以謹醜厲。式遏寇虐。無俾正敗。戎雖小子。而式弘大。四章 民亦勞止。汔可小安。惠此中國。國無有殘。無縱詭隨。以謹繾綣。式遏寇虐。無俾正反。王欲玉女。是用大諫。五章〇集傳春秋傳荀子書茲作簡音簡

安民　正君　防姦

右民勞五章章十句序謂召穆公刺厲王集傳謂乃同列相戒之辭姚氏以爲皆是愚謂詩起四句說安民中四句說防姦非君上不足以當此唯末二句輔成君德似戒同列辭耳每章皆然特各變其義以見淺深之不同而中間四句尤反覆提唱則其主意專注防姦也可知蓋姦不去則君德不成民亦何能安乎故全詩當以中四句爲主雖曰戒同列實則望君以去邪爲急務也公當厲王無道時王必信用詭隨人以寇虐天下公未便直陳君惡故借同僚相勗言以聳君聽冀君有以格其非心而同歸於治焉耳噫公之用心可謂勤矣濮氏一之曰每章首言民今勞弊可少休息京師者諸夏之本欲安四方之民當自恤京師始嚴氏粲曰穆公戒同列之用事者言國以民爲本民

勞則國危今周民亦疲勞矣庶幾可以小安之乎京師諸夏之根本愛此京師則可以安天下也詭隨者心知其非而詐順從之此姦人也人見詭隨者無所傷拂則目爲良善不知其容悅取寵皆爲自利之計而非忠於所事實非善良之士也苟喜其甘言而信用之足以召禍亂致寇虐但權位尊重者往往樂歟熟而憚正直故詭隨之人得肆其志是居上位者縱之爲患也今戒用事者無縱此詭隨則可以謹防無良之人用遏止其寇虐此理甚明可痛其不畏明也治道畧外而詳內惟柔遠能邇者可以安吾君而何取於詭隨乎二說皆深知召公心者而詭隨與寇虐互相爲奸尤難遏止朱氏善曰非詭隨無以媚上而爲寇虐之本非寇虐無以威下而遂詭隨之志詭隨者柔惡之

所為寇虐者剛惡之所發是詭隨不除寇虐何自止哉夫詭隨
情狀不一、而足曰無良曰惽怓曰罔極曰醜厲曰繾綣皆小人
之變態而莫可以言窮者也而就中唯繾綣一類唯能固結君
心而不可解故終之以此欲王深惡而痛絕之耳迫至詭隨除
而寇虐止然後知明命之當畏民憂之足慮無俾作慝以至於
敗常反經而無乎不為也故末二句始則正告之以柔遠能邇
乃可以定王室繼則姑誘之以無棄前功乃可以成王休三則
不徒遠惡尤當親近有德而威儀始固四曰戎雖小子而式弘
大言女身雖微而所係甚重不可不謹蓋深責之之詞也五曰
王欲玉女是用大諫言王將以女為材而寶重之吾用是器女
而有所規諫焉何者蓋王寶重女則必大用女王大用女則天

下安危民生休戚係女一身而可無一言以相勗蓋述作詩之旨也此必有所指非泛戒同列者惜乎無可攷耳

【集釋】汔幾也詭隨〔嚴氏粲曰〕詭詐也隨詐面從也謹斂束之意憯曾也明天之明命也柔安也能順習也逑聚也惛怓猶讙譁也罔極為惡無窮極之人也愒息也泄〔孔氏穎達曰〕其憂寫泄而去厲惡也正敗正道敗壞也戎汝也繾綣小人之固結其君者也〔孔氏穎達曰〕昭二十五年左傳繾綣從公無過外內則繾綣者固牢相著之意正反反於正也正敗者敗而已未盡反而為不正也正反則無正矣每章言愈切而意愈深玉寶愛之意

【標韻】康陽七方良並同明庚八王陽轉韻休尤十一逑同怓肴三憂尤休同叶韻息職十三國極慝德並同本韻愒霽八泄厲並同敗卦十大泰九通韻安寒十四殘同本韻綣霰十七反阮十三諫諫十六叶韻

板 凡伯規同僚以警王也

首二章言其違聖慢天乃當時大病

此二章乃進言之故一言我言雖微不可不聽一言爾病之深將不可救

此二章乃正告以救民之方民方困苦雖無恩惠以及之而人心易覺不難教化以導之

末二章又正告以自修之法唯德乃足以得人唯敬乃可以回天

天人相接處說得至嚴而精

上帝板板下民卒癉出話不然爲猶不遠靡聖管管不實于亶猶之未遠是用大諫章一天之方難無然憲憲天之方蹶無然泄泄辭之輯矣民之洽矣辭之懌矣民之莫矣章二我雖異事及爾同僚我卽爾謀聽我囂囂我言維服勿以爲笑先民有言詢于芻蕘章三天之方虐無然謔謔老夫灌灌小子蹻蹻匪我言耄爾用憂謔多將熇熇不可救藥章四天之方懠無爲夸毗威儀卒迷善人載尸民之方殿屎則莫我敢葵喪亂蔑資曾莫惠我師章五天之牖民如壎如篪如璋如圭如取如攜攜無曰益牖民孔易民之多辟無自立辟章六价人維藩大師維垣大邦維屛大宗維翰懷德維寧宗子維城無俾城壞無獨斯畏章七敬天之怒無敢戲豫敬天之渝無敢馳驅昊天曰明及爾出王昊天曰旦及爾游衍章八

慢天　遜詞以誘之　危詞以警之　養　教　意不過得人而措詞極警　唯德是輔故五者都以此句爲主　以此作收令人凜凜而敬心自生

右板八章章八句此與前篇不但相類且出一手前警同列以戒王此亦規同僚以警王也前用大諫在篇末此亦用大諫在章首也大旨不殊而章法畧異耳且前著意謔虐寇虐故多從人心上說此著意違聖慢天故多從天命言立義雖各不同而實可參觀然則何以分屬之凡伯召公耶蓋厲王時唯此二公爲國勳舊故借重二公名耳然非二公儔亦不能爲此詩卽以之分屬二公奚不可者且夫人心之患莫患於非聖而自是主德之衰又莫衰於慢天而無忌無忌者以天爲不足畏而予智自雄凡古聖遠大謀猷靡不竄絕以遂其私故上帝震怒降灾下民天意與人心若甚逖隔而豈知禍由人哉自是者又以聖爲不足法而放蕩自恣凡上天昭鑒在茲又無不怠弛以肆其

欲故古聖法言不入民聽王道與人情若大相懸而豈知治甚
邇哉藹辭輯而民治辭懌而民定有必然者我用是爲諸公懼
且爲諸公勗我之所事雖與諸公異而忝列同朝則僚友也我
言雖微中則有物願勿笑焉何則昔者先民有言芻蕘之言尙
可採聽況僚友乎且天方虐威未可戲謔唯老者知其不可而
正告之倘少者不信以爲昏耄妄言而更驕焉是以憂爲戲如
火之燎原不可撲滅其可救藥乎哉夫天心至仁而或懠怒者
則以小人用事善人無爲馴至於亂焉耳蓋小人好爲夸大以
欺世人或信其眞能而用之又工於諂媚以毗人世或取其容
悅而任之則善惡不分威儀迷亂雖有賢者難以自白則唯有
箝口尸位隱忍不言而已此民之所以愁苦呻吟而無所控告

者也然其君臣上下方且迷亂暴虐無敢撥度其所以然者際兹喪亂資財箋亡曾無恩惠下逮吾民已覺難爲之上而人有秉彝未盡泯滅以故天之牖民其覺甚易如壎唱而篪和也如璋判而圭合也取則得而攜則隨上之化下何莫不然今者民既多辟又豈可自立邪辟以導之耶然則爲之奈何曰王道以得人爲盛君心以敬天爲主人可以爲藩爲垣爲屏爲翰且惟可以爲城而總視乎君德以爲之本有德則安無德則危价人也大師也大邦也大宗之與宗子也皆所以固乎吾城者也吾城壞則藩垣屏翰無乎不壞而王且獨居矣王且獨居則可畏者將至矣而可忽乎哉至於天變尤當敬畏曰板板曰方難曰方蹶曰方虐曰方懠其變也不一則其怒也亦不一苟不之敬

而戲豫自荒馳驅無忌則怒而變也不愈甚乎蓋天之陟降日監在茲人一出入而天無不與之俱人一動息而天無不與之隨曰明曰旦狀天威也平時猶然況怒且渝欲回天者將含敬其奚從哉吾是以不能不爲諸公告也較之上篇意尤深切而詞愈警策足以動人奈王不悟何歟

【集釋】板板〔姚氏際恒曰〕板板似遮隔之意毛傳以板爲反恐未然 卒盡也 癉病也 猶謀也 管管〔姚氏際恒曰〕管管似小智自用之意毛傳謂無所依繫亦未然〔案〕此卽所謂管窺見也 亶誠也 憲憲欣也 蹶動也 泄泄猶沓沓也蓋弛緩之意 輯和也 洽合也 懌悅也 莫定也 服事也 芻蕘采薪者言古人尚詢及芻蕘況僚友乎 謔戲侮也 灌灌款款也 蹻蹻驕貌 熇熇熾盛也 懠怒也 夸大也 毗附也 尸不言不爲飲食而已者也 殿屎呻吟也 葵揆也 蔑猶無也 資財也 惠恩也 師衆也 牖〔集傳〕牖開明也猶言天啓其心也〔程子曰〕牖開通之義室之暗也故設牖以通明〔何氏楷曰〕左傳言天牖其衷用字同此 壎篪壎唱而篪和也

圭璋〔孔氏穎達曰〕半圭爲璋合二璋則成圭 取攜取求攜得而無所費 价大也大德之人也 藩藩籬也 師衆也 垣墻也 大邦强國 屏樹也 大宗强族 翰幹也 宗子同姓也 渝變也〔朱子曰〕如迭雷風烈必變之變 王往也言出而有所往也 旦亦明也 衍寬縱之意

標韻 板潸十五 癉旱十四 遠阮十三 管旱 亶同 諫諫十六 叶韻 難翰十五 憲願十四 叶韻 蹶霽八 泄同 本韻 輯緝十四 洽洽十七 通韻 懌陌十一 莫同 本韻 僚蕭二 囂同 笑嘯十八 蕘蕭 叶韻 虐藥十 謔蹻謔藥 同本韻 懠齊八 毗支四 迷齊八 尸支 屎葵資師 並同支 通韻 篪支 圭齊 攜同 通韻 益陌十一 易辟 並同 本韻 藩元十三 垣同 翰寒十四 通韻 寧青九 城庚八 通韻 壞卦十 畏未五 通韻 怒遇七 豫御六 通韻 渝虞 驅同 本韻 明庚 王陽七 轉韻 旦翰十五 衍銑十六 叶韻

以上生民之什凡十篇 案是什詩體凡數變生民公劉爲一體正大雅也行葦至假樂四詩爲一

體兼乎小雅者也洞酌卷阿爲一體兼乎風者也皆變大雅也然以格變非因時與事變也若民勞與板則時與事俱變矣時與事雖變而詩體不變則又變而不變焉者也噫知乎此可以識大雅正變之分矣

詩經原始卷之十四終

汧陽門人王秉鈞校字

詩經原始卷之十五目錄

大雅三

蕩之什十一首

常武　宣王自將伐徐也

瞻卬　刺幽王嬖褒姒以致亂也

召旻　刺幽王政由內亂也

貪暴二字是厲王病根故先揭出作全詩眼目

任用僉壬

善惡不明

沈湎於酒

詩經原始卷之十五

寶甯方玉潤鴻濛氏撰

大雅三

蕩之什

蕩　召穆公託古傷周也

天之常。。天之變。

蕩蕩上帝下民之辟疾威上帝其命多辟天生烝民其命匪諶靡不有初鮮克有終一章。以。下。設。詞。借。殷。作。鑒。　。暴。。。貪。文王曰咨咨女殷商曾是彊禦曾是掊克曾是在位曾是在服天降滔德女興是力二章。暴。虐。貪。欲。文王曰咨咨女殷商而秉義類彊禦多懟流言以對寇攘式內侯作侯祝靡屆靡究三章。跟。跟。文王曰咨咨女殷商女炰烋于中國斂怨以爲德不明爾德時無背無側爾德不明以無陪無卿四章文王曰咨咨女殷商天不湎爾以

怙惡不悛

廢棄典刑

剝喪本根

酒不義從式既愆爾止靡明靡晦式號式呼俾晝作夜五章文王曰咨咨女殷商如蜩如螗如沸如羹小大近喪人尚乎由行內奰于中國覃及鬼方六章文王曰咨咨女殷商匪上帝不時殷不用舊雖無老成人尚有典刑曾是莫聽大命以傾七章文王曰咨咨女殷商人亦有言顛沛之揭枝葉未有害本實先撥殷鑒不遠在夏后之世八章

點明殷鑒後世可知

右蕩八章章八句此詩自二章以下皆託言文王嘆商以刺厲王蓋臣子奉君不敢直斥其惡而目擊時事日非紀綱大壞又難自忍故假託往事以警時王雖敗壞已極而猶冀其感悟庶幾一改厥圖以臻於治此臣子憂國愛君之心自有所不能已於言者觀其借殷為喻曰曾是彊禦曾是掊克自古危亂之君

未有不貪亦未有不暴者唯暴也故所用皆彊禦之人唯貪也
故所用皆掊克之輩曾是二者而使之在位而位有弗爭曾是
二者而使之任事而事有不敗者乎蓋二者之德滔德也豈天
降是德以爲民害乎亦女之興起其人而力爲之耳夫人而彊
禦則必忌賢而妒能妒且忌而欲無怨之也得乎人而掊克則
必巧取以聚斂斂以巧不謂之攘內也得乎人心相疑則詛祝
相要靡有屆極窮究時矣而女顧舍善類而用此貪暴之人何
哉蓋由於爾德不明故有逆背傾仄之人出而不知其爲逆背
傾仄而用之也則以爲無背側之明也可亦由於不明爾德故
有不堪爲陪爲卿之人至而不知其爲不堪陪卿而用之也則
以爲無陪卿之人也亦無不可此女之任用小人以至肆行中

國而無所忌而女方且斂衆怨以爲德焉而女不知也又何怪今之上帝不浩蕩而疾威不爲民辟而乃多邪辟也哉不甯唯是女又沈湎于酒縱淫無度用燕喪儀靡晦靡明無時不醉甚至俾晝作夜亦不知檢以故朝政無大無小悉近喪亡則夫人情怨亂咨嗟歎息不啻如蜩之鳴如羹之沸無時能靜無地能淸也其始不過內奰中國繼且外延鬼方可謂無間遠邇矣而乃尚不知變復由行於惡而不已則其召亂豈有極哉夫國有大政人惟求舊非老成人無以定大計決大疑書曰無侮老成人盤庚之所以興也今殷既棄舊而乃怨乎天者謬矣正使無老成人可用而先王法政紀綱猶存獨不可藉爲扶持以資治理乎唯其幷人與法曾是莫聽夫然後大命從而傾覆也雖然

舊人弗用夫亦何害獨念大木將傾必有所損雖枝葉固未折傷而本實先撥矣勳舊者國家之根本道德者又君心之根本君心之根本既若彼其壞國家之根本又若是將傾而欲無亡也得乎此殷鑒也豈甚遠哉亦在夏后之世耳殷鑒在夏則後之鑒者從可知已小序云傷周室大壞也大序謂厲王無道天下蕩蕩無綱紀文章固是言外之意然其所謂蕩蕩又非詩之所謂蕩蕩也不可不知說見晦翁辯中茲不再贅

【集釋】蕩蕩廣大貌　辟君也　疾威猶暴虐也　多辟多邪辟也　烝衆也　諶信也　有初鮮終〔姚〕氏際恒曰天生烝民以下孔氏謂天之生民其命難信無不有初而鮮克有終者初謂文王也終謂厲王也此于詩意爲近集傳謂人降命之初皆善而少能以善道自終似迂〔案〕二說皆可通厲王性生之初未必遂與文王異及其後竟與文王異者自暴自棄故鮮克有終耳　彊禦暴虐臣也　掊克聚斂臣也　服事也　滔慢也〔王〕氏安石曰彊禦掊克是謂滔德

興起也力如力行之力言任之堅也而亦女也義善也懟怨也流言浮浪不根之言侯維也作〔集傳〕作祝詛祝怨讀爲詛祝謗也炰烋氣健貌背側陪卿〔姚氏際恆曰〕時無背無側以無陪無卿何元子曰反面爲背不正爲側俱非佳字皆指小人之斂怨言也舊說以背爲前後左右之稱背可謂之前乎其不該明矣漢書五行志曰詩云爾德不明以亡陪亡卿不明爾德以無背無反言上不明暗昧蔽惑則不能知善惡亡功者受賞有罪者不殺顏注云言不別善惡有逆背傾反者有堪爲卿大夫者皆不知之也按班顏之解已得詩意但背側陪卿四字俱就小人身上說無背無側者彼實背側不知其爲背側故明有而謂之無也無陪無卿者不知其不堪爲陪卿而漫以之爲陪卿故雖有而亦猶之無也湎飲酒變色也式用也止容止也蜩螗皆蟬也〔朱氏善曰〕如蜩之鳴言其無靜默之時也沸羹〔朱氏善曰〕如羹之沸言其無清淨處也小大指政事言奰音皮器反怒也覃延也鬼方〔易〕高宗伐鬼方老成人舊臣也典刑舊法也顛沛三句〔姚氏際恆曰〕揭起也撥開也大樹遭仆拔而揭起之時其枝葉儼然尚未有害也而其本實先已撥開于土矣言本實既無土滋而枝葉必隨之敗壞也鄭氏訓揭爲蹶撥爲絕未然鑒視也夏后桀也

哲愚二字雙起先將學者病根剔出以下方好自砭特提人字正言一段

抑合今日亂政

標韻 辟陌十一 辟同本韻二字同而義異 民眞十一 諶侵十二 終東一叶韻
克職十三 服屋一 德職 力同叶韻 類寘四 懟同 對隊十一 內同通韻
祝屋 究宥二十六叶韻 國職 德德側同並本韻 明庚八 卿同本韻
酒有二十五 式職 晦隊十一 夜禡二十二叶韻 螗陽七 羹庚八 行陽 方同轉韻
時支四 舊宥叶韻 人眞 刑青九 聽同 傾庚通韻 揭屑九 害泰九 撥曷七
世霽八叶韻

抑

衞武公自儆也

抑抑威儀維德之隅人亦有言靡哲不愚庶人之愚亦職維疾哲人之愚亦維斯戾一章無競維人四方其訓之有覺德行四國順之訏謨定命遠猶辰告敬慎威儀維民之則二章其在于今興迷亂于政顛覆厥德荒湛于酒女雖湛樂從弗念厥紹罔敷求先王克共

承上竟亂政總疏一段見事無大小常變內外遠近無不當警

黜明侯度以下容貌辭氣逐段細勘白圭四句專貼言語各論不勘

承言語一章

承容止順推入微聖學存養工夫數語括盡大學誠意中庸慎獨從此而出却無半點理障氣所以爲高

就威儀上言德之當修

就話言上言德之當順

明刑（三章）肆皇天弗尚如彼泉流無淪胥以亡夙興夜寐灑埽庭內維民之章修爾車馬弓矢戎兵用戒戎作用逷蠻方（四章）質爾人民謹爾侯度用戒不虞慎爾出話敬爾威儀無不柔嘉白圭之玷尚可磨也斯言之玷不可爲也（五章）無易由言無曰苟矣莫捫朕舌言不可逝矣無言不讐無德不報惠于朋友庶民小子子孫繩繩萬民靡不承（六章）視爾友君子輯柔爾顏不遐有愆相在爾室尚不愧于屋漏無曰不顯莫予云覯神之格思不可度思矧可射思（七章）辟爾爲德俾臧俾嘉淑慎爾止不愆于儀不僭不賊鮮不爲則投我以桃報之以李彼童而角實虹小子（八章）荏染柔木言緡之絲溫溫恭人惟德之基其維哲人告之話言順德之行其維愚人覆謂我僭民各有心（九章）於乎小子未知臧否匪手攜之言示之事匪面命

三章皆欲其聽言取修德前章耳提面命是正說後章諄諄藐藐是反說自抱子以至既耄均不可以未知自諉一層深似一層也
末用危言自警愈見修省之切

之言提其耳借曰未知亦既抱子民之靡盈誰夙知而莫成十章昊天孔昭我生靡樂視爾夢夢我心慘慘誨爾諄諄聽我藐藐匪用爲教覆用爲虐借曰未知亦聿既耄十一章於乎小子告爾舊止聽用我謀庶無大悔天方艱難曰喪厥國取譬不遠昊天不忒回遹其德俾民大棘十二章

右抑十二章三章章八句九章章十句此一篇座右銘也而序謂衞武公刺厲王亦以自警也未免言涉兩歧朱子駁之云不應一詩既刺人又自警以史記考之武公卽位在厲王之後宣王之時說者謂是追刺尤不是故集傳專以武公自警爲言而姚氏又駁之以爲此刺厲王之詩非武公懿戒以抑作懿乃韋昭之言非國語左史之言且篇中句句刺王無一語自警乃歷

兼諄諄藐藐及聽用我謀庶無大悔等語云決非自警之辭而
四方四國車馬戎兵等詞則尤切于刺王因譏晦翁爲文義不
通何論經學噫此眞文義不通而乃反脣以譏人乎此詩雖無
戒字純是戒辭並無一語刺王誠有如晦翁云其曰刺厲王者
失之而曰自警者得之也如以爲刺王則其在于今興迷亂于
政之言似矣而夙興夜寐灑埽廷內之語豈亦爲王咏乎且白
圭喻玷屋漏銘心是何等親切內省之語而亦謂之爲刺人有
是理乎此而不知則眞文義之不通矣而何論乎經學也至小
子告爾以及聽我用我等詞乃詩人自爾而自我箴戒行文之
體應如是耳豈可執是以爲刺人言乎若謂懿之非抑其言固
是而詩則實自儆也安知非詩自名懿不以抑爲名懿讀爲抑

乃韋昭之悞而後人因以悞之耶姚氏有意力翻朱案故執此
一字層駁不休遂並詩中正旨亦不之顧此門戶之見未除也
愚非佞序更不宗朱然平心而論此詩之解實以集傳爲得而
姚與序並失焉詩首章靡哲不愚一語千古學人大病四字說
盡蓋愚人之愚其愚也易破哲人之愚其愚也難明自以爲哲
則無乎不愚矣故欲砭其愚必先針其自哲之病而言乃可入
故發端以此爲第一義也於是特提訏謨遠猶以爲人所當圖
不可苟且偷安是自勗正意而無如今日俗習囿人非湛樂卽
飲酒敗德亂政莫此爲甚而女獨不念所承之緒是何等緒而
乃惟樂是從罔敷求先王之道以共明刑其可乎哉似此違天
悖德天必弗尚以至淪亡如泉之流滔滔莫返誰能挽回故不

欲自勵則已如欲自勵內而庭除之近外而蠻方之遠細而寢興灑埽之常大而車馬戎兵之變無一非當整飭所謂訏謨定命遠猷辰告者不於此益見其實歟然旣定爾人民謹我侯度可無意外之虞而辭氣之閒尤悔易集能無致謹夫白圭有玷磨可使平斯言有玷失莫能救故言尤無易出焉使其易出而不自持也是莫捫之舌苟焉而已詎可任其一逝不返乎蓋天下之理無有言而不讐者亦無有德而不報者誠惠及朋友以至庶民小子則子孫繩繩民萬民靡不承矣謹言之效至於如此然猶不敢自以爲無玷也大廷之緘默易凜獨居之私念難防屋漏之中鬼神鑒焉於此而無愧則眞無愧也愼勿謂幽暗莫顯遂無人覯而可以縱欲敗度也當知鬼神之盛體物不遺

至神莫測不顯亦臨雖極敬謹猶懼有失況敢厭射之乎夫修德而欲人法之猶投桃報李之有必然者不修德而亦欲人服之是童牛而角之所必無者然而我言雖善聽者難從其在哲人告卽能行其在愚人聞且未信故論木以荏染爲成器之本而論人以温恭爲入德之基於乎小子吾不啻手攜而事示又不啻耳提而面命之矣愼無視爲夢夢慘慘勞我我之誨爾諄諄然爾之聽我藐藐然其可乎哉借曰未知乃女今則旣抱子矣乃未幾亦聿旣耄矣少壯猶可曰不知豈老耄而猶不知耶於乎小子天運方艱國危可畏倘不知儆而更回遹其德也則君道失於上而小民困於下矣欲國之無亡也得乎倘其聽哉庶幾無悔此非自儆辭乎而必謂之刺人也寃哉兹並附錄爾

家之言於后讀者詳之

【附錄】朱子辯說曰此詩之序有得有失蓋其本例以爲非美非刺則詩無所爲而作又見此詩之次適出於宣王之前故直以爲刺厲王之詩又以國語有左史之言故又以爲亦自警以詩考之則其曰刺厲王者失之而曰自警者得之也夫曰刺厲王之所以爲失者史記衞武公卽位於宣王之三十六年不與厲王同時一也詩以小子目其君而爾汝之無人臣之禮與其所謂敬威儀愼出話者自相背戾二也厲王無道貪虐爲甚詩不以此箴其膏肓而徒以威儀詞令爲諄切之戒緩急失宜三也詩詞倨慢雖仁厚之君有所不能容者厲王之纍何以壯之四也或以史記之年不合而以爲追刺者則詩所謂聽用我謀庶無大悔非所以望於旣往之人五也曰自警之所以爲得者國語左史之言一也詩曰謹爾侯度二也又曰喪厥國三也又曰亦聿旣耄四也詩意所指與淇奥所美賓延所悔相表裏五也二說之得失其佐驗明白如此必去其失而取其得然後此詩之義明今序者乃欲合而一之則其失者固已失之而其得者亦未足爲全得也然此猶自其詩之外而言之也若但卽其詩之本文而各以其一說反復讀之則其訓義之顯晦踈密意味之厚薄淺深可以不待考證而判然於胷中矣此又讀詩之[illegible]要直訣學者不可以不知也〇姚氏際恒曰此刺厲王之詩不如何人所作也案楚語左史倚相曰昔衞武公年數九十

五矣猶箴儆于國曰自卿以下至於師長士苟在朝者無謂我耄而舍我必恭恪于朝夕以交戒我於是乎作懿戒以自儆韋昭曰懿大雅抑之篇也懿讀為抑序謂亦以自警與韋說同然又以詩中實多刺厲王之辭則先之曰衛武公刺厲王今按以此詩當懿戒其不可信者有五詩賓之初筵及假樂篇皆有威儀抑抑之文與此抑抑威儀同未嘗有以抑為懿之說而他詩用懿字如好是懿德懿厥哲婦亦未嘗有作為抑也抑抑毛傳訓密也若懿自訓美義不相同惟其嚴密故曰德隅內嚴密則外見廉隅也若作懿則為美美威儀何既淺俚且下句義亦不貫豈可以音之偶近而遂不別其義乎一也楚語云懿戒今篇中無戒字亦不合二也篇中句何刺王無一語自警如曰借曰未知亦既抱子借曰未知亦聿既耄視爾夢夢我心慘慘誨爾諄諄聽我藐藐聽用我謀庶無大悔等語決非自警之辭若夫切于王之尤著者如曰四方其訓之四國順之其在于今興迷亂于政罔敷求先王克恭明刑修爾車馬弓矢戎兵用戒戎作用遏蠻方子孫繩繩萬民靡不承天方艱難曰喪厥國回遹其德俾民大棘等語皆是圖不待識者而知之矣詩中既皆刺王非自警楚語何以反言自警而不言刺王乎則可知楚語所指非抑詩明矣四也若為衛武公自警之詩何以不入衛風併不入小雅而入大雅乎必不可通五也如是則安得以抑詩當武公之懿戒哉作序者見相傳說楚語如此而詩則實為刺王之辭于是立兩歧之地而曰衛武公刺厲王又曰亦以自警也其

謬有三夫人刺王則刺王自警則自警未有兩事爽雜可爲文者自警既使人誦而聽然則聽刺王之義何居刺王期王啟悟然則自警爲侯事與王事又不相涉也若然何難作刺王一篇自警一篇而必以兩事爽雜爲一篇此必無之理一也孔氏曰武公以宣王三十六年即位則厲王之世武公時爲諸侯庶子耳未爲國君未有職事善惡無預于物不應作詩刺王此實錄也則武公無刺厲王之事甚明二也詩中毛傳鄭箋句句皆言刺王無一語及武公與自警毛在序前固無此說鄭亦不依序此明明可見者奈何自序出而舉世皆以爲武公作乎三也如是則序說尚可用乎否乎尤可異者朱氏之辨序曰此詩之序有得有失以詩考之則其曰刺厲王者失之而曰自警者得之也雖非武公刺厲王然實爲刺厲王乃反以爲失若武公自警則絕無此意乃反以爲得是非顛倒黑白錯互可笑殊甚此本不必辨但恐人惑其說故畧舉而辨之其曰自警之所以爲得國語左史之言一也按此非國語左史之言乃韋昭之言也又曰詩曰謹爾侯度二也案鄭氏解質爾人民謹爾侯度用戒不虞曰侯君也此時萬民失職亦不肯邇公事故又戒鄉邑之大夫及邦國之君平女萬民之事愼爲君之法度用備不億度而至之事義自如此試平心讀之可見何嘗是使人告已之讒乎又曰曰喪厥國三也鄭氏解謂下災異生兵寇將以滅王且國乃天下之通稱節南山詩云國既卒斬亦侯國乎又曰亦聿既耄四也嘽嘽文義之不通而尚云通經學乎上章曰亦既抱子

此云亦聿既耄承上章而言方抱子時忽然耄矣凡詩語一章深一層皆然也何爲指其一處而言之乎既耄爲指其年九十五既抱子則在壯年將作何解又曰詩意所指與淇奧所美賓筵所悔相表裏五也案淇奧所美賓筵所悔與此皆無涉賓筵悔飲酒此詩刺王荒湛于酒豈以酒字偶同而遂謂之相表裏乎又曰既有得失其佐驗明曰如此必去失而取其得然後此詩之意明乎謂必去其序之失而後此詩之意明其云取其得者正隨序之雲霧不淺耳案二說各執已是姚氏雖有意吹求朱傳之失未免强詞求勝原無是處亦由晦翁所舉詩中譏語不舉其大而標其細故使人得以摘其疵而力駁之愚解此詩但撮大要連綴成文使讀者從容涵泳領其大旨則此詩之爲刺人而作乎亦將爲自警而作乎可得諸意言之表者矣何必紛紛聚訟爲哉

集釋 抑抑密也 隅（集傳）隅廉角也鄭氏曰人密審於威儀者是其德必嚴正也故古之賢者道行心平可外占而知內如宮室之制內有繩直則外有廉隅也 哲知也 庶衆也 職主也 戾反也 競强也 覺直也 訏大也 謨謀也 定審定不易也 命號令也 猶圖也 辰時也 告戒也 則法也 興尚也 紹承也 敷廣也 共執也 刑法也 弗尚厭棄之也 遏遠也 質成也定也 侯度諸侯所守之法度也 虞慮也 玷缺也 捫持也

讐答也屋漏李氏如圭曰曾子問謂之當室之白孫炎云當室之白日光所漏入也格至也度測也射斁通厭也辟君也指武公也止容止也僭差也賊害也童無角曰童何氏楷曰童以角為言猶易言童牛詩言童羖也虹潰亂也王氏逢曰字書虹與訌同荏染集傳荏染柔貌柔木集傳柔木柔忍之木也緡集傳緡綸也被之綸以為弓也覆猶反也僭不信也慘慘憂貌耄八十九十曰耄舊舊章也止語也忒差也適僻也棘急也

標韻隅七虞愚同本韻　疾四質戾八霽叶韻　訓十三問順十二震通韻

告二沃則十三職叶韻　今十二侵政二十四政叶韻　酒二十五有紹十七篠叶韻　王七陽刑九青叶韻　尚二十三漾亡陽叶韻　寐四寘內十一隊通韻

章陽兵八庚方陽轉韻　虞七虞嘉六麻磨五歌為四支叶韻　荷有逝霽

叶韻　讐十一尤報二十號叶韻　友有子四紙叶韻　繩十蒸承同本韻

顏十五刪愆一先通韻　漏二十六宥覯同本韻　格十一陌度十藥射陌叶

征役不息爲亂之本

於是民無所往

告以救亂知捄本大都用翻撥之筆

韻 嘉麻 儀支叶韻 賊職 則同本韻 李紙 子同本韻 絲

支 基同本韻 行庚 心侵 逼韻 否紙 事寘 耳紙 子同叶韻

盈庚 成同本韻 昭蕭 樂效二十九 慘七感二十 藐篠 教效 虐藥 耄號二十

叶韻 子紙 止同 悔賄十 逼韻 國職 式德 棘職 同本韻

桑柔 芮伯哀厲王也

比起 菀彼桑柔其下侯旬捋采其劉瘼此下民不殄心憂倉兄填兮倬呼天○自訴彼昊天寧不我矜章一 四牡騤騤旟旐有翩亂生不夷靡國不泯民臣吏奔○走共役 繁○興靡有黎具禍以燼於乎有哀國步斯頻章二 國步蔑資天不我將靡覩一筆○ 暗、指、厲○王所止疑云徂何往君子實維秉心無競誰生厲階至今爲梗章三 憂心慇慇念我土宇我生不辰逢天僤怒自西徂東靡所定處多我覯痻孔棘我圉章四 爲謀爲毖亂況斯削告爾憂恤誨爾序爵誰能

執熱逝不以濯其何能淑載胥及溺章五如彼遡風亦孔之僾民有
益○熱　如、水、益○深
肅心荓云不逮好是稼穡力民代食稼穡維寶代食維好章六天降
國○人○逐○厲○王　王○出○居○彘○政○若○贅○旒
喪亂滅我立王降此蟊賊稼穡卒痒哀恫中國具贅卒荒靡有旅
自○恨○無○力○挽○回○天○運○○先○開○一○層　拾○合○厲○王
力以念穹蒼章七維此惠君民人所瞻秉心宣猶考慎其相維彼不
自○用○以○致○大○亂○筆○陣○開○合○動○盪○有○勢　○怨○然○興○起○有○搔○首○茫○茫○百○憂
順自獨俾臧自有肺腸俾民卒狂章八瞻彼中林甡甡其鹿朋友已
○交○集○之○感
譖不胥以穀人亦有言進退維谷章九維此聖人瞻言百里維彼愚
人覆狂以喜匪言不能胡斯畏忌章十維此良人弗求弗迪維彼忍
心是顧是復民之貪亂寧爲荼毒章十一大風有隧有空大谷維此良
人作爲式穀維彼不順征以中垢章十二大風有隧貪人敗類聽言則
對誦言如醉匪用其良覆俾我悖章十三嗟爾朋友予豈不知而作如
彼飛蟲時亦弋獲既之陰女反予來赫章十四民之罔極職涼善背爲

便不平板

朝不可仕不如在野然卽退處亦難安居更進一層君若綴旒此何時勢雖其自取臣心何安凡此皆君不能擇相信任小人之過二章極沉鬱頓挫之致

三章以聖愚善惡相形對言見愚人不能遠慮忍人未可信用是追究厲王之失

二章皆以風行隧道爲比凡小人垢由中藏弄不久耳皆有所自君臣皆瞶如此其國焉得不亡

以下規諷僚友見不能匡正君惡皆臣下之失忠臣愛君之心千載如見其誠

民不利（一亦為○正直 隆 為○㬎 詐）如云不克民之回遹職競用力（捬剝虐○）（十五章）民之未戾職盜爲寇涼（捬聚斂○）曰不可覆背善詈雖曰匪予既作爾歌（十六章）

右桑柔十六章八章章八句八章章六句此詩人皆知爲芮良夫作矣而不知其作於何時則又可異案左傳文元年秦穆公引大風有隧篇稱爲芮良夫之詩故小序謂芮伯刺厲王集傳以下諸家皆從之且謂篇中不敢斥言王而但斥當時執政者信用非人貪利生事以致禍亂蓋厲王暴虐不敢直諫故託言規諷僚友以刺王耳此又何異癡人說夢耶夫詩不云乎天降喪亂滅我立王此時國人已畔厲王已逐然王雖被逐尚居於彘故又曰哀恫中國具贅卒荒正春秋傳所謂君若綴旒時也朝廷之上雖有周召二公行政謂之共和而王至共和十四年

始死於彘則哀此中國誰爲之主雖曰有君不且若贅然哉此詩正作於其時蓋傷之也何以刺爲凡詩中所言無非追究同朝不能匡救君惡以至危亡並恨巳無大力拯民水火可以挽回天意此作詩大旨也若諸家但謂刺王且並謂借諷友以刺王不惟臣子拳拳愛君之心無所見卽此詩精神結聚之處亦不能顯集傳雖亦疑爲共和之後作然又曰不知的在何時則其心尚無定見亦由於未能讀詩之佳處故耳大凡諸儒說詩總不肯全篇合讀求其大旨所在而碎釋之烏能得其要領晦翁譏行葦序以爲逐句自生意義不暇尋繹血脈管照前後又云隨文生義無復倫理不知巳亦正坐此病卽如此詩其佳處全在滅我立王三章而乃爲游移無定之解其餘不過追遡悔

恨之詞偏又呆疏碎釋豈能抓人癢處哉

【集釋】菀音鬱茂也旬偏也劉殘也殄絶也倉兄與愴怳同悲閔之意也塡〔姚氏際恒曰〕塡塡塞之意愴怳塡塞于胸也倬明貌夷平也黎黑也諾黑首也燼灰燼也步猶運也頻急蹙也蔑資〔姚氏際恒曰〕蔑資無所資賴也集傳以資作咨非將養也疑〔集傳〕疑如儀禮疑立之立定也〔鄉射禮〕賓升西階上疑立注疑正立自定之貌徂往也競爭也厲怨也梗萍梗謂飄泊無定也僤厚也痻病也棘急也圉邊也毖愼也況滋也削〔歐陽氏脩曰〕亂日滋則國日削序爵辨別賢否而官人也執熱〔姚氏際恒曰〕執熱執勞煩熱也逝往也謂執勞煩熱之人誰能不往而洗濯其體乎逝不以濯亦倒字句猶云不以逝濯也自來解此皆以執熱爲執持熱物幾曾見人執持熱物之後必濯以水乎又曰或亦知執持熱物之非孫文融解爲熱氣盈身如執之然鍾伯敬解爲熱不可解何元子解爲盛暑之時誰能執守此熱以往而不思澣濯竟無一通者溺陷溺也遡鄉也僾唈也荓使也恫痛也具俱也贅屬也卒盡也荒虛也旅與膂同相輔也狂惑也甡甡衆多並行之貌譖不信也維谷〔姚氏際恒曰〕維谷嚴氏曰言進退皆窮如陷山谷然毛傳直訓爲窮未明廸進也荼毒〔姚氏際恒曰〕侄柄曰荼惟

以苦名無毒孔氏曰荼苦葉毒螫蟲皆惡物本為二物集傳乃曰荼苦菜也味苦氣辛能殺物故謂之荼毒其附會如此隧道也征以中垢〔姚氏際恒曰〕征以中垢謂行以中藏之汙穢也或謂小人以內汙之事誣君子者非聽言二句〔姚氏際恒曰〕聽言則對誦言如醉根上文來謂聽彼之言則喜而對之誦古人之言以告之則昏昏如醉集傳曰王使貪人為政我以其或能聽我之言而對之然亦知其不能聽也故誦言而中心如醉一字不可解赫威怒之貌職專也涼鄭讀為諒信也善背工為反覆也克勝也回遹邪僻也戾定也覆背善詈〔姚氏際恒〕曰覆背善詈背善即上章善背謂覆為背善且詈我也從來以善詈連言非〔案〕集傳云及其反背也則又工為惡言以詈君子亦通匪予〔姚氏際恒曰〕匪非也謂雖必以予言為非然不能自已既為爾作歌以冀爾之一悟也

【標韻】柔十一尤劉憂並同本韻隔句韻旬十一真民同塡一先天同矜十蒸通韻隔句韻騤四支夷同黎八齊哀十灰通韻隔句韻翩先泯真燼十二震頻真叶韻隔句韻資支疑維並同階九佳通韻隔句韻將七陽往二十二養叶韻隔句韻競四十二敬梗二十三梗叶韻隔句韻殷十二文辰真東一東痻叶韻隔句韻宇

開口爲民號寃哀矜惻怛其情如見詞此一語已足上格穹蒼而消災禍

【七麌】怒【七遇】處【麌】圉【同】叶韻【隔句韻】懿【四寘】恤【四質】熱【九屑】淑【一屋】叶韻【隔句叶】削

【十藥】爵【同】濯【三覺】溺【藥】通韻【隔句韻】風【東】心【十二侵】叶韻　僾【十一隊】逮【同】

本韻【隔句叶】穡【十三職】食【同】本韻　寶【十九皓】好【同】本韻　王【七陽】痒荒

蒼【並同】本韻【隔句叶】賊【職】國力【並同】本韻【隔句叶】君【文】瞻【十四鹽】叶韻　相

【陽】臧腸狂【並同】本韻　鹿【屋】穀谷【並同】本韻　里【四紙】喜【同】忌【寘】叶韻

廸【十二錫】復【屋】毒【二沃】叶韻　谷【屋】穀【同】垢【二十五有】叶韻　隧【寘】類【同】

對【隊】醉【寘】悖【隊】通韻　作【藥】獲【陌】赫【同】叶韻　背【隊】克【職】力【同】

叶韻　戾【八霽】寇【宥】詈【寘】叶韻　予【六魚】歌【五歌】叶韻【七章以上隔句叶盡轆轤韻也】

雲漢　宣王爲民禳旱也

倬彼雲漢昭回于天王曰於乎何辜今之人天降喪亂饑饉薦臻靡神不舉靡愛斯牲圭璧既卒寗莫我聽【章一】旱既太甚蘊隆蟲蟲

紺言　翠口神　祭口品　祭口饑

也跟上靡神何爲民祈澤也
此又甯以己身爲民當菑則爲民之心尤切
恐懼修省是救災弭患之本
況痛語不忍卒讀
父母至親既忍視予則上帝至尊豈肯甯我
此章自閔其格天無術
此章勸衆人共力回天
再爲求昭格勿棄前功總以挽回天

不殄禋祀自郊徂宫上下奠瘞靡神不宗后稷不克上帝不臨耗
先○尊○後○親　先○親○後○尊
斁下土寧丁我躬二章 旱既太甚則不可推兢兢業業如霆如雷周
餘黎民靡有孑遺昊天上帝則不我遺胡不相畏先祖于摧三章 旱
寫得可○畏
既大甚則不可沮赫赫炎炎云我無所大命近止靡瞻靡顧羣公
○說○得○而○道○
先正則不我助父母先祖胡寧忍予四章 旱既大甚滌滌山川旱魃
爲虐如惔如焚我心憚暑憂心如熏羣公先正則不我聞昊天上
勢○可○奈○何　跟上○遯○字　轉入正意
帝寧俾我遯五章 旱既大甚黽勉畏去胡寧瘨我以旱憯不知其故
祈年孔夙方社不莫昊天上帝則不我虞敬恭明神宜無悔怒六章
此在朝○臣
旱既大甚散無友紀鞫哉庶正疚哉冢宰趣馬師氏膳夫左右靡
不救○旱　應上云○漢
人不周無不能止瞻卬昊天云如何里七章 瞻卬昊天有嘒其星大
夫君子昭假無贏大命近止無棄爾成何求爲我以戾庶正瞻卬

心爲主王心爲民
可謂切矣

昊天曷惠其寧 八章

右雲漢八章章十句此一篇禳旱文也而序謂仍叔美宣王姚氏識其未有考然使其實有所考而篇中所言亦非美王意乃王自禱詞耳詩開口即爲民號冤仰天上訴曰於乎何辜今之人祇此一念之誠哀矜惻怛不能自已已足爲消弭禍之本況又爲民求神上而后稷上帝之尊且親下而祈年方社之神且靈自郊徂宮罔不奠瘞所謂靡神不宗無牲不備者也凡在朝臣如庶正如冢宰如趣馬師氏如膳夫左右又無不同心救旱恐敬恐誠亦庶幾乎上帝式臨后稷克勝矣而乃甯莫我聽乎夫旱既大甚蘊隆蟲蟲既不可推又不可沮滌滌山川旱魃爲虐天降喪亂曷其有極於是饑饉薦臻凶歳頻仍周雖餘民

靡有孑遺其不至散無友紀先祖于摧者亦幾希矣夫是以憂心憚暑如惔如焚欲避之而無可避卽逃之又不能逃於乎昊天上帝胡寧瘨我以旱而不我遺曾亦不知其何故也嗟嗟羣公先正縱不我助亦不我聞而父母先祖亦寧忍予而靡瞻靡顧乎夫上帝不臨后稷莫勝是大命近止尊親俱無可恃矣夫與其耗斁下土害及蒼生毋寧禍我一人猶得以身當之庶可暫息天怒而無苦吾民爲也獨是瞻彼昊天不唯昭回雲漢而且有嘒其星天未厭亂莫能挽回敢不業業兢兢如雷如霆益矢敬恭以答明神蓋昭格不懈於前修天心悔禍於將來此豈爲吾一人慮哉殆將以定衆志於庶司也天乎天乎仰視蒼蒼何時是惠我以寧時乎此非禱祀詞乎何以謂之爲美宣王也

朱氏善曰讀是詩見宣王有事天之敬有事神之誠有恤民之仁敬畏以事天而天監之虔恭以事神而神享之惻怛以恤民而民懷之蘊隆之氣消豐穰之效著內治既修外攘斯舉中興之業皆自雲漢一念之烈而基之也此所以爲美宣王意歟然詩則因脩省恐懼之不暇矣而何以美爲吾故曰禳旱文也

集釋 雲漢天河也昭光也回轉也言其光隨天而轉也薦荐通孔氏穎達曰左傳曰吾荐饑釋天云仍饑爲薦也臻至也蘊蓄也陽氣蓄積于中也隆盛也陽氣驕亢于外也蟲蟲爾雅釋訓蟲蟲薰也蓋旱熱薰炙人也殄絕也郊祀天地也宮宗廟也上祭天也下祭地也奠瘞孔氏穎達曰奠謂置之於地瘞謂埋之於土皆禮神之物酒食牲玉之屬也黃氏佐曰奠是方祭時事瘞是祭畢時事宗尊也克勝也言后稷欲救此菑而不能勝也臨享也斁敗也丁當也言以我身當是菑害也推去也孑無右臂貌摧滅也言失祖之祀將自此而滅也沮止也大命近死將至也羣公先正集傳羣公先正月令所謂雩祀百辟卿士之有益於民者

以祈穀實者也月令注云百辟卿士古之上公以下若句龍后稷之類**滌滌**言山無木川無水如滌而除之也**魃**旱神也孔氏穎達曰神異經曰南方有人長二三尺袒身而目在頂上走行如風名曰魃所見之國大旱一名旱母蓋是鬼魅之物**惔**燎之也**瘨**病也**憯**曾也**祈年**祈穀于上帝與祈來年于天宗也**方**祭四方之神也**社**祭土神也**虞**度也**散無友紀**姚氏際恒曰君以臣爲友今以旱故將離散無紀矣亦倒字句謂友散無紀也集傳曰友紀猶言綱紀末聞友之訓綱也**鞫**窮也**庶正**眾官之長也**疚**病也**冢宰**又眾長之長也**趣馬**掌馬之官**師氏**掌以兵守王門者**膳夫**掌食之官也**周**救也集傳歲凶年穀不登則趣馬不秣師氏弛其兵馳道不除祭事不縣膳夫徹膳左右布而不脩大夫不食粱士飲酒不樂言諸臣無有一人不周救百姓者**無不能止**無以不能而遂止不爲也**里**集傳里憂也與漢書無俚之俚同聊賴之意也呂氏祖謙曰釋文曰里本作瘇爾雅作悝釋詁曰悝憂也劉氏瑾曰孟子稽大不理於口集傳訓賴亦引季布傳無俚之俚爲證然則里通俚蓋通用**嘒**明貌**假**音格至也

標韻 **天**一先 **人**十一眞 **臻**同 **牲**八庚 **聽**九青 通韻 **蟲**一東 **宮**同 **宗**二冬 **臨**十二侵 **躬**東 叶韻 **推**十灰 **雷**同 **遺**四支 **遺**同 **摧**灰 通韻 **沮**六語 **所**同 **顧**

趣筆嶒嶸與嶽勢競隆後世杜甫呈獻鉅篇專學此種中間四章皆王遣使代其經營而錫予之自城郭宗廟宮室車馬寶玉以及土田賦稅之屬無不具備且命傅御遷其家人則寵榮者至矣王至是始入餞行正一面

助（御六遇七）予（魚六）叶韻　川（先）焚（文十二）熏聞（並同）遡（阮十三）叶韻　去（御）

故（遇）負（同）虞（虞七）怒（遇）叶韻　紀（紙四）宰（賄十）右（有二十五）止（紙）里（同）叶韻

星（青）嬴（庚）成正（並同）寍（青）通韻

崧高　送申伯就封于謝用式南邦也

崧高維嶽駿極于天維嶽降神生甫及申維申及甫維周之翰四（姚氏云急聽見土客）國于蕃四方于宣（一章）亹亹申伯王纘之事于邑于謝南國是式王（功）命召伯定申伯之宅登是南邦世執其功（二章）（宮室）王命申伯式是南邦因是謝人以作爾庸王命召伯徹申伯土田王命傅御遷其私人（賦稅）（家人）（三章）申伯之功召伯是營有俶其城寢廟既成既成藐藐王錫申伯（城郭）（宗廟）四牡蹻蹻鉤膺濯濯（四章）（車馬）王遣申伯路車乘馬我圖爾居莫如南土錫爾介圭以作爾寶往近王舅南土是保（五章）（相圭）（於是始行對餞）申伯信邁王餞于郿

更爲備及行糧是何等周密入謝乃文章後路應行之意結尾點明作意並特表其功德之盛非徒以親貴邀寵者亦詩人自占身分處

申伯還南謝于誠歸王命召伯徹申伯土疆以峙其粻式遄其行（行、糧）

六章

申伯番番既入于謝徒御嘽嘽周邦咸喜戎有良翰不顯申伯（就國是行後事）

王之元舅文武是憲（全德）申伯之德柔惠且直揉此萬邦聞于四國（至德 功）

吉甫作誦其詩孔碩其風肆好以贈申伯（作詩人、詩品、、、點明作收）八章

右崧高八章章八句此詩與下篇烝民同爲尹吉甫贈送之作一送申伯一送仲山甫以二臣位相亞名相埒才德又相配故於二臣之行也特贈詩以美之於申伯則曰嶽降於山甫則曰天生二詩發端皆極意經營工力亦極相敵是二詩者尹吉甫有意匹配之作也有意匹配二臣爲宣王中興生色則篇中所謂生甫及申之甫非仲山甫而何乃諸儒忽曰甫甫侯也卽穆王時作呂刑者集傳疑二人不同時難以並舉又云或曰此是

宣王時人而作吕刑者之子孫也吕氏祖謙亦曰甫申意者皆宣王時賢諸侯同有功於王室者甫雖不見於經以文意考之蓋當如此也舍現在同見於詩之人不言而乃爲此猜疑無定之辭眞是可怪蓋泥申甫皆國名耳唯嚴氏粲曰舊說謂姜氏之先主四嶽之祀嶽神福與其子孫則執著于嶽降之文以辭害意矣此詩言嶽降猶烝民言天生仲山甫耳當時仲山甫爲相申伯亞于山甫借山甫以大申伯也且申伯光輔中興而遠取周道始衰之甫侯以匹之非所以褒揚申伯也或者疑甫爲字申爲國則名稱不類故以申甫皆爲國不知古人文辭難以例拘舜典稱契稷稷以官契以名漢稱絳灌絳以封邑灌以姓皆不類也此何元子爲之敷實曰或謂吉甫既爲作詩之人二

甫字同必無自贊之理烝民之詩美仲山甫篇中亦明著爲吉甫所作則此詩以申甫並言乃似統爲二詩發端亦可以見甫之爲仲山甫又斷斷無疑也二詩同編二臣對咏明白如是尚煩諸儒辯論如是則其他有疑難定者不言可知噫經學之難不難於考証多端難於通儒一言以決之耳此詩用筆雖後爽而製局甚平無足爲異唯發端嚴重莊凝有泰山巖巖氣象中興賢佐天子懿親非此手筆不足以稱題以下歷敘王命諸臣代伯經營其國自城郭宗廟宮室車馬寶玉以及土田賦稅之屬無不具備所尤異者伯之家人亦令傅御代爲遷徙赴國行糧亦命召伯早爲儲備王之寵臣可謂至矣夫古之封建錫以車馬畀以寶玉者有之未有代營其城邑寢廟者古之寵賚

予以弓矢賜以甲第者有之未有代遷其室家且並慮及餱糧者有之自宣王待申伯始然則爲之臣者宜何如感泣忘身以報之耶此中興業所以不難就也蓋王之爲是曲盡恩榮者非以伯爲元舅之尊也非以伯有擁戴之勞也誠以其資兼文武望重屏藩論德則柔惠堪嘉論功則蕃宣足式故用以式南邦不得不如是之慇意周浹禮文備至焉爾然則諸臣之旁觀者又不知如何感泣亦將忘身以報之矣嗚乎令德聖主忠藎賢臣其推誠相與夫固有非形迹所能喻者此尹吉甫之所爲長言而歌咏之也歟

【集釋】崧高（集傳）山大而高曰崧（李氏巡）曰山高大者自名崧木不指中嶽今之中嶽名嵩高或取此文以立名乎嶽山之尊者東岱南霍西華北恒是也駿大也甫即仲山甫說見篇中申申伯姜姓國也孔氏穎達曰堯之時有姜

氏者掌四岳之祭周則有甫申齊許皆姜氏之苗裔也**翰**幹也**蕃**蔽也**亹亹**強勉之貌**纘**繼也**邑**國都之處也〔王氏安石曰〕國之所都亦曰邑作邑于豐商邑翼翼是也**謝**〔集傳〕謝在今鄧州南陽縣周之南土也〔曹氏粹中曰〕地理志南陽宛縣有申伯國棘陽縣東北百里有謝城其地蓋相近**式**法也〔陳氏飛鵬曰〕南國是式者命為州牧也**召伯**召穆公虎也**登**成也**世執其功**言使申伯後世常守其功也**徹**〔何氏楷曰〕徹法以正其土田則用經界之脩明稅賦之畫一皆在其中矣此即黍苗篇所云平原隰清泉流之事又曰韓奕言實畝實籍江漢言徹我疆土而此言徹申伯土田蓋自厲王暴虐而徹法壞盡矣宣王中興之美亦可見其一也**傳御**申伯家臣之長也**私人**家人也

遷使就國也**俶**始也**藐藐**深貌**蹻蹻**壯貌**濯濯**光明貌**介圭**諸侯封圭蓋桓圭以朝於天子者也**近**〔集傳〕近辭也〔徐氏光啓曰〕辭者語辭也〔鄭氏康成曰〕聲如彼記之子之記〔案〕說文從辵從丌今從近誤**郿**今鳳翔府郿縣〔孔氏穎達曰〕自鎬適申塗不經郿時宣王蓋省視岐周故餞之于郿申伯既受命王餞還歸於鎬而後適申也〔案〕此近是**信邁誠歸**〔何氏楷曰〕邁行也信邁猶云果行也謝于誠歸者鄭云誠歸于謝也**峙粻**〔集傳〕峙積也粻糧也遄速也召伯之營謝也則已斂其稅賦積其餱糧使廬市有止宿之委積故能使申伯無留行也**番番**武勇貌**嘽嘽**

王於發端與上篇同一高渾有勢然蕩降以氣言天生以理言妙在說理

衆盛貌　戎汝也　操治也　吉甫尹吉甫周之卿士也　誦工師所誦之辭也　碩大也　風姚氏際恆曰此雅也而曰其風肆好則知凡詩皆可稱風第雅頌可稱風風不可稱雅頌耳　肆遂也

標韻　天先一申眞十一翰寒十四宣先通韻　事寘四式職十三宅陌十一叶韻　邦陽七功東一叶韻　邦陽庸冬二叶韻　田先人眞通韻　營庚八成同本韻　伯陌濯覺三藐篠十七蹻同隔句韻　馬馬二十一土麌七叶韻　寶皓十九保同本韻　郿支四歸微五通韻　疆陽行同本韻　謝禡二十二喜紙四叶韻　翰翰十五憲願十四叶韻　德職直國並同本韻　碩陌伯同本韻

烝民　送仲山甫築城于齊懷柔東諸侯也

天生烝民有物有則民之秉彝好是懿德天監有周昭假于下保

○探○源○星○宿○不○獨○理○精○詞○亦○粹○然○雖○宣○聖○亦○不○能○不○爲○之○心○折○此三百○篇○說○理○第○一○義也——彝德字來歷則字表裏○○

茲天子生仲山甫一章　仲山甫之德柔嘉維則令儀令色小心翼翼

不腐三代之典於南宋者以此此詩備舉其德由德行遞到事業此章總言職守此章由政事轉言德行二章專表其德至補衮始徵帶政治然總不脫則字蓋則字是懿德之準則是此詩之骨須看他描寫山甫德行處處無遺予則此二章方寫出行爲作詩送別之由〔集〕注極爲整飭

古訓是式，威儀是力。天子是若，明命使賦。二章

王命仲山甫，式是百辟。纘戎祖考，王躬是保。出納王命，王之喉舌。賦政于外，四方爰發。三章

肅肅王命，仲山甫將之。邦國若否，仲山甫明之。既明且哲，以保其身。夙夜匪解，以事一人。四章

人亦有言，柔則茹之，剛則吐之。維仲山甫，柔亦不茹，剛亦不吐。不侮矜寡，不畏彊禦。五章

人亦有言，德輶如毛，民鮮克舉之。我儀圖之，維仲山甫舉之，愛莫助之。衮職有闕，維仲山甫補之。六章

仲山甫出祖，四牡業業。征夫捷捷，每懷靡及。四牡彭彭，八鸞鏘鏘。王命仲山甫，城彼東方。七章

四牡騤騤，八鸞喈喈。仲山甫徂齊，式遄其歸。吉甫作誦，穆如清風。仲山甫永懷，以慰其心。八章

右烝民八章，章八句。序謂美宣王任賢使能，周室中興焉。而詩

中無美王意故集傳改爲送行之作本詩詞也鄭仲與駁之云時厲王流彘諸侯已不知有天子齊遠而區區之城且以上請豈非宣王復興之烈哉删詩存焉民春秋之旨如解作送行何關王政何登於雅姚氏以爲倭序眞腐儒之見詩末句明言仲山甫永懷以慰其心並不及美宣王之意何緣不讀詩乎案鄭論甚正大未可厚非然自是詩外意非詩中旨也詩本美仲山甫故備舉其德性學行事業以及世系官守無不極意推美而總歸之於德且準以則焉而不過幾於中庸至善學故能使宣聖三復其言而歎美之然則仲山甫賢卽作詩之尹吉甫亦可不謂之爲賢乎此詩內意也若築城於齊不過尋常卿士任之足矣何至以才全德備補袞重臣遠出而司其事豈非以諸侯

久無朝廷今一旦以築城請不得不命天子保傅親受其成雖曰城彼東方實懷柔東諸侯也故尹吉甫作詩美之亦此意歟不然何云仲山甫永懷以慰其心耶唯不宜直云美宣王但當曰送仲山甫築城於齊則春秋之義自見惜諸儒說詩率多牛明牛暗未能窺其全旨故來後人指摘相循而未有已時耳

【集釋】烝衆也則法也秉執也彝常也懿美也監視也昭明也假至也保佑也仲山甫樊侯字也〔孔氏穎達曰〕周語稱樊仲山甫諫宣王是山甫爲樊國之君也韋昭云食采於樊僖二十五年左傳說晉文公納定襄王王賜之樊邑則樊在東都之畿內也嘉美也令善也色顏色也翼翼恭敬貌古訓先王之遺典也若順也賦布也戎女也王躬是保〔集傳〕所謂保其身體者也然則仲山甫蓋以冢宰兼太保抑其世官也與〔或問〕仲山甫以冢宰兼太保何以知之曰其言式是百辟則是爲宰相可知其曰保茲天子王躬是保則是爲大保可知出承而布之也納行而後之也喉舌所以出言也發發而應之也將奉行也若順也否猶臧否也明

首章來朝受命纘戎以下皆制詞

謂明於理哲謂察於事保身集傳蓋順理以守身非趨利避害而偷以全軀之謂也茹柔也輶輕也劉氏瀞曰駟驖曰輶車者亦取其馳逐之輕故輶有輕之義儀度也圖謀也衮職王職也祖行祭也業業健貌

捷捷疾貌東方齊也式遄其歸不欲其久於外也穆深長也

標韻　則十三職德同本韻　下二十一馬甫七麌叶韻　德職則色翼式力並同本韻　若十藥賦七遇叶韻　甫辟無韻考十九皓保同本韻　舌九屑發六月通韻　將七陽明八庚轉韻　身十一眞人同本韻　茹六語吐麌甫同茹語吐麌禦語通韻　舉語助六御補麌叶韻　業十七洽捷十六葉及十四緝通韻　彭庚鏘陽方同轉韻　騤四支喈九佳歸五微通韻　風一東心十二侵叶韻

韓奕　送韓侯入覲歸娶爲國北衛也

、從、韓、地○起、遑、湖、禹○甸、爲、封、建○作、勢、職、重○有法

奕奕梁山維禹甸之有倬其道韓侯受命王親命之纘戎祖考無

此章既朝覲而得天子之賜奇光異彩炫晴奪目

此章祖送歸國

此章便道親迎一時盛事寵榮極矣日見為國戚足以捍衛王室

此章並及擇壻文勢頓覺舒展姚氏云因取妻及擇壻于韓見韓土之美仍歸封國本旨其聯絡脫卸處幾于無迹可尋章末逐句歸韓特言韓姞

纘朕命夙夜匪懈虔共爾位朕命不易榦不庭方以佐戎辟章一四牡奕奕孔修且張韓侯入覲以其介圭入覲于王王錫韓侯淑旂綏章簟茀錯衡玄衮赤舄鉤膺鏤鍚鞹鞃淺幭鞗革金厄章二韓侯出祖出宿于屠顯父餞之清酒百壺其殽維何炰鼈鮮魚其蔌維何維筍及蒲其贈維何乘馬路車籩豆有且侯氏燕胥章三韓侯取妻汾王之甥蹶父之子韓侯迎止于蹶之里百兩彭彭八鸞鏘鏘不顯其光諸娣從之祁祁如雲韓侯顧之爛其盈門章四蹶父孔武靡國不到為韓姞相攸莫如韓樂孔樂韓土川澤訏訏魴鱮甫甫麀鹿噳噳有熊有羆有貓有虎慶既令居韓姞燕譽章五溥彼韓城燕師所完以先祖受命因時百蠻王錫韓侯其追其貊奄受北國因以其伯實墉實壑實畝實籍獻其貔皮赤豹黃羆章六

（旁批：忽、入、取。妻一段不獨文章生色事亦極有關係。親迎。入門。追、瀾、順、勢、逗入、韓、國。收、筆、莊雅、得體）

燕譽與上侯氏燕
胥逢遙相對
末章仍歸到封建
因其前人之土宇
將今日之疆域不
唯使其勤修職貢
且令其懷柔北狄

右韓奕六章章十二句此不過一篇韓侯初立入覲受賜因以便道親迎歸國詩人美之之作於國何所關係小序謂尹吉甫美宣王固涉泛泛卽謂能錫命諸侯亦豈詩中大旨至集傳則又只以爲送別之章尤屬隔靴搔癢未可與知人論世也唯鄒氏忠胥曰韓爲望國諸侯之向背係焉而又密邇北國爲一方屏藩韓侯來朝猶用纘世禀命之禮王因令之纘舊服受北國爲伯其依毗亦隆重哉而馭下之柄可概見矣此差得詩人作詩義旨然曰猶用纘世禀命之禮亦只說得能錫命諸侯一節非深明當日時勢者也愚意此詩必作於六月北伐之後故爲關係中興之作蓋自玁狁背叛以來北方諸侯梗命不朝者亦已多矣茲値北伐有功韓侯適以受命入覲而又年少英賢爲

國懿親更配帝甥膺茲屏翰實足以制北狄而衛王家故宣王因其來朝特隆以禮與申伯諸臣同深倚賴非泛常比也詩人亦於其歸國便道親迎之日餞之以詩亦將以北方保障望之故首尾均以受命建國勤修職貢爲言至中間親迎兩章不過借作文章波瀾且以見其爲國至戚尤宜輸忠以報天子耳若天子寵錫之隆蹶父相攸之美皆詩中極意烘托法非關正意然正意亦未嘗不由此而見也惜後儒說詩專從此等處訝其恩遇非常則何異矮人觀場終日不知其何故耶姚氏際恒近世善說詩者其於此詩亦僅曰宣王冊命韓侯韓侯入覲天子韓侯取天子甥女爲國戚皆絕大事如此詩不入大雅而必標曰美宣王然後入大雅耶噫以此事爲絕大事詩爲大雅詩則

其識不及出矮人下數等哉

【集釋】奕奕大也梁山集傳梁山韓之鎮也今在同州韓城縣李氏樗曰其後屬晉爾雅梁山晉望也孫炎注曰晉國所望祭則是韓滅之後故以爲晉望也甸治也倬明貌韓國名侯爵武王之後也受命集傳受命蓋即位除喪以士服入見天子而聽命也班氏固曰世子上受爵命衣士服何謙不敢自專也纘繼也戎汝也易改也榦正也不庭方不來庭之國也梁氏益曰左傳鄭莊公以王命討不庭說者曰下之事上皆成禮於庭中不庭言不趨走於庭故討其罪辟君也修長也張大也介圭封圭也淑善也綏章集傳綏章染鳥羽或旄牛尾爲之注於旂竿之首爲表章者也鉤膺鏤錫集傳鏤刻金也馬眉上飾曰錫今當盧也孔氏穎達曰當盧者當馬之額盧在眼眉之上案巾車玉路錫樊纓金路鉤樊纓注云金路無錫有鉤此言鉤膺必金路矣而得有鏤錫者蓋特賜之鞹鞃淺幭集傳鞹去毛之革也鞃式中也謂兩較之間橫木可憑者以鞹持之使牢固也淺虎皮幭覆式也字一作幦又作幎以有毛之皮覆式上也孔氏穎達曰幭字禮記作幦周禮作複字異而義同玉藻言羔幦鹿幦春官巾車言犬複豻複皆以有毛之皮爲幦少儀御車之法云拖諸幦明在軾上故知覆軾也鞗革金厄集傳鞗革轡首也金厄以金爲環纏搤轡

首也（孔氏穎達曰）厄大蟲似蠶金厄者以金接轡之端如厄蟲然也　屠（集傳）屠地名或曰卽杜也（姚氏際恒曰）屠杜古通用晉有杜蒯亦作屠蒯漢志注云古杜伯國漢宣帝葬其地因曰杜陵在長安南五十里　顯父周之卿士也　蔌菜殽也　筍竹萌　蒲蒲蒻　且多貌　侯氏覲禮諸侯來朝者之稱此則指韓侯也　胥語辭　汾王之甥汾王厲王也厲王流于彘在汾水上故曰汾王也甥指韓姞　蹶父周之卿士韓姞父也　姞姓也（曹氏粹中曰）說文曰黃帝之後百鯈姓姞后稷妃家也然則蹶蓋其氏也　諸娣（集傳）諸侯一娶九女二國媵之皆有娣姪也　相攸擇可嫁之所也　訏訏甫甫皆大也　噳噳衆也　貓（集傳）貓似虎而淺毛（爾雅）虎竊毛謂之虦貓　慶喜也　令善也　燕安也　譽樂也　溥大也　燕師所完燕召公之國也韓初封時王命以其衆爲築此城　追貊夷狄之國也　墉城也　壑池也　籍稅也　貔猛獸也

（標韻）甸十七霰　命二十四敬　命同　通韻　道十九篠　考同　本韻　解十卦　位四寘　通韻　易十一陌　辟同　本韻　張七陽　王章並同　衡八庚　轉韻　烏陌　錫十二錫　厄陌　通韻　屠七虞　壺同　魚六魚　蒲虞　車魚　且胥並同　通韻　子四紙

整師而往
淮夷患除
善後安民不外興復井田清釐賦稅諸法
再勉以繼述先業皆設爲王策命之言落句郎起下章論定貴行鄭重之至
頌揚王休乃臣子報塞之義然仍勸

止皇同本韻　彭庚鏘陽光同轉韻　雲十二文門十三元通韻

到二十號樂十九效通韻　土七麌許麌甫麌嘘虞虎麌譽六御叶韻

完十四寒巒十五刪通韻　貊陌伯籍並同本韻　皮四支羆同本韻

江漢　召穆公平淮銘器也

江漢浮浮，武夫滔滔。匪安匪遊，淮夷來求。既出我車，既設我旟。匪安匪舒，淮夷來鋪。一章　江漢湯湯，武夫洸洸。經營四方，告成于王。四方既平，王國庶定。時靡有爭，王心載寧。二章

平淮之事止此　以下善後事

江漢之滸，王命召虎。式辟四方，徹我疆土。匪疚匪棘，王國來極。于疆于理，至于南海。三章　王命召虎，來旬來宣。文武受命，召公維翰。無曰予小子，召公是似。肇敏戎公，用錫爾祉。四章　釐賚爾圭瓚，秬鬯一卣。告于文人，錫山土田。于周受命，自召祖命。虎拜稽首，天子萬年。五章　虎拜稽首，對揚王休。作

君以文德則寓箴
規於賡拜時矣

召公考天子萬壽明明天子令聞不已矢其文德洽此四國六章

右江漢六章章八句此似一篇召伯家廟紀勳銘蓋穆公平淮夷歸受上賞因作成於祖廟歸美康公以祀其先也細觀詩意自見首二章敘平淮之功甚畧後二章述慶賞報塞之義極詳反覆祝頌鄭重賡颺歌咏不已則其歸重後層可知中興復舊典旬宣遠猷皆設爲王命之詞以便歸功祖德亦無非爲錢牛作勢豈非廟器銘哉序以爲尹吉甫美宣王能興衰撥亂命召公平淮夷不知作何夢囈集傳以爲詩人美之者亦非蓋自銘其器耳夫淮夷不自是宣王中興事然詩非爲宣王作特編詩者錄之以見宣王之功也此中界限不可不明詎得因其平淮夷遂漫然以爲美宣王而無所區別哉

【集釋】浮浮水盛貌 滔滔順流貌蓋平淮由江漢率師順流而下也 淮夷夷之在淮南者 鋪陳也陳師以伐之也 洸洸武貌 庶幸也 虎召穆公名也 辟與闢同 徹井其田也 疚病也 棘急也 極中之表也 居中而為四方所取正也 旬徧也 宣布也 召公召康公奭也 翰榦也 予小子王自稱也 肇開也 戎汝也 公功也 釐賜也 卣〔爾雅〕釋器卣中尊也 文人〔姚〕氏際恒〔曰〕文人自指文王毛傳但訓為文德之人非集傳曰文人先祖之有文德者也謂文王也為說雜而複亦非 周岐周也 召祖穆公之祖康公也〔集傳〕古者爵人必於祖廟示不敢專也又使往受命於岐周從其祖康公受命於文王之所以寵異之 對答也 揚稱也 作召公考〔集傳〕考成也言穆公既受賜遂答稱天子之美命作康公之廟器而勒王策命之詞以考其成且祝天子以萬壽也古器物銘云郝拜稽首敢對揚天子休命用作朕皇考龔伯尊敦郝其眉壽萬年無疆語正相類但彼自祝其壽而此祝君壽耳〔案〕此詩即銘詞集傳既知考成為銘器而不敢斷者何也 矢陳也

【標韻】浮十一尤 滔四豪 游尤 求同 叶韻 車六魚 旟舒並同 鋪七虞 通韻

湯七陽 洸方王並同 平八庚 定二十五徑 爭庚 甯九青 叶韻 滸七麌 虎土並同 本

韻　棘十三職　極同本韻　理四紙　海十賄　通韻　宣一先　翰十四寒　通韻

子四紙　似　祉並同本韻　瓚十四旱　卣二十五有　無韻　人十一眞　田一先　命十二

四敬　年一先　叶韻　首有　休十九尤　考十九皓　壽二十六宥　叶韻　子　已同本

韻　德十三職　國同本韻

常武　宣王自將伐徐也

赫赫明明，王命卿士，南仲大祖，大師皇父，整我六師，以修我戎。既（世、爲、名○將）

敬既戒，惠此南國。一章　王謂尹氏，命程伯休父，左右陳行，戒我師旅。

率彼淮浦，省此徐土。（取道　子○淮　所征　在○徐）不留不處，三事就緒。二章　赫赫業業，有嚴天子。（聲勢）

王舒保作，匪紹匪遊。徐方繹騷，震驚徐方。如雷如霆，徐方震驚。三章

王奮厥武，如震如怒。（王、親、指○麾）進厥虎臣，闞如虓虎。（猛將）鋪敦淮濆，仍執醜虜。（生擒）截

彼淮浦，王師之所。四章　王旅嘽嘽，如飛如翰，（奇○兵○）如江如漢，（迅疾○）如山之苞，（渹湧○）如（靜守、）

命將、兵凶戰危故以敬戒爲主郎臨事而懼之意

置副

循淮而下以至徐土是師行正道

以下方寫自將先聲早已奪人蓋以順討逆宜無不克況親征乎

橫截淮浦斷其歸

路並扼援師下章乃能凈洗蛮氛不常遇掣故曰濯征棘字新而奇並有更新之意

徐方二字回環互用奇絕快絕杜甫即從巴峽穿巫峽便下襄陽向洛陽之句有此神理

川之流緜緜翼翼不測不克濯征徐國五章王猶允塞徐方旣來徐方旣同天子之功四方旣平徐方來庭徐方不回王曰還歸六章

右常武六章章八句詩無常武字而以名篇故又啓諸儒紛紛疑議二千餘年尚無定解抑又可笑小序曰召穆公美宣王也不知其何所据大序曰有常德以立武事因以爲戒然然篇中有美而無戒且所謂常德者亦不知其何以謂之常德而始可立武事均覺難解辯說獨不敢非以爲於理亦通故其言曰詩中無常武字召穆公特名其篇蓋有二義有常德以立武則可以武爲常則不可此所以有美而有戒也是又本序以爲說無怪姚氏譏其爲佞序者莫朱若也然姚氏亦無說以解此則其他又何論耶愚按常者恒也謂事之有恒者而後可常焉蓋對

變言而又近乎黷者也武者事之變詎可以爲常武也不可黷又豈可視爲恒唯當其時不能不用武以定亂則雖變也而亦正焉匪黷也乃無忘乎恒耳周之世武功最著者二曰武王曰宣王武王克商樂曰大武宣王中興詩曰常武蓋詩卽樂也此名常武者其宣王之樂歟殆將以示後世子孫不可以武爲常而又不可暫忘武備必如宣王之武而後爲武之常然變而不失其正焉者耳而豈以武爲常哉又豈如序所云有常德以立武事之謂哉詩首命將次誓副三乃親征四五則皆臨陣指麾出奇進攻諸事蓋誓師則必敬必戒整隊則成列成行循淮而下直薄徐土軍未行而先聲已震陣甫列而醜虜成禽靜守則如山之苞勢不可撼動攻則如川之流氣莫能當有猛士尤貴

奇謀故不測而不克有備師乃行正道故緜緜而翼翼截被淮浦防其逸尤用擊援濯征徐國擒渠魁並勦餘孽是一篇古戰場文字迨至徐方既來徐方來同乃歸功天子而徐方來庭徐方不回天子亦不自有其功曰是豈可以爲常哉蓋不得已也可以下令還歸矣中興業建樂舞斯成名命常武是之謂歟蓋不敢上媲大武亦不敢下同黷武特恐後世子孫以武爲常而輕試其鋒又恐後世臣民與武相忘而竟無所備是皆不可以爲常載咏篇章並觀樂舞不能不爽然而自失也於乎宣王用意可不謂之深且遠哉

【集釋】卿士 卽皇父之官也〔孔氏穎達曰〕十月之交皇父與此皇父得爲一人或皇氏父字傳世稱之亦未可知也

南仲 見出車篇 大祖 始祖也 大師 皇父之兼官也〔陳氏飛鵬曰〕自冢宰而下謂之六卿大師而下謂之三公

案戎不入韻諸家叶音汝不必從

既曰王命卿士又曰大師皇父周家不特設三公皆兼職而已如周公以冢宰兼大師也**尹氏**吉甫也蓋爲內史掌策命卿大夫也**程伯休父**周大夫孔氏穎達曰程國之伯字休父楚語云重黎氏世敘天地其在周程伯休父其後也當宣王時失其官守而爲司馬氏纘氏一之曰程畿內邑在豐**三事**姚氏際恒曰三事毛傳謂之立三有事之臣案此卽書立政篇作三事及詩十月篇擇三有事雨無正三事大夫也謂分主六軍之三事大夫無一不盡職以就緒也鄭氏謂三農之事謬**赫赫**顯也**業業**大也**嚴**威也天子自將威可畏也**王舒保作**集傳未詳其義或曰舒徐保安作行也言王師舒徐而安行也曹氏粹中曰雖以天子之威靈如此亦安徐詳諦而後動**紹**糾緊也**游**遨游也**繹**連絡也**騷**擾動也**進**鼓而進之也**闞**奮怒之貌**虓**虎之自怒也**鋪**布也**敦**頓也**仍**集傳仍就也老子曰攘臂而仍之**截**絕也謂斷絕其出入之路也**嘽嘽**衆盛貌**苞**本也**緜緜**不斷也**翼翼**不閒也**不測**不厭詐也**不克**先爲不可勝也**濯征**有洸濯其腥穢之意**允**信也**塞**實也**庭**朝也孔氏穎達曰既降服後朝京師而至王庭**回**不復叛也**還歸**班師而歸也

標韻 士紙四 父麌七 戎東一 國職十三 **叶韻** 父麌 旅語六 浦麌 土同 處語

極力描寫女禍可謂不留餘力

緒同 通韻 子紙 作藥十 無韻 遊尤十一 騷豪四 叶韻 方陽七 驚庚八

轉韻 武麌 怒遇七 虎麌 虜麌 浦同滸 所語 叶韻 翰翰十五 漢同 本韻

苞肴三 流尤 叶韻 翼職 克國同並 本韻 塞職 來灰十 叶韻 同東

功同 本韻 平庚 庭青九 通韻 回灰 歸微五 通韻

瞻卬 刺幽王嬖褒姒以致亂也

瞻卬昊天則不我惠孔塡不寧降此大厲邦靡有定士民其瘵蟊賊蟊疾靡有夷屆罪罟不收靡有夷瘳章一 跟蟊賊 人有土田女反有之人有民人女覆奪之此宜無罪女反收之彼宜有罪女覆說之章二 跟罪罟 哲夫成城哲婦傾城懿厥哲婦爲梟爲鴟婦有長舌維厲之階亂匪降自天生自婦人匪教匪誨時維婦寺章三 健○句○挺○接○極○有○力 陪一筆 鞫人忮忒譖始竟背豈日不極伊胡爲慝如賈三倍君子是識婦無公事休其蠶織章四 天

言之慘然

猶望其補救於後忠厚之至

何以刺何神不富舍爾介狄維予胥忌不弔不祥威儀不類人之云亡邦國殄瘁五章天之降罔維其優矣人之云亡心之憂矣天之降罔維其幾矣人之云亡心之悲矣六章觱沸檻泉維其深矣心之憂矣寧自今矣不自我先不自我後藐藐昊天無不克鞏無忝皇祖式救爾後七章

、罪○罟、遺、害、至○於如此 興

右瞻卬七章三章章十句四章章八句此刺幽王嬖褒姒致亂之詩而序謂凡伯作則未有考曹氏粹中曰凡伯作板詩在厲王末至幽王大壞時七十餘年矣決非一人猶家父也然亦不必辯唯集傳謂刺幽王嬖褒姒任奄人以致亂姚氏議之以爲褒姒實有其人實由以致亂今以奄人與褒姒並舉爲言然則何人乎使晦翁聞之亦無以爲對蓋詩雖以婦寺連言不過女

寵內侍因緣爲奸故帶言之非所重也倘使女寵無實可指則奄人與孌妾並舉亦自無妨今褒姒既有其人而奄人不過虛以對之其可乎哉且詩極言女禍之害以爲亂自婦人匪由天降曰傾城曰長舌曰厲階可謂窮形盡相不遺餘力矣而奄寺則末句偶一及之豈可據以爲言耶又詩之尤爲痛切者在人之云亡邦國殄瘁二語而諸家多易忽之眞不可解夫賢人君子國之棟梁耆舊老成邦之元氣今元氣已損梁棟將傾此何如時耶蓋詩必有所指如箕子比干之死與奴故曰人之云亡而邦國殄瘁也倘使其人無足重輕雖曰云亡又何足殄人邦國也耶惜乎無可考耳然而痛矣

集釋　塡集傳塡舊說古塵字又久也　厲亂也　瘵病也　蟊賊害苗之蟲也　疾害也　夷平也　屆極也

罔網也反覆也收拘也説音脱赦也哲婦指褒姒也懿美也梟鴟惡鳥也長舌集傳長舌能多言者也姚氏際恒曰長舌猶言長于舌指其善爲譖言故下曰譖始竟背非謂多言也譖言豈必在多乎此正指譖申后廢太子事故曰爲厲之階匪教匪誨謂不待教誨而能爲譖亂者惟婦與寺集傳亳不明鞫窮也忮害也忒變也譖不信也竟終也背反也慝惡也賈居貨者也三倍獲利之多也刺責也姚氏際恒曰天何以刺何神不富鄭氏曰王之爲政既無過惡天何以責王見變異乎神何以不福王而有災害也蔽集傳爲明介狄二句集傳言必將有戎狄大患今王舍之不忌而反以我之正言不諱爲忌何哉罔罟也優多也幾近也觱沸泉湧貌檻泉泉正出者藐藐高遠貌鞏固也

標韻惠八霽厲同瘵十卦屆同通韻收十一尤瘳同本韻田一先人十一眞一通韻罪十賄罪同本韻奪七曷説音脱同本韻城八庚城同本韻鴟四支階九佳通韻天先人眞通韻誨十一隊寺四寘通韻忒十三職背隊極職慝識織並同叶韻刺寘富二十六宥忌寘類瘁並同

長句甚亢聚篇中多以此見姿態然在大雅中實爲變調文章風會日趨愈下也

叶韻 優尤憂同本韻 幾五微悲支通韻 深侵十二今同本韻

先先天同本韻 後二十五有尊二腫後有叶韻

召旻 刺幽王政由內亂也

旻天疾威天篤降喪瘨我饑饉民卒流亡我居圉卒荒一章天降罪罟蟊賊內訌昏椓靡共潰潰回遹實靖夷我邦二章皋皋訿訿曾不知其玷兢兢業業孔塡不寧我位孔貶三章如彼歲旱草不潰茂如彼棲苴我相此邦無不潰止四章維昔之富不如時維今之疚不如茲彼疏斯粺胡不自替職兄斯引五章池之竭矣不云自頻泉之竭矣不云自中溥斯害矣職兄斯弘不裁我躬六章昔先王受命有如召公日辟百國里今也日蹙國百里於乎哀哉維今之人不尚有舊七章

右召旻七章五章章五句二章章七句姚氏際恒曰舊謂四章章五句三章章七句今正之從其說　此詩命名蘇氏云因其首章稱旻天卒章稱召公故謂之召旻以別小旻而已然亦不能無意焉陳氏傅良曰周南係於周公召南係於召公豈非化之盛者必有待乎二公也至於風之終係以豳雅之終係以召旻豈非化之衰者必有思乎二公耶作者雖未必其如是而編詩者豈無意於其間哉唯序云旻閔也閔天下無如召公之臣殊穿鑿不成文理辯說譏之是已而集傳云此刺幽王任用小人以致饑饉侵削之詩姚氏又以爲涉泛無著落蓋蟊賊仍指褒姒故曰內訌也然昏椓以下有曰實靖夷我邦又似非專主褒姒爲言大凡朝政之亂無不由內以及外況幽王嬖寵褒姒而褒姒又工於讒諂爲厲之階

則一時小人皐皐訿訿因緣倖進乘隙而弄國家之柄者又豈少哉故上章哲婦傾城巳明刺褒姒則此章之昏椓回遹者不定指褒姒左右也然亦未有不由內訌而成者蟊賊句特溯其原耳豈可執是以為主耶至謂凡伯作巳見上篇不再辯

【集釋】篤厚也　瘨病也　圉邊陲也　訌潰也〔孔氏穎達曰〕以訌字從言是爭訟相陷故至潰敗〔胡氏一桂曰〕小人之害在內蟊賊之害稼亦在內故曰內訌　昏椓昏亂椓喪之人也　共與恭同一說與供同謂共其職也　潰潰亂也　回遹邪僻也　靖治也　夷平也　皐皐〔爾雅疏〕舍人曰皐皐不治之貌　訿訿〔蘇氏轍曰〕訿訿多讒謗也　玷缺也　塡久也　潰〔姚氏際恒曰〕潰茂及潰止之潰皆訓散亂義〔曹氏曰〕草散亂則茂盛故歲旱無雨澤則草不潰茂舊以上潰字訓遂下潰字訓亂非矣　棲苴〔集傳〕棲苴水中浮草棲於木上者〔朱氏善曰〕歲之旱則草之生於谷中且不能以遂長況其棲於木上者安得而不枯槁乎國之亂則民優於財用者且不能以自給況其窮而無告者安得而不流亡乎是以我相此邦無不潰亂者也　時是也　疚病也〔集傳〕言昔之富未嘗若是之疚也而今之疚又未有若此之甚也　疏

糲也粺則精矣**替**廢也**兄**怳同**引**長也〔集傳〕彼小人之與君子如疏與粺其分審矣而曷不自替以避君子乎而使我心專為此故至於愴怳引長而不能自已也〔蘇氏轍曰〕疏麤也粺精也君子與小人精麤之不同可指而知也小人曷不自替以避君子而乃自任以長此亂也〔案〕蘇說較集傳為明故再錄之**池竭一章**〔集傳〕頻厓溥廣弘大也又曰池水之鍾也泉水之發也故池之竭由外之不入泉之竭由內之不出言禍亂有所從起而今不云然也此其為害亦已廣矣是使我心專為此故至於愴怳日益弘大而憂之日是豈不裁及我躬也乎**先王**文武也**召公**康公也**辟**開也**蹙**促也**舊**舊臣也〔曹氏粹中曰〕當是時去宣王中與之日不遠其舊臣故老無尚存者乎

〔標韻〕**喪**七陽**亡荒**並同**本韻**　**訌**三江**邦**同**本韻**　**玷**二十八琰**貶**同**本韻**

茂二十六宥**止**四紙**叶韻**　**時**四支**茲**同**本韻**　**粺**十卦**替**八霽**通韻**　**引**二十震**無韻**未詳何叶　**頻**十一真**中**一東**弘躬**並同**叶韻**　**里**四紙**里**同**舊**宥**叶韻**

以上蕩之什凡十一篇〔案〕是什除首尾刺幽厲數篇外餘皆宣王中興詩合觀小雅宣王諸什其

中興事可概言焉始則安集流民而有鴻鴈之什繼則爲民穰旱而成雲漢之章蓋初承厲王後民散久矣故以安民爲不迫至無羊司牧致成國富兵強然後北伐玁狁以其逼近京邑害先去其太甚也於是南服蠻荊以其形踞江漢成加無容暫緩也所以六月甫咏即歎采芑二詩實相去未遠耳南北之患既除乃加兵遣虎討其不庭故分兵二路遠伐淮徐一命召公出江漢襲取淮揚斷夷右臂一自將循淮流直搗徐國深入腹心故江漢常武二詩又同時並疏蓋至是而四夷賓服中興勢成可以復文武成康舊矣然猶未也韓侯來朝因而封之使爲北衛中伯入謝厚以餞之用式南邦而且命仲山甫築成于齊以懷采諸侯然後大會東都近田畿內有殷必興無墜不舉而更勤于視朝間夜何其不唯賢臣輔治于外更逢哲后佐埋其中而欲世之不治也得乎而末已也鶴鳴則求賢山林維驅則送客空谷無非好賢慕士傳爲美談故能收功一世著績千秋乃未幾而徵謂失常敗績千畝祈父受怨王室遂哀加以嗣君不德女戎召亂驪山烽火焚及鎬京王轍既東宗周不復蓋治亂之機捷於影響矣君子讀詩至此能無致嘅於其際歟

詩經原始卷之十五終

汧陽門人王秉鈞校字

詩經原始卷之十六目錄

頌一

周頌上十三首

執競　祀武王也

思文　后稷配天也

臣工　王耕籍田以敕農官也

噫嘻　春祈穀也

振鷺　微子來助祭也

詩經原始卷之十六

寶甯方玉潤鴻濛氏撰

頌一

姚氏曰大序云頌者美盛德之形容以其成功告于神明者也孔氏曰此特釋周頌耳魯商之頌則異于是商頌雖是祭祀之歌祭其先王之廟述其生時之功正是死後頌功非以成功告神其體異于周頌也魯頌主咏僖公功德又與商頌異也又曰魯頌之文尤類小雅此于商頌體制又異蘇氏曰商周二頌皆用以告神明而魯頌乃用以善禱後世文人獻頌特效魯耳非商周之舊也按孔蘇二氏說周魯商頌之異可謂明了矣然愚謂此特言頌之用耳非深知乎頌之體者也章氏潢曰頌有頌之體其詞則簡其義味則雋永而不盡也如天作與雅之緜均之美大王也清廟維天之命與雅之文王均之美文王也酌桓與雅之下武均之美武王也試取而同誦之同乎否乎蓋雅之詞倶昌大在頌何其約而盡也頌之體於是乎可識矣敬之小毖雖非告成功而謂之爲雅可乎哉魯之有駜泮水則近乎風閟宮與商之伍篇則皆近乎雅而其體則頌也故謂爲變頌也亦宜又曰宗廟朝廷均有頌也大約主於祭祀而交神明頌之道也數揚先王之盛

德成功固不如雅詩之詳盡然聞清廟之頌顯相多士能無感乎聞維天之命曾孫能無感乎聞烈文天作辟公與其子孫能無感乎於乎前王不忘之音一入于耳而思及前王者不容已也噫嘻成王之旨一惕於衷而思及成王者不容已也寓悚動儆惕之意於登歌祝頌之間使在廷在廟之人莫不精白一心以對越祖考洋洋乎如在其上如在其左右焉則先人之盛德成功固已洋溢於升歌之表而人神懽恰幽明貫通此頌之所以爲頌也書大傳曰周公升歌淸廟苟在廟中嘗見文王者愀然如復見文王焉以此意會通諸頌頌豈有餘蘊哉此辯頌體與頌之功用可謂至矣然尚從詞義辨之而已非從聲音以别白之也案禮樂記曰清廟之瑟朱絃而疏越壹倡而三歎有遺音者矣此眞善言頌音也又曰廉直動正莊誠之音作而民肅敬寬裕肉好順成和動之音作而民慈愛又曰寬而靜柔而正者宜歌頌廣大而靜疏達而信者宜歌大雅此又善辨乎雅頌之音也大約雅音宏而肆頌音沉而柔知乎此則頌之體與用與音無不燎然於心矣又頌之於四序近乎冬冬之爲氣也收斂而閉藏其發而爲聲也沖融而雋永肅穆而沉静故頌之音象之讀者苟於此而熟復涵泳體諸心復會以神又何患頌體之難辨哉

周頌上

蘇氏曰周頌皆有所施於禮樂蓋因禮而作頌非如風雅之詩有徒作而不用者也文武之世天下未平禮樂未備則頌有所未暇至周公成王天下既平制禮作樂而爲詩以歌之於是頌聲始作鄭氏曰周頌者周室成功致太平德洽之詩其作在周公攝政成王即位之初姚氏駁之以爲頌有武王時作者有在昭王時作者必以此拘釋詩所以多滯也信然

清廟　祀文王也

於穆清廟肅雝顯相濟濟多士秉文之德對越在天駿奔走在廟不顯不承無射于人斯

右清廟一章八句序謂周公既成洛邑朝諸侯率以祀文王焉集傳從之姚氏以爲謬蓋洛誥之文有曰則禋于文王武王又曰文王騂牛一武王騂牛一是洛邑既成兼祀文武此詩專祀文王故不可通而劉氏瑾曰書言烝祭文武而此樂歌止頌文

王之德者父子並祭統於尊也則又曲爲之說於理殊未當也然此自祀文王之樂歌不必執泥洛成告廟之言且詩中亦無此意安見其必爲洛邑祭乎至謂朝諸侯率以祀文王則尤謬蓋本明堂位周公踐天子位朝諸侯以爲言耳姚氏闢之以爲誣妄是已明堂位本漢儒僞書烏足以爲據而乃以之誣周公耶據序言是周公之冤且未白又安能以定文王之樂無怪其滯礙難通也胡氏一桂曰此詩只第一句說文王之廟餘皆就祀文王者身上說雖未嘗明頌文王之德自有隱然見於辭意之表者何則文王往矣今助祭之公侯執事之人所對越者已不見其有顯然之迹所奔走者亦不見其有可承之實而人心之敬桼嚴事者無厭射乃如此於此可以見盛德至善淪肌浹

髓沒世自有不能忘者矣愚謂此正善於形容文王之德也使從正面描寫雖千言萬語何能窮盡文章虛實之妙不於此可悟哉

【集釋】於歎辭穆深遠也清姚氏際恒曰清廟鄭氏曰祭有清明之德者之居也天德清明文王象焉此釋清廟是自杜預始以為清靜之廟集傳仍之釋清為清靜夫清與靜其義各殊安得以靜釋清乎集傳于下篇維清又釋清為清明何居肅敬也雝和也顯明也相助也謂助祭之公卿諸侯也濟濟姚氏際恒曰濟濟整齊之意集傳釋為衆亦非也于棫樸濟濟辟王則說不去又釋為容貌之美何居然濟濟辟王之濟濟亦只是儀度整齊非容貌之美也皆誤越於也駿大而疾也不姚氏際恒曰不皆作丕承尊奉也斯語辭

【標韻】無韻姚氏際恒曰案頌為奏樂所歌尤當有韻今多無韻者舊謂一句為一章一人歌此句三人和之所謂一唱三嘆則成四韻愚謂此說是已然一唱三嘆恐不必如是泥解卽一人唱一人和使已成韻未為不可也其說近是存之

維天之命　祀文王也

首二句從天命總起下乃接入文王一氣直下如曰皇天無親惟德是輔之意天與文非兩平對也集傳依中庸以文與天對作一截假以下作一截殊非語氣

維天之命於穆不已於乎不顯文王之德之純假以溢我我其收之駿惠我文王曾孫篤之

從起　緊接　乘勢順折而下省却　無數筆墨四幹文王句單煞

右維天之命一章八句此詩解者又如聚訟序謂太平告文王之非固不足辯集傳與鄭箋本中庸以說理釋詩義既非詩之本旨即姚氏本歐蘇說謂天命文王以興周文王中道而崩天命久而不已王其後世乃大顯文王之德更以溢及于我我今其承之以大順文王之德不敢違而爲曾孫者益宜篤承之也亦不知其何所謂天命文王興周是已文王豈中道而崩哉王其後世之王爲誰溢及于我之我又爲誰都不可解愚謂此詩並非說理命字亦不可訓爲道字其意若曰自來曆數維天所命而天命至深且遠又恒悠久不息唯文王之德之純足以誕

膺天命而大顯王業乃王身未及受命而使其澤洋溢及我後王我後王其承受之以大順我文王之德而不敢違則爲之曾孫者宜何如篤承之也然天命於穆及文王之德之純此中自有理在故中庸引之以釋至誠無息之道蓋詩自詩而引者自引也兩義原不相涉說者何得引以釋詩姚氏之言未爲無見惜其所解又不明晰且謂周公之作必不說理亦好爲排擊者之過耳茲並錄其說於後使覽者自詳焉

附錄 姚氏際恒曰此篇文氣一直下謂天命文王以興周文王中道而崩天命从而不已王其後世乃大顯文王之德更以溢及于我我今其承之以大順文王之德不敢違而爲曾孫者益宜篤承之也歐蘇二氏皆如此解上四句猶之周雖舊邦其命維新有周不顯帝命不時天監在下有命既集有命自天命此文王諸語也自中庸引用爲說理之辭于此詩上二句曰蓋曰天之所以爲天也下二句曰蓋曰文之所以爲文也純亦不已將天命與文德說作兩事謂文王之純與天之不已無異

是與天爲一按天命命字必不可作實字用固已難通且前古之人從未敢以人比天此自後世意見中庸引詩已斷章取義豈可据以作解中庸亦在禮記中凡禮記諸篇之引詩者可盡据以作解乎前古之人又未嘗深刻談理亦起於後世必以天命與文德對於穆與不顯對不已與純對有如是之深刻談理者乎自鄭氏依中庸解詩然于天命命字難通乃訓爲道豈乎詩之言天命者多矣何以彼皆不訓道而此獨訓道乎歐蘇爲前宋之儒故尚能闢鄭不從其說猶見詩之眞面目後此之人陷溺理障郎微鄭亦如是釋矣況又有鄭以先得我心于是毅然直解更不復疑至今天下人從之乃盡沒詩之眞面目可嘆哉假以溢我我其收之左襄二十七年引詩曰何以恤我我其收之杜預以爲逸詩然郎此二句非逸詩也但古人引詩原多異字左傳禮記皆然不可爲据自當依本詩作解不必惑于所引詩也假使也溢歐陽氏曰及也如水溢而旁及也其解亦自明順集傳曰何之爲假聲之轉也按何遐爲聲之轉不聞何假也又曰恤之爲溢字之訛也据傳以改經失理甚矣且不明標左傳而若自爲說者更奇烝民宣王時之詩也故予謂漸開說理之端此詩周公作豈亦說理乎故中庸之說斷乎不可用于此詩也

集釋**命**猶運也集傳作道非**純**誠也**假溢**已見姚說**收**受也**駿**大也**惠**順也**曾孫**後王也**篤**

厚也

標韻 無韻 說見前

維清 祀文王也

維清緝熙。文王之典。肇禋。迄用有成。維周之禎。姚氏以維清作句其言曰緝熙敬止言文王也故緝熙文王之典爲句若曰維清緝熙則不類矣且清字爲起韻亦通然清字雖有韻而無著故不若從舊爲善

右維清一章五句古樂既亡樂章亦不知其何所用後儒循文案義卒皆臆測非眞知也此詩本祀文王而序忽云奏象舞也遂啓後人無限疑議案象舞者象武功之樂而爲之舞也武王克商有天下周公作樂象之名曰大武卽下武詩凡樂有歌有舞歌以爲聲舞以爲容聲容備謂之奏容所以象也故謂之象此象舞之名所由來也然必有大武功若武王然乃可象之文王則

以文德顯也夫何象爲雖伐密伐崇不無擊刺之事而豈文王之至歟是知象文王者必非一擊一刺之事已也朱子不用序言誠爲有見然僅曰詩中未見奏象舞之意故不足以服儀序者之心然愚又有疑焉凡樂有聲有容是武功固可舞文德亦未嘗不可舞序云象武非云象武安知其言卽爲武功乎季札觀樂見舞象箾南籥者杜預云文王樂也又見舞韶箾者杜預云舜樂也是象有箾韶亦有箾說者謂以竿擊人曰箾然則執箾以舞猶干舞也執籥以舞卽籥舞也文王伐密伐崇爲周室武功之始固可象而爲舞豈舜之揖讓垂裳無爲而治者亦有武功之可象耶舞韶箾者旣非象武功則舞象箾者亦非象武功也明矣諸儒讀詩泥舞爲武故致疑議滋生極爲可笑此詩

首四字曰維清緝熙此正文王之德之盛非清無以立熙之本
非熙亦無以成清之功文王之典既本清明之德以出之而日
新月盛時時繼續以底乎熙明而益著其效則王業之成實肇
乎此遂至於後而有成謂非周家之禎祥不得也故象舞者象
其清明之德而爲舞耳非象其刺伐之功而爲樂也故禮記文
王世子曰下管象舞大武武本武詩象卽此篇兩不相混何至
指舞而爲武耶至仲尼燕居曰下管象武蓋文武二樂並題耳
故下又云升歌清廟示德也下而管象示事也事卽典也可見
象自象武自武非可混而爲一者也蓋象者文王之樂武者武
王之樂皆樂中之舞者然舞亦必有詞詩卽其詞也序於此篇
曰奏象舞也於武曰奏大武也其援受必有所自不然詩無奏

象舞意何以知其爲奏象舞耶集傳旣不深考故孔疏亦時有出入卽諸儒之遵序者亦未能洞見其所以然但以爲自古而存之若姚氏又攻之不遺餘力皆非眞知詩義者也然詩之用則祀文王也故但曰祀文也云爾

附錄 姚氏際恒曰小序謂奏象武妄也朱仲晦不從以爲詩中無此意是已然未嘗深考而明辨之則何以使後人不疑乎今按其說莫詳於孔疏矣孔疏本非闢序今節錄其說可爲闢序用其曰序者於此云奏象舞於武之篇不可復言奏象故指其樂名言奏大武耳其實大武之樂亦爲象故禮記文王世子明堂位祭統皆云升歌清廟下管象武與清廟相對俱是詩篇故明堂註象謂周頌武也謂武詩爲象明大武之樂亦爲象矣但記文於管之下別云舞大武謂武詩則簫管以吹之武樂則干戚以舞之所以並設其文故鄭併武解其意於文王世子註云象周武王伐紂之樂也以管播其聲又爲之舞於祭統註云象管吹管而舞武象之樂也皆武詩武樂並解之也必知彼象非此篇者以彼三文皆云升歌清廟下管象若是此篇則與清廟俱是文王之事不容一升一下今淸廟則升歌象則下管明有父子尊卑之異文王世子於升歌下管之後覆述其意云

正君臣之位貴賤之等而上下之義行焉言君臣上下之義明象非文王之事故知下管象者謂武詩但序者避此象名不言象耳按孔說謂禮記諸篇下管象皆指武詩甚明蓋象者象武王之武功也且謂武詩爲象武可也亦不得謂之象舞蓋用以爲武此後世事當時原詩安得即以舞名乎是武詩且不可謂之象舞何況維清之詩於象武何涉耶諸儒好穿鑿者誤信序象舞之說謂禮記諸篇所言象者即此篇反以鄭註爲武詩及孔疏爲非此依序之過也鄭註禮記皆是獨於此篇下云象舞象用兵時刺伐之舞武王制焉似以用兵時刺伐屬文王者謬矣文王雖未嘗無武功而武功豈足以盡文王文王之德至矣作樂象功乃獨象其刺伐耶又仲尼燕居云下管象武則直言武此尤明證而說者猶以下管象爲句武夏籥序興爲句斯誠何心哉又墨子曰武王因先王之樂命曰象武董子曰武王作象樂則象自屬武詩而不可混入維清之詩明矣稟此亦誤認舞爲武耳其意謂武乃可舞故武乃可象也殊知文德亦可象則文德亦可舞若謂文德不可象而爲舞則舜之韶箾又何舞耶凡樂有聲則有容故有歌必有舞矣獨大武之樂乃可舞者左傳在董子之前其言當更可信至禮記下管象武乃二樂並言解者以武屬下句自是不通而以象武爲一名又豈可通何不讀下文下而管象以示事也之句耶

【集釋】清，清明也。緝，續也。熙，明也。肇，始也。禋，祀也。迄，至也。

標韻 禮眞十一 成庚八 禎同 通韻 案上清字本一韻與下諸韻叶唯姚氏竟以維清作句者則非

烈文　成王戒助祭諸侯也

烈文辟公。錫茲祉福。惠我無疆。子孫保之。無封靡于爾邦。維王其崇之。念茲戎功。繼序其皇之。無競維人。四方其訓之。不顯維德。百辟其刑之。於乎前王不忘。

末段忽提先王所以能使後人不忘之故君臣交相勉勵神味尤覺無窮

右烈文一章十三句小序謂成王即政諸侯助祭集傳謂祭於宗廟而獻諸侯助祭之樂歌姚氏謂成王或可但不必即政耳今案詩念茲戎功則是成王初年所與祭者皆與前王定天下之諸侯也故曰戎功若槩言諸侯助祭則何大功之有是序義又較集傳爲強矣唯詩意上下若成兩截歐陽氏分繼序其皇之以上爲君敕臣之辭無競維人以下爲臣戒君之意姚氏駁

之以爲一詩不可作兩人語而自謂此詩當是周公作以爲獻助祭諸侯之樂歌而末因以勉王也夫一詩不可作兩人語而一詩又豈可勉兩人乎且祭禮賓三獻尸之後主人酌酒獻賓因以有歌此時之歌自當以主人爲主主人爲誰成王也成王旣爲祭主又何煩周公代爲獻賓而因以勉王耶此皆不通之論也蓋詩起四句乃勞諸侯以助祭之意言王祭而受福以及其子孫皆諸侯相助以成之中四句則戒辭而兼以慰意也戒則戒其無封而無靡無靡則用之有節無封則取之有制慰則慰其先人旣夾輔王室以有功其後嗣亦將世繼屏藩而昌大皆專以對諸侯之辭也後五句忽題先王之所以能感激人心至沒世而不忘者實由其生前之能得人能務德也以此互相

敦勉蓋不唯有望諸列辟亦將以自勗耳此君臣交儆之意而豈一詩兩語又豈一詩兩勉之說乎古人說詩正意既畢言外必有餘波層出不窮乃能使人領畧不盡試思此詩若無後段則不過戒諸侯辭耳有何意味解者不知妄生別議豈能得詩中妙旨哉

【集釋】烈光也辟公諸侯也　封靡封專利以自封殖也靡侈汰也崇尊尚也　戎大也皇大也人人道也一說賢人也亦通

【標韻】公東一疆陽七邦江三崇東功同皇陽轉韻　人眞十一訓問十三刑九青叶韻　王陽忘同本韻

天作　享岐山也

天作高山大王荒之彼作矣文王康之彼徂矣岐有夷之行子孫

保之。

右天作一章七句此詩首四句特題大王文王其意蓋以大王遷岐爲王業之基文王治岐爲王業之盛光前裕後二君爲大故序以爲祀先王先公似矣然何以下乃接云彼徂矣岐有夷之行子孫保之則又似專重在岐而非祀先王先公之謂也季明德曰竊意此蓋祀岐山之樂歌案易升卦六四爻曰王用享于岐山則周本有岐山之祭鄒肇敏亦云天子爲百神主岐山王氣攸鍾豈容無祭祭豈無樂章不及王季者以所重在岐山故止挈首尾二君言之也愚案二說頗有見姚氏亦取之不似集傳但見大王字卽漫以爲祭大王之詩此詩若果爲祭大王則將置文王於何地天下斷未有祭其祖而並頌其孫者亦斷

未有兼頌二君而可指爲專祭一王者況下文並二君亦不之及詎可曰此祭大王之詩乎讀詩如此何能得其精意眞令人莫解其故也

【集釋】高山謂岐山也荒治也輔氏廣曰治荒謂荒之荒猶治亂謂之亂也康安也徂彙纂沈括曰後漢書西南夷作徂者岐今案彼書岨但作徂而引韓詩薛君章句亦但訓爲往獨矣字正作者如沈氏說然其注末復云岐雖阻僻則彼又有岨意韓子亦云彼岐有岨疑或別有所据故今從之而定讀岐字絕句〔姚氏際恒曰徂沈括筆談改作岨妄改經文以就我解最爲武斷集傳從之何也王伯厚曰筆談引朱浮傳作彼岨者岐今按後漢書朱浮傳無此語西南夷傳朱輔上疏曰彼徂者岐有夷之行註云徂往也蓋誤以朱輔爲浮亦非岨字〔案〕字義當以岨字爲是但諸家皆無確證故難從不如仍其舊之爲當也夷平也行路也

【標韻】荒七陽康行並同本韻　保十九皓無韻不叶

昊天有成命　祀成王也

姚氏曰通篇皆練

昊天有成命，二后受之。成王不敢康，夙夜基命宥密。於緝熙，單厥心，肆其靖之。

右《昊天有成命》一章，七句。《序》謂郊祀天地，不知何所取義。詩唯首句及天，二后下皆言文武受命及成王之德，曰不敢康，曰宥密，曰緝熙，而終之以單厥心，所以上基天命，纘成王業，而能安靖天下者於是乎在，於天地毫不相涉。天下豈有此等祭天地文乎？尚何煩諸儒之紛紛辯論爲哉！《集傳》本歐說，援引《國語》以爲祭成王之詩，蓋依經爲解，辭無紆曲，其說較正。姚氏亦從之，而不肯明言，且更引及揚雄、賈誼之言以爲證，其亦費盡無數脣舌矣，何不憚煩若是耶？茲並附錄諸儒之說於後，覽者可以自辨其得失焉。

附錄

〔序〕昊天有成命郊祀天地〔鄭氏康成〕曰有成命者言周自后稷之生而已有王命也文王武王受其業成此王功不敢自安逸早夜始順天命行寬仁安靜之政以定天下〔孔氏穎達〕曰詩郊祀天地之樂歌也天地神祇佑助周室文武受其靈命王有天下詩人見其郊祀思此二王能受天之命勤行道德故述之而爲此歌焉經之所陳皆言文武施行道德撫民不倦之事也又曰此經不言地序云地者作者因祭天地而爲此歌王者之有天下乃是大地同助言天可以兼地故辭不及地序知其因此二祭而作故具言之又曰此詩作在成王之初不得稱成之謚所言成王有涉成王之嫌韋昭云謂文武脩已自勤成其王功非謂周成王身也鄭賈唐說皆然是時人有疑是成王身者故辯之也〔杜氏佑〕曰周制禋祀畢獻之後天子舞六代之樂若感帝及迎氣即天子舞當代之樂其樂章用昊天有成命也古制天子親在舞位〔蘇氏轍〕曰此詩有成王不敢康而執競有不顯成康世或以爲此言成王誦康王釗也然則周頌有康王子孫之詩矣周公制禮禮之所及樂必從之樂之所及詩必從之故頌之施於禮樂者備矣後世無容易之且詩曰成王不敢康夙夜基命宥密又曰自彼成康奄有四方成王非基命之君而周之奄有四方非自成康始也〔案〕以上皆遵序以爲郊祀天地之樂歌者蓋泥康王以後詩不當次於此閒故陂成王二字爲成其王功非謂周成王身也其說頗紆曲而難遁然正使其能通而詩所云皆王成功與天地何與豈有祭天地不告

天地而專頌王成功之理其謬不言而自見矣至疑周頌三十一篇不當有康王以後詩且文公制禮禮祀大典不可或闕三代至今世已遠矣況經秦火斷簡遺經能無錯亂豈可抱雅頌得所之言謂古聖樂歌悉有係而不紊耶後人釋經總要聦光如炬燭徹上下不爲舊說所囿乃能見詩眞面若囿於一偏或妄逞武斷均之一失鮮有當也集傳此詩多道成王之德疑祀成王之詩也言天祚周以天下既有定命而文武受之矣成王繼之又能不敢康寧夙夜積德以承天命者又宏深而靜其密是能續光明文武之業而盡其心故今能安靖天下而保其所受之命也國語叔向引此詩而言曰是道成王之德也成能明文昭定武烈者也以此證之則其爲祀成王之詩無疑矣

姚氏際恒曰小序謂郊祀天地也詩言天者多矣何獨此爲祀天地乎郊祀天地不但于成王無與卽以武王亦非配天者而言二后何耶漢儒惑其說宋儒且引此詩以爲合祀之證其經術之踈謬可知矣此詩成王自是爲王之成王國語叔向曰道成王之德及武王能明文昭定武烈此一證也賈誼新書曰后王也二后文王武王也成王武王之子文王之孫也文王有大德而功未既武王有大功而治未成及成王承嗣仁以莅民故稱昊天焉此一證也揚雄謂康王之時頌聲作于下班固謂成康沒而頌聲寢此一證也然則毛鄭輩必以成王作成其王解因泥于凡頌皆爲成王時周公作耳案集傳說詩鮮有如是通明圓當者姚氏最攻集傳至此亦不能不用其說然而不及集

傳者何哉又黃氏震曰古注晦菴凡二說在學者詳之愚謂晦菴是古注直可刪耳

集釋 二后文武也 成王名誦武王子也 基集傳基積累於下以承藉乎上者也 宥宏深也 密密靜也何氏楷曰宥說文云寬也密當依新書作謐說文云靜語也一曰無聲也禮仲尼燕居篇孔子曰夙夜基命宥密無聲之樂也今案密爲謐乃無聲之義 靖安也

標韻 無韻

首三句祀天中四句祀文王末三句則祭者本旨賓主次序井然觀此則上章並非天地合祭益顯然矣

我將 祀帝于明堂以文王爲之配也

我將我享，維羊維牛，維天其右之。儀式型文王之典，日靖四方。伊嘏文王，既右饗之。我其夙夜，畏天之威，于時保之。

右我將一章十句小序曰祀文王于明堂也蓋本孝經宗祀文王于明堂以配上帝之文其說自無可議然詩以祀帝爲主文王配焉自當云祀帝于明堂而以文王配之也若序言是專祀

文王而無所謂配天之說矣程子曰萬物本乎天人本乎祖故冬至祭天而以祖配之以冬至氣之始也萬物成形於帝而人成形於父故季秋享帝而以父配之以季秋成物之時也陳氏曰古者祭天於圜丘埽地而行事器用陶匏牲用犢其禮極簡聖人之意以為未足以盡其意之委曲故於季秋之月有大享之禮焉天即帝也郊而曰天所以尊之也故以后稷配焉后稷遠矣配稷於郊亦以尊稷也明堂而曰帝所以親之也以文王配焉文王親也配文王於明堂亦以親文王也尊尊而親親周道備矣然則郊者古禮而明堂者周制也周公以義起之也東萊呂氏曰於天維庶其饗之不敢加一辭焉於文王則言儀式其典日靖四方天不待贊法文所以法天也卒章惟言畏天之

威而不及文王者統於尊也畏天所以畏文王也天與文王一也合觀數說是詩無餘蘊矣集傳備引之篇末旨深哉

【集釋】將奉也享獻也 羊牛王氏志長曰案彭山季氏云周禮羊人曰積共羊牲謂積柴祭天則用羊實柴也先柴而後獻故維羊文在維牛之上將者奉羊以共柴饗者獻牛以共祀理或然歟 右古人尚右故以右為尊朱氏公遷曰明堂之位帝居中文王居西南主皆西坐東向東左西右則饌在左而神在右矣 儀式刑皆法也 嘏錫福也

【標韻】牛十一尤 右二十五有 叶韻 方七陽 饗二十二養 叶韻 威五微 之四支 通韻

韻

時邁　武王巡守告祭柴望也

時邁其邦。昊天其子之。實右序有周。薄言震之。莫不震疊。懷柔百神。及河喬嶽。允王維后。明昭有周。式序在位。載戢干戈。載櫜弓矢。我求懿德。肆于時夏。允王保之。

右時邁一章十五句姚氏本何元子分明昭有周以下爲第二章今案之首二句若總提下乃分二段若照何本不惟章法長短不齊卽文氣亦覺緊緩不順故不若從舊爲當此詩自宜從序爲是陳氏大猷曰天下非一人所能獨理於是有封建諸侯不能保其長治於是有巡守巡守所以維持封建也案此乃古常制若詩則實武王初克商後告祭柴望朝會之樂也故首二句云時邁其邦昊天其子之若不敢必天之以我爲子也者蓋初有天下之辭耳下乃接云若果實右序有周也則使我治人而人無不震疊使我事神而神莫不懷柔乃信君道之克盡又言果明昭有周也則慶讓黜陟而刑賞行偃武修文而好尚定乃益見天命之有常故春秋傳曰昔武王克商作頌曰載戢干戈而外傳又以爲周文公之頌則此詩爲周公作無疑矣然外傳又云金奏

肆夏樊遏渠天子以饗元侯也韋昭注云肆夏一名樊昭夏一名遏納夏一名渠卽周禮九夏之三也吕叔玉云肆夏時邁也樊遏執競也渠思文也夫以此詩爲肆夏特詩有夏之語耳肆夏集傳謂陳布懿德于中夏鄭氏謂陳其功于是大而歌之訓義各別姑不具論案周禮鐘師凡樂事以鐘鼓奏九夏杜子春曰王出入奏王夏尸出入奏肆夏牲出入奏昭夏四方賓來奏納夏臣有功奏章夏夫人祭奏齊夏族人侍奏族夏客醉而出奏陔夏公出入奏驁夏旣以時邁爲肆夏而時邁之文乃周武王初有天下朝祭之文固不可以之饗元侯亦與尸出入無干何以奏爲至思文之奏于四方賓來尤爲無理其可信乎故詩至今日第循文以求其義焉可矣如必指某詩配某樂非鑿卽

妄誠未見其能當也

【集釋】邁行也　邦諸侯之國也　右尊也　序次也　震動也　疊懼也　懷來也　柔安也　允信也　戢聚也　櫜韜也　肆陳也　時〔姚氏際恒〕曰時是也　夏〔集傳〕曰夏中國也〔姚氏〕曰夏大也

【標韻】無韻

執競　祀武王也

執競武王。無競維烈。不顯成康。上帝是皇。自彼成康。奄有四方。斤斤其明。鐘鼓喤喤。磬筦將將。降福穰穰。降福簡簡。威儀反反。既醉既飽。福祿來反。

右執競一章十四句此詩或以爲祭武王〔小序毛傳鄭箋孔疏及范氏處仁〕或以爲祭成王〔朱鬱儀季明德何元子〕又或以爲三王並祭〔歐陽氏集傳及姚氏際恒〕紛紛辯論迄無定解總爲成王二字所誤耳昊天有成命之成王

分明是成王誦而毛鄭輩乃以爲成此王功不敢自安逸作解此篇之成成康本是武王成功康定天下而歐陽氏以下諸家又偏以成王誦康王釗爲訓讀書固執如此說詩焉能解頤詩發端特題武王勢極巖重下二句歷言其功德之著不讀作丕大也顯明也成武成也康康定也一字一義如舜典之濬哲文明溫恭允塞等句而因成爲無競之烈雖在上帝亦不能不以君人之道望之也故自其成功康定奄有四方以來明無不照知無不周故曰斤斤其明也所以不祭則已祭必降福當其祭也鐘鼓則喤喤然磬筦則將將然降福則穰穰然而神之降福雖多而大祭者之威儀愈益謹重不敢以醉飽而失其度天是以福祿頻來常反覆而不厭也此非專祭武王之詩乎若謂三王

並祭無論典禮無稽卽文勢亦隔閡難通蓋烈則歸之武王皇則屬諸成康而奄有四方者又始自成康矣通乎不乎嘗亦不言而自辨巳卽謂合祀成康推本武王而奄有四方亦非自彼二后也故詩又當從序爲祀武王之說爲是唯范氏景仁曰祀武王而述成康見子孫之善繼與呂涇野之言曰自成康以來其功則能崇天下其德能和敬以奉祭祀武王其必享之仍混成康字爲成王康王而更曲爲之說眞所謂腐儒迂論徒增人厭耳呂說愈不通可恨可恨至呂叔玉謂樊遏執競也杜子春謂牲出入奏昭夏卽此詩其附會之謬已見上篇然終不知執競之武王與牲出入何所干涉而必用而奏之也

附錄 李氏樗曰歐陽公曰昊天有成命曰成王不敢康夙夜基命宥密則成王者成王也當是康王以後之詩而毛鄭之

說以頌皆是成王時作遂以成王爲成此王功不敢康執競之
詩曰自彼成康奄有四方則成康者乃成王康王也當是昭王之
巳後之詩而毛氏以爲成大功而安之鄭氏以爲成安祖考之
道觀毛鄭之說雖不如歐陽之簡直然觀諸詩亦有窒礙者成
王之時但持盈守成而巳不可以爲基命也今曰其命則非持
盈守成也執競之祀武王如果是成康則是祀武王之詩其言
成康之文如此其屢言武王無幾矣豈古人祀先祖之意乎不
當以成王康王爲說書曰成王畏相又曰惟助成王德書之所
言不是周之成王矣鄭氏敬曰祀成康則此詩作於康王以後
周之禮樂定自周公是篇所謂遏卽昭夏者也禮牲出入奏昭
夏天子以過饗元侯康王以後昭穆之季未聞有繼周公作禮
樂者矣卽有新聲豈可以配九夏乎云成康者成王成功康定
天下猶酒誥言成王大誥言甯王云爾凡詩書言武成康甯多
頌武王而王誦王釗率祖考以爲謚耳豈凡言成康者卽爲二
王乎姚氏際恒曰小序謂祀武王固非集傳謂祀武王成王康
王是巳然三王並祭出何典禮得毋函恭耶後之主祭三王之
說者鄒肇敏曰文王廟在豐武王廟在鎬其成康亦祔於武廟
可知而此祭非祫非禘故止及三王耳案成康各有專廟何得
謂祔于武廟此妄說也惟新主未成廟乃祔然亦只一王如成
王崩康王祔之武王廟不應有兩王也朱允升曰祭三王無其
倒然武王有世室則必有專祭矣豈昭王以後祭武世室而配
以成康皦此亦臆測實無稽据上祭武王之說者范景仁曰祀

武王而述成康見子孫之纂纘也呂涇野亦曰自成康以來其功能祭天下其德能和敬以奉祭祀武王其必享之然則祀武王之詩周公豈不曾作而直待昭王之臣作乎主祭成康之說者朱鬱儀曰祀成王康王而推本於武王也案祭禮或分或合昭王獨祀成康二王此何說也季明德曰此蓋昭王時以成康二王祫食于武王廟之詩也又曰但不知何故而舉此祭耳家時祭不當祫祫祭只一尸其辭在巳亦疑之何待人駿乎何元子曰昭王之世始以成康備七廟然武王崩周人祀之于廟則有昊天有成命及下武二詩而康王祀廟之始無聞焉執競之詩為成康作但二詩而以二王並言則又心疑之巳乃恍然悟日此卽所謂日祭之詩也周語祭公謀父曰日祭月祀時享歲貢終先王之訓也楚語觀射父曰古者先王日祭月享時類歲祀劉歆曰祖禰則日祭案日祭之典雖于他經無所見而國語兩及之然則成于昭為祖康于昭為禰執競之詩當是于日祭上食歆之故以二王並言愚按日祭雖出國語而祖禰日祭不僅見于劉歆之言然耶否耶然何氏搜索及此亦為難能耶存之以逆此詩之難可也

【集釋】競強也斤斤明之察也喤喤和也將將集也穰穰多也簡簡大也反反謹重也反覆也

標韻 王七陽 康皇方並同 明八庚 喤陽 將穰並同 轉韻 筒潸 十五 反阮十三 反同 通韻

思文 后稷配天也

思文后稷克配彼天立我烝民莫匪爾極貽我來牟帝命率育無此疆爾界陳常于時夏

右思文一章八句小序云后稷配天是也而經無祀天之文故集傳疑之不言郊祀但云后稷之德眞可配天而已然孝經嘗云昔者周公后稷以配天矣古人文字類多簡質況天功又有不待人述者乎卽我將祀帝亦言牛羊維天其右之而此則更簡益從簡耳夫何怪焉立我烝民集傳從鄭箋立當作粒與尚書益稷篇烝民乃粒義同孔疏立當讀如字時烝民阻飢教化

不得施無以立人之道后稷播種民人卒育而陳常時夏是立我烝民皆后之功也故曰莫匪爾極義較直捷毛傳訓極爲中又不若集傳之訓極爲至不待紆曲費解矣陳常于時夏集傳謂陳其君臣父子之常道於中國姚氏謂郊祀每歲常行時是夏大爲陳此常行之禮于是大之樂歌也朱固近腐姚亦未通愚謂烝民阻飢久矣失其常性今方卒育無此疆而爾界則有常產者有常性卽五常之道亦于是乎大立矣此訓時爲是夏爲大之說也若訓夏爲中夏則其義亦豈能外此哉后稷之功與天無極周公制禮以祖配天夫豈一朝一代一身一家之私情已哉

【集釋】思語辭 文文德也 貽遺也 來小麥 牟大麥也 劉氏瑾曰本草曰小麥味甘大麥味鹹爲五穀長

鴻濛室叢書

注大麥今穬麥一名麰麥牟也育養也
形似小麥皮厚故謂大麥 牟徧

標韻 稷職十三 極同本韻 育屋一夏二十一 叶韻

臣工 王耕籍田以敕農官也

嗟嗟臣工敬爾在公王釐爾成來咨來茹嗟嗟保介維莫之春亦又何求如何新畬於皇來牟將受厥明明昭上帝迄用康年命我衆人庤乃錢鎛奄觀銍艾

右臣工一章十五句姚氏曰小序謂諸侯助祭遣于廟甚迂詩既無祭事天子于諸侯何不敢斥言之而呼臣工車右如以卑告尊不敢斥言之例乎集傳謂戒農官之詩若是則當在雅何以列於頌乎鄒肇敏曰明堂朝覲則我將載見諸詩是已至耕籍登容無詩嗟臣工正指公卿大夫之屬至嗟保介則義益顯

然其爲耕籍而戒農官益可據矣其說近是故從之然天子耕籍乃孟春事而此云暮春者得無謬乎鄭氏謂周之莫春于夏爲孟春然則周正可改寅爲子天時亦可易孟爲季乎何其不通如是也周正不唯不改置仲冬之月且並仍在孟春之令特以孟春爲建子而不建寅耳蓋建可改而時不能更觀此益信周之歲首與夏商無異矣詩固因孟春耕籍而戒以終歲之事非專爲暮春言也故末言奄觀銍艾非秋成時乎若泥暮春則以辭而害意矣姚氏雖亦見及鄭箋之謬而究無說以解暮春之辭則以其未知周正改建未改時耳至保介集傳以爲農官之副固爲杜撰然保介之在車右實無與于農事何救之有古今官名隨時更易未可據秦漢僞書以解成周眞頌也識者詳

焉

〔集釋〕公公家也釐賜也成成法也茹度也保介〔姚氏際恒曰〕保介鄭氏曰車右也月令孟春天子親載耒耜措之于參保介之御間介甲也車右勇力之士披甲執兵也孔氏曰知保介爲車右故即引月令以證之彼說天子耕籍田之禮天子親載耒耜措置之于參乘之人保介之與御者二人間君之車上此有御者與車右二人而已今言保介與御明保介即車右也以農事勅車右者此人與之同車而置田器于其間常見勸農之事故勅之也不勅御人以御人專主于御車也其說甚爲詳明是保介爲車右本無與于農事此因農事而出措耒耜于車右故勅之也作集傳者並不閱註疏曰保介見月令呂覽其說不同然皆爲籍田而言蓋農官之副也以保介爲籍田之官杜撰殊甚夫保介爲農官之副不知何者爲農官之正乎〔案〕姚氏本註疏駁集傳固是第月令之保介亦不知其果爲周頌之保介否也說已詳篇中之暮春亦詳見篇中畬三歲田也〔朱氏謀瑋曰〕稱新畬者田野之日闢也於皇之歎美之辭來牟麥也說見上篇明〔集傳〕明上帝之明賜言麥將熟也迄至也康年猶豐年也衆人甸徒也庤具也錢鎛銍〔孔氏穎達曰〕說文云錢銚古田器世本云垂作銚宋仲子注云銚刈也然則銚刈物之器也說文云鎛田器也釋名云鎛鉏類也鎛迫地去草世本

云垂作鎒呂氏春秋高誘注云鎒芸苗也六寸所以入苗間鎒
鎒當是一器釋名云銍穫禾鐵也管子云一農之事必有一銍
一鎒一銚然後成農是三者皆田器錢氏天錫曰錢穫
以起土用於耕鎛以去草用於耘銍以穫禾用於穀艾也

標韻 工東一 公同 本韻 茹魚六 畬同 本韻 求尤十一 牟同 本韻
帝霽八 艾九泰叶音刈 通韻 年先一 人真十一 通韻

噫嘻 春祈穀也

噫嘻成王既昭假爾率時農夫播厥百穀駿發爾私終三十里亦
服爾耕十千維耦

右噫嘻一章八句小序謂春夏祈穀於上帝是也姚氏駁之以
爲春祈穀夏則雩矣其實雩祈穀義本相通故可並勿庸疑也
唯集傳以爲戒農官之詩則非戒農官何必禱及成王此易辨
者乃又云成王始置田官則尤謬季明德曰農事古人所急治

農之官自古有之况武所重者民食豈待成王而始置哉何元子亦曰此康王春祈穀也旣得卜于禰廟因戒農官之詩家語孔子對定公曰臣聞天子卜郊則受命于祖廟而作龜于禰宮尊祖親考之義也又左襄七年夏四月三卜郊不從孟獻子曰吾乃今而後知有卜筮夫郊祀后稷以祈農事也啓蟄後郊郊而後耕今旣耕而不郊宜其不從愚以此詩章首有成王昭格之語是此詩作于康王之世乃主作龜禰宮而言不然周自后稷以農事開國即欲敕農官何不于始祖之廟舉始祖爲辭而顧于成王何取乎此論較是然非戒辭乃祝辭故入頌也詩意云王旣已政教光明如是猶能敬重農事率是典田之官今之教民耕田各極其塈終三十里而遥萬夫齊力及時務功以大

發其私故地無遺利人無遺力豐穰乃可望要非王之惠不及
此其不言公田者爲民祈故耳集傳不知乃云此必鄉遂之官
司稼之屬其職以萬夫爲界者溝洫用貢法無公田故皆謂之
私豈知詩意者哉又本鄭箋解三十里句云三十里萬夫之地
四旁有川内方三十三里有奇亦爲姚氏所駁竊意詩言三十
里者一望之地也言十千爲耦者萬衆齊心合作也一以見
其人之衆一以見其地之寬非有成數在其胸中不意後儒竟
爲之持籌核算計畝受夫絲厘弗爽有謂萬夫之地方三十里
少半里者有謂三十里有奇者又有謂萬耦當云五千耦者眞
是癡人說夢烏足當人一哂哉詩本活相釋者均獃又安能望
其以意逆志得詩人言外旨耶

附錄　姚氏際恒曰駿發爾私終三十里毛傳曰私民田也言上欲富其民而讓于下欲民之大發其私田耳終三十里言各極其望也孔氏曰各極其望謂人目之望所見極于三十每各極望則徧及天下矣三十以極望爲言則十千維耦者以萬爲盈數故舉之以言非謂三十里內十千人也按傳疏之說甚明詩意只如此非可鑿然以典制求之是三十里與十千之義各別不得聯合以解明矣自鄭氏篤信周禮引之曰凡治野田夫間有遂遂上有徑十夫有溝溝上有畛百夫有洫洫上有塗千夫有澮澮上有道萬夫有川川上有路此萬夫之地三十三里少半里也一川之間萬夫故有萬耦三十里者舉成數孔又疏之曰計此萬夫之地一夫百畝方百步積萬夫方之是廣長各百夫以百乘百是萬也畝廣長皆百夫夫有百步三夫爲里則百夫爲三十三里又少半里也按周禮之說本襲考工記匠人九夫爲井句而增廣爲此說必不可据詳見周禮通論孟子曰方里而井則三十里爲三十井一夫百畝一井八夫三十里之地僅二百四十夫耳安得有萬夫今欲以萬夫合三十里之地只得謂以百乘百嗟乎詩意果如是乎且一里八夫乃云三夫爲一里尤謬不特詩言萬夫非百夫之以百乘百而三十里亦非百夫也其曲紐妄合誤而又誤欺世乃如此集傳本之曰三十里萬夫之地四旁有川內方三十三里有奇言三十里舉成數也嗟乎無論其不當從鄭之妄說也且于鄭箋孔疏毫釐不解鄭孔謂三十里百夫之地非謂萬夫之地也鄭引周禮萬

夫有川之文非謂四旁有川也周禮萬夫有川是一川萬夫今作四旁有川是為四川當四萬夫矣鄭三十三里少半里今言三十三里有奇又誤也不詳求歷不解交義直與雅于塗鴉何畢乃以註經而從世羣遵之而習讀之不可曉也又曰此必鄉遂之官司祿之屬其職以萬夫為界若溝洫用貢法無公田或皆謂之私亦謬君言私民言公正見其交相忠愛處乃因詩無公字遂認私字為無公田之貢法可乎且依其解為戒農官國中地少郊野地多何為僅戒國中之農官而不及郊野乎又其云溝洫用貢法亦詳辨見孟子通論

【集傳】噫嘻歎辭 昭明也 假音格 時是也 駿大也 發耕也 私私田也 三十里說見篇中 耦二人並耕為耦

【釋音】爾四紙 里同本韻 穀一屋 耦二十五有叶韻

振鷺 微子來助祭也

振鷺于飛于彼西雝我客戾止亦有斯容在彼無惡在此無斁庶

幾夙夜以永終譽

嫌民日今各意象
之間綱不書近

右振鷺一章八句姚氏曰小序謂二王之後來助祭宋人悉從之無異說自季明德始不從曰序似臆說武王既有天下封堯後于薊封舜後于陳封禹後于杞而陳與杞宋爲三恪此來助祭獨言二王之後何爲不及陳耶竊意此詩必專爲武庚而發蓋武庚庸愚不知天命故使之觀樂辟雝以養德庶幾其能忠順耳鄒肇敏踵其意而爲說曰武王西雝之客蓋指禄父而夏之後不與何者鷺白鳥也殷人尙白武王立受子禄父爲殷公以撫殷餘民而不改其色故亦有斯容與亦白其馬皆不改色之證也後儒見武庚以叛見誅舉而棄之不屑道必以我客屬嗣封之微子夫由後而知鴟鴞毁室罪存不貰由武王之世觀之則武庚固殷之家嗣亦猶丹朱在虞商均在夏三恪莫敢望

焉周之嘉賓孰先武庚者無問其賢否也較季說尤爲宛轉盡
致矣何元子又踵兩家之意而別爲說曰周成王時微子來助
祭于祖廟周人作詩美之此與有瞽有客皆一時之詩爲微子
作也何以知其爲微子也微子之封宋也統承先王修其禮物
作賓于王家故有客之詩曰亦白其馬商尚白也鷺乃白鳥而
我客有客似之意者其衣服車旂之類皆用白與此以知其爲
微子也何以知其在成王時來助祭也書序曰成王既黜殷命
殺武庚命微子啟作微子之命是則微子之封宋自成王始命
之此以知微子在成王時來助祭也愚按微子之命篇語乃僞
古文不足据若以尚白爲言則武庚亦必仍舊制安見非武王
時武庚來助祭而必成王時微子來助祭乎是仍與季鄒揣摩

之說無異也總之序說原有可疑者三周有三恪助祭何以獨
二王後一也詩但言我客不言二客二也此篇言有振鷺之容
白也有客篇明言亦白其馬似指殷後而不指夏後三也有此
三者故或以爲武庚或以爲微子所自來矣以今揆之微子之
說較優于武庚且有左傳以證左傳皇武子曰宋先代之後于
周爲客天子有事膰焉有喪拜焉按周之隆宋自愈于杞蓋一
近一遠近親而遠疏亦理勢所自然也商頌亦稱嘉客指夏後
此稱客指殷後也宋國之臣言宋事則宜爲微子而非武庚也
有事膰焉亦來助祭之證集傳引序說者乃引左傳天子有事
膰焉有喪拜焉之語然則只說得宋遺郤杞矣案姚氏引季鄒
何三家之說闢小序及集傳二王之後來助祭之非是已而又

謂何氏微子之說較優于武庚而不言其所以優之之故楓引
左傳皇武子之言爲證夫武子之言僅云宋先代之後于周爲
客有事膰焉有喪拜焉是泛舉宋之于周爲客也云爾非謂此
詩爲微子助祭發也且下有客篇序亦明言微子來見祖廟奚
安見微子助祭非有客篇而必爲此詩是烏足以爲證耶愚謂
詩前四語雖似贊後四語乃戒辭在武庚則勉其令終在微子
則令其鑒往故曰庶幾曰以永終二者均有可通若夏王後同
來則斷斷不出此也況詩明言容似白鷺則客僅商客而無夏
客也可知但武庚被誅雖有詩亦當刪黜微子嗣封縱能賢尤
應儆規此指微子較優于武庚之說也惜諸家均未見及此耳
然則有客之詩又將誰屬曰此自當以鄒說爲箕子發也近是

序蓋誤以箕子爲微子遂不能不謂此篇爲二王後一誤而無乎不誤耳

【集釋】振羣飛貌　鷺白鳥　雝澤也王氏安石曰西雝蓋辟廱也辟廱有水鷺所集也　客指微子也　彼其國也

【標韻】雝二冬容同本韻　惡七遇斁同譽六御通韻

以上周頌上凡十三篇舊用分什法今以其篇什無多但分上下二卷

詩經原始卷之十六終

汧陽門人王秉鈞校字

詩經原始卷之十七目錄

頌二

周頌下十八首

訪落　成王卽政告廟以咨羣臣也

敬之　成王自箴也

小毖　成王懲管蔡之禍而自儆也

載芟　春祈社稷也

良耜　秋報社稷也

絲衣　闕疑

酌　美武王能酌時宜也

桓　祀武王于明堂也

賚　武王克商歸告文王廟也

般　武王廵守祀嶽瀆也

詩經原始卷之十七

寶甯方玉潤鴻濛氏撰

頌二

周頌下

豐年　秋冬大報也

豐年多黍多稌。亦有高廩。萬億及秭。爲酒爲醴。烝畀祖妣。以洽百禮。降福孔皆。

右豐年一章七句彙纂曰豐年序以爲秋冬報也箋以秋冬報爲嘗烝王安石以豐年屬天地之功故以此詩爲祭上帝陳祥道引豐年以證禮謂秋報者季秋之於明堂也吕祖謙謂以祈爲郊則季秋大饗明堂安知不併歌豐年之詩以爲報歟胥粹

中謂秋冬大饗及祭四方八蜡天地百神無所不報同歟是詩漢唐宋諸儒之說大約如是集傳定爲報賽田事之樂歌蓋指田祖先農方社之屬然詳觀此詩言黍稌之多倉廩之富而得爲此酒醴以饗祖考洽羣神祀事無缺而百禮咸備皆上帝之賜故曰降福孔皆也考祀典秋冬大報上自天地以至方蜡靡祀不舉祀則有樂是詩槩爲報祭之樂章故序不明斥所祭爲何神也案序不言祭何神但云秋冬報故後多疑議若云大報則其義自明矣總之古禮既廢古樂又亡第從樂章以考祀典詎能有符縱極切合亦不過懸揣以求其義焉云爾

【集釋】稌音杜稻也郭氏璞曰今沛國呼稻爲稌是也 亦助語辭 億秭數萬至萬曰億數億至億曰秭 烝進也 畀予也 洽備也 皆徧也

姚氏曰此詩微類商頌那篇固知古人爲文亦有藍本也

標韻　廪（二十六寑）秭（四紙）醴（八薺）妣（紙）禮（薺）皆（九佳）叶韻

有瞽　成王始行祫祭也

有瞽有瞽，在周之庭。設業設虡，崇牙樹羽。應田縣鼓，鞉磬柷圉。既備乃奏，簫管備舉。喤喤厥聲，肅雝和鳴。先祖是聽，我客戾止，永觀厥成。

右《有瞽》一章十三句。姚氏曰：小序謂「始作樂而合乎祖」，近是。祖，文王也。成王祭也。何元子因以爲大祫。祫，合也。又曰：序意謂成王至是始行合祖之禮，大奏諸樂云爾，非謂以新樂始成之故合乎祖也。案諸家多以樂初成而薦之祖考爲言。樂初成而薦之祖考，何勞我客戾止？今先祖是聽，我客亦止，則必舉行祫祭大典可知，故何說較諸家爲尤精耳。我客而與先祖並題，亦猶舜之虞賓在位其所以尊之者爲何如哉謝氏枋得曰舜作樂而曰虞賓在位祖考來格成王合樂而曰先祖是聽我客戾止以先代之後與先祖並言尊之至也書曰崇德象賢統承先王修其禮物非尊其後尊聖帝明王也

【集釋】瞽樂官無目者也　業虡崇牙見靈臺篇　樹羽置五采之羽於崇牙之上也　應小鼙　田大鼓也　縣鼓周制也夏后氏足鼓殷楹鼓周縣鼓　鞉如鼓而小有柄兩耳侍其柄而搖之則旁耳還自擊　磬石磬也　柷狀如漆桶以木爲之中有椎連底挏之令左右擊以起樂者也　圉亦作敔狀如伏虎背上有二十七鉏鋙刻以木長尺櫟之以止樂者也　簫編小管爲之　管如遂併兩而吹之者也　我客二王後也　成樂闋也如簫韶九成之成也

【標韻】瞽七虞　虡六語　羽麌　鼓同　圉語　舉同　通韻

潛　冬薦魚也

猗與漆沮潛有多魚有鱣有鮪鰷鱨鰋鯉以享以祀以介景福

右潛一章六句小序云季冬薦魚春獻鮪魚是總名鮪乃下六魚之一何以冬則總薦魚春則單薦鮪且單薦鮪則文當言鮪何以仍用總魚名周庭縱極不文亦不難別作樂歌以薦之何至用此不過之文以獻諸祖考前乎案月令季冬命漁師始漁天子親往乃嘗魚先薦寢廟季春薦鮪于寢廟孔氏曰冬則衆魚皆可薦故總稱魚春惟獻鮪而已又曰冬月既寒魚不行乃性定而肥充故冬薦之也然則魚本二季皆可薦而詩云潛有多魚下並舉六魚以實之者是冬令魚潛不行而肥美凡魚皆可薦之時也故總舉六魚隨薦皆可用以爲樂若季春鮪始出而浮陽魚之先至者也故單薦鮪此詩非其樂矣序乃統而言

之集傳亦不敢有異說豈深知文義者乎

【集傳】猗與歎辭潛【集傳】潛槮也謂積柴養魚使得隱藏避寒因以薄取之也或曰藏之深也【孔氏穎達】曰釋器云槮謂之涔李巡曰今以木投水中養魚曰涔孫炎曰積柴養魚曰槮涔潛古今字也鰷白鰷

【標韻】沮六魚魚同本韻 鮪四紙鯉同本韻 祀紙福尾一叶韻

雝 祭文王以徹俎也

有來雝雝至止肅肅相維辟公天子穆穆一章於薦廣牡相予肆祀假哉皇考綏予孝子二章宣哲維人文武維后燕及皇天克昌厥後三章綏我眉壽介以繁祉既右烈考亦右文母四章

右雝四章章四句從姚氏際恒本序謂禘大祖朱子辨之云祭法周人禘嚳又曰天子七廟三昭三穆及大祖之廟而七周之大祖卽后稷也禘嚳於后稷之廟而以后稷配之所謂禘其祖之所自

出以其祖配之者也祭法又曰周祖文王而春秋家說三年喪
畢致將死者之主於廟亦謂之吉禘是祖一號而二廟禘一名
而二祭也今此序云禘大祖則宜爲禘嚳於后稷之廟矣而其
詩之詞無及於嚳稷者若以爲吉禘于文王則與序已不協而
詩文亦無此意恐序之誤也此詩但爲武王祭徹俎之詩而後
通用於他廟耳案此說頗爲明晰可無疑義矣若如箋疏以爲
成王禘祭文王之詩則詩中烈考皇考之稱既不可通卽文母
之祭亦與禘義無涉故不若從集傳之爲當也而篇末又引用
禮鐘師及徹率學士而歌徹之文姚氏譏爲蛇足云此詩徹時
用豈名徹乎周禮之妄也案論語分明言以雝徹非云以徹徹
何得而更有徹之名耶凡若此者皆讀書粗率未能悉心體認

之過耳

【集釋】雝雝和也肅肅敬也相助也祭辟公諸侯也穆穆美也於歎辭廣牡大牲也肆陳也假大也皇考文王也綏安也孝子武王自稱也宣通也哲知也燕安也昌大也謂昌大其後也〔蘇氏轍曰〕周人以諱事神文王名昌而此詩曰克昌厥後何也曰周之所謂諱不以其名號之耳不遂廢其文也諱其名而廢其文者周禮之末失也〔姚氏際恒曰〕愚按或謂周公始定諱武王時尚未有此亦一說右尊也烈考〔姚氏際恒曰〕烈考亦文王集傳是毛傳謂武王嚴氏主之烈考文母明相對偶子豈可與母對而且右母上耶右為尊故謂其神在右猶云如在其上也毛傳訓助于此處難通文母大姒也

【標韻】雝二冬公一東通韻　肅一屋穆同本韻　牡二十五有考十九皓叶韻

祀四紙子同本韻　人十一真天一先通韻　后有後同本韻　壽有

考皓叶韻　祉紙母有叶韻〔姚氏際恒曰〕此詩每句有韻甚奇又凡四章二三四章皆有韻而二四兩章皆先有韻後紙韻前後相關音調纏綿繚繞尤爲奇變恩案此眞所謂轆轤韻也而用韻之奇亦無過乎是者

載見　諸侯入朝始助祭于武王廟也

載見辟王曰求厥章龍旂陽陽和鈴央央鞗革有鶬休有烈光率見昭考以孝以享以介眉壽永言保之思皇多祜烈文辟公綏以多福俾緝熙于純嘏

右載見一章十四句序謂始見乎武王之廟也毛萇訓載爲始朱子以爲恐未然故以載作發語辭姚氏謂集傳既訓載爲則則不當云發語辭若爲虛字之則則乃承接之辭豈可作發語用一虛字也而諸儒辯論莫定其他可知然從毛鄭訓始者多則以下文率見昭考與首句相應故也彙纂亦曰成王新即政率是百辟見於昭廟以隆孝享一以顯耆定之大烈龢光一以彰萬國之歡心如一有丕承王業畏懷天下氣象故曰始也若

泛言諸侯助祭則烈祖有功德之廟多矣何獨詣武王一廟而作此歌乎案此乃作詩大旨亦存詩者之微意也而集傳必欲訓載爲發語辭者何哉朱氏善曰諸侯之來朝將以稟受法度也而我乃率之以祀武王何也蓋先王者法度之所從出而宗廟者又禮法之所由施也此又讀書別有所見亦實詩中要義不可不參觀而並詳焉者也

章法度也 旂交龍曰旂 陽明也 和鈴軾前曰和旂上曰鈴 鞗革轡首也 有鶬聲和也

集釋 姚氏際恒曰有鶬毛傳謂有法度鄭謂金飾貌其謂金飾貌者韓奕鞗革金厄蓋依傳金厄而言也集傳謂聲和蓋本商頌八鸞鶬鶬而言也當于後二說中求之案鄭說言其貌集傳言其聲蓋轡首必以金飾像鶬而又有聲故合二說而義乃備也

休美也 昭考集傳昭考武王也廟制大祖居中左昭右穆周廟文王當穆武王當昭故書稱穆考文王而此詩及訪落皆謂武王爲昭考 思語辭 皇大也

起得飄然

標韻　王七陽章陽央鶬光並同享二十二養叶韻姚氏際恒曰此八句惟一句出韻餘皆一韻漢柏梁詩本此祜七麌嘏二十一馬又叶古叶韻姚氏際恒曰三句一韻秦功德碑本此

有容　箕子來朝見祖廟也

有客有客，亦白其馬。有萋有且，敦琢其旅。一章有客宿宿，有客信信。言授之縶，以縶其馬。二章薄言追之，左右綏之。既有淫威，降福孔夷。三章

右有客三章，章四句。從姚氏本姚氏曰：「小序謂微子來見祖廟，向從之。唯鄒肇敏曰：『愚以為箕子也。書：武王十三祀，王訪于箕子，乃陳洪範。此詩之作，其因來朝而見廟乎？淫威降福，亦即就箕疇中嚮用五福，威用六極，遂用其意，言前之非常之凶禍，今當酬以莫大之福饗，蓋祝之也。』此說甚新，以威福合洪範，尤巧而確。」

存之愚謂此詩之切合箕子並不在威福字有符洪範蓋爲馬追綏等句非箕子不足以當武王之眷顧如是也蓋武王之訪于箕子者爲道箕子之來見武王者亦爲道兩聖相投自有來之不能不來亦卽有去之不容卽去者故一宿不已必曰信宿信宿不已欲縶其馬而不使之去卽使或去亦必追還而安留之果何爲哉凡以爲此洪範之道故耳豈區區威福字偶合範言遂足据以爲證哉若微子縱極賢德不過寵以封賜俾承殷祀足矣何必眷顧羈留若是且前懲武庚之禍後尤當警以戒詞乃爲得體故振鷺愚信其爲微子發此詩愚尤信其爲箕子咏也蓋此乃千古之公論非一人之佞言知言者其亦有以諒之也夫

【集釋】萋且二句 姚氏際恒曰有萋有且敦琢其旅鄒肇敏曰有萋有且薦其籩豆也敦琢爲玉旅爲陳蓋來朝之亨禮所謂旅幣無方也禮記云籩豆之薦四時之和氣也內金示和見情也丹漆絲纊竹箭與衆共財也其餘無常貨各以其國之所有則致遠物也郊特牲曰旅幣無方所以別土地之宜而節遠邇之期也龜爲前列先知也以鐘次之以和居參之也虎豹之皮示服猛也束帛加璧往德也以此觀之萋且敦琢之義曉然矣又案巷伯萋兮斐兮韓籩豆有且皆可互證何以作敬愼解棫樸追琢其章豈選擇之謂乎案鄒釋此二句詩可謂發千古之曚矣何元子因鄒言巷伯萋斐遂謂萋當作緀且卽籩豆有且之且乃薦帛之具薦緀于且故曰有萋有且禮器言諸侯助祭之事郊特牲言諸侯朝享之事而皆言束帛加璧之禮則此詩言有萋有且之卽爲束帛敦琢其旅之卽爲加璧明矣亦通 信言再宿曰信

【標韻】馬二十一馬 旅六語叶韻 宿一屋 馬馬叶韻 綏四支 夷同本韻

武 奏大武也

於皇武王。無競維烈。允文文王。克開厥後。嗣武受之。勝殷遏劉。耆

定爾功。

右武一章七句小序曰奏大武也左宣十二年楚子亦曰武王克商作武其卒章曰耆定爾功孔氏以卒章爲終章之句是此詩即大武可無疑矣然集傳云傳以此詩爲武王所作則篇內已有武王之謚而其說誤矣此又以辭而害意也傳云武王克商作非云自作自誤而反云人誤者何哉姚氏知集傳之誤而又誤以此詩即下管象之象是未嘗讀季札觀周樂之文矣案左襄二十九年吳公子札來聘請觀周樂見舞象箾南籥者杜預注云文王樂也見舞大武者杜預注云武王樂也象即維清武乃此篇武原非一詩何云或吹或舞皆此詩耶蓋泥禮記仲尼燕居下管象武之句爲一樂名又誤讀象武爲象舞其說已見維清篇內茲不贅姚氏最自負而其讀詩亦疎畧如此以此

見說詩之難也

集釋 於歎辭 皇大也 遏止也 劉殺也 耆致也

標韻 無韻

閔予小子 耐武王主于廟也

閔予小子遭家不造嬛嬛在疚於乎皇考永世克孝念茲皇祖陟降庭止維予小子夙夜敬止於乎皇王繼序思不忘

右閔予小子一章十一句小序謂嗣王朝于廟而不言何時集傳以為成王免喪始朝于先王之廟而作此詩蓋本鄭氏說也然遭家不造嬛嬛在疚等語豈免喪之言乎姚氏曰何元子引殷大白副璺曰武王既塟而耐主于廟似為得之此正其時詩也何云似耶蓋首三句方在喪中下又將有事朝政故知其為

既塟而祔主于廟之時耳然詩似祝辭非頌體而亦列之頌者頌之變也周家聖聖相承家學淵源不外一敬字文王之學曰緝熙敬止武王之學曰敬勝怠者吉今成王方嗣統欲上繼祖父之緒于不忘亦曰夙夜敬止其心傳之要不在是歟故每於對越在天之時常若其陟降庭止不以喪中而忘道德也此當爲成王沖幼第一章詩而其志向已如此無怪其能纘承文武大業爲聖世明王夫豈無因而致此哉

【集釋】閔痛也造成也嬛與煢同何氏楷曰石經作煢李氏樗曰嬛字與哀此煢獨之義同嬛者孤獨而已疚哀病也皇考武王也皇祖文王也皇王兼指文武也

【標韻】造號二十孝效十九通韻　庭青九敬敬二十四叶韻　王陽七忘同本韻

姚氏曰多少宛轉
曲折

訪落　成王卽政告廟以咨羣臣也

訪予落止率時昭考於乎悠哉朕未有艾將予就之繼猶判渙維予小子未堪家多難紹庭上下陟降厥家休矣皇考以保明其身

右訪落一章十二句此詩諸家所言大畧相同蓋成王初卽政而朝于廟以延訪羣臣之詩名雖延訪而意實屬望昭考蓋家學原有素也故於乎以下一往追維皇皇如有所求而弗獲之心所謂學如不及猶恐失之者其奠道可謂切矣至繼予小子而下忽覺焄蒿悽愴若或見之則又孝思之感動不能自已此初告廟時景象末乃以保身收住仍歸重學術上言三代聖君治道本乎學術事業始自宮庭不於此益信然哉

集釋　落始也曹氏粹中曰凡宮室始成則落之故以落爲始悠遠也艾集傳艾如夜未艾之艾許氏謙曰庭傳

艾盡也則此脫未有艾讀未能盡率昭考之道也、判分也渙散也保安也明顯也

標韻無韻

敬之　成王自箴也

敬之敬之。天維顯思。命不易哉。無曰高高在上。陟降厥士。日監在茲。維予小子。不聰敬止。日就月將。學有緝熙于光明。佛時仔肩。示我顯德行。

右敬之一章十二句此詩本一氣阿成人多讀作兩截真不可解小序謂羣臣進戒嗣王只說得上半截文意集傳于上截云成王受羣臣之戒而述其言于下截云此乃自爲答之之言姚氏曰愚向者亦不敢以一詩硬作兩人語惟此篇則宛肖上章先以敬之直陳意甚警切下皆規戒之辭下章則純乎成王語

故敢定爲羣臣答訪落之意而成王又答之也然與集傳所言
又何以異是皆未察文義之過耳蓋此詩乃一呼一應如自問
自答之意並非兩人語也一起直呼敬之敬之至日監在茲先
立一案見天道甚明命不易保無謂其高而不吾察當知其聰
明明畏常若陟降於吾之所爲而無日不臨監於此者蓋一俯
仰間而如或見諸目前也維予小子性既不聰行又弗敬不能
體天命于無形則唯有日就月將勉强而行庶幾積續以至于
光明耳然必賴羣臣輔助我所擔荷之任而示我以顯明之德
行乃可進吾所見而能及也故維予小子以下亦即緊承上文
相應而下機神一片何容分作兩截並謂二人語耶此亦尋常
文格非成王奇創諸儒何至迷惑若是姚氏又謂此三百篇言

學之始意謂詩不可以言學也夫詩非不可以言學唯言學而入于理障則不可耳姚氏於烝民之詩則譏其漸開說理之端於維天之命則謂其爲周公作非說理者於此篇又以爲言學之始何其自相矛盾如是耶

【集釋】顯明也思語辭士事也何氏楷曰案說文事乃士之本訓其以士爲人品之稱者則謂其人足任事故亦以士名之將進也佛通弼仔肩任也

【標韻】之四支思同哉十灰茲支通韻子四紙止同本韻將七陽明八庚行陽轉韻

小毖　成王懲管蔡之禍而自儆也

姚氏曰憤懣蟠鬱發爲古奧之辭偏取草蟲等作喻以見姿致尤奇

予其懲而毖後患莫予荓蜂自求辛螫肇允彼桃蟲拚飛維鳥未堪家多難予又集于蓼

右小毖一章八句小序謂嗣王求助語雖混而近是集傳謂亦訪落之意則全非蓋訪落欲紹前徽此詩乃懲後患用意各有所在辭氣亦迥不侔豈因其一謀始一毖小毖謂相同耶然武庚之禍亦非小者向非周公王室存亡尚不可知而猶謂之爲小耶此詩名雖小毖意實大戒蓋深自懲也故開口即言懲患不知如何自儆而後可免於禍慮之深則惕之至耳莽蜂二句本無毒于予而自取其毒者管蔡之變誰爲之皆非自取歟桃蟲二句向以爲小物竟成大禍者武庚之叛人不及防豈所料哉凡此皆非常禍亂而予方沖幼未堪多難偏又集于辛苦之地如嘗蓼而不堪其味也奈之何哉自閔予小子至此凡四章皆成王自作若他人則不能如是之親切有味矣然除閔予小

子一篇似祝辭外餘皆箴銘體非頌之正也不可不知蓋箴銘體近頌故附乎頌耳至於筆意清矯思致纏綿四詩實出一手故知其爲成王作至今讀之令人想見其憂深慮遠道醇術正氣象非太平有道明王而能若是哉

【集說】懲有所傷而知戒也　毖愼也　荓使也　蜂小物而有毒者許氏愼曰飛蟲螫人者陸氏佃曰其毒在尾垂穎如蜂故謂之蜂　肇始也　允信也　桃蟲姚氏舜恒曰肇允彼桃蟲拚飛維鳥毛傳云桃蟲鷦也爾雅又云鳥之始小而終大者郭璞曰鷦鷯小鳥而生鵰鶚陸氏璣曰俗語鷦鶉生鵰案鷦鷯雖小鳥亦鳥也安得以蟲名且莊子謂其所棲不過一枝不云桃枝也爾雅之說已自離信而郭璞復實之以生鵰鶚之說幾曾見鷦鷯生子爲鵰鶚來其附會更何疑若鷦鷯生子爲鵰鶚不知鷦鷯又何物所生乎且詩但云鳥不云大鳥也今爲彼說以桃蟲爲小鳥勢必以鳥爲大鳥增添語字以就已說可乎總之若使桃蟲爲鳥詩決不又云拚飛維鳥矣蓋謂蟲之小物忽變而爲飛鳥以喻武庚其始甚微而臣服後乃鴟張也詩緝載張氏曰猶言向爲亂後爲虎不必謂桃蟲化爲鳥也其見與予合　蓼辛苦之物也

一家叔伯以及傭工婦子共力合作描摹盡致是一幅田家樂圖

標韻 蜂二冬蟲一東通韻 鳥十七篠蓼同本韻案此詩中二句蟲字與上蜂字叶鳥字與下蓼字叶甚奇

載芟 春祈社稷也

載芟載柞，其耕澤澤。千耦其耘，徂隰徂畛。侯主侯伯，侯亞侯旅，侯彊侯以。有嗿其饁，思媚其婦，有依其士。有略其耜，俶載南畝。播厥百穀，實函斯活。驛驛其達，有厭其傑。厭厭其苗，綿綿其麃。載穫濟濟，有實其積，萬億及秭。為酒為醴，烝畀祖妣，以洽百禮。有飶其香，邦家之光。有椒其馨，胡考之寧。匪且有且，匪今斯今，振古如茲。

右載芟一章三十一句小序謂春籍田而祈社稷朱子辯說以為與下篇兩詩未見有祈報意故集傳云未詳所用然又謂辭意與豐年相似其用應亦不殊是以為報而非祈也姚氏亦云

詩無耕籍事亦未見有祈意今案詩辭果如二家所云然下篇良耜有曰殺時犉牡是秋報無疑矣且王者之報社稷亦無疑矣此詩與之同序且居其前下篇云報不應此篇又云報也似序所言或有所本唯不必定耕籍耳沈氏守正云小序曰載芟春籍田而祈社稷也良耜秋報社稷也朱子傳以爲報詩亦不相遠但言祈則草中耕耘收穫祭祀尊賢養老諸事皆預言之冀望之言報則直述其已然以昭神貺耳言亦有理古人文字簡質不似後人曲折分明此等詩歌又不得以後世文法相拘且噫嘻春祈亦無甚祈意不能不以之爲祈穀用則此詩之用于春祈社稷也亦何疑哉

〔集釋〕芟除草曰芟柞除木曰柞孔氏穎達曰隱六年左傳云如農夫之務去草焉芟夷蘊崇之是除草曰芟也秋官

柞氏掌攻草木及林麓是除木曰柞澤澤姚氏際恒曰澤澤鄭氏訓解散若是則以澤作釋何如依本字謂方春土脈動潤澤可耕之爲得乎耘除草根也隰爲田之處也畛田畔也主家長也伯長子也班氏固曰子最長迫近父也亞仲叔也旅衆子弟也彊民之有餘力而來助也以能左右之曰以若今時傭力之人隨主人所左右者也噞衆飮食聲也媢悅也依倚也士夫也畧利也何氏楷曰畧當依書通作䂮說文云刀劒刃也言有銳利如刀劒刃之耜也俶始也載事也函含也活生也驛驛苗生貌達出土也厭受氣足也傑先長者也緜緜詳密也麃耘也積露積也飶姚氏際恒曰飶毛傳曰飶芬香也是使飶爲芬不當又云其香矣飶字從食只是飫食之類所謂于豆于登其香始升是也胡姚氏際恒曰胡毛傳曰壽也胡之訓壽亦未聞案儀禮士冠曰胡福少牢曰胡壽皆與遐通使胡爲壽少牢不當云胡壽矣又解頤新語曰說文云胡牛頷垂也老狼亦垂胡今老者或有此狀故詩人取之然据此亦只是老人之狀非訓壽也且猶籩豆有且之且薦也振極也

【標韻】柞十一陌澤伯並同本韻且六語以四紙婦二十五有士紙耜同畝有

叶韻活七曷達同傑九屑通韻苗二蕭麃同本韻濟八薺積陌秭

紙醴薺姚紙禮薺叶韻　香七陽光同本韻　馨九青寧同本韻

且六魚茲四支通韻

良耜　秋報社稷也

畟畟良耜。俶載南畝。播厥百穀。實函斯活。或來瞻女。載筐及筥。其饟伊黍。其笠伊糾。其鎛斯趙。以薅荼蓼。荼蓼朽止。黍稷茂止。穫之挃挃。積之栗栗。其崇如墉。其比如櫛。以開百室。百室盈止。婦子寧止。殺時犉牡。有捄其角。以似以續。續古之人。

右良耜一章二十三句。姚氏曰：小序謂秋報社稷，近是。詩云殺時犉牡，是王者以大牢祭也。嚴氏曰：此詩爲報社稷，必陳農功之本末，故當秋時而追述春耕，預言冬穫也。案此詩當秋祭而預言冬穫，則前詩當春祭何不可以預言秋成？是載芟爲春祈無疑矣蓋二詩皆舉農工本末而言此殺犉牲彼言餱香並云邦家之光非王者之祭而誰祭哉集傳又云或疑思文臣工噫嘻豐年載芟良耜等篇卽所謂豳頌未知其是與否無論豳風豳雅豳頌之文不必如此分卽使如此分思文乃后稷配天之樂噫嘻實成王昭格之詩豈古公未遷豳以前卽有此二詩乎不然何以謂之豳頌耶此等明顯易見之事尚多疑議何論其他汪儒談詩鮮所當也

【集釋】旻旻嚴利也　瞻女婦子之來饁者瞻猶省也　糾姚氏際恒曰其笠伊糾謂以繩糾結于項下也　趙刺也孔氏穎達曰趙是用鎛之事鎛是鉏類故趙爲刺地也　薅音呼毛反拔田草也　荼陸地穢草　蓼澤中水草　挃穫聲也　栗栗積之密實也　櫛理髮器言密也　盈滿也　寍安也　犉牡黃牛黑脣犉孔氏穎達曰地官牧人云凡陰祀用黝牲毛之注云陰祀祭地北郊及社稷也然則社稷用黝牛角以黑而用黃者蓋正禮用黝至於報功社是

土神故用黃色仍用黑脣也社稷太牢獨云牛者牛三牲為大故特言之**捄**曲貌毛氏曰社稷之牛角尺**續**謂續先祖以奉祭祀

標韻 緗 紑四紙 紞 二十五有 叶韻 觳 一屋 活 七曷 叶韻 女 六語 筥 黍 並同本韻
趙 七篠 蓼 同本韻 朽 有 茂 二十六宥 叶韻 挃 四質 栗 櫛 室 並同本韻
盈 八庚 寍 九青 人 十一真 通韻

絲衣 闕疑

絲衣其紑。載弁俅俅。自堂徂基。自羊徂牛。鼐鼎及鼒。兕觥其觩。旨酒思柔。不吳不敖。胡考之休。

右絲衣一章九句此詩為繹祭不難辨唯序既曰繹賓尸又曰高子曰靈星之尸也則不可解夫高子為誰靈星與繹祭何涉孔氏曰高子不知何人唯公孫丑稱高子之言以問孟子是高

子與孟子同時邀岐以爲齊人也靈星則漢書郊祀志云高祖
詔御史令其天下立靈星祠張晏曰龍星左角曰天田則農祥
也晨見而祭之故高子論他事云靈星之尸後人因引以爲證
然上文言繹賓尸下即云靈星之尸也似此賓尸非他即靈星
之尸之意故不可解且高子與孟子同時去子夏已遠胡爲子
夏作序而引高子之言若云後人引以爲證則後人爲誰又胡
爲而因高子之言以證此尸耶集傳既知其誤而又云此亦祭
而飲酒之詩案詩云繹祭詳矣飲酒則無一語及之又何必沽
沽也飲酒爲言也姚氏曰且闕疑愚亦曰且闕疑也

附錄 彙纂曰宗廟正祭之明日又祭曰繹繹禮在廟門而廟門
側之堂謂之塾今詩云自堂徂基則基是門塾之基蓋謂
廟門外西夾室之堂基也其爲繹祭明矣天子宗廟正祭小宗
伯視滌濯祭之日逆齊省鑊告時告備於王今詩言絲衣爵弁

之士告濯具告充告潔則非王祭而爲繹祭又明矣禮記爲祊乎外注祊祭明日之繹祭也謂之祊者於廟門之外因名焉其祭之禮既設祭於室而事尸於堂是祊之與繹一時之事祊於廟門外之西室繹又於其堂而統名曰繹跡引頌絲衣篇證繹祭在堂事尸士之省視從堂上往於堂下之基故曰自堂徂基此又繹祭之明證矣朱子辨序說以爲誤而以爲亦祭而飲酒之詩然未嘗指其爲何祭但士而祭祭而飲酒何與於天子而列之於頌耶（案）此云繹祭而亦不以集傳爲然也唯高子靈星之尸未有說則此詩終未明耳（姚）氏際恒曰小序謂繹賓尸其非有三天子諸侯名繹大夫名賓尸此舊說其見春秋儀禮今以繹賓尸尸神言一也彼既以賓尸爲言則以有司徹證之其云埽堂燅尸俎非別殺牲又省視也今何以告濯告充告潔一如正祭乎侯序之徒爲之說曰自堂徂基尸賓于門基自羊徂牛爲鼎及羊先出而牛從之鼎先出而鼐從之意謂正祭日不即徹至繹之日始徹于門外然則詩何以言廢徹不遲乎即儀禮果如是亦不可据儀禮以解詩也二也据舊解絲衣爵弁爲士服然何以天子之繹獨使士鄭氏曰繹禮輕故使士非杜撰禮文乎三也集傳不用繹賓尸之說是已但謂祭而飲酒之詩甚混鄒肇敏主蜡祭亦臆測故且闕疑又曰序下有高子曰靈星之尸也按其言尸與序同其言靈星與序大異古祭天地日月星辰山川之屬無尸其謂有尸者妄也孔氏曰漢郊祀志云高祖詔御史其令天下立靈星祠史傳之說靈星惟有此耳

造語雄健

未知高子之言是此否而或者宗之以爲祭靈星之詩愚按漢志張晏註附會靈星卽農祥故樂從其說者以爲卽祭農祥之星孔謂漢高始立靈星祠他史傳無見則是漢人之語無疑而詭託之高子者也又棻高子卽公孫丑所引論小弁之詩而孟子所斥爲固哉者無論其僞卽使屬眞亦同爲固執而不可從矣宋陳祥道宗之而明之鄒氏何氏或竭力以證其說甚矣末世之好誣也［按］此闢靈星之說可謂盡矣而謂繹賓尸不可連言者過也孔氏云天子諸侯禮大與日爲之別爲立名謂之爲繹卿大夫禮小同日爲之不別立名直指其事謂之賓尸耳此序言繹者是此祭之名賓尸是此祭之事故特詳言之也

［集釋］絲衣祭服 紑潔也 載戴也 弁爵弁也士祭於王之服 俅俅恭順貌 基門塾之基 鼐大鼎 鼒小鼎 思語辭 柔和也 吳譁也

［標韻］紑 紑 俅牛觩柔休並同本韻

酌 美武王能酌時宜也

於鑠王師遵養時晦時純熙矣是用大介我龍受之蹻蹻王之造載用有嗣實維爾公允師

右酌一章八句此詩雖不用詩中字而以酌名篇其所言皆頌武王能酌時宜之意義旨極明不知序何以謂能酌先祖之道以養天下也詩本云養晦待時而序偏云養天下詩本云酌時措之宜而序偏云酌先祖之道語語相反何以解經朱氏善曰方其遵養時晦聖人非忘天下也及其是用大介聖人非利天下也聖人無忘天下之心亦無利天下之心此所以爲聖人之武也數語頗得詩中要義故或謂左氏傳以武爲武之卒章以賚爲武之三以桓爲武之六桓賚二篇既入大武則此詩與賚般皆一體而獨不可以入大武乎聖人編詩酌賚般皆不用詩中字名篇而皆同序於周頌之末未必無意特不知其所用之確義難臆測耳姚氏必駁左傳楚子之言以爲支離不可信又

安見其爲支離不足信哉

【附錄】姚氏際恒曰小序謂告成大武又謂言能酌先祖之道以養天下也按左宣十二年傳武子曰汋曰於鑠王師遵養時晦武曰無競維烈明酌之與武不得以此詩爲大武也特以左宣十二年楚子以耆定爾功爲武之卒章賚爲三章桓爲六章其說支離未可信杜預曰三六之數與今頌篇次不同蓋楚樂歌之次第其說當矣不知者以楚子所云缺一二四五章故以酌屬之大武耳又漢書禮樂志曰周公作勺勺言能酌先祖之道也序似襲之而增以養天下其子詩之言遵養者亦不切故序說皆不可用也集傳云頌武王之詩但不知所用此固闕疑之意然又云酌及賚般皆不用詩中字名篇疑取節樂之名如云武宿夜云爾其說亦支離他詩篇名亦有不用詩中字者又何居武宿夜僅見于祭統他經傳亦無見也

【集證】鑠盛也遵循也熙光也介甲也所謂一戎衣也龍寵也蹻蹻武貌造爲也載則也公事也

【標韻】師四支熙之並同嗣四寘師支叶韻

桓　祀武王于明堂也

綏萬邦。屢豐年。天命匪解。桓桓武王。保有厥士。于以四方。克定厥家。於昭于天。皇以閒之。

右桓一章九句小序謂講武類禡亦未盡非但不若鄒肇敏云祀武王於明堂之說爲較切耳案以閒之之閒集傳未詳其義毛傳曰代也嚴氏曰多方云有邦閒之鄒氏駁之曰按多方之誥曰乃惟有夏圖厥政不集于享天降時喪有邦閒之蓋言夏喪邦而殷代之與此處閒之不同彼之字屬夏此之字屬天能左右之曰以於昭于天皇以閒之蓋儼然以武配天也愚意桓詩卽明堂祀武之樂歌此論甚是不然何云皇以閒天耶蓋閒天卽參天之意德可參天故祭用配天與文王並配上帝於明堂也其序當次我將之後而編之於此者以連篇皆武詩故耳若如序言則只說得中數句於首尾詩意皆不相涉愚故舍序

而從鄒也至春秋傳以此爲大武六章或楚樂則然本義恐不

如是集傳因此又疑今之篇次已失其舊姚氏駁之曰詩三百

五篇經孔子手定故曰詩三百其無闕失可知又曰雅頌各得

其所則雅頌尤自無闕失也若如所云是孔子從闕失之餘摭

拾其殘編斷簡而已何以云各得其所耶可謂不察而妄談矣

案詩三百非孔子所定自季札觀樂時而已然矣孔子正樂是

自衞反魯時年已近七十其平昔教人學詩莫不曰詩三百是

三百之名其來已舊非至夫子而始有其名也集傳固未見及

於此姚氏過信得所之言遂得三百篇無一殘闕失次者豈定

論乎現今周頌三十一篇世序頗覺顛倒不倫有康昭以後詩

而越在文武以前者則又何說蓋所謂得所者夫子之時則然

豈秦火以後而亦得所耶又況古樂既亡詩篇僅存其得失都無所考姚氏能必三頌無一失所之樂章乎此眞所謂不察而妄談者矣倘何反脣以譏人耶愚非宗朱者蓋論關詩教不能不辯以附於此云

集釋 綏安也桓桓武貌

標韻 邦三江王七陽方同通韻 天一先聞十六諫叶韻

賚

武王克商歸告文王廟也

文王既勤止。我應受之。敷時繹思。我徂維求定。時周之命。於繹思。

右賚一章六句小序以爲大封於廟而詩中無大封之義凡爲之曲說者皆依序者也蓋詩以賚名篇故依篇名以立說耳姚氏云此等篇名實不知何人作亦不知其意指所在千載後人

豈能測之乃據此釋詩可乎愚謂詩名不獨此數篇不以詩中字名篇者不可知爲誰作卽凡三百之以詩中字名篇者又可知其爲誰作耶竊意古人作詩雖多不自立題要亦未始盡無題者特世遠年湮又遭秦火難復舊觀故僞序得以竄出其間亂千秋一大疑案也此詩旣不從序說自當以姚氏說爲當蓋武王初克商歸祀文王廟大告諸侯所以得天下之意耳其言曰集傳云此頌文武之功而言其大封功臣之意其言大封功臣固不能出序之範圍而云頌文武之功尤謬此篇與下般詩皆武王初有天下之辭二篇皆無武王字故知爲武王又以詩中皆曰時周之命是武王語氣也此篇上言文王下言我者武王自我也若謂頌文武之功則必作于成王詩卽無武王字其

云我應受之及我徂維求定時周之命豈成王語氣耶大凡說詩不可徒泥詩名及執序說總以涵泳經文求其意旨所在爲主雖不能言皆有中要亦十得八九姚說此詩蓋庶幾焉

【集釋】應當也敷布也時是也繹〔姚氏際恒曰〕繹聯續不絕意思語辭布施是政使之續而不絕不敢倦而中止也正對上文我徂二句〔姚氏際恒曰〕我徂維求定二句明是反商以求之辭云我往而求定者是周之王勤止意所以受天命而得王也於繹思〔姚氏際恒曰〕於繹思又重申已與諸侯始終無倦勤之意

【標韻】思四思同本韻二思字自爲韻本姚氏

般　武王巡守祀嶽瀆也

於皇時周。陟其高山。嶞山喬嶽。允猶翕河。敷天之下。裒時之對。時周之命。

姚氏曰寫得精采

右般一章七句篇名諸家多未詳或曰般樂也鄭氏或曰遊也蘇氏

又或以爲般旋范氏取盤旋之義謂巡守而徧乎四岳所謂盤旋也皆以篇名解詩意與上篇同蹈一弊然此猶稍近焉姚氏曰小序謂巡守而祀四嶽河海近是此亦武王之詩時邁亦武王巡守意彼之巡守封賞諸侯此則初克商巡守柴望嶽瀆告所以得天下之意固在時邁之先也詩原無次第不得拘求之

【集釋】嶞（集傳）嶞山之狹而長者（何氏楷曰）爾雅云巒山曰嶞說文云山之嶞嶞者　翕河（嚴氏粲曰）禹貢河自大陸北播爲九河同爲逆河注云同合爲一大河名爲逆河然翕郎逆河也　裒聚也　對答也

【叶韻】無韻

以上周頌下凡十八篇

詩經原始卷之十七終

汧陽門人王秉鈞校字

詩經原始卷之十八目錄

頌三

魯頌四首

駉　喻育賢也

有駜　頌魯侯燕不廢公也

泮水　受俘泮宮也

閟宮　美僖公能新廟祀也

商頌五首

那　祀成湯也

烈祖　祀成湯也

玄鳥　祀高宗也

長發　大禘也

殷武　高宗廟成也

詩經原始卷之十八

寶甯方玉潤鴻濛氏撰

頌三

魯頌

集傳魯少皡之墟在禹貢徐州蒙羽之野成王以封周公長子伯禽今襲慶東平府沂密海等州即其地也成王以周公有大勳勞於天下故賜伯禽以天子之禮樂魯於是乎有頌以爲廟樂其後又自作詩以美其君亦謂之頌舊說皆以爲伯禽十九世孫僖公申之詩今無所考獨閟宮一篇爲僖公之詩無疑耳夫以其詩之僭如此然夫子猶錄之者蓋其體固列國之風而所歌者乃當時之事則猶未純於天子之頌若其所歌之事又皆有先王禮樂教化之遺意焉則其文宜若猶可予也況夫子魯人亦安得而削之哉然因其實而著之而其是非得失自有不可揜者亦春秋之法也姚氏際恒駁之云按謂成王賜周公以天子之禮樂此本明堂位之邪說且因之謂魯子是乎有頌以爲廟樂此非揣摩杜撰之說乎于是明知其無廟頌謂自作詩以美其君亦謂之頌始指其實焉然則以前何必

爲此誣妄之說多其曲折乎又日夫子因其實而著之是非得失自有不可掩者亦春秋之法也嗟乎豈不寃哉魯頌有何非何失商周之頌爲廟頌惟天子有之諸侯不得有也今魯頌多變而爲頌其君上若是則天下之民可以頌天子一國之民亦可以頌諸侯安見諸侯之不可有頌而爲僭哉謂夫子存魯頌所以彰君上之過爲春秋之法既寃魯又寃夫子吾誠不知其何心也案姚氏駁集傳謂夫子存魯頌爲春秋書法之謬可謂痛快足以爲夫子洗寃矣然謂廟頌惟天子有之諸侯不得而有亦未盡然夫頌者所以頌功與德耳非天子則功德必不盛故頌惟天子有之倘使諸侯盛德隆功則何不可頌之有既可頌君卽可告廟又安見廟頌惟天子有之諸侯不得而有耶魯無大功德而有頌且變爲頌君而非告廟則其無大功德堪以告廟不得不變而爲頌君之辭也可知然未免近浮而夸矣此頌之變也頌既變爲此體編詩者雖欲刪而除之其可得乎是編詩而存魯頌非存魯之頌乃存頌之變者耳不然周公爲魯受封始祖其廟樂當有可歌何以不存而必存庸常無奇之僖公頌乎且雅頌雖正自夫子而三百非定自夫子夫子又何容心於其際耶至魯用天子禮樂爲本明堂位之邪說則尤不可以不辯明位固屬僞書未可據以爲信而論語八佾舞於庭之言獨不可信乎夫使魯不用天子禮樂則三家亦必無八佾之舞三家既

馬之德
馬之力
馬精神
馬志向

舞八佾則魯用天子禮樂無疑明堂位言周公踐阼而朝諸侯此誣謗枉至謂成王賜魯以天子禮樂不爲無過然在成王之心則猶以爲不足酬周公之勳勞於生前也故非虛也集傳不謂其禮樂之僭而獨謂其頌君之僭姚氏不信明堂位之誣而亦並忘論語八佾之舞均屬夢夢可乎哉

駉　喻育賢也

駉駉牡馬，在坰之野。薄言駉者，有驈有皇，有驪有黃，以車彭彭。思無疆，思馬斯臧。一章駉駉牡馬，在坰之野。薄言駉者，有騅有駓，有騂有騏，以車伾伾。思無期，思馬斯才。二章駉駉牡馬，在坰之野。薄言駉者，有驒有駱，有駵有雒，以車繹繹。思無斁，思馬斯作。三章駉駉牡馬，在坰之野。薄言駉者，有駰有騢，有驔有魚，以車祛祛。思無邪，思馬斯徂。四章

右駉四章章八句此諸家皆謂頌僖公牧馬之盛愚獨以爲喻

魯有賢之衆蓋借馬以比賢人君子耳其爲頌魯何公不可知但觀每章思無疆思無期思無斁思無邪句必非猷咏馬者上四思字當屬馬言下四思字乃屬牧人言意謂德之良者其智慮必深廣而無窮也才之長者其幹濟必因應而無方也神之王者其舉動必振興而無厭也心之正者其品行必端向而無曲也此雖駉馬歌實一篇賢才頌耳不然牧馬縱盛何關大政而必爲之頌且居一國頌聲之首耶竊意伯禽初封人材必衆故詩人假牧馬以頌育賢爲一國開基盛事其後東山泗水間果多英賢甲於列邦編詩者追溯其原實由於是故以此篇冠魯頌之首未必無所取意其奈諸儒說詩專以馬論馬致滋多疑或謂頌僖公序與集傳或謂美伯禽黄東發季明德都無所考焉有定論

頌體本告成功用之郊廟此獨虛頌馬德以喻賢才於朝廟無所用之故又爲頌中變體已開後世天馬歌白馬篇等詩之先故又不可不存以備頌中一體也

【集釋】駉駉腹幹肥張貌 坰邑外謂之郊郊外謂之野野外謂之林林外謂之牧牧外謂之坰 驈驪馬白跨曰驈 皇黃白曰皇 驪純黑曰驪 黃黃騂曰黃 彭彭盛貌 騅蒼白雜毛曰騅 駓黃白雜毛曰駓今之桃華馬也 騂赤黃曰騂 騏青黑曰騏 伾伾有力也 驒青驪驎曰驒色有淺深斑駁如魚鱗今之連錢驄也 駱白馬黑鬣曰駱 駵赤身黑鬣曰駵 雒黑身白鬣曰雒 繹繹不絕貌 斁厭也 作奮起也 駰陰白雜毛曰駰陰淺黑色今泥驄也 騢彤白雜毛曰騢 驔豪骭曰驔骭膝下之名 魚二目白曰魚似魚目也馬之大病故次在後 祛祛彊健也 徂行也

【標韻】馬二十一馬 野同 本韻 皇七陽 黃 彭八庚 臧同 通本韻 駓四支 騏 伾 期並同 才十灰 通韻 駱十藥 雒同 繹十一陌 斁同 作藥 叶韻 騢六麻 魚六魚

祛同 邪麻 徂虞 叶韻

有駜　頌魯侯燕不廢公也

有駜有駜，駜彼乘黃。夙夜在公，在公明明。振振鷺，鷺于下。鼓咽咽，醉言舞。于胥樂兮。一章　有駜有駜，駜彼乘牡。夙夜在公，在公飲酒。振振鷺，鷺于飛。鼓咽咽，醉言歸。于胥樂兮。二章　有駜有駜，駜彼乘駽。夙夜在公，在公載燕。自今以始，歲其有。君子有穀，詒孫子。于胥樂兮。三章

右有駜三章章九句小序謂頌僖公君臣之有道姚氏云頌僖公未有據云君臣之有道尤不切合季明德以爲美伯禽亦屬臆測未有以見其然也故集傳但以爲燕飲而頌禱之辭然燕飲不忘在公頌禱專稱歲有旣無忘政又勿忘本君臣同樂所

謂有道唯其措詞過覚致招譏刺亦不善立言者之過耳愚謂此詩因飲酒而稱頌又開後世柏梁燕饗賦詩獻頌之漸與前虛頌良馬喻賢材者別為一體故亦不可以不存也唯頌何公因何飲酒則皆不可考不必強為之辯然亦何必為之深辯哉

【集釋】駜馬肥強貌　明明辯治也　振振鷺姚氏際恒曰振振鷺亦興也集傳以為鷺羽之舞下文醉言舞始言舞事不應先言舞器又二章醉言歸不言舞上何以言舞器乎　咽與淵同鼓聲之深長也　駽今鐵驄也　載則也　有有年也　穀善也　詒遺也

【標韻】黃七陽　明八庚　轉韻　下二十一馬　舞七麌　叶韻　牡二十五有　酒同　本韻　飛五微　歸同　本韻　駽一先　燕十七霰　叶韻　有有　子四紙　叶韻

泮水　癹仔泮宮也

思樂泮水薄采其芹魯侯戾止言觀其旂其旂茷茷鸞聲噦噦無

小無大從公于邁一章思樂泮水薄采其藻魯侯戾止其馬蹻蹻其馬蹻蹻其音昭昭載色載笑匪怒伊教二章思樂泮水薄采其茆魯侯戾止在泮飲酒既飲旨酒永錫難老順彼長道屈此羣醜三章穆穆魯侯敬明其德敬慎威儀維民之則允文允武昭格烈祖靡有不孝自求伊祜四章明明魯侯克明其德既作泮宮淮夷攸服矯矯虎臣在泮獻馘淑問如皋陶在泮獻囚五章濟濟多士克廣德心桓桓于征狄彼東南烝烝皇皇不吳不揚不告于訩在泮獻功六章角弓其觩束矢其搜戎車孔博徒御無斁既克淮夷孔淑不逆式固爾猶淮夷卒獲七章翩彼飛鴞集于泮林食我桑黮懷我好音憬彼淮夷來獻其琛元龜象齒大賂南金八章

右泮水八章章八句小序謂頌僖公能修泮宮也集傳不言僖

公不信其能修但以爲飲於泮宮而頌禱之詞又云泮水泮宮
之水也諸侯之學蓋雖不信其爲僖公之詩而實指泮宮爲諸
之學者也姚氏均兩闕之以爲泮者水名諸侯作宮其上謂之
泮宮非學也自王制以辟廱爲天子之學泮宮爲諸侯之學漢
儒承襲其僞遂相沿以至於今唯宋戴仲培明楊用修始以爲
非其說誠然又引許魯齋之言謂此頌伯禽之詩蓋伯禽有征
淮夷而爲齊執明年九月乃得釋歸詩言縱夸大不應以醜爲
美至于如此也愚案是詩以爲頌伯禽者近是至泮宮爲學之
說未可盡非當日作宮泮水未必有意於學也後世振興學校
或即其地以開講堂遂至相沿以爲典制更襲其名而不能改
者大都如是即如辟廱其始亦不過文王苑囿遊獵之地其後

武王鎬京則有事辟廱以爲學矣鎬之辟廱豈尚是豐之辟廱哉楊戴之論泮宮蓋原其始作意耳毛鄭之釋泮水乃因其成制言也唯此時之泮水則尚未可以爲學以泮本水名故宮曰泮宮林曰泮林乃始作宮於泮水之上非如後儒所云泮之言半到處學宮皆然也魯侯既作泮宮而征淮適來獻馘故奏凱書勳飲酒受俘其地若已建學則豈獻囚獻功處哉國家命將收功自有廟廷重地斷不至以元戎執訊獲醜與諸生論道講學混而爲一詩前半皆飲酒落成新宮後半乃威服醜夷故中間云既作泮宮淮夷攸服詩旨甚明何小序僅釋前半文義而集傳又以獻馘實事爲頌禱虛詞豈不謬哉

【附錄】姚氏際恒曰泮宮宋戴仲培明楊用修皆以爲泮水之宮非學宮其說誠然按通典載魯郡泗水縣泮水出焉泮爲

水名可識魯侯新作宮于其上其水有芹藻之屬故詩人作頌因以采芹藻爲興謂既作泮宮而淮夷攸服言其成宮之後發祥而獲吉也故飲酒于是獻馘于是獻囚于是獻功于是末章乃聆泮水之前有林而林上有飛鴞集之因託以比淮夷之獻探焉通篇意旨如此自王制以爲諸侯之學宮此漢儒之說未可信也使泮宮爲諸侯學宮則諸侯作學宮乃其常事詩何以便謂使淮夷攸服乎說者曰漢儒謂學者以詩中匪怒伊教一語夫先之以其馬蹻蹻其音昭昭不過晏遊之和樂耳又濟濟多士克廣德心下即繼以桓桓于征狄彼東南此自指從邁之多賢言非閟學也又有四說可以直折其非詩曰泮水又曰泮宮言泮水者亦名也言泮宮者泮水之宮也文義自明名泮宮者猶楚之渚宮晉之虒祈之宮也今解之者曰樂水形如半壁以其半于辟廱之水而作字爲泮以名之何其展轉曲折可笑之甚乎若泮宮本爲泮水之宮今以泮水爲泮宮之水顛倒不順一也詩又曰泮林明是泮水之林今既以泮爲半壁之形呼其林爲泮林可通乎亦將爲半林乎二也首曰思樂泮水薄采其芹猶之如觱沸檻泉言采其芹于水澤之地多水草而云也今以爲樂士所製半璧之形其水幾何恐未必遂多芹藻之類又此詩爲魯人所詠言思樂泮水薄采其芹就泮水所有以與作泮宮之意必當時魯人原隰及而游樂焉故如此云若以爲魯侯所製之泮水則魯人安得思樂于此乎故孔氏知其樊爲之疏曰此美僖公之修泮宮述魯人之辭而云思樂泮水故知

泮水即泮宮之外水也此因說詩者不順其義故疏之者每致難通必爲之迂回其說以泮水爲泮水之外試問詩言思樂泮水固是思樂泮水之外否乎三也詩曰從公于邁曰魯侯戾止泮宮必在郊外之地若夫學校豈有不在國都中者四也此四者人自不細心察其作序者祖述王制以說詩而其言遂牢不可破後人且緍辟廱爲全璧之形泮宮爲半璧之形俗語不實流爲丹青不信然乎又明堂位頖周學也說苑云泮諸侯鄉射之宮鄭氏注禮記云頖班也所以班政教孔氏疏魯人有事于上帝必先有事于頖宮云謂于頖宮之中告后稷將以配天也當時辨泮宮者又或以謂周學或以謂諸侯鄉射之宮或以謂后稷廟而鄭氏亦復二三其說可見原無一定之說如此則安得信王制謂諸侯學鑿然不可易哉集傳知于僖公不合故但曰此歆于泮宮而頌禱之辭于第三章下云此章以下皆頌禱之辭謂獻馘獻囚獻功獻琛皆是祝其未來事尤堪絶倒

【集釋】**茷茷**飛揚也　**蹻蹻**毛氏萇曰其馬蹻蹻言彊盛也　**茆**集傳茆鳧葵也葉大如手赤圓而滑江南人謂之尊葉者也　**長道**猶大道也　**屈**服也　**醜**衆也　**馘**所格者之左耳也　**狄**蘇氏轍曰狄古逖通　**東南**謂淮夷也　**不吳不揚**肅也　**不告于訩**不爭功也　**觩**弓健貌　**束**五十矢爲束　**搜**矢疾聲　**無斁**言競勸也　**逆**違命也　**黮**桑實也　**憬**覺悟也　**琛**寶也　**元龜**尺二寸龜　**賂**遺也　**南金**荊揚之金也

歷敘譜系

題本閟宮作頌故先總起二句乃追溯祖德

芹十二文旂四支叶韻　茷九泰噦同太同邁十卦叶韻　藻十九皓

蹻十七篠昭同笑十八嘯教十九效叶韻　茆二十五有酒同老皓醜有叶

韻　德十三職則同本韻　武七麌祖祜並同本韻　德職服一屋馘一十

陌叶韻　陶四蕭囚十一尤叶韻　心十二侵南十三覃通韻　皇七陽揚

同本韻　訩二冬功一東通韻　觩尤搜同本韻　斁陌逆獲並同本

韻　林侵音琛金並同本韻

閟宮　美僖公能新廟祀也

直起　閟宮有侐。實實枚枚。赫赫姜嫄。其德不回。上帝是依。無災無害。彌（溯源）

月不遲。是生后稷。降之百福。黍稷重穋。稙穉菽麥。奄有下國。俾民

稼穡。有稷有黍。有稻有秬。奄有下土。纘禹之緒。一章后稷之孫。實維

大王。居岐之陽。實始翦商。至于文武。纘大王之緒。致天之屆。于牧

落到分封乃全詩總目

又由受封之始遞到僖公乃是正位魯用天子禮樂得以郊天故特題之

此頌其祭祀之誠能以受福

此頌其征伐之勞能以昌大皆虛詞溢美開後世詞賦家虛夸之漸

就魯地特起有勢

之野無貳無虞上帝臨女敦商之旅克咸厥功王曰叔父建爾元子俾侯于魯大啓爾宇爲周室輔二章乃命魯公俾侯于東錫之山川土田附庸周公之孫莊公之子龍旂承祀六轡耳耳春秋匪解享祀不忒皇皇后帝郊天皇祖后稷配以后稷享以騂犧牲是饗是宜降福既多周公皇祖亦其福女三章秋而載嘗夏而楅衡白牡騂剛犧尊將將毛炰胾羹籩豆大房萬舞洋洋孝孫有慶俾爾熾而昌俾爾壽而臧保彼東方魯邦是常不虧不崩不震不騰三壽作朋如岡如陵四章

公車千乘朱英綠縢二矛重弓公徒三萬貝冑朱綅烝徒增增戎狄是膺荊舒是懲則莫我敢承俾爾昌而熾俾爾壽而富黃髮台背壽胥與試俾爾昌而大俾爾耆而艾萬有千歲眉壽無有害五章

泰山巖巖魯邦所詹奄有龜蒙遂荒大東至于海邦淮夷來同莫

並及其家人姬庶

點清作意並應篇首閟宮及所作之人

不率從魯侯之功六章保有鳧繹遂荒徐宅至于海邦淮夷蠻貊及彼南夷莫不率從莫敢不諾魯侯是若七章天錫公純嘏眉壽保魯挺接居常與許復周公之宇總魯頌一筆魯侯燕喜令妻壽母宜大夫庶士邦國是有既多受祉黃髮兒齒八章徂來之松新甫之柏是斷是度是尋是尺松桷有舃路寢孔碩新廟奕奕奚斯所作孔曼且碩萬民是若新、字、是○題、中、眉目○點工之人九章

右閟宮九章四章章十七句一章十六句二章章八句二章章十句姚氏曰章從集傳集傳謂第四章脫一句故謂五章章十七句今案第四章本無脫句又正之小序謂頌僖公能復周公之宇也雖僻出於經然與經異且非詩旨詩首尾皆以廟言是頌爲廟祀作也復土宇僅詩中一端何以能賅全詩耶閟宮新廟當是一事但不知爲魯何廟新之云者或以

爲作新之或以爲修舊而新之似皆可通朱氏公遷曰但曰姜嫄廟則不當及大王以下曰閟公廟則不當及周公皇祖以上曰僖公廟則詩正爲公祝頌之僖固未嘗薨也姚氏主閟公廟言集傳以爲魯之羣廟都不可考唯嚴氏粲云春秋不書則知其非大工役止爲僖公能修寢廟史臣張大其事而爲頌禱之辭猶斯干之意耳斯言也差爲得之不然魯有大工役豈無可考歟竊意閟者閉也嚴肅之謂凡廟皆然不必姜嫄廟始稱閟宮則其爲魯舊有之廟可知至僖公始命奚斯葺而新之詩人於是鋪張揚厲發爲茲頌以致後之儒者多方考證毫無實据焉能符合亦可哂也詩洋洋鉅篇詞雖多複法實整飭首二章歷敘源流推本所自是爲總冒三章落到僖公乃入正位特題

郊祀爲魯生色四五兩章一寫承祭一寫征伐皆極其稱揚無中生有六七兩章又就魯之境土誇耀一番八章總束周公之宇一筆順祝其家人臣庶可謂備矣九章始言作廟取材於徂來新甫二山命重臣爲之監修則規模崇煥鄭重其役也可知嫄氏曰此三百篇中最爲長篇然序近冗而辭亦趨美熟一路文章風氣洵有升降也愚謂此詩褒美失實制作又無關緊要原不足存其所以存者以備體耳蓋頌中變格早開西漢揚馬先聲固知其非全無關係也

【集釋】閟宮閟深閉也呂氏大臨曰閟宮魯廟非姜嫄廟也侐清靜也實實鞏固也枚枚礱密也回邪也稙先種曰稙穉後種曰穉孔氏穎達曰重穋稙穉生熟早晚之異稱非穀名翦商周之克商雖非於大王推其克商之由實自大王始屆極也敦治也王成王也叔父周公也元子魯公伯禽也附

庸猶屬城也莊公之子僖公也耳耳柔從也忒差也后帝后稷孔氏穎達曰明堂位稱成王以周公爲有大勳勞於天下是以魯君祀於郊帝配以后稷天子之禮也是成王命魯郊天亦配以后稷之事朱氏公遷曰天子以冬至祭天魯諸侯也不敢純用天子之禮故用夏之正月冬至陽之始正月歲之始也姚氏際恒曰此祈穀之郊非冬至之郊也祈穀之郊諸侯皆得行之騂犧騂赤也犧純也周色尙赤魯以天子命郊故以騂嘗秋祭也楅衡集傳楅衡施於牛角所以止觸也周禮封人云凡祭飾其牛牲設其楅衡是也秋將嘗而夏楅衡其牛言夙戒也白牡騂剛何氏楷曰剛通作犅孔氏穎達曰公羊傳云周公用白牡魯公用騂犅說文云犅特也白牡謂白特騂犅謂赤特也姚氏際恒曰白牡騂剛見周亦不專用騂言其無不備也且以白騂成文猶後言朱英綠縢之意毛傳遂謂白牡周公牲騂剛魯公牲鑿說也何據而分之耶集傳復爲之說曰白牡殷牲也周公有王禮故不敢與文武同魯公則無所嫌故用騂剛尤爲飾說此絕類三家村老人說古事毫無稽据也犧尊王氏肅曰大和中魯郡於地中得齊大夫子尾送女器有犧尊以犧牛爲尊也馮氏復京曰宋蔡絛云徽宗崇尚古器政和間尚方所貯盡三代冢墓中物今博古圖所載是也其犧尊正如王肅所言全作牛形開背受酒則阮諶之言殆臆度耳毛炰周禮封人祭祀有毛炰之豚注爓去其毛而炰之也胾集傳

羹大羹鉶羹也大羹太古之羹湆煑肉汁不和盛之以登貴其質也鉶羹肉汁之有菜和者也盛之鉶器故曰鉶羹**大房**集傳大房半體之俎足下有跗如堂房也**萬**舞名**三壽**集傳或曰願公壽與岡陵等而爲三也**千乘**集傳千乘大國之賦也成方十里出革車一乘甲士三人左持弓右持矛中人御步卒七十二人將重車者二十五人千乘之地則三百十六里有奇也**朱英**所以飾矛**綠縢**所以約弓**二矛**夷矛酋矛也**重弓**備折壞也**徒**步卒也**貝胄**貝飾胄也**朱綅**所以綴也**增增**衆也**龜蒙**二山名曹氏粹中曰龜則鄒之龜山蒙則費之東蒙山案蒙山即東山**鳧繹**二山名**宅**居也**若**順也**常**集傳常或作嘗嘗在薛之旁**許**集傳許許田也魯朝宿之邑也皆魯之故地見侵於諸侯而未復者故魯人以是願僖公也**令妻壽母**集傳令妻令善之妻聲美也壽母壽考之母成風也閔公八歲被弒必是未娶其母叔姜亦應未老此言令妻壽母又可見公爲僖公無疑也**兒齒**齒落更生細者亦壽徵也**徂來新甫**二山名**舄**大貌**路寢**正寢也貫氏佐曰路寢在廟之後所以藏衣冠**新廟**鄭氏康成曰修舊曰新劉氏瑾曰即前閟宮也**奚斯**公子魚也孔氏穎達曰奚斯爲之主帥教令工匠監護其事屬付功役課其章程而已**曼**長也**碩**大也**萬民是若**順萬民之望也

標韻 枚十灰回同本韻　依五微遲四支通韻　稷十三職福一屋穋同麥
陌十一國職穡同叶韻　黍六語秬同土七麌緒語通韻　王七陽陽商
並同本韻　武麌緒語野二十一馬女語旅同父麌魯宇輔並同叶韻
公一東東同庸二冬通韻　子四紙祀耳並同本韻　式職稷同本韻
犧四支宜同本韻　祖麌女同本韻　嘗陽衡八庚剛陽將同羹庚
房陽洋慶昌臧方常並同轉韻　崩十藥騰朋陵並同本韻　縢蒸綅
十二侵增蒸膺懲承並同通韻　熾寘富二十六宥試寘叶韻　大九泰艾
害並同本韻　嚴十五咸詹十四鹽通韻　蒙東東同從二冬功東通
韻　繹陌宅貊並同本韻　諾十藥若同本韻　皷魯麌許語宇
宇麌通韻　喜紙母二十五有士紙有有祉紙齒同叶韻　柏陌度
藥尺舃陌碩藥奕陌作藥碩若並同叶韻

以上魯頌凡四篇案是册爲雖曰頌而駉實近雅有駜泮水則兼風閟宮不唯體類大雅且開漢賦之
先是詩變爲騷騷變而賦之漸也又況駉本虛頌有駜徒
飲酒泮水雖受俘閟宮亦祭祀而皆以新宮告成不免虛
張襃美失實其所謂美盛德之形容以其成功告於神明
者果安在哉然後世之所謂頌者又專學此體而未王焉
者也則何怪編詩者之取以嗣頌聲之
末而猶可彷彿於文武成康之遺意哉

商頌

集傳云契爲舜司徒而封於商傳十四世而湯有天下其
後三宗迭興及紂無道爲武王所滅封其庶兄微子啓於
宋修其禮樂以奉商後其地在禹貢徐州泗濱西及豫州
盟豬之野其後政衰商之禮樂日以放失七世至戴公時
大夫正考甫得商頌十二篇於周大師歸以祀其先王至
孔子編詩而又亡其七篇然其存者亦多闕文疑義今不
敢强通也楊子亦疑商頌爲正考父所作姚氏曰商頌五
篇文字風華高貴寓質樸于敷腴運情緩于古峭文質相
宜允爲王文孰謂商尚質耶妄夫以爲春秋時人作又不
足置辯虞廷賡歌每句用韻商頌多爲此體正見去古未
甚遠處又曰集傳云多闕文疑義今不敢强通按商頌無
闕文亦無疑義後於殷武第三章下云疑脫一句集傳所

謂多闕文者惟此而已愚案之果然然頌之編不始於孔子頌之名自商始有之葛氏怫生曰樂之作自黃帝時已有之夔之樂神人以和祭祀有樂虞夏時皆然但頌之名始於商耳說者謂夏之篇章泯棄惟商有頌及魯宋無風乃王者聖人之後天子巡守不敢陳其風聖人因取魯商二頌以附周頌之末所以褒周公後此於先代之說皆妄談也又或謂孔子殷人而生於魯有魯與商二頌不忘其所生之意均皆以私意測聖人況詩又非夫子所定歟愚謂頌之體始於商而盛於周魯其末焉者耳然必合三詩而其體始備亦猶後世之論唐詩有盛中晚三唐之分此三頌之體所由辨也而乃先周而後商者何哉蓋先周者尊本朝後商者溯詩源編詩體例應如是耳至雅頌得所存乎音節不在此例讀者亦可無疑義於其中也歟

那　祀成湯也

猗與那與置我鞉鼓奏鼓簡簡衎我烈祖湯孫奏假綏我思成鞉鼓淵淵嘒嘒管聲既和且平依我磬聲於赫湯孫穆穆厥聲庸鼓有斁萬舞有奕我有嘉客亦不夷懌自古在昔先民有作溫恭朝

夕執事有恪。顧予烝嘗。湯孫之將。

一　右那一章二十二句小序以爲祀成湯諸家從之但不知何王所祀然亦不必深考也鄭氏必以爲大甲金鶚氏必以爲武丁皆屬臆測亦徒辭費何必然哉然詩雖祀湯而不言湯之功德獨舉鞉鼓管磬庸鼓之聲與萬舞之奕者則又何故說者謂商人尚聲聲之盛是德之盛也湯之功德自有天濩之樂此所謂聲卽大濩之聲耳凡聲屬陽故曰樂由陽來首章是將祭之時先作樂以求神亦如周人取蕭祭脂之意記曰臭味未成滌蕩其聲樂三闋然後出迎牲是也全詩辭意與周之有瞽備舉諸樂以成文者亦復相類第彼以作樂合祖永觀厥成是樂之終此以聲音詔神冀其來享是樂之始而又曰綏我思成者是求

神雖以聲爲先而格神仍以思作主耳陳氏際泰曰商人尊鬼而尚聲聲者所以詔告於天地之間聲召風風召氣氣召神懼其雜而集焉則有湯孫之思矣思者氣之精者也鬼神非其類也不至必有精氣而借聲以召之神無不格矣此可謂深得詩人大旨者也朱氏善又曰湯孫奏假綏我思成始焉人固因樂以致其感格之效也於赫湯孫穆穆厥聲終焉樂復因人而成其和聲之美也至於鏞鼓之斁斁然而盛也萬舞之奕奕然有次序也則不特幽有以感乎神而嘉賓在位亦無不夷懌者矣此又人神交感實合聲與思而一以致之音聲之道豈不微哉是故審音以知樂觀樂而知德非湯盛德孰克當此故商頌以那爲首者此爾

【集釋】猗歎美之辭那多也美之不足又嗟歎而多之也置陳也簡簡和大也衎樂也烈祖湯也湯孫湯之孫自大甲以下之時王皆是也假與格同綏安也思成集傳鄭氏曰安我以所思而成之人謂神明來格也禮記曰齊之日思其居處思其笑語思其志意思其所樂思其所嗜齊三日乃見其所爲齊者祭之日入室僾然必有見乎其位周旋出戶肅然必有聞乎其容聲出戶而聽愾然必有聞乎其歎息之聲此之謂思成蘇氏曰其所見聞本非有也生於思耳此二說近是蓋齊而思之祭而如有見聞則成此人矣淵淵深遠也嘒嘒清亮也磬姚氏際恒曰磬鄭氏謂玉磬未然磬有玉有石古人隨用何以知其爲玉磬乎孔氏因以爲石磬要是佞說夫樂惟有八音今分玉石不成有九音耶集傳周以磬爲堂上升歌之樂尤謬磬在堂下玉石同之決無玉磬在堂上石磬在堂下之理堂上之樂以笙爲主堂下之樂以磬爲主故小雅笙磬同音此云依我磬聲也庸鏞通斁盛也奕有次序也嘉客先代之後來助祭者也夷悅也恪敬也將奉也

【標韻】鼓麌七祖同本韻　成庚八聲平聲並同本韻　斁陌十一奕客懌並同本韻　昔陌作藥十夕陌恪藥叶韻　嘗陽七將同本韻

烈祖　祀成湯也

嗟嗟烈祖，有秩斯祜。申錫無疆，及爾斯所。既載清酤，賚我思成。亦有和羹，既戒既平。鬷假無言，時靡有爭。綏我眉壽，黃耇無疆。約軝錯衡，八鸞鶬鶬。以假以享，我受命溥將。自天降康，豐年穰穰。來假來饗，降福無疆。顧予烝嘗，湯孫之將。

右烈祖一章二十二句姚氏曰小序謂祀中宗本無據第取別于上篇又以下篇而及之耳然此與上篇末皆云湯孫之將疑同爲祀成湯故集傳云然然一祭兩詩何所分別輔氏廣曰那與烈祖皆祀成湯之樂然那詩則專言樂聲至烈祖則及于酒饌焉商人尚聲豈始作樂之時則歌那既祭而後歌烈祖歟此說似有文理愚案周制大享先王凡九獻商制雖無考要亦太

意本尋常造語特奇遂使小儒咋舌

畧相同毎獻有樂則有歌縱不能盡皆有歌其一獻降神四獻五獻酌醴薦熟以及九獻祭畢諸大節目均不能無辭特詩難悉載且多殘闕耳前詩專言聲當一獻降神之曲此詩兼言清酤和羹其五獻薦熟之章歟不然何以一詩專言聲一詩則兼言酒與饌耶此可以知其各有專用同爲一祭之樂無疑也

【集釋】烈祖湯也秩常也嘏中庸作奏正與上篇意同約軧錯衡見采芑篇鶬見載見篇溥廣也將大也穰穰多也

【標韻】祖慶七祜同所語六通韻　成庚八羹平爭並同本韻　疆陽七鶬將康穰疆嘗將並同本韻

玄鳥　祀高宗也

天命玄鳥降而生商宅殷土芒芒古帝命武湯正域彼四方方命

鶩為怪事創為無稽妄談皆不知詩人語不驚人死不休之過也

厥后奄有九有商之先后受命不殆在武丁孫子武丁孫子武王靡不勝龍旂十乘大糦是承邦畿千里維民所止肇域彼四海四海來假來假祁祁景員維河殷受命咸宜百祿是何

右玄鳥一章二十二句序謂祀高宗而集傳不之信故泛以為祭宗廟之詩然詩前半追述湯之奄有九有後半歸重武丁之中興能肇域彼四海以復成湯之舊辭意俱極顯然尚何疑哉若泛言祭宗廟而武丁孫子又將誰屬殷至武丁後別無顯王可當斯頌所謂孫子者武丁也對湯言故曰孫子如必泥孫子為主祭時王則武王靡不勝之言未有自祭而自贊之理故諸儒多是序而非朱者此也天命玄鳥降而生商毛傳云玄鳥鳦也春分玄鳥降湯之先祖有娀女簡狄配高辛氏帝帝率與之

祈于郊禖而生契故本為天所命以玄鳥至而生焉自呂覽好為附會遂以為吞鳦卵而生史記從之鄭氏更本以說經蓋因姜嫄有履迹生稷之異故並此亦以為鳦卵所生是何天之好異而古聖之生如出一轍哉夫履迹而生亦偶然之事豈可襲以為常彼蓋秉天地陰陽之和適與兩間靈異相感觸故一遇而成胎雖非人道之常實亦天靈所聚乃獨鍾為異產若夫鳦卵則何靈異之有縱使靈異亦禽種耳豈可以是誣聖人哉大凡詩人造語故作奇異借以驚人不謂後儒信以為真豈堪一噱且簡狄與姜嫄同配帝嚳姜嫄祀郊禖簡狄亦祀郊禖文章犯複其為附會不言可知詩骨奇秀神氣渾穆而意亦復雋永實為三頌壓卷周詩所不能及況在魯頌而揚子雲猶以為春

秋時人作者何哉

【集釋】芒芒大貌　帝上帝也　武湯湯有武德故號之也　正治也　域封境也　方命厥后四方諸侯無不受命也　九有九州也　武丁高宗也　肇開也　假與格同　景員維河姚氏際恒曰景員維河朱鬱儀曰湯有景亳之命高宗亦自河徂亳此云景員維河殷受命咸宜舉湯暨武丁會諸侯之地而言也員與云通語助辭集傳云員與下篇幅隕義同蓋言周也河大河也言景山四周皆大河也嚴氏粲曰武丁至庚丁八世皆居亳此詩所言河正指亳也亳有三亳穀熟為南亳偃師為西亳湯自南亳遷西亳盤庚所遷即西亳偃師是也　何【集傳】何任也春秋傳作荷

【標韻】商七陽　芒　湯　方並同本韻　后二十五有　有同本韻　殆十賄　子四紙通韻　勝十蒸　乘　承並同本韻　里紙　止同　海賄通韻　祈五微　宜四支通韻　河五歌　何同本韻

長發　大禘也

濬哲維商，長發其祥。洪水芒芒，禹敷下土方。外大國是疆，幅隕既長。有娀方將，帝立子生商。一章玄王桓撥，受小國是達，受大國是達。率履不越，遂視既發。相土烈烈，海外有截。二章帝命不違，至于湯齊。湯降不遲，聖敬日躋。昭格遲遲，上帝是祗，帝命式于九圍。三章受小球大球，爲下國綴旒，何天之休。不競不絿，不剛不柔，敷政優優，百祿是遒。四章受小共大共，爲下國駿厖，何天之龍。敷奏其勇，不震不動，不戁不竦，百祿是總。五章武王載旆，有虔秉鉞。如火烈烈，則莫我敢曷。苞有三蘖，莫遂莫達，九有有截。韋顧既伐，昆吾夏桀。六章昔在中葉，有震且業。允也天子，降予卿士。實維阿衡，實左右商王。七章

右長發七章，一章八句，四章章七句，一章九句，一章六句。序曰大禘也。諸儒皆疑之。禮記曰：王者禘其祖之所自出，以其祖配

之今詩雖上及契而不及契之所自出下及湯而不及羣廟之主中間雖言相土相土未稱王不得有廟故欲以爲禘而無祖所自出之帝欲以爲祫而無羣廟合食之文集傳疑爲祫祭與鄭氏郊祭天之說固爲非是即姚氏何氏之主禘祭者亦多曲爲之說非眞知詩意者也何姚二說附後唯楊氏云詩頌長發大禘但述玄王以下而不及於所自出之帝則安得謂之禘詩今案篇首即以長發其祥一語開端明是指帝嚳而言未嘗不及於所自出之帝也豈必舉嚳之名而後謂之及嚳耶然愚案詩明言有娀方將帝立子生商娀子者契也契所自出者娀氏女也言娀女即言帝嚳也詩固有意到而筆不到者此類是已又况古人文字類多簡質如思文本以后稷配天而文不及天自不失

爲郊天之文又何疑於此詩禘其祖所自出而不及於祖所自出之人乎又朱氏善曰有商受命之祥雖在於濬哲相繼之時而有商受命之基實定于有娀生商之日必言有娀者以契固商人之所由生而有娀又商之所自出也此可見詩言有娀生商者並非泛言所自出而已蓋倒裝文法先言契而後及其所自出耳若使先從有娀敘起如前篇玄鳥生商順勢直下則禘義自明然天下豈有此獃板文法篇篇一例耶諸儒不於此細察妄生議論眞可怪也此首章之義也若至篇末兼頌功臣實維阿衡書盤庚篇曰茲予大享于先王爾祖其從與享之此非大禘證乎何至疑爲祫祭也與郊祭天耶序曰大禘可無疑矣

附錄 何氏楷曰漢儒皆以大禘爲合祭羣廟程子胡致堂皆從其說而趙楊泥大傳中以其祖配之一語謂禘祭推始祖

之所自出其配之者惟始祖一人而已朱子亦以爲然今據大傳本文曰禮不王不禘王者禘其祖之所自出以其祖配之諸侯及其太祖大夫士有大事省于其君于祫及其高祖馬端臨謂玩其文意亦似共只說一祭天子則謂之禘及其祖之所自出諸侯所祭止太祖大夫士有功勞見知於君許之祫則于祫可及高祖蓋共是合祭祖宗而以君臣之故所及有遠近也蓋禘之爲言禘也一則如宋神宗謂審諦其祖之所自出一則如許慎爲審諦昭穆張純謂諦諟昭穆尊卑之義是也斯則大禘之禮七廟之祖皆在亦以明矣又曰此詩末章嫓及阿衡正配享太廟之事固大禘之一證也書盤庚稱兹予大享于先王爾祖其從與享之周禮司尊彝云凡四時之間祀追享朝享先儒謂禘追其所自出故爲追享祫羣主皆朝於太廟故爲朝享禘祫皆以享名而禘尤大於祫故以大享名也盤庚言功臣配享正大享之時則序以長發爲大禘信非妄矣何休亦云禘所以異於祫者功臣皆祭也姚氏際恒曰小序謂大禘說者謂禘則功臣與祭徵之于盤庚曰兹予大享于先王爾祖其從與享之詩末有阿衡之語也案禘者據禮文禘其祖之所自出以其祖配之今惟言契而不言契之所自出似非禘矣集傳謂今案大禘不及羣廟之主此疑爲祫祭之詩彼意似謂禘不及羣廟之主惟祫及之然詩中未嘗有及羣廟之主語相土未爲王無廟也豈認相土爲廟耶更難曉愚按祫祭之說更不如禘抑或商之禘不必所自出耶案以上二說皆主禘祭於詩未功臣與祭

之說皆確而有據唯於詩首無所自出之文均未能確
有所見故多遷就其說以合經豈能使人信而不疑哉
〔集釋〕濬深也哲知也幅猶言邊幅也隕讀作員謂周也有娀契之母家也將大也玄王〔集傳〕
玄王契也玄者深微之稱或曰以玄鳥降而生也王者追尊之號桓武也撥治也達通也受小國二句
授之以國政無不能達相土契之孫也〔王〕氏質曰契之後湯之前十三傳而獨舉相土一人左氏謂閼伯居商邱相土
因之是最盛者也截整齊也湯齊〔蘇〕氏轍曰至湯而王業成與天命會也九圍九州也大球小
球〔鄭〕氏康成曰小球鎮圭尺有二寸大球大圭三尺也皆天子之所執也下國諸侯也綴旒〔何〕氏楷曰綴鄭
云結也旒毛云章也章為冕飾襄十六年公羊曰君若綴旒然言諸侯反繫屬於大夫此言綴旒與彼意相似而詞有正反之
異湯為冕下國為綴旒者取其相繫屬之義也何荷也競彊也絿緩也優優寬裕之意遒聚也小共大
共〔蘇〕氏轍曰共珙通合珙之玉也〔鄭〕氏敬曰共供通〔嚴〕氏粲曰萬邦惟正之供〔案〕二說皆可通駿厖〔何〕氏楷曰說文
厖石大貌為下國駿厖者下國恃湯以為安如倚賴于磐石然也齊詩以駿厖作駿駹謂馬也以馬比先王不倫甚矣戁
恐也竦愯也武王湯也曷遏通或曰曷誰何也苞櫱五句〔集傳〕苞本也櫱旁生萌櫱也言一本生三櫱也

本則夏桀韋則韋也顧也昆吾也皆桀之黨也鄭氏曰韋彭姓顧昆吾已姓言湯既受命載旆秉鉞以征不義桀與三蘖皆不能遂其惡而天下截然歸商矣初伐韋次伐顧次伐昆吾乃伐夏桀當日用師之次序如此　蘖也世業也危阿衡伊尹官號也

標韻　商七陽祥芒方疆長將商並同本韻　撥七曷達達同越六月發同烈九屑截同通韻　違五微齊八齊遲四支躋齊遲支祗同圍微通韻　球十一尤旒休絿柔優遒並同本韻　共供通二冬厖三江龍同二腫勇同動一董竦腫總董叶韻　旆九泰鉞月烈屑曷七曷蘖屑達曷截屑伐月桀屑叶韻　葉十六葉業十七洽叶韻　子四紙士同本韻　衡八庚王

陽轉韻

殷武　高宗廟成也

撻彼殷武。奮伐荊楚。罙入其阻。裒荊之旅。有截其所。湯孫之緒。章一維女荊楚居國南鄉昔有成湯自彼氐羌莫敢不來享莫敢不來王曰商是常（二章）天命多辟設都于禹之績歲事來辟勿予禍適稼穡匪解（姚氏曰此句無韻或脫下一句集傳謂商頌多闕文然亦惟此耳○三章）天命降監下民有嚴不僭不濫不敢怠遑命于下國封建厥福（四章）商邑翼翼四方之極赫赫厥聲濯濯厥靈壽考且寧以保我後生（五章）陟彼景山松柏丸丸是斷是遷方斲是虔松桷有梴旅楹有閑寢成孔安（六章）

右殷武六章三章章六句二章章七句一章五句（劉氏瑾曰篇內第三章爲五句朱子疑其脫一句則此詩當作四章章六句二章章七句）小序曰祀高宗也玄鳥既祀高宗矣而此詩又祀高宗何哉劉氏瑾曰商書曰七世之廟可以觀德蓋天子七廟三昭三穆與太祖之廟而七八世九世而後隨其昭穆親盡遞遷其主而祧於太祖之廟其有功德之君則

後世宗之雖親盡而不祧別立百世不遷之廟而特祔其主焉凡有功德者皆然初不可預與其數而商則止有三宗高宗卽其一也今觀詩詞首章稱高宗伐楚爲中興顯烈二章則述戒楚之詞三章諸侯來朝四章所受命中興之故五章極言其盛六章乃作廟以妥其靈然則此固高宗百世不遷之廟耳廟旣落成故祔其主而祭之與玄鳥又異也或疑商時無楚遂謂此詩爲春秋時人作殊不知禹貢荆及衡陽爲荆州楚卽南荆也其後成王封熊繹於荆國以地名非今日之所謂楚詎得以是而疑之哉又況易稱高宗伐鬼方三年克之與此詩罙入其阻者合鬼方今之烏蠻楚屬國也其俗尚鬼故曰鬼方說者謂驗諸屈原九歌可見高宗之功當以此爲最故詩首述之郝氏敬

曰荆楚之國天下有道則首善焉文王之二南是也無道則首叛焉商周之中葉是也繼世之王有能中興者則天下覩此爲向背焉高宗之殷武周宣之采芑是也然則高宗有廟子孫之所以酬報之者不亦宜哉閟宮卒章與此畧同蓋襲之㷀奚足疑且魯更新此始作尤大異歟

集説

撻疾貌〔曹氏粹中曰〕言其兵威神速　殷武殷王之武也　罙〔姚氏際恒曰〕罙毛傳作深是訓冒者未然易稱高宗伐鬼方三年克之此詩云罙入其阻與之合可見非暫事也　裒聚也　湯孫謂高宗　氐羌〔孔氏穎達曰〕氐羌之種漢世仍存其居在秦隴之西　享獻也　王世見曰王〔孔氏穎達曰〕遠夷一世而一見於王秋官大行人云九州之外謂之蕃國世一見謂其父死子繼及嗣王即位乃來朝謂之世見也　多辟諸侯也　來辟來王也　適〔鄭氏發曰〕讀讓也蓋適讀謫通　僭賞之差也　濫刑之過也　遑暇也　封大也　商邑王都也　翼翼整敕貌　極表也　赫赫顯盛也　濯濯光明也　景山名商所歸也〔朱子曰〕春秋傳云商湯有景亳之命而此言陟彼景山蓋

商所都之山名。備詩亦言景山乃商舊都也。丸丸圓直也。遷徙也。徐氏常吉曰：斷是斷之於景山之上，遷是遷之於造作之所。方正也。虔截也。季氏本曰：如虔劉之處。梴長也。旅衆也。孔氏穎達曰：言爲桷與衆楹，故訓旅爲衆。閑大也。寢廟中之寢也。何氏楷曰：閟宮篇詠廟新，亦但舉路寢，則此可類推矣。安所以安高宗之神也。

標韻　武麌七楚語六阻旅所緒並同通韻　鄉陽七湯羌王常並同本韻

辟陌十一績錫十二辟陌適同通韻　監咸十五嚴鹽十四通韻　濫十二

勘八遑陽七叶韻　國職十三福屋一叶韻　翼職極同本韻　聲庚八靈

青九寧同生庚通韻　山刪十五丸寒十四遷先一虔梴並同閑刪安寒通

韻

以上商頌凡五篇

詩經原始卷之十八終　　　　　　　　沂陽門人王秉鈞校字

清同治本詩經原始

第二册

清 方玉潤撰

陝西省圖書館藏清同治十年隴東分署刊本

山東人民出版社·濟南

詩經原始卷之四目錄

國風四

鄘十首

干旄　美好善也

載馳　許穆夫人自傷其國不能救衛也

衛十首

淇奧　美武公之德也

考槃　贊賢者隱居自樂也

碩人　頌衛莊姜美而賢也

氓　爲棄婦作也

竹竿　衛女思歸也

芄蘭　諷童子以守分也

河廣　宋襄公母思歸宋不得也

伯兮　思婦寄征夫以詞也

有狐　婦人憂夫久役無衣也

木瓜　諷衛人以報齊也。

詩經原始卷之四

寶甯方玉潤鴻濛氏撰

國風 四

鄘

説見前篇○王氏應麟曰通典衛州新鄉縣西南三十二里有鄘城即鄘國案此則王肅服虔所謂鄘在紂都西者非蓋西亦近山也

柏舟 貞婦自誓也

汎彼柏舟○在彼中河○髧（而聲）彼兩髦○實維我儀○之死矢靡他○母也天只 言○不諒人只 章一

汎彼柏舟在彼河側髧彼兩髦實維我特之死矢靡慝○母也天只○不諒人只 章二

右柏舟二章章七句序謂衛世子共伯蚤死其妻共姜守義父

鄘之柏舟曰汎汎其流則爲中流不繫之舟以喻國勢之危也此之柏舟曰在彼中河則爲中流自在之舟以喻人心之定也然置此詩於靜女新臺鶉奔之間不可謂之中流砥柱乎

母欲奪而嫁之故共姜作此以自誓集傳及諸家悉從之呂氏祖謙更因序疑史記謂衛武公襲攻其兄共伯之言以爲共伯旣蚤死矣武公卽位時年已四十餘焉得而簒弑之姚氏際恒又因此而更疑序之非以爲史記可憑詩序無據共伯爲武公襲攻入釐侯羨羨墓道也自殺時年較武公長亦四十餘又烏得而謂之蚤死且共伯時已爲諸侯而猶謂之爲世子則序言尤悖愚謂共伯卽使蚤死共姜爲諸侯世子妃恐無夫死再醮之理然則詩將誰屬姚氏又云此詩不可以事實當是貞婦有夫蚤死其母欲嫁之而誓死不願之作其言較妥夫婦人貞吉從一而終無論貴賤均可風世序必以共姜事實之則未免失之鑿與同邶鄘二國不幸早亡事雖無考而柏舟二詩一爲賢臣憂

譏惆亂之作一爲烈婦守貞不二之詞皆可以爲後世法又皆冠於二風之首嗚乎二國得此二詩然後可以不亡豈漫然哉

【集釋】髧徒坎切髮垂貌　兩髦翦髮夾囟也囟音信親死然後去之許氏愼曰頭會腦蓋也象形孔氏穎達曰夾囟故兩髦也內則翦髮爲鬌男角女羈注夾囟曰角兩髻也午達曰羈三髻也喪大記小斂主人脫髦注幼時翦髮爲之年雖成人猶垂於兩邊若父死脫左髦母死脫右髦親沒不髦謂此也　儀匹也　諒信也　只語助辭　特陸氏德明曰特韓詩作直云相當値也黃氏佐曰特如萬人之特蓋婦人稱夫之辭　慝邪也以是爲慝則絕之甚矣

【標韻】河五歌　儀四支叶牛何反　他五歌　叶韻　天一先叶鐵因反　人十一眞　通韻　側十三職　特　慝並同　本韻

牆有茨　刺衛宮淫亂無檢也

牆有茨不可埽也中冓之言不可道也所可道也言之醜也一章

牆有茨不可襄也中冓之言不可詳也所可詳也言之長也二章

牆有

茨不可束也中冓之言不可讀也所可讀也言之辱也三章

右牆有茨三章章六句大序謂公子頑通乎君母國人刺之集傳謂理或然也衛宮淫亂未必即止宣姜而宣姜爲尤甚其始既失節於宣公而有静女新臺之誚其繼又失身於公子頑而爲牆茨偕老之羞其中冓之言尚可道哉蓋廉恥至是而盡喪有詩人不忍道不忍詳不忍讀者而聖人猶錄之以著於經也何哉楊氏時曰自古淫亂之君自以爲秘於閨門之中世無得而知者故自肆而不反聖人所以著之於經使後世爲惡者知雖閨中之言亦無隱而不彰也其爲訓戒深矣斯言不獨爲此發凡淫亂之詩均可作如是觀後世漢唐呂雉武曌之類皆宣姜後塵聖人早有以見及於此故錄之以爲萬世戒而不然者

先從象服說起何等嚴重末乃落到不淑起下二章意其嚴妝也如是儼若天神帝女之下

風人所不道而謂聖人取之耶又一宣姜也而非而刺之者或在邶或在鄘衛詩中則無有意者邶鄘二國亡於衛其人心不能無所憾故多指其瑕而刺之至衛本國人不敢非其大夫況顯彰君惡哉此二國雖亡是非未泯不能不存其名之一證也

【集釋】茨（說文）以茅蓋屋（書）惟其塗墍茨（周禮）茨牆則翦闔　中冓室中（說文）云交積材也蓋謂室中結構深密之處

【標韻】埽 皓十九 道 同 醜 有二十五 叶韻　襄 陽七 詳 長 同並本韻　束 屋一 讀 同 辱 沃二 通韻

君子偕老　刺衛夫人宣姜也

君子偕老副笄六珈委委佗佗如山如河象服是宜子之不淑云如之何 一章 玼兮玼兮其之翟也鬒髮如雲不屑髢也玉之瑱也象之揥也揚且之皙也胡然而天也胡然而帝也 二章 瑳兮瑳兮其之

書、法、　造○語○奇○　神光離合作○陰○作○陽○

降其淡妝也又如是不過國色之嬌姿二面對觀褒貶自見

展也蒙彼縐絺是紲袢也子之清揚揚且之顏也展如之人兮邦便、有、輕、之〇之、意之媛也三章

右君子偕老三章一章七句一章九句一章八句序與集傳皆言刺宣姜而辯說又未盡以爲然以爲無可考愚謂此詩的刺宣姜無疑但讀首一句卽知其爲宣姜不可移刺他人詩全篇極力摹寫服飾之盛而發端一語忽提君子偕老幾與下文詞義不相連屬諸儒雖多方爲之解說終覺勉强難安非的然不易理也豈知全詩題眼卽在此句貞淫褒貶悉具其中何也夫人者與君子偕老之人也與君子偕老則當與君子同德與君子同德乃可與君子同服天子命服以爲一國母儀今宣姜之於君子也何如乎其始也爲伋子妻其繼也爲宣公妾及其終

也又爲公子頑配則其所與爲偕老之人尚不知誰屬其不淑也亦甚矣又將如此法服何哉故當其嚴妝而奉祭祀也副笄以飾其首翩翟以章之身髮如雲而眉益秀象作揥則玉爲瑱不啻天人之下降而帝子之來臨何其盛也望之者不儼然一國母儀乎及其靚妝以見賓客也則襢衣而蒙以縐絺紲袢而爲之束素目以清而愈朗額加廣而彌豐又不啻傾人城而傾人國何其媚也望之者又非復前日母儀之可重矣則卽此服飾之間一轉移而輕重不同也如是則其人亦可知已豈倘堪可與君子偕老乎卽其君子欲與之偕老抑豈可得乎此非宣姜之謂而誰謂歟是詩也春秋法寓焉矣至其藻采之工音節之妙則姚氏際恒諸爲神女感甄之濫觴山河天帝廣攬遐觀

驚心動魄傳神寫意有非言辭所能釋者

〔集釋〕**副**祭服之首飾編髪爲之〔劉氏熙〕曰王后首飾曰副副覆也以覆首亦言副貳也兼用衆物成其飾也〔爾雅〕釋詁審也注副者次長之稱**笄**衡笄也垂於副之兩旁當耳其下以紞懸瑱〔馮氏復京〕曰衡笄二物衡垂於當耳笄橫於頭上垂於副之兩旁當耳其下以紞懸瑱〔孔氏穎達〕曰以玉爲之惟祭服有衡笄**珈**〔毛氏萇〕曰珈笄飾之最盛者所以別尊卑〔鄭氏康成〕曰如今步搖上飾〔孔氏穎達〕曰言六珈必飾有六但所施不可知據此言侯伯夫人爲六王后則多少無文也〔姚氏際恒〕曰鄭氏云珈古之制所有未聞按加于笄上故曰珈猶今之釵頭以滿玉爲之狀如小菱兩角向下廣五分高三分許家有數枚漢時三代王物多殉土中未出人間鄭故未見鄙儒以鄭去古未遠謂其言多可信于此乃知眞贗說也此言其製尚詳存之**委委佗佗**〔邢氏敬〕曰委委舒徐佗佗安重**如山如河**〔邢氏敬〕曰委委如河佗佗如山**象服**法度之服也〔鄭氏康成〕曰象服者謂揄翟闕翟也人君之象服則所謂予欲觀古人之象日月星辰之屬〔孔氏穎達〕曰象鳥羽而畫之故謂之象服也**淑**善也**玼**鮮盛貌**翟**祭服刻繒爲翟雉之形也〔毛氏萇〕曰揄翟闕翟也〔鄭氏康成〕曰侯伯夫人之服自揄翟而下如王后焉〔嚴氏粲〕曰鄭氏云江淮而西青質五色皆備成章曰揄揄翟則畫揄雉闕翟刻而不書**鬒**

黑也如雲多而美也不屑屑說文動作切切也不屑不切于用也陳氏推曰不屑只傳之不用猶云不潔得髢集傳訓屑爲潔非髢髲鬄也猶今之假髮袁十七年左傳曰衛莊見已氏之妻髮美使髡以爲呂姜髢是也瑱塞耳也象象骨也揥孔氏穎達曰以象骨搔首因以爲飾名之曰揥揚張氏彩曰眉目以踈秀爲美故以揚見稱晳白也胡然而天胡然而帝言其服飾容貌之盛見者驚爲天人帝女胡爲而在此也瑳亦鮮盛貌展衣也鄭氏康成曰展衣宜白展衣字悞禮記作襢衣孔氏穎達曰王漾云一命襢衣丧大記曰世婦以襢衣是禮記作襢衣也展爲聲悞從禮爲正蒙覆也縐絺當暑之服也鄭氏康成曰展衣夏則裏衣縐絺孔氏穎達曰葛之精曰絺其精尤細靡者縐也質細而縷縐紲袢東縛意集傳曰以展衣蒙絺綌而爲之紲袢所以自斂飭也清視清明也顏額角豐滿也

[illegible]韻

珈六麻叶居何反佗五歌河同宜四支叶牛何反何五歌叶韻翟十二錫叶去聲髢

揥八霽晳帝並同叶韻展十六銑諸延反叶袢十三元顏十五刪媛十三元叶韻

桑中　刺淫也

三八三地三物各章所咏不同而所期所要所送之地則一章法板中寓活

爰采唐矣。沬之鄉矣。云誰之思。美孟姜矣。期我乎桑中。要我乎上宮。送我乎淇之上矣。一章 爰采麥矣。沬之北矣。云誰之思。美孟弋矣。期我乎桑中。要我乎上宮。送我乎淇之上矣。二章 爰采葑矣。沬之東矣。云誰之思。美孟庸矣。期我乎桑中。要我乎上宮。送我乎淇之上矣。三章

右桑中三章章七句小序謂刺奔大序謂男女相奔至于世族在位相竊妻妾期于幽遠政散民流而不可止集傳亦主其說而惟以爲奔者所自作則與序異蓋其意以爲刺人之詩不應曰期我要我送我又自陷其身於所刺之中是誤讀詩詞而未嘗深探其旨耳夫詩之所咏曰唐曰麥曰葑匪一其采矣曰沬鄉曰沬北曰沬東又匪一其地也曰孟姜曰孟弋曰孟庸更匪

一其人而期而要而送之者則必於桑中之上宮與淇上豈一人一時所期而三地三人同會於此乎抑三人三時各期所期而三地三人畢集於此乎以一人而賦三時三地之人之事則其人必不能分身以自陷於所刺之中可知矣而猶謂之爲自咏其事也何哉賦詩之人既非詩中之人則詩中之事亦非賦詩人之事賦詩人不過代詩中人爲之辭耳且詩中事亦未必如是之巧且奇同期於一日之中卽同會於一席之地是詩中人亦非眞有其人眞有其事特賦詩人虛想所采之物不外此唐與麥與葑耳所遊之地不外此沫之鄉沫之北沫之東耳卽所思之人亦不外此姜之孟弋之孟與庸之孟耳而此姜與弋與庸則尚在神靈恍惚夢想依稀之際卽所謂期我要我送我

又豈眞姍姍其來冉冉而逝乎此後世所謂無題詩也李氏商隱詩云來是空言去絕蹤又云畫樓西畔桂堂東使眞有其人在則又何必爲此疑是疑非若遠若近之詞使人猜疑莫定耶然則刺淫之詩亦謂之亡國之音者則又何故夫音由心生詩隨時變故必有是心而後成是俗亦必因是俗而後爲是詩詩與風爲轉移時因心爲隆替聞其音而知政治之得失讀其詩尚不知其國之將亡乎古來亡國之音桑間與濮上動輒並稱雖未必專指此詩而此詩亦其類也藉使空言亦關世運聖人取以爲戒固不徒爲淫者發卽作詩者亦不可不深長思也

【集釋】唐蒙菜也一名兎絲　沫衛邑也書所謂沫邦者也　上宮〔王氏應麟曰〕通典衛州衛縣有上宮臺　要猶迎也　弋春秋定姒公穀作定弋蓋杞女夏后氏之後亦貴族也　葑蔓菁也見前谷風篇　庸補傳曰鄘本庸姓之

國漢有庸光及膠東庸生是其後也傅氏曰孟庸
當是鄘國之姓鄘爲衞所滅故其後有仕於衞者

唐 七陽 鄉 並同 本韻 中 一東 宮 同 本韻 下二章同 上 二十三漾 叶韻
與上三韻叶 後二章應 麥 十一陌 北 十三職 弋 同 通韻 葑 二冬 東 一東 庸 二冬 通韻

鶉之奔奔　代衞公子刺宣公也

鶉之奔奔。鵲之彊彊。人之無良。我以爲兄。一章 鵲之彊彊。鶉之奔奔。
人之無良。我以爲君。二章

右鶉之奔奔二章章四句序謂刺衞宣姜集傳以爲衞人刺宣
姜與頑非匹耦而相從故爲惠公之言以刺之曰人之無良鶉
鵲之不若而我反以爲兄反以爲君君即小君指宣姜也嗚乎
此言出天理絕人道盡矣宣姜之于惠公親生母也親有過子
唯當泣涕而善諫之諫之不從諱之可也逃之亦可也而乃爲

此惡言以刺之有是理乎雖曰國人所託言之無傷然必其人倫行先喪而後謂人之倫行無傷耳且其詞義亦甚難解以兄爲頑則君無所指（郎上說解君爲小君甚勉强）以君爲惠則兄將誰屬以人指宣公而我爲君之弟（姚氏際恒曰均曰人之無良何以謂一指頑一指宣姜也大抵人即一人我皆自我而爲兄爲君乃國君之弟所言耳蓋刺宣公也）兄與君似無所礙而君之弟又何人此皆難通之論也詩必有所謂但一時不得其解耳且其詞意甚率未免有傷忠厚牆有茨一章雖曰直言無隱而猶作未盡辭此則直唾而怒罵之尚可爲詩乎哉或有別解則未可知存而不論焉可也○郎使姑從姚說亦必曰人雖無良我不敢不以爲兄不敢不以爲君語方和平不失溫柔之旨且當作代衛公子刺宣公作庶幾有合於詩耳（孔氏穎達曰言人行無一善者我君反以爲兄而不之禁）

總言建國大規
追叙卜築之始
終言勤勞以致富庶
秉心句是全詩主腦

也亦較集傳爲
婉唯君未有解

韻 鶉 鶉屬[寇氏宗奭曰]鶉初生謂之羅鶉至初秋謂之早秋中秋以後謂之白唐蓋一物而四名也 奔奔傳左作賁 彊彊居有常匹飛則相隨之貌[陸氏德明曰]韓詩云奔奔彊彊乘匹之貌 賁

轉韻 彊陽北 兄庚八 轉韻 奔元十三 君文十三 通韻

定之方中　美衛文公再造公室也

定之方中作于楚宮揆之以日作于楚室樹之榛栗椅桐梓漆爰（月　日　地　樹木　器）

（用　登高望遠以察來脉　相其陰陽　觀其流泉）伐琴瑟一章升彼虛矣以望楚矣望楚與堂景山與京降觀于桑卜

（卜其後兆　謀　課雨　勸農）云其吉終焉允臧二章靈雨既零命彼倌人星言夙駕說于桑田匪

（卜　謀慮　富彊）直也人秉心塞淵騋牝三千三章

右定之方中三章章七句序謂美衛文公也集傳云衛爲狄所滅文公徙居楚丘營立宮室國人悅之而作是詩與春秋傳合

固無疑義而僞傳乃以曾僖公城楚丘備戎事實之則小人之好逞異說惑世而誣民者也文公亦宣姜子乃能於流離播遷後痛自損抑與民同勞共圖恢復史稱其大布之衣大帛之冠務材訓農通商惠工敬教勸學授方任能元年革車三十乘季年乃三百乘可謂盛矣然究其所以致此之由則詩云秉心塞淵一語實爲致治根原觀其卜築楚丘也始則驗中星而重天時繼則升墟隴而察地利終則教樹畜而盡人力規模宏遠經營具備而尤不敢自暇自逸躬親課農星言稅駕率以爲常故不數年而戎馬寖强蠶桑尤盛爲河北巨邦其後孔子適衞猶有庶哉之嘆則再造之功不可泯也愚於是嘆人生自有秉彝非關氣類衞之亡也以其母而其興也在其子雖曰天道福善

禍淫本自無常亦足見人君撥亂反正尤宜有要不禁反覆咏嘆三致意於其際焉

集傳 定 星名集傳云定北方之宿營室星也此星昏而正中夏正十月也於是時可以營治宮室故謂之營室 楚 宮 楚邱之宮也孔氏穎達曰鄭志張逸問楚宮今何地荅曰楚邱在濟河間今東郡界中杜預云楚邱濟陰成武縣西南屬濟陰郡猶在濟北故曰濟河間也 揆日 集傳云揆度也樹八尺之臬而度其日之出入之景以定東西又參日中之景以正南北也 椅桐 陸氏璣曰梓實桐皮曰椅大類同而小別也桐有青桐白桐赤桐白桐宜琴瑟 梓 蕭氏炳曰梓樹似桐而葉小花紫 漆 集傳曰漆木有液黏黑可飾器物蘇氏頌曰漆高二三丈皮白葉似椿花似槐子若牛李六七月以竹筒釘入木中取之 爰 於也 虛 毛氏萇曰虛漕虛也孔氏穎達曰文公自漕從楚丘故知升漕墟蓋地有故墟高可登之以望猶僖公二十八年左傳稱晉侯登有莘之墟也 堂 毛氏萇曰楚丘有堂邑者傳氏寅曰堂是今博州堂邑博濮二州連境 景 集傳曰景測景以正方面也與既景迺岡之景同或曰景山名見商頌 京 高邱也 桑 蔡氏卞曰兖地宜桑如桑間濮上可驗也姚氏炳曰舊謂桑木按此章通是相地形勢似不應夾入桑木疑桑亦地名鄘風桑中舊謂沫鄉中

小地今意當在楚丘之傍與漕墟相屬而降觀之且詩云望楚亦第望之而已猶未身歷楚丘何緣便降至其下察樹木而辨土宜哉愚案桑不惟地名且似水名如桑乾之類蓋升望景皆遠觀山勢降觀則近察流泉如公劉觀其流泉之觀故疑爲水也**靈雨**黃氏一正曰靈雨瑞雨降而應物者也**倌人**主駕者也孔氏穎達曰以命之使駕故知主駕者諸侯之禮亡未聞倌人爲何官也**星**范氏處義曰謂戴星命駕姚氏際恒曰星言猶今人言星速星夜舊謂雨止見星則言星字無著落**說**舍止也**秉**操也**塞**實也**淵**深也鄒氏泉曰懷國家根本之圖而不事乎虛文所以爲塞實建國家久遠之策而不狃乎近慮所以爲淵深**騋牝**馬七尺以上曰騋孔氏穎達曰三千言其總數國馬供用牝牡俱有或七尺六尺舉其騋牝以互見故言騋馬與牝馬也

〔標韻〕**中**一東**宮**同**本韻** **日**四質**室栗漆瑟**並同**本韻** **虛**六魚叶起呂反**楚**六語**叶韻** **堂**七陽**京**八庚**桑臧**並七陽**轉韻** **零**九青**人**十一真**田**一先**淵千**並同**通韻**

蝃蝀 代衛宣姜答新臺也

天地淫邪之氣忽雨忽晴東西無定以此宣公可謂巧譬而喻

蝃蝀在東，莫之敢指。女子有行，遠父母兄弟。章一朝隮于西，崇朝其雨。女子有行，遠兄弟父母。章二乃如之人也，懷昏姻也。大無信也，不知命也。章三

右蝃蝀三章，章四句。小序謂止奔也，大序以為衛文公能以道化其民，淫奔之恥，國人不齒。集傳本小序，而又疑大序之歸美文公為未有考。大序固屬附會，小序亦未得其要。此詩若以刺淫為辭，則遠父母兄弟及大無信不知命之言終覺費解。何氏楷以為刺宣公奪伋婦事，則大無信不知命之言頗為近似。然邶風已有新臺，此不當更又有詩，姚氏際恒駁之是矣。但此詩舍邶宣姜別無他解，蓋與新臺相為唱答耳。唐人唱酬詩體，彼此意同者曰和，彼此意異者曰答。新臺以刺宣姜，故詩人又設

爲宣姜之意代答新臺互相解嘲亦諷刺中之一體也其意若曰予之失節豈得已哉予固一弱女子而又遠自齊東來嫁衛西父母兄弟均無所依當其初來亦以爲兩姓昏姻不爽夙約詎料衛君其人心懷叵測只戀新昏之美罔顧倫常之重竟奪子婦是無信也是不知天緣之自有命在也予時雖欲無從其如父母兄弟遠在他方無所控告何哉亦如蝃蝀之在天未氣本淫邪而莫之敢指一任其朝見西而暮見東忽爲晴而忽爲雨亦末如之何也已矣依此解去全詩豁然毫無滯礙特無實證未敢遽定故但申其意旨如斯而已

【集釋】集傳曰蝃蝀虹也而與雨交倏然成質似有血氣之類乃陰陽之氣不當交而交者蓋天地之淫氣也在東者莫虹也虹隨日所映故朝西而暮東也陸氏德明曰蝃蝀爾雅作螮蝀音同孔氏穎達曰釋天云螮蝀謂之雩螮蝀虹也郭璞曰俗

名爲美人音義云虹雙出色鮮盛者爲雄雄曰虹闇者爲雌雌曰蜺朝隮隮升也周禮十煇九曰隮注以爲虹蓋忽然而見如自下而升也姚氏際恒曰虹蝃見于東則雨止朝見于西則爲雨崇終也謂終朝雨也鄭氏曰朝有升氣于西方終其朝則雨氣應孟子若大旱之望雲霓亦是此義今人多見晚虹而雨止若朝虹者在日影初出時多卧而未見故誤認虹指止雨

標韻 指紙四 弟八薺 通韻 雨七麌 母二十五有叶滿補反 叶韻 人十一眞 姻同

本韻 信十二震 命二十四敬 通韻

相鼠 刺無禮也

相鼠有皮。人而無儀。人而無儀。不死何爲。一章 相鼠有齒。人而無止。人而無止。不死何俟。二章 相鼠有體。人而無禮。人而無禮。胡不遄死。三章

右相鼠三章章四句序以爲刺無禮諸家皆然唯舊說多云鼠尚有皮人而無儀則鼠之不若以人之儀喻鼠之皮則未免輕

視禮儀獸皮之不若矣夫麟鳳尚有威儀龍馬必多精神人之所以異於禽獸者禮義以制心威儀以飭躬也倘去此威儀禮義而不之檢則是卑污賤惡不過如鼠之徒有其皮與齒以成其體而已矣雖欲求爲禽獸之長而不可得況人也乎夫人也而禽獸之不若則何以自立於天地之間固不如速死之爲愈耳若此解詩語意方能圓到或又謂此衛文公訓誥臣民之辭亦頗近是存之

【集釋】鼠蟲之可賤惡者陸氏佃曰今一種鼠見人則交其前兩足而拱謂之禮鼠亦或謂之拱鼠呂氏祖謙曰韓愈聯句云禮鼠拱而立止容止也遄速也

【標韻】皮四支儀爲同部本韻　齒四紙止俟同部本韻　體八薺禮同死四紙通韻

干旄　美好善也

孑孑干旄。在浚之郊。素絲紕之。良馬四之。彼姝者子。何以畀之。一章

孑孑干旟。在浚之都。素絲組之。良馬五之。彼姝者子。何以予之。二章

孑孑干旌。在浚之城。素絲祝之。良馬六之。彼姝者子。何以告之。三章

右干旄三章章六句小序以爲美好善從之惟大序謂爲文公時作集傳與姚氏均有所疑然史稱文公敬教勸學授方任能則以此詩屬之亦無不宜惟蝃蝀非是此又不可不知也夫人君朝夕所與圖議國政者賢大夫也而賢大夫所賴以贊襄國政者二三有道仁人君子之深謀碩畫相與以有成耳而此二三有道仁人君子又不肯共立闕廷或伏處城郭或遠在郊畿非有好善樂道之君畧分下交之臣不肯親詣而往訪之則雖

有深謀碩畫亦無由達此上下之情所以隔而三代之風所以邈也茲何幸文公之世而有此樂取人善之君若臣其賢大夫則乘車馬建旌旄遠適郊畿近訪城邑廣諏周諮以臻上理則其君之勵精圖治孜孜不倦者亦可知已爾二三有道仁人君子亦如西方美人之繫人懷思也久矣其亦可以無事深秘開誠而布告之也但不知其將何策以獻耳此詩人所爲深思而切盼之不禁形爲歌詠以紀一時深幸之心者也蓋衛之君臣至是而慮事深望治切非復前日之淫亂無禮耽于佚樂者比故其終能恢復衛室而再造侯服者亦有以哉

【集釋】子子特出之貌　干旄集傳曰干旄以旄牛尾注於旗干之首而建之車後也　浚衛邑名　紕織組也孔氏穎達曰以素絲爲線縷所以縫此旌旗之旒縿也縿謂繫於旌旗之體旒謂縿末之垂者須以縷縫之使相連四

之兩服兩驂【董】氏逌曰馬在姝美也子指所見之人也【姚】氏際
車中爲服在車外爲驂　姝恒曰邶風靜女其姝鄭風彼姝
者子皆稱女子今稱賢者以姝似覺未安【案】畀與旟【周】禮司常
西方美人亦稱聖王則稱賢以姝亦無所疑　畀也旟鳥隼爲旟
【考】工記鳥旟七斿以象鶉火【宋】氏詡曰鳥隼於旟畫鳥隼爲飾
以其注旄於干首謂之干旄以其析夏翟之羽以爲緌謂之干
旌其實　都下邑　由少而多言　祝屬也【王】氏安石曰組
皆旟也　都曰都　五之六之　其盛極也　祝成而祝之故初言紕
中言組終
言祝也

【標韻】旄四豪　郊三肴　通韻　紕四寘　四　畀並同　本韻　旟六魚　都七虞　通韻
組七麌　五同　予六語　通韻　旌八庚　城同　本韻　祝一屋　六同　告二沃　通韻

馳驅乃跋涉大夫非夫人也是倒裝文法

纏綿縈繞含下無限思意文勢極佳

載馳　許穆夫人自傷其國不能救衛也

載馳載驅，歸唁衛侯。驅馬悠悠，言至于漕。大夫跋涉，我心則憂。一章

既不我嘉，不能旋反。視而不臧，我思不遠。二章既不我嘉，不能旋濟。

視而不臧，我思不閟。三章陟彼阿丘，言采其蝱。女子善懷，亦各有行。

再開一筆局尤舒展
至此乃說明主意
仍作虛想之詞

許人尤之衆穉且狂四章我行其野芃芃其麥控于大邦誰因誰極大夫君子無我有尤百爾所思不如我所之五章

右載馳五章一章六句二章三章章四句四章六句五章八句從舊本

此詩爲許穆夫人自傷不能救衛之作事見春秋傳諸家能言之矣然夫人之歸衛與未歸衛及歸而未至爲許大夫所阻又紛紛如聚訟然眞可笑也夫宗國傾覆疇不思恤而禮有所制事不得施夫人甯未之聞卽使迫不暇思遑遑而歸其國已破其家已殘流離四散野處漕邑夫人雖至將安止乎此時欲歸故國國無可歸欲控大邦邦將誰控夫人雖愚斷不至此詎肯以一婦人忽遽而行狼狽而歸若無顧忌成何事體此皆未諳人事之言也然則詩何以賦曰責許人不能救衛又不能

代控大邦而因以自傷耳首章言大夫跋涉我心則憂已見大
意蓋夫人初聞衛破必遣其臣代已歸唁衛侯雖馳驅以至於
漕而無能為力爾大夫縱極跋涉而我憂方難釋也使許國富
兵強足以制狄則率師赴難抑又何難今既不能如願為我所
嘉我又不能即時旋反以濟大河而救宗邦此亦無可如何之
勢然而我之所思則並非迂遠難行之事亦非閟塞不通之謀
特視而大夫率多無謀即謀亦不臧我之憂思何時能忘耶亦
將陟彼阿丘言采其蝱以療鬱積之氣已矣然吾雖弱女子亦
頗善懷而各有道無如爾許人之尤而非之也何哉以予所視
非穉即狂何者夫既不能馳驅赴義是無能也穉也而又多言
善謠煽亂人心非狂惑乎使我而為男子能行其野於芃芃隴

參閒則雖無救衛力亦當爲控大邦共扶危亡以成霸業但不知其誰可因依而誰實至之耳爾大夫君子尚其無我尤哉凡爾百計圖謀終不如吾一女子所思尚得其要也此雖責許大夫乎實責穆公耳觀此則穆公之柔懦無能而許人之好爲議論也可知夫人雖處巾幗實勝丈夫聖人取之以見義憤之氣雖不激於男子而猶存於婦人亦將以媿許之君若臣耳其後齊桓果復衛而成霸然後嘆夫人之所見者遠也

【集釋】唁孔氏穎達曰昭公二十五年穀梁傳云弔失國曰唁若對弔死曰弔則弔生曰唁　跋涉集傳曰草行曰跋水行曰涉　嘉善也　閟閉也　丘偏高曰丘　行道也　尤過也　芃芃蒲紅反麥盛貌　控告也　因依也　極至也

【標韻】侯尤十一　漕徂侯反四豪叶　憂尤十一　叶韻　反阮十三　遠同本韻

濟（齊八）閟（寘四）通韻　瘂（庚八）行（陽七）狂（同）轉韻　麥（陌十一）極（職十三）通韻

尤（十一尤叶尤其反）思（支四）之（同）叶韻

以上鄘風凡十篇　案此冊大半皆衞詩即載馳雖作自許而亦爲衞發何以謂之鄘乎或者事雖衞事詩則鄘詩除載馳一篇外餘皆鄘人作也觀桑中盛稱孟庸之族與爰弋並列則其詩爲鄘詩也無疑且同咏衞事而宣惠以前多邶風宣惠以後多鄘風蓋文公廬漕城楚地近於鄘故鄘作較多其詩尚廉厲而寡文不及邶風遠甚惟君子偕老差奇麗而又開後人繁縟一派定之方中甚典質不佻干旄亦雍容大雅其變風之正乎至載馳沉鬱頓挫感慨唏嘘實出衆音上然自許詩非關鄘俗附載定中後耳

衞

王氏應麟曰地理志河內朝歌縣紂所都康叔所封更名衞左傳祝佗曰分康叔封畛土畧自武父以南及圃田之北竟封於殷墟呂氏曰衞自康叔受封至君角凡四十世地理志成公徙於帝邱今濮陽是也秦并天下猶獨置衞君凡九百年最後絕

三章寫儀容又變

淇奧　美武公之德也

瞻彼淇奧，綠竹猗猗。有匪君子，如切如磋，如琢如磨。（虛寫功勳）瑟兮僩兮，赫兮咺兮。（儀容）有匪君子，終不可諼兮。一章

瞻彼淇奧，綠竹青青。有匪君子，充耳琇瑩，會弁如星。（實寫服飾）瑟兮僩兮，赫兮咺兮。有匪君子，終不可諼兮。二章

瞻彼淇奧，綠竹如簀。有匪君子，如金如錫，如圭如璧。（虛擬成德）寬兮綽兮，（儀容）猗重較兮。（妙合）善戲謔兮，不爲虐兮。（言謔妙合）三章

右《淇奧》三章，章九句。此詩道學極矣。試問篇中有半點塵腐氣否？使宋人爲此，又不知作何妝點乃能成篇。世之墨守宋學者胡不取此而熟誦之？首章以綠竹興起斐然君子，言彼學問切磋以究其實，琢磨而致之精。次章言威儀冠弁，以表尊嚴之象，充耳而飾光昌之容。三章言成德，金錫則比其精純，圭璧而方

兹温潤均各帶其儀容以贊美之蓋德容根乎心性內美旣充外容必盛未有德成睟然而不見面盎背者故但即威儀動靜閒已知其學之日進無疆也始雖瑟僩赫咺猶有矜嚴之心終乃寬兮綽兮絕無勉强之迹故篇末又言及善謔以見容止語默無不雍容中道詩之摹寫有道氣象可謂至矣即武公一生學術次序本末不差又何嘗有道學嫌哉此古人屬筆之妙也史稱武公修康叔之政百姓和集佐周平戎有勳王室國語又稱其耄而咨儆於朝受戒不怠今觀詩詞甯不信然然則初年篡弑晚成聖德英雄聖賢固一轉念間哉

【集釋】奧隈也（爾雅）厓內爲奧外爲隈（劉氏彝曰）奧謂水涯彎曲之地　猗猗（集傳曰）猗猗始生柔弱而美盛也

匪斐通（王氏安石曰）考工記曰且其匪色匪者有文章之謂也　切磋琢磨（朱子曰）切琢皆裁物使成形質也磋

磨皆治物使其滑澤也切而復磋琢而復磨言治之有敘而益致其精也〔姚氏際恒〕曰切磋琢磨四字大抵皆治玉石骨諸物之名本不必分爾雅分之曰骨謂之切象謂之磋玉謂之琢石謂之磨亦自有義集傳則以切磋屬骨角琢磨屬玉石又以切磋與琢磨各分先後並不可解又全引大學之文以釋此詩按大學釋切磋爲道學琢磨爲自修瑟僩爲恂慄赫咺爲威儀此古文斷章取義全不可據豈有切磋琢磨四字平列而知其分學與修之理又瑟僩赫咺別爲贊儀容之辭與上義不連亦不得平釋爲四事也大學非解詩今以其爲解詩而用以解詩豈不謬哉　瑟矜莊貌〔曹氏粹中〕曰瑟縝密也如瑟彼玉瓚之瑟　僩威嚴貌　咺宣著貌　諼忘也　充耳瑱也　琇瑩美石也天子玉瑱諸侯以石　弁皮弁也〔毛氏萇〕曰皮弁所以會髮〔鄭氏康成〕曰會謂弁之縫中飾之以玉皪皪而處狀似星也　簀棧也禮記檀弓注簀謂牀笫即牀棧也

金錫〔集傳〕曰言其鍛鍊之精純　圭璧〔集傳〕曰言其生質之溫潤　寬宏裕也　綽開大也　猗歎辭也〔姚氏際恒〕曰猗倚也亦通　重較卿士之車也〔范氏處義〕曰較高五尺五寸式高三尺三寸較既出於式上故曰重較〔呂氏大鈞〕曰古人立乘若平常則憑較若應爲敬則落手憑下式而頭得俯

〔標韻〕猗四支叶於何反　磋五歌　磨同叶韻　僩十五潸　咺十三元　諼同叶韻

青青九瑩庚八星青九通韻　鬢陌十一錫錫十二璧陌十一通韻　綽藥十較
覺三謔藥十虐同通韻

考槃　賛賢者隱居自樂也

考槃在澗。碩人之寬。獨寐寤言。永矢弗諼。一章　考槃在阿。碩人之薖。獨寐寤歌。永矢弗過。二章　考槃在陸。碩人之軸。獨寐寤宿。永矢弗告。三章

右考槃三章章四句此美賢者隱居自樂之詞詩意甚明無所謂怨亦無所謂刺不知序何以謂刺莊公不能繼先公之業使賢者退而窮處豈以其繼淇奧後歟不知淇奧者達而在上者之好學不倦也考槃者窮而在下者之自樂難忘也窮則獨善其身達則兼善天下窮與達均不外學蓋唯學斯能善天下亦

唯學乃能善一身能善其身然後能樂其樂故考槃之繼淇奧兩相形實兩相益耳詩意若曰結廬不在塵境而在溪澗之間陋且隘矣即或深傍曲阿曠處平陸亦不過老屋三間風雨一牀亦何適意之有然自碩人視之則甚寬也可以爲吾之安樂窩矣夫眞人游神宇內帝王駕馭六合即豪傑之士亦馳騁中原陵厲無前其志豈不甚壯然非碩人所樂爲也碩人之軸盤旋不過數武之宮運行實僅一室之內其或游心象外亦只息轍環中總不出此在澗在阿在陸之際故或獨寐而寤言或獨寐而寤歌更或獨寐而寤宿均有以樂其天也所樂在是所安即在是雖終其身弗忘也雖有他好弗踰也雖有所得亦弗告也非不欲告乃無可與告者耳碩人自處如是未必無意蒼生

閫闕之參
外戚之貴

亦未必有望闕廷窮無損達亦何加況敢有怨於人乎諸儒紛紛擬議或謂其不忘君惡鄭氏或謂其不忘君心程子皆以褊衷窺碩人詎能識碩人之所以爲碩哉

【集釋】考 成也姚氏際恒曰左傳考仲子之宮雜記路寢成則考之是也 槃 黃氏一正曰槃者架木爲屋盤結之義也 阿 曲陵曰阿 薖 季氏曰薖與窩同 陸 高平曰陸 軸 張氏彩曰軸者言其旋轉而不窮猶所謂游於環中者也亦有任其旋轉不出乎此之意 弗告 宋氏善曰弗告謂不必以此樂告人非不以告人也得於心而難於言雖言人亦未必信也姚氏曰弗告猶不以姓名告人之意二義均可通

【標韻】寬寒十四 言元十三 諼同 通韻 阿歌五 薖歌 過並同 本韻 陸屋一 軸宿同 告沃二 通韻

碩人 頌衛莊姜美而賢也

碩人其頎衣錦褧衣齊侯之子衛侯之妻東宮之妹邢侯之姨譚

儀容之美千古頌美人者無出此二語絶唱也
車服之盛體貼入微
邦國之富妾媵之多到底不露一賢字而賢字自在言外

公維私。章一手如柔荑膚如凝脂領如蝤蠐齒如瓠犀螓首蛾眉巧笑倩兮美目盼兮章二（神閒睹傳）碩人敖敖說于農郊四牡有驕朱幩鑣鑣翟茀以朝大夫夙退無使君勞章三河水洋洋北流活活施罛濊濊鱣鮪發發葭菼揭揭庶姜孽孽庶士有朅章四（濊潑盡致）

右碩人四章章七句此衛人頌莊姜美而能賢非閔之也案春秋傳云初衛莊公娶于齊東宮得臣之妹曰莊姜美而無子衛人所爲賦碩人也序因襲傳意而加一閔字於上故集傳解此於每章下必補閔莊姜而咎莊公不見答之意以爲莊姜族類有如是之貴容貌有如是之美車服媵送又如是之盛且備而猶不見親於莊公則莊公之爲人豈非狂惑人哉嚴氏粲亦云此詩無一語及不見答事但言其婣族容貌禮儀之盛以深寓

其閔惜之意云爾夫娶妻必於色聯姻必於富與貴此眞流俗人之見恐非詩人意也使莊公之見莊姜卽驚其姻族容貌媵妾之盛不禁心搖目炫遂下氣柔聲以與之暱卽可免狂惑詒乎抑不然矣又使莊姜之事莊公僅恃此姻族容貌媵妾之盛不覺趾高氣揚遂恃美挾貴以驕其夫卽可當碩人咏乎更無當也然則詩非爲莊姜咏乎曰是詩也非莊姜之咏而誰咏耶莊姜固不徒恃其貴恃其美恃其富而自有餘於富與美與貴之外蓋美且賢焉者也其富貴本其所自有固不足爲之異然則詩何以不咏其賢而僅歎其爲貴與美與富而若有餘慕耶曰詩之不咏其賢者詩之所以善咏乎賢者也托月者必滃雲繪龍者必點睛此繪事之妙也詩亦通焉且詩亦未嘗不言其

賢也而人不覺也詩發端不曰碩人其頎乎夫所謂碩人者有德之尊稱也曾謂婦之不賢而可謂之碩人乎故題眼既標下可從旁摹寫極意鋪陳無非爲此碩人生色畫龍既就然後點睛滃雲已成而月自現詩固有言在此而意在彼者此類是也不然莊姜亦不過一富貴美人耳詩又何必浪費筆墨而爲之寫照耶至不見答於莊公皆後日事非初來情詩蓋咏其新昏時耳安知其不見答而爲人所閔歟

【集釋】頎長貌錦文衣也褧禪也姚氏際恒曰錦衣夫人用錦衣而嫁貴也鄭氏曰國君夫人翟衣而嫁今衣錦者在塗之服也非也褧衣褧或作顈或作絅或作景皆同乃禪衣也士昏禮云女登車姆爲加景乃驅卽此古婦人平時盛服必加禪衣于外中庸謂其文之著是也若嫁時加褧則爲塗間辟塵也又不同東宮太子所居之宮邢侯邢周公之後杜氏預曰邢國在廣平襄國縣譚公孔氏穎達曰春秋譚子奔莒則譚子爵蘇氏轍曰譚近齊私集傳曰姊妹之

夫曰私　荑　茅之始生曰荑言柔而白也　凝脂　脂寒而凝亦言白也　領　頸也　蝤蠐　孔氏穎達曰孫炎曰關東

謂之蝤蠐梁益之間謂之蝎以在木中白而長故以比頸也蔡氏卞曰蝤蠐桑蟲也蝤蠐食桑之腴故色白而體柔　瓠犀

集傳曰瓠犀瓠中之子方正潔白而比次整齊也　螓　鄭氏康成曰螓謂蜻蜓也　蛾　集傳蛾蠶蛾也其眉細而長曲　倩

集傳倩口輔之美也　盼　黑白分明也　敖敖　鄭氏康成曰敖敖猶頎頎也　說　說駕也　幩　鑣飾也　鑣　集傳

曰鑣者馬銜外鐵人君以朱纏之也　鑣鑣　盛也　翟　翟車也　茀　蔽也孔氏穎達曰婦人乘車不露見車之前後設障

以自隱蔽謂之茀因以翟羽爲之飾蓋厭翟也次其羽使相迫也　夙退　玉藻曰君日出而視朝退適路寢聽政使人視

大夫大夫退然後適小寢釋服　河　孔氏穎達曰齊所以得有河者左傳曰賜我先君履西至於河是河在齊西北流也衛境

亦有河知此是齊地者以庶庶士類之知不據衛之河也　姜　施　設也　罛　魚罟　濊濊　罟入水聲也　鱣　集傳曰鱣

魚似龍黃色銳頭口在頷下背上腹下皆有甲大者千餘斤　鮪　孔氏穎達曰陸璣云鮪形似鱣頭小而尖似鐵兜鍪口亦

在頷下其甲可以摩薑大者不過七八尺益州人謂之鱣鮪大者爲王鮪小者爲鮛鮪　發發　陸氏德明曰發魚著網尾

發發然韓詩作鱍　菼　薍也亦謂之荻孔氏穎達曰葭蘆菼薍釋草文李巡曰分別葦類之異名郭璞曰蘆葦也薍似葦而

小如李云蘆薍共爲一草如郭云則蘆薍別草　揭揭長也　庶姜謂姪娣　孽孽盛飾也　庶士媵臣　朅武貌

標韻　頎五微衣同妻八齊姨四支私同通韻　荑四支脂同蠐八齊犀同眉四支通韻　倩十七霰盼十六諫通韻　敖四豪郊三肴驕二蕭鑣同朝同勞四豪通韻　活七曷濊同發六月揭九屑孽同朅同通韻

氓　爲棄婦作也

氓之蚩蚩，抱布貿絲。匪來貿絲，來卽我謀。送子涉淇，至于頓丘。匪我愆期，子無良媒。將子無怒，秋以爲期。一章　乘彼垝垣，以望復關。不見復關，泣涕漣漣。既見復關，載笑載言。爾卜爾筮，體無咎言。以爾車來，以我賄遷。二章　桑之未落，其葉沃若。于嗟鳩兮，無食桑葚。于嗟女兮，無與士耽。士之耽兮，猶可說也。女之耽兮，不可說也。三章　桑之

直起與昔有霍家奴同一起法
訂約
懷想一段
落到合諧
色盛見憐一段已有悔意
比　興起○下二句
色衰愛弛一段

歸咎男子
歷叙勞苦反遭見
棄自怨自艾如泣
如訴情至之文
跌宕語極有致
付之一嘆

落矣其黃而隕自我徂爾三歲食貧淇水湯湯漸車帷裳女也不爽士貳其行士也罔極二三其德 章四 三歲爲婦靡室勞矣夙興夜寐靡有朝矣言旣遂矣至于暴矣兄弟不知咥其笑矣靜言思之躬自悼矣 章五 及爾偕老老使我怨淇則有岸隰則有泮總角之宴言笑晏晏信誓旦旦不思其反反是不思亦已焉哉 章六

右氓六章章十句此與谷風相似而實不同谷風寓言借棄婦以喻逐臣此則實賦必有所爲而作如漢樂府羽林郎陌上桑及古詩爲焦仲卿妻作之類皆詩人所咏非棄婦作也觀其以氓直起亦某甲某乙無知之人耳特其事迹之足以爲戒故見諸歌咏將以爲世勸焉曰予無良媒者是其初亦未嘗不欲守禮以待媒乃情不自禁私訂昏姻後要媒妁則違禮已甚然其

不敢顯然背禮之心則又昭然而若揭曰送子涉淇者將送而未送之謀也曰至於于頓丘者欲至而不至之心也欲至不至將送未送故至愆期而不之顧敢負約哉亦無媒耳媒若果至則秋以爲期焉未爲不可也夫事既有約則心自難待遲久不至則必至乘垣以相望不見則憂既見則喜亦情之所不容已者女殆癡於情焉者耳故其自嘆則以桑之榮落喻色之盛衰以見氓之所重在色不在情已又未免爲情所累以致一誤再誤至於不可說轉欲援情以自戒則其情愈可矜已李白詩云以色事他人能得幾時好況所事者又蚩蚩氓乎宜其有白頭吟也三歲爲婦甘苦備嘗而猶不免於見棄此其咎誠不在已而在氓矣然知我者其誰兄弟雖親亦將咥然相笑以爲是婦

德之不終也而豈知其爲男子之無良乎回憶總角信誓旦旦盟猶在耳詎料其反復如是之速耶夫淇水悠悠亦尚有岸原隰浩浩未始無涯斯人也而乃恝然相棄也予之至是予之不思耳使其思之豈尚至是亦已焉哉尚何言哉雖然口縱言已心豈能忘此女始終總爲情誤固非私奔失節者比特其一念之差所託非人以致不終徒爲世笑士之無識而失身以事人者何以異是故可以爲戒也

【集解】氓民也蚩蚩無知貌貿買也頓丘地名王氏應麟曰地理志東郡頓丘縣輿地廣志頓丘本衛邑在淇水南愆過也將願也垝毀也垣墻也復關關名王氏應麟曰寰宇記澶州臨河縣復關城在南黃河北阜也復關堤在南三百步卜龜卜筮蓍筮體兆卦之體也賄財也沃若潤澤貌葚桑實也鳩食葚多則致醉耽相樂也說解也隕落也徂往也漸漬也帷裳車飾孔氏穎達曰丈夫之車立乘有蓋無帷裳此言

帷裳者婦人之車故也以幃障車之傍如裳以爲容飾故或謂之幃裳或謂之童容　爽差也　極至也　靡不也　咥笑貌

泮涯也　總角〔孔氏穎達〕曰甫田云總角丱兮是男子總角未冠則婦人總角未笄也以無笄直結其髮聚之爲兩角

晏晏和柔也　旦旦〔鄭氏康成〕曰以信相誓旦旦耳言其懇惻欵誠

〔標韻〕蚩四支　絲同　本韻　謀十一尤　巳同　本韻　期四支　媒十灰　通韻

垣十三元　關十五刪　漣一先　言十三元　遷一先　通韻　落十藥　若同　本韻　葚二十六寢叶如林反　耽十三覃叶特林反　叶韻　說九屑　二字自叶韻　隕十一軫叶于貧反　貧十一真　叶韻　湯七陽　裳行同　本韻　極十三職　德同　本韻　勞四豪　朝二蕭　通韻　暴二十號　笑十八嘯　悼二十號　通韻　怨十四願　岸十五翰　泮同　宴十七霰　晏十六諫　旦十五翰　反十三阮叶孚絢反　叶韻　思四支　哉十灰　通韻

竹竿　衛女思歸也

仙骨姗姗風韻欲絕

籊籊竹竿以釣于淇豈不爾思遠莫致之章一泉源在左淇水在右女子有行遠兄弟父母章二淇水在右泉源在左巧笑之瑳佩玉之儺章三淇水滺滺檜楫松舟駕言出遊以寫我憂章四

右竹竿四章章四句小序謂衛女思歸大序增以不見答何氏楷則謂泉水及此篇皆許穆夫人作姚氏際恆以其語多重複非一人筆疑爲媵和夫人之詞均未嘗細咏詩辭也載馳泉水與此篇雖皆思衛之作而一則遭亂以思歸一則無端而念舊詞意迥乎不同此不惟非許夫人作亦無所謂不見答意蓋其局度雍容音節圓暢而造語之工風致嫣然自足以擅美一時不必定求其人以實之也詩固有以無心求工而自工者迨至工時自不能磨此類是已俗儒說詩務求確解則三百詩詞不

過一本記事珠欲求一陶情寄興之作豈可得哉

【集釋】籊籊集傳曰籊籊長而殺也泉源即百泉也瑳集傳曰瑳鮮白色笑而見齒其色瑳然猶所謂粲然皆笑也儺嚴氏粲曰儺柔緩也胥身裏儺也何氏楷曰巧工也猶好也瑳說文云玉色鮮白也笑而見齒其色似之儺說文云行有節也徐鍇云佩玉所以節步滺滺流貌陸氏德明曰滺本亦作浟檜木名似柏

【標韻】淇四支之同本韻右二十五有母同本韻左二十哿儺同本韻

滺十一尤舟遊憂並同本韻

芄蘭　諷童子以守分也

芄蘭之支。童子佩觿。雖則佩觿。能不我知。容兮遂兮。垂帶悸兮。一章

芄蘭之葉。童子佩韘。雖則佩韘。能不我甲。容兮遂兮。垂帶悸兮。二章

右芄蘭二章章六句小序謂刺惠公按左傳云初惠公之即位也少杜註云蓋年十五六序即本傳而意逆之耳然惠公縱少

而無禮臣下刺君不應直以童子呼之此詩不過刺童子之好躐等而進諸事驕慢無禮以見先進恂恂退讓之風無復存者此亦世道人心之大轉關非細故也聖人存之亦進闕黨童子而教之之意集傳何至遽云不知所謂不敢強解蓋亦震於序言而無辭以爲之說耳

【集釋】芄蘭 草名集傳曰一名蘿摩蔓生斷之有白汁可啖支枝同沈氏括曰支一莢也芄蘭生莢支出於葉間垂之如觿狀 觿 錐也所以解結成人之佩非童子之飾也姚氏際恒曰上古或用角故字從角後以玉爲之今世有傳者大小不等其身曲而末銳俗名解錐集傳謂象骨爲之蓋循禮記註之説然骨與角無大分別既可以角爲之何不可以骨爲之耶 知 集傳曰知猶智也言其才能不足以知於我也 容遂悸 毛氏萇曰容儀可觀佩玉遂遂然垂其紳帶悸悸然有節度嚴氏粲曰容雍容也離騷云遵赤水而容與祭義云及祭之後陶陶遂遂如將復入然蓋舒緩之狀 韘 集傳曰韘決也以象骨爲之著右手大指所以鉤弦闓體姚氏際恒曰韘毛傳謂玦察上弽禮纊極二大射儀朱極三詩言拾決大抵一物異名上

毛氏鳳曰案甲與狎同音詩中借甲爲狎甲卽狎也

古必以韋爲之故字從韋後用玉今世有傳者俗名指機決又
非所佩之玦也鄭氏謂沓所以彄沓手指蓋彷彿儀禮爲說然
實無沓　甲　集傳曰甲長也言其才能不足以長於我也
名也　毛氏萇曰甲狎也姚氏以爲近是其義亦通

標韻　支四支觿知同本韻　遂四寘悸同本韻　葉十六葉韘同　甲十七洽　通韻

河廣　宋襄公母思歸宋不得也

誰謂河廣一葦杭之誰謂宋遠跂予望之一章　誰謂河廣曾不容刀
誰謂宋遠曾不崇朝二章

飄忽而來起最得勢語亦奇秀可歌

右河廣二章章四句小序謂宋襄公母歸于衛思而不止故作
是詩鄭氏因謂襄公卽位夫人思之嚴氏以其言河廣則是衛
未渡河之先時宋襄公方爲世子衛之戴文俱未立也從嚴說
則夫人於已出之後而爲復往之思似覺其無謂從鄭說則爲

母思其子本乎慈顧絶而不往止乎義於義較優然桓公雖無義夫人不可以無情況有子乎觀襄公之爲太子請於桓公曰請使目夷立公曰何故對曰臣之舅在衞愛臣若終立則不可以往子之念母雖千乘而不顧母之念子從一葦而難杭襄公之心實知非此詩有以動之耶母也則止於慈子也則盡乎孝兩兩相望難乎爲情正在此際若卽位後而始思往又何以見爲慈乎集傳從鄭說則猶未免世俗之見云

【集釋】葦 蒹葭之屬 杭 度也（姚氏際恒曰）杭航通方舟後作航史秦始皇南遊至錢塘浙江水惡乃西百二十里後峽中渡因置餘杭縣餘杭舟名謂以餘杭渡峽也餘艅通左傳吳國有餘皇一作艅艎隋因餘杭舊名置杭州乃杭航本字也一蘆葦可渡甚言其易故爲奇語或謂河方冰時布一束之葦便可履之而渡如此說詩呆哉不特固哉矣 刀 小船也（孔氏穎達曰）刀說文作舠舠小船也釋名云二百斛以上曰艇三百斛曰刀（嚴氏粲曰）刀舠古字通用（姚氏際恒曰）亦作刀舠

宛然閨閣中語漢魏詩多襲此調

奇想

標韻 杭陽七 望同本韻 刀豪四 朝蕭二本韻

伯兮 思婦寄征夫以詞也

伯兮朅兮。邦之桀兮。伯也執殳。爲王前驅。一章 自伯之東。首如飛蓬。豈無膏沐。誰適爲容。二章 其雨其雨。杲杲出日。願言思伯。甘心首疾。三章 焉得諼草。言樹之背。願言思伯。使我心痗。四章

右伯兮四章章四句此詩不特爲婦人思夫之詞且寄遠作也觀次章辭意可見鄭氏曰衛宣公之時蔡人衛人陳人從王伐鄭故曰爲王前驅曰自伯之東鄭在王國之東非衛東也詩不過一婦人思夫作耳何錄乎范氏曰居而相離則思期而不至則憂此人之情也文王之遣戍役周公之勞歸士皆叙其室家之情男女之思以閔之故其民悅而忘死聖人能通天下之志

是以能成天下之務兵者毒民於死者也孤人之子寡人之妻傷天地之和召水旱之災故聖人重之如不得已而行則告以歸期念其勤勞哀傷慘怛不啻在已是以治世之詩則言其君上閔恤之情亂世之詩則錄其室家怨思之苦以爲人情不出乎此也此詩室家之怨切矣始則首如飛蓬髮已亂矣然猶未至於病也繼則甘心首疾頭已痛矣而心尚無恙也至於使我心痗則心更病矣其憂思之苦何如哉僅非爲王從征胡以至是後之帝王讀是詩者其亦以窮兵黷武爲戒歟

集釋 伯 伯叔尊稱或其夫字 朅 武貌 桀 英桀也 殳 范氏處義曰殳長尋有四尺在車之左故曰前驅 蓬 草名叢生風飛散亂 杲杲 日色明也 首疾 頭痛也 諼 孔氏穎達曰諼訓爲忘非草名 案此諼下接草者猶言善忘之草耳草斷不可以忘事故曰焉得也毛傳謂諼草令人忘憂者非說文以諼爲藼者尤非詩家多用斷腸忘憂埋憂塡恨

等字皆寓言非眞物也背姚氏際恒曰背堂背也堂面向南堂背向北故背為北堂痗病也

【標韻】揭九屑桀同本韻　殳七虞驅同本韻　東一東蓬同　容二冬通韻

日四質疾同本韻　背十一隊痗同本韻

有狐　婦人憂夫久役無衣也

有狐綏綏。在彼淇梁。心之憂矣。之子無裳。一章　有狐綏綏。在彼淇厲。心之憂矣。之子無帶。二章　有狐綏綏。在彼淇側。心之憂矣。之子無服。三章

右有狐三章章四句小序謂刺時大序以為衛之男女失時喪其妃耦焉已非詩意集傳竟以為有寡婦見鰥夫而欲嫁之不知何以見其為寡婦何以見其為鰥夫更何以見其為而欲嫁之夫曰之子則明明指其夫矣曰無裳無帶無服則明明憂其

夫之無裳無帶無服矣以有狐作比者狐性善疑雖日在淇梁
淇厲淇側而終遲疑不渡故曰綏綏也此必其夫久役在外淹
滯不歸或有所戀而忘返故婦人憂之以爲久羇逆旅必至金
盡裘敝而難歸耳本無他義亦少深情聖人存之不解何故

狐 獸名性淫 綏綏 嚴氏粲曰綏本訓安則綏綏安綏之意也狐性多疑綏綏則獨行而遲疑也

梁 橋也 厲 深水可涉處也 帶 所以申束衣也

韻 梁七陽 裳同本韻 厲八霽 帶九泰 通韻 側十三職 服一屋叶蒲北反 叶

韻

木瓜 諷衛人以報齊也

投我以木瓜報之以瓊琚匪報也永以爲好也一章 投我以木桃報之以瓊瑤匪報也永以爲好也二章 投我以木李報之以瓊玖匪報

也。永以爲好也。三章

右木瓜三章章四句此詩本朋友尋常魄遺之詞而序言美齊桓公也辭意絕不相類豈有感人再造之恩乃僅以果實爲喻乎故集傳反之以爲疑亦男女相贈答之辭又不知其何所謂篇中並無男女情安知其如靜女類集傳於詩詞稍涉男女字即以爲淫奔之詩說詩如此未免有傷忠厚恐非詩人意也夫詩中固有淫奔者然非實見其所以然不可槪指爲淫奔如此詩絕無男女字而何必指其爲靜女類耶小序雖僞必有所傳以爲美齊桓公非盡無因蓋病在美字耳此詩非美齊桓乃諷衛人以報齊桓也孔氏穎達曰以衛得齊桓之大功思厚報之而不能乃假小事以言設使齊投我以木瓜我報以瓊琚猶非

敢以此報齊之木瓜欲令齊長以爲玩好結我以恩情而已況今救而封我如此大功知何以報之此言雖近似而未當衛人始終並未報齊非惟不報且又乘齊五子之亂而伐其喪則背德孰甚焉此詩之所以作也明言之不敢故假小事以諷之使其自得之於言外意詩人諷刺往往如此故不可謂序言盡出無因也

【集說】木瓜（爾雅）楙木瓜（蘇氏頌曰）木瓜狀如柰春末開花深紅色其實大者如瓜小者如拳　瓊（集傳曰）瓊玉之美者（嚴氏粲曰）傳云瓊玉之美者疏云瓊是玉之美名非玉名也說文云瓊赤玉也姑並存之　琚佩玉名（羅氏中行曰）琚處佩之中所以貫蠙珠而上繫於珩下維璜衝牙者也　瑤（集傳曰）瑤美玉也說文云美石存參　玖（集傳曰）玖亦玉名也（陸氏德明曰）玖玉黑色

【標韻】瓜（六麻叶姑攻乎反）琚（六魚叶韻）報（二十號）好（同本韻）桃（四豪）瑤（二蕭）通

韻 李四紙 玖二十五有叶舉里反 叶韻

以上衛詩凡十篇 說者謂鄭衛之俗淫靡今觀衛詩十篇無一淫者首篇美武公之德爲列國所罕有次贊隱者自樂三頌莊姜之美且賢皆極一時之秀即宋桓夫人雖被出歸衛而慈淑守禮不可謂非賢婦人他如伯兮寄遠木瓜報德皆馴雅可歌未見其爲靡靡之音也其所謂淫靡者豈以刺宣姜諸作及桑中數詩耶然皆編入邶鄘二國非衛本國人詩可知衛除宣姜夷姜外實多賢婦人豈有淫亂國而有此賢婦人出乎其間哉衛有宣姜衛之大不幸也可嘅也

詩經原始卷四終

隴州門人李沖霄校字

詩經原始卷之五目錄

國風五

王十首

黍離　閔宗周也

君子于役　婦人思夫遠行無定也

君子陽陽　賢者自樂仕於伶官也

揚之水　戍卒怨也

中谷有蓷　閔棄婦也

兔爰　傷亂始也

葛藟　民窮無所依也

采葛　懷友也

大車　征夫歎也

丘中有麻　招賢偕隱也

鄭二十一首

緇衣　美鄭武公好賢也

將仲子　諷世以禮自持也

叔于田　刺莊公縱弟田獵自喜也

大叔于田　刺莊公縱弟恃勇而勝衆也

清人　刺鄭文公棄其師也

羔裘　美鄭大夫也

遵大路　挽君子勿速行也

女曰雞鳴　賢婦警夫以成德也

野有蔓草　朋友相期會也

溱洧　刺淫也

詩經原始卷之五

寶甯方玉潤鴻濛氏撰

國風 五

王

集傳王謂周東都洛邑王城畿內六百里之地在禹貢豫州大華外方之閒北得河陽漸冀州之南也周室之初文王居豐武王居鎬至成王周公始營洛邑爲時會諸侯之所以其土中四方來者道里均故也自是謂豐鎬爲西都洛邑爲東都至幽王嬖褒姒生伯服廢申后及太子宜臼宜臼奔申申侯怒與犬戎攻宗周弑幽王於戲晉文侯鄭武公迎宜臼於申而立之是爲平王徙居東都王城於是王室遂卑與諸侯無異故其詩不爲雅而爲風然其王號未替也故曰不曰周而曰王姚氏際恒曰此乃歷來相傳說也孔子曰雅頌各得其所夫雅之所得則風之所亦得風雅自有定體其體風即系之風其體雅即系之雅非以王室卑之故不爲雅而爲風也系風雅頌本以詩體分不以時勢別其體頌雖幹侯服亦有頌其體風雖周王城亦爲風豈以時勢之盛衰國家之強弱分風雅頌耶風雅頌

三章只換六字而一往情深低徊無限此專以描摹虛神擅長憑弔詩中絕唱也唐人劉滄許渾懷古諸詩往往襲其音調

體且不辨何以言詩況義意宏深尤爲難識無怪其多謬誤也然則王何以不列於二南之後而序於三衛之末三衛者殷故都也首之見變風所由始王城者周東轄也次之識干政所由衰是二者皆變風之首而世道之升降亦寓焉

黍離　閔宗周也

彼黍離離彼稷之苗行邁靡靡中心搖搖知我者謂我心憂不知我者謂我何求悠悠蒼天此何人哉一章彼黍離離彼稷之穗行邁靡靡中心如醉知我者謂我心憂不知我者謂我何求悠悠蒼天此何人哉二章彼黍離離彼稷之實行邁靡靡中心如噎知我者謂我心憂不知我者謂我何求悠悠蒼天此何人哉三章

右黍離三章章十句小序曰閔宗周也大序謂周大夫行役至於宗周過故宗廟宮室盡爲禾黍閔周室之顛覆彷徨不忍去

是爲得之而姚氏猶以爲偶中未免失之過刻也及韓詩云黍離伯封作則又怪誕無稽不可從惟是周轍既東無復西幸文武成康之舊一旦灰燼蕩然無存有心斯世者所爲目擊心傷不能無慨於其際焉特無如當時之君臣苟且偷安罔思自奮以王室之尊下等侯服甘心而不顧者何哉朱氏善曰周之王業公劉開拓之於豳太王創造之於岐文王光大之於豐武王成就之於鎬皆在西都八百里之內其土地則先王之土地其人民則先王之人民也爲子孫者正當守之而不去今乃舉舊都棄之而卽安於東行役之大夫既已見而憂之且追怨之豈容付之無可奈何而已耶謂宜請於平王號令諸侯整師輯旅光復舊物諸侯見王之有志孰不奔走而服從當是時晉之義

和鄭之掘突既皆王室之舊勳齊藉太公之故基曾承周公之遺烈衛憑康叔之威靈亦皆足以左右王室而王自棄之爲之臣者又寂無一人以爲言噫周轍之不西有由矣夫此又以慨復事責之行役大夫持論未嘗不正然當時情事則必有難言爲者故不得已而形諸歌咏以寄其悽愴無已之心觀其呼天上訴一咏不已再三反覆而咏嘆之則其情亦可見矣詎得以千載下人追究千載上事而得其實在情形哉

【集釋】黍集傳曰黍穀名苗似蘆高丈餘穗黑色實圓重嚴氏粲曰說文曰黍禾屬而黏者也以大暑而種故謂之黍本草唐本注云黍似粟而非粟也黄氏一正曰黍有丹白黃黑四色粒多而黏穀之可爲酒者也離離垂貌稷集傳稷亦穀也一名穄似黍而小或曰粟也爾雅曰粢稷也邁行也靡靡猶遲遲也穗秀也噎孔氏穎達曰噎咽喉閉塞之貌言憂深也

傍晚懷人真情真境描寫如畫晉唐田家諸詩恐無此真實自然

標韻　苗二蕭搖同本韻　憂十一尤求同本韻　天一先叶鐵因反人十一真

通韻　穗四寘醉同本韻　實四質噎九屑通韻

君子于役　婦人思夫遠行無定也

君子于役，不知其期。曷至哉？雞棲于塒，日之夕矣，羊牛下來。君子于役，如之何勿思！一章

君子于役，不日不月。曷其有佸？雞棲于桀，日之夕矣，牛羊下括。君子于役，苟無飢渴！二章

右君子于役二章，章八句。小序謂刺平王，僞說以爲戍申者之妻作，皆鑿也。詩到眞極，羌無故實，亦自可傳。使三百詩人篇篇皆懷諷刺，則於忠厚之旨何在？於陶情淑性之意又何存？此詩言情寫景，可謂眞實樸至，宣聖雖欲刪之，亦有所不忍也。又況夫婦遠離，懷思不已，用情而得其正，卽詩之所爲教，又何必定

求其人以實之而後謂有關係作哉

（集釋）塒（集傳）鑿牆而棲曰塒郭氏璞曰今寒鄉穿牆棲鷄（禽經）云陸鳥曰棲水鳥曰宿 佸會也 桀栰也（爾雅）鷄棲於弋爲桀李氏巡曰弋橜也

（叶韻）期四支 塒同 本韻 來十灰 思四支 通韻 月六月 桀九屑 括七曷 渴同

轉韻

君子陽陽　賢者自樂仕於伶官也

君子陽陽。左執簧。右招我由房。其樂只且。章一 君子陶陶。左執翿。右招我由敖。其樂只且。章二

右君子陽陽二章章四句姚氏際恒曰大序謂君子遭亂相招爲祿仕此据招之一字爲說臆測也集傳謂疑亦前篇婦人所作此据房之一字爲說更鄙而稚大抵樂必用詩故作樂者亦

作詩以摹寫之然其人其事不可考矣此種詩亦可無俟深考蓋三代賢人君子多隱仕於伶官以其得節禮樂可以陶情淑性而收和樂之功故或處一房之中或侍遨遊之際無不揚揚自得陶陶斯詠有以自樂其樂而何害其爲賢也卌然爲國而使賢人君子樂處下位不欲居尊以任事則其時勢亦可想知此詩之所以存而不削歟

【集釋】簧嚴氏粲曰簧笙之舌也陳氏暘曰樂記云絃匏笙簧則簧之爲物笙竽有焉其美在中所以鼓中聲也　只且語助辭　陶陶和樂之貌　翿釋言云翿纛也孫炎曰纛舞者所持羽也　敖同遨遨遊也

【標韻】陽七陽簧房並同本韻　陶四豪翿敖並同本韻　且六魚二句自爲韻

揚之水　戍卒怨也

揚之水不流束薪彼其之子不與我戍申懷哉懷哉曷月予還歸哉章一揚之水不流束楚彼其之子不與我戍甫懷哉懷哉曷月予還歸哉章二揚之水不流束蒲彼其之子不與我戍許懷哉懷哉曷月予還歸哉章三

右揚之水三章章六句經文明明言戍申戍甫戍許而序偏云戍于母家致啓集傳忘讐逆理之論是皆未嘗卽當日形勢而一思之耳夫周轍既東楚實強盛京洛形勢左據成皋右控崤函背枕黃河面俯嵩高則申甫許實爲南服屏蔽而三國又非楚敵不得不戍重兵以相保守然後東都可以立國觀於三國吳魏相持兩家重鎭必屯襄樊則往事可知平王此時不申甫許之是戍而何戍耶其所以致民怨嗟見諸歌咏而不已者以

徵調不均瓜代又難必耳夫徵調不均則勞逸異勢瓜代難必則生聚無期不惟小民怨咨亦足見秉國者之措置乖方籌謀未善若宗周形勝則豈慮是哉此東都之不再振而西轍之難歸者有由然矣若沾沾謂其篤於母家致令久戍不歸則何異小兒夢囈不識時務之甚吾恐平王君臣竊相笑於地下也

揚悠揚也水緩流之貌　彼其之子〔案〕姚氏際恒曰鄭氏謂處鄉里者歐陽氏謂國人怨諸侯不戍申皆可通集傳謂指室家則謬矣　戍屯兵以守也　申〔梁氏益曰〕申伯爵初爲侯平王母申姜國楚靈王遷之今信陽之方城內也〔皇輿表〕鄧州屬南陽府信陽軍屬汝寧府並隸河南　楚木也〔陸氏佃曰〕楚者楚地所出其一名荊故楚入春秋稱荊而荊州亦以此木得名　甫〔集傳〕甫卽呂也亦姜姓書呂刑禮記作甫刑而孔氏以爲呂侯後爲甫侯是也〔王氏應麟曰〕史記呂尚先祖爲四岳佐禹治水有功虞夏之際受封於呂括地志故呂城在鄧州南陽縣西四十里呂氏春秋呂在宛縣西　蒲〔嚴氏粲曰〕毛以爲草鄭以爲蒲柳皆通許〔集傳〕許國名亦姜〔案〕蒲草見陳澤陂蒲柳見陳東門之楊許姓今潁昌府許昌

縣是也(皇輿表)潁昌府許昌縣今開封許州隸河南

標韻　薪十一眞　中同本韻　懷九佳　歸五微轉韻　楚六語　甫七麌通韻

蒲七虞叶滂左反　許六語叶韻

中谷有蓷　閔嫠婦也

中谷有蓷。暵其乾矣。有女仳離。嘅其嘆矣。嘅其嘆矣。遇人之艱難矣。一章　中谷有蓷。暵其脩矣。有女仳離。條其歗矣。條其歗矣。遇人之不淑矣。二章　中谷有蓷。暵其濕矣。有女仳離。啜其泣矣。啜其泣矣。何嗟及矣。三章

右中谷有蓷三章章六句大序謂凶年饑饉室家相棄集傳因之近是惟小序謂爲閔周未免小題大作夫一夫不獲時予之辜固王者之所以爲心而荒政不講以致小民流離失所尤爲

東周大病然遽以此為閔周則周之可閔者正多也集傳又謂婦人覽物起興而自述其悲歎之詞閨閣孀吟咏固自有人而此云有女者則非其自咏可知矣杜詩此類甚多何必定指為自作聖人刪詩至此存之以見王政之惡人民之困至於此極則其無以為國之故亦大可悲張子云凡天下疲癃殘疾惸獨鰥寡皆吾兄弟之顛連而無告者也世之讀中谷有蓷而無以動其悲憫之懷者吾亦末如之何也已矣

集釋 蓷孔氏穎達曰釋草云萑蓷郭璞曰今茺蔚也陸璣疏云舊說及魏博士周元明皆云菴閭是也韓詩及三蒼說悉云益母案本草益母茺蔚也 暵孔氏穎達曰易曰燥萬物者莫暵乎火 仳別也流離失所之狀 脩集傳脩長也或曰乾也 歗蹙口出聲 不淑集傳古者死喪饑饉皆曰不淑姚氏際恒曰先言艱難夫貧也再言不淑夫死也禮問死何如曰不淑 暵溼集傳暵溼者旱甚則草之生於溼者亦不免也 啜泣貌

詞意悽愴聲情激越阮步兵專學此種

標韻 乾（寒十四）嘆（難並同）本韻　脩（十一尤叶式竹反）歗（十八嘯）淑（一屋）叶韻

濕（十四緝）泣及（並同）本韻

兔爰　傷亂始也

有兔爰爰，雉離于羅。我生之初，尚無爲；我生之後，逢此百罹。尚寐無吪。（一章）有兔爰爰，雉離于罦。我生之初，尚無造；我生之後，逢此百憂。尚寐無覺。（二章）有兔爰爰，雉離于罿。我生之初，尚無庸；我生之後，逢此百凶。尚寐無聰。（三章）

右兔爰三章章七句序謂桓王失信諸侯背叛搆怨連禍王師傷敗君子不樂其生集傳遂謂庶幾寐而不動以死耳夫逢時多難縱欲無生何至求死所謂無吪無覺無聰者亦不過不欲言不欲見不欲聞已耳天下洶洶時事日非上則諸侯背叛射

王中肩君臣之義滅矣下 則室家相棄有女仳離夫婦之情乖矣中則謂他人昆亦莫我聞兄弟之親又遠矣其始蓋由於申甫是成忘讐黨惡君無父子之恩民亦鮮倫常之義以致賢者退處下位不欲居高以聽政小人幸逃法網反得肆志而橫行於是狡者脫而介者烹奸者生而良者死所謂百凶並見百憂俱集時也詩人不幸遭此亂離不能不回憶生初猶及見西京盛世法制雖衰紀綱未壞其時尚幸無事也迨東都既遷而後桓文繼起霸業頻興而王綱愈墜天下乃從此多故彼蒼夢夢有如聾聵人又何言不惟無言且並不欲耳聞而目見之故不如長睡不醒之爲愈耳迨至長睡不醒一無聞見而思愈苦古之傷心人能無爲我同聲一 痛哭哉此詩意也何至如集傳云

但求死耶

集釋　爰爰（集傳曰兔性陰狡爰爰緩意孔氏穎達曰無所拘制爰爰然而緩）雉（集傳雉性耿介）離（麗也）羅（網也）罹（憂也）吪（黃氏震曰古注吪動也蓋動則憂寐則不知故欲無吪姚氏際恆曰吪字從口從言之訛亦同小雅或寢或訛即此吪方寤動而有聲也無吪不言之意後說較通）罦（孔氏穎達曰釋器云䍐謂之罿罿罬也罬謂之罦罦覆車也孫炎曰覆車網可以掩兔者也）造（亦為也）覺（寤也）庸（用也）

標韻　羅（五歌）為（四支叶吾禾反）羅（同上叶良何反）吪（五歌）叶韻　罦（十一尤叶步廟反）造（二十號）憂（十一尤叶一笑反）覺（十九效）叶韻　罿（一東）庸（二冬）凶（同）聰（一東）通韻

葛藟　民窮無所依也

緜緜葛藟，在河之滸。終遠兄弟，謂他人父。謂他人父，亦莫我顧。一章

緜緜葛藟，在河之涘。終遠兄弟，謂他人母。謂他人母，亦莫我有。二章

緜緜葛藟，在河之漘。終遠兄弟，謂他人昆。謂他人昆，亦莫我聞。三章

泥滯語不忍卒讀

右葛藟三章章六句此詩不必深解但依集傳謂世衰民散有去其鄉里家族而流離失所之作斯得之矣若必謂刺平王棄其九族則不惟亦字語氣不協卽詩意亦甚索然反無謂也葛藟本蔓生必有所依而後附今乃在河之滸與涘與漘無喬木高枝以引其條葉雖足自庇本根而本根已失奈之何哉故人一去鄉里遠其兄弟則舉目無親誰可因依雖欲謂他人之父以爲父而其父反愕然而不之顧卽欲謂他人之母以爲母而其母亦惄然而不我親父母且不可以僞託況昆弟乎則更澹焉如無聞也民情如此世道可知誰則使之然哉當必有任其咎者卽謂平王之棄其九族而民因無九族之親者亦奚不可

集釋 滸（毛氏萇曰）水厓曰滸 涘（孔氏穎達曰）釋水云涘爲厓 漘（許氏謙曰）岸上面平夷而下爲水洗蕩齧入若

雅韻欲流遂成千秋佳語

昏也

標韻 滸七麌父同顧七遇叶果五反叶韻 涘四紙母二十五有有同叶韻 漘十一眞昆十三元聞十二文通韻

采葛 懷友也

彼采葛兮。一日不見，如三月兮。一章 彼采蕭兮。一日不見，如三秋兮。二章 彼采艾兮。一日不見，如三歲兮。三章

右采葛三章，章三句。此詩明明千古懷友佳章，自集傳以爲淫奔者所託，遂使天下後世士夫君子皆不敢有寄懷作也。不知此老何以好爲刻薄之言若是。至小序謂爲懼讒，尤不足與辯。夫良友情親如同夫婦，一朝遠別，不勝相思，此正交情濃厚處，故有三月三秋三歲之感也。若泛泛相值，轉面頓忘，或市利相

交勢衰卽去豈尚能作此語故是詩之在衰朝亦世情之中流砥柱也而可無存乎

【集釋】蕭荻也〔孔氏穎達曰〕李巡曰荻一名蕭陸璣云今人所謂荻蒿者是也郊特牲旣奠然後爇蕭合馨香是蕭所以供祭祀也艾蒿屬〔爾雅〕艾冰臺注艾蒿〔姚氏際恒曰〕或云艾必三年方可治病故言三歲雖詩人之意未必如此然亦巧合

大有思致

【標韻】葛七曷月六月轉韻　蕭二蕭秋十一尤叶韻　艾九泰歲八霽通韻

大車　征夫歎也

大車檻檻毳衣如菼豈不爾思畏子不敢一章大車啍啍毳衣如璊豈不爾思畏子不奔一章穀則異室死則同穴謂予不信有如皦日三章

右大車三章章四句此詩若從序言以爲陳古以刺今則無以

處穀則異室之言蓋夫婦雖有別亦何至異室而分居如從集傳以爲淫奔有所畏則無以釋死則同穴之語蓋男女縱有情誰爲收屍而合葬此皆難以理論也惟姚氏際恒云僞傳說皆以爲周人從軍説其室家之詩似可通此雖出於僞說而詩意眞切詎得以其僞而少之歟周衰世亂征伐不一周人從軍迄無甯歲恐此生永無團聚之期故念其室家而與之訣絕如此然其情亦可慘矣

集釋 大車〔姚氏際恒曰〕大車牛車 毳衣〔姚氏際恒曰〕毳衣毛布衣 菼〔集傳〕曰菼蘆始生也 爾指室家 子指主之者 啍啍重遲之貌〔孔氏穎達曰〕啍啍行之貌故爲重遲上言行之聲此言行之貌互相見也 璊音門〔孔氏穎達曰〕璊玉頳色也禾之赤苗謂之璊玉色如之 穀生也 穴壙也 皦白也

標韻 檻二十九謙 菼二十七感 敢同 通韻 啍十三元 璊奔並同 本韻 室四質

究九日質四通韻

丘中　招賢偕隱也

丘中有麻。彼留子嗟。彼留子嗟。將其來施施。章一丘中有麥。彼留子國。彼留子國。將其來食。章二丘中有李。彼留之子。彼留之子。貽我佩玖。章三

右丘中三章章四句小序謂思賢毛鄭因之且以子嗟子國爲父子二人惟集傳反其所言以爲婦人望其所與私者之詞殊覺可異子嗟子國既爲父子集傳且從其名矣則一婦人何以私其父子二人耶此眞逆理悖言不圖先賢亦爲是論能無慨然惟是序傳亦有所疑子嗟子國既爲人名則之子又何所指故姚氏以爲嗟國皆助辭嗟爲助辭可也國亦可爲助辭乎且

有麻即望其來施施有麥即望其來食有李即望其遺我以佩玖上下文自相呼應猶韓子云盤之土可稼而食之意中間彼留彼留云者乃虛擬之辭耳嗟國助辭國即彼國之國猶言彼留子於其國耶其國不可以久留也何不就我丘中有麻可以績而衣有麥可以種而食並有李可以相貽遺其樂孰甚焉爾亦將有意其來以就食而互相爲禮耶似此訓釋又非思賢乃招賢以共隱耳周衰賢人放廢或越在他邦或尚留本國故互相招集退處丘園以自樂所謂桃花源尚在人間者是也

【集釋】麻（集傳）麻穀名子可食皮可績爲布者　施施喜悅之意（呂氏祖謙曰）孟子曰施施從外來

【標韻】麻莫麻嗟同施西支叶時遮反叶韻　麥陌十一國質十三食同通韻

李四紙子同玖二十五有叶舉里反叶韻

以上王詩凡十篇 案此冊詩皆亂離後作故其音怨以怒而又哀思無已則其民之困且散也可知兔爰猶及西周之盛而黍離則但傷殘破之餘以致室家相棄兄弟不保成卒怨於前征夫歎於後也其始蓋由朝常紊亂國是日非君子不樂仕進或退處下位或遠隱丘園朝廷之上無與爲國於是小人得進而用事如狡兔爰爰無所忌憚故東都一從王綱不復再振國雖未亡而下等列侯其與覆亡者相去幾何哉無怪其音之哀以思不止怨而怒矣後世杜甫遭天寶大亂故其中有無家别垂老别哀江頭哀王孫等篇與此先後如出一轍杜作人稱詩史而此冊實開其先讀王風者能無俯仰慨嘆於其際哉

鄭

集傳鄭邑本在西都畿內咸林之地宣王以封其弟友爲采地後爲幽王司徒而死於犬戎之難是爲桓公其子武公掘突定平王於東都亦爲司徒又得虢檜之地乃徙其封而施舊號於新邑是爲新鄭咸林在今陝西西安府華州新鄭即今河南開封府新鄭縣然何以次於王胡氏紹曾曰鄭初封在圻內風所以次王且周之衰鄭爲之也桓公時王室多故謀及史伯寄帑於虢檜之間以陰謀鬱成大國然新鄭即成皋滎陽虎牢之分巖險聞天下故春秋

戰爭之多者無如鄭案鄭初封固在西周圻內地卽新徙亦密邇東都故觀風首殿周三都外卽次及於鄭焉

緇衣　美鄭武公好賢也

緇衣之宜兮。敝予又改爲兮。適子之館兮。還予授子之粲兮。章一緇衣之好兮。敝予又改造兮。適子之館兮。還予授子之粲兮。章二緇衣之蓆兮。敝予又改作兮。適子之館兮。還予授子之粲兮。章三

右緇衣三章章四句序傳皆謂國人美武公集傳詩緝悉從之無異說惟季氏本以爲美武公好賢之詩姚氏謂爲後說勝前賢不然改衣適館授粲此豈臣下施於君上哉無論鄭人不宜爲此言卽周人亦不當出此詞其說是矣愚謂改衣授粲非在上者之所難特難於適子之館而不憚煩焉耳夫使龍飛鳳翥之士日來吾前而吾但爲之改衣授粲而不適其館隆以禮貌

之謂何是徒以衣食餌國士而國士且望望然去尙得謂之好
賢哉武公則於改衣授粲外而又能折節下交屢適賓館居則
虛衷以前席出則憑軾而過門羅賢以禮不以貌親賢以道尤
以心賢所以樂爲用而共成輔國宏猷國人好之形諸歌咏寫
其好賢無倦之心殆將與握髮吐哺後先相映爲萬世美談此
緇衣之詩所由作也卽謂之美武公也亦奚不可惟不宜以改
衣適館授粲屬之國人耳

【集釋】緇 黑色（周禮考工記）三入爲纁五入爲緅七入爲緇注染纁者三入而成又再染以黑則爲緅又復再染以黑乃成 緇衣（孔氏穎達曰）緇衣卽士冠禮所云玄服朝服緇帶素韠是也卿士旦朝於王服皮弁不服緇衣退適治事之館釋皮弁而服以聽其所朝之政也 館 舍也 粲 餐也 蓆 大也

【標韻】宜 四支 爲 同本韻 館 十四旱叶古玩反 粲 十五翰 叶韻 好 二十號 造

同本韻　藉十一陌叶祥篇反　作十藥叶韻

將仲子　諷世以禮自持也

將仲子兮。無踰我里。無折我樹杞。豈敢愛之。畏我父母。仲可懷也。父母之言。亦可畏也。一章將仲子兮。無踰我牆。無折我樹桑。豈敢愛之。畏我諸兄。仲可懷也。諸兄之言。亦可畏也。二章將仲子兮。無踰我園。無折我樹檀。豈敢愛之。畏人之多言。仲可懷也。人之多言。亦可畏也。三章

右將仲子三章章八句。序謂刺莊公不勝其母以害其弟。祭仲諫而弗聽。特以詩中有父母兄弟仲子等字耳。集傳從鄭漁仲說以爲無與莊公叔段事是矣。而又以爲淫奔詩。亦非。蓋女心既有所畏而不從。則不得謂之爲奔。亦不得謂之爲淫。姚氏知

其然仍不能斷乃曰撥此詩言鄭事多不合以爲淫詩則合是其識亦倘游移未定耳此詩雖保非采自民間閭巷鄙夫婦相愛慕之辭然其義有合於聖賢守身大道故太史錄之以爲涉世法夫使人心無所畏則富貴功名孰非可懷而可愛惟能以理制其心斯能以禮愼其守故或非義之當前心雖不能無所動而惕以人言可畏卽父母兄弟有所不敢欺則慾念頓消而天理自在是善於守身法也而謂之爲惡也得乎故左傳子展如晉賦此詩而衛侯得歸使其爲本國淫詩豈倘舉以自賦而復見許於他國歟此非淫詞斷可知已

【集釋】**將**請也**仲子**男子之字也**里**孔氏穎達曰地官遂人云五家爲鄰五鄰爲里是二十五家爲里也**杞**柳屬也王氏應麟曰杞有三無折我樹杞柳屬也南山有杞在彼杞棘梓杞也集于苞杞言采其杞隰有杞桋枸杞也**檀**

集傳檀皮青滑澤材彊韌可爲車

標韻里四紙杞同本韻　憂十一隊母二十五有叶滿彼反叶韻　懷九佳畏五未叶於非反叶韻

叔于田　刺莊公縱弟田獵自喜也

叔于田，巷無居人。豈無居人？不如叔也，洵美且仁。一章

叔于狩，巷無飲酒。豈無飲酒？不如叔也，洵美且好。二章

叔適野，巷無服馬。豈無服馬？不如叔也，洵美且武。三章

右叔于田三章，章五句。小序以爲刺莊公，集傳及諸家皆謂無刺莊公意，其實此詩的刺莊公無疑。叔之恃寵而驕，多行不義，誰則使之？莊公實使之也。詩人不必明斥公非，但極力摹寫叔之之游獵無度，則其平日之遠君子而狎伍小人也可知，即叔之

驕縱無忌實莊公故縱其惡之意亦可見不然叔以國君介弟之親京城大叔之貴其所好者不應在馳騁弋獵地也其所交者更不宜近飲酒服馬儔也而何以日事田獵至于巷無居人飲酒以及服馬之不足相勝乎曰美且仁美且好美且武者詩人故爲此誇大詞以動莊公使其早爲之備亦如公子呂所云欲與大叔臣請事之若弗與則請除之無生民心之意云耳而謂此不義人眞能得衆心歟讀詩者愼勿泥其辭而昧其義焉可也

集釋　田 白虎通義曰四時之田總名爲田爲田除害也　巷 里塗也　狩 冬獵曰狩杜氏預曰狩圍守也冬物畢成獲則取之無所擇也　服 乘也孔氏穎達曰易稱服牛乘馬俱是駕用之義故服馬猶乘馬也

標韻　田 一先　人 十一眞　仁 同　通韻　狩 二十六宥　酒 二十五有　好 十九皓叶許厚反　叶

韻　野（二十一馬 叶上與反）　馬（同上叶滿補反）　武（七麌）　叶韻

大叔于田　刺莊公縱弟恃勇而勝衆也

叔于田乘乘馬執轡如組兩驂如舞叔在藪火烈具舉襢裼暴虎獻于公所將叔無狃戒其傷女（一章）叔于田乘乘黃兩服上襄兩驂鴈行叔在藪火烈具揚叔善射忌又良御忌抑磬控忌抑縱送忌（二章）叔于田乘乘鴇兩服齊首兩驂如手叔在藪火烈具阜叔馬慢忌叔發罕忌抑釋掤忌抑鬯弓忌（三章）

右大叔于田三章章十句案此詩與前篇同為刺莊公縱弟游獵之作但前篇虛寫此篇實賦前篇私游此篇從獵而愈矜其勇也詩曰襢裼暴虎獻于公所暴虎危事太叔至親而叔以此驕其兄則恃勇無君之心已可概見莊公時不惟不慈其無禮

而且勞而慰之曰將叔無狃戒其傷女豈眞愛之耶實縱之以蹈於危耳詩人窺破此隱故特咏之以爲誅心之論如春秋書法微意所在也若謂國人愛之而恐其或傷則好勇不義之人人又何愛之有耶至其詞氣之工則姚氏所謂描摹工豔鋪張亦復淋漓盡致便爲長楊羽獵之祖庶幾能識作者苦心云

【集釋】兩驂 車衡外兩馬曰驂 如舞 董氏逌曰五御之法有舞交衢者蓋詩所謂如舞也驂與服諧和然服制於衢不得如舞其言舞者驂也 藪 澤也孔氏穎達曰鄭有圃田此言在藪蓋圃田也 襢裼 孔氏穎達曰李巡曰襢裼脫衣見體曰肉襢孫炎曰襢去裼衣 狃 習也 乘黃 陸氏佃曰黃馬之上色明堂位曰周人黃馬蕃鬣言吉事乘此 兩服 孔氏穎達曰車有一轅而四馬駕之中央夾轅者名服馬兩邊名騑馬亦曰驂馬 襄 駕也 鴈行 集傳鴈行者驂少次服後如鴈行也 忌抑 語助辭 磬控 范氏處義曰磬謂使之曲折如磬控謂控制不逸 縱送 集傳舍拔曰縱覆彇曰送梁氏益曰拔矢末也所謂栝也亦作筈箭本受弦處彇與簫同弓之梢末所謂弭也曲禮左手執簫疏云弓頭

稍剡差斜似箭故名曰籥又謂之弰鵨集傳驪白雜毛曰鵨今所謂烏驄也阜盛也慢遲也發發矢也罕希也

釋解也掤集傳掤矢筩蓋春秋傳作冰鬯集傳鬯弓囊也與韔同

標韻馬二十一馬叶滿補反組七麌舞同數二十五有叶素苦反舉六語虎七麌所六語狃十二五有叶女古反女六語叶韻黃七陽襄行揚並同本韻射二十一禡御六御叶魚駕反叶韻控一送送同本韻鵨十九皓叶補苟反首二十五有手數阜並同本韻慢十六諫罕十四旱叶虛旰反叶韻掤十蒸弓一東叶姑宏反叶韻

清人　刺鄭文公棄其師也

清人在彭駟介旁旁二矛重英河上乎翱翔一章清人在消駟介麃麃二矛重喬河上乎逍遙二章清人在軸駟介陶陶左旋右抽中軍作好三章

右清人三章章四句序本左傳高克棄師奔陳鄭人爲賦此詩

事有明文固勿庸議即彭消軸或以爲地名或以爲非地名皆不可考惟鄭文公惡高克而使之擁兵在外此召亂之本也幸而師散將逃國得無恙使其反戈相向何以禦之由斯以觀高克亦無能耑耳何以見惡於文公耶詩曰翱翔曰逍遙曰左旋右抽中軍作好所謂霸上諸軍直同兒戲即使作亂亦易制服詩人固早有以知其必不然也若文公者則不能無所議焉故刺之

【集釋】清 邑名 駟介 四馬而被甲也 旁旁 馳驅不息之貌 二矛 酋矛夷矛也酋矛長二丈夷矛長二丈四尺竝建於車上 英 以朱羽爲矛飾重疊而見 翱翔 遊戲之貌 麃麃 武貌 喬 矛之上勾曰喬 陶陶 樂貌 左旋右抽 （集傳）左謂御在將軍之左執轡而御馬者也旋還車也右謂勇力之士在將軍之右執兵以擊刺者也抽拔刃也 中軍 （集傳）中軍謂將在鼓下居車之中即高克也 好 容好也

標韻 彭七陽 旁同 英八庚 翔七陽 通韻 消二蕭 麃 喬 遙並同 本韻 軸一屋

叶音皆 陶四豪叶徒侯反 抽十一尤叶輟救反 好二十號 叶韻

羔裘 美鄭大夫也

羔裘如濡洵直且侯彼其之子舍命不渝一章羔裘豹飾孔武有力彼其之子邦之司直二章羔裘晏兮三英粲兮彼其之子邦之彦兮三章

右羔裘三章章四句序以爲刺朝陳古以風今也辯說謂詩意恐未必然當時鄭之大夫如子皮子産之徒豈無可以當此詩者但今不可考耳愚謂此詩非專美一人必當時盈廷碩彦濟美一時或則順命以持躬或則忠鯁而事上或則儒雅以聲稱皆能正已以正人不媿朝服以章身故詩人即其服飾之盛以

想其德誼經濟文章之美而咏歎之如此曰舍命不渝者君子安命雖臨利害而不變也曰邦之司直者大臣剛毅有力獨能主持國是而不搖也曰邦之彥兮者學士文采高標足以黼黻猷爲而極一時之選也有此數臣國勢雖孱人材實裕故可以特立晉楚大國之閒而不致敗此鄭之所以爲鄭也不然詩人縱極陳古以風今亦何與於當時時務之要歟

【集釋】羔裘大夫服也如濡潤澤也侯美也〔姚氏際恒曰此卽諸侯之侯當時稱諸侯亦取美義也〕舍處也渝變也飾〔集傳〕飾緣袖也禮君用純物臣下之故羔裘而以豹皮爲飾也孔甚也晏鮮盛也三英裘飾也彥士之美稱

【標韻】濡七虞侯十一尤叶洪鉤反渝七虞叶韻　飾十三職力直並同本韻　晏十六諫粲十五翰彥十七霰通韻

遵大路　挽君子勿遽行也

遵大路兮。摻執子之袪兮。無我惡兮。不寁故也。一章遵大路兮。摻執子之手兮。無我魗兮。不寁好也。二章

右遵大路二章章四句此詩當從序言爲正集傳謂淫婦爲人所棄者固非卽姚氏以爲故舊道左言情者亦未是蓋道左而挽留賢士且殷殷動以故舊朋好之心則豈無故而云然哉吕氏祖謙曰武公之朝蓋多君子矣至於莊公尙權謀專武力氣象一變左右前後無非祭仲高渠彌祝聃之徒也君子安得不去乎不寁故也不寁好也詩人豈徒勉君子遲遲其行也感於事而懷其舊者亦深矣此雖無所據而揆時度勢據理言情深得古風人意旨所在不然區區道故當情何煩大聖人之删而

存哉又曹氏粹中曰申公白生强起穆生曰獨不念先王之德歟即此詩欲留君子之意而詩不言念先王但曰無我惡者詞婉而意愈深耳嗚乎可以觀世道矣

集釋 摻擥也袪袂也孔氏穎達曰袂是袪之本袪是袂之末俱是衣袖寁速也嚴氏粲曰猶言倉卒也魗與醜同

標韻 袪六魚叶起據反惡七遇故同叶韻　手二十五有魗同好十九皓叶許口反叶韻

女曰雞鳴　賢婦警夫以成德也

女曰雞鳴士曰昧旦子興視夜明星有爛將翺將翔弋鳧與鴈一章

弋言加之與子宜之宜言飲酒與子偕老琴瑟在御莫不靜好二章

知子之來之雜佩以贈之知子之順之雜佩以問之知子之好之

雜佩以報之。章三

右女曰鷄鳴三章章六句此詩人述賢夫婦相警戒之辭人皆知之矣而序以爲陳古以刺今不知何所見而云然彼其意蓋謂鄭風無美詞耳夫使美者皆述古而惡者皆刺今則變風中無一可取之詩而何以知政治得失耶此詩不惟變風之正直可與關雎葛覃鼎足而三何者關雎新昏葛覃歸寗此則相夫以成內助之賢房中雅樂缺一不備也觀其詞義予興視夜以下皆婦人之詞首章勉夫以勤勞次章宜家以和樂三章則佐夫以親賢樂善而成其德婦人之職於是乎盡而可不謂之爲賢乎不意鄭俗淫哇之際乃有此中正和樂之音堪與關雎葛覃爲配可見天理人心之善未嘗或息於兩間聖人刪詩特標

此一篇於舉世不爲之中可謂障狂瀾於旣倒砥中流以不移必如亭言是一往無能回之人心矣而何以爲世勸也

集傳 昧旦 〔呂氏祖謙曰〕列子曰將旦昧爽之交日夕昏明之際 明星 〔爾雅〕釋天明星謂之啓明〔嚴氏粲曰〕今俗所謂曉星也毛氏謂天將曉而小星不見惟明大之星爛然雖不指爲啓明然將曉而明大者惟啓明耳 弋 〔許氏謙曰〕周禮司弓矢矰矢茀矢用諸弋射注疏結繳於矢謂之矰繳繩也矰高也取向上射飛鳥之義茀之言刜也以弋飛鳥刜羅之謂結繳以羅取而刜殺之也 鳧 水鳥如鴨〔李氏巡曰〕野曰鳧家曰鶩 加 中也 雜佩 〔集傳〕雜佩者左右佩玉也上橫曰珩下繫三組貫以蠙珠中組之半貫一大珠曰瑀末懸一玉兩端皆銳曰銜牙兩旁組半各懸一玉長博而方曰琚其末各懸一玉如半璧而內向曰璜又以兩組貫珠上繫珩兩端下交貫於瑀而下繫於兩璜行則衝牙觸璜而有聲也 順 愛也 問 遺也

標韻 旦 十五翰 爛 同 鴈 十六諫 通韻 加 六麻叶居之反 宜 四支 叶韻 老 十九皓 好 同 本韻 贈 二十五徑 順 十二震 問 十三問 通韻 好 二十號 報 同 本

韻

有女同車　諷鄭太子忽以昏齊也

有女同車。顏如舜華。將翺將翔。佩玉瓊琚。彼美孟姜。洵美且都。一章

有女同行。顏如舜英。將翺將翔。佩玉將將。彼美孟姜。德音不忘。二章

右有女同車二章章六句小序謂刺忽也衍之者曰忽不昏於齊後以無大國之援而見逐故國人刺之辯說以爲忽之辭昏未爲不正至其失國以勢孤援弱亦未有可刺之罪也故集傳又疑爲淫奔之詩夫曰同車則有御輪之禮曰佩玉則有矩步之飾曰孟姜則本齊族之貴淫奔而越國有若是之威儀盛飾昭彰耳目乎前人駁之固已甚詳且曰德音不忘是豈淫奔之謂又不待辯而自明矣然則此詩謂何曰諷忽以昏齊非刺忽

以不昏齊也曰有辨乎曰有刺忽以昏於齊者從事後論之也諷忽以宜昏於齊者事前勸之也事後論忽固是勢孤援弱以至失國似不昏於齊者爲忽失計迨後文姜淫亂幾覆魯國則不昏於齊者又未嘗不爲忽幸事前勸忽則不過爲援助計是彼美孟姜者又安知其後之淫亂如是乎故首章言其美且都次章言其德音不忘蓋欲諷忽以速娶之耳後世李延年歌於漢武帝曰北方有佳人絕世而獨立一顧傾人城再顧傾人國豈不知傾城與傾國佳人難再得亦是此意然忽已辭昏而詩仍存者一爲忽惜一爲忽幸而終以忽之辭昏爲有見也而又何刺乎

【集釋】女同車 或謂同車爲親迎又謂侄娣之從嫁者皆非無論同車非親迎禮忽已辭昏又何從嫁之有此當是

初議昏時齊必盛飾數女以炫舜〔陸氏璣曰舜一名木槿一名
忽詩人卽所見以咏之而已　櫬一名椵齊魯之間謂之王
蒸五月始華故月　孟姜以指文姜也同車雖數女而都〔孔氏穎達
令仲夏木槿榮　以文姜爲主故特著之　曰都者美
好閑習之言司馬相如
上林賦云妖冶閑都

標韻　車六魚　華六麻叶芳無反　琚六魚　都七虞叶韻　行七陽　英八庚　翔將姜忘七並
陽　通韻　二

山有扶蘇　刺世美非所美也

山有扶蘇。隰有荷華。不見子都。乃見狂且。一章　山有橋松。隰有游龍。
不見子充。乃見狡童。二章

右山有扶蘇二章章四句小序謂刺忽無據大序謂所美非美
然庶幾近之然不必定指忽也夫天下妍媸莫辨是非顛倒以
至覆家亡國而自殺其身者亦豈尠哉詩人不過泛言流弊畢

以爲戒故藉草木起興以見山之高固有扶蘇亦有橋松隰之卑固有荷華亦有游龍大小互見美惡雜陳要在采之者辨之而已子都子充之美與狡童狂且較其妍媸宜若易辨也然有時亦見狡童狂且爲美而不見子都子充之美者則何以故是非混則妍媸莫辨耳有天下國家責者尤當三復而細味之此亦目前至理勿容穿鑿而附會者序固謬執涉於附會然猶未至如集傳直以爲淫女戲其所私者之猥褻不堪也

【集釋】扶蘇毛傳謂小木非也藍枝葉扶蘇乃茂木耳　子都季氏本曰子都古之美男子借以爲喻　狂醜惡人　且語辭　橋松集傳上竦無枝　游龍張子曰龍是葒草其枝幹樛屈著土處便有根如龍也本草云葒草一名鴻䕲如馬蓼而大即水紅也　子充董氏逌曰子充不見於書疑亦以美著也　狡童狡猾小兒也

【標韻】蘇七虞　華六麻叶芳無反　都七虞　且六魚叶韻　松二冬　龍同　充一東　童同　通

韻

蘀兮　諷朝臣共扶危也

蘀兮蘀兮風其吹女叔兮伯兮倡予和女章一蘀兮蘀兮風其漂女

叔兮伯兮倡予要女章二

右蘀兮二章章四句序謂刺忽未始不可然必曰君弱臣强不

倡而和則非詩意詩言叔兮伯兮是以倡予者望諸叔伯大夫

矣而何以謂之爲忽耶集傳則更以爲淫女之詞天下行淫之

女豈有呼叔而又呼伯者且叔伯何所倡而女又何所和言之

不徒汚人齒頰詎可以之釋經此詩解者雖多要以嚴氏粲之

言爲近曰此小臣有憂國之心呼諸大夫而告之言槁葉風吹

不能久矣豈可坐視以爲無與於已而不相與扶持之乎叔伯

諸大夫其亟圖之患無其倡不患無和之者蓋小臣有憂國之心而無救君之力大臣有扶危之力而無急難之心當此國是日非主憂臣辱之秋而徒爲袖手旁觀者盈廷皆是以故義奮忠貞不見諸大臣而激於下位也忽之世權臣專擅國君微弱苟一煽動如風吹殘蘀何能久存然蘀去而附諸蘀以爲命者亦難自立故不如早爲之備先發以制人也惜乎小臣有是心而無是力則不得不呼諸叔伯大夫而告之矣故以是詩而屬忽世其亦可矣

【集釋】蘀（毛氏萇曰）蘀槁也（孔氏穎達曰）七月云十月隕蘀傳云蘀落也然則落葉謂之蘀此云蘀槁者謂枯槁乃落也

要成也

【標韻】吹四支和二十一箇叶戶圭反叶韻　漂二蕭要同本韻

狡童　憂君爲羣小所弄也

彼狡童兮。不與我言兮。維子之故。使我不能餐兮。一章 彼狡童兮。不與我食兮。維子之故。使我不能息兮。二章

右狡童二章章四句序謂刺忽呼君爲狡童者無禮固屬非是卽或謂指祭仲則祭仲在當時年已老亦殊不類昔人已辨之集傳又謂淫女見絶而戲其人之詞曰悅己者衆子雖見絶未至於使我不能餐與息也則不惟未至之義詩無其文卽悅己之衆詩亦並無其意不知何以見爲淫女反言以戲其人也大抵狡童者僉壬宵小之謂按蘇章之狡童狂且卽此章之狡童也國君所用非人恃寵而驕目無朝臣也久矣言不屑與況同食哉大臣憂之而無如何乃私相憤恨曰彼狡童之不與我言

且食也無足爲怪特所慮者君耳吾爲君故至不能餐又不能息是寢食俱廢矣向非維君之爲而誰爲哉詩意甚明何至疑忽又疑仲而竟至疑爲淫女所私之人耶特是作於何朝何代則不可考

[illegible] 息安也

韻讀 言十三元 餐十四寒 通韻 食十三職 息同 本韻

褰裳　思見正於益友也

子惠思我。褰裳涉溱。子不我思。豈無他人。狂童之狂也且。一章

子惠思我。褰裳涉洧。子不我思。豈無他士。狂童之狂也且。二章

右褰裳二章章五句小序曰思見正也而不言其見正之故大序遂以忽突爭國事實之曰狂童恣行國人思大國之正已也

於是有以狂童指突者亦有以狂童指祭仲者集傳則云淫女語其所私者皆誤認狂童爲狂且狡童耳童而曰狡則爲狡獪小兒也無疑狂僮曰狂則爲醜惡狂人也亦無疑若夫狂童何狡之有亦何狂之足慮子在陳曰歸與歸與吾黨之小子狂簡不知所以裁之是狂童者後生有才而未知所裁之稱以其不知所裁故思所以裁之此名師益友之未可以一日無也詩人有望於良友之裁成其子弟也故遺之以詩曰子弟之待正於君也久矣子其惠然思我而來臨乎溱洧雖深一褰裳可涉渡也若其無意則豈無他人之相觀益善乎抑豈無他士之砥礪於成乎而無如子弟輩之狂曰見其狂而未知所裁者非子不能正其狂也子愼勿辭焉也可自來此詩無是解者愚循文按

義當如是耳不然左傳子大叔之歌是什以餞韓宣子而宣子能無怪之耶

集釋 惠愛也 溱鄭水名水經溍水出鄭縣西北南入于洧水陸氏德明曰說文溱作溍云溍水出鄭溱水出桂陽也 洧亦鄭水名梁氏益曰地理志云洧水出陽城山東南至長平入潁今汴梁之洧川縣也近鄭州

標韻 溱眞十一 八同本韻 洧紙四 士同本韻

丰　悔仕進不以禮也

子之丰兮俟我乎巷兮悔予不送兮一章 子之昌兮俟我乎堂兮悔予不將兮二章 衣錦褧衣裳錦褧裳叔兮伯兮駕予與行三章 裳錦褧裳衣錦褧衣叔兮伯兮駕予與歸四章

右丰四章二章章三句二章章四句此詩斷非淫詩也何則以男之俟女也則至乎堂上矣女之歸男也則與伯叔偕行矣堂

上非行淫地叔伯豈送淫人耶又況車馬禮服具備則更非淫奔之際可知以爲女子于歸自咏之詩姚氏際恒則俟巷俟堂歸竟歸耳又何不送不將之悔乎是邪正二說均不可通故序云刺亂也昏姻之道缺陽倡而陰不和男行而女不隨然詩云駕予與行駕予與歸則又何嘗不和不隨耶總之詩意前悔不行後被強歸此中必有他故詩既不言事亦難考愚意此必寓言非咏昏也世衰道微賢人君子隱處不仕朝廷初或以禮往聘不肯速行後被敦迫駕車就道不能自主發憤成吟以寫其胸中憤懣之氣而又不敢顯言賈禍故借昏女爲辭自悔從前不受聘禮之優以致今日而有敦促之辱仕進至此亦可矜已不然昏禮縱缺亦何至男俟乎堂而女不行耶

集解 丰豐滿其貌之揚也 昌盛壯貌也 將亦送也 裳禪也鄭氏康成曰以禪縠爲之中衣裳用錦而上加禪縠焉庶人之妻嫁服也

標韻 丰二冬叶芳用反 巷三絳叶胡責反 送一送叶韻 昌七陽 堂將並同本韻 裳七陽 行同本韻 衣五微 歸同本韻

東門之墠 有所思而未得見也

東門之墠茹藘在阪其室則邇其人甚遠一章 東門之栗有踐家室豈不爾思子不我卽二章

右東門之墠二章章四句此篇乍玩似淫詩故自序傳來無不目爲淫矣然有謂女奔男者亦有謂男求女者就首章而觀曰室邇人遠者男求女之詞也就次章而論曰子不我卽者女望男之心也一詩中自爲贈答而均未謀面則必非淫者自作可

知古詩人多託男女情以寫君臣朋友義臣之望君堂廉雖近天威甚嚴有不可以驟進者君之責臣則如唐元宗云卿自不仕奈何誣我是君又未嘗不有望乎臣也至朋友兩相思念更不待言詩中有懷想情而無男女字又安知非朋友自相思念乎且室邇人遠頗有高人雅士跡邇市城心出塵表氣象故此詩雖不敢遠定爲朋友辭亦不敢隨聲附和指爲淫詩故但曰有所思而未得見之辭云耳然有所思而不得見遂無求見之心則雖謂之發情止義也可而何淫之有哉

【集釋】墠【集傳】墠除地町町者【梁氏益曰】墠除地去草也封土爲壇除地爲墠町町言有町畦也　茹藘【陸氏璣曰】茹藘蒨草也齊人謂之茜今圃人或作畦種蒨貨殖傳云卮茜千石亦比千乘之家　阪【郭氏璞曰】阪陀不平　踐行列貌

【標韻】墠銑十六　阪阮十三　遠同　通韻　栗質四　室同　即職十三　通韻

深宵風雨聯床話舊不覺情親曉猶未已此何如友誼耶而乃以爲淫也豈不冤甚

風雨 懷友也

風雨淒淒鷄鳴喈喈既見君子云胡不夷 一章 風雨瀟瀟鷄鳴膠膠（初號、再號）既見君子云胡不瘳 二章 風雨如晦鷄鳴不已既見君子云胡不喜（天將明反晦三號）三章

右風雨三章章四句此詩自序傳諸家及凡有志學詩者亦莫不以爲思君子也獨集傳指爲淫詩則無良甚矣又何辯耶且鄭本國賢士大夫互相傳習燕享之會王賦以言志使眞其淫似不必待晦翁而始知其爲淫矣獨序以爲風雨喻亂世遂使詩味索然不可以不辯夫風雨晦冥獨處無聊此時最易懷人況故友良朋一朝聚會則尤可以促膝談心雖有無限愁懷鬱結莫解亦皆化盡如險初夷如病初瘳何樂如之此詩人善於

言情又善於即景以抒懷故爲千秋絶調也若必以風雨喻亂世則必待亂世而始思君子不遇亂世則不見君子義旨非不正大意趣反覺索然故此詩不必定指爲怨究世作凡屬懷友皆可以咏則意味無窮矣

【集釋】喈喈姚氏際恒曰喈爲衆聲和初鳴聲尚微但覺其衆和耳夷平也嚴氏粲曰毛傳以夷爲悅心悅則夷平憂則欝結也膠膠姚氏際恒曰膠膠同聲高大也嚴氏粲曰膠膠擾擾是雜之意謂羣鷄之聲也瘳集傳瘳病愈也言積思之病至此而愈也如晦姚氏際恒曰如晦正寫其明也故曰如晦惟其爲如晦則淒淒瀟瀟時尚晦可知詩意如此無人領會可與心賞者如何如何已止也姚氏際恒曰鷄三鳴後天將曉相續不已也

【標韻】淒八齊喈九佳夷四支通韻　瀟二蕭膠三肴瘳十一尤叶韻　晦十一隊叶呼洧反已四紙喜同叶韻

子衿　傷學校廢也

青青子衿悠悠我心縱我不往子寧不嗣音章一青青子佩悠悠我思縱我不往子寧不來章二挑兮達兮在城闕兮一日不見如三月兮章三

右子衿三章章四句序謂刺學校廢也唐宋元明諸儒皆主其說而集傳獨以爲淫詩迨至白鹿洞賦又云廣青衿之疑問仍用序說是是非之心終難昧矣姚氏際恒以爲刺學校無據疑亦思友之詩玩縱我不往之言當是師之於弟子也愚謂序言原未嘗錯特謂刺學校則失詩人語氣此蓋學校久廢不脩學者散處四方或去或留不能復聚如平日之盛故其師傷之而作是詩曰學問之道未可孤陋自安也今學校廢久矣子不能再赴講席而廣教思彼青青子衿者相從有素能無繫子心哉

然予縱不能與諸及門互相助益諸及門尊聞行知各有淵源寗不思曰來吾前以嗣吾德音耶其所以不來者吾知之矣年少佻達日事登臨或城或闕遊縱自恣則其志荒矣此吾所以憂思刻不能忘則雖一日之暫違不啻三月之久別予之心念及門也爲何如哉

【集釋】青青純緣色〔孔氏穎達曰〕衿色雖一青而重言青青者古人之復言也下言青青子佩謂青組綬耳都人士狐裘黃黃謂裘色黃耳深衣云具父母衣純以青孤子衣純以素是無父母者用素 衿〔爾雅〕衣皆謂之襟〔孫氏炎曰〕交領也〔孔氏穎達曰〕衿與襟音義同衿是領之別名

【標韻】衿侵十二心音並同本韻　佩十一隊叶蒲眉反思四支來十灰叶韻　達七曷闕六月月同遍韻

揚之水　闕疑

揚之水不流束楚終鮮兄弟維予與女無信人之言人實迋女一章

揚之水不流束薪終鮮兄弟維予二人無信人之言人實不信二章

右揚之水二章章六句此詩終不可解序以為君子閔忽之無忠臣良士終以死亡然詩云終鮮兄弟維予與女是兄弟二人自相告誡之辭非言臣與士也且忽兄弟甚多不止二人何以云維予與女曹氏曰左莊十四年忽與子儀子亹皆已死而原繁謂厲公曰莊公之子猶有八人不得為鮮然則非閔忽詩明矣至集傳則以為淫女相謂其所私之言其於兄弟字更不可通昔人辯之已詳茲不多贅竊意此詩不過兄弟相疑始因讒間繼乃悔悟不覺愈加親愛遂相勸勉以為根本之間不可自殘譬彼弱水難流束薪兄弟相猜本實先撥又況骨肉無多維

予與女何堪再離女豈謂人言可信哉他人雖親難勝骨肉人實迋女以遂其私而已矣慎無信人之言而致疑於骨肉間也語雖尋常義實深遠故聖人存之以爲世之凡爲兄弟者戒若必求其人其事以實之則當闕疑以俟知者

【集釋】迋與誑同（杜氏預曰迋欺也

【標韻】楚六語 女同本韻　薪十一真 人信並同本韻

出其東門　不慕非禮色也

出其東門有女如雲雖則如雲匪我思存縞衣綦巾聊樂我員一章

出其闉闍有女如荼雖則如荼匪我思且縞衣茹藘聊可與娛二章

右出其東門二章章六句序謂閔亂也公子五爭兵革不息男女相棄民人思保其室家焉然詩方細咏太平遊覽絕無干戈

擾攘男奔女竄氣象序言無當於經固已集傳云人見淫奔之女而作此詩是以如雲如荼之女盡屬淫奔亦豈可哉晦翁釋詩隨口而道並未暇思於此可見此詩亦貧士風流自賞不屑屑與人尋芳逐豔一旦出遊睹此繁華不覺有慨於心以爲人生自有伉儷雖荊釵布裙自足爲樂何必妖嬈豔冶徒亂人心乎故東門一遊女則如雲而又如荼終無一人繫我心懷豈矯情乎色不可以非禮動耳心爲色動且出非禮則將無所止詩固如是亦善自防哉

【集釋】**縞**白繒也孔氏穎達曰廣雅云縞細繒也戰國策云強弩之餘不能穿魯縞然則縞是薄繒不染故色白也綦者青色之小別青而微白爲艾草之色**巾**馮氏復京曰案禮記左佩粉帨粉帨卽巾也此巾宜爲佩巾或以爲婦人裹頭之巾**員**與云同語辭也**闉**曲城也陳氏飛鵬曰門之外有副城回曲以障門者謂之闉**闍**城臺也**荼**毛氏萇曰荼英

荼也孔氏穎達曰荼是茅草秀出之穗言英荼者英是白貌吳語黃池之會白常白旗素甲白羽之矰望之如荼韋氏楊曰漢禮樂志曰顔如荼應劭曰荼野菅白華也顔師古曰菅茅也言美色如茅荼之柔也

標韻門文十二雲同存元十三巾真十一員文通韻闉虞七荼同且魚六藘同娛虞七通韻

野有蔓草　朋友相期會也

野有蔓草零露漙兮有美一人清揚婉兮邂逅相遇適我願兮一章

野有蔓草零露瀼瀼有美一人婉如清揚邂逅相遇與子偕臧二章

右野有蔓草二章章六句小序曰思遇時也庶幾得之大序又衍為君之澤不下流民窮於兵革男女失時思不期而會焉則明明附會說矣道至集傳則言野田草露之間男女邂逅私相苟合以適己願愈解愈紛愈不成語然循文按義男女邂逅固

似苟合而與子偕臧又豈苟合者所能言哉況其詩兩見於左傳鄭享趙孟而子太叔賦此趙孟以爲受其惠鄭餞韓起而子齹又賦此宣子以爲孺子善哉吾有望矣一見於韓詩外傳孔子遭程本子於郯傾蓋而語顧子路束帛以贈子路對曰士不不中道相見孔子乃詠此詩以曉之是皆取士君子邂逅相遇爲義有美云者猶僴兮之稱彼美于旄之咏彼姝云爾若如晦翁所言縱不爲鄭卿地獨不爲孔子地乎是知此詩必爲朋友期會之詩無疑士固有一見傾心終身莫解片言相投生死不渝者此類是也又何必男女相逢始適願哉

【集釋】邂逅不期而會也

【標韻】漙十四寒叶上兗反 婉十三阮 願十四願叶五遠反 叶韻 瀼七陽 揚臧並同本

韻

溱洧　刺淫也

溱與洧方渙渙兮士與女方秉蕑兮女曰觀乎士曰既且且往觀乎洧之外洵訏且樂維士與女伊其相謔贈之以勺藥章一溱與洧瀏其清矣士與女殷其盈矣女曰觀乎士曰既且且往觀乎洧之外洵訏且樂維士與女伊其將謔贈之以勺藥章二

右溱洧二章章十二句序謂刺亂兵革不息男女相棄淫風大行此詩及出其東門正敘鄭俗游覽之盛何云刺亂使兵革不息男女相棄豈尚有秉蘭贈勺事耶故辯說以爲鄭俗淫亂乃其風聲氣習流傳已久不爲兵革不息男女相棄而後然也庶幾近之矣然集傳又以爲淫奔者自敘之詞則非姚氏云篇中

士女字甚多非士與女所自作明矣蓋刺淫非淫詩也此詩人自敘其國俗如此不必言刺而刺自在想鄭當國全盛時士女務爲游觀蒔花地多耕稼人少每值風日融和良辰美景競相出游以至蘭勺互贈播爲美談男女戲謔恬不知羞則其俗流蕩而難返也在三百篇中別爲一種開後世冶遊豔詩之祖聖人存之一以見淫詞所自始一以見淫俗有難終殆將以爲萬世戒不然鄭聲淫爲聖王所必放而又何存乎

【釋】溱洧 春水盛貌陸氏德明曰洧韓詩作洹說文作汎王氏應麟曰三月桃花水下之時 秉蕑 陸氏璣曰蕑即蘭香草也姚氏際恒曰秉蕑者禮內則佩帨茝蘭男女皆佩容臭也秉者身秉之不必定是手執也集傳以秉蕑爲采蘭尤誤蘭生谷中豈生水中乎且手中既秉蕑又秉勺以贈亦不合矣 勺藥 劉氏瑾曰木草注曰勺藥有二種有草勺藥有木勺藥姚氏際恒曰集傳又謂勺藥香草也亦謬勺藥即今牡丹古名勺藥自唐元宗始得木勺藥于宮中因呼牡丹其花香

根葉不香何得混云香草乎劉深貌殷眾也將相將也
案後說即所謂木勺藥也

標韻 渙十五翰叶于元反蘭十五刪叶韻 乎七虞且六魚通韻 樂十藥謔藥並同本韻 清八庚盈同本韻

以上鄭詩凡二十一篇

案鄭風古目爲淫今觀之大抵皆君臣朋友師弟夫婦互相思慕之詞其類淫詩者僅將仲子及溱洧二篇而已然將仲子乃寓言非眞情也即使其眞亦貞女謝男之詞溱洧則刺淫非淫者所自作何得謂爲淫耶然則聖言非歟竊意鄭風實淫但經刪定淫者汰而美者存故鄭多美詩非復昔日之鄭矣其溱洧一篇尚存不刪者以其爲鄭實錄存之一篇末用爲戒耳此所謂放鄭聲也宋儒不察但讀鄭聲淫一語遂不理會放字凡屬鄭詩悉斥爲淫舉凡一切君臣朋友師弟夫婦互相思慕之詞無不以桑中濮上之例例之遂使一時忠臣賢士義夫烈婦悉含冤負屈於數千百載上而無人昭雪之者此豈一時一人之憾恩故特爲標出甯使得罪後儒不敢寃誣前聖世之有志風雅者當能諒予一片苦衷也

詩經原始卷之五終

隴州門人李沖霄校字

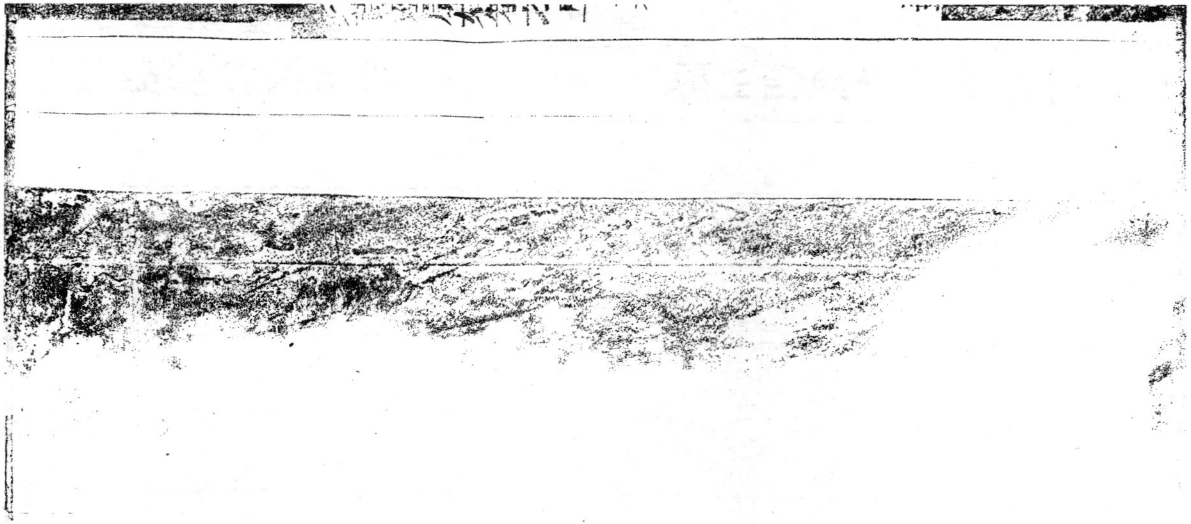

詩經原始卷之六目錄

國風

齊十一首

雞鳴　賢婦警夫早朝也

還　刺齊俗以弋獵相矜尚也

著　刺不親迎也

東方之日　刺荒淫也

東方未明　刺無節也

南山　刺襄公淫其妹而魯不能禁也

甫田　未詳

盧令　刺好田也

敝笱　刺魯桓公不能防閑文姜也

載驅　刺文姜如齊無忌也

猗嗟　美魯莊公材藝之美也

魏七首

葛屨　刺褊也

汾沮洳　美儉德也

園有桃　賢者憂國政日非也

陟岵　孝子行役思親也

十畝之間　夫婦偕隱也

伐檀　傷君子不見用於時而又恥受無功祿也

碩鼠　刺重斂也

唐十二首

蟋蟀　唐人歲暮述懷也

山有樞　刺唐人儉不中禮也

揚之水　諷昭公以備曲沃也

椒聊　憂沃盛而晉微也

綢繆　賀薪昏也

杕杜　自傷兄弟失好而無助也

羔裘　刺在位不能恤民也

鴇羽　刺征役苦民也

無衣　代武公請命于王也

有杕之杜　自嗟無力致賢也

葛生　征婦怨也

采苓　刺聽讒也

詩經原始卷之六

寶甯方玉潤鴻濛氏撰

國風　六

齊

集傳齊國名本少昊時爽鳩氏所居之地在禹貢爲青州之域周武王以封太公望東至于海西至于河南至于穆陵北至于無棣太公妻姓本四岳之後既封於齊通工商之業便魚鹽之利民多歸之故爲大國今青齊淄濰德棣等州是其地也然則何以次於鄭鄭爲畿內地而齊其霸首也故次鄭以齊學者讀其詩又當尙論乎其世者此耳

鷄鳴　賢婦警夫早朝也

鷄既鳴矣朝既盈矣匪鷄則鳴蒼蠅之聲（初、形、虛、景。悠、聽、實、情。）一章　東方明矣朝既昌矣匪東方則明月出之光（上、章、聽、跡、章、趣、眼、聽。莫不開、心。此、乃、實、景、進、一、層、法。）二章　蟲飛薨薨甘與子同夢會且歸矣無庶（倒）予子憎（字句。）三章右鷄鳴三章章四句序謂思賢妃刺哀公朱鬱儀謂美乙公之王姬僞說謂衛姬勸桓公衆說不一皆無確據故集傳但以爲古賢妃告戒於君之詞姚氏際恒又謂爲賢妃作也可卽大夫妻作也亦無不可總之警其夫欲令早起故終夜關心乍寐乍覺誤以蠅聲爲鷄聲以月光爲東方明與情實景寫來活現可謂善於說詩矣然愚謂賢妃進御於君有夜漏以警心有太師以奏誡豈煩乍寐乍覺誤以蠅聲爲鷄聲以月光爲東方明哉此正士夫之家鷄鳴待旦賢婦關心常恐早朝遲誤有累德不惟人惰夫子且及其婦故尤爲關心時存警畏不致留於逸欲也至謂鷄聲與蠅聲大小不類此又詩人之詞妙在可解不可解之間不必以辭害意也若必巧爲之辯則興會索然矣會

且歸矣亦心切早朝之意前二章摹寫其以早為遲其實時尚早也此章則眞恐其遲故進一層言非不欲與子同夢特恐朝會人歸致召人咎耳全詩純用虛寫極回環摩盪之致古今絕作也

集釋　會朝也

標韻　鳴（庚八）盈聲（並同）本韻　明（庚八）昌（陽七）光（同）轉韻　薨（蒸十）夢（叶一送莫）憎（蒸十滕反）叶韻

還　刺齊俗以弋獵相矜尚也

子之還兮遭我乎峱之閒兮並驅從兩肩兮揖我謂我儇兮（章一）子之茂兮遭我乎峱之道兮並驅從兩牡兮揖我謂我好兮（章二）子之昌兮遭我乎峱之陽兮並驅從兩狼兮揖我謂我臧兮（章三）

右還三章章四句序謂刺哀公然詩無君公字胡以知其然耶此不過獵者互相稱譽詩人從旁微哂因直述其詞不加一語自成篇章而齊俗急功利喜夸詐之風自在言外亦不刺之刺也至其用筆之妙則章氏潢云子之還兮已譽人也謂我儇兮人譽已也並驅則人已皆與有能也寥寥數語自具分合變化之妙獵固便捷詩亦輕利神乎技矣

【集釋】還便捷之貌　峱山名〔許氏慎曰〕峱山在齊地　從逐也　肩〔陸氏德明曰〕肩說文云三歲豕肩相及者本亦作豣音同〔孔氏穎達曰〕大司馬云大獸公之七月云獻豣于公則肩是大獸　儇利也　茂美也　昌盛也　狼獸名似犬〔孔氏穎達曰〕舍人曰狼牡名貛牝名狼　臧善也

【標韻】還刪十五　閒同　肩先一　儇同　通韻　茂二十六宥　道十九皓叶徒厚反　牡二十五有　好十九皓叶許厚反　叶韻　昌七陽　陽　狼　臧同　本韻

著　刺不親迎也

俟我於著乎而充耳以素乎而尚之以瓊華乎而章一俟我於庭乎而充耳以青乎而尚之以瓊瑩乎而章二俟我於堂乎而充耳以黃乎而尚之以瓊英乎而章三

右著三章章三句序謂刺時不親迎也得之而姚氏際恒則以爲此本言親迎必欲反之以爲刺何居又謂更可異者呂氏祖謙刺不親迎之說以爲女至壻門始見其俟已安見此著與庭堂爲壻家而非女家乎鄭風丰篇亦有俟我乎堂何解者皆以爲女家又何居愚竊謂爲不然著庭堂女家固有但觀其三俟我於著於庭於堂以次而漸進至於內室則其爲壻家之著庭堂非女家之著庭堂可知矣至丰詩之俟堂又當別論不可以

此章例也禮貴親迎而齊俗反之故可刺否則此詩直當删也

又何存耶

[集解]著門屏之間也孔氏穎達曰釋宫云門屏之間謂之宁李巡曰門屏之間謂正門內兩塾門著與宁音義同充耳孔氏穎達曰充耳用素絲爲紞以懸瓊華之石爲瑱朱子曰古人充耳以瑱或用玉或用象看來是以線穿垂在當耳處瓊華瓊瑩瓊英姚氏際恒曰瓊赤玉貴者用之華瑩英取協韻以贊其玉之色澤也毛傳分瓊華瓊瑩瓊英爲三種物已自可笑而又以瓊華爲石瓊瑩瓊英爲石似玉又以分君卿大夫士尤謬集傳本之皆以三者爲石似玉亦不可解

[案]此說甚有見故錄之然則漢儒之好附會而無識卽此亦見一斑

[標韻]著六御素七遇華六麻叶芳無反叶十口韻 庭九青青同瑩八庚通韻 堂七陽

黄同英八庚轉韻

東方之日 刺荒淫也

東方之日兮彼姝者子在我室兮在我室兮履我卽兮一章東方之

月兮彼姝者子在我闥兮在我闥兮履我發兮 章二

右東方之日二章章五句此詩刺淫必有所指非泛然也故孔氏謂刺哀公僞傳說謂刺莊公何元子謂刺襄公雖皆無据而寢闥之內一任彼姝朝來暮往則終日昏昏內作色荒也可知士庶之家尚且不可況宮闈乎此詩之作詎能無故然言者雖不可考而聞者正當以爲戒也

[illegible] 履 躡也 即 集傳即言此女躡我之跡而相就也 闥 陸氏德明曰韓詩云門屏之間曰闥 發 行去也 孔氏穎達曰行必發足而去故以發爲行也 集傳曰言躡我而行去也

標韻 日 四質 室 同 即 十三職 通韻 月 六月 闥 七曷 發 六月 通韻

東方未明 刺無節也

東方未明顛倒衣裳顛之倒之自公召之 章一 東方未晞顛倒裳衣

倒之顛之自公令之。三章 折柳樊圃狂夫瞿瞿不能辰夜不夙則莫。三章

右東方未明三章章四句此詩刺無節亦必有所指但序無據故不可考蘇氏轍曰爲政必有節及其節而爲之則用力少而事舉苟爲無節緩急皆所以害政也夫東方未明起而顛倒其衣裳可謂急矣然猶有以爲緩而自公召之者則政將何以堪之此就急之無節者言之也黃氏佐曰此雖只言其興之早已見得他日不免又太晚意故曰無節玩末章不夙則莫一句可見此又就緩之無節者言之總之爲政無節緩急均有所害蓋奉令莫知所從則玩心生而怠氣亦乘政於是乎不可爲矣不然未明而起爲政之常何刺之有詩固詳言其急而緩自見焉

耳惟折柳二句插入不倫故姚氏以爲難詳

集釋 晞明之始升也孔氏穎達曰晞是日之光氣湛露云匪陽不晞謂見日之光而始乾故以晞爲乾蒹葭云白露未晞言露在朝且未見日氣故亦爲乾義此無取於乾故言明之始升謂將且時日之光氣始升也 柳許氏慎曰柳小楊也 樊藩也 圃菜圃也郭璞曰謂藩籬也種菜之地謂之圃其外樊籬謂之圃 瞿瞿驚顧之貌程子曰柳柔脆之物折之以爲藩籬非堅固也狂夫亦知其有限見之則瞿然而驚晝夜之限非不明也乃不能知而不早則晏言無節之甚

韻讀 明八庚 裳七陽 轉韻 倒二十號 召十八嘯 通韻 晞五微 衣同 本韻

顛一先 令八庚 轉韻 圃七遇 瞿莫並同 本韻

南山 刺襄公淫其妹而魯不能禁也

南山崔崔雄狐綏綏魯道有蕩齊子由歸既曰歸止曷又懷止 一章

葛屨五兩冠緌雙止魯道有蕩齊子庸止既曰庸止曷又從止 二章

蓺麻如之何衡從其畝取妻如之何必告父母既曰告止曷又鞠

止。三章析薪如之何。匪斧不克。取妻如之何。匪媒不得。旣曰得止。曷又極止。四章

右南山四章，章六句。此詩直刺文姜事，甚顯。而解者猶紛紛不一，豈不怪哉。小序謂刺襄公，只籠統言之。集傳分前二章刺齊襄，後二章刺魯桓，姚氏以爲未免割裂，辭意不貫。季明德則謂通篇刺文姜，而雄狐句又無着。何元子謂首章首二句刺齊襄，首章懷字刺文姜，二章刺魯桓，下二章又追原其夫婦成昏之始，則尤穿鑿不自然。惟嚴氏粲謂通篇刺魯桓，蓋謂齊人不當以雄狐目其君也。其曰雄狐綏綏，求匹喻魯桓求昏于齊也。又曰齊人不敢斥言其君之惡，而歸咎于魯之辭也。辭雖歸咎于魯，所以刺襄公者深矣。姚氏取之，以爲如此則辭旨歸一，而

意亦周匝愚意殊不謂然試問此事豈一人咎哉魯桓文姜齊襄三人者皆千古無恥人也使其有一知恥則其淫斷斷不至於此極故此詩不可謂專刺一人也首章言襄公縱淫不當自淫其妹妹既歸人而有夫矣則亦可以已矣而又曷懷之有乎次章言文姜卽淫亦不當順從其兄今既歸魯而成耦矣則亦可以已矣而又曷返齊而從兄乎後二章言魯桓以父母命憑媒妁言而成此昏配非茍合者比豈不有關其兄妹事乎既取而得之則當禮以閑之俾勿歸齊則亦可以已矣而又曷從其入齊至令得窮所欲而無止極自取殺身禍乎故欲言襄公之淫則以雄狐起興欲言文姜成耦則以冠屨之雙者爲興欲言魯桓被禍則先以蓺麻興告父母以臨之析薪興媒妁以鼓之

而無如魯桓之懦而無志也何哉詩人之大不平也故不覺發而爲詩亦將使千秋萬世後知有此無恥三人而已又何暇爲之掩飾其辭而歸咎於一哉

【集釋】雄狐狐邪媚之獸故以比襄公孔氏穎達曰對文則飛曰雌雄走曰牝牡散則可以相通左傳曰獲其雄狐亦謂牡爲雄也綏綏求匹之貌魯道適魯之道也馮氏京曰水經注汶水南逕鉅平縣故城東西南流城東有魯道詩所謂魯道有蕩今汶水上夾水有文姜臺齊子指文姜也兩二屨也孔氏穎達曰屨必兩隻相配故以一兩爲一物曹氏粹中曰屨八辨外內命夫命婦之命屨功屨散屨注云有繶屨黃屨白屨黑屨散屨所謂五兩也姚氏際恒云五伍通參伍之伍葛屨相伍必兩冠緌必雙下句不用伍字即承上意而以止字足之亦通緌冠上飾也許氏謙曰禮書二組屬於笄順頤而下結之謂之纓纓之垂者謂之緌庸用也蓺樹也衡從陸氏德明曰衡亦作橫韓詩云東西耕曰橫從韓詩作由云南北耕曰由曹氏粹中曰齊民要術云種麻欲得良田耕不厭熟縱橫七遍以上則麻生無葉衡從其畝蓋古法也鞠窮也克能也極亦窮也又至也

標韻 崔十灰綏四支歸五微懷九佳通韻　雙三江庸二冬從同通韻　畝十二有五母同本韻　告二沃鞠一屋通韻　克十三職得極並同本韻

甫田　未詳

無田甫田，維莠驕驕。無思遠人，勞心忉忉。一章　無田甫田，維莠桀桀。無思遠人，勞心怛怛。二章　婉兮孌兮，總角丱兮。未幾見兮，突而弁兮。三章

右甫田三章，章四句。此詩詞義極淺，盡人能識，惟意旨所在則不可知。小序謂刺襄公，大序謂無禮義而求大功，不修德而求諸侯，率皆擬議之詞，非實据也。集傳不從，是矣。而順文敷義，又恐非詩人本旨。且前二章與後一章詞氣全不相類，此中必有所指，與泛言義理者不同。集傳勉强串合，終非自然。故何元子

以爲刺魯莊公末章似是其如上二章何哉姚氏以爲未詳識

過諸儒遠矣從之

【集釋】田耕治之也孔氏穎達曰田甫田猶多方宅爾宅田爾田今人謂佃食古之遺語也　甫大也莠害苗之草　張皇切憂勞桀桀猶驕驕也　驕驕之意忉忉也　怛怛慘切　婉孌少好貌　丱兩角貌

【標韻】驕二蕭忉四豪通韻　桀九屑怛七曷通韻　孌十七霰丱十六諫見十七

弁冠名

弁同轉韻
霰

盧令令　刺好田也

盧令令其人美且仁一章　盧重環其人美且鬈二章　盧重鋂其人美且

偲三章

右盧令令三章章二句小序謂刺荒也大序曰襄公好田獵畢

弋而不修民事百姓苦之故陳古以風焉襄公好田而死於田事見春秋傳故當刺然此詩與公無涉亦無所謂陳古以風意蓋游獵自是齊俗所尙詩人卽所見以咏之詞若歎美意實諷刺與還畧同當以集傳爲是但彼以馳逐爲能事此以聲容爲美觀作法又各不同耳

【集釋】盧田犬也〔孔氏穎達曰〕犬有田犬守犬戰國策云韓國盧天下之駿犬東郭逡海內之狡兔韓盧逐東郭俱爲田父之所獲是盧爲田犬也令令犬頷下環聲〔董氏逌曰〕韓詩作盧泠泠說文引詩作獜重環環子母也鬈說文髮好貌鋂〔許氏愼曰〕鋂大鎖也偲〔集傳〕偲多鬚之貌春秋傳所謂于思卽此字古通用耳

【標韻】令八庚仁十一眞通韻環十五刪鬈一先轉韻鋂十灰偲四支通韻

敝笱　刺魯桓公不能防閑文姜也

敝笱在梁其魚魴鰥齊子歸止其從如雲一章敝笱在梁其魚魴鱮

齊子歸止。其從如雨。二章

敝笱在梁。其魚唯唯。齊子歸止。其從如水。三章

右敝笱三章，章四句。小序曰：「刺文姜也。」大序謂：「齊人惡魯桓公微弱，不能防閑文姜，使至淫亂，爲二國患。」朱子曰：「桓當作莊。」蓋以文姜如齊，多在莊公世，故集傳以此詩爲刺莊公不能防閑其母。豈知不能防閑其母之罪小，不能防閑其妻之罪大。且桓公時文姜已歸齊，致公薨于齊，詩人不於此時刺桓公，豈待其子而後刺乎？姚氏主序說，而謂「歸爲于歸，則又不可解。詩以敝笱不能制大魚，比起是明明謂魯桓不能制文姜，縱之歸齊，而已復從之，以致自戕其生，爲天下笑。若謂歸爲于歸，則魚方入笱，而何見其爲不能制耶？故知此詩當作於公與夫人如齊之

頎而未甍于専之先曰其從如雲其從如雨其從如水非歎僕從之盛正以笑公從婦歸宵故僕從加盛如此其極也

敝壞也笱罟也〔許氏謙曰〕說文笱曲竹捕魚　魴鰥大魚也〔孔氏穎達曰〕孔叢子云衛人釣得鰥魚其大盈車是則鰥為大魚也　歸〔張子曰〕反歸于齊也　鱮〔陸氏璣曰〕鱮似魴厚而頭大魚之不美者故里語曰網魚得鱮不如啗茹〔陸氏佃曰〕鱮性旅行故其字從與亦謂之鰱也　唯唯〔陸氏德明曰〕唯唯韓詩作遺遺言不能制也〔輔氏廣曰〕唯唯言其出入之自如也

標韻　鰥刪十五　雲文十二　通韻　鱮語六　雨麌七　通韻　唯紙四　水同　本韻

載驅　刺文姜如齊無忌也

載驅薄薄簟茀朱鞹魯道有蕩齊子發夕一章　四驪濟濟垂轡濔濔魯道有蕩齊子豈弟二章　汶水湯湯行人彭彭魯道有蕩齊子翱翔三章　汶水滔滔行人儦儦魯道有蕩齊子遊敖四章

右載驅四章章四句此詩以專刺文姜爲主不必牽涉襄公而襄公之惡自不可掩夫人之疾驅夕發以如齊者果誰爲乎爲襄公也夫人爲襄公而如齊則刺夫人卽以刺襄公又何必如舊說公盛車服與文姜播淫於萬民而後謂之刺乎且碩人云翟茀以朝是婦人之車亦可言茀不必以前二章上二句屬襄公也案春秋魯莊公二年夫人姜氏會齊侯于禚四年夫人姜氏享齊侯于祝邱五年夫人姜氏如齊師七年夫人姜氏會齊侯于防又會齊侯于穀蓋正是而夫人之如齊肆無忌憚矣詩曰發夕曰豈弟曰翺翔曰遊敖正其時也上章在桓公之世其歸甯也不過言僕從之衆如雲如雨如水而已此詩在莊公之年其會兄也竟至樂而忘返遂翺翔遠遊宣淫於通道大都不

顧行人訕笑豈尚知人間有羞恥事哉至今汶水上有文姜臺與衛之新臺可以並臭千古雖濯盡汶濮二水滔滔流淚亦難洗厥羞矣

［釋義］薄薄疾驅聲 簟方文席也 茀車後戸也孔氏穎達曰簟字從竹用竹爲席其文必方車之蔽曰茀 朱鞹爾雅輿革前謂之鞎後謂之茀竹前謂之禦後謂之蔽郭璞注鞎以韋靶車軾茀以韋靶後戸禦以簟衣軾蔽以簟衣後戸陳氏祥道曰鞎與茀皆革爲之詩所謂朱鞹是也禦與蔽皆竹爲之詩所謂簟茀是也 驪馬黑色也 濟濟美貌毛氏萇曰四驪言物色盛也孔氏穎達曰夏官校人云凡軍事物馬而頒之注云物馬齊其力言四言驪道其物色俱盛也 瀰濔柔貌毛氏萇曰垂轡轡之垂者濔濔衆也 豈弟樂易也嚴氏粲曰樂易安舒恬然無慙恥之色 汶水名曹氏粹中曰汶水有二許氏以爲出瑯邪朱虛縣東泰山東至安邱入濰桑欽以爲出泰山萊蕪縣西南入濟說者主欽義以爲在齊南魯北

［標韻］薄十藥鞹同 夕十一陌叶祥龠反 叶韻 濟八薺瀰弟同上 本韻 湯七陽

描摹莊公如見其人

彭翔（同韻並）本韻　滔（四豪）儦（二蕭）敖（四豪）通韻

猗嗟　美曾莊公材藝之美也

猗嗟昌兮，頎而長兮。抑若揚兮，美目揚兮。巧趨蹌兮，射則臧兮。一章

猗嗟名兮，美目清兮。儀既成兮，終日射侯，不出正兮。展我甥兮。二章

猗嗟孌兮，清揚婉兮。舞則選兮，射則貫兮。四矢反兮，以禦亂兮。三章

右猗嗟三章，章六句。此齊人初見莊公而歎其威儀技藝之美，不失名門子，而又可以為戡亂材。誠哉其為齊侯之甥也。意本贊美，以其母不賢，故自後人觀之，而以為刺耳。於是紛紛議論，並謂「展我甥兮」一句以為微詞，將詩人忠厚待人本意盡情說壞，是皆後儒深文苛刻之論有以啟之也。愚於是詩不以為刺，而以為美，非好立異，原詩人作詩本意蓋如是耳。至詩中言射

錯綜入妙有目可以共賞故不再煩辭費

〔集解〕射 古者諸侯相朝則有賓射故是詩所言皆以賓射爲主 案春秋莊四年冬公及齊人狩于禚此詩疑卽狩禚事 蓋公朝齊而因以狩也 名 猶稱也 侯正 劉氏瑾曰周禮梓人有皮侯采侯獸侯天子大射用皮侯賓射用采侯燕射用獸侯鵠以皮爲之正則布爲之 射義注畫布曰正棲皮曰鵠是也 展 誠也 甥 姊妹之子曰甥 選 異於衆也 四矢 鄭氏康成曰禮射三而止每射四矢皆得其故處 此之謂復射必四矢者象其能禦四方之亂也

〔押韻〕昌 七陽 長揚蹌臧 並同 本韻 名 八庚 清成正甥 並同 本韻 變 廿七霰 媛 十三阮叶許願反 選 十七霰 貫 十五翰叶扃縣反 反 十三阮叶孚絢反 亂 十五翰叶盧眷反

叶韻

以上齊詩凡十一篇 案此冊詩僅十一而咏魯事者四皆以襄公故也襄公縱淫與衛宣同爲世大惡非尋常此一則以父納子媳一則以兄淫已妹皆千古罕有事詩人播爲歌咏聖人載在葩經皆有關於倫常大故不僅係乎風化已也然衞詩衆目爲淫齊風人不以爲怪何哉且淫無過乎鄭鄭俗不過采蘭贈勺爲士女游觀

之常而齊何如乎吾不
能不於此三致慨焉

魏

集傳魏國名本舜禹故都在禹貢冀州雷首之北析城之西南枕河曲北涉汾水其地陿隘而民貧俗儉蓋有聖賢之遺風焉周初以封同姓後爲晉獻公所滅而取其地今河中府解州卽其地也蘇氏曰魏地入晉久矣其詩疑皆爲晉而作故列於唐風之前猶邶鄘之於衛也今案篇中公行公路公族皆晉官疑實晉詩又恐魏亦嘗有此官蓋不可考矣案晉至獻公國已强大政漸奢侈而魏詩每刺其君儉勤與晉氣象迥乎不侔必非晉詩無疑且邶鄘之咏衛事其詩確有可指此則不著時君世系亦不得比邶鄘之於衛殆亦檜鄭例耳然則何以編之齊秦閒乎繼齊而霸先秦而强者晉也魏旣入晉則爲晉地故與唐同居齊秦之閒且其地爲舜禹故都與他國不同先之所以見
聖帝遺風猶未盡泯霸
圖盛業於此方新云爾

葛屨 刺褊也

糾糾葛屨。可以履霜。摻摻女手。可以縫裳。要之襋之。好人服之。章一

明點作意又是法

好人提提。宛然左辟。佩其象揥。維是褊心。是以爲刺。二章

右葛屨二章一章六句一章五句儉嗇德也何可刺然儉之過則必至於嗇嗇之過則必至於褊今不惟嗇而又褊矣故可刺詩言本自分明而序與傳乃混而釋之致啓後人疑議此不善說詩者過也夫履霜以葛屨縫裳以女手若在士庶之家亦何足異惟以象揥之好人爲而服之則未免近於趨利下與民同其規模狹隘固不必言而心術之鄙陋爲何如哉故儉亦當有節焉乃爲貴耳

【集釋】糾糾〔毛氏萇曰〕糾糾猶繚繚也　葛屨〔集傳〕夏葛屨冬皮屨　摻摻猶纖纖也　要裳要襋衣領　好人〔集傳〕好人猶大人也〔黃氏佐曰〕猶今言大人不當親細事也〔姚氏際恒曰〕好人猶美人指夫人也以見其服事之勤如此亦通　提提安舒之意　宛然讓之貌也　左辟〔徐氏鳳彩曰〕古人以右爲尊故讓者辟右就左大人之儀容也　揥

殊異是美詞非刺詞上下文語意方貫

集傳揥所以摘髮用象骨爲之貴者之飾也

標韻　霜七陽裳同本韻　襋十三職服一屋叶蒲北反叶韻　辟四寘揥八霽刺四寘通韻

汾沮洳　美儉德也

彼汾沮洳言采其莫彼其之子美無度美無度殊異乎公路一章彼汾一方言采其桑彼其之子美如英美如英殊異乎公行二章彼汾一曲言采其藚彼其之子美如玉美如玉殊異乎公族三章

右汾沮洳三章章六句前篇刺褊此篇美儉二詩互證義旨乃明蓋儉無可議褊乃足刺故既刺其褊復美能儉也小序不知乃以爲刺大序更謂其君儉以能勤刺不得禮豈不謬哉且詩言公路公行公族明是爲卿大夫發序何以刺及其君魏君縱

勤與儉斷不至親手采莫以失其度卽卿大夫亦不過於汾水彎環間課農樹桑爲子孫計已足見其爲勤儉也此必公族子姓各有賜莊躬親樹畜詩人於采莫采桑采藚之際得睹勤勞而歎美之以爲彼其之子身居貴胄德復粹然而又能勤與儉毫無驕奢習氣殊異乎公族輩也蓋世祿之家鮮克由禮而此獨超出流品則其德詎可量耶若毛鄭及集傳諸解以爲此人美則美矣然其儉嗇褊急之態殊不似貴人既儉嗇褊急矣又何云美方美而忽刺上下語氣必不相貫卽姚氏所云詩人託言采物以美公族之人其所美者何在亦甚忽突故不足以服羣議也

【集釋】汾 水名出太原晉陽山西南入河〔王氏應麟曰水經汾水西至汾陰縣北西入于河入河之處卽魏之舊國沮

洳水浸處下濕之地莫菜也陸氏璣曰莫莖大如箸赤節節一葉令人繅以取繭緒其味酢而滑五方通謂之酸迷河汾之間謂之莫無度集傳無度言不可以尺寸量也度限也公路集傳公路者掌公之路車晉以卿大夫之庶子為之公行集傳公行即公路也以其主兵車之行列故謂之公行也孔氏穎達曰公路與公行一也宣二年左傳云晉成公立乃宦卿之適以為公族其庶子為公行趙質請以括為公族公許之冬趙質為旄車之族是其事也趙質自以為庶子讓公族而為公行服虔云旄車戎車之倅杜預云公行之官是也藚水舃也葉如車前草孔氏穎達曰郭璞云水蕮如續斷寸寸有節拔之可復陸璣疏云今澤蕮也公族集傳公族掌公之宗族晉以卿大夫之適子為之孔氏穎達曰成十八年左傳曰晉荀會欒黶韓無忌為公族大夫使訓卿之子弟是公族王君之同姓也此公族公行諸侯之官故魏晉有之周禮六官皆無公族公行之官是天子諸侯異禮也

標韻 洳御六 莫遇七 度路並同 通韻 方陽七 桑同 英庚八 行陽七 轉韻 曲沃二 藚玉沃二 族屋一 通韻

園有桃 賢者憂國政日非也

姚氏際恒曰詩如行文極縱横排宕之致

此詩與黍離兎爰如出一手所謂悲愁之詞易工也

園有桃其實之殽心之憂矣我歌且謠不知我者謂我士也驕彼人是哉子曰何其心之憂矣其誰知之其誰知之蓋亦勿思一章園有棘其實之食心之憂矣聊以行國不知我者謂我士也罔極彼人是哉子曰何其心之憂矣其誰知之其誰知之蓋亦勿思二章

興起○急接心憂○省却無數○筆墨○○以○下純○以○帯○字○之氣行○之○○舉世○皆○然○更無如何○

播○首○問○天○合○眼放○步○有○世人○皆○醉○而○我○獨○醒○之○極

右園有桃二章章十二句魏之失不在儉而在嗇與褊且不在卿大夫之儉而在國君之褊與急觀前二詩可見夫士夫之能勤且儉俗之美者也雖周家王業始基不過如是而何以煩賢者之切切慮哉豈知爲國貴遠圖不貫小利內能節儉外務宏施乃可以收人心而立國本禹之非飲食而致孝乎鬼神惡衣服而致美乎黻冕卑宮室而盡力乎溝洫乃所以爲儉之善故聖人歎爲無間然也竊意魏君非儉乃嗇耳舉國不知以爲美

德從而和之相率以吝計較瑣屑務簡省而不適宜謀小利而不中節以至人心日刻而國勢愈孱尚不自知其失故賢者憂之發爲歌詠亦望當國者有以矯其失而正之耳○園有桃或以爲興或以爲比或以爲賦朱子亦不能定以爲詩固有一章而三義者其實主興者居多而語氣終未得程子曰園有桃亦用其實以爲殽興國有民雖寡能用則治今不能用故心憂之姚氏際恒云桃棘果實之賤者園有之猶可以爲食興國之無人也故直接以心之憂矣云云均就詩論詩未嘗即當日情事而一思之耳至集傳謂園必有桃則其實之殽矣心之憂則我歌且謠矣尤含圇滑過毫無意義愚謂詩人之意若曰園必有桃而後可以爲殽國必有民而後可以爲治今務爲刻嗇剝削

及民民且避碩鼠而遠適樂國君雖有土誰與興利旁觀深以爲憂而當局乃以爲過此詩之所以作也

者

集傳 殽食也其語辭張氏彩曰何其猶檀弓言何居蓋棘集傳棘棗之短

遞譏已者反問之詞言不喻其志也

標韻 桃四豪殽三肴謠二蕭驕同通韻　哉十灰其四支知思並同通韻　棘十三職食國極並同本韻

陟岵　孝子行役而思親也

陟彼岵兮瞻望父兮父曰嗟予子行役夙夜無已上慎旃哉猶來無止章一陟彼屺兮瞻望母兮母曰嗟予季行役夙夜無寐上慎旃哉猶來無棄章二陟彼岡兮瞻望兄兮兄曰嗟予弟行役夙夜必偕上慎旃哉猶來無死章三

右陟岵三章章六句人子行役登高念親人情之常若從正面直寫已之所以念親縱千言萬語豈能道得意盡詩妙從對面設想思親所以念已之心與臨行勗已之言則筆以曲而愈達情以婉而愈深千載下讀之猶足令羇旅人望白雲而起思親之念況當日遠離父母者乎其用意尤重在上慎旃哉一語親以是祝之子子以是體夫親其能以親心爲已心者又不僅在思親之貌與親之情而已而可不謂之爲賢乎

【集釋】岵爾雅釋山多草木岵上猶尚也無止謂無止于彼而不來也屺爾雅釋山無草木峐屺同無棄謂無棄我必偕謂必與同役者偕無獨行也無死較無止無棄而不歸也而加切耳

【標韻】岵七麌父同本韻已四紙止同本韻屺四紙母二十五有叶滿彼反叶韻寐四寘棄同本韻岡七陽兄八庚轉韻偕九佳叶舉里反死四紙叶韻

十畝之閒　夫婦偕隱也

十畝之間兮。桑者閑閑兮。行與子還兮。一章十畝之外兮。桑者泄泄兮。行與子逝兮。二章

右十畝之閒二章章三句自來解此詩者皆謂賢者不樂仕於其朝而思與其友歸於農圃惟姚氏際恒以爲類刺淫之詩蓋以桑者爲婦人古稱採桑皆婦人無稱男子者若爲君子思隱則何爲及于婦人耶又云古西北地多植桑故指男女之私者必曰桑中也姚氏最惡集傳指㫖詩爲淫詩此詩絕無淫意而乃以爲淫則何異惡人之狂而反自蹈狂疾者哉後又曰不然則夫之呼其妻亦未可知也此語庶幾得之蓋隱者必挈眷偕往不必定招朋類也賢者旣擇地偕隱則當指桑茂宻處婦女

之勤於蠶事者相爲鄰里然後能妥其室家以成一代淸風故語其婦曰世有此境吾將與子長往而不返矣此隱者微意也姚氏不識指以爲淫豈不冤哉

〔集釋〕十畝〔姚氏際恒曰〕孟子云五畝之宅樹之以桑此十畝者合兩宅而言故曰之間也　閑閑〔集傳〕閑閑往來者自得之貌　行猶將也　泄泄猶閑閑也　逝往也

〔標韻〕間十五删　閑還並同本韻　外九泰　泄八霽　逝同轉韻

伐檀　傷君子不見用於時而又恥受無功祿也

坎坎伐檀兮寘之河之干兮河水清且漣猗不稼不穡胡取禾三百廛兮不狩不獵胡瞻爾庭有縣貆兮彼君子兮不素餐兮一章　三句比起○筆○極○噴○薄○有○力○　四○句○反○襯○不○素○餐○　○點○明○正○意○

坎坎伐輻兮寘之河之側兮河水清且直猗不稼不穡胡取禾三百億兮不狩不獵胡瞻爾庭有縣特兮彼君子兮不素食兮二章　坎坎

伐輪兮寘之河之漘兮河水淸且淪猗不稼不穡胡取禾三百囷兮不狩不獵胡瞻爾庭有縣鶉兮彼君子兮不素飧兮章三

右伐檀三章章九句此詩解者不一皆就其一二句以爲言未嘗卽全詩而會通之也小序謂刺貪大序謂在位貪鄙無功而受祿君子不得進仕爾謂刺貪者指不稼以下而言也謂不得進仕者指章首三句而言也刺貪與不得進仕各自爲義兩不相蒙天下豈有此文義又首三句或以爲賦或以爲比或以爲興亦無定解以爲賦者毛鄭解集傳從之則以伐檀爲實事一似君子必如小人力作而後食夫君子之不耕而食也久矣孟子云其君用之則安富尊榮其子弟從之則孝弟忠信不素餐兮孰大於是豈必伐檀稼穡狩獵而後食哉卽使伐檀亦何至寘之河

干而無用此不逼之論也以爲興者姚氏際恒云興體不必盡與下所咏合只是咏君子者適見有伐檀爲車用置于河干而河水正清且漣猗之時即所見以爲興此求其解而不得姑爲是影響之論以釋之則又可笑之甚惟蘇氏轍云伐檀宜爲車今河非用車之處一語差爲得之蓋以爲比體也然仍主君子不得進仕爲言與下義終隔且河水一句亦無着落毛傳云若俟河水清且漣强添若俟二字則尤失之愈遠殊知河干伐檀非喻君子不得進仕乃喻君子仕於閒曹之秩也君子食祿必有所報今但尸位無所用力故又以素餐爲恥一如伐檀爲車而乃寘之河干之地但見河水清且漣猗則雖車也將焉用之不稼四句正姚氏所云借小人以形君子亦借君子以罵小人

乃反襯不素餐之義非刺貪也此必魏廷貪婪充位比比皆是間有一二賢人君子清操自矢者衆共排之俾居閒散無爲之地彼君子者又恥無功受祿將有志而他適則國事愈不可問故詩人傷之作此以刺時詞意甚明事亦易見何至二千餘年紛紛無定解哉

集釋 坎坎 伐木聲 檀 木名 寘 與置同 干 厓也 漣 風行水成文也 猗 與兮同語辭也 稼穡 許氏愼曰禾之秀實爲稼穀可收曰穡 孔氏穎達曰以稼穡相對皆先稼後穡故知種之曰稼斂之曰穡若散則相通大田云曾孫之稼非唯種之也湯誓云舍我穡事非唯斂之也 胡 何也 廛 孔氏穎達曰一夫之居曰廛謂一夫之田百畝也地官遂人云夫一廛田百畝揚子云有田一廛與此同也 狩 鄭氏康成曰冬獵曰狩宵田曰獵 貆 貉子也 素 空也 餐 食也 輻 季氏本曰輻在車輪中輳轂者老子所謂三十輻共一轂也亦伐檀爲之 直 熊氏轍曰水平則流直 億 十萬曰億 特 獸三歲曰特 淪 小風水成文轉如輪也或曰相次有倫理也亦通 囷 圓倉也 鶉 鵪屬 飧 熟食曰飧

孔氏曰說文飧水澆飯也

標韻 檀寒十四 干同 漣先一 廛同 貆寒十四 餐同 轉韻 輻屋一 側職十三

直億特食並同 叶韻 輪真十一 漘淪囷鶉並同 飧元十三 轉韻

碩鼠 刺重斂也

碩鼠碩鼠。無食我黍。三歲貫女。莫我肯顧。逝將去女。適彼樂土。樂土樂土。爰得我所。一章

碩鼠碩鼠。無食我麥。三歲貫女。莫我肯德。逝將去女。適彼樂國。樂國樂國。爰得我直。二章

碩鼠碩鼠。無食我苗。三歲貫女。莫我肯勞。逝將去女。適彼樂郊。樂郊樂郊。誰之永號。三章

右碩鼠三章章八句此詩見魏君貪殘之效其始皆由錯悞以嗇為儉之故其弊遂至刻削小民而不知足以致境內紛紛逃散而有此咏不久國亦旋亡聖人著之以為後世刻嗇者戒有

國者曷鼮諸

【集釋】碩大也孔氏穎達曰釋獸於鼠屬有鼫鼠孫炎曰五技鼠郭璞曰大鼠好在田中食粟豆含人樊光同引此詩以鼫鼠為彼五技之鼠也許慎云鼫鼠五技能飛不能上屋能游不能渡谷能緣不能窮木能走不能先人能穴不能覆身陸璣疏云今河東有大鼠食人禾苗亦有五技或謂之雀鼠其形大故序云大鼠也魏國今河北縣是也言其方物宜謂此鼠非鼫鼠也案此經作碩鼠訓之為大不作鼫鼠之字其義或如陸云三歲言其久也貫習熟也顧念也爰於也德歸恩也直猶宜也永號長呼也

【標韻】黍語六女同顧七遇叶上七麌所語六叶韻　麥陌十一德職十三國直同德逼韻　苗蕭二勞豪四郊肴三號豪四逼韻

以上魏詩凡七篇說者謂魏以地陿而褊急故傳世不永其王魏地縱陿何止百里蓋其失在貪殘且迫急耳若謂國小無人抑又不然陟岵思親孝子也恥食素餐志士也園有桃則思深慮遠十畝之間則高尚偕隱而且汾沮洳之公路與公族皆貴而能勤富而能儉德美如玉誠能信而

用之則此數人者同心爲國將民風丕變政令一新則雖舜禹遺風不難再振於今日又何至爲區區之晉所滅亡哉惜乎其有人而不能用耳

唐

集傳唐國名本帝堯舊都在禹貢冀州之域太行恒山之西太原太岳之野周成王以封弟叔虞爲唐侯南有晉水至子燮乃改國號曰晉後徙曲沃又徙居絳其地土瘠民貧勤儉質樸憂深思遠有堯之遺風焉其詩不謂之晉而謂之唐蓋仍其始封之舊號耳唐叔所都在今太原府曲沃及絳皆在今絳州劉氏瑾曰叔虞封唐燮侯號晉十七傳至晉侯緡爲曲沃武公所并然武公能滅晉之宗而不能滅唐之號能冒晉之號而不能繼唐之統君子欲絶武公於晉而不可故總名其詩爲唐以寓意焉案唐詩多作於曲沃并晉之世兩晉相吞一興一亡其名無所專繫故黜晉號而係之以唐惡之深故絶之甚也國有無詩而名存聖人閔其君之無罪見滅存之所以寓興亡繼絶之心者邶鄘是也亦有有詩而名滅聖人惡其君之得國不正黜之所以見并族滅宗之罪者晉是也然則詩雖咏事春秋之法寓焉矣孟子云詩亡然後春秋作

觀此則春秋褒貶豈待詩亡而後著哉

蟋蟀　唐人歲暮述懷也

蟋蟀在堂。歲聿其莫。今我不樂。日月其除。無已大康。職思其居。好樂無荒。良士瞿瞿。章一

蟋蟀在堂。歲聿其逝。今我不樂。日月其邁。無已大康。職思其外。好樂無荒。良士蹶蹶。章二

蟋蟀在堂。役車其休。今我不樂。日月其慆。無已大康。職思其憂。好樂無荒。良士休休。章三

右蟋蟀三章章八句此眞唐風也其人素本勤儉强作曠達而又不敢過放其懷恐耽逸樂致荒本業故方以日月之舍我而逝不復回者爲樂不可緩又更以職業之當修勿忘其本業者爲志不可荒無已則必如彼瞿瞿良士好樂而無荒焉可也此亦謹守見道之人所作聖人取之冠於唐風之首以爲唐堯舊俗固如是耳而序以爲刺晉僖公儉不中禮今觀詩意無所謂

刺亦無所謂儉不中禮安見其必爲儁公發哉序好附會而又無理往往如是斷不可從

集釋 蟋蟀陸氏璣曰蟋蟀一名蛬一名蜻蛚幽州人謂之趨織里語曰趨織鳴懶婦驚是也聿遂也莫晚也孔氏穎達曰七月之篇說蟋蟀云九月在戶此言在堂謂在室戶之外與戶相近時當九月歲未爲暮而言歲聿其莫者言其過此月後則歲遂將暮耳除去也大康過於樂也職主也瞿瞿卻顧之貌邁去也外蘇氏轍曰既思其職又思其職之外蹶蹶釋詁蹶動也釋訓蹶蹶敏也役車孔氏穎達曰春官巾車注云役車方箱可載任器以供役然則收納禾稼亦用此車故役車休息是農工畢也慆過也休休安閑之貌李氏本曰休休以安爲念亦懼意也

標韻 莫七過除六魚居同瞿七虞叶韻 逝八霽邁十卦外九泰蹶八霽通韻

慆四豪叶他侯反憂十一尤一叶韻

山有樞 刺唐人儉不中禮也

山有樞○隰有榆○子有衣裳弗曳弗婁○子有車馬○弗馳弗驅○宛其死

矣。他人是愉。一章　山有栲。隰有杻。子有廷內。弗洒弗埽。子有鐘鼓。弗鼓弗考。宛其死矣。他人是保。二章　山有漆。隰有栗。子有酒食。何不日鼓瑟。且以喜樂。且以永日。宛其死矣。他人入室。三章

右山有樞三章章八句此諷唐人富者徒儉而不中禮之詩與前篇針鋒相對蓋前作唐人自以爲憂深思遠樂得當矣而豈知其適成唐人面目而已故詩人作此以誚之曰子以好樂無荒爲戒者不過爲子孫長保此富貴計耳豈知富貴無常子孫易敗轉眴之間徒爲人有則何如及時行樂之爲嗇乎此類莊子委蛻釋氏本空一流人語原不足以爲世訓然以破唐人吝嗇不堪之見則誠對症良藥故二詩可以並存也序說紛紛或以爲刺昭公小序或以爲答前篇之意而解其憂集傳又或以爲刺

時君之敗亡者姚氏所主何異夢中説夢時君將亡必望其急早修政以收拾人心爲主豈有勸其及時行樂自速死亡乎至前詩之憂亦無煩待人解者詞氣抑揚之間意旨迴别在人善會之而已

【集釋】樞荎也陸璣疏云樞其針刺如柘其葉如榆爲茹美滑於白榆也榆之類有十種葉皆相似皮及理異耳榆白榆也爾雅疏曰榆之皮色白者名枌婁亦曳也宛坐見貌愉樂也栲山樗也郭璞曰栲似樗生山中亦類漆樹俗語曰㯉樗栲漆相似如一杻檍也陸氏璣曰杻枝葉茂好二月中葉疏華如楝而細蘂正白今官園種之正名曰萬歲考擊也

【標韻】樞七虞榆婁驅愉並同本韻　栲十九皓杻二十五有叶女九反考保並同叶韻　漆四質栗瑟日室並同本韻

揚之水　諷昭公以備曲沃也

揚之水白石鑿鑿素衣朱襮從子于沃既見君子云何不樂（章一）揚之水白石皓皓素衣朱繡從子于鵠既見君子云何其憂（章二）揚之水白石粼粼我聞有命不敢以告人（章三）

右揚之水三章二章六句一章四句詩人諷刺他人多意在言外不肯明言況此詩發人隱謀有關君國禍福豈敢直言自取滅亡小序不知以爲國人將叛歸沃之詞集傳更謂不敢告人者民爲之隱而欲其事之成也旣形諸歌咏遍傳國中矣而猶謂爲之隱哉嚴氏粲云時沃有篡宗國之謀而潘父陰主之將爲內應而昭公不知此詩正發潘父之謀其忠告於昭公者可謂切至若眞欲從沃則是潘父之黨必不作此詩以泄漏其事也二說大相反從嚴氏說則此詩爲忠告從集傳說則此詩爲

叛黨是非不言而自見讀者可以識刪存微意矣

【集釋】鑿鑿巉露貌【姚氏際恒曰】揚之水水之淺而緩者白石鑿鑿喻隱謀之彰露也【劉氏傚曰】非揚之水不能使白石鑿鑿非昭公微弱不能驅百姓歸沃沃以強盛【案】此說以水喻昭公以石喻桓叔亦通以朱襮孔氏穎達曰釋器云黼領謂之襮孫炎曰繡刺黼文以襮領是襮爲領也郊特牲云繡黼丹朱中衣大夫之僭禮知諸侯當服之中衣者朝服祭服之裏衣也大夫中衣亦用素不必以繡黼爲領繡黼唯諸侯乃得服之耳子【嚴氏粲曰】子指叛者君子【姚氏際恒曰】君子指桓叔朱繡即朱襮也鵠集傳鵠曲沃邑也命聞其事已成將有成命也不敢告人【嚴氏粲曰】蓋反辭以見意故泄其謀欲昭公知之也

【標韻】鑿十藥襮二沃沃同樂十藥通韻　皓十九皓繡二十六宥叶先妙反鵠二沃叶居號反憂十一尤叶一笑反叶韻　粼十一眞人同本韻

椒聊　憂沃臧而晉微也

椒聊之實蕃衍盈升彼其之子碩大無朋椒聊且遠條且一章椒聊

之實蕃衍盈匊。彼其之子。碩大且篤。椒聊且。遠條且。二章

右椒聊二章，章六句。此詩爲沃盛晉弱而發無疑。惟輔氏廣謂當時民情棄舊君而樂桓叔，以見其俗之薄，則大非詩意。詩不云乎：彼其之子，碩大無朋。以桓叔爲彼，則必以昭公爲君，憂晉之弱，不得不極言沃之盛以警之也。而何以謂其爲叛晉哉。案春秋惠二十四年，昭公封成師於曲沃，至莊十六年曲沃伯始爲晉侯，中間幾七十年。此詩之作亦遠在三四十年之間，事未至而慮已周，非見微知著之君子不足以爲此。其所以忠於昭公者何如乎。聖人存之，正以見其識之遠而慮之深耳。若謂民罔常懷，懷於有仁，盡將詩人忠厚視同叛黨，可乎哉。

【集釋】椒（集傳）椒樹似茱萸，有針刺，其實味辛而香烈。聊（何氏楷曰）聊舊以爲語助辭，似非文理。按爾雅云：朹，檕梅。

科者聊槷梅名朹其科者名聊也科說文高木也聊卽朹之高者（姚氏際恒曰）案此說是則足椒聊且歎其枝之高也遠條且歎其條之遠也

標韻　升一蒸十朋同本韻　聊二蕭條同本韻　匊一屋篤二沃通韻

綢繆　賀新昏也

綢繆束薪。三星在天。今夕何夕。見此良人。子兮子兮。如此良人何。一章

綢繆束芻。三星在隅。今夕何夕。見此邂逅。子兮子兮。如此邂逅何。二章

綢繆束楚。三星在戶。今夕何夕。見此粲者。子兮子兮。如此粲者何。三章

右綢繆三章章六句此賀新昏詩耳今夕何夕等語男女初昏之夕自有此惝怳情形景象不必添出國亂民貧男女失時之言始見其爲欣慶詞也詩咏新昏多矣皆各有命意所在唯此

詩無甚深義只描摹男女初遇神情逼眞自是絕作不可廢也
若必篇篇有爲而作恐自然天籟反難索已

集釋　三星〔姚氏際恒曰三參通毛傳謂參是也家參星中三星最明俗通謂之三星〕良人〔馮氏復京曰儀禮鄭注云婦人美也張氏彩曰粲者華美之意意以女稱夫曰良粲之服貌爲言集傳此爲夫語婦之詞也〕子兮〔姚氏際恒曰一章子兮指二女二章子兮合指三章子兮指男〕

標韻　薪〔十一眞〕天〔一先〕人〔十一眞〕通韻　芻〔七虞〕隅〔同〕逅〔二十六宥叶狠口反〕叶韻
楚〔六語〕戶〔七麌〕者〔二十一馬叶章與反〕叶韻

杕杜　自傷兄弟失好而無助也

有杕之杜。其葉湑湑。獨行踽踽。豈無他人。不如我同父。嗟行之人。胡不比焉。人無兄弟。胡不佽焉。〔一章〕有杕之杜。其葉菁菁。獨行睘睘。豈無他人。不如我同姓。嗟行之人。胡不比焉。人無兄弟。胡不佽焉。

二章

右杕杜二章章九句姚氏際恒云此似不得於兄弟而終望兄弟比助之辭言我獨行無偶豈無他人可共行乎然終不如我兄弟也使他人而苟如兄弟也則嗟彼行道之人胡不親比我而人無兄弟者胡不佽助我乎行之人即上他人以見他人莫如我兄弟也即常棣凡今之人莫如兄弟之意解此詩者義止於是不可別生枝節如大序所云君不能親其宗族骨肉離散獨居而無兄弟將爲沃所并徒形附會而無當詩意集傳不用序言是矣而釋詩語氣又多不合如詩言不如我同父明明是有兄弟人語而傳乃曰自傷孤特之類與經乖反豈能信從愚故合彼而録姚說不復更爲之詞也

【集傳】杕特也杜赤棠也　湑湑盛貌　踽踽無所親之貌　比輔也　佽助也　菁菁亦盛貌　睘睘無所依貌曹氏粹中曰說文云瞏驚視也獨行多懼故瞏瞏也

【叶韻】湑六語　踽七麌　父同　通韻　比四寘　佽同　本韻　菁八庚　睘同　姓十二四敬叶桑經反　叶韻

羔裘　刺在位不能恤民也

羔裘豹袪。自我人居居。豈無他人。維子之故。一章　羔裘豹褎。自我人究究。豈無他人。維子之好。二章

右羔裘二章章四句此篇羔裘豹袪指卿大夫而言也無疑卽下云豈無他人維子之故亦其民欲去而不忍去之意也亦無疑民欲去其大夫而不忍去則其大夫之賢否可知卽民情亦大可見居居究究義雖難詳理實可參且見爾雅自足爲据而

朱子乃謂爾雅是集諸儒訓詁成書其閒容或有誤遂廢斯篇而不釋夫訓詁原集古訓以爲詁旣以爾雅爲不足信則又何所信乎卽此亦見其矯强自用輔氏以爲得闕疑意恐不免有門戸回護之見也

【集釋】羔裘豹袪【集傳】君純羔大夫以豹飾袪袂也【孔氏穎達曰】袪是袂之大名袪是袖頭之小稱其通皆爲袂也 自居居【毛氏萇曰】自用也居居懷惡不相親比之貌 褎猶袂也 究究【毛氏萇曰】究究猶居居也【釋訓】云居居究究惡也

【標韻】袪六魚 居同 故七遇音叶古慕反 叶韻 褎二十六宥 究同 好二十號叶呼候反 叶韻

鴇羽 刺征役苦民也

肅肅鴇羽。集于苞栩。王事靡盬。不能蓺稷黍。父母何怙。悠悠蒼天。

曷其有所。章一 肅肅鴇翼。集于苞棘。王事靡盬。不能蓺黍稷。父母何
食。悠悠蒼天。曷其有極。章二 肅肅鴇行。集于苞桑。王事靡盬。不能蓺
稻粱。父母何嘗。悠悠蒼天。曷其有常。章三

右鴇羽三章章七句此詩序謂刺時晉昭公之後大亂五世君子下從征役不得養其父母之作何氏楷以篇中有蓺黍稷等語似與君子不類而疑之姚氏際恒又以詩中有王事二字而信其說總之此等議論無關風人要旨勤勞王事詎分君子小民不得養親同此呼天籲地人不傷心何煩泣訴始則痛居處之無定繼則念征役之何極終則恨舊樂之難復民情至此咨怨極矣而爲之上者猶不知所以體恤而安輯之則養生送死之無望仰事俯育之難酬民又何樂此邦而不他適而詩但歸

之於天不敢有懈王事則忠厚之心又何切也論者謂唐人質朴猶有堯之遺風不於此可見歟

【集釋】肅肅羽聲 鴇集傳鴇鳥名似雁而大無後趾陸氏璣曰鴇鳥連蹄性不樹止樹止則爲苦 集止也 苞叢生也 栩集傳栩杼櫟也其子爲皁斗殼可以染皁者是也陸氏璣曰徐州人謂櫟爲杼或謂之爲栩 監孔氏穎達曰監爲蠱字異義同左傳云於文皿蟲爲蠱穀之飛亦爲蠱然則蟲害器敗穀者皆謂之蠱是監爲不攻牢不堅緻之意也 蓺樹也 怙恃也 行列也陸氏佃曰說文曰鴇相次也蓋鴇性羣居如雁自然而有行列故從鴇詩曰鴇行以此故也 粱粟類也王氏逵曰本草注凡云粱米皆是粟類青粱殼穗有毛粒青米亦微青而細於黃白粱黃粱穗大毛長殼米俱麤於白粱 嘗食也 常復其常也

【標韻】羽麌七 栩同 黍語六 怙麌七 所語六 通韻 稷職十三 棘稷食極並同本韻 行陽七 桑粱嘗常並同本韻

無衣　代武公請命于王也

起勢飄忽

豈曰無衣七兮不如子之衣安且吉兮一章豈曰無衣六兮不如子之衣安且燠兮二章

右無衣二章章三句序謂美晉武公始并晉其大夫爲之請命天子之使而作是詩朱子辯之以爲武公弑君簒國爲王法所必誅序乃以爲美之其顛倒順逆亂倫悖理未有如此之甚者故特正之其說是矣然集傳以此詩爲武公所自作則非詩詞倨慢無禮已甚武公縱極跋扈當其請命天子亦將斂神抑氣矜重其辭然後可飾美觀而杜衆口豈有直稱天王爲子而欲請命服於朝乎然則此爲詩人美武公詞乎亦非也大凡頌禱君上必揚其美而掩其惡似此無禮惡詞以爲頌美其上是欲美之而適以醜之也焉在其爲美哉此蓋詩人窺見武公隱微

自恃强盛不惟力能破晉而且目無天王特以晉人屢征不服不能不藉王命以懾服衆心故體其意而爲是詩曰吾非不能爲是七章之衣而必待命于子者特以子之所賜衆心始服而吾服之庶安且吉可以傳世承遠耳稱君爲子詩人蓋著其惡使後之人知其有無君之心也小序不識乃以爲美晦翁駁之又以爲武公自作均兩失之詩意深微難讀如此無怪紛紛臆說莫測其旨矣有以子指武公者有以子屬天子之使者皆節外生枝杜撰費解悉不可從○武公賂王王卽錫命故武公得而毉之王綱至此埽地極矣

【集□】七【集傳】侯伯七命其車旗衣服皆以七爲節 子 也 天子 六【集傳】天子之卿六命變七言六者謙也不敢以當侯伯之命得受六命之服比於天子之卿亦幸矣 燠 燠也亦安意耳【案】此特變文以成章耳意不重此不可執泥

七 質四 吉 同 本韻　六 屋一 燠 同 本韻

有杕之杜　自嗟無力致賢也

有杕之杜。生于道左。彼君子兮。噬肯適我。中心好之。曷飲食之。章一

有杕之杜。生于道周。彼君子兮。噬肯來遊。中心好之。曷飲食之。章二

右有杕之杜二章章六句集傳以爲此人好賢而恐不足以致之其說固是然詩中具有二義本意云吾勢雖不足以致賢而心則誠好之但不知如何而後能飲食致敬聊表好賢之誠使天下賢俊顧我而來遊乎言外見彼有勢力足以致賢者富貴而尊顯之爲願所適無施不可而又不肯禮賢下士以致仁人君子居貞遠遯不肯來遊是誰過歟天下事好者無力而有力者不好則亦末如之何也已矣故序以爲刺武公不求賢以自

輔雖未必遽見爲然，而凡爲武公者可以反己自思矣。

【集釋】噬，發語辭。曷，何也。周，曲也。孔氏穎達曰：言道周繞之，故爲曲也。

【標韻】左，二十哿。我，同本韻。好，二十號。食，四寘，叶韻。周，十一尤。遊，同本韻。

葛生。征婦怨也。

葛生蒙楚，蘞蔓于野。予美亡此，誰與獨處。一章 葛生蒙棘，蘞蔓于域。予美亡此，誰與獨息。二章 角枕粲兮，錦衾爛兮。予美亡此，誰與獨旦。三章 夏之日，冬之夜。百歲之後，歸于其居。四章 冬之夜，夏之日。百歲之後，歸于其室。五章

三章句法只一互換，覺時光流轉，晌息百年，人生幾何，能不傷心。

右葛生五章，章四句。序以爲刺晉獻公好攻戰，則國人多喪。朱子謂未見此詩之果作於其時，然亦安知此詩之非必不出其

時耶然此等處無關詩旨緊要可置而弗辯但以爲征婦怨可
也征婦思夫久役于外或存或亡均不可知其歸與否更不能
必於是日夜悲思冬夏難已暇則展其衾枕物猶粲爛人是孤
棲不禁傷心發爲浩歎以爲此生無復見理惟有百歲後返其
遺骸或與吾同歸一穴而已他何望耶唐人詩云可憐無定河
邊骨猶是深閨夢裏人可以想見此詩景況說詩諸老不察其
情或以爲思存或以爲悼亡已極可嘆又或謂枕衾粲爛其嫁
未久更覺腐論難堪三百篇多少好詩純被此種迂儒說壞能
不令人扼腕

【集釋】蘞集傳蘞草名似栝樓葉盛而細 蔓延也 予美婦人指其夫也 域塋域也

【標韻】楚六語 野二十一馬叶上與反 處六語叶韻 棘十三職 域 息並同本韻 粲

十五翰爛旦並同本韻　夜二十二禡叶羊茹反居六魚叶韻　日四質室同本韻

采苓　刺聽讒也

采苓采苓，首陽之巔。人之爲言，苟亦無信。舍旃舍旃，苟亦無然。人之爲言，胡得焉。一章　采苦采苦，首陽之下。人之爲言，苟亦無與。舍旃舍旃，苟亦無然。人之爲言，胡得焉。二章　采葑采葑，首陽之東。人之爲言，苟亦無從。舍旃舍旃，苟亦無然。人之爲言，胡得焉。三章

右采苓三章，章八句。序謂刺晉獻公好聽讒言，蓋指驪姬事也。然詩旨未露其意，安知其必爲驪姬發哉？自古人君聽讒多矣，其始由於心之多疑而好察，數數訪刺外事於左右，故小人得乘機而進，讒勢至順而機亦易投也。若夫明哲聖主，未嘗不察邇而兼聽，但其心虛，故人之爲言未敢遽信爲然，必審焉而後

聽其心公故人之進言亦必姑舍其然詳察焉而後信造言者
旣有所憚而難入則讒不遠而自息矣詩意若此所包甚廣所
指亦非一端安見其必爲驪姬發哉但驪姬則讒之尤者晉獻
公則尤聽讒之甚者故足以爲戒也朱子不以序言爲然置焉
可也而必排而斥之過矣

【集釋】首陽山名孔氏穎達曰首陽之山在河東蒲坂縣南李氏樗曰亦名雷首山劉氏瑾曰集傳以首爲山名陽爲
山之南春秋傳亦曰趙宣子田于首山然此詩下章又云首陽
之東則似首陽二字同爲山名論語集注亦嘗指首陽爲山名
矣豈泛名其山則曰首山主山南而言則又獨得首陽之稱乎
【愚案】山陽有一名而數易其稱者此山旣名首陽又名雷首則
何不可單名首山但詩明言首陽之巔巔山頂也集傳旣釋巔
矣則陽字必屬山名不當更釋南也爲山頂又訓陽爲山
之南豈曰首山之南之頂成何語乎旃之也苦苦菜也從聽也

【標韻】苦九麌巔一先言十三元信十一眞通韻旃一先然焉竝本韻苦

慶七下二十一馬叶後五反與六語叶韻　葑二冬東一東從二冬通韻

以上唐詩凡十二篇朱氏公遷曰憂深思遠唐風之厚杕杜有怨亦無責於變風時惟武公之元惡大憝則國風中所無有也愚案唐風之厚於羔裘不恤民而民不忍去鴇羽苦役民而民但呼天而且葛生思婦無怨懟之言椒聊智士有憂深之慮郎揚之水開人奸謀未嘗不反辭以動君數者畧見大概即采苓刺讒於浸潤易入之中勸以姑舍其言無遽信從亦非深於道而有體驗者不能此其所以爲憂深思遠之實歟

詩經原始卷之六終　　　　隴州門人李沖霄校字

詩經原始卷之七目錄

國風七

秦十首

車鄰　美秦君簡易易事也

駟驖　美田獵之盛也

小戎　懷西征將士也

蒹葭　惜招隱難致也

終南　祝襄公以收民望也

黄鳥　哀三良也

晨風　未詳

無衣　秦人樂爲王復讐也

渭陽　康公送別舅氏重耳歸晉也

權輿　刺康公待賢禮殺也

陳十首

宛丘　刺上位游蕩無度也

東門之枌　巫覡盛行也

衡門　賢者自樂無求於外也

東門之池　未詳

東門之揚　未詳

墓門　刺桓公不能早去佗也

防有鵲巢　憂讒賊也

月出　有所思也

株林　刺靈公也

澤陂　傷所思之不見也

詩經原始卷之七

寶寧方玉潤鴻濛氏撰

國風七

秦

集傳秦國名其地在禹貢雍州之域近鳥鼠山初伯益佐禹治水有功賜姓嬴氏其後中潏居西戎以保西垂六世孫大駱生成及非子非子事周孝王養馬於汧渭之間馬大蕃息孝王封爲附庸而邑之秦至宣王時犬戎滅成之族宣王遂命非子曾孫秦仲爲大夫誅西戎不克見殺及幽王爲西戎犬戎所殺平王東遷秦仲孫襄公以兵送之王封襄公爲諸侯曰能逐犬戎即有岐豐之地襄公遂有周西都八百里之地至玄孫德公又徙於雍雍即今之秦州雍今京兆府興平縣是也案秦詩始於秦仲世其時僅爲大夫比於附庸之國吳楚大國尚無詩秦小國何以有風蓋秦實繼齊晉而霸焉者也故齊晉後即繼以秦或謂夫子定書以秦誓綴周書之後知周之必爲秦也即其刪詩也亦然此皆事後擬議之論並非確解況詩次非定自孔子季札前而已然乎

采見時如此嚴肅旣見時如此簡易不惟盡寬禮數且能備極宴樂

車鄰　美秦君簡易易事也

有車鄰鄰。有馬白顛。未見君子。寺人之令。一章阪有漆。隰有栗。既見君子。並坐鼓瑟。讚秦君之詞今者不樂。逝者其耋。二章阪有桑。隰有楊。既見君子。並坐鼓簧。今者不樂。逝者其亡。三章

右車鄰三章一章四句二章章六句此詩序謂美秦仲劉公瑾疑為美襄公以秦仲初為大夫寺人等官非所宜有也總之秦君開創之始法制雖備禮數尚寬且其人必恢廓大度不飾邊幅如光武初見馬援袒幘而坐迎之非復公孫述之盛陳陛衛而後見故臣下樂其簡易而歎美之以為真吾主也曰秦君富貴而尊嚴豈勝述哉車則鄰鄰馬則白顛日處深宮非傳宣不能入可謂盛矣及其覿面乃又不然君臣相與歡若平生鼓瑟

者可以竝坐而調音鼓簧者亦可相依而度曲不甯惟是君勸臣曰失今不樂逝者將耊而耄者將亡如此歲月何哉則是其心之推誠相與意無縇飾也可知若如諸儒所云是時秦君始有車馬及此寺人之官國人創見而誇美之則何異馬援所云子陽乃井底蛙耳何以能開創宏業耶卽秦士大夫雖曰鄙俗亦斷斷不至如此唯其君臣相得不務經綸日事宴樂開創若此後效可知聖人存之以見嬴秦始基固若是耳

〔集釋〕鄰鄰 衆車聲 白顛 集傳白顛額有白毛今謂之的顙 寺人 內小臣也孔氏穎達曰左傳齊有寺人貂晉有寺人披是諸侯之官有寺人也寺人是在內細小之臣 竝坐 黃氏佐曰竝坐者同坐者乃鼓瑟者竝坐非竝肩而坐也案竝坐耳非與君竝坐也

〔標韻〕鄰 十一眞 顛 一先 令 八庚 通韻 漆 四質 栗 瑟 同 耊 九屑 通韻 桑 七陽

楊簧亡 並同本韻

駟驖　美田獵之盛也

駟驖孔阜六轡在手公之媚子從公于狩一章奉時辰牡辰牡孔碩公曰左之舍拔則獲二章遊于北園四馬既閑輶車鸞鑣載獫歇驕三章

右駟驖三章章四句此詩序謂美襄公始命有田狩之事園囿之樂然時代無可考詩詞亦不露始命意惟既曰公則必襄公以後詩也田獵亦時君恒有事奚足異孟子不云乎今王田獵於此百姓聞王車馬之音見羽毛之美舉欣欣然有喜色而相告曰吾王庶幾無疾病與何以能田獵也此無他與民同樂也今秦始有田狩事其與民同樂可知也即民之欣欣然有喜色

而相告者亦可知也惟初膺侯命舉行大典其相率以從于狩者不聞腹心干城之寄而乃曰公之媚子則嗜好爲何如耶君子讀詩至此不禁有懷兔罝野人知周之所以王而久秦之所以帝而促者其由來蓋有素已

【經】駟驖陸氏佃曰說文曰馬深黑色驪馬赤黑色驖非特有取於色蓋亦取其堅壯如鐵也孔甚也阜大肥也六轡孔氏穎達曰每馬有二轡四馬當八轡矣言六轡者以驂馬內轡納之於觖故在手者惟六轡耳媚子朱氏道行曰媚子指左右便嬖時是也辰時也牡曹氏粹中曰祭祀之牲不用牝皆以牡爲貴辰牡集傳冬獻狼夏獻麋春秋獻鹿豕之類奉孔氏穎達曰奉是時牡謂虞人也獸人獻時節之獸以供膳故虞人亦驅時節之獸以待射耳碩肥大也左之何氏士信曰御者從右以逐之君從左以射之公羊傳解第一殺第二殺第三殺皆自左膘射之達於右則左當人君之左指禽獸之左膘而言案射必左出故左之乃易中耳拔矢括也閑調習也輶輕也鸞鈴也鑣馬銜也獫歇驕集傳獫歇驕皆田犬名長喙曰獫短喙曰歇驕以車載犬蓋以休其足力也

首章寫車制章末兼及懷人下二章同一機軸而寫法各異

次章寫駕車

三章寫戎器刻劃典奧瑰麗已極西京諸賦迥不能及況下此者乎

標韻　阜二十五有　手同　狩二十六宥　叶韻　牡二十五有　碩十一陌　獲同叶韻

園十三元　閑十五刪　通韻　鑣二蕭　驕同本韻

小戎　懷西征將士也

小戎俴收（車○箱○）五楘梁輈（駟○兩○服○者○）游環脅驅（驂○兩○驂○者○）陰靷鋈續文茵暢轂（車○內○外○兼○寫○）駕我騏馵言（此下懷○駕○車○西○征○之○人○念○其○居○處○之○非○承○上○陽○我○句○）念君子溫其如玉在其板屋亂我心曲（一章）

四牡孔阜六轡在手騏駵是中騧驪是驂（方○言○兩○服○兩○驂○車○蔽○驂○轡○飾○）龍盾之合鋈以觼軜言念君子溫其在邑方何（念○）為期胡然我念之（其○歸○期○之○遠○）（二章）

俴駟孔群厹矛鋈錞（馬○甲○矛○）蒙伐有苑虎韔鏤膺交韔二弓（弓○弓○檠○）竹閉緄縢言念君子載寢載興厭厭良人秩秩德音（念○其○德○音○之○美○可○室○）（三章）

右小戎三章章十句序謂美襄公備其兵甲以討西戎國人則矜其車甲婦人能閔其君子焉一詩兩義中間並無遞換上下語氣全不相貫天下豈有此文義惟僞傳以為勞大夫征戎之

詩得之鄒氏肇敏曰凡勞詩或代爲其人言或代爲其室家言而此詩言念君子則襄公自念其臣子也愚案宋全斌伐蜀屬汴大雪太祖衣紫貂裘帽坐氈帷中謂左右曰我被服如此尚覺寒念西征將士衝冒霜雪何以堪處卽解裘帽馳賜全斌仍諭諸將不能徧及也全斌拜賜感泣故所向有功今詩云在其板屋亂我心曲以如玉之君子身處板屋而歸期又未能定偶一念及其何以堪襄公能作是詩卽宋祖之賜裘帽於全斌也無怪其能承君命以復父讎獨雄長於西方者有由然已後儒不察又以爲從役者之家人所言將秦人第一關係文字下屬廝役走夫之徒則襄公勞士一片苦衷不幾爲其所沒千載下誰復能諒之耶

小戎兵車也**俴**淺也**收**軫也〔集傳〕謂車前後兩端横木所以收歛所載者也凡車之制廣皆六尺六寸
其平地任載者為大車則軫深八尺兵車則軫深四尺四寸故曰小戎俴收也**梁輈**〔陳氏鵬飛曰〕輈車轅也其前駕於服
馬之衡之上其後則乘前軫直逼後軫梁輈則穹其上以便服馬之進退車之進退以轅為主懼輈之不堅也故一轅則五分
其穹每分以皮束之使堅是謂五楘**游環**〔集傳〕游環靷環也以皮為環當兩服之背上游移前卻無定處引兩驂馬之外
轡貫其中而執之所以制驂馬使不得外出左傳曰如驂之有靷是也**脅驅**〔集傳〕脅驅亦以皮為之前係於衡之兩端
後係於軫之兩端當服馬脅之外所以驅驂馬使不得內入也〔曹氏粹中曰〕兩服馬駕勾衡之下旁有兩驂馬齊於服馬之頸
懼驂之外出也故以環貫驂外轡以禁其出欲出則此環牽之懼驂之內入亂服馬也故以幕二條繫衡與軫護服馬脅以止
驂之入欲入則此皮從而約之也**陰**〔集傳〕陰揜軌也軌在軾前而以板横側揜之以其陰映此軌故謂之陰也**靷**〔集傳〕
靷以皮二條前繫驂馬之頸後繫陰板之上也**鋈續**〔集傳〕鋈續陰板之上有續靷之處消白金沃灌其環以為飾也〔嚴氏
粲曰〕靷端作環相接謂之續**文茵**〔范氏處義曰〕以虎皮為車中之褥有文之可觀故謂之文茵**暢轂**〔集傳〕暢長
也轂者車輪之中外持輻內受軸者也大車之轂一尺有半兵車之轂長三尺二寸故兵車曰暢轂**騏馵**〔集傳〕騏騏文也

馬左足白曰馵**君子**指西征大夫也**駵**集傳赤馬黑鬣曰駵何氏楷曰爾雅謂馬駵曰駁蓋馬有駵色有白色故曰駁上章曰馵因其白之在足也此章曰駵因其白之在體也**中**兩服馬也**騧驪**集傳黃馬黑喙曰騧驪黑色也**盾**干也集傳畫龍於盾合而載之以爲車上之衛必載二者備敝毀也**觼**環之有舌者**軜**驂內轡也**俴駟**馬甲以薄金爲之欲其輕易便於旋習也**孔**甚也**羣**調和也**厹矛**三隅矛也**鋈錞**矛底端平曰鐓鋈則以白金爲飾也**蒙**雜也**伐**中干也盾之別名**苑**文貌畫雜羽於盾之上也**虎韔**集傳虎韔以虎皮爲弓室也**鏤膺**集傳鏤膺鏤金以飾馬當胷帶也**交韔**集傳交韔交二弓於韔中謂顛倒安置之必二弓以備壞也**閉**集傳閉弓檠也儀禮作䩛陳氏道祥曰柲以竹爲之狀如弓然約於弓裏命之曰柲所以備損傷也**緄**繩也**縢**約也**載寢載興**起居不寧也**厭厭**安也**良人**何氏楷曰先秦之世良人爲君子通稱呂氏紀序意曰秋甲子朔朔之日良人請問十二紀注良人君子也案本風黃鳥哀三良亦曰殲我良人雅之桑柔亦曰維此良人作爲式穀皆以良人爲君子也**秩秩**有序也

標韻　收十一尤　輈同　本韻　續二沃　轂一屋　馵七遇叶之錄反　玉二沃　屋一屋　曲二沃

三章只一意特換韻耳其實首章已成絶唱古人作詩多一意化爲三疊所謂一唱三歎佳者多有餘音此則興盡首章不可不知也

叶韻 阜二十(五有) 手同 本韻 中一東 驂十三覃 叶韻 合十五合 軜同

邑十四緝 逌韻 期四支 之同 本韻 羣十二文 錞十一眞 膺十一蒸 弓一東

叶姑宏反 滕十蒸 興同 人十一眞 音十二侵 叶韻

蒹葭 惜招隱難致也

蒹葭蒼蒼白露爲霜所謂伊人在水一方遡洄從之道阻且長遡游從之宛在水中央一章 蒹葭淒淒白露未晞所謂伊人在水之湄遡洄從之道阻且躋遡游從之宛在水中坻二章 蒹葭采采白露未已所謂伊人在水之涘遡洄從之道阻且右遡游從之宛在水中沚三章

○興○起○○○○○○○○○○虛○點○其○地○○○展○筆○○○○

○實○指○居○處○仍○用○虛○活之筆 妙 妙

右蒹葭三章章八句此詩在秦風中氣味絶不相類以好戰樂鬭之邦忽遇高超遠舉之作可謂鶴立雞羣翛然自異者矣然

意必有所指非泛然者序謂刺襄公未能用周禮呂氏祖謙遂謂伊人猶此理鑿之又鑿可為噴飯蓋秦處周地不能用周禮周之賢臣遺老隱處水濱不肯出仕詩人惜之託為招隱作此見志一為賢惜一為世望曰伊人曰從之曰宛在玩其詞雖若可望不可即味其意實求之而不遠思之而即至者特無心以求之則其人倜乎遠矣序本有指辭不能達故致紛紛議起也

[illegible] 蒹 集傳蒹似萑而細高數尺又謂之薕 陸氏佃曰今人以為簾箔因以得名 葭 蘆也 陸氏佃曰 孔氏云初生為菼長大為蘆成則為葦 遡洄 逆流而上也 遡游 順流而下也 晞 乾也 湄 水草之交也 躋 升也 采 采盛而可采也 右 言其迂迴也

標韻 蒼 七陽 霜方長央 並同 本韻 淒 八齊 晞 五微 湄 四支 坻 四支 通韻 、采 十四賄 已 四紙 涘 同 右 二十五有 叶羽軌反 沚 四紙 叶韻

終南　祝襄公以收民望也

終南何有。有條有梅。君子至止。錦衣狐裘。顏如渥丹。其君也哉。一章

終南何有。有紀有堂。君子至止。黻衣繡裳。佩玉將將。壽考不忘。二章

右終南二章章六句序謂戒襄公姚氏又以爲有美無戒今玩詩辭首章末句嚴氏粲云其者將然之辭哉者疑而未定之意愚案末章末句亦云壽考不忘則是勸戒也無疑此必周之耆舊初見秦君撫有西土皆膺天子命以治其民而無如何於是作此以頌禱之曰崇隆者終南其何有乎條與梅耳所以成此山之高也君子至止衣服之盛容貌之美固不待言非將以君臨一邦乎君此邦則必德此民如山之有木而後成山之高乃無負山之名耳然終南形勢尊嚴宏厰爲天下冠君此者可以

雄視六合不獨號令一方也君其脩德以副民望百世毋忘周

天子之賜也可蓋美中寓戒非專頌禱不然秦臣頌君何至作

疑而未定之辭曰其君也哉此必不然之事也

【集釋】終南山名〔毛氏萇曰〕終南周之名山中南也〔孔氏穎達曰〕昭四年左傳曰荊山中南九州之險是此一名中南也案山在今郿鄠諸境以其幹屬天下之中故曰中勢踞鎬京之南故曰南合而言之曰中南也條山楸也材美可作車版錦衣狐裘諸侯之服也〔玉藻曰〕君衣狐白裘錦衣以裼之渥丹〔李氏本曰〕渥丹猶簡兮所謂渥赭言其有樂意而顏色赤澤也紀〔集傳〕紀山之廉角也堂〔集傳〕堂山之寬平處也黻繡〔毛氏萇曰〕黑與青謂之黻五色備謂之繡將將佩玉聲

【標韻】梅十灰裘十一尤叶莫悲反丹十四寒哉十灰叶韻　堂七陽裳將忘並本同

韻

黃鳥　哀三良也

交交黃鳥，止于棘。誰從穆公？子車奄息。維此奄息，百夫之特。臨其穴，惴惴其慄。彼蒼者天，殲我良人！如可贖兮，人百其身。一章

交交黃鳥，止于桑。誰從穆公？子車仲行。維此仲行，百夫之防。臨其穴，惴惴其慄。彼蒼者天，殲我良人！如可贖兮，人百其身。二章

交交黃鳥，止于楚。誰從穆公？子車鍼虎。維此鍼虎，百夫之禦。臨其穴，惴惴其慄。彼蒼者天，殲我良人！如可贖兮，人百其身。三章

右黃鳥三章，章十二句。此詩事見左傳，鑿鑿有據，自不必言。或以三良從死命出穆公，或以爲康公迫死，或又以爲秦俗如此，非關君之賢否。總之，古人封建，國君得以專制一方，生殺予奪惟意所欲，似此苛政惡俗，天子不能黜，國人不敢違，哀哉良善，其何以堪！若後世大一統，人命至重，非天子不得擅生殺，雖無

知愚民猶自矜恤況賢人乎封建固良法封建亦虐政秦漢後竟不能復雖曰時勢亦人心爲之也聖人存此豈獨爲三良悼乎亦將作萬世戒耳

【集釋】交交飛而往來之貌　從穆公從死　子車氏也（孔氏穎達曰）左傳作子輿輿車字異義同　奄息名也　特傑出之稱　穴壙也　惴惴懼貌　防（集傳）防當也言一人可以當百夫也　禦猶當也

【叶韻】棘職十三　息特同　穴屑九　慄質四　通韻　天先一　人真十一　身同　轉韻

桑陽七　行防同　本韻　楚語六　虎麌七　禦語六　通韻

晨風　未詳

鴥彼晨風鬱彼北林未見君子憂心欽欽如何如何忘我實多一章

山有苞櫟隰有六駮未見君子憂心靡樂如何如何忘我實多二章

山有苞棣隰有樹檖未見君子憂心如醉如何如何忘我實多三章

右晨風三章章六句序謂康公棄其賢臣僞傳謂秦君遇賢始勤終怠二說未甚相遠惟集傳則以爲婦人念其君子之詞又引扊扅歌以證秦俗與古序大相反今觀詩詞以爲刺康公者固無據以爲婦人思夫者亦未足憑總之男女情與君臣義原本相通詩既不露其旨人固難以意測與其妄逞臆說不如闕疑存參且其詩無甚精義置焉可也

【集釋】鴥疾飛貌　晨風鸇也　鬱茂盛貌　欽欽憂而不忘之貌　駮【集傳】駮梓榆也其色青白如駮　檖【郭氏璞曰】今楊檖也【集傳】檖赤羅也實似梨而小酢可食

【標韻】風一東叶孚愔反　林十二侵　欽同叶韻　何五歌　多同　本韻　櫟十二錫叶弩各反　駮三覺　樂十藥　叶韻　棣八霽　檖四寘　醉同　通韻

無衣　秦人樂爲王復仇也

勉極矯健

豈曰無衣與子同袍王于興師修我戈矛與子同仇一章豈曰無衣與子同澤王于興師修我矛戟與子偕作二章豈曰無衣與子同裳王于興師修我甲兵與子偕行三章

右無衣三章章五句序謂刺用兵秦人以其君好攻戰亟用兵而不與民同欲意是而辭不能達故朱子以爲序意與詩情不協然集傳亦未喻詩意也夫秦地爲周地則秦人固周人周之民苦戎久矣逮秦始以禦戎有功其父老子弟欲修敵愾同仇怨於戎以報周天子者豈待言而後見哉而無如周王之絕意西征也康公好戰又皆私怨徒逞小忿而忘大讐非民所欲溯自公之二年與晉戰于武城報令狐役也六年戰于河曲報取少梁也十年又與楚人滅庸連年動衆詎皆君父同仇而爲臣

子者所難已哉夫與其興師無名何如報復得所故作是詩以
明志曰朋友無衣尚可同袍況君父乎王誠于此而能興師以
伐戎也我秦人願修戈矛與子同師共伸同仇大義豈不善哉
此謝氏枋得所謂春秋二百四十餘年天下無復知有復仇志
獨無衣一詩毅然以天下大義爲已任者也然則序所謂刺國
不獨秦君兼及周王矣蓋民有勤王心君無討賊意伸在此則
不能不屈在彼也故曰刺也

【集釋】袍〔孔氏穎達〕曰玉藻云纊爲繭緼爲袍絶著新綿名爲繭雜用舊絮名爲袍　澤〔集傳〕澤裏衣也以其親膚近於垢澤故謂之澤〔陸氏德明〕曰說文作襗云袴也　戟車戟也

【標韻】袍四豪叶矛十一尤步謀反　仇同叶韻　澤十一陌叶徒洛反　戟同叶訖約反　作十藥叶韻　裳七陽　兵八庚　行八庚　轉韻

詩格老當情致纏綿爲後世送別之祖令人怳見攜手河梁時也

渭陽　康公送別舅氏重耳歸晉也

我送舅氏。曰至渭陽。何以贈之。路車乘黃。章一我送舅氏。悠悠我思。何以贈之。瓊瑰玉佩。章二

右渭陽二章章四句見舅思母人情之常姚氏謂非惟思母兼有諸舅存亡之感蓋悠悠我思句情眞意摯往復讀之悱惻動人故知其有無限情懷也然此種深情觸景卽生稍移易焉已不能及大序謂及其卽位乃思而作豈眞知詩情者哉雖然康公此詩可謂孝矣乃未幾而修怨於晉旣戰武城又戰河曲昏姻之好變爲仇讎則念母之心不知何往又何故耶論者謂怨欲害其良心耳使循是良心養其端而充之則怨欲可消而兵革自息矣惜乎其智不及此也此亦事後論人則然若當其攜

起似居食雙題下乃單承側重食一面局法變換不測於此可悟文法化板爲活之妙

手渭陽樽酒情別雖曰𥅃情實奉父命穆公之爲重耳也且與以紀綱僕三千然後晉可定而霸業以成故春秋於秦晉交戰每主晉而客秦多抑揚焉此詩之存其亦春秋意也夫

集釋 渭水名（王氏應麟曰水經渭水逕長安城北注卽咸陽也郡縣志京兆府咸陽縣本秦舊縣渭水南去縣三里秦咸陽在今縣之東二十二里）路車車諸侯之車也 乘黃四馬皆黃也

標韻 陽七陽 黃同 本韻 思四支叶新齋反 佩十一隊叶蒲眉反 叶韻

權輿 刺康公待賢禮殺也

於我乎。夏屋渠渠。今也每食無餘。于嗟乎。不承權輿。一章 於我乎。每食四簋。今也每食不飽。于嗟乎。不承權輿。二章

居。食。單。承上○食

右權輿二章章五句賢者去就只爭禮貌間耳而此詩所較不過區區安居餔歠事恐非賢者志也然孟子不云乎孔子爲魯

司寇不用從而祭燔肉不至不稅冕而行不知者以爲爲肉也
其知者以爲爲無禮也是詩之作亦猶是哉蓋賢者每欲微罪
行不欲爲苟去恐彰君過耳康公之失當不止是故賢者藉是
乘幾而作也不然食至無餘而且不飽康公禮貌縱衰何至此
極耶

【集釋】夏大也渠渠深廣貌案夏屋毛無明訓鄭則以爲大具以食我王肅以爲屋室之屋而朱子從之是承繼也權輿始也胡氏一桂曰作量自權始以準量由此而生造車自輿始以蓋軫由此而起故謂始曰權輿簋集傳簋瓦器容斗二升方曰簠圓曰簋簠盛稻粱簋盛黍稷四簋禮食之盛也

【標韻】渠六魚餘同乎七虞輿六魚通韻　簋四紙叶已有反飽十八巧叶韻

以上秦詩凡十篇案是冊車鄰駟驖小戎諸詩武勇甚矣而蒹葭一詩又何澹哉使非賢人君子烏能爲是蓋西京舊治大有人在也惜秦俗尚武有賢而不能用耳以故黃鳥致三良之哀權輿有無食之嘆其爲國大

可想見秦之爲秦與周之
爲周其薄厚不甚相遠哉

陳

集傳陳國名大皥伏羲氏之墟在禹貢豫州之東其地廣平無名山大川西望外方東不及孟諸周武王時帝舜之胄有虞閼父爲周陶正武王賴其利器用與其神明之後以元女大姬妻其子滿而封之於宛丘之側與黃帝帝堯之後共爲三恪是爲胡公大姬婦人尊貴好樂巫覡歌舞之事其民化之○今之陳州卽其地也案陳檜曹皆小國故居諸國之末而陳爲伏羲舊治又帝舜後裔故在二國前說者謂檜曹匪風下泉二詩有思治心未便居於陳國先蓋亂極則思治理或然也若謂變風詐於陳靈恐非序詩本意夫變風中不能無正亦由正風中必有變也此冊墓門珠林等詩變亂極矣而衡門之下乃有棲遲賢者又不能不謂變中之正矣則又何以解其此耶

宛丘 刺上位游蕩無度也

子之湯兮宛丘之上兮洵有情兮而無望兮章一 坎其擊鼓宛丘之下無冬無夏值其鷺羽章二 坎其擊缶宛丘之道無冬無夏值其鷺

翿。三章

右宛丘三章章四句此詩刺游蕩意固昭然然小序謂刺幽公姚氏以爲子字恐未安朱子亦以爲未敢信故集傳泛指游蕩人固是慎重解經之意但樂舞非細民所宜威望亦於庸衆無闗使閭巷鄙夫終歲執羽舞翿於宛丘之上亦屬常然何煩詩人諷詠重勞大聖人錄而冠夫陳風之首以爲游蕩者戒耶此必陳君與其臣下不務政治相與游樂君擊鼓而臣舞翿無冬無夏威儀盡失故過宛丘下者相與指而誚曰子之游蕩洵足爲樂奈失儀何其何以爲民望乎蓋在上者下民之所瞻望者也今乃不自檢束如是無怪其民視而輕之曰子者外之之辭亦輕之之意耳然小民未必敢輕君上故泛指游蕩人而言使

終日游蕩者聞而知所警戒焉足矣若必明辯子字爲君爲臣或下指入民終屬呆相豈免固哉之誚歟

集釋 子〔毛氏萇曰〕子指大夫〔鄭氏康成曰〕子者斥幽公也〔孔氏穎達曰〕隱四年公子翬謂隱公曰百姓安子諸侯說子則諸侯之臣亦呼君曰子傳箋互異說已見前論 湯蕩也 宛丘〔集傳〕四方高中央下曰宛丘〔王氏應麟曰〕郡縣志宛丘在陳州宛丘縣南三里括地志縣在陳城中古陳國 洵信也 望人所瞻望 坎擊鼓聲 值植也 鷺羽以鷺羽爲舞者之翳也 缶瓦器可以節樂 翿翳也

標韻 湯三十三漾 上望並同本韻 鼓七麌 下二十一馬叶後五反 羽七麌叶韻 值二十五有 道十九皓 翿二十號叶韻

東門之枌 巫覡盛行也

東門之枌宛丘之栩子仲之子婆娑其下一章 穀旦于差南方之原不績其麻市也婆娑二章 穀旦于逝越以鬷邁視爾如荍貽我握椒

三章

右東門之枌三章章四句此詩分明刺陳俗尚巫覡而序泛云男女棄其舊業亟會於道路歌舞於市井集傳從之但不信爲刺幽公耳夫男女縱極淫亂何至歌舞市井會於道路成何世界姚氏際恒引漢王符潛夫論曰詩刺不績其麻女也婆娑今多不修中饋休其蠶織而起學巫覡鼓舞事神以欺誑細民以爲是證詩意是則然矣然豈必盡學巫覡事哉亦不過巫覡盛行男女聚觀舉國若狂耳東門宛丘其地也枌栩相蔭可以游息其下也子仲之子男覡也不績其麻女巫也婆娑鼓舞神弦響而星鬼降也穀旦于差諏吉期會也越以鬷邁男婦畢集以邁觀也視如荍而貽之椒則又觀者互相愛悅也此與鄭溱洧

之采蘭贈勺大約相類而鄙俗荒亂則尤過之在諸國中又一俗也故可以觀也舊傳云大姬婦人尊貴好樂巫覡歌舞之事其民化之蓋謂此也爲民上者可不知謹所尚歟

〔集釋〕子仲之子集傳作子仲之女姚氏際恆云下市字果爲女字則子仲之子當作男案績麻乃婦女事不必改市爲女也蓋女巫亦恆舞于市耳此子當作男覡也無疑婆娑舞貌穀善也差擇也市上解見逝往也越於也鬷衆也邁行也荍集傳芘芣也又名荊葵紫色羅氏願曰荊葵比戎葵葉小花似五銖錢大色粉紅有紫文縷之一名錦葵大抵似蘆菔花椒芬芳之物也

〔標韻〕栩七麌下二十一馬叶韻　差六麻娑五歌轉韻　逝八霽邁十卦通韻　荍二蕭椒同本韻

衡門　賢者自樂而無求也

衡門之下。可以棲遲。泌之洋洋。可以樂飢。一章豈其食魚。必河之魴。

豈其取妻必齊之姜二章豈其食魚必河之鯉豈其取妻必宋之子
三章

右衡門三章章四句此賢者隱居甘貧而無求於外之詩不知序何以云誘僖公也夫僖公君臨萬民者也縱愿而無立志誘之以政焉而進於道也可奈何以無求於世之志勸之豈非所誘反其所望乎陳之有衡門也亦猶衛之有考槃秦之有蒹葭是皆從舉世不爲之中而已獨爲之可謂中流砥柱挽狂瀾於既倒有關世道人心之作矣然衛雖淫亂實多君子秦雖强悍不少高人陳則委靡不振巫覡盛行其狂惑之風尤難自拔而此獨澹焉無欲超然自樂所處者不過衡茅陋室所飲者不過泉水悠洋食不必鯉與魴妻不必宋子而齊姜則其爲志也何

如哉聖人删詩此種詩不可多得亦斷不可少而序者不喻其意反引而他屬可慨也夫

【集釋】衡門横木爲門也孔氏穎達曰衡古文横假借字也衡横義同門惟横木爲之言其淺也棲遲游息也泌泉水也洋洋水流貌姜齊姓子宋姓

【標韻】遲四支飢同本韻魴七陽姜同本韻鯉四紙子同本韻

東門之池　未詳

東門之池。可以漚麻。彼美淑姬。可與晤歌。一章東門之池。可以漚紵。彼美淑姬。可與晤語。二章東門之池。可以漚菅。彼美淑姬。可與晤言。三章

右東門之池三章章四句此詩終不可解序謂刺時疾其君之淫昏而思賢女以配君子集傳則以爲男女會遇之詞姚氏又

疑卽上篇之意取妻不必齊姜宋子卽此淑姬可與晤對說各不一從序說則君有惡當思賢臣以佐政乃反思淑女以配君亦奇想哉從朱說則男女會遇豈有淑姬斷無是理至於姚說則尤謬戾衡門隱士甘貧樂道乃忽睹彼淑姬卽欲思與晤對合曲而歌尙得爲賢乎哉前云取妻不必宋子齊姜者設爲是詞以見心不外求之意耳詎料姚氏認以爲眞竟欲取東池淑姬以配衡門隱士豈非千秋笑柄故此詩闕疑可也卽或詩人寓言以淑女比賢士未爲不可然其辭意淺率總非佳搆不必再煩多辯已

集釋 漚漬也 紵麻屬 菅[集傳]菅葉似茅而滑澤莖有白粉柔韌宜爲索也[濮氏]一之曰左傳云雖有絲麻無棄菅蒯蒯與菅謂苕也黃華者俗名黃芒卽蒯也白華者俗名白芒卽菅也

辭意閃爍似古迎神曲非淫詞亦非昏姻詩也

標韻　麻六麻五歌轉韻　紵六語語同本韻　菅十五刪言十三元通韻

東門之楊　未詳

東門之楊。其葉牂牂。昏以爲期。明星煌煌。一章　東門之楊。其葉肺肺。昏以爲期。明星晳晳。二章

右東門之楊二章章四句序謂昏姻失時親迎女猶有不至者詩未見昏姻字亦未見其爲女不至之意集傳改爲男女期會而有負約不至者尤無謂玩其詞頗奇奥隱約難詳故闕之

集釋　牂牂盛貌　明星啓明也　煌煌大明貌　肺肺集傳肺肺猶牂牂也　晳晳猶煌煌也

標韻　牂七陽煌同本韻　肺十一隊叶普計反晳十二錫叶韻

墓門　刺桓公不能早去佗也

墓門有棘。斧以斯之。夫也不良。國人知之。知而不已。誰昔然矣。一章

墓門有梅有鴞萃止夫也不良歌以訊之訊予不顧顛倒思予二章

右墓門二章章六句此詩史也陳國小君臣無事可書只此數詩歌詠事實聊備採錄以當信史朱晦翁必欲疑而闕之不惟詩人苦心埋沒無傳亦將使亂臣賊子得以倖逃公論其可乎哉案左傳陳侯鮑卒文公子佗殺太子免而代之於是陳亂序因以此詩爲刺佗謂其無良師傅以至於不義雖無實據而詩與事合固自可信然詩非刺佗無良師傅乃刺桓公不能去佗耳蘇氏轍曰桓公之世陳人知佗之不臣矣而桓公不去以及於亂是以國人追咎桓公以爲桓公之智不能及其後故以墓門刺焉夫指佗也佗之不良國人莫不知之者知而不之去昔者誰爲此乎案此乃釋首章次章歌以訊之等句則必有忠言

直諫早悟桓公柰公迷而不悟以至亂作乃思其言夫何益哉二章皆刺桓公始不知人次又拒諫無所謂不置其師傅意序之解經往往得其大概而措辭又非故詩旨反因之而晦須爲細審乃知其得失也

【集釋】斯析也孔氏穎達曰釋言云斯離也孫炎曰斯析之離是斯爲析義也濮氏一之曰斯莊子斯而析之 鴞陸氏璣曰鴞大如班鳩綠色入人家凶賈誼所賦鵩鳥是也其肉甚美可爲羹臛又可爲炙濮氏一之曰楚辭注鴟鴞二物又云鵩似鴞本章云其實一耳莊子見彈而求鴞炙是也 萃集也 訊告也 顛倒狼狽之狀

【標韻】斯四支 知同本韻 已四紙 矣同本韻 萃四寘 訊程氏以恬音韻攷曰釋文云本又作誶徐音息悴反廣韻正韻誶字雖遂切引詩曰歌以誶止今案此及下句訊字皆誶之訛此句之字亦止字之訛 顧七遇 予六魚叶韻 江諸家皆詳辨之

防有鵲巢 憂讒賊也

防有鵲巢。邛有旨苕。誰侜予美。心焉忉忉。一章 中唐有甓。邛有旨鷊。誰侜予美。心焉惕惕。二章

右防有鵲巢二章章四句此詩憂讒無疑惟序以宣公實之則不得其確蓋鵲本巢木而今則曰防有鵲巢矣苕生下隰而今則曰邛有旨苕矣而且中唐非甓瓴之所高丘豈旨鷊所生人皆可以僞造而爲謠又況無根浮詞不侜張予美而生彼攜貳之心耶予是以常懷憂懼中心惕惕而不能自解也程子曰予美心所賢者一言下之誰君以讒人一言好之誣胥以害人皆作詩者憂患之意可謂深得風人義旨矣而朱子乃謂予美指所私者定此詩爲男女有私而憂其或間之之詞豈不異哉夫風詩託興甚遠凡屬君親朋友意有難宣之處莫不假託男女

夫婦詞婉轉以達之詩人之遇脢翁詩人之大不幸也可嘅也

【集釋】防隄也周禮稻人以瀦畜水以防止水邛邱也孔氏穎達曰土之高處草生尤美故邛爲邱旨美也苕若饑也生下濕好侜侜張也與譸同忉忉憂貌中唐毛氏萇曰中中庭也唐堂塗也孔氏穎達曰以唐是門內之路故知中是中庭孫炎云堂塗堂下至門之逕也甓瓴甋也郭氏璞曰瓴甋也今江東呼爲瓴甓鷊集傳鷊小草雜色如綬董氏逌曰鷊舊作鷊劉氏瑾曰案埤雅鷊本鳥名亦名綬鷊咽下有囊如小綬具五色傳所釋鷊草之名豈因其似鷊而取義乎惕惕猶忉忉也

【標韻】巢肴三苕蕭二忉豪四通韻　甓錫十二鷊惕並同本韻

月出　有所思也

月出皎兮佼人僚兮舒窈糾兮勞心悄兮一章月出皓兮佼人懰兮舒懮受兮勞心慅兮二章月出照兮佼人燎兮舒夭紹兮勞心慘兮三章

右月出三章章四句此詩雖男女詞爾一種幽思牢愁之意固結莫解情念雖深心非淫蕩且從男意虛想活現出一月下美人並非實有所遇蓋巫山洛水之濫觴也不料諸儒認以爲眞豈不爲詩人所哂使充是心於君親朋友之間則忠臣孝子義弟良朋必有情難自已之處此風詩之旨深微幽遠託興無端含毫有意固非迂儒俗士所能窺也至其用字聱牙句句用韻已開晉唐幽峭一派東萊不識以爲方言豈非少見多怪歟

【集釋】皎月光也 佼人佼與姣同美人也 僚好貌 窈幽遠也 糾愁結也 悄憂也【王氏】安石曰悄言不說而靜默 懰好貌 懮受俱憂思也 慅猶悄也 燎明也 夭紹糾緊之意 慘憂也

【標韻】皎篠十七 僚同 糾二十五有 悄篠 皓十九皓 懰有 受同 慅四豪 照十八嘯 紹篠 慘【集傳】慘當作懆九皓 通章叶韻

株林　刺靈公也

胡爲乎株林從夏南匪適株林從夏南　一章　駕我乘馬說于株野乘我乘駒朝食于株　二章

株林二章章四句靈公與其臣孔甯儀行父淫於夏姬事見春秋傳而此詩故作疑信之詞非特詩人忠厚不肯直道人陰抑亦善摹人情如見忸怩之態蓋公卿行淫朝夕往從所私必有從旁指而疑之者即行淫之人亦自覺忸怩難安故多隱約其辭故作疑信言以答訊者而飾其私詩人即體此情爲之寫照不必更露淫字而宣淫無忌之情已躍然紙上毫無遁形可謂神化之筆然羞惡之心人皆有之使陳靈君臣知所羞惡而檢行焉則何至有徵舒射廐之難即楚亦可不必入陳也女戎

召亂是爲烔戒聖人存此亦信史歟

【集釋】株林 夏氏邑也王氏應麟曰郡國志陳縣注陳有株邑蓋朱襄之地寰宇記陳州南頓縣西南三十里有夏亭城城北五里有株林郡縣志宋州柘城縣本陳之株邑詩株林是也 夏南 孔氏穎達曰徵舒字子南以氏配字謂之夏南 說舍也

【協韻】林侵十二 南覃十三 通韻 馬二十一馬 野同 本韻 駒虞七 株同 本韻

澤陂 傷所思之不見也

彼澤之陂。有蒲與荷。有美一人。傷如之何。寤寐無爲。涕泗滂沱。一章

彼澤之陂。有蒲與蕑。有美一人。碩大且卷。寤寐無爲。中心悁悁。二章

彼澤之陂。有蒲菡萏。有美一人。碩大且儼。寤寐無爲。輾轉伏枕。三章

右澤陂三章章六句序謂刺時男女相悅集傳謂與月出相類

誠然然月出非淫詞此亦必非淫詩也曰碩大且卷曰碩大且儼豈淫女貌乎曰傷如之何曰涕泗滂沱縱極相思亦何至是故姚氏以爲傷逝作或又謂傷泄冶之見殺均與興意不合蓋起極幽豔繼乃傷感故知爲思存作非悼亡篇也大抵臣不得於其君子不得於其父皆可藉此以抒懷詩人所言或實有所指或虛以寄興興之所到觸緒即來後世江南曲子夜歌此類甚多豈篇篇俱有所爲而言耶但陳靈荒淫國亂極矣豈無賢人君子思治不得假此以自鳴者如必見一美人字即以爲淫則天下後世之文爲美人所冤者多矣

陂澤障也　蒲水草可爲席者　荷芙蕖也　涕泗自目曰涕自鼻曰泗　蕳蘭也　卷鬈髮美也　悁悁猶悒悒也　菡萏荷華也　儼矜莊貌

荷歌五何沱並同本韻　蕳刪十五卷先一悁同通韻　萏二十七感儼二十八琰枕二十六寢通韻

以上陳詩凡十篇

案春秋傳吳季札請觀周樂至陳曰國無主其能久乎今讀宛丘至澤陂凡十篇而刺君者三宛丘則見其游蕩無度墓門則譏其除惡不力株林則刺其荒淫殺身其君相無一可歌之善謂之無主不亦宜乎又況巫覡咸行讒賊浸潤皆大姬之好尚所遺其開國已有偏嗜繼起又無善政無怪子孫縱淫以至亡國世之劇業垂統者始基不可不正俗尚不可不端者其以此也歟然中間未嘗無高人賢士如衡門之安貧樂道墓門之忠言直諫自足相助爲理無如其君若臣之置而不問焉何也此刪詩者之所爲扼腕嘆息而不能自已也

詩經原始卷之七終

隴州門人李沖霄校字

詩經原始卷之八目錄

國風 八

檜 四首

羔裘 傷檜君貪冒不知危在旦夕也

素冠 傷檜君被執願與同歸就戮也

隰有萇楚 傷亂離也

匪風 傷周道不能復檜也

曹 四首

蜉蝣 未詳

候人 刺曹君遠君子而近小人也

鳲鳩 追美曹之先公德足正人也

下泉　傷周無王不足以制霸也

豳七首

七月　陳王業所自始也

鴟鴞　周公悔過以儆成王也

東山　周公勞歸士也

破斧　美周公伐罪救民也

伐柯　未詳

九罭　東人送周公西歸也

狼跋　美周公也

詩經原始卷之八

寶甯方玉潤鴻濛氏撰

國風 八

檜

陸氏德明曰檜本作鄶王氏應麟曰左傳國語作鄶地理志作會

集傳檜國名高辛氏火正祝融之墟在禹貢豫州外方之北滎波之南居溱洧之間其君妘姓祝融之後周衰為鄭桓公所滅而遷國焉案檜實滅於鄭武公非桓公也然則國亡在東輈之初何以詩序於春秋之後國小而又無事可表耳嚴氏粲曰檜世次莫考詩不言何君曰夷厲之間者鄭譜也平王初鄭武始滅檜前乎平何以知其非幽也當幽之時仲爲檜君言不刺仲也前乎幽又何以知其非宣也周道復興之時不得有匪風之思也非幽非宣夷厲當之矣然愚讀檜詩實仲亡國事因重訂其詩如左

羔裘　傷檜君貪冒不知危在旦夕也

羔裘逍遥。狐裘以朝。豈不爾思。勞心忉忉。章一羔裘翱翔。狐裘在堂。

豈不爾思我心憂傷二章羔裘如膏日出有曜豈不爾思中心是悼三章

右羔裘三章章四句小序云大夫以道去其君也大序以爲國小而廹君不用道好絜其衣服逍遥游燕而不能自强於政治故作是詩集傳從之無異辭惟不言大夫去耳夫國君好絜衣服過之小者也何必去即云國小而廹正臣子相助爲理之秋更不必去此必國勢將危其君不知猶以實貨爲奇終日游宴邊幅是脩臣下憂之諫而不聽夫然後去去之而又不忍遽絶其君乃形諸歌詠以見志也案國語鄭桓公爲周司徒問於史伯史伯對曰子男之國虢鄶爲大虢叔恃勢鄶仲恃險皆有驕侈怠慢之心加之以貪冒君若以周難之故寄帑與賄不敢不

許是驕而貪必將背君君以成周之衆奉辭罰罪無不克矣桓公從之乃東寄帑與賄虢鄶受焉其後武公卒取二國地以爲鄭有詩之作正其時也曰羔裘曰狐裘而且曰如膏有曜非徒好絜實貪後耳曰逍遙曰翱翔非惟游惰又冒昧也此與虞公受晉璧馬而不知其人之將襲己也又何以異然當是時安知其臣不有宮之奇其人者犯顏而直諫又安知其臣不有百里奚其人者潔身而遠去玩味詩詞豈不爾思中心是悼則百里奚輩也唯其心戀戀故主雖去國而猶不敢無憂國念此詩之所以存耳惜其世次微茫姓氏無考序又不能抉發隱衷遂使忠臣智士一片苦心隱而不彰不惟說詩不精論世亦欠其詳也

【集釋】羔裘【集傳】緇衣羔裘諸侯之朝服　狐裘【集傳】錦衣狐裘其朝天子之服也

【標韻】遙二蕭朝同忉四豪通韻　翔七陽堂傷並同本韻　膏二十二號曜十八嘯悼號通韻

素冠　傷檜君被執願與同歸就戮也

庶見素冠兮棘人欒欒兮勞心慱慱兮一章庶見素衣兮我心傷悲兮聊與子同歸兮二章庶見素韠兮我心蘊結兮聊與子如一兮三章

右素冠三章章三句小序謂刺不能三年後之說者莫不遵從以詩中有素冠等字耳殊知素冠古人常服孟子許子冠素又皮弁尊貴所服亦白色也素衣則論語云素衣麑裘素韠士冠禮云主人玄冠朝服緇帶素韠玉藻云韠君朱大夫素經傳所載不一而足今何乍見一素冠即以爲三年喪乎無論素冠之

爲喪服與非爲喪服今僅憑一素色之冠何以別其喪之長短乎豈三年之喪乃素冠短喪之服不素冠乎此必不可通之說也至於棘人姚氏際恆云其人當罪之時易坎六爻曰係用徽纆寘于叢棘是也欒欒拘攣之意然則棘人乃罪人之稱非喪者之號明矣卽素冠非喪者之服亦明矣姚氏又云考喪禮始終從無素冠素衣素韠之文（說長不錄）據玉藻縞冠素紕旣祥之冠也詩思三年之喪何不直言齊衰等項而必言祥後之祭服如是之迂曲乎且思其人卽得見其人則當幸見之下直接以我心喜悅之句方合今乃云勞心慱慱以及傷悲蘊結等語何哉其駁小序之非可謂詳且明矣然亦不敢定此詩所指爲何人何事但云或如諸篇以爲君子也可以爲婦人思男也亦可是

其心亦尚游移無據不能直斷所以然竊以爲棘人素服必其人以非罪而在縲絏之中適所服者素服耳而幸而見之以至於傷悲願與同歸如一者非其所親即素所愛敬之人故至勞心慱慱而不能自已也然律以首篇之義或檜君國破被執拘於叢棘其臣見之不勝悲痛願與同歸就戮亦未可知惜其國史無徵言不足信姑存一解於此云

【集釋】庶幸也素冠說見棘人欒欒並同見慱慱憂貌韠〔集傳〕韠蔽膝也以韋爲之冕服謂之韍其餘曰韠〔孔氏穎達〕曰古者田漁而食因衣其皮先知蔽前後知蔽後後王易之布帛而猶存其蔽前者重古道不忘本也

【標韻】冠十四寒欒慱並同本韻　衣五微悲四支歸微通韻　韠四質結九屑一質通韻

隰有萇楚　傷亂離也

隰有萇楚。猗儺其枝。夭之沃沃。樂子之無知。一章　隰有萇楚。猗儺其華。夭之沃沃。樂子之無家。二章　隰有萇楚。猗儺其實。夭之沃沃。樂子之無室。三章

右隰有萇楚三章章四句此遭亂詩也小序之誤不必深辯郎集傳以爲政煩賦重民不堪其苦者亦未爲得以賦重不必慾及室家也此必檜破民逃自公族子姓以及小民之有室有家者莫不扶老攜幼挈妻抱子相與號泣路歧故有家不如無家之好有知不如無知之安也而公族子姓之爲室家累者則尤甚合觀前二篇當是爲公室發者居多如杜老之哀王孫哀江頭等篇舉其重而輕者自見耳

【集釋】萇楚【集傳】萇楚銚弋今羊桃也子如小麥亦似桃陸氏璣曰葉長而狹華紫赤色其枝莖弱引蔓於草上也猗儺柔順天少好貌呂氏祖謙曰沃沃光澤子指萇楚也

天天如厥草惟天之天

【標韻】枝四支知同本韻　華六麻家同本韻　實四質室同本韻

匪風　傷周道不能復檜也

匪風發兮匪車偈兮顧瞻周道中心怛兮一章匪風飄兮匪車嘌兮顧瞻周道中心弔兮二章興誰能亨魚溉之釜鬵誰將西歸懷之好音三章

右匪風三章章四句此詩諸儒皆泛作思周之作未嘗自檜時勢而一論之則是詩可以作可以不作采風者亦可以存可以不存何也以其言中無物則所存亦不久耳檜當國破家亡人民離散轉徙無常欲住無家欲逃何往所謂中心怛妻孥相

弔時也凡物不能自發因風而發行不能遠偈因車而偈今也匪風而物自發矣匪車而行自偈矣而且物之發也旋轉不定行之偈也漂搖難支此何如景況乎果誰爲之咎也非周轍之東不至此奚以見其然耶曰鄭桓公之謀伐虢與檜也久矣然未幾而旋亡使周轍不東檜亦未必受逼於鄭其或王綱再振鄭必不敢加兵於檜而今已矣悔無及矣不能不顧瞻周道而自傷也雖然文武成康之靈昭然在天周之興也豈能無望哉蓋周興則我小國亦與之俱興矣搔首茫茫其誰能亨魚乎有則我願爲之漑其釜鬵也其誰將西歸乎有則我願慰之以好音也特恐思之殷然遇之漠然不能無慨於其際則眞未如之何也已矣此檜臣自傷周道之不能興復其國也不料諸儒但以

為思周道之陵遲則豈詩人意旨哉

〔集釋〕發飄揚貌　偈疾驅貌　周道說見篇中〔集傳〕作適周之路亦通　怛傷也　飄回風曰飄　嘌漂搖不安之貌　溉滌也　鬵釜屬〔陸氏德明〕曰說文云大釜也一曰鼎大上小下若甑曰鬵〔孔氏穎達〕曰釋器云䰈謂之鬵孫炎曰關東謂甑曰鬵然則鬵是甑亨魚用釜不用甑雙舉者以其俱是食器故連言耳案鬵非釜非甑腹形若鼎上有鐶別架三足於下可烹可蒸俗名釣鍋之說為近

〔標韻〕發六月　偈九屑　怛七曷　通韻　飄二蕭叶匹妙反　嘌並同　弔十八嘯　叶韻　鬵十二侵　音同　本韻

以上檜詩凡四篇　案是冊僅四篇諸儒以為亂極思治之作殊知檜亡在東遷之初詩有作於西京之際者蓋亂始也何以云亂極思治耶讀書如此粗率烏能論世總之迂儒拘士未易與談風雅彼第見匪風有顧瞻周道懷之好音等語遂不問其所懷者何人所瞻者何事而直謂之曰思周也後之人又從而益之以為亂極思治何異隔靴搔癢縱極論說於詩緊要毫不相關愚故別為訂正與舊說又大異考古者或不無所取焉

曹

集傳曹國名其地在禹貢兗州陶邱之北雷夏荷澤之野周武王以封弟振鐸今之曹州即其地也陳氏傳良曰檜亡東周之始也曹亡春秋之終也夫子之删詩繫曹檜於國風之後於檜之卒篇曰思周之道也傷天下之無王也於曹之卒篇曰思治也傷天下之無伯也愚案此論似聖人編詩以檜曹殿國風之後皆有意於二詩也但季札觀樂時詩之次序已如此非定自夫子也且使二詩具有深意季札當歎美而深長思之何以云檜以下無譏焉此可見其國小事微詩亦無足重輕采風者錄之聊以備一國之俗云爾至二詩之有念周京各有意在編而存之偶與相符非有深意也不然亂極思治何國蔑有豈獨二小國爲然乎哉愚故備論之以見說詩者之好附會也如此

蜉蝣　未詳

蜉蝣之羽衣裳楚楚心之憂矣於我歸處一章蜉蝣之翼采采衣服心之憂矣於我歸息二章蜉蝣掘閱麻衣如雪心之憂矣於我歸說三章

右蜉蝣三章章四句序謂刺奢也集傳改爲時人有玩細娛而忘遠慮者均於詩旨未當蓋蜉蝣爲物其細已甚何奢之有取以爲比大不相類天下刺奢之物甚多詩人豈獨有取於掘土而出朝生暮死之微蟲耶即以爲玩細娛而忘遠慮亦視乎其人之所關輕重爲何如耳若國君則所係匪輕小民又何足爲重但曰時人詩豈必存曹既無徵難以臆測闕之可也

〔集釋〕蜉蝣〔朱傳〕蜉蝣渠畧也似蛣蜣身狹而長有角黃黑色朝生暮死〔陸氏璣〕曰蜉蝣方土語也通謂之渠畧似甲蟲有角大如指長三四寸甲下有翅能飛夏月陰雨時地中出楚楚鮮明而采采華飾整齊貌采采也掘閱〔朱氏〕鬻儀曰管子云掘閱得玉閱穴字通也麻衣〔鄭氏康成〕曰深衣也〔姚氏際恆〕曰古禮服衣服布皆是麻未有木棉也古因唯以升數爲別

〔標韻〕羽七麌楚六語處同通韻翼十三職服一屋叶蒲北反息職叶韻閱

九屑雪說竝同本韻

候人　刺曹君遠君子而近小人也

彼候人兮，何戈與祋。彼其之子，三百赤芾。一章　維鵜在梁，不濡其翼。彼其之子，不稱其服。二章　維鵜在梁，不濡其咮。彼其之子，不遂其媾。三章（叶小人）（叶君子）　薈兮蔚兮，南山朝隮。婉兮孌兮，季女斯饑。四章

右候人四章，章四句。大序謂共公遠君子而近小人，與左氏傳合。案僖二十八年春，晉文公伐曹，三月入曹，數之以其不用僖負羈而乘軒者三百人，即詩所謂三百赤芾是也。曰薈蔚朝隮，言小人衆多而氣燄盛也；曰婉孌斯饑，言賢者守貞而反困窮也。夫所謂賢者，非僖負羈而何？晉文之數曹罪，安知非爲此詩而來？而朱子辯說猶云但以三百赤芾有合於傳而疑之，曰未

知然否不亦甚哉

〔集釋〕候人〔集傳〕候人道路迎賓送客之官 芾〔集傳〕芾冕服之韠也一命縕芾黝珩再命赤芾黝珩三命赤芾葱珩大夫以上赤芾乘軒 鵜〔集傳〕鵜洿澤水鳥也俗所謂淘河也孔氏穎達曰郭璞曰鵜鶘好羣飛入水食魚故名洿澤陸璣疏曰云鵜形如鶚而極大喙長尺餘頷下胡大如數升囊若小澤中有魚便羣共抒水滿其胡而棄之令水竭盡魚陸地乃共食之故曰淘河也 梁水中魚梁也 咮喙也 媾寵也 朝隮雲氣升騰也

〔標韻〕祋九泰 芾五物 叶韻 翼十三職 服一屋叶蒲北反 咮二十六宥 媾同本韻

隮同躋八齊 饑五微 通韻

鳲鳩　追美曹之先君德足正人也

鳲鳩興在桑其子七兮淑人君子其儀一兮其儀一兮心如結兮一章

鳲鳩在桑其子在梅淑人君子其帶伊絲其帶伊絲其弁伊騏二章

鳲鳩在桑其子在棘淑人君子其儀不忒其儀不忒正是四國三章

全詩皆美唯末句含諷刺意

鳲鳩在桑，其子在榛。淑人君子，正是國人。正是國人，胡不萬年。

右鳲鳩四章，章六句。小序謂刺不壹，詩中純美，無刺意。或謂美振鐸，或謂美公子臧，皆無確据。何元子謂曹人美晉文公之復曹伯，亦以周王策命中有「王謂叔父，敬服王命，以綏四國」之語耳。姚氏取之以爲意，雖鑿，頗有似處。然愚案：詩詞寬博純厚，有至德感人氣象，外雖表其儀容，內實美其心德，非歌頌功烈者比。晉之霸，晉之功耳，何德之有耶？且文公譎而不正，其復曹伯亦因疾爲筮史所誑，豈眞有德於曹者哉？此詩專重內德以頌晉文，何謂相似？至集傳則又謂美君子之用心均平專一，而不指爲何人，似亦不必深考之意。然詩卒章云「正是國人，胡不萬年」，則明明有其人在，非虛詞也。回環諷詠，非開國賢君未足當此故以爲矣振鐸之說者亦庶幾焉惜其編詩失次爲前後三詩所混故啓人疑若移置本風之首如衛之淇奧鄭之緇衣則義自明矣否則後人因曹君失德而追述其先公之德之純以刺之故曰胡不耆疑而問之之詞也以爲爾能正是國人胡不福爾子孫於億萬斯年不然頌其德矣何云胡不小序葢得其影響而未知其所以然也故特正之

〔集釋〕鳲鳩〔集傳〕鳲鳩秸鞠也亦名戴勝今之布穀也飼子朝從上下暮從下上平均如一也　如結〔金氏履祥〕曰如結言心不放　弁皮弁也　騏〔集傳〕騏馬之靑黑色者弁之色亦如此也

〔標韻〕七四質一同結九屑通韻　梅十灰絲四支騏同通韻　棘十三職忒同　國同本韻　榛十一眞人同年一先通韻

下泉　傷周無王不足以制霸也

洌彼下泉浸彼苞稂愾我寤歎念彼周京一章洌彼下泉浸彼苞蕭愾我寤歎念彼京周二章洌彼下泉浸彼苞蓍愾我寤歎念彼京師三章芃芃黍苗陰雨膏之四國有王郇伯勞之四章

右下泉四章章四句此與匪風同被大國之伐而傷周王之不能救已也夫天下有道則禮樂征伐自天子出天下無道則禮樂征伐自諸侯出今晉文入曹執其君分其田以釋私憾甯能使曹人帖然心服乎此詩之作所以念周衰傷晉霸也使周而不衰則四國有王彼晉雖強敢擅征伐又況承王命而布王恩者有九州之伯以制之昔者郇國之君嘗承是命治諸侯而有功矣而今不然也不能不愾然寤歎以念周京如苞稂之見浸下泉曰蕪沒而自傷耳詩意若此而序謂共公侵刻已屬懸揣

至集傳又謂王室陵夷而小國困弊尤爲泛泛皆未嘗卽其時勢而一論之也夫詩可以觀讀其詩不知其人不論其世而何觀之有哉

【集釋】冽寒也　下泉泉下流者也〔孔氏穎達〕曰釋水沃泉縣出縣出下出也李巡曰水泉從上溜下出此言下泉是沃泉也　苞草叢生也　稂童粱莠屬也〔陸氏璣〕曰禾秀爲穗而不成嶷嶷然謂之童粱今人謂之宿田翁或謂守田也〔孔氏穎達〕曰此稂是禾之秀而不實者故非灌溉之草得水而病　愾歎息之聲也　周京天子所居也　蕭蒿也　蓍筮草也〔許氏愼〕曰蓍蒿屬生千歲三百莖易以爲數天子蓍九尺諸侯七尺大夫五尺士三尺〔陸氏璣〕曰似藾蕭青色科生　芃芃美貌　郇伯〔集傳〕郇伯郇侯文王之後嘗爲州伯治諸侯有功〔季氏本〕曰郇雖文王之子所封而郇伯則其後也故鄭氏謂其爲文王子而集傳則改爲文王之後亦不知其爲何時人矣〔王氏應麟〕曰春秋釋地曰解縣西北有郇城左傳盟于郇說文國在晉地〔季氏㮚〕曰王制謂二百一十國爲州州有伯是九州中有九伯也

【標韻】稂七陽京八庚通韻　蕭二蕭周十一尤叶韻　蓍四支師同本韻

膏 號二十 勞 同 本韻

以上曹詩凡四篇 案是冊亦止四篇其一未詳可讀者三篇鳲則追美其先公德足以正人匪風則刺其君遠君子而近小人鳲制霸是時晉文正盛而陳氏乃謂曹之卒篇傷周無王不足以伯也何哉大抵曹檜二國形勢畧同其亡也亦相似匪風傷天下之無下泉均傷天下無王不足以制霸小國受害亦不能望其救采風者每於此觀世變焉讀詩者亦當於此反覆玩味則作詩者之眞意出卽刪詩者之微義亦無不顯矣

豳

集傳豳國名在禹貢雍州岐山之北原隰之野虞夏之際棄爲后稷而封於邰及夏之衰棄稷不務棄子不窋失其官守而自竄戎狄之間不窋生鞠陶鞠陶生公劉能復修后稷之業民以富實乃相土地之宜而立國於豳谷焉十世而太王徙居岐山之陽十二世而文王始受天命十三世而武王遂爲天子武王崩成王立年幼不能涖阼周公且以家宰攝政乃述后稷公劉之化作詩一篇以戒成王謂之豳風而後人又取周公所作及凡爲周公而作之詩以附焉豳在今邠州三水縣邰在今京兆府武功縣案豳僅七月一篇所言皆農桑稼穡之事非躬親隴畝久於其

首章衣食雙起為農民重務

以下四章皆跟衣字此章先言蠶事為女功之始

道者不能言之親切有味也如是周公生長世胄位居冢宰豈暇為此且公劉世遠亦難代言此必古有其詩自公始陳王前俾知稼穡艱難乏王業所自始而後人遂以為公作也至鴟鴞東山二詩乃為公作伐柯破斧九罭狼跋則又衆人為公而作之詩以其無所纂屬故班附七月後而就而各之曰豳凡以為公故也當季札請觀周樂時篇況本居齊後秦前不知何時移殿諸國之末意者夫子正樂手所親訂豳蓋夫子一生志欲行周公之道而不能故凡典籍之闕於公者必三致意焉且詩以風名有正不能無變既濟又當返湑天下清風無過農民此七月之詩所以必居變風之末若也其餘紛紛議論或謂豳公為諸侯故不得人周召之正風非美成王亦不得人成王之正雅又或謂君臣相諧不得為正故為變風居變風之末言變之可正也皆無稽妄誅悉不可從

七月陳王業所自始也

七月流火。（天時）九月授衣。（人事）一之日觱發。二之日栗烈。無衣無褐。（衣）何以卒歲。三之日于耜。四之日舉趾。同我婦子。饁彼南畝。（食）田畯至喜。一章

七月流火。九月授衣。春日載陽、有鳴倉庚、（物）女執懿筐、遵彼微行、（治蠶）爰求

問著懨媺之詞何等風韻

此言紡績成裳仍帶定公子字妙

此兼言田事集腋以成裘而獻豜于公忠愛之忱可見矣

此言卒歲可以禦寒完衣一面事而自五月以至十月一氣說下樸直之至然其體物微妙又何精緻乃爾

以下專言食

此章稿事正面後半兼及治屋

桒桑春日遲遲采蘩祁祁女心傷悲殆及公子同歸章二七月流火八月萑葦蠶月條桑取彼斧斨以伐遠揚猗彼女桑七月鳴鵙八月載績載玄載黃我朱孔陽為公子裳章三四月秀葽五月鳴蜩八月其穫十月隕蘀一之日于貉取彼狐狸為公子裘二之日其同載纘武功言私其豵獻豜于公章四五月斯螽動股六月莎雞振羽七月在野八月在宇九月在戶十月蟋蟀入我床下穹窒熏鼠塞向墐戶嗟我婦子曰為改歲入此室處章五六月食鬱及薁七月亨葵及菽八月剝棗十月穫稻為此春酒以介眉壽七月食瓜八月斷壺九月叔苴采荼薪樗食我農夫章六九月築場圃十月納禾稼黍稷重穋禾麻菽麥嗟我農夫我稼既同上入執宮功晝爾于茅宵爾索綯亟其乘屋其始播百穀章七二之日鑿冰沖沖三之日納

至此農功既畢可以獻羔薦廟登堂稱觥田家之樂無踰此矣

于凌陰四之日其蚤獻羔祭韭九月肅霜十月滌場朋酒斯饗曰

避暑文法變換

殺羔羊躋彼公堂稱彼兕觥萬壽無疆八章

結語堂皇莊重不佻

右七月八章章十一句此詩之佳盡人能言其大旨所關則王氏云仰觀星日霜露之變俯察昆蟲草木之化以知天時以授民事女服事乎內男服事乎外上以誠愛下下以忠利上父父子子夫夫婦婦養老而慈幼食力而助弱其祭祀也時其燕饗也簡數語已盡其義無餘蘊矣唯周禮籥章幽雅幽頌之說一詩而分三體無人能言鄭氏乃三分此詩以當之以其道情思者爲風正禮節者爲雅樂成功者爲頌自一章至二章風也自三章四章五章至六章之半雅也又自六章之半至七章八章頌也天下豈有此文義亦豈有此籥章無文義則無音節無音

節則不成篇章故王氏不取朱子亦疑之是矣然又以爲或者
但以七月全篇隨事而變其音節或以爲風或以爲雅或以爲
頌如又不然則雅頌之中凡爲農事而作者皆可冠以豳號愈
疑愈遠愈辯愈支愈無是處總以誤讀周禮之過周禮僞書本
不足信諸儒又泥其辭而不敢辯至謂本有是詩而亡之則無
中生有滋人以疑謬孰甚焉夫詩之分風雅頌三體本不相混
而七月一詩實兼風雅頌三體而無或遺但非截然判而爲三
之謂乃渾然合而成一之謂也何以言之曰風者諷也上以風
化下下以風刺上言者無罪聞者足戒今七月所述皆豳俗而
陳於王前則足以知戒非風體乎曰雅者正也言王政之所由
廢興也今七月所陳又農功之緩急即王政之先務非有近於

雅乎至於頌則曰美盛德之形容以其成功告於神明者也今七月卒章農功既畢獻羔祭韭躋堂稱觥其頌禱君親以致敬神明者何如不又可以爲頌乎此一詩而兼三體之說在風詩中實爲變體故又曰變風詩以體變非風因俗變也厥旨甚明格亦易辨何至三千餘年竟無一人道及此耶夫詩有變體不獨風爲然也雅亦有之頌亦未嘗不有之小雅蓼蕭湛露雅兼乎風者魯頌有駜泮水頌又兼乎風也雅頌可兼風體風詩獨不可兼雅頌乎知乎此可以讀雅頌變體亦可以讀風詩變體矣可以讀風詩變體然後可以讀一詩而兼三體之變風矣獨是此體在三百篇中不可多覯非惟雅頌所無即風體亦絕無而僅有者也故以一詩而別爲一冊者未爲過也今玩其辭有

樸拙處有疎落處有風華處有典核處有蕭散處有精緻處有淒婉處有山野處有眞誠處有華貴處有悠揚處有莊重處無體不備有美必臻晉唐後陶謝王孟韋柳田家諸詩從未見臻此境界姚氏際恆云鳥語蟲鳴草榮木實似月令婦子入室茅綯升屋似風俗書流火寒風似五行志養老慈幼躋堂稱觥似庠序禮田官染職狩獵藏冰祭獻執功似國典制書其中又有似采桑圖田家樂圖食譜穀譜酒經一詩之中無不具備洵天下之至文也此雖末節無關要旨然亦足見三代聖哲胸羅萬象筆有化工不求奇而自奇云

【附錄】姚氏際恆曰此篇首章言衣食之原前段言衣後段言食二章至五章終前段言衣之意六章至八章終後段言食之意人皆知之矣獨是每章中凡爲正筆閒筆人未必細檢而知之也大抵古人爲文正筆處少閒筆處多蓋以正筆不易討

好討好全在閒筆處亦猶擊鼓者注意于旁聲作繪者留心于畫角也古唯史記得此意所以傳于千古此首章言衣食之原所謂正筆也二章至五章言衣中唯載玄載黃我朱孔陽二句爲正筆餘俱閒筆二章從春日鳥鳴寫女之採桑自執懿筐起以至忽地心傷描摹此女盡態極妍後世咏採桑女作閨情詩無以復加使讀者竟忘其爲言衣食爲王業之本正意也三章曰條桑曰遠揚曰女桑寫大小之桑並採無遺與上章始求柔桑境界又别何其筆妙雖正寫玄黃朱成曰爲公子裳仍應上公子閒情别趣溢于紙上而章法亦復渾然八月載績一句言麻古絲麻並重也此又爲補筆四章則由衣裳以及裘以及田獵閒而又閒遠而益遠五章終之以改歲入室與衣若相關若不相關自五月至十月寫以漸寒之意筆端尤爲超絶妙在只言物使人自可知人物由在野而至入室人亦如此也兩入字正相照應六章至八章言食中唯九月築場圃十月納禾稼黍稷重穋禾麻菽麥四句爲正筆餘俱閒筆六章分寫老壯食物凡菜豆瓜果以及釀酒取薪靡不瑣細詳述機趣横生然須知皆是佐食之物非食之正品也故爲閒筆七章稼同以後併及公私作勞仍點播百穀三字以應正旨八章併及藏冰之事與食若不相關若相關而終之以田家歡樂尊君親上口角津津然使人如見豳民忠厚之意至今猶未泯也　以上總論全篇用筆作法　孔氏穎達曰民之大命在温與飽八章所陳皆論衣服飲食首章爲其總要餘章廣而成之絲麻布帛衣服之常

故蠶績爲女功之正皮裘則其助黍稷菽麥飲食之常故禾稼爲男功之正菜果則其助養蠶時節易過恐失其時殷勤言之故二章三章皆言養蠶之事耕稼者一年之事非時月之功民必趨時不假深戒首章已言其始七章畧言其終不復說其步耨耘耕之事故男功之正少女功之正多也絲麻之外唯有皮裘可衣者少黍稷之外果瓜之屬可食者多故男功之助多女功之助少也先公之教急於衣食四章之末說田獵習戎卒章之初說藏氷禦暑非衣食之事而言之者廣述先公禮教具備也閉於政事然後饗燕卒章說飲酒之事得其次也以上統論全詩賓主次序詳畧之殊

首章　朱氏善曰三陰之月陰氣始盛故於是而預爲禦寒之備三陽之月陽氣始盛故於是而豫爲治田之備先衣而後食故以七月爲首也夫寒之候在於丑月而圖之於建申之時收成之候在於酉月而慮之於建寅之日其爲豫備可知若寒至而後索衣飢至而後索食則其爲計亦踈矣

三章　朱氏善曰上章於春日而求桑以養蠶爲今年授衣計也此章於八月萑葦既成而豫蓄之以爲曲薄爲明年養蠶計也上章求穉桑以養其始生者采白蒿以洗其未生者此蠶事之始也此章於桑之大者條取之桑之小者猗取之蠶盛而大小畢取此蠶事之成也蠶事既成又於鳴鵙之候而績其麻以爲布葢蠶之所成者可以供老疾給婚嫁奉君上而已非績麻以爲布則固無以爲少者壯者之供也蠶績一皆成然後染之且以供上而爲公子之裳其風俗之厚如此豈

日之積哉　五章〔朱氏善曰〕感時物之屢變盡人事之當爲豳民於衣食之奉必先老而後幼先貴而後賤獨於改歲入室則老幼貴賤同之所以廣其愛也　六章〔朱氏善曰〕果酒嘉蔬非不可以及少也而供老疾奉賓祭之意多瓜瓠苴荼老者未必不食也而不可以爲常於以見食稻食肉乃老者之常而果酒嘉蔬則又於常食之外專以此致其助有常食以養之而又有美味以助之此豳人之老所以無凍餒也歟　七章〔朱氏善曰〕稼之既同若可以少休也而即念夫邑居之當脩屋之方乘若可以少緩也而復念夫農功之當始於其築而納之也有以見其歡欣鼓舞之意於其亟而乘之也有以見勸勉戒飭之意事有始終而其憂勤艱難則無間於始終此所以爲厚也歟　八章〔朱氏善曰〕鑿冰藏冰其供上役也爲甚勤肅霜滌場其畢農功也爲甚速故開冰也獻羔祭韭以薦寢廟君既得以致其誠孝於神其務閑也殺羊舉酒而祝其壽民復有以致其忠愛於君可謂上下相親之甚矣〔輔氏廣曰〕以介眉壽祝其親也萬壽無疆祝其君也周之先公以農桑教民而使民給足於衣食然未嘗以爲惠也周之民亦自力於農桑之事以樂其生至於歲終休暇之時殺羊爲酒祝君之壽以致其尊君親上之誠亦未嘗以爲是足報其上也上以誠愛下下以誠事上而兩不知其所以然此所謂皡皡也　以上分論各章義旨

〔集釋〕七月〔集傳〕七月斗建申之月夏之七月也後凡言月者放此〔章氏潢曰〕七月流火之詩周公訓告成王而作也

汪云夏七月也蓋火心星退於七月萬古不易雖欲不謂之爲夏正不可得也但以七月流火爲夏之七月則三百篇凡所云時日皆當謂爲夏正而詩卽謂之爲夏詩斯可矣如以周之詩咏夏之時此章歸諸邠公猶近似也然則二月初吉四月維夏六月徂暑六月棲棲十月之交將以爲夏之時乎抑周之時乎要皆因周正建子之說誤之也非周正不建子也特改歲于建子之月以易乎朝會之期耳而其時與月未之改也春不可以爲冬秋不可以爲夏天固不能改乎時與月而聖人曆象日月星辰敬授人時雖欲改月與時以令臣民而有不能也曾謂之武王周公有是事哉且不必他有所證試卽七月一章觀之三之日于耜四之日舉趾春日載陽蚕月條桑四月秀葽五月鳴蜩六月食鬱及薁七月亨葵及菽八月載績九月築場圃十月納禾稼一之日于貉二之日其同十二月中天時人事恐前乎周而唐虞夏商後乎周而秦漢唐宋莫不然也曾謂周而獨不然乎先儒固以此爲夏之時也然第五章曰爲改歲入此室處夫以十月而入執宮功將入此室處想夏時亦然豈夏時亦改歲于十一月之終歟咏而玩之似不必謂夏正也明矣知周特改歲于十一月而未嘗改月與時豈特七月流火九月授衣不當謂之爲夏正而三百篇如六月棲棲十月之交諸篇俱可無疑也

[案]此說論周改歲不改月頗有見然詩所咏自夏正也其曰火星退於七月萬古不易亦非舛見後

流火[集傳]流下也火大火心星也以六月之昏加於地之南方至七月之昏則下而之

西流矣〔劉氏瑾曰〕堯典云日永星火以正仲夏蓋堯時仲夏日在鶉火故昏而大火中及周公攝政時凡一千二百四十餘年則歲差當退十六七度故六月而後日在鶉火大火昏中七月則日在鶉首而昏時大火西流於地之未位然此詩上述豳俗乃當夏商之時而言七月流火者蓋據周公時所見而言耳〔案〕此則章氏火星退於七月之說大謬**一之日**〔集傳〕一之日謂斗建子一陽之月**二之日**〔集傳〕二之日謂斗建丑二陽之月也變月言日言是月之日也後凡言日者放此**觱發**風寒也**栗烈**氣寒也**褐**毛布也**卒歲**歲之終二之日也**于**往也**耜**田器也于耜言往修田器也**舉趾**舉足而耕也**饁**餉田功也**田畯**田官也〔孔氏穎達曰〕釋言云畯農夫也孫炎曰農夫田官也〔郭璞曰今之嗇夫是也然則官選俊人主田謂之田畯典農之大夫謂之農夫以王者尤重農事知其爵為大夫也**倉庚**黃鸝也**懿**深美也**遵**循也**微行**小徑也**蘩**白蒿也**祁祁**衆多也**公子**〔集傳〕公子豳公之子也蓋是時公子猶娶於國中而貴家大族連姻公室者亦無不力於蠶桑之務故其許嫁之女預以將及公子同歸而遠其父母為悲也〔輔氏廣曰〕舊說以女心傷悲為感春陽之氣而然則失之褻以殆及公子同歸為欲與公之女同歸則又失之僭且於下為公子裳為公子裘有碍故先生不取而以為許嫁之女預以將及公子同歸為憂而遠其父母為悲也不唯見當時風

俗之厚而又於下文皆可通也〔姚氏際恒曰〕公子豳公之子乃女公子也此採桑之女在豳公之宮將隨女公子嫁爲媵故治蠶以備衣裝之用而于採桑時忽然傷悲以其將及公子同于歸也如此則詩之情境宛合從來不得其解且寫小兒女無端哀怨最爲神肖或以爲春女思男何其媟慢或以爲悲遠離父母又何其板腐哉案數說皆泥讀公子字而未嘗體會殆及神吻也以公子爲女公子是女字爲後人所添非詩之所謂公子也以此女爲許嫁之女則采蘩祁祁女子衆多焉知其誰爲許嫁而誰非許嫁人耶且恐其將與女公子同賦于歸則所與者不過一二人豈舉國採桑諸女盡爲媵妾哉諸儒欲求其解不得於是多方擬議婉轉以求合經文皆以辭而害意也曰公子者詩人不過代擬一女心中之公子其人也曰殆及者或然而未必然之詞也女當春陽閒情無限又值採桑倍惹春愁無端而念及終身無端而感動目前不知後日將以公之公子爲歸耶抑別有謂于歸者在耶此少女人人心中所有事卻不爲褻此亦非爲僭王政不外人情非如後儒之拘滯而不通也且著此句於田野樸質之中愈見丰神搖曳可以化舊爲新而無塵腐氣亦文章中之設色生姿法耳又何必沾沾辯其爲男爲女公子耶

萑葦卽蒹葭也〔毛氏萇曰〕薍爲萑葭爲葦豫畜萑葦可以爲曲也

蠶月治蠶之月三月也〔劉氏瑾曰〕蠶月雖不可指定某月然其既條取大桑復猗取女桑大約當在建辰之月蠶盛之時先儒或疑此詩獨闕三月蓋已具於蠶月之間

矣條桑枝落之采其葉也斧斨〔集傳〕斧隋銎斨方銎〔陸氏德明〕曰隋孔形狹而長銎說文云斧孔也〔孔氏穎達〕曰斨其斧也唯銎孔異耳〔案〕隋駝妥二音銎音穹遠揚遠枝揚起者也猗取葉存條曰猗女桑小桑也鵙伯勞卽題鴂也績緝也玄黑而有赤之色朱赤色陽明也葽草名〔王氏應麟〕曰四月秀葽諸儒不詳其名惟說文引劉向說以爲苦葽曹氏以爾雅本草證之知其爲遠志蜩蟬也〔孔氏穎達〕曰方言曰楚謂蟬爲蜩宋衞謂之蟪蜩秦晉謂之蟬是蜩蟬一物方俗異名耳穫禾之早者可穫也隕墜也蘀落也于貉音鶴本作貈〔正字通〕貉似貍銳頭尖鼻斑色毛深厚溫滑可爲裘〔淮南子〕貛貉爲曲穴〔姚氏際恆〕曰于貉猶上下之于耜于茅先言于貉者往取貉也鄭氏謂搏貉以自爲裘狐狸以共尊者是也〔集傳〕曰貉狐狸也不惟貉非狐狸狐與狸亦別稚子皆知乃以貉狐狸三者爲一物有此格物否且若曰往取狐狸又曰取彼狐狸亦無此重疊文法也公子裘〔姚氏際恆〕曰爲公子裘應上爲公子裳〔按〕此二公子與上公子同歸之公子微有不同蓋上虛擬公子名色此實指公家衆公子也爲裘爲裳何不以奉君公而必以奉公子蓋公子爲公所鍾愛者也言公子則公心尤悅且野人獻忱不敢直達君上聊以奉諸公子其口吻固如是耳纘繼也豵一歲豕也豜三歲豕也斯螽莎雞蟋蟀〔毛氏萇〕曰斯螽蚣蝑也莎雞羽成而振訊之〔陸氏璣〕曰莎雞如蝗而斑色

毛翅數重，其翅正赤，六月中飛而振羽，索索作聲。〔嚴氏粲〕曰：蟋蟀，促織也。解見唐蟋蟀。〔集傳〕：斯螽、莎鷄、蟋蟀，一物隨時變化而異其名。動股始躍而以股鳴也，振羽能飛而以翅鳴也。〔姚氏際恆〕曰：集傳云斯螽、莎鷄、蟋蟀一物隨時變化而異其名。按陸璣云：斯螽，蝗類，長而青，或謂之蚱蜢。莎雞色青褐，六月作聲如紡緯，故又名絡緯，今人呼紡績娘。若夫蟋蟀，則人人識之，幾曾見三物爲一物之變化乎？且月令六月蟋蟀居壁，詩言六月莎雞振羽，二物同在六月，經傳有明文，何云變化乎？依其言，則必如詩五月之斯螽，六月變爲莎雞，七月變爲蟋蟀，螯螯一月一變乃可，世有此格物之學否？〔案〕三蟲皆眼前微物，何格物一家竟不能格耶？

穹 空隙也。**窒** 塞也。**向** 北出牖也。**墐** 塗也。**改歲** 〔案〕改歲之說已見上七月章氏注，然愚謂周不惟不改時與月，且並不改歲，蓋改建於孟春之月耳。夫時首孟春，萬古不易，斗柄指辰，隨時變更，周孟春斗末指子而遽建子，故不得爲時之正。若改正於仲冬，不獨時令不合，即農功亦錯，何以敬授人時耶？而此之云改歲，則姚氏際恒云改歲者以冬成也。今人于孟冬便有徂年傷暮之思，古今一也，其說近是，餘俱穿鑿附會，不可從。

鬱 棣屬。**薁** 蘡薁也。〔孔氏穎逵〕曰：鬱，棣屬者，是唐棣之類屬也。其樹高五六尺，其實大如李，正赤，食之甜。蘡薁者，亦是鬱類而小別耳。二者相類而同時熟，故言鬱薁也。

葵 菜名。**菽** 豆也。**剝** 擊也。**介** 助也。**眉壽** 豪眉也。人年老者必有豪眉秀出者，故知眉謂豪眉也。**壺** 瓠也。**叔**

集傳叔拾也姚氏際恆曰叔當訓收聲之轉也**苴**麻子也**荼**苦菜也**樗**惡木可爲薪也**禾**集傳禾者穀連藁秸之總名禾之秀實而在野曰稼先種後熟曰重後種先熟曰穋再言禾者稻秫苽粱之屬皆禾也孔氏穎達曰禾是大名非徒黍稷重穋四種而已麻與菽麥則無禾稱故於麻麥之上更言禾字以總諸禾也許氏謙曰麥非納於十月蓋總言農事畢耳**同**聚也猶言所納之備也**宮功**姚氏際恒曰上入執宮功治邑居也亟其乘屋治野廬也集傳謂二畝半爲廬在田二畝半爲宅在邑非冢氏益曰周禮地官均人職凡均力政以歲上下豐年則公旬用三日焉中年則公旬用二日焉無年則公旬用一日焉案後說亦可參觀**索**繩索也**綯**爾雅絞也**乘**升也**鑿冰**集傳鑿冰謂取冰於山也沖沖鑿冰之意周禮正歲十二月令斬冰是也**納**集傳納藏也藏冰所以備暑也**陵陰**冰室也蘇氏轍曰古者藏冰發冰以節陽氣之盛夫陽氣之在天地譬如火之著於物也故常有以解之十二月陽氣蘊伏錮而未發其盛在下則納冰於地中至於二月四陽作蟄蟲起陽始用事則亦始啓冰而廟薦之至於四月陽氣畢達陰氣將絕則冰於是大發食肉之祿老病喪浴冰無不及是以冬無愆陽夏無伏陰春無淒風秋無苦雨雷出不震無災霜雹癘疾不降民不夭札也**蚤**蚤朝也**韭**菜名**獻羔**月令仲春獻羔開氷先薦寢廟是也**朋酒**姚氏際恆曰朋酒毛傳曰兩樽曰朋以鄉飲酒禮云尊兩壺于

房戶間有玄酒是用兩樽也案般世質朴不知已有此禮否而郊民尤處田野亦未必備設兩樽其云朋酒當是朋儕為酒乃歲時伏臘田家㒜氏際恒曰公堂毛傳謂學校近是蓋般作苦之意耳公堂曰序幽公國中亦必有之農人躋堂稱觥以慶君上非必至幽公之堂也

標韻 火哿二十 衣五微叶上聲 叶韻 發六月 烈九屑 褐七曷 歲八霽如雪讀 叶韻 耜四紙 趾 子 喜並同 本韻 陽七陽 庚八庚 筐 行 桑並七陽 轉韻 遲四支 祈五微 悲支 歸微 通韻 火見上 葦五尾 叶韻 桑陽 斯 揚 桑並同 本韻 鵙十二錫 績同 本韻 黃七陽 陽 裳並同 本韻 葽二蕭 蜩同 本韻 穫十藥 蘀 貉並同 本韻 貍四支 裘十一尤 叶韻 同一東 功 豵 公並同 本韻 股七麌 羽同 野二十一馬 宇麌 戶同 下馬 鼠六語 戶上同 子四紙 處語 叶韻 薁一屋 菽同 本韻 棗十九皓 稻同 本韻 酒二十五有 壽二十六宥 叶韻 瓜六麻叶音孤 壺七虞 苴六魚 樗同 夫虞 叶韻 圃麌 稼二十二禡 叶韻 穋

首章悔已往之過次章戒未來之禍以下極言締造乎亂之難如聞鸛鳥悲鳴恆有毀巢破卵之懼其自警者深矣

一屋叶六直反麥十一陌叶韻　同東功同本韻　茅三肴綯四豪通韻　屋一屋穀同本韻　冲東陰十二侵叶於容反叶韻　蚤十九皓韭二十五有叶韻

霜陽場同饗叶虛良反羊陽堂同觥庚疆陽叶韻

鴟鴞　周公悔過以儆成王也

鴟鴞鴟鴞旣取我子無毀我室恩斯勤斯鬻子之閔斯一章迨天之未陰雨徹彼桑土綢繆牖戶今此下民或敢侮予二章（全詩主意在此二句）予手拮据予所捋荼予所畜租予口卒瘏曰予未有室家三章予羽譙譙予尾翛翛予室翹翹風雨所漂搖予維音嘵嘵四章（此詩純用比體）

右鴟鴞四章章五句序謂周公救亂也成王未知周公之志公乃爲詩以遺王蓋本金縢爲文辯說以爲最有据而從之唯弗辟之說初依古注後覆蔡沈書又改從鄭氏讀辟作避云三叔

方流言周公處骨肉之間豈應以片言半語遽然興師以征之又謂成王方疑周公公固不應不請而自誅之請亦未必見從未又引舜避堯之子禹避舜之子以證此避字無論金縢僞書不足信卽使足信亦無周公退避之說夫周公之攝政也以成王幼未能行政故也三叔流言乃以殷畔後事非未畔之初卽有流言也使未畔而有流言公豈倘使以監殷乎起而征之公但知誅畔者耳非爲流言遽誅懿親也公之東征安知非請命而後行耶觀後漢諸葛武侯兩次出師表而後行卽知公必非不請而擅自出征也以後主庸材不敢致疑武侯豈成王睿知又有奭召二公夾輔其間乃反致疑於公乎乃知王未知公志公乃爲詩以遺王者皆後人以私意測聖心而爲此不經之談

者也又況王方襁褓政攝自公東征還後仍秉國政歐陽氏辯之詳矣至於舜禹之避時勢迴不相同詎得以例周公蓋一處順境故讓以成德一處危時故勢以建功豈以區區退避爲聖德之大歟若夫金縢僞書其可疑者大要有三袁氏枚云孔子曰不知命無以爲君子又曰某之禱久矣三代聖人夭壽不貳武王不豫命也豈太王王季文王之鬼神需其服事哉以身代死古無此法後世村巫里媪之見則有之矣廣陵王胥曰死不得取代庸身自逝周公豈廣陵之不若哉一也又曰周公既不告廟而私禱矣武王已瘳已身無恙公之心已安公之事已畢此私禱之冊文焚之可也藏之私室可也乃納之於太廟之金縢預爲日後邀功免罪之計其居心尚可問乎禮祝嘏詞說藏

於宗祝是謂幽國豈周公有所不知而躬蹈之乎二也又曰爾汝者古人挾長之稱而圭璧者所以將敬之物也公呼先王爲爾不敬自夸材藝不謙終以圭璧要之不順若曰許我則以璧與圭不許我則屏璧與圭如握果餌以劫嬰兒旣驕且吝慢神蔑祖而太王王季文王甘其爾汝之稱又貪其圭璧之誘於昭於天者何其啓寵納侮之甚也三也其餘稱名築壇諸多違禮悖德之事又可勿論然則公之誅管蔡亦非信史歟曰曷可以無信也昔者王孫賈嘗以是問諸孟子矣孟子應之曰然然則周公實錄莫孟子若也金縢蓋竊其文而益以祝詞並雷風感悟之說以新人耳目耳而豈知其誣公之甚耶夫天下唯聖人爲能知聖人也孟子不云乎周公弟也管叔兄也周公之過不

亦宜乎周公之誅管蔡周公之不得已也我知公心旣傷且悔唯有引咎自責並望成王以戒將來勿謂罪人斯得遂可告無罪於先王也蓋骨肉相殘不祥孰甚叛服無常可慮方深今此下民或尚有能侮予如前日事者予可不倍加憂懼爲未雨之綢繆耶此鴟鴞之詩所由作也故其詞悲而志苦情傷而戒切託爲鳥言感人愈深王之迎公固不待天雨反風禾則盡起而後悟矣何諸儒所見從未逮此予不能不反覆吟咏致慨於其際焉

【集釋】鴟鴞【集傳】鴟鴞鵂鶹惡鳥攫鳥子而食者也【爾雅】釋鳥鴟鴞鸋鴂【郭璞】注鴟類【呂氏】大臨曰鴟鴞惡聲之鷙鳥也有鴞萃止翩彼飛鴞爲梟爲鴟蓋梟之類 恩情愛也 勤篤厚也 鬻養也 閔憂也 迨及也 徹取也 桑土桑根也 綢繆纏綿也 拮据手口共作之貌 捋取也 荼萑苕可藉巢者也 蓄積也 租【王氏】安石

歷寫未歸景物荒涼已甚

曰與租賦之租同蓋鳥食也　卒盡也　瘏病也　譙譙殺也　翛翛敝也　翹翹危也　嘵嘵急也

標韻　予四紙　室四質　叶韻　勤十二文　閔十一軫叶眉貧反　叶韻　雨七麌　土戸

予六語　逼韻並同　据六魚　荼七虞　租　瘏並同　家六麻叶古胡反　叶韻　譙二蕭　翛　翹

搖　嘵並同　本韻

東山　周公勞歸士也

我徂東山慆慆不歸我來自東零雨其濛我東曰歸我心西悲制（虛冒下文上半）彼裳衣勿士行枚蜎蜎者蠋烝在桑野敦彼獨宿亦在車下一章（此言夫念婦）我徂東山慆慆不歸我來自東零雨其濛果臝之實亦施于宇伊威在室蠨蛸在戶町畽鹿場熠燿宵行亦可畏也伊可懷也二章（此言婦念夫皆為末章地）我徂東山慆慆不歸我來自東零雨其濛鸛鳴于垤婦歎于室洒掃穹室我征聿至有敦瓜苦烝在栗薪自我不見于今三年三章（頓住鎖上一筆情韻悽然）我徂東

曾以既歸情事室家團圞幽豔乃爾

山慆慆不歸我來自東零雨其濛倉庚于飛熠燿其羽之子于歸皇駁其馬親結其褵九十其儀其新孔嘉其舊如之何四章

姚云應前獨宿婦嘆

右東山四章章十二句此周公東征凱還以勞歸士之詩小序但謂東征則與詩情不符大序又謂士大夫美周公而作尤謬詩中所述皆歸士與其室家互相思念及歸而得遂其生還之詞無所謂美也蓋公與士卒同甘苦者有年故一旦歸來作此以慰勞之因代述其歸思之切如此不啻出自征人肺腑使勞者聞之莫不泣下則平日之能得士心而致其死力者蓋可想見朱氏善曰聖人之所以能感人者以其以己之心度人之心而天下之人亦樂於效力而不患上之不我知也東山之詩述其歸而未至也則凡道途之遠歲月之久風雨之陵犯饑渴之

困頓褻衣之久而垢敝室廬之久而荒廢室家之久而怨思皆其心之所苦而不敢言者我則有以慰勞之及其歸而既至也則覩天時之和暢聽禽鳥之和鳴而人情和悅適與景會舊有室家者其既歸而相見固可樂未有室家者其既歸而新昏尤可樂此皆其心之願而不敢言者我則有以發揚之莫苦於歸而在途之時而上之人能與之同其憂莫喜於歸而相見之時而上之人能與之同其樂樂以天下憂以天下然而不王者未之有也其是之謂歟此可謂善說詩矣然非公曲體人情勤恤民隱何能言之親切如此而姚氏謂非公作嗚乎非公之作而孰作之乎假使此詩出於旁代之手則不過一篇從軍行漢鐃歌而已烏足以見聖德之感人於無間哉

【集釋】東山嚴氏粲曰三監在周之東周公自西徂東以征之軍屯必依山爲固故以東山言之慆慆言久也
零落也濛微也雨裳衣程子曰治歸裝也勿士行枚鄭氏康成曰士事也枚如箸銜之有繣結項中
以止語也蜎蜎動貌蠋集傳蠋桑蟲如蠶者也烝發語辭敦獨處不移之貌果臝栝樓也施延也
伊威鼠婦也陸氏佃曰爾雅曰伊威委鼠一名鼠婦亦曰鼠負因濕化生今俗謂之濕生蠨蛸小蜘蛛也陸氏佃曰
釋蟲云蠨蛸長踦郭璞曰今小蜘蛛長股者俗呼喜子亦如蜘蛛布網垂絲著人衣當有親客至荊州河內人謂之喜母
町畽董氏逌曰區種法曰伊尹作爲區田一畝之中地長十八丈分十八丈作十五町町間分十四道通人行畽爲田里
所聚鹿場町畽無人故鹿得以爲場熠燿宵行姚氏際恒曰熠燿宵行夜行也人人知之集傳因下熠燿其羽
遂疑熠燿非蟲而以宵行當之既以蟲名爲辭語而又自迸一蟲名甚奇楊用修已極騃之謂下熠燿其羽言倉庚猶小雅交
交桑扈有鶯其羽用字法也〔案〕宵行固非蟲熠燿亦非螢乃螢之光耳舉其光而螢自見亦以爲眼前物人易知耳不料諸老
先生之竟不知也豈不爲詩人所暗晒耶鸛水鳥也陸氏璣曰鸛鸛雀也似鴻而大長頸赤喙白身黑翅垤小丘也
皇馬色黃白曰皇駁馬色騮白曰駁縭孔氏穎達曰釋器云婦人之褘謂之縭縭綏也孫炎曰褘帨巾也〔案〕昏禮言結縭

縭則縭當是悅九十其儀集傳言其儀之多也

標韻 山十五刪歸五微二句無韻　東一東濛同本韻　歸微悲四支衣微枚十灰通韻　蠋二沃野二十一馬宿一屋下馬叶韻　宇七麌戶同本韻

場七陽行同本韻　畏五未叶於非反懷十灰叶韻　垤九屑室四質窒同至四寘叶韻　薪十一真年一先通韻　飛微歸同縭支儀同通韻　嘉六麻何五歌通韻

破斧　美周公伐罪救民也

比

既破我斧。又缺我斨。周公東征。四國是皇。哀我人斯。亦孔之將。一章

既破我斧。又缺我錡。周公東征。四國是吪。哀我人斯。亦孔之嘉。二章

既破我斧。又缺我銶。周公東征。四國是遒。哀我人斯。亦孔之休。三章

右破斧三章章六句此四國之民望救於公如大旱之遇雲霓

也蓋三叔挾殷以畔其民陷於叛逆莫能自拔也久矣一旦得覩旌旗拯民水火非惟四國疆土有所匡固卽我小民亦保全良多使非公奉辭伐罪親賦東征烏能收功立效之速如是乎夫罪人肆毒何所不至旣播流言破毀我周公又將犯關危逼我嗣王如彼盜器者然破我斧矣又缺我斨是先損我利器使無所用其力而業自廢耳則其爲罪可勝誅哉此固四國人民歸美周公形爲歌詠之作然而公之心則大公無我只知惟逆是誅非爲流言啓釁奈何後世儒者動以被謗東征師出有名爲議自謂能得公心之大嗚乎是豈知公心之大者哉

【集釋】斧斨 解見七月篇 四國〔姚氏際恒曰〕四國商與管蔡霍也毛氏謂管蔡商奄非也其時奄已封魯矣集傳謂四方之國何元子曰書多方篇曰告爾四國多方旣于四國之下復言多方則四國非泛指四方明矣 皇 匡也董氏

〔述〕〔曰〕齊詩作四國是匡賈公彥引以爲據將大也錡鑿屬吪化也〔李氏樗曰〕化其惡而使知之爲善也嘉善也錻木屬遒〔孔氏穎達曰〕遒訓爲聚亦堅固之義釋詁云遒斂聚也言四國之民於是斂聚不流散也休美也

〔標韻〕斨七陽皇將並同本韻　錡四支叶巨何反吪五歌嘉六麻叶韻　錻十一尤

遒同休同本韻

伐柯　未詳

伐柯如何。匪斧不克。取妻如何。匪媒不得。一章伐柯伐柯。其則不遠。我覯之子。籩豆有踐。二章

右伐柯二章章四句此詩未詳不敢强解序以爲美周公周大夫刺朝廷之不知也夫周公之德之美他人不知奚召二公豈未之知乎况東征三年罪人斯得心已大白於天下雖在四國且有是皇是吪之歎獨於朝廷乃多疑議恐無是理斷不可信

且當日公雖東征權猶在手一朝凱撤朝廷奉迎之不暇何至遲留未歸猶煩周大夫之作詩以刺朝廷耶朱子初說亦用序義後以此詩難曉而我覯之子一句又與下章同故推求其意以爲東人欲見周公始難而終易而爲是深喜之詞然總作比看則與九罭之我覯之子一賦一比又相戾且皆非詩詞中所有意也姚氏際恒又以爲周人喜公還歸之詩曰籩豆有踐者言周公歸其待之之禮如此也亦含糊不可曉總之諸儒之說此詩者悉牽强支離無一確切通暢之語故寧闕之以俟識者

集釋　柯斧柄也　籩竹豆也　豆木豆也

標韻　克職十三　得同本韻　遠阮十三　踐銑十六　通韻

九罭　東人送周公西歸也

九罭之魚鱒魴我覯之子衮衣繡裳（章一）鴻飛遵渚公歸無所於女信處（章二）鴻飛遵陸公歸不復於女信宿（章三）是以有衮衣兮無以我公歸兮無使我心悲兮（章四）

右九罭四章一章四句三章章三句此東人欲留周公不得心悲而作是詩以送之也其意若曰九罭之魚乃有鱒魴朝廷之士始見衮裳今我東邑何幸而覯此衮衣繡裳之人乎無怪其不能久留於茲也夫鴻飛在天乃其常然時而遵渚遵陸特其暫耳公今還朝以相天子豈無所乎殆不復東來矣其所以遲遲不忍去者特爲女東人作信宿留也公於東人如此其誠東人於公當更何如夫是以想我東人之得覯此衮衣也我東人之大幸也然則何策而使朝廷無以我公西歸乎我東人庶得

長觀冠裳不至踰歧而心悲耳此與宋民之遷道擁留司馬相
公曰公無歸洛留相天子活百姓者同一出於至誠也使非上
下交孚何以得民若是乎詩意甚顯序乃不知殊可怪耳朱勝
翁雖能見及而訓釋詩義亦未暢明故特正之

〔[illegible]〕九罭 九囊網也〔孔氏穎達曰〕釋器云緵罟謂之九罭 九罭魚網也孫炎曰謂魚之所入有九囊也 鱒〔許氏謙曰〕爾雅翼鱒魚目中赤色一道橫貫瞳多獨行見網輒避 魴 見汝墳 袞衣繡裳〔集傳〕袞衣裳九章一曰龍二曰山三曰華蟲雉也四曰火五曰宗彝虎雉也皆繢於衣六曰藻七曰粉米八曰黼九曰黻皆繡於裳天子之龍一升一降上公但有降龍以龍首卷然故謂之袞也 遵 循也 渚 小洲也 信 再宿曰信

【標韻】魴七陽 裳同 本韻　渚語六 所 處同部 本韻　陸屋一 復 宿同部 本韻

衣微五 歸同 悲支四 通韻

狼跋 美周公也

狼跋其胡載疐其尾公孫碩膚赤舄几几 比 章一 狼疐其尾載跋其胡公孫碩膚德音不瑕 章二

右狼跋二章章四句解此詩者多牽涉成王不信周公愚殊不取已數辯之矣唯朱氏善曰物之累於形者其進退跋疐無所往而不病聖人之周於德者其進退從容無所往而不宜蓋臨大難而不懼處大變而不憂斷大事而不疑非道隆德盛者固不足以語此非常人所能及也數語頗能道得三代聖人氣象出乃是周公本色詩亦善於形容盛德曰公孫碩膚赤舄几几令人想見諸葛君綸巾羽扇指揮羣材從容得意時有此氣度也

【集釋】跋 躐也 胡 頷下懸肉也 載 則也 疐 跲也【李氏巡曰】跲卻頓曰疐【說文】曰跲躓也【集傳】老狼有胡進而躐

其胡則退而跆其尾孫音遜讓也碩大也膚美也赤舃冕服之舃也鄭氏康成曰舃有三等赤舃為上冕服之舃則諸侯與王同几几安重貌

標韻尾尾五几紙四通韻　胡虞七瑕麻六叶洪孤反叶韻

以上豳詩凡七篇案豳風僅七月一篇其餘皆附存耳文中子以豳為變風遂並謂周公諸詩君臣相誚不得為正非惟不知風詩變體且並不識聖人苦心夫豳詩之所以為變者以其一詩而兼三體非風正格故曰變也其變在格非變在事且七月與鴟鴞以下兩不相涉何一概論之耶至於東征事之變者也然非公之所及料也三叔懿親不使監殷孰與為監其流言毀謗乃畔者之常何損於公使成王終疑不悟公豈尚能東征以討其罪乎迨至三年罪人斯得縱有疑亦當釋然而猶謂終疑不悟必待雷風之變始感泣而迎公于郊者有是事哉吾不知諸儒之視成王為何如王而論周朝為何如朝皆金縢偽書有以誤之也孟子曰盡信書則不如無書吾於武成取二三策而已矣孟子之世武成尚不可全信況金縢之出自秦火後乎吾願諸儒讀書當以孟子為法則可無疑於周公之事而豳詩亦可讀矣若編次在雅前風後冀變之可以為正危之可以復安有非周公不可者則不列之

論云

詩經原始卷之八終　　　　　　　　　　隴州門人李沖霄校字

清同治本詩經原始

第一册

清 方玉潤撰

陝西省圖書館藏清同治十年隴東分署刊本

山東人民出版社·濟南

圖書在版編目（CIP）數據

清同治本詩經原始 /（清）方玉潤撰 .— 濟南 : 山東人民出版社，2024.3
（儒典）
ISBN 978-7-209-14282-3

Ⅰ．①清… Ⅱ．①方… Ⅲ．①《詩經》－詩歌研究
Ⅳ．① I207.222

中國國家版本館 CIP 數據核字（2024）第 037121 號

項目統籌：胡長青
責任編輯：劉一星
裝幀設計：武　斌
項目完成：文化藝術編輯室

清同治本詩經原始
〔清〕方玉潤撰

主管單位　山東出版傳媒股份有限公司
出版發行　山東人民出版社
出 版 人　胡長青
社　　址　濟南市市中區舜耕路517號
郵　　編　250003
電　　話　總編室（0531）82098914
　　　　　市場部（0531）82098027
網　　址　http://www.sd-book.com.cn
印　　裝　山東華立印務有限公司
經　　銷　新華書店

規　　格　16開（160mm×240mm）
印　　張　69.75
字　　數　558千字
版　　次　2024年3月第1版
印　　次　2024年3月第1次
ISBN　978-7-209-14282-3
定　　價　166.00圓（全四册）

《儒典》選刊工作團隊

學術顧問　杜澤遜　李振聚　徐　泳

項目統籌　胡長青

責任編輯　劉　晨　劉嬌嬌　張艷艷

呂士遠　趙　菲　劉一星

前言

中國是一個文明古國、文化大國，中華文化源遠流長，博大精深。在中國歷史上影響較大的是孔子創立的儒家思想，因此整理儒家經典、注解儒家經典，爲儒家經典的現代化闡釋提供权威、典范、精粹的典籍文本，是推進中華優秀傳統文化創造性轉化、創新性發展的奠基性工作和重要任務。

中國經學史是中國學術史的核心，歷史上創造的文本方面和經解方面的輝煌成果，大量失傳了。西漢是經學的第一個興盛期，除了當時非主流的《詩經》毛傳以外，其他經師的注釋後來全部失傳了。東漢的經解衹有鄭玄、何休等少數人的著作留存下來，其餘也大都失傳了。南北朝至隋朝興盛的義疏之學，其成果僅有皇侃《論語疏》幸存於日本。五代時期精心校刻的《九經》、北宋時期國子監重刻的《九經》以及校刻的單疏本，也全部失傳。南宋國子監刻的單疏本，我國僅存《周易正義》、《爾雅疏》、《春秋公羊疏》（三十卷殘存七卷）、《春秋穀梁疏》（十二卷殘存七卷），日本保存了《尚書正義》、《毛詩正義》、《禮記正義》（七十卷殘存八卷）、《周禮疏》（日本傳抄本）、《春秋公羊疏》（日本傳抄本）、《春秋正義》（日本傳抄本）。南宋兩浙東路茶鹽司刻八行本，我國保存下來的有《周禮疏》、《禮記正義》、《春秋左傳正義》（紹興府刻）、《論語注疏解經》（二十卷殘存十卷）、《孟子注疏解經》（存臺北『故宫』），日本保存有《周易注疏》《尚書正義》（凡兩部，其中一部被清楊守敬購歸）。南宋福建刻十行本，我國僅存《春秋穀梁注疏》、《春秋左傳注疏》（六十卷，一半在大陸，一半在臺灣），日本保存有《毛詩注疏》《春秋左傳注疏》。從這些情況可以看出，經書代表性的早期注釋和早期版本國内失傳嚴重，有的僅保存在東鄰日本。

鑒於這樣的現實，一百多年來我國學術界、出版界努力搜集影印了多種珍貴版本，但是在系統性、全面性和準確性方面都還存在一定的差距。例如唐代開成石經共十二部經典，石碑在明代嘉靖年間地震中受到損害，明代萬曆初年西安府學等學校師生曾把損失的文字補刻在另外的小石上，立於唐碑之旁。近年影印出版唐石經拓本多次，都是以唐代石刻與明代補刻割裂配補的裱本爲底本。由於明代補刻采用的是唐碑的字形，這種配補本難以區分唐刻與明代補刻，不便使用，亟需單獨影印唐碑拓本。

爲把幸存於世的、具有代表性的早期經解成果以及早期經典文本收集起來，系統地影印出版，我們規劃了《儒典》編纂出版項目。

《儒典》出版後受到文化學術界廣泛關注和好評，爲了滿足廣大讀者的需求，現陸續出版平裝單行本。共收録一百十一種元典，共計三百九十七册，收録底本大體可分爲八個系列：經注本（以開成石經、宋刊本爲主。開成石經僅有經文，無注，但它是用經注本删去注文形成的）、經注附釋文本、纂圖互注本、單疏本、八行本、十行本、宋元人經注系列、明清人經注系列。

《儒典》是王志民、杜澤遜先生主編的。本次出版單行本，特請杜澤遜、李振聚、徐泳先生幫助酌定選目。

特此説明。

二〇二四年二月二十八日

目録

第一册

第二册

第三册

第四册

畢皋

西漁鴻

研堂珍札

同治辛未冬開
雕於隴東分署

詩經原始自序

詩三百篇編自何人昉於何代世遠年湮古無明文不可得而攷已顧或謂周公制禮作樂定二南爲化本因列國山川封域次國風列之樂官以導化移俗鄭氏元錫說是謂三百爲周公編也第攷之詩始自商太甲下迄陳靈在周定王初其時周公歿已數百餘年安得更次國風列之樂官耶卽朱文公亦云周公采文王之世風化所及民俗之詩被之筦弦以爲房中樂又謂得之國中者雜以南國之詩而謂之周南得之南國者則直謂之召南無論何彼穠矣爲東遷後作卽甘棠一詩亦屬召公身後事不識周公此時何坐明廷而與聞斯咏否耶朱子既以二南爲周公所采分繫周召之詩後又引小序曰關雎麟趾之化王者之風故繫之周公鵲巢騶虞之德諸侯之風也先王之所以教故繫之召公以爲斯言得之但采周公自采詩而自繫之不應以

王者之風屬已而以諸侯之風屬人且其時周王在上周公安得自命王者風乎種種紕謬均不可通或又謂古詩三千餘篇孔子刪之存三百五篇司馬遷說氏集傳承之遂謂孔子既不得位無以行帝王勸懲黜陟之政於是特舉其籍而討論之去其重複正其紛亂以從簡約而示久遠是又以三百之編屬孔子矣何紛紛無定解若是歟且孔子未生以前三百之編已舊孔子旣生而後三百之名未更吳公子季札來魯觀樂詩之篇次悉與今同惟豳次齊秦又次豳小異其時孔子年甫八歲迨杏壇設教恒雅言詩一則曰詩三百再則曰誦詩三百未聞有三千說也厥後自衛反魯年近七十樂傳旣久未免殘缺失次不能不與樂官師摯輩審其音而定正之又何嘗有刪詩說哉然則三百之編果何始也大抵古人載籍多不著撰人姓氏書雖斷自唐虞而著書之人無傳焉

詩縱博採列國而作詩之人亦無聞焉詩書作者名且不著況編
纂乎吾意陳靈世去孔子尚五六十年其間必有博學聞人高名
盛德之士應運挺生獨能精探六義分編四始以成一代雅音上
貢朝廷垂爲聲教故列國士夫莫不風雅相尚雖至聖如孔子亦
諄諄以二南爲家庭訓且爲之贊曰詩可以興可以觀可以羣可
以怨邇之事父遠之事君並多識於鳥獸草木之名也嗚乎盛矣
然而編詩之人夫子終不言也且夫古人爲學務重實行不事虛
聲如誦二南則識其爲風化所由始而得其倫行之正焉誦列國
則知其爲風俗所由變而察其治亂之幾焉誦二雅三頌則知其
爲宗廟朝廷之樂而深體其政治得失與夫人物賢否以及功德
隆替焉其他文詞工拙訓詁詳畧在所弗論故作者之名不必問

而編纂之人無由詢日唯事諷吟以心傳而口授涵濡乎六義之旨又復證以身心性命之微而已矣迨秦火既烈而僞序始出托名子夏又曰孔子唐以前尚無異議宋以後始有疑者歐陽氏鄭氏駁之於前朱晦翁辯之於後而其學遂微然而朱雖駁序朱亦未能出序範圍也唯誤讀鄭聲淫一語遂謂鄭詩皆淫而盡反之大肆其說以玷葩經則其失又有甚於序之僞託附會而無當者於是說詩門戶紛然爭起以爲傳固常獲咎風人也不如反而遵序故前之宗朱以攻序者今盡背朱而從序輾轉相循何時能已窮經之士莫所適從以致明季僞子貢傳復乘間而出乎其際則詩旨因之愈亂是皆集傳辯說有以啓之也嗚乎以夫子雅言無邪之旨自漢迄今未有達詁徒懸疑案於兩間而無一人焉起而

正之不大可痛而可惜哉愚少時讀詩至此未嘗不掩卷三嘆徒致憾於尼山正樂時也最後得姚氏際恒通論一書讀之亦旣繁徵遠引辯論於序傳二者之間頗有領悟十得二三矣而剖抉未精立論未允識微力淺義少辯多亦不足以鍼盲而起廢乃不揣固陋反覆涵泳參論其間務求得古人作詩本意而止不顧序不顧傳亦不顧論唯其是者從而非者正名之曰原始蓋欲原詩人始意也雖不知其於詩人本意何如而循文按義則古人作詩大旨要亦不外乎是書成以質萬子伯舒萬子作而嘆曰是非安異乎古人也乃詩中不容已之論耳蓋未有序時詩可以誦而無辯旣有序出詩必明辯而後誦此原始一書所由作也乃言於古扶風郡守李公勤伯觀察觀察固恒以誦詩不得其解爲憾者於是

亟邀同人助貲勸梓用公同好以爲二千餘年說詩疑案至是乃可以息喙而無爭耳余時唯唯退而黙然赧然無敢信亦無敢辭因書其端委如此云

同治辛未年小陽月朔日古滇方玉潤黙石氏書

詩經原始目録

中谷有蓷　兎爰　葛藟
采葛　大車　丘中有麻

鄭

緇衣　將仲子　叔于田
大叔于田　清人
羔裘　遵大路　女曰雞鳴
有女同車　山有扶蘇
蘀兮　狡童　褰裳　丰
東門之墠　風雨　子衿
揚之水　出其東門
野有蔓草　溱洧

卷第六

齊

雞鳴　還　著
東方之日　東方未明
南山　甫田　盧令
敝笱　載驅　猗嗟

魏

葛屨　汾沮洳　園有桃　陟岵
十畝之閒　伐檀　碩鼠

唐

蟋蟀　山有樞　揚之水
椒聊　綢繆　杕杜
羔裘　鴇羽　無衣　有杕之杜
葛生　采苓

卷第七

秦

陳

卷第八

檜

曹

豳

卷第九

小雅

鹿鳴之什

鹿鳴　四牡　皇皇者華
常棣　伐木　天保
采薇　出車
杕杜　魚麗

南陔之什

南陔　白華　華黍
南有嘉魚　南山有臺
由庚　崇丘　由儀　蓼蕭
湛露

卷第十

彤弓之什

彤弓　菁菁者莪
六月　采芑　車攻
吉日　鴻鴈　庭燎
沔水　鶴鳴

祈父之什

祈父　白駒　黃鳥
我行其野　斯干
無羊　節南山　正月
十月之交　雨無正

卷第十一

小旻之什　小旻　小宛　小弁
巧言　何人斯　巷伯
谷風　蓼莪
大東　四月
北山之什　北山　無將大車
小明　鼓鍾　楚茨
信南山　甫田　大田
瞻彼洛矣　裳裳者華

卷第十二
桑扈之什　桑扈　鴛鴦　頍弁
車舝　青蠅　賓之初筵
魚藻　采菽
角弓　菀柳
都人士之什　都人士　采綠　黍苗
隰桑　白華　緜蠻
瓠葉　漸漸之石　苕之華
何草不黃

卷第十三
文王之什　文王　大明　緜
棫樸　旱麓　思齊

凡例

一詩必有題題必有序此定例也今三百旣無題復無序而世所傳大小序又皆衞宏所託未可據以爲信不得已而攷諸載籍求其可以爲詩序者亦屬寥寥無幾姚氏云鴟鴞之爲周公貽王見于書載馳之爲許穆夫人碩人之爲美莊姜清人之爲惡高克黃鳥之爲殉秦穆見于左傳時邁思文之爲周公作見于國語若此者眞詩之序也惜其他不盡然意夫子當日言詩必有明白曉然者在不知何時失去耳孟子云不以辭害意以意逆志固已然此特爲斷章取義言之非謂全詩大旨可以臆斷也夫詩固有無題而自明者是亦僅耳

非盡然也今古序旣失不得不本以意逆志之訓而作事或當然之想因復爲擬一序題下以補其闕非敢謂卽古序也蓋尋繹詩意得之亦將使讀者開卷瞭然不至如瞽者之倀倀無所適從焉耳識者諒諸

一讀詩當涵泳全文得其通章大意乃可上窺古人義旨所在未有篇法不明而能得其要領者今之經文多分章離句不相聯屬在明者固可會而貫通在初學殊難綴而成誦解之者又往往泥於字句間以致全詩首尾不能相貫無怪說詩者之難於解頤也是編每詩無論章句多寡短長均聯屬成篇不肯分開唯於每章下細注畫明如漢樂府一解二解之例以清段落庶使學者得以一氣讀下先覽全篇局勢次則

筆陣開闔變化後乃細求字句研鍊之法因而精探古人作

詩大旨則讀者之心思與作者之心思自能默會貫通不煩

言而自解耳

一賦比興三者作詩之法斷不可少然非執定某章爲興某章

爲比某章爲賦更可笑者賦而興興而比之類如同小兒學

語句句强爲分解也夫作詩必有興會或因物以起興或因

時而感興皆興也其中有不能明言者則不得不借物以喻

之所謂比也或一二句比或通章比皆相題及文勢爲之亦

行乎其所不得不行已耳非判然三體可以分晰言之也學

者不知古詩但觀漢魏諸作其法自見故編中興比也之類

槪行删除唯於旁批畧爲點明俾知用意所在而已至賦體

逐章皆是自無煩贅

一古經何待圈評月峯竟陵久已貽譏於世然而奇文共欣賞書生結習固所難免即古人精神亦非借此不能出也故不惜竭盡心力悉爲標出既加眉評復着旁批更用圈點以清眉目豈飾觀乎亦用以振讀者之精神使與古人之精神合而爲一焉耳

一讀書貴有特識說詩務持正論然非薈萃諸家辨其得失不足以折衷一是自來說詩唐以前悉遵古序宋以後獨宗集傳近日又將反而趨序均兩失道也故姚氏起而論之其排傳也尤甚於排序而其所論又未能盡與古合是以編中所論只以三家爲重三家定則羣喙息其或衆說有互相發明

足以起予者亦旁及之閒附全文於後用備參觀非好異也
亦將使羣說同歸一致耳辭或傷煩所不暇計

一詩稱多識箋注之功似未可泯唯附會穿鑿處亦最足以增
厭是編所採斟酌悉當閒有疑義未安者亦嘗參以己見用
案字别之蓋不徒以多識務博雅名且藉是以發明詩旨也

一音韻一道古必自有定本自詩亡而韻亦因之以亡耳吾人
生古人數千百年後而欲求古人數千百年上之音強爲之
辨曰此古音也此今韻也縱極精微其可信乎集傳本吳才
老韻補以叶三百之音識者譏之以其非古而自命爲古也
然近世儒者如顧亭林江慎修戴東原輩又各以私意自定
古音其能免非古而自命爲古之誚乎自命爲古而不足以

信乎今則何若聊即今韻以上該乎古其有合有不合今之人倘可一覽而自識也姚氏雖亦知以今韻該古韻矣而所分譜則以喉齶舌齒唇五聲分本韻通韻叶韻三者亦未能與今韻合則今之人仍未能盡識也茲編亦分本韻通韻轉韻叶韻四者然悉照今韻標明不敢強作通人以誤學者

一詩原有圖有譜二者均不可廢但三代制作去今已遠後人以意仿圖未必即肖唯山川封域萬古不易建置雖多尚可尋討而得即作詩時世圖豈盡一一可據然其大要亦頗不爽因畧加考訂而附存之庶學者可一覽而得其時勢之升降陵谷之變遷焉唯制度名物諸圖則在所畧

一六經中唯詩易讀亦唯詩難說固因其無題無序亦由於詞

旨隱約每多言外意不比他書明白顯易也又況說詩諸儒非考據卽講學兩家而兩家性情與詩絕不相近故往往穿鑿附會膠柱鼓瑟不失之固卽失之妄又安能望其能得詩人言外意哉本擬薈萃羣說而條論之又嫌其鄰於辯徒啓口舌紛爭無益興觀要旨爰集虞書以來說詩之當理者得若干條仍逐條案論其下蓋發明義蘊非吹求小疵也另編卷首以便觀覽

一是書持論務抒已見不得不小異前賢未免有乖世好詎敢出而問世然而蓬嗜菖蒲未始無人於是羣相慫恿勸付剞劂亦不能以自主焉其役經始於辛未仲冬告竣於癸酉孟夏凡閱月一十有八助貲則張子衡方伯岳齡李勤伯都轉

滇喻萸生都轉步蓮及羅鳳翔識之司馬驤黃寶鷄海樓直
刺振河林扶風望侯大令之煜周隴州躍門直刺豫剛蕭麟
遊香圃司馬大勳沈大荔筠亭司馬家楨袁少竹司馬勤張
濬園明府丕顯高春潭觀察[redacted]王子萱幕府壽光與現篆
隴牧周振初刺史鶩諸君共贊厥成參訂則萬伯舒司馬方
煦毛子林刺史鳳枝楊仲山學博鼎昌三人之益居多校讐
則汧隴及門諸子如五峯監院馬生喜亭明經康樂邊生次
臨廣文覲化李生培之茂才沖霄王生鏡堂選拔秉鈞均與
有力焉

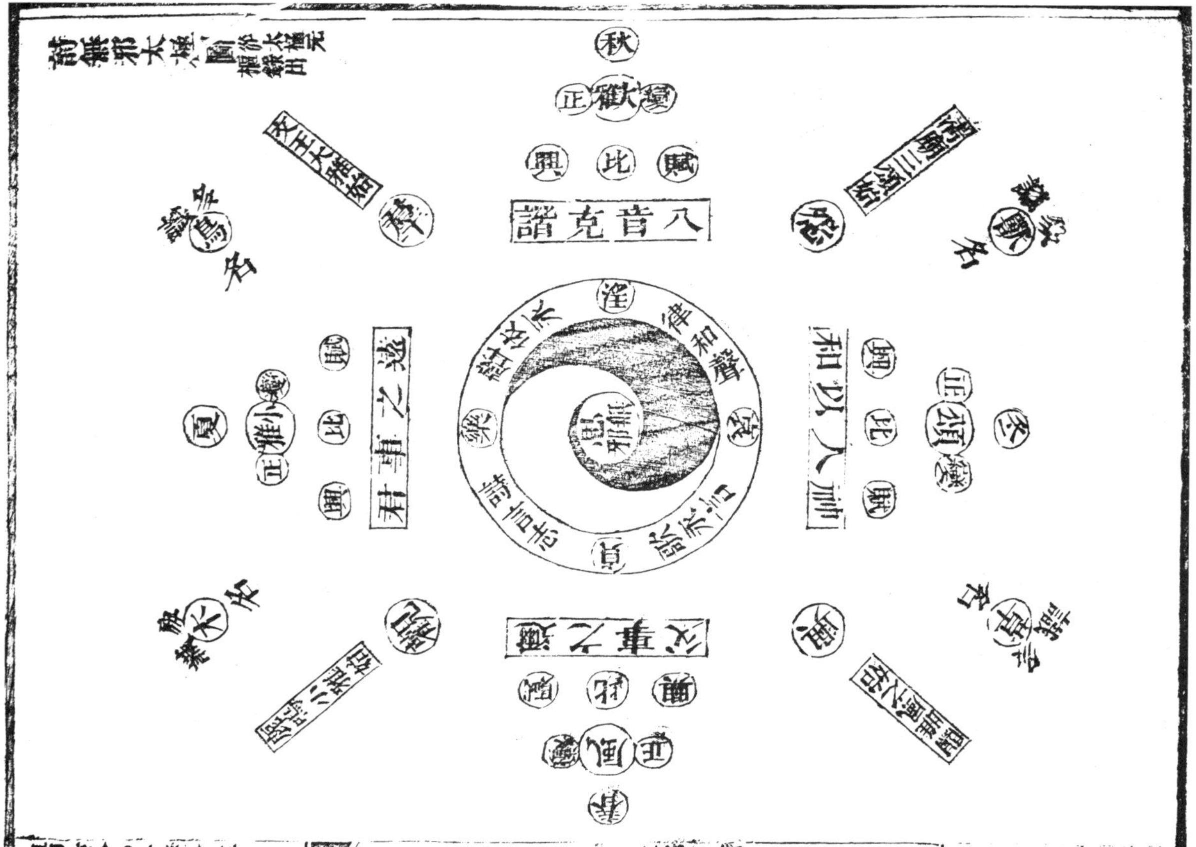
詩經邪太極圖
八音克諧
神人以和
父之事邇
君之事遠
思無邪
詩言志
歌永言
聲依永
律和聲
關雎風之始
鹿鳴小雅始
文王大雅始
清廟三頌始
春
夏
秋
冬
風
小雅
大雅
頌
正
變
賦
比
興
觀
群
怨

說

詩亦何太極之有然夫子不云乎詩三百一言以蔽之曰思無邪三百蔽以一言則此一言也實作詩者之眞樞也而可無圖乎圖即以思爲極思有貞淫思有哀樂皆二氣之所感唯恃有無邪之思以制之故哀而不至於傷樂而不至於淫於是貞者存而淫者去此詩之大要也然其作之之方不外舜典命夔數言曰詩言志歌永言聲依永律和聲千古學詩要旨盡於是矣故以之環列極旁使有志風雅者知所用志焉由是而爲風爲雅爲頌皆因體以定名風有正變雅亦有正變不唯正變且分大小而正變亦隨之頌似有正而無變矣然其體與聲有時而異或變而近乎風如魯之有駜泮水之類或變而近乎雅如閟宮與商之伍篇不謂

之變不得也故正頌之中亦復有變頌存焉夫所謂變者非必盡出於衰世之音而或有淫邪之思也但其體裁有異常格音律因之變換即謂之變耳以故正風之中亦有變風（如召南之野有死麕）變風之內不無正體（如鄭緇衣之類）雅亦如之頌何不然然則賦比興何以無別乎詩非興會不能作或因物以起興或因時而感興皆興也中有不能明言或難以言語形容者則假物以譬之是之謂比而顧可判然別之乎而顧可謂風有比而雅與頌獨無比乎然則四始分布四方抑又何也詩聲教也聲出乎風故首風風之本乎天者噓氣而成聲風之本乎人者因時而爲俗本時勢之風尙發而爲天籟之聲歌體近乎風者則風之體近乎雅者則雅之體近乎頌者則亦頌之而已矣故舉一風也而雅

頌可珠聯而繩貫焉一如四序首春由是而夏而秋而冬之不可相越也且夫聲之爲道始而輕颸和婉裊裊不斷繼而昌大條達充滿天地終則沖融雋永肅穆無間故詩之體象焉曰風者諷也有類乎春風之風人也雅者大也有類乎夏氣發揚與秋令之廣大而淸明也頌則隆冬收閉萬物盡藏一歲長養可告成功矣讀者試取風雅頌三音口咏而神會之自得其命名取義之實也若其爲用可以興可以觀可以羣可以怨邇事父遠事君且並多識於草木鳥獸之名則夫子教人學詩之旨又無過此數言之詳且盡焉然其要則總歸之以思無邪一語吾人學詩誠能守此一言以爲之宰然後本舜典數言奉爲矩矱自能八音克諧用之邦國用之郊廟無施不可謂之神人以和

者不亦宜哉蓋思者可以通天地而感鬼神者也在心爲志發
言爲詩詩不本此而出徒從事於風雲月露以炫藻采而騁才
思或流於淫而不知或近乎邪而不覺而欲望其移風俗美教
化也得乎故太史陳風可以考風俗之美惡知敎化之得失聖
人刪之亦無妨貞淫互見然後可以懲勸並施特標無邪一言
以爲用思之準其刪存一片苦心揭以示人不旣深且遠哉

醫巫閭
太行
王屋
周
河入海
牧野
洪水
楚丘
帝丘
泰山
齊
魯
汶
曹
宋
沂
檜
鄭
洧
徐夷
洪澤湖
淮源
淮夷
巢湖
舒
吳
漢
江
太湖
鄱陽
越
箕子國
海
東

十五國風輿地圖

北
南
西戎
河源
積石
黃河
西夏
獫狁
犬戎
龍門
汾水
晉
魏
唐
華山
王
伊
嵩山
豳
岐山
周
召
秦
渭源
咸陽
豐
終南
漢水
荊
洞庭
衡山
江
岷山
蜀
滇池
西番

自來詩經均首列十五國輿地圖以便觀覽然按之地界方位舛訛頗多無論其山川脉絡關隘險夷也愚足跡幾遍天下頗知大地山海融結形勢歸讀國風始悉各國風尚攸殊隨地變遷逈不相侔未嘗不想見當時歌詠情形是讀詩不可不資乎地圖也明矣因以已意創爲是圖與諸家所繪輿圖又異覽者尋其脉絡以察形勢仍復按之歌詩當自有得於心目間也又周召舊封本在岐境內其後東遷乃改封陝洛閒而詩則多採之於岐自當仍圖之岐山下爲是唯太原說各不同亦難臆定爰闕之以俟後攷僅附諸說於左俾覽者自擇焉

附錄 周氏斯盛曰詩云薄伐玁狁至于大原傳云大音泰大原地名亦曰大鹵今在太原府陽曲縣至于大原丞出之而已不窮追也案大太二字音本不同禹貢既修太原在冀州詩至于大原在雍州周都豐鎬玁狁侵鎬及方至于涇陽非自冀

州大原而入地理志涇水出安定涇陽縣今原州百泉縣笄頭山也則詩所云涇陽指此地而言涇陽東北至太原二千餘里山川險阻黃河介其中安得飭戎車日行三十里逐玁狁至涇陽玁狁由冀州太原而出乎禹貢原隰底績蔡傳引鄭氏云其地在今邠州唐有涇原節度使今固原州即唐原州故城漢唐以來又以河南地爲五原郡則詩人所云至于大原者指原州而言非冀州之太原也朱子在南渡後未至北方集傳偶誤耳彙纂凡宋大全原圖地界方位外訛頗多今參攷輿圖地志改就精析惟玁狁舊列於太原之北長城之外者以小雅六月篇薄伐玁狁至于大原毛鄭孔俱未實指何地王朱傳始云大原地名亦曰大鹵今在大原府陽曲縣是禹貢冀州之太原也明嘉靖閒周斯盛輯山西通志以經文焦穫鎬方皆近涇陽之地似大原當亦距涇陽不遠意即禹貢雍州之原隰漢爲郡州唐爲原州而非冀之太原其說似近於理且攷國語宣王料民於大原似爲鎬備禦之計未必遠料之於晉國也又攷前漢地理志太原郡秦置周爲唐國詩所言大原集傳引公羊穀梁大原大鹵之文爲據然公穀本文非有定指而唐徐彥公羊解云此地勢高大而廣平故謂之大原則古屬通名似難專指陽曲也豈朱子當日以經文明有大原疑周時玁狁往來雍冀無一定處或宣王用師有次第時日有先後經文總敘其事非必執一時一處而言耶故仍從朱傳照大全舊圖註列而以公羊穀梁二書所解太原大鹵之義併附通志之說以備一解云

大東總星之圖

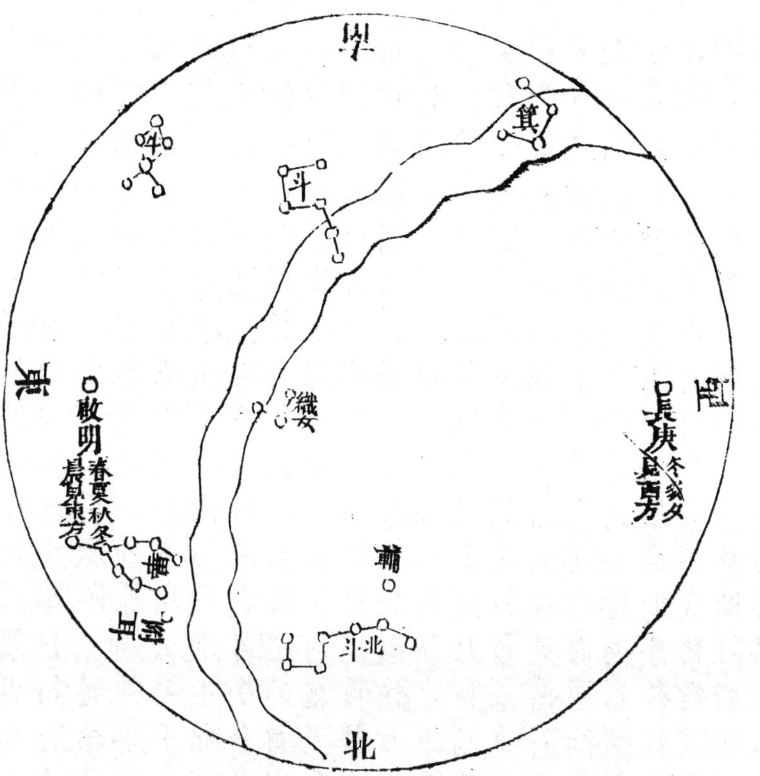

朱子曰漢天河也織女星名在漢旁牽牛星名啟明長庚皆金星也以其先日而出故謂之啟明以其後日而入故謂之長庚天畢畢星也箕斗二星以夏秋之閒見於南方云北斗者以其在箕之北也或曰北斗常見不隱者也南斗柄固指西若北斗而西柄則亦秋時也

七月流火之圖

孔氏穎達曰左傳張趯曰火星中而寒暑退服虔云火大火心也季冬十二月平旦正中在南方大寒退季夏六月黄昏火星中大暑退○朱子曰心星以六月之昏加於地之南方至七月之昏則下而西流矣

楚邱定之方中圖

鄭氏康成曰定星昏中而正於是可以營制宮室故謂之營室謂小雪時○朱子曰定北方之宿此星昏而正中夏正十月也於是時可以營制宮室樹八尺之臬而度其日之出入之景以正東西又參日中之景以正南北也

公劉相陰陽圖

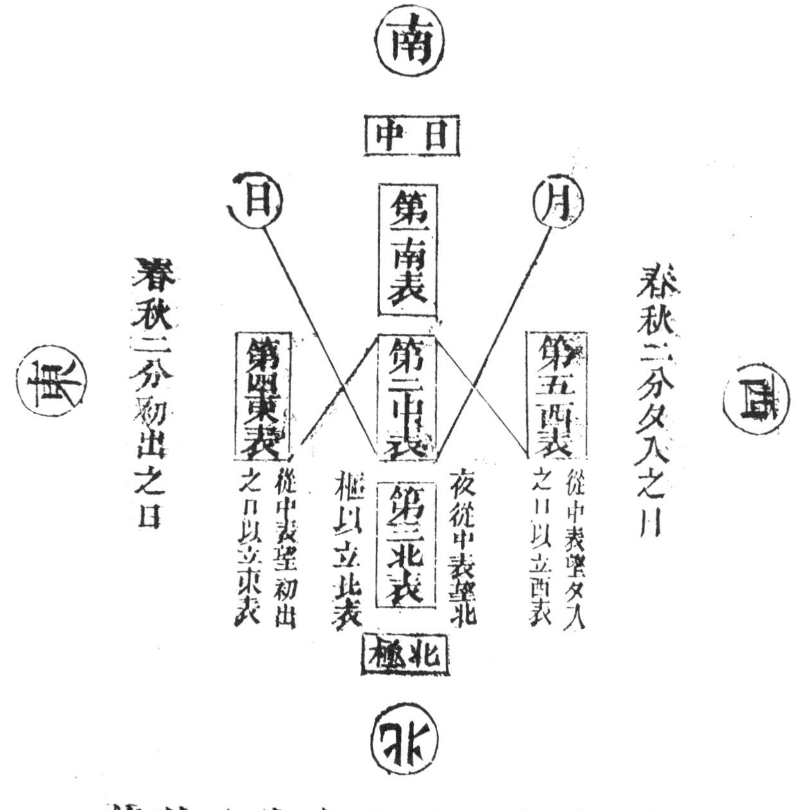

朱子曰景測日景以正四方也相視也陰陽向背寒暖之宜也山西曰夕陽○嚴氏粲曰豳在梁山西公劉相此夕陽地以建豳居也○胡氏廣纂大全曰今得西山眞先生儒家武庫所著公劉相陰陽圖謹按其式作圖於上以備讀詩者考焉

胡氏廣依朱子集傳所載王氏總論七月之義一段分布爲圖今從之

仰觀星日俯察昆蟲以知天時女服事乎內上以誠愛下養老而慈幼其祭祀也時

霜露之變草木之化以授民事男服事乎外下以忠利上食力而助弱其燕饗也節

豳公七月

一之日	觱發			于貉	取彼狐狸 爲公子裘		
二之日	栗烈		鑿冰沖沖	其同 載纘武公	言私其豵 獻豣于公		
三之日			納于凌陰	于耜			
				舉趾		同我婦子 饁彼南畝	其蚤 獻羔祭韭
四之日	春日載陽 春日遲遲	有鳴倉庚	蠶月條桑	女執筐求 柔桑 采蘩取斧 斨伐遠揚			
四月	秀葽						
五月	鳴蜩 斯螽動股						

風化之圖

月					
六月		莎雞振羽			食鬱及薁
七月	流火	鳴鵙 在野			食瓜 烹葵及菽
八月		萑葦 在宇		載績 載玄載黃 其穫	我朱孔陽 為公子裳 斷壺 剝棗
九月	肅霜	在戶	授衣 築場圃		叔苴 采荼薪樗 食我農夫
十月		隕蘀 蟋蟀入我牀下	滌場 穹窒熏鼠 塞向墐戶	穫稻 納禾稼 嗟我農夫 我稼既同	上入執宮功 晝爾于茅 宵爾索綯 亟其乘屋 嗟我婦子曰為改歲入此室處 為此春酒以介眉壽 朋酒斯饗曰殺羔羊躋彼公堂稱彼兕觥萬壽無疆

張子曰七月之詩皆以夏正為斷○朱子曰一之日謂一陽之月二之日謂二陽之月變月言日言是月之日也餘放此○曹氏粹中曰公劉正當夏時所用者夏正也○胡氏廣曰詩中載一歲事獨缺二月嘗觀二章春日載陽至公子同歸

及三章蠶月條桑至猗彼女桑竝不言何月今摘其辭布於二月四月之間非敢遽以爲三月也特以備見豳風春日之事云

諸國世次圖

商（宋）附

契　昭明　相土　昌若　曹圉

冥　振　微　報丁　報乙

報丙　主壬　主癸　湯（天乙）　外丙（湯次子）

仲壬（外丙弟）　太甲（湯嫡孫）　沃丁　太庚（沃丁弟）　小甲

雍己（小甲弟）　太戊（雍己弟）　仲丁　外壬（仲丁弟）　河亶甲（外壬弟）

祖乙　祖辛　沃甲（祖辛弟）　祖丁（祖辛子）　南庚（沃甲子）

陽甲（祖丁子）　盤庚（陽甲弟）　小辛（盤庚弟）　小乙（小辛弟）　武丁

祖庚　祖甲（祖庚弟）　廩辛　庚丁（廩辛弟）　武乙

太丁　帝乙　紂　（宋）微子（紂庶兄）　微仲（微子弟）

宋公稽　丁公　湣公　煬公（湣公弟）　厲公（湣公子）

釐公　惠公　哀公　戴公　武公

宣公　穆公（宣公弟）　殤公（宣公子）　莊公（穆公子）　湣公

桓公（湣公弟）　襄公　成公　昭公　文公（昭公弟）

共公　平公　元公　景公　昭公（元公庶曾孫）

悼公　休公　辟公　剔成　偃（剔成弟）

周 豳 附

后稷　不窋　鞠（左傳作鞠陶）　豳 公劉

慶節　皇僕　差弗　毀隃　公非

高圉　亞圉　公叔祖類　岐周 太王

王季　文王　武王　成王　康王

十三

昭王　穆王　共王　懿王　孝王共王弟

夷王懿王子　厲王　宣王　幽王　平王

桓王平王孫　莊王　釐王　惠王　襄王

頃王　匡王　定王匡王弟　簡王　靈王

景王　悼王　敬王悼王弟　元王　貞王

哀王　思王哀王弟　考王哀王弟　威烈王　安王

烈王　顯王烈王弟　慎靚王　赧王

周公封魯侯爵

周公　伯禽　考公　煬公考公弟　幽公

魏公幽公弟　厲公　獻公厲公弟　眞公　武公眞公弟

懿公　伯御懿公姪　孝公懿公弟　惠公　隱公

桓公隱公弟　莊公　閔公　僖公閔公庶兄　文公

宣公　成公　襄公　昭公　定公昭公弟

哀公　悼公　元公　穆公　共公

康公　景公　平公　頃公

召公封燕侯爵

召公九世至惠侯　釐侯　頃侯　哀侯

鄭侯　繆侯　宣侯　桓侯　莊公

襄公　宣公　昭公　武公　文公

懿公　惠公　悼公　共公　平公

簡公　獻公　孝公　成公　湣公

釐公　桓公　文公　易王　子噲

昭王　惠王　武成王　孝王　王喜

郕

鄘以上二國封爵世次未詳

衛侯爵

康叔　康伯　考伯　嗣伯　疌伯

靖伯　貞伯　頃侯　釐侯　共伯

武公共伯弟　莊公　桓公　宣公桓公弟　惠公

黔牟桓公子　懿公　戴公公子頑子　文公戴公弟　成公

穆公　定公　獻公　殤公定公弟　襄公獻公子

靈公　出公靈公孫　莊公出公父　班師襄公孫　君起靈公子

悼公出公季父　敬公　昭公　懷公羣公子　慎公敬公孫

聲公　成侯　平侯　嗣君　懷君

元君弟嗣君　君角

鄭伯爵

桓公　武公　莊公　昭公　厲公弟昭公

子亹弟昭公　子嬰子亹弟左傳作子儀　文公子厲公　穆公

靈公　襄公弟靈公　悼公　成公弟悼公　釐公

簡公　定公　獻公　聲公　哀公

共公弟聲公　幽公　繻公弟幽公　君乙弟幽公

齊侯爵

太公　丁公　乙公　癸公　哀公

胡公弟哀公　獻公弟哀公　武公　厲公　文公

成公　莊公　釐公　襄公　桓公 襄公弟

孝公　昭公 孝公弟　懿公 孝公弟　惠公 孝公弟　頃公

靈公　莊公　景公 莊公弟　晏孺子　悼公 景公子

簡公　平公 簡公弟　宣公　康公

魏 畢公高之後封爵世次未詳

唐 即晉侯爵 曲沃附

唐叔　晉侯燮　武侯　成侯　厲侯

靖侯　釐侯　獻侯　穆侯　殤叔 穆侯弟

文侯 穆侯子　昭侯　孝侯　鄂侯　哀侯

小子侯　緡 哀侯弟

曲沃桓叔 穆侯子　莊伯　晉武公　獻公

奚齊 卓子奚齊弟 惠公獻公子 懷公 文公獻公子

襄公 靈公 成公襄公弟 景公 厲公

悼公襄公曾孫 平公 昭公 頃公 定公

出公 哀公昭公曾孫 幽公 烈公 孝公

靜公

秦伯爵

非子 秦侯 公伯 秦仲 莊公

襄公 文公 甯公文公孫 出子 武公甯公長子出子

兄 德公武公弟 宣公 成公宣公弟 穆公成公弟

康公 共公 桓公 景公 哀公

惠公哀公孫 悼公 厲共公 躁公 懷公躁公弟

靈公懷公孫　簡公懷公子　惠公　出子　獻公靈公子

孝公　惠文王　武王　昭襄王武王弟

孝文王　莊襄王　始皇帝　二世皇帝

子嬰二世皇帝弟

陳 侯爵

胡公　申公　相公申公弟　孝公申公子　慎公

幽公　釐公　武公　夷公　平公夷公弟

文公　桓公　厲公桓公弟　利公桓公子　莊公利公弟

宣公莊公弟　穆公　共公　靈公　成公

哀公　惠公哀公孫　懷公　湣公

檜 祝融之後封爵世次未詳

曹 伯爵

振鐸　太伯　仲君　宮伯　孝伯

夷伯　幽伯夷伯弟　戴伯幽伯弟　惠伯　石甫

繆公石甫弟　桓公　莊公　釐公　昭公

共公　文公　宣公　成公宣公弟　武公

平公　悼公　聲公悼公弟　隱公平公弟　靖公聲公弟

伯陽

附作詩時世圖從傳說彙纂錄出

商詩五篇

太甲之世

頌一篇

那鄭氏康成謂太甲祭湯也孔氏穎達謂那之作當太甲時○朱子不詳其世

仲丁以後

頌一篇

烈祖孔氏穎達謂箋稱祭中宗諸侯來助明是其後或子孫之時未知當誰世○朱子不詳其世

祖庚之世

頌一篇

玄鳥孔氏穎達謂禮三年喪畢祫於太祖之廟序言祀高宗明是爲高宗而作祀故知是祫於契之

廟也○朱子不詳其世

祖庚以後

頌 二篇

長　殷武 孔氏穎達謂玄鳥箋以爲高宗始祫殷武云祀高宗則亦在其後殷武旣在後則知長發之作亦在後矣○以上二篇朱子不詳其世

周詩 三百六篇

文王之世

正風 二十三篇○孔氏穎達謂二南之詩文王時作惟甘棠何彼穠矣武王時作○朱子皆同而以甘棠亦爲

周南 文王時詩

關雎　葛覃

卷耳　樛木

螽斯　桃夭

兔罝　芣苢

漢廣　汝墳

麟之趾

召南

鵲巢　采蘩

草蟲　采蘋

行露　羔羊

殷其靁　摽有梅

小星　江有汜

野有死麕　騶虞

正小雅 八篇○孔氏穎達謂鹿鳴等三篇此文王小雅采薇爲伐昆夷而作事在受命四年出車杕杜遣兩勞之在受命五年伐木天保無文王之謚或當時卽作或後爲之未可定也○朱子皆不詳其世

鹿鳴　四牡

皇皇者華　伐木

天保　采薇

出車　杕杜

正大雅 三篇○孔氏穎達謂棫樸云濟濟辟王靈臺云王在靈沼皆言王旱麓不言謚又不言王但經無謚者或當其生存之時或在其後不可定也○朱子皆疑爲周公所作

棫樸　旱麓

靈臺

武王之世

正風 二篇

召南

甘棠 孔氏穎達謂箋云美其爲伯之功謂武王時也○朱子以爲文王時詩

何彼襛矣 孔氏穎達謂何彼襛矣太公已封於齊武王時作○朱子同又疑爲東遷後詩

正小雅 四篇

南陔

白華

華黍 孔氏穎達謂此三篇蓋武王之時○朱子皆不詳其世

魚麗 孔氏穎達謂此篇武王時詩○朱子不詳其世

正大雅 三篇○孔氏穎達謂三篇皆言文王之謚皆文王後作之○朱子以爲成王時詩思齊皇矣疑爲周公所作

緜　思齊

皇矣

成王之世

變風七篇○鄭氏康成謂成王之時周公避流言之難其詩爲豳國變風○朱子亦以爲成王周公時詩

〔豳〕

七月　鴟鴞

東山　破斧

伐柯　九罭

狼跋

正小雅十篇

常棣鄭氏康成謂周公弔二叔之不咸召公爲作此詩○朱子同

由庚　南有嘉魚

崇丘　南山有臺

由儀　蓼蕭

湛露　彤弓

菁菁者莪孔氏穎達謂由庚以下周公成王之詩則南有嘉魚至菁菁者莪從可知也○朱子

皆不詳其世

正大雅十二篇

文王　大明孔氏穎達謂文王大明二篇成王時作○朱子同

下武孔氏穎達謂成王時作○朱子同

文王有聲孔氏穎達謂文王有聲舉其謚則成王時作○朱子同

生民　行葦

既醉　鳧鷖

假樂　公劉

泂酌　卷阿鄭氏康成謂生民及卷阿周公成王時詩○朱子同

頌三十一篇○鄭氏康成謂周頌者其作在周公攝政成王即位之初○朱子亦以爲多周公所定而間或有康王以後之詩

清廟　維天之命

維清　烈文

天作　昊天有成命朱子疑爲康王時詩

我將　時邁朱子以爲武王時詩

執競朱子疑爲昭王時詩　思文

臣工　噫嘻朱子疑爲康王時詩

振鷺　豐年

有瞽　潛

雝（朱子以爲武王時詩）　載見

有客　武

閔予小子　訪落

敬之　小毖

載芟　良耜

絲衣　酌

桓　賚

般

懿王之世

變風五篇

齊

雞鳴鄭氏康成謂哀公政衰懿王烹之齊人變風始作○朱子不詳其世

還孔氏穎達謂還序云刺哀公則哀公時詩也○朱子不詳其世

著　東方之日

東方未明孔氏穎達謂三篇亦為哀公時詩○朱子不詳其世

夷王之世

變風一篇

邶

柏舟序衞頃公之時仁人不遇小人在側○鄭氏康成謂頃公當周夷王時○朱子不詳其世又疑為莊姜詩則平王之世

夷王厲王之間

變風四篇○鄭氏康成謂夷王厲王之時檜之變風始作○朱子不詳其世

檜

羔裘　素冠

隰有萇楚　匪風

厲王之世

變風二篇

陳

宛丘序刺幽公也○○鄭氏康成謂幽公當厲王時○○朱子不詳其世

東門之枌序幽公淫荒風化之所行男女棄其舊業亟會於道路歌舞於市井○朱子不詳其世

變小雅四篇○鄭氏康成謂刺厲王十月之交雨無正小旻小宛是也

十月之交朱子以爲幽王時詩　雨無正朱子不詳其世疑爲東遷後詩

小旻　小宛以上二篇朱子不詳其世

變大雅五篇

民勞序召穆公刺厲王○朱子同　板序凡伯刺厲王○朱子同

蕩序召穆公傷周室大壞○朱子同　抑序衛武公刺厲王○朱子以爲衛武公作此自警當在平王之世

桑柔序芮伯刺厲王○朱子同

共和之世

變風一篇

唐

蟋蟀序刺晉僖公也○鄭氏康成謂當周公召公共和之時○朱子不詳其世

宣王之世

變風 五篇

鄘

柏舟 孔氏穎達謂衛武公時作○朱子同

秦

車鄰 鄭氏康成謂非子曾孫秦仲宣王命為大夫國人美之○朱子不詳其世

陳

衡門　東門之池

東門之楊 孔氏穎達謂衡門誘僖公東門之池東門之楊從上明之亦僖公時詩也○朱子皆不詳其世

變小雅 十四篇

六月 序宣王北伐也○朱子同 采芑 序宣王南征也○朱子同

車攻 序宣王復古也○朱子同 吉日 序美宣王也○朱子同

鴻鴈 序美宣王也○朱子同 庭燎 序美宣王也○朱子不詳其世○

沔水 序規宣王也○朱子不詳其世○ 鶴鳴 序誨宣王也○朱子不詳其世○

祈父 序刺宣王也○朱子不詳其世○ 白駒 序大夫刺宣王也○朱子不詳其世

黃鳥 序刺宣王也○朱子不詳其世○ 我行其野 序刺宣王也○朱子不詳其世○

斯干 序宣王考室也○朱子不詳其世○

無羊 序宣王考牧也○朱子不詳其世○

變大雅 六篇

雲漢 序仍叔美宣王也○朱子亦以爲宣王時詩

崧高 序尹吉甫美宣王○朱子亦以爲宣王時詩

烝民 序尹吉甫美宣王○朱子亦以爲宣王時詩

韓奕 序尹吉甫美宣王○朱子不詳其世

江漢 序尹吉甫美宣王○朱子亦以爲宣王時詩

常武 序召穆公美宣王○朱子亦以爲宣王時詩

幽王之世

變小雅 四十篇○孔氏穎達謂小雅自節南山下盡何草不黃去十月之交等四篇餘四十篇皆幽王時詩

節南山 朱子亦以爲幽王時詩　正月 朱子不詳其世

小弁 朱子亦以爲幽王時詩　巧言 朱子不詳其世

何人斯 朱子不詳其世　巷伯 朱子不詳其世

谷風 朱子不詳其世　蓼莪 朱子不詳其世

大東 朱子不詳其世　四月 朱子不詳其世

北山朱子不詳其世　無將大車朱子不詳其世

小明朱子不詳其世　鼓鐘朱子亦以爲幽王時詩

楚茨朱子不詳其世　信南山朱子不詳其世

甫田朱子不詳其世　大田朱子不詳其世

瞻彼洛矣朱子不詳其世　裳裳者華朱子不詳其世

桑扈朱子不詳其世　鴛鴦朱子不詳其世

頍弁朱子不詳其世　車舝朱子不詳其世

青蠅朱子不詳其世　賓之初筵朱子亦以爲幽王時詩

魚藻朱子不詳其世　采菽朱子不詳其世

角弓朱子不詳其世　菀柳朱子不詳其世

都人士朱子不詳其世　采綠朱子不詳其世

黍苗朱子以為宣王時詩　隰桑朱子不詳其世

白華朱子亦以為幽王時詩　緜蠻朱子不詳其世

瓠葉朱子不詳其世　漸漸之石朱子不詳其世

苕之華朱子不詳其世　何草不黃朱子亦以為幽王時詩

變大雅二篇□孔氏穎達謂幽王大雅瞻卬召旻□朱子同

瞻卬　召旻

平王之世

變風二十八篇

〔鄭〕

緇衣孔氏穎達謂當莊公時□朱子同

〔衛〕

淇奧　孔氏穎達謂淇奧美武公則武公時詩矣口朱子同

考槃　孔氏穎達謂莊公時詩口朱子不詳其世

碩人　孔氏穎達謂莊公時詩口朱子同

〔王〕

黍離　孔氏穎達謂平王時詩口朱子不詳其世

君子于役　序刺平王也口朱子不詳其世

君子陽陽　孔氏穎達謂平王時詩口朱子不詳其世

揚之水　序刺平王也口朱子同　中谷有蓷　孔氏穎達謂平王時詩口朱子不詳其世

葛藟　序王族刺平王也口朱子不詳其世

〔鄭〕

緇衣　序美武公也口朱子同　將仲子　序刺莊公也口朱子不詳其世

叔于田 序刺莊公也□朱子亦以爲莊公時詩

大叔于田 序刺莊公也□朱子亦以爲莊公時詩

羔裘 孔氏穎達謂莊公時詩□朱子不詳其世

遵大路 序莊公失道□朱子不詳其世

女曰雞鳴 孔氏穎達謂莊公時詩□朱子不詳其世

唐

山有樞 序刺晉昭公也□朱子不詳其世

揚之水 序刺晉昭公也□朱子亦以爲昭公時詩

椒聊 序刺晉昭公也□朱子亦以爲昭公時詩

綢繆 孔氏穎達謂昭公時詩□朱子不詳其世

杕杜 孔氏穎達謂昭公時詩□朱子不詳其世

羔裘詩〇孔氏穎達謂昭公時詩〇朱子不詳其世

鴇羽序昭公之後大亂五世君子下從征役不得養其父母而作是詩〇朱子不詳其世

〖秦〗

駟驖序美襄公也〇朱子不詳其世　小戎〇序美襄公也〇朱子同

蒹葭序刺襄公也〇朱子不詳其世　終南序戒襄公也〇朱子不詳其世〇

平王桓王之間

變風七篇〇鄭氏康成謂當周平桓之世魏之變風始作〇朱子不詳其世

〖魏〗

葛屨　汾沮洳

園有桃　陟岵

十畝之間　伐檀

碩鼠

桓王之世

變風 三十三篇

邶

燕燕 孔氏穎達謂州吁時詩○朱子同

日月 序衛莊姜遭州吁之難○朱子以爲莊公時詩

終風 序莊姜遭州吁之暴○朱子以爲莊公時詩

擊鼓 序怨州吁也○朱子同

凱風 孔氏穎達謂州吁時詩○朱子不詳其世

雄雉 序刺衛宣公也○朱子不詳其世

匏有苦葉 序刺衛宣公也○朱子不詳其世

谷風 孔氏穎達謂宣公時詩○朱子不詳其世

式微孔氏穎達謂宣公時詩口朱子不詳其世

旄丘孔氏穎達謂宣公時詩口朱子不詳其世

簡兮孔氏穎達謂宣公時詩口朱子不詳其世

泉水孔氏穎達謂宣公時詩口朱子不詳其世

北門孔氏穎達謂宣公時詩口朱子不詳其世

北風孔氏穎達謂宣公時詩口朱子不詳其世

靜女孔氏穎達謂宣公時詩口朱子不詳其世

新臺序刺衛宣公也口朱子不詳其世

二子乘舟孔氏穎達謂宣公時詩口朱子不詳其世

鄘

牆有茨序公子頑通於君母國人疾之口朱子同

君子偕老序刺衛夫人○鄭氏康成謂宣公夫人○朱子同

桑中序衛之公室淫亂○朱子不詳其世　鶉之奔奔序刺衛宣姜也○朱子同

衛

氓序宣公之時○朱子不詳其世　竹竿孔氏穎達謂宣公時詩○朱子不詳其世

芄蘭序刺惠公也○朱子不詳其世　伯兮鄭氏康成謂宣公時詩○朱子不詳其世

有狐孔氏穎達謂宣公時詩○朱子不詳其世

王

兔爰序桓王失信諸侯○朱子不詳其世

采葛鄭氏康成謂桓王之時○朱子不詳其世

大車孔氏穎達謂桓王時詩○朱子不詳其世

鄭

有女同車 序刺忽也○朱子不詳其世

褰裳 孔氏穎達謂褰裳思見正突初立事也○朱子不詳其世

〔陳〕

墓門 序刺陳佗也○朱子不詳其世

莊王之世

變風十五篇

〔王〕

丘中有麻 序莊王不明賢人放逐國人思之而作是詩也○朱子不詳其世

〔鄭〕

山有扶蘇 序刺忽也○朱子不詳其世

蘀兮 序刺忽也○朱子不詳其世 狡童 序刺忽也○朱子不詳其世

丰

東門之墠

風雨

子衿 孔氏穎達謂丰東門之墠風雨子衿或當突篡之時或當忽入之後○朱子皆不詳其世

揚之水 序君子閔忽之無忠臣良士終以死亡而作是詩也○朱子不詳其世

齊

南山 序刺襄公也○朱子同

甫田 序大夫刺襄公也○朱子不詳其世

盧令 序襄公好田獵故陳古以風焉○朱子不詳其世

敝笱 序刺文姜也○朱子同

載驅 序齊人刺襄公○朱子同

猗嗟 序刺魯莊公也○朱子同

釐王之世

變風 五篇

鄭

出其東門　野有蔓草

溱洧　孔氏穎達謂此一篇厲公時詩○朱子皆不詳其世

唐

無衣　序美晉武公也○朱子亦以爲武公時詩

有杕之杜　序刺晉武公也○朱子不詳其世

惠王之世

變風十二篇

鄘

定之方中　序美衛文公也○朱子同

蝃蝀　序衛文公能以道化民○朱子同

相鼠 序衛文公能正其羣臣○朱子同

干旄 序衛文公臣子多好善○朱子同

載馳 序許穆夫人閔衛之亡○朱子同

衛

木瓜 序美齊桓公也○朱子不詳其世

鄭

清人 序刺文公也○朱子同

唐

葛生 序刺晉獻公也○朱子不詳其世

采苓 序刺晉獻公也○朱子不詳其世

陳

防有鵲巢 序宣王多信讒君子憂懼焉○朱子不詳其世

月出 孔氏穎達謂宣王時詩○朱子不詳其世

〔曹〕

蜉蝣 鄭氏康成謂周惠王時昭公好奢曹之變風始作○朱子不詳其世

襄王之世

變風九篇

〔衛〕

河廣 序宋襄公母歸于衛思而不止故作是詩○朱子同

〔秦〕

黃鳥 序國人刺穆公○朱子同 晨風 序刺康公也○朱子不詳其世

無衣 孔氏穎達謂康公時詩○朱子不詳其世

渭陽 序康公念母也○朱子同　權輿 序刺康公也○朱子不詳其世

〔曹〕

候人 序刺共公也○朱子同　鳲鳩 孔氏穎達謂共公時詩○朱子不詳其世

下泉 序曹人疾共公○朱子不詳其世

頌四篇

魯頌

駉 序頌僖公也○朱子同　有駜 序頌僖公也○朱子不詳其世

泮水 序頌僖公也○朱子不詳其世　閟宮 序頌僖公也○朱子同

定王之世

變風二篇

〔陳〕

株林（序刺靈公也。朱子同。）　澤陂（序言靈公君臣淫於其國，男女相說，憂思感傷焉。朱子不詳其世。）

彙纂曰：案作詩之時世，經秦火之後，難以全攷，故自漢唐諸儒訓詁互異。然古序與經竝出，毛鄭孔氏羽翼其說，傳流最古。至朱子一以經文爲據，其餘不見諸經者，都爲未定之辭，此據理之論也。歐陽修祖鄭譜而駁議，許謙、劉瑾宗朱傳而亦徵有不同。迨明何楷作世本古義，引證雖博而僞說滋繁矣。今輯古序及毛鄭孔氏舊義，而大指仍以朱子爲歸，餘說則存而不論也。

案：作詩時世本難全攷，卽諸儒所定詩體正變亦未爲確。余既各有考正於各詩之下，閱者可以隨時領畧其義矣。而茲復録此篇於卷首者，一可以互相印證，一以見說詩之難得通論也。

如是

詩經原始卷首上終

詩經原始卷首下

詩旨

虞書詩言志歌永言聲依永律和聲

案此千古說詩之祖開口即題志字貫徹始終中間緯以聲律末歸重神人以和詩之體用盡於是矣惜其時詩皆不傳僅聞擊壤康衢數歌然又非詩體可見古詩逸者尚多三百篇特其盛焉者耳

禮記温柔敦厚詩教也

案四字亦括盡詩旨詩教自古至今詩體千變萬化其能外此四字否耶古人立言何其簡而賅也

論語詩三百一言以蔽之曰思無邪

〔案〕此聖人教人讀詩之法詩不能有正而無邪三百雖經刪正而其間刺淫諷世與寄託男女之詞未能盡汰故恐人誤認爲邪而以爲口實特標一言以立之準庶使學者讀之有以得其性情之正云耳不料朱子竟以爲邪正兼收復爲之說曰善者可以感發人之善心惡者可以懲創人之逸志夫詩之足以感發人心固已而其所以能懲創逸志者不賴有刺淫諷世諸作乎哉若謂淫奔者而亦收之是直誨淫而已安見其懲創人之逸志爲也夫子本懼後人誤讀鄭衛爲淫詩而後儒偏指鄭衛爲夫子所收之淫詩教人以讀之雖宣聖其如之何哉

誦詩三百授之以政不達使于四方不能專對雖多亦奚以爲

〔案〕古者天子巡狩命太師陳詩以觀民風詩之有關國政也久

矣其後列國士大夫出使朝聘燕享會盟莫不歌詩作樂往來贈答一時風雅互相競尚且有以是卜人休咎毫釐不爽者則詩之爲教豈不益重也哉是以夫子之言云然迨戰國競尚游說而此風遂邈漢唐後作者雖多然皆徒逞才華藉抒懷抱而已非皆有關國政也無怪詩道陵夷今愈不古若矣學者誦詩尚當體會聖言務求聲詩何以與國政相關處黙驗諸心有得於已然後見之事爲與形諸歌咏自能與古爲一而聲教因之復振不然日誦三百夫何爲哉

詩可以興可以觀可以羣可以怨邇之事父遠之事君多識於鳥獸草木之名

〔案〕今人作詩只從鳥獸草木上用工何嘗有關君父之大哉殊

知興觀羣怨卽從事父事君來不能事父事君而欲其興觀羣怨吾不知其所可者安在也聖人一言固早有以賅其全歟

子謂伯魚曰女爲周南召南矣乎人而不爲周南召南其猶正牆面而立也歟

案二南皆房中樂且其篇什無多非如雅頌鉅觀所言皆宗廟朝廷大經大法偉烈豐功可以擴人識見長人才思而何以不爲之卽至如面墻而立歟殊知二南所咏皆夫婦詞爲人倫始基古來聖帝明王其發施事業莫不肇端宮闈一室燕寢卽對越帝天時於此而不知謹其所爲而欲異日之見諸事業者能愼始以要終也其可得耶故人不能行於家庭之際卽不能行於閭里之閒不能行於閭里之閒卽不能行乎邦國之內謂之

正牆面而立也不亦宜哉蓋聖賢爲學身體力行必有得乎心乃可謂之學非如後人不過誦習文義竊取浮詞供我言論佐我文章而已故不爲二南則已欲爲二南必將有以得夫型于式化之端溫柔敦厚之旨體之於心而咏之於口即以見諸倫常夫婦之閒而皆可以自信其無愧則始基立矣始基立而王道聖功皆由此建猶謂二南爲不足爲者豈理也歟

子曰吾自衛反魯然後樂正雅頌各得其所

案夫子反魯在周敬王三十六年魯哀公十一年丁巳時年已六十有九若云刪詩當在此時乃何以前此言詩皆曰三百不聞有三千說耶此蓋史遷誤讀正樂爲刪詩云耳夫曰正樂必雅頌諸樂固各有其所在不幸歲久年湮殘闕失次夫子從而

正之俾復舊觀故曰各得其所非有增刪於其際也奈何後人不察相沿以至於今莫不以正樂爲刪詩何不卽論語諸文而一細讀之耶

孟子說詩者不以文害辭不以辭害志以意逆志是爲得之

案詩辭與文辭迥異文辭多明白顯易故卽辭可以得志詩辭多隱約微婉不肯明言或寄託以寓意或甚言而驚人皆非其志之所在若徒泥辭以求鮮有不害志者孟子斯言可謂善讀詩矣然而自古至今能以己意逆詩人志者誰哉

大序詩者志之所之也在心爲志發言爲詩情動於中而形於言言之不足故嗟歎之嗟歎之不足故永歌之永歌之不足不知手之舞之足之蹈之也情發於聲聲成文謂之音治世之音安

以樂其政和亂世之音怨以怒其政乖亡國之音哀以思其民困故正得失動天地感鬼神莫近於詩先王以是經夫婦成孝敬厚人倫美教化移風俗故詩有六義焉一曰風二曰賦三曰比四曰興五曰雅六曰頌上以風化下下以風刺上主文而譎諫言之者無罪聞之者足以戒故曰風至於王道衰禮義廢政教失國異政家殊俗而變風變雅作矣國史明乎得失之跡傷人倫之變哀刑政之苛吟詠性情以風其上達於事變而懷其舊俗者也故變風發乎情止乎禮義發乎情民之性也止乎禮義先王之澤也是以一國之事繫一人之本謂之風言天下之事形四方之風謂之雅雅者正也言王政之所由興廢也政有大小故有小雅焉有大雅焉頌者美盛德之形容以其成功告

於神明者也

【案】此序總論詩旨純駁參半雖多襲樂記語要自是說詩正論可補論語虞書所不及若云序出子夏此其庶幾至小序則純乎僞托故舍彼而錄此唯其中有未盡合者如國史明乎得失一節誠如朱注所駁敢有大小數語亦爲章氏所指學者分別觀之可耳

黃氏櫄曰有天地有萬物而詩之理已具雷之動風之偃萬物之鼓舞皆有詩之理而未著也嬰孩之嘻笑童子之謳吟皆有詩之情而未動也桴以蕢鼓以土簫以葦皆有詩之用而未文也康衢順則之謠元首股肱之歌詩之義已備矣

【[illegible]】詩情原自充滿兩間無以感之則寂而不動有以觸之則文

而成聲此可謂善形容詩之本體者矣

歐陽氏修曰風生於文王而雅頌雜於武王之間風之變自夷懿始雅之變自幽厲始霸者興變風息焉王道廢詩不作焉王道謂諸侯不貢詩天子不采風樂官不達雅國史不明變非民之不作也詩出於民之情性情性豈能無哉職詩者之罪也

此亦運會所關民雖有作而時不尚則作如不作也迨漢後詩道復昌而風雅頌之體竟亡以至於今則又何故

鄭氏樵曰六義之序後先次第聖人初無加損也風者出於風土大槩小夫賤隸婦人女子之言其意雖遠其言淺近重複故謂之風雅出於朝廷士大夫其言純厚典則其體抑揚頓挫非復小夫賤隸婦人女子能道者故曰雅頌者初無諷誦惟以鋪張

勳德而已其辭嚴其聲有節以示有所尊故曰頌

案風雅頌之編自有次第不容或紊而此云聖人初無加損者蓋祇知風雅頌之所從出而未識風雅頌之所由名耳說見鄙人所著詩無邪太極篇中茲不贅

鄭氏又曰風有正變仲尼未嘗言而他經不載焉獨出於詩序皆以美者爲正刺者爲變則邶鄘衛之詩謂之變風可也緇衣之美武公駟驖小戎之美襄公亦可謂之變風乎必不得已從先儒正變之說則當如穀梁春秋書築王姬之館於外書秋盟於首戴皆曰變之正也蓋言事雖變常而終合乎正河廣之詩欲往而不往大車之詩畏之而不敢氓之詩反之而自悔此所謂變之正也序謂變風出乎情性止乎禮義此言得之然詩之必

存變風何也見夫王澤雖衰人猶能以禮義自防也見中人之性能以禮義自閑雖有時而不善終蹈乎善也見其用心之謬行已之乖偭反而爲善則聖人亦錄之而不棄也

案風雅正變原不在時世升降諷刺美惡之間要亦不外諷刺美惡時世升降之故唯視乎體之何如耳鄭氏雖疑及之而未能知其所以然亦尙爲舊說所囿故也

葉氏適曰諸詩各具一體故皆以先後爲次惟豳兼有風雅之制以爲風則其辭作於朝廷繫於政事以爲雅則又記風土焉故列於風雅之閒明其不絕於風而可以雅也

案豳七月實兼風雅頌三體蓋記風土譜農政外又可以爲祭賽用故曰頌周官不得其解妄分爲三曰豳風豳雅豳頌致啓

漢宋諸儒疑議葉氏雖知其二未識其三豈人之聰明固有明於此而暗於彼者歟

嚴氏粲曰純乎雅之體爲雅之大雜乎風之體爲雅之小太史公稱國風好色而不淫小雅怨誹而不亂若離騷可謂兼之言離騷兼國風小雅而不兼大雅見小雅與風騷相類而大雅不可與風騷並言也

案太史公所云小雅怨誹而不亂者特舉小雅之變者言之耳若正小雅之詞則未盡然而欲執是以辨大小雅之分其可得乎蓋小雅固可兼風大雅亦未嘗不可兼風讀者試卽洞酌卷阿諸詩而細味之其體自見

王氏柏曰風雅之別卽朱子荅門人之問亦未一有腔調不同之

說有詞氣不同之說有體製不同之說或以地分以時分以所作之人而分諸說皆可參考惟腔調之說朱子晚年之所不取至於楚詞之集汪後詩傳二十年風雅頌之分其說審矣其言曰風則閭巷風土男女情思之詞雅則燕享朝會公卿大夫之作頌則鬼神宗廟祭祀歌舞之樂以此例推之則所謂體製詞氣所謂以時以地以所作之人不同等說皆有條而不紊矣

案詩之腔調生於詞氣詞氣生體製體製不同故詞氣與腔調亦因之以異事原一貫理本相通豈可執一以辨大小雅之分乎至時地與人亦有因是以別者但不可泥而求之耳

孔氏穎達曰原夫作樂之始樂寫人音人音有大小高下之殊樂器有宮徵商羽之異依人音而制樂託樂器以寫人是樂本效

人非人效樂但制樂之後則人之作詩先須成樂之文乃成爲音聲能寫情情皆可見聽音而知治亂觀樂而曉盛衰故神瞽有以知其趣也樂記曰其哀心感者其聲噍以殺其樂心感者其聲發以散是情之所感入於樂也季札見歌唐曰思深哉其有陶唐氏之遺民乎是樂音之得其情也

朱子曰詩者樂之章也故必學樂然後誦詩所謂樂者蓋琴瑟塤篪之類以漸習之而節夫詩之音律者然詩本性情有美刺風諭之旨其言近而易曉而從容詠歎所以感人者又易入至於聲音之高下舞蹈之疾徐所以養其耳目和其心志使人淪肌浹髓而安於仁義禮智之實又有非思勉之所能及者

又曰詩之作本爲言志而已方其詩也未有歌也及其歌也未有

樂也以聲依永以律和聲則樂乃爲詩而作非詩爲樂而作也三代之時禮樂用於朝廷而下達於閭巷學者諷誦其言以求其志詠其聲執其器舞蹈其節以涵養其心則聲樂之所助於詩者爲多然猶曰興於詩成於樂其求之固有序矣是以聖賢之言詩主於聲者少而發其義者多仲尼所謂思無邪孟子所謂以意逆志者誠以詩之作本乎其志之所存得其志而不得其聲者有矣未有不得其志而能通其聲者也就使得之止其鐘鼓之鏗鏘而已豈聖人樂云樂云之意哉況今去孔孟千有餘年古樂無復可考而欲以聲求詩則未知古樂之遺聲今皆可推而得之乎三百五篇皆可協之音律而被之絃歌乎故愚以爲詩出乎志者也樂出乎詩者也志者詩之本而樂者其末

也

【案】古人作樂將以狀萬物之性情而得諸聲音形容之際者也雖無聲之詩尚可以神會而音譜之況三百五篇之有詞有韻乎特古樂既亡後人無復考證得失時王又不以是爲重故任其散在兩間而若或亡之耳倘有應運者出則即詞以審音由音以定樂雖三代制作不難復見於今前明吾鄉葛氏中選精於音律而不逢時乃著泰律篇一書以傳世始知後世未嘗無人可與共復古樂但時未至則亦有待焉耳

鄭氏樵曰善觀詩者當推詩外之意如孔子子思善論詩者當達詩中之理如子貢子夏善學詩者當取一二言爲立身之本如南容子路善引詩者不必分別所作之人所采之詩如諸經所

舉之詩可也緜蠻黃鳥止于丘隅不過喻小臣之擇卿大夫有仁者依之夫子推而至於爲人君止於仁與國人交止於信鳶飛戾天魚躍于淵不過喻惡人遠去而民之喜得其所子思推之上察乎天下察乎地觀詩如此尚何疑乎如切如磋如琢如磨而子貢能達於貧富之間巧笑倩兮美目盼兮而子夏能悟於禮後之說論詩若此尚何疑乎南容三復不過白圭子路終身所誦不過不忮不求學詩至此奚以多爲維嶽降神生甫及申宣王詩也夫子以爲文武之德夙夜匪懈以事一人仲山甫詩也左氏以爲孟明之功引詩若此奚必分别所作之人所采之詩乎達是然後可以言詩也

范氏浚曰高山仰止景行行止夫子曰詩之好仁如此天生烝民

有物有則夫子曰為此詩者其知道乎凡夫子為詩之說率不過以明大義後世深求曲取穿鑿遷就之論興而詩之論始不明矣

案詩多言外意有會心者即此悟彼無不可以貫通然唯觀詩學詩引詩乃可若執此以釋詩則又誤矣蓋觀詩學詩引詩皆斷章以取義而釋詩則務探詩人意旨也豈可一概論哉

呂氏祖謙讀詩記曰桑中溱洧諸篇幾於勸矣夫子取之何也曰仲尼謂詩三百一言以蔽之曰思無邪詩人以無邪之思作之學者亦以無邪之思觀之閔惜懲創之意隱然自見於言外矣或曰樂記所謂桑間濮上之音安知非即此篇乎曰詩雅樂也祭祀朝聘之所用也桑間濮上之音鄭衛之樂也世俗之所用也

雅鄭不同部其來尚矣寧有編鄭衛樂曲於雅音中之理乎桑中溱洧諸篇作於周道之衰其聲雖已降於煩促而猶止於中聲荀卿獨能知之仲尼錄之所以謹世變之始也借使仲尼之前雅鄭果嘗厖雜自衛反魯正樂之時所當正者無大於此矣論語荅顏子之問乃孔子治天下之大綱也於鄭聲亟欲放之豈有刪詩示萬世反收鄭聲以備六藝乎

案溱洧乃刺淫之作桑中實無題之詩凡皆所以諷世云耳非淫奔者此也蓋鄭衛之風誠淫鄭衛之詩則非淫何也夫使鄭風不淫則溱洧無所刺衛風不淫則桑中何所諷且新臺靜女諸詩非衛淫風之實迹乎要知其風雖淫而所收之詩則皆刺淫作非淫奔詞不可以不辯也不然夫子論樂必曰放鄭聲豈

有正樂時又反收淫詞乎蓋放者放其聲之淫者耳非盡鄭聲而悉放之也使盡鄭聲而悉放之則緇衣好賢風雨懷友諸詩均在所刪之列何以尚存爲經此亦明顯易見之事不知後儒何以曉曉不已如是呂氏雖稍見及於此而不能明白剖决止引荀卿中聲之說以證之則仍是狐疑不定未有以得乎中也故又膂朱晦翁反覆辯論而愈堅其一定不移之心此葩經一大厄時也豈不惜哉

朱子曰孔子之稱思無邪也以爲詩三百篇勸善懲惡其要歸無不出於正非以作詩之人所思皆無邪也今必曰彼以無邪之思鋪陳淫亂之事而閔惜懲創之意自見於言外則曷若曰彼雖以有邪之思作之而我以無邪之思讀之則彼之自狀其醜

者乃所以爲吾警懼懲創之資邪若夫雅鄭若干篇自衛反魯以來未之有改至於桑中小序之文與樂記合則是詩之爲桑間不爲無據今必曰三百篇皆雅則邪正錯糅非復孔子之舊矣夫二南正風房中之樂也鄉樂也二雅之正朝廷之樂也商周之頌宗廟之樂也見於序義傳記皆有可考至於變雅則固已無施於事而變風又特里巷之歌謠其領在樂官者以爲可以識時變觀土風耳今必曰三百篇皆祭祀朝聘之所用則未知桑中溱洧之屬當以薦何等之鬼神接何等之賓客耶古者太師陳詩以觀民風固不問美惡而悉存以訓也然其與先王雅頌之正施用亦異則固不嫌於麗雜矣今於雅鄭之實察之既不詳於麗雜之名畏之又太甚顧乃文以風刺之美說強而

置諸雅頌之列是乃反爲靡雜之甚而不自知也其以二詩爲猶止於中聲者太史公所謂孔子皆弦歌之以求合於韶武之音其誤蓋亦如此然古樂既亡無所考正吾獨以其理與詞推之有以知其必不然耳又以爲近於勸一諷百而止乎禮義則又信大序之過者夫子虛上林猶有所謂諷也漢廣知不可而不求大車有所畏而不敢猶有所謂禮義之止也若桑中溱洧則吾不知其何詞之諷而何禮義之止乎

案晦翁此論不唯誤讀鄭聲淫一語且溱洧桑中二詩亦並未嘗細咏其詞溱洧之詞曰惟士與女則是非爲己而言也桑中一時而期三人於三地又豈一人所能爲哉二詩明則其他所謂淫奔之詞者亦無不明矣且夫子所以必標無邪一語爲訓

者正恐其詞之鄰於淫人或誤認爲淫而淫之則未免啓人以淫邪之思耳乃晦翁竟錯會聖言致啓說詩門戶數百年之爭則豈夫子所能逆計哉

朱子又曰小序大無義理是後人湊合而成多就詩中採摭言語不能發明大旨見有漢之廣矣之句以爲德廣所及見有命彼後車之言以爲不能飲食教載行葦之序見牛羊勿踐謂仁及草木見戚戚兄弟謂親睦九族見黄耇台背謂養老見以祈黄耇謂乞言見介爾景福謂成其福祿隨文生義無復倫理卷耳之序以求賢審官知臣下之勤勞爲后妃之志固不倫矣況詩中所謂嗟我懷人其言親暱太甚甯后妃所得施於使臣者哉桃夭之詩謂婚姻以時國無鰥民爲后妃所致不知文王刑家

及國其化固如此豈專后妃所能致邪其他變風諸詩未必是
刺者皆以爲刺未必是言此人必傅會以爲此人桑中之詩止
是淫者相戲之詞豈有刺人之惡反自陷於流蕩之中子衿詞
意輕儇豈刺學校之詞有女同車等皆以爲刺忽而作鄭忽不
娶齊女亦是好的意思見後來失國便將許多詩盡爲刺忽而
作考之於忽所謂淫暴之類皆無其實至目爲狡童豈詩人愛
君之意況其失國正坐柔懦何狡之有幽厲之刺亦有不然甫
田諸篇凡詩中無譏諷之意者皆以爲傷今思古而作其他謬
誤不可勝說後世但見詩序冠於篇首不敢議其非至解說不
通多爲飾辭以曲護之其誤後學多矣大序却好或謂補湊而
成亦有此理

案小序之謬誠如公論但詩傳之謬又有甚乎序者則何以故此篇本不欲錄以關序傳得失諸爭始也故存之以見葩經不幸遇此二家遂成聚訟豈偶然哉

朱子又曰大率古人作詩其間亦自有感物道情吟咏情性幾時盡是譏刺他人只緣序者立例篇篇作美刺說將詩人意思盡穿鑿壞了

案詩本吟咏性情不盡譏刺他人是公所知然詩多寄託男女不盡描寫已事又非公之所識以故鄭風篇篇指爲淫詞不更將詩人意思盡情說壞耶

集傳序曰本之二南以求其端參之列國以盡其變正之於雅以大其規和之於頌以要其止此學詩之大旨也於是乎章句以

綱之訓詁以紀之諷詠以昌之涵濡以體之察之情性隱微之間審之言行樞機之始則脩身及家平均天下之道其亦不待他求而得之於此矣

案學詩規模大要不出此數語且有與夫子面牆之訓互相發明者因亟錄之以爲詩教準

馬氏端臨曰詩書之序自史傳不能明其爲何人所作先儒多疑之至朱文公之解經於詩國風諸篇之序詆斥尤多以愚觀之雅頌之序可廢而十五國風之序不可廢也雅頌之作其意易明則序之辭可畧至於風之爲體比興之詞多於序述風喻之意浮於指斥有聯章累句而無一言序作之之意者而序者乃曰爲其事也苟非其傳授有源孰能臆料當時作者與所歸乎

夫芣苢之序以爲后妃之美也而其詩旨不過形容采掇芣苢之情狀而已黍離之序以爲閔周室之顛覆也而其詩語不過慨歎禾黍之苗穗而已叔于田之二詩序以爲刺莊公也而其詩語則愛叔段之辭耳揚之水椒聊二詩序以爲刺晉昭公也而其詩語則愛桓叔之辭耳此詩之賴序以明者也鴇羽陟岵之詩序以爲征役者不堪命而作也四牡采薇之詩序以爲勞使臣遣戍役而作也四詩之旨辭同意異若捨序以求之則文王之臣民亦怨其上而四牡采薇不得爲正雅矣即是觀之則桑中溱洧何嫌其爲刺奔而必以爲奔者所自作使聖經爲錄淫辭之具乎且詩之可删孰有大於淫者今以詩傳考之其指爲男女淫泆奔誘而自作詩以序其事者凡二十有四淫詩之

繁多如此夫子猶存之則不知所刪何等一篇也又以爲序者之意必以爲詩無一篇不爲刺時而作有害於温柔敦厚之教愚謂欲使其避諷訕之名而自處於淫詖之地則夫身爲淫亂而復自作詩以贊之反得爲温柔敦厚乎或曰春秋所記無非亂臣賊子之事不如是無以見當時事變之實而垂鑒於後世故不得已而存之愚以爲史以記事有治不能無亂固不容録文武而棄幽厲也至於文辭則其淫哇不經者直爲削之而已而夫子猶存之則必其意不出於此而序者之說是也或曰序求詩意於辭之外文公求詩意於辭之內子何以定其是非乎曰知詩人之意者莫如孔孟慮學者讀詩而不得其意者亦莫如孔孟是以有無邪之訓焉則以其辭之不能不鄰乎邪也使

篇篇如文王大明則奚邪之可閑乎是以有害意之戒焉則以
其辭之不能不戾其意也使章章如清廟臣工則奚意之難明
乎以是觀之則知刺奔果出於作詩者之本意而夫子所不刪
者決非淫泆之人所自賦也如木瓜采葛遵大路風雨褰裳子
衿揚之水諸篇雖疑其辭欠莊重然首尾無一字及婦人而謂
之淫邪可乎或又曰二南雅頌祭祀朝聘之所用也鄭衛桑濮
里巷狹邪之所作也夫子於鄭衛蓋深絶其聲於樂以爲法今
欲諱其鄭衛桑濮之實而文以雅樂之名將薦之於何等之鬼
神用之於何等之賓客乎愚以爲左傳言季札來聘請觀周樂
而所歌者邶鄘衛鄭皆在焉則諸詩固雅樂矣使其爲里巷狹
邪所用則周樂安得有之而魯之樂工亦安能歌異國之淫邪

詩乎至於古人歌詩合樂之意蓋有不可曉者夫關雎鵲巢后妃夫人之詩也而鄉飲酒燕禮歌之采蘩采蘋夫人大夫妻主祭之詩也而射禮歌之肆夏繁遏渠宗廟配天之詩也而天子享元侯歌之文王大明緜文王興周之詩也而兩君相見歌之以是觀之其歌詩之用與作詩之意蓋有判然不相合不可强通也左傳載列國聘享賦詩固多斷章取義然其大不倫者亦以來譏誚如鄭伯有賦鶉之奔奔楚令尹子圍賦大明及穆叔不拜肆夏甯武子不拜彤弓之類是也然鄭伯如晉子展賦將仲子鄭伯享趙孟子太叔賦野有蔓草鄭六卿餞韓宣子子齹賦野有蔓草子太叔賦褰裳子游賦風雨子旗賦有女同車子柳賦蘀兮此六詩皆文公所斥以爲淫奔之人所作也然所賦

也記曰鄭聲好濫淫志衛音促數煩志齊音傲僻驕志見列國
風也因之善者矯其偏而歸之中不善者循其流習而益之泛
無所不入而各國之風土不齊則各國之風氣不一故各國之
是也然未盡其義也蓋風乃天地陰陽之鼓動萬彙無所不被
章氏潢曰六義先風而風之義何居大序集傳所言節去不錄二説頌文旨
本旨應有以得其真耳
不失欲直此而曲彼不若兩平觀之合鄒序傳直探古人作詩
得失所在又安足以服文公心哉要之集傳固失古序亦未嘗
此駁集傳可謂痛切言之矣然其回護序者則亦未能分別
之燕享而此六詩之旨意訓詁當如序者之說也
皆見譽於叔向趙武韓起不聞被譏乃知鄭衛之詩未嘗不施

之音亦不同天子巡狩列國太史陳詩以觀民風者此也但列國之風化不齊聲氣不類而禮則一焉是故風之體輕揚和婉微諷譎諫託物而不著于物指事而不滯于事義雖寓于音律之間意嘗超于言詞之表雖使人興起而人不自覺如參差荇菜與樛木螽斯之三疊如已焉哉天實爲之謂之何哉母也天只不諒人只重復咏之如麟趾三章止更易子姓族數字而咏嘆不已皆風之類也若夫碩人一篇正是稱美衛莊姜中間止點出衛侯之妻一句而不見荅于衛莊公全不說出猗嗟一篇全是稱美魯莊公中間止點出展我甥兮一句而不能防閑其母亦不說出美中含刺之意却在言外風之體率類此

又曰詩之在二南者渾融含蓄委婉紆徐本之以平易之心出之

以溫柔之氣如南風之觸物而物皆暢茂凡人之聽其言者不覺其入之深而咸化育于其中也

【案】此論風體精微入妙近世說詩罕與倫匹而形容二南氣象尤為深至唯以南字取義為南風之南為未當故節錄其辭而不取命名之義

又曰雅之義云何大序曰雅者正也言王政之所由興廢也政有小大故有小雅焉有大雅焉程子曰雅者陳其正理如天生烝民有物有則民之秉彝好是懿德是也朱子曰小雅燕饗之樂也大雅朝會之樂受釐陳戒之詞也論雅之義備是也然以政之小大燕饗朝會分屬其亦未識小大雅之體乎彼鹿鳴天保君臣上下之交乎棠棣伐木蓼莪白華乃父子兄弟夫婦朋友

之恩義倫孰有大于斯者乎湛露彤弓之燕饗采薇出車之兵戎楚茨信南山之田事政孰有大于斯者乎謂小雅爲政之小與燕饗之樂果足以該小雅否也鳧鷖既醉之燕禮未必大于魚麗嘉魚江漢常武之征伐未必大于六月采芑安見其爲政之大乎又安見其爲朝會受釐陳戒與小雅異也不知雅體較之于風則整肅而顯明較之于頌則昌大而暢達惟彝倫政事之間尚有諷諭之意皆小雅之體也天人應感之際一皆性命道德之精皆大雅之體也其中或近于風與頌者則又爲小大雅之變體也小雅未嘗無朝會大雅未嘗無燕饗小大雅之正變無所與于時世之盛衰要在辨其體而小大雅正變之義俱不待言矣

【案】大小雅正變之分固因體異而體之所以異亦往往由時世升降之故故論正變不兼時世言義不備專以時世言理未周若以政之大小爲雅之大小則陋說也何足以爲訓

又曰頌之義云何大序曰頌者美盛德之形容以其成功告于神明者也呂氏曰頌者美之詞也無所諷議果足以盡頌之義乎未也蓋頌有頌之體其詞則簡其義味則雋永而不盡也如天作與雅之緜均之美太王也淸廟維天之命與雅之文王均之美文王也酌桓與雅之下武均之美武王也試取而同誦之同乎否乎蓋雅之詞俱昌大在頌何其約而盡也頌之體于是乎可識矣敬之小毖雖非告成功而謂之爲雅可乎哉魯之有駜泮水則近乎風閟宮與商之伍篇則皆近乎雅而其體則頌也

故謂爲變頌也亦宜

【案】頌有變體可謂創論亦實確論也然而篇中所舉未盡其義也蓋閔予小子似祝詞訪落敬之小毖似箴銘閟宮不唯似大雅且開漢賦褒揚先聲凡此皆頌之變焉者也若商頌伍篇則頌之源耳雖非告成功實祭祀樂安得謂之爲變耶

又曰詩聲教也言之不足故長言之性情心術之微悉寓于聲歌咏歎之表言者有限意則無窮也讀詩者先自和夷其性情于以仰窺其志從容吟哦優游諷詠玩而味之久當自得之也蓋其中間有言近而指遠者亦有言隱而指近者總不可以迫狹心神索之不可以道理格局拘之也噫賜商可與言詩其成法具在也否則誦詩三百雖多亦奚以爲

[案]讀詩不可以迫狹心神索之是諸儒之所知讀詩不可以道理格局拘之非諸儒所能識而宋儒則尤甚動輒以道理論詩旨烏能有合詩人意旨乎

又曰風首關雎而夫婦之倫正小雅首鹿鳴而君臣之情通大雅首文王而天人之道著頌首清廟而幽明之感孚

[案]此四始之義亦諸儒所未道

又曰鳶魚飛躍自後世詩家覩之不過點綴景物之詞爾惟子思子一發明之昭明有融觸處皆道乃知於昭陟降卽鳶魚飛躍之眞機也果能小心昭事不愧屋漏而夙夜之匪懈焉則自求多福之道卽于此乎在而矢音遂歌亦莫非大雅之音矣孰謂大雅終不可作乎

【案】說詩當觸處旁通不可泥於句下解詩必循文會意乃可得其環中此自兩道非可例言章氏說詩多主言外意而欲解詩者亦悉如之其可得耶茲特摘其一義之害者錄之而其餘可想知矣又其論大雅體多以天人奥蘊爲言夫天人奥蘊大雅固多發之然泂酌卷阿與民勞諸詩非唯有類小雅而且類乎變小雅矣竊意風雅正變固由人事政績以分大小正變而其原實由音節以辨體裁由體裁而分風雅頌以及雅之大小與詩之正變焉蓋詩之爲教聲教也風雅頌雖分三體而一氣元音實相貫注由風而雅由雅而頌自有一段自然節奏不可紊亂如十二律之次第相生實一氣之鼓盪其間也觀夫子正樂不過曰雅頌各得其所則其義亦可知已

又曰孟子云王者之迹熄而詩亡朙詩序先王以是厚人倫美教化移風俗之謂也凡詩人之咏歌非質言其事也每托物表志感物起興雖假目前之景以發其悲喜之情而寓意淵微有非恒情所能億度之者况其言雖直而意則婉亦有婉言中而意則直也或其言若微而意則顯亦有顯言中而意甚微者故美言若懟怨言若慕誨言若嬲諷言若譽要之一出於性情之正故孔子謂其可興可羣可怨可以事父事君可以從政專對莫非綱常倫理所關係也自三百後求詩之可存王迹厚人倫者誰歟

又曰誦詩讀書當論其世或時所難言或勢不敢言每借虛以爲實託此以形彼而說詩者不悟其意本婉言也反直言之本託

言也反質言之本微言也反顯言之中間凡託爲婦人女子之辭者卽信爲實言而假游女靜女爲比喻者又皆指爲淫詞使作者之志意咸晦塞而不達矣蓋惟不能以意逆志故不免逐響尋聲而詩人之旨無復存也又安望如商賜告往之來以起予哉

案前條見詩人立言多寄託微婉故足以感人於無形後條見後人說詩多膠滯鮮通詎能得會心於言外學者不可不反覆以參觀也

顧氏炎武曰孔子刪詩所以存列國之風也有善有不善兼而存之猶古之太師陳詩以觀民風而季札聽之以知其國之興衰正以二者之並陳故可以觀可以聽世非二帝時非上古固不

能使四方之風有貞而無淫有治而無亂也文王之化被於南國而北鄙殺伐之聲文王不能化也使其詩尚存而入夫子之刪必將存南音以繫文王之風存北音以繫紂之風而不容於沒一也是以桑中之篇溱洧之作夫子不刪志淫風也叔于田爲譽段之辭揚之水椒聊爲從沃之語夫子不刪著亂本也淫奔之詩錄之不一而止者所以志其風之甚也一國皆淫而中有不變者焉則亟錄之將仲子畏人言也女曰雞鳴相警以勤生也出其東門不慕乎色也衡門不願外也遻其辭比其音去其煩且濫者此夫子之所謂刪也後之拘儒不達此旨乃謂淫奔之作不當錄於聖人之經是何異唐太子宏謂商臣弑君不當載於春秋之傳乎舊唐書高宗諸子傳　黃氏日鈔云國風之用於燕享者唯二南而列國之風未嘗

被之樂也夫子之所言正者雅頌而未及乎風也桑中之詩明言淫奔東萊呂氏乃爲之諱而指爲雅音失之矣眞希元文章正宗其所選詩一埽千古之陋歸之正旨然病其以理爲宗不得詩人之趣且如古詩十九首雖非一人之作而漢代之風畧具乎此今以希元之所刪者讀之不如飲美酒被服紈與素何以異乎唐詩山有樞之篇旦人惟古歡枉駕惠前綏蓋亦邶詩雄雉于飛之義牽牛織女意昉大東兎絲女蘿情同車舝十九作無甚優劣必以坊淫正俗之旨嚴爲繩削雖矯昭明之枉恐失國風之義六代浮華固當芟落使徐庾不得爲人陳隋不得爲代無乃太甚豈非執理之過乎

【案】愚少時讀詩亦嘗爲是論及後細繹鄭衛諸詩並無所謂淫奔之作乃敢舍朱傳而別尋詩旨蓋刪詩與陳詩不同陳詩無

妨貞淫並見乃可觀一國之風尙刪詩則將以垂訓萬世豈可
邪正兼收縱云不沒其實亦不過採一二有關風化作如溱洧
之刺淫將仲子之畏人言及桑中之諷世以見一國風俗向來
如是足已何必定採淫奔者所自作之詩以著之經然後謂之
可以觀可以聽哉且編詩又與脩史不同史以紀事有治不能
無亂固不容錄文武而棄幽厲詩則將以厚人倫美教化移風
俗也晉是淫哇並著而可以移風俗美教化厚人倫乎必不然
之事矣若謂國風不入樂則季札請觀周樂何以爲之歌邶鄘
衛爲之歌王爲之歌鄭爲之歌齊爲之歌豳爲之歌秦爲之歌
魏爲之歌唐爲之歌陳自鄶以下雖無譏而亦爲之歌耶不寧
惟是鄭伯如晉子展賦將仲子鄭伯享趙孟子太叔賦野有蔓

草鄭六卿餞韓宣子子齹賦野有蔓草子太叔賦褰裳子游賦風雨子旗賦有女同車子柳賦蘀兮使不入樂何以施之燕享黃氏之言詎可引以爲證又況正樂與删詩亦微有異夫子正樂舉雅頌而不及風此或雅頌有失而國風無缺或舉其大而細者可該不然則二南固黃氏之所謂入樂者也何以不與雅頌而並舉之耶顧氏通儒亦爲前人所囿如此總之讀書未有心得全憑考据以爲是非而又不肯四面旁觀共證得失故有此弊

姚氏際恆詩經通論序畧曰自東漢衛宏始出詩序首唯一語本之師傳大抵以簡畧示古以渾淪見該雖不無一二婉合而固滯膠結寬泛填湊諸弊叢集其下宏所自撰尤極踳駁皆不待

識者而知其非古矣自宋晁說之程泰之鄭漁仲皆起而排之而朱仲晦亦承焉作爲辨說力詆序之妄由是自爲集傳得以肆然行其說而時復陽違序而陰從之而且違其所是從其所非焉武斷自用尤足惑世因歎前之遵序者集傳出而盡反之以遵集傳後之駁集傳者又盡反之而仍遵序更端相循靡有止極窮經之士將安適從哉予嘗論之詩解行世者有序有傳有箋有疏有集傳特爲致多初學茫然罔知專一予以爲傳箋可畧今日折中是非者惟在序與集傳而已毛傳古矣惟事訓詁與爾雅畧同無關經旨雖有得失可備觀而弗論鄭箋鹵莽滅裂世多不從又無論已唯序則昧者尊之以爲子夏作也集傳則今世宗之奉爲繩尺也予謂漢人之失在于固宋人之失

在于晏圉之失僅以類夫高叟晏之失且爲咸丘蒙以北山四
言爲天子臣父之證矣閒觀周頌潛之序曰季冬薦魚春獻鮪
本不關月令明爲漢人所作奈何玷我西河世人固可曉然分
別觀之無事凛遵矣集傳紕繆不少其大者尤在誤讀夫子鄭
聲淫一語妄以鄭詩爲淫且及于衞且及于他國是使三百篇
爲訓淫之書吾夫子爲導淫之人此舉世之所切齒而歎恨者
予謂若止曰爲淫詩亦已耳其流之弊必將併詩而廢之王柏
之言曰今世三百五篇豈盡定于夫子之手所删之詩容或存
于閭巷游蕩之口漢儒取以補亡耳于是以爲失次多所移易
復黜召南野有死麕及鄭衞風集傳所目爲淫奔者其說儼載
于宋史儒林傳明程敏政王守仁茅坤輩和之嗟乎以遵集傳

之故而至于廢經集傳本以釋經而使人至于廢經其始念亦不及此爲禍之烈何致若是安知後之人不又有起而踵其事者乎此予所以切切然抱杞宋憂也夫季札觀樂與今詩次序同而左傳列國大夫所賦詩多集傳目爲淫奔者乃以爲失次及漢攙入同于目不識丁他何言哉我嘗紬思如經傳所言可爲詩序者而不能悉得渺無畔岸蠡之測海其與幾何又見明人說詩之失在于鑿於是欲出臆論則仍鄰鑿空欲喜新譚終涉附會斂手縮筆未敢昌言惟是涵泳篇章尋繹文義辨別前說以從其是而黜其非庶使詩意不致大歧埋沒于者固若妄若鑿之中其不可詳者甯爲未定之辭務守闕疑之訓俾原詩之眞面目悉存猶愈于漫加粉蠹遺誤後世而已若夫經之正

旨篇題固未能有以逆知也

自來說詩諸儒攻序者必宗朱攻朱者必從序非不知其兩有所失也蓋不能獨抒己見卽不得不借人以爲依歸耳姚氏起而兩排之可謂膽識俱優獨惜其所見未眞往往發其端不能竟其委迨思意窮盡無可說時則又故爲高論以驚世而文其短是其於詩人本義固未有所發明亦由於胸中智慧有餘而義理不足故也然在當時則固豪傑士矣若篇中所云以遵集傳故而至於廢經則眞庸妄流豈可同日並語哉

隴州門人李沖霄校字

詩經原始卷之一目錄

國風

周南十一首

漢廣　江干樵唱驗德化之廣被也

汝墳　南國歸心也

麟之趾　美公族龍種盡非常人也

詩經原始卷之一

寶甯方玉潤鴻濛氏撰

國風一

詩體有三曰風曰雅曰頌而風獨居首者集傳云風者民俗歌謠之詩也謂之風者以其被上之化以有言而其言又足以感人如物因風之動以有聲而其聲又足以動物也故凡歌謠之體皆風體也章氏潢曰天地噓育萬物莫疾乎風所以節宣陰陽之氣而萬物之生機賴之以宣暢也然吹萬不同一皆隨其竅之所感而聲亦因以異焉是本之氣而形之聲氣和則聲徐氣勁則聲肅和則物觸之欣欣向榮勁則物觸之而摧折者多矣此又聲各國之風尚不同而詩之音節亦異焉古帝王知其然故巡狩列國令太史陳詩以觀民風可以知政治之得失而考俗尚之美惡者莫若乎風於是採其善者列於樂官以時存肄資觀感而垂聲教用至廣也然則國何以僅十有五司馬遷謂古詩三千夫子刪之存三百餘篇是刪者多而存者少詩存則國存詩刪則國亦不得不刪也何容心哉舊說又以二南爲正風十三國爲變風者亦非風之正變不係乎此也二南固風之正十三國中亦未嘗無正風蓋正變以體異不以國異以聲異不以時異然體亦有

以國異聲亦有以時異者是在乎善
讀詩者反覆涵泳而自有得於心焉

周南

周地名在禹貢雍州岐山之陽周大王始居之故國號曰周至武王有天下又分其地以爲弟旦采邑故旦亦曰周公而此時之周則周初地各與旦無涉也凡其時所採民間歌謡得自周地者均繫之曰周然而十三國皆曰風周與召獨曰南者何也古序云南言化自北而南也集傳因之章氏潢則以南爲樂名而取證於以雅以南之詩及記胥鼓南又謂八方南爲正八風南爲和舜之解愠曰薰風詩之正風故曰南此皆影響臆測之見非當時命名本意也竊謂南者周以南之地也大畧所採詩皆周南詩多故命之曰周南何以知其然耶周之西爲犬戎北爲豳東則列國唯南最廣而及乎江漢之間其地又多文明象且親被文王風化故其爲詩也融渾含蓄多中正和平之音不獨與他國異卽古幽樸茂淯質之風亦不能與之並賡而迭和又況幽與各國各成風氣各存音節尤不可以相混此周以南之詩獨爲正風也聖人取之以爲房中樂以其言皆夫婦昏姻男女子息之謡故被諸筦絃可以用之鄉人用之邦國焉世之欲正人倫而敦風化者舍二南其奚擇哉若舊說云關雎麟趾之化王者之風故繫之周公鵲

此詩佳處全在首四句多少和平中正之音細詠自見取冠三百眞絕唱也忽轉繁絃促音通篇精神振要在此不然前後皆平沓矣友字樂字一層深

巢騶虞之德諸侯之風也先王之所以教故繫之召公吾不知王者諸侯之風何所分周召之繫何所屬且其時文王亦諸侯也安見其爲王者風乎關雎以前周公猶未生甘棠而後召公則已死以二南分屬二公其屬之生前乎抑屬之死後乎此等陋說陳陳相因朱傳不能正又從而和之無怪其來姚氏之譏以爲尊序莫如朱矣夫天地元音原有其會文王雖有聖德非運際翔洽亦不能使里巷歌謠涵元氣而諧正聲洋洋如是之盛也故詩至二南詩之盛極于千載下無能爲繼此豈特房中樂哉

關雎　樂得淑女以配君子也

關關雎鳩在河之洲窈窕淑女君子好逑一章（興○起○却○兼○比○意○　○承○明○正○意○仍○是○總○冒）參差荇菜左右流之（興而比下同）窈窕淑女寤寐求之二章求之不得寤寐思服悠哉悠哉輾轉反側（根○上○求○字○翻○生○出○不○得○一○層○文○心○乃○曲○）三章參差荇菜左右采之窈窕淑女琴瑟友之四章（以下○○○皆○言○既○得○情○景○而○用○字）參差荇菜左右芼之窈窕淑女鐘鼓樂之五章（自○有○淺○深○不○同○處○○○）

右關雎五章章四句（姚氏際恒目從鄭氏今仍之）小序以爲后妃之德集傳

一身快足滿意而文不涉於侈靡所謂樂而不淫也

又謂宮人之咏大姒文王皆無確證詩中亦無一語及宮闈況文王大姒耶竊謂風者皆採自民間者也若君妃則以頌體爲宜此詩蓋周邑之咏初昏者故以爲房中樂用之鄉人用之邦國而無不宜焉然非文王大姒之德之盛有以化民成俗使之咸歸於正則民間歌謠亦何從得此中正和平之音也耶聖人取之以冠三百篇首非獨以其爲夫婦之始可以風天下而厚人倫也蓋將見周家發祥之兆未嘗不自宮闈始耳故讀是詩者以爲咏文王大姒也可卽以爲文王大姒之德化及民而因以成此翔洽之風也亦無不可又何必定考其爲誰氏作歟

附錄 姚氏際恒曰小序謂后妃之德大序曰樂得淑女以配君子憂在進賢不淫其色哀窈窕思賢才而無傷善之心焉因德字衍爲此說則是以爲后妃自咏以淑女指妾媵其不可爲通者四雎鳩雌雄和鳴有夫婦之象故託以起興今以妾媵爲

與君和鳴不可通一也淑女君子的的妙對今以妾媵與君對不可通二也逑仇同反之爲匹今以妾媵匹君不可通三也常棣篇曰妻子好和如鼓瑟琴今云琴瑟友正是夫婦之義若以妾媵爲與君琴瑟友則僭亂以后妃爲與妾媵琴瑟友未聞后與妾媵可以琴瑟喻者不可通四也夫婦人不妬則亦已矣豈有以已之坤位甘遜他人而後謂之不妬乎此迂而不近情之論也集傳因其不可通則以爲宮中之人作夫謂王季之宮人耶淑女得否何預其哀樂之情謂文王之宮人耶諸侯娶妻姪娣從之未有未娶而先有妾媵者前人已多駁之況琴瑟友之亦非妾媵所敢與后妃言也並說不去于是乎僞子貢傳出以爲姒氏思淑女而作欲與集傳異而不如仍歸舊說也要之自小序有后妃之德一語大序因而附會爲不妬之說以致後儒兩說角立皆有難通而關雎咏淑女君子相配合之原旨竟不知何在矣此詩只是當時詩人美世子娶妃初昏之作以見嘉耦之合初非偶然爲周家發祥之兆自此可以正邦國風天下不必實指大姒文王非若大明思齊等篇實有文王大姒名也案此說駁序傳可謂詳且明矣及其自詮詩旨則仍不離世子娶妃之說夫世子爲誰妃又爲誰周宮中之淑女君子孰有如大姒文王者是欲駁正前說而仍不能脫前人窠臼曰故備錄之以見古今說詩之難得通論也如此

集釋　關關關關雎雄相應聲或云彼此相關關是聲中見意亦通雎鳩集傳雎鳩水鳥一名王雎狀類鳧鷖今江

淮間有之生有定偶而不相亂偶常竝遊而不相狎故毛傳以爲摯而有別列女傳以爲人未嘗見其乘居而匹處者蓋其性然也〔姚氏際恒曰〕毛傳云摯而有別夫曰摯猶是雎鳩食魚有搏擊之象然此但釋鳩之性習不必於正意有關會也若云有別則附會矣孟子述契之教人倫曰夫婦有別此有別字所從出豈必以夫婦字加於雎鳩上哉詩人體物纖精安能擇一物之有別者以比夫婦而後人又安知詩人之意果如是耶列女傳因云雎鳩之鳥人未嘗見其乘居而匹處也尤附會夫謂之有別猶云不亂羣之謂耳非異處之謂也今云未嘗見其乘居匹處則猶非所以比夫婦亦大乖關關之旨矣歐陽永叔曰不取其摯取其別蘇子由曰物之摯者不淫若然又不取其別取其摯也其無定論如此大抵皆從傳之摯而有別而舍經之關關以爲說也集傳曰言其相與和樂而恭敬亦若雎鳩之情摯而有別也以和樂貼至字以恭敬貼有別字按下尚有求之與求之不得二義此遽作成婦以後立論謂之和樂恭敬且引匡衡疏語而謂之善說詩亦老大孟浪矣此亦因摯而有別一語展轉失眞以至於此也箋釋鳩性只集傳生有定偶而不相亂偶常竝遊而不相狎二語足已而又必牽引毛傳及列女傳以致偶姚氏辯論不休此訓詁家惡習也本不足錄然存之亦足見箋疏之多附會云

窈窕〔集傳〕窈窕幽閑之意〔姚氏際恒曰〕窈窕字從穴與窬窩等字同猶後世言深閨之意魯靈光殿賦云旋室㛹娟以窈窕駱賓王詩云椒房窈窕連金屋元稹詩云文

牕窈窕紗猶絲皆是毛傳訓幽閒幽或有之閒則於窈窕何見乎［案］窈窕字雖從穴然與便娟等字對用則仍是閨閣幽靜之意非窈窕卽深閨也脫却閨閣以釋窈窕固不可卽竟以窈窕爲閨閣亦豈可乎 淑 善也 逑 匹也 荇 ［集傳］荇接余也根生水底莖如釵股上青下白葉紫赤圓徑寸餘浮在水面［李氏］樗曰荇菜是水有之黃花葉似蓴可爲菹 左右 ［集傳］或左或右言無方也 流 ［集傳］流順水之流而取之也［姚氏］際恒曰毛傳曰后妃有關雎之德乃能供荇菜備庶物以事宗廟也若然以荇菜爲共祭祀用故后妃及之則是直賦其事何云興乎是誤以采蘋釋關雎矣自毛爲此說鄭氏執泥左右字附會爲妾媵助而求之以實其大姒求淑女之說或不從其說者謂荇菜取喻其柔又謂喻其潔皆謬按荇菜只是承上雎鳩來亦河洲所有之物故卽所見以起興耳不必求之過深毛傳云流求也未聞流之訓求者且下卽言求上亦不應作流也寤寐求之下緊接求之不得則此處正以荇菜喻其左右無方隨水而流未卽得也［集傳］云流順水之流而取之也不從流之訓求是已取之二字則又添出［案］流卽荇菜之隨水而流左右流言其左右皆流而無方也正以起下求之不得隨意至下章則采而得之末章則既得而熟薦之詩人用字自有淺深次序井然至後兩左右字不過相承而下不可過泥若鄭說以左右爲助義非唯不得詩之佳處卽文義亦有所不通此處求之尚未必得何遽云事宗廟耶卽毛之訓流爲求詩下文何不接云寤寐流

追敘葛之初生三句爲一截唐人多有此體 治葛既成以至服之無斁起下汚澣 三章歸寧正面三

之流之不得而又明言求之不用流字則何以故說詩如此豈不可笑愚嘗謂講學家不可言詩考據家亦不可言詩即此亦見一斑姚氏駁之當已唯謂荇菜非取其柔潔不過承上雎鳩來以爲河洲所有之物而已則恐非詩人意也夫河洲所有之物亦多矣詩人何獨有取於荇菜耶且姚氏亦以此爲興而比矣使非柔且潔則何此之有此又好爲排擊古人者之過耳

服猶懷也 輾轉反側臥不安貌 茟熱而薦之也

標韻 鳩今韻十一尤 洲 逑並同本韻 流尤 求同本韻 得今韻十三職 服今韻一屋 側職 叶韻案屋職二韻今雖不通而古恒通用 采今韻十賄 友今韻二十五有 叶韻案二韻今亦不通 茟今韻二十號 樂今韻十九效 通韻後凡標韻皆今韻倣此不重注

葛覃 因歸寧而敎婦本也

葛之覃兮施于中谷維葉萋萋黃鳥于飛集于灌木其鳴喈喈 一章（界點景物 篇之主）

葛之覃兮施于中谷維葉莫莫是刈是濩爲絺爲綌服之無斁 二章

言告師氏言告言歸薄汚我私薄澣我衣害澣害否歸寧父母 三章

言字兩薄字兩害字說得何等從容不迫的是大家閨範賢媛口吻

右葛覃三章章六句小序以爲后妃之本集傳遂以爲后妃所自作不知何所證據以致駁之者云后處深宮安得見葛之延於谷中以及此原野之間鳥鳴叢木景象乎愚謂后縱勤勞豈必親手是刈是濩后卽節儉亦不至歸寧尙服澣衣縱或有之亦屬矯强非情之正豈得爲一國母儀乎蓋此亦采之民間與關雎同爲房中樂前咏初昏此賦歸寧耳因歸寧而澣衣因澣衣而念絺綌因絺綌而想葛之初生至于刈濩以見一物之成亦非易易而服之者敢有厭心哉縱至歸寧以見父母所服私衣亦不過澣濯舊物而已可見周家王業勤儉爲本且故民間婦道亦觀感成風聖人取之以次關雎亦欲爲萬世婦德立之範耳

葛〔集傳〕葛草名蔓生可爲絺綌者覃延也施移也黃鳥鸝也〔陸氏璣曰黃鸝留也或謂之黃栗留幽州人謂之黃鶯一名倉庚一名商庚一名鶩黃一名楚雀齊人謂之搏黍當甚熟時來在桑間故里語曰黃栗留看我麥黃葚熟不應節趨時之鳥也灌木叢木也喈喈和聲也莫莫茂密也刈斬也濩煮也絺綌精曰絺麤曰綌斁厭也師女師也〔毛氏萇曰古者女師教以婦德婦言婦容婦功祖廟未毀教於公宮三月祖廟既毀教於宗室薄猶少也汚〔集傳〕汚煩撋之以去其汚猶治亂而曰亂也〔陸氏德明曰煩撋猶捼挱也〔王氏安石曰治汚曰汚澣濯也私衣〔集傳〕私燕服也衣禮服也〔毛氏萇曰婦人有副褘盛飾以朝事舅姑接見於宗廟進見於君子其餘則私也〔姚氏際恒曰私祖服衣裳服非禮衣禮衣不可澣也害何也歸寧歸問父母安也

谷一屋木同本韻二韻隔句叶萋八齊喈九佳通韻亦隔句叶莫七遇濩同本韻綌十一陌斁同本韻斁又遇韻與上莫濩亦叶歸五微私四支衣五微通韻否二十五有母同本韻

卷耳　念行役而知婦情之篤也

國采卷耳而動懷人念故未盈筐而置彼周行已有一往深情之概下三章皆從對面著筆懸想其勞苦之狀強自寬而愈不能寬末乃極意摹寫有急管繁絃之意後世杜甫今夜鄜州月一首脫胎於此

采采卷耳不盈頃筐嗟我懷人寘彼周行（後三章從此生出）章一 陟彼崔嵬我馬虺隤（我馬指大馬）我姑酌彼金罍維以不永懷（此我字乃懷人之人自我也）章二 陟彼高岡我馬玄黃我姑酌彼兕（呼夫馬曰我親之之詞）觥維以不永傷 章三 陟彼砠矣我馬瘏矣我僕痡矣云何吁矣 章四（四矣字節短音長虛收有神）

右卷耳四章章四句小序謂后妃之志大序以爲后妃求賢審官皆因左傳引此詩謂楚于是乎能官人遂解周行爲周之行列毛鄭依之歐陽氏始駁之云婦人無外事求賢審官非后妃責其說是矣然其自解則以后妃諷君子愛惜人才爲言仍與舊說無異姚氏際恒既知其非而又無辭以解此詩乃曰且當依左傳謂文王求賢官人以其道遠未至閔其在途勞苦而作旋又疑執筐終近婦人事不敢直斷遂以首章爲比體此皆左氏誤之也殊知古人說詩多斷章取義或於言外別有會心如

夫子論貧富而子貢悟及切磋夫子言繪事而子夏悟及禮後皆善於說詩爲夫子所許左氏解此詩亦言外別有會心耳豈可執爲證據况周行可訓行列執筐終非男子求賢審官是何等事而乃以婦人執筐爲比耶惟集傳謂后妃以君子不在而思念之下皆託言登山以望所懷之人差爲得之然婦人思夫而陟岡飲酒攜僕徂望雖曰言之亦傷大義故又爲楊氏用修所駮曰原詩人之旨以后妃思文王之行役而言陟岡者文王陟之玄黄者文王之馬痡者文王之僕金罍兕觥文王酌以消憂也蓋身在閨門而思在道路若後世詩詞所謂計程應說到涼州意耳然仍泥定后妃則執筐遵路亦豈后妃事耶且維以不永懷維以不永傷者聊以自解之辭耳則酌彼金罍二語當

屬下說雖曰飲酒非婦人事然非杜康無以解憂不必以辭害
意可也故愚謂此詩當是婦人念夫行役而憫其勞苦之作聖
人編之葛覃之後一以見女工之勤一以見婦情之篤同爲房
中樂可以被諸管絃而歌之家庭之際者也如必以爲託辭則
詩人借夫婦情以寓君臣朋友義也乃可不必執定后妃以爲
言則求賢官人之意亦無不可通也

【集釋】卷耳〔毛氏萇曰〕苓耳也〔陸氏璣曰〕葉青白色似胡荾白花
細莖蔓生可煮爲茹四月中生子如婦人耳中璫或
謂之耳璫幽州人謂之爵耳〔郭氏璞曰〕亦名
胡枲江東呼常枲〔朱子曰〕據本草即今蒼耳頃欹也筐竹器寘舍也周
行大道也〔姚氏際恒曰〕周行左傳作周之行列毛鄭依之嚴氏
云詩有三周行卷耳鹿鳴大東也鄭皆以爲周之行行列惟卷
耳可通鹿鳴示我周行破示爲寘自不安矣大東行彼周行又
爲發幣于列位其義尤迂毛以卷耳爲列位鹿鳴爲大道大東
無傳則周行二字有兩義一爲列位一爲道而道又鹿鳴爲道
義之道大東爲道路之道按嚴謂周行有二義一爲列位一爲

道猶近是蓋卷耳曰寘鹿鳴大東曰示曰行用字原有別若謂
道又一爲道義之道一爲道路之道則未然均爲道路也解見
鹿鳴按荀子解蔽篇曰頃筐易盈也卷耳易得也然而不可以
貳周行以用心不可貳爲言諸子引經隨事取義不可爲據
蘇氏劉氏並祖述之爲解非也又淮南子引此以爲言慕遠世
亦不可用行〔案〕朱子亦曰詩有三周行此及大東皆道路之道
鹿鳴乃道義之道此周行當以大道爲是**陟**升也**崔嵬**〔姚氏際恒曰崔嵬毛傳云土山之戴石者爾雅云石戴土相互
異愚以爲皆不可通崔嵬字皆不從石安得謂之石戴土戴石耶按說文崔大高也嵬高不平也只言其高于義爲當**虺**
隤許氏愼曰隤下隊也**罍**酒器刻爲雲雷之象以黃金飾之**兕觥**以兕觥爲爵也**砠**〔集傳曰石戴土曰砠**瘏**
馬病不能進也**痡**人病不能行也

【標韻】筐陽七 人眞十一 行陽 通韻 嵬灰十 隤罍懷並同 本韻 岡陽 黃同 觥庚八 傷陽 通韻 砠虞七 瘏痡吁並同 本韻〔案此詩除首句外句句用韻又一體也

樛木　祝所天也

三章只易六字而往復疊咏慇懃之

南有樛木葛藟纍之樂只君子福履綏之章一南有樛木葛藟荒之

意自見

樂只君子。福履將之。二章南有樛木。葛藟縈之。樂只君子。福履成之。三章

右樛木三章章四句小序謂后妃逮下大序遂衍爲無嫉妒之心集傳因之謂衆妾之頌后妃似矣然詩詞並無樂德意而何以見其無嫉妒心耶觀纍荒縈等字有纏綿依附之意如蔦蘿之施松柏似於夫婦爲近而僞傳又云南國諸侯慕文王之化而歸心于周其說亦是總之君臣夫婦義本相通詩人亦不過藉夫婦情以喻君臣義其詞愈婉其情愈深卽謂之實指文王亦奚不可而必歸諸衆妾作則固矣

集釋 樛木木下曲曰樛 藟葛類陸氏璣曰藟一名巨苽似燕薁亦延蔓生 纍猶繫也 只語助辭 福履嚴氏粲曰動罔不吉謂之福履 綏安也 荒苞覆也 將猶扶助也 縈旋繞之周也 成就也

標韻　轟四支　綏同本韻　荒七陽　將同本韻　縈八庚　成同本韻

螽斯　美多男也

螽斯羽，詵詵兮。宜爾子孫，振振兮。一章　螽斯羽，薨薨兮。宜爾子孫，繩繩兮。二章　螽斯羽，揖揖兮。宜爾子孫，蟄蟄兮。三章

詩只平說，唯六字鍊得甚新。

右《螽斯》三章，章四句。《小序》謂后妃子孫衆多，《大序》因言若螽斯不妒忌，則子孫衆多，《集傳》從之，而微易其辭，以螽斯爲不妒忌固有說歟？即謂后妃不妒忌而子孫衆多，亦屬擬議附會之詞。且謂此詩爲衆妾所作，則尤武斷無稽。周家媵妾縱多賢淑，安見其爲女學士耶？當是之時，子孫衆多，莫若文王。詩人美之，固宜。但其措詞亦僅借螽斯爲比，未嘗顯頌君妃，亦不可泥而求之也。讀者細咏詩詞，當能得諸言外。

【集釋】螽斯毛氏萇曰螽斯蚣蝑也孔氏穎達曰此言螽斯七月云斯螽文雖顛倒其實一也陸璣疏云幽州人謂之春箕集傳螽斯蝗屬長而青長角長股能以股相切作聲一生九十九子姚氏際恒曰螽斯之斯語辭猶鹿斯鸒斯也豳風斯螽動股則又以斯居上猶斯干斯稗也不可以螽斯二字爲名蘇氏謂螽斯一生八十一子朱氏謂一生九十九子今俗謂蝗一生百子皆不知何從數之而得此數耶爾指人集傳必以爲指螽斯亦不知何意如謂不便爾后妃天保定爾臣爾君矣

詵詵和集貌 振振盛貌 薨薨羣飛聲 繩繩不絕貌 揖揖會聚也 蟄蟄多之意

【標韻】詵真十一 振同本韻 薨蒸十 繩同本韻 揖緝十四 蟄同本韻

桃夭 喜之子能宜室家也

豔絕開千古詞賦香奩之祖

桃之夭夭灼灼其華之子于歸宜其室家章一（與○中○有○比○ ○錬○字○法○ 實賦○ 虛想○）

意盡首章葉實則于歸後事如綠葉成陰子滿枝亦以見婦入貴有子也

桃之夭夭有蕡其實（又變○）之子于歸宜其家室章二 桃之夭夭其葉蓁蓁之子于歸宜其家人章三

右桃夭三章章四句小序曰后妃之所致也大序因言不妒忌

則男女以正昏姻以時國無鰥民也此亦本孟子太王好色內無怨女外無曠夫爲言然必謂不妒忌者何哉夫后妃不妒忌豈待人言亦豈待煩言而後信哉卽使妬忌亦與小民昏姻何涉此皆迂論難通不足以發詩意也集傳此章專言文王之化自家而國其說近是然又引周禮仲春令會男女以證桃夭之時則又泥而鮮通桃夭不過取其色以喻之子且春華初茂卽芳齡正盛時耳故以爲比非必謂桃夭時之子可盡于歸也僞傳又以爲美后妃而作關雎美后妃矣而此又美后妃乎且呼后妃爲之子恐詩人輕薄亦不至猥褻如此之甚耳蓋此亦詠新昏詩與關雎同爲房中樂如後世催妝坐筵等詞特關雎從男求女一面說此從女歸男一面說互相掩映同爲美俗而此

詩氣體稍輕故不得與關雎並次盋斯後别爲一樂可也然以如花勝玉之子而宜室宜家可謂德色雙美豔稱一時雖不知其所歸何人然亦非公侯世族賢淑名媛不足以當卽謂之樂而不淫也可

集說 桃木名夭夭少好貌灼灼鮮明貌孔氏穎達曰夭夭言桃之少灼灼言華之盛桃或少而未華或華而不少此詩夭夭灼灼並言之則是少而有華者故辨之言桃有華之盛者由桃少故華盛以喻此女少而色盛也歸婦人謂嫁曰歸宜和順之意朱氏善曰之子所謂宜猶后妃之所謂淑然淑以其德之蘊於中者言宜以其效之著於外者言惟其有是德故可必其有是效也宜者和順之意和則不乖順則無逆此非勉強所能也必孝不衰於舅姑敬不違於夫子慈不遺於卑幼義不嗤於夫之兄弟而後可以謂之宜也然由后妃教化倡於上之子則效應於下故于歸之際見者知其必有以宜室宜家焉此亦可以觀感應之機矣蕡實之盛也朱氏道行曰凡華豔者鮮實桃夭不然春開夏結其實多而味美故曰有蕡其實彼于歸者之有子似之蓁蓁葉盛貌

肅肅二字寫出軍容嚴肅之貌干城好仇腹心卽從上肅肅字看出落落數語可賅上林羽獵長楊諸賦

標韻 華 六麻 家 同本韻 實 四質 室 同本韻 蓁 十一眞 人 同本韻

兔罝 美獵士爲王氣所特鍾也

肅肅兔罝，椓之丁丁。赳赳武夫，公侯干城。一章 此層淺 肅肅兔罝，施于中逵。赳赳武夫，公侯好仇。二章 此層深 肅肅兔罝，施于中林。赳赳武夫，公侯腹心。此層更深 三章

右兔罝三章，章四句。小序謂后妃之化，不知武夫於后妃何與，章章牽涉后妃，此尤無理可厭。集傳云化行俗美，賢才衆多，雖罝兔之野人，而其才之可用猶如此，亦屬虛衍附會，毫無徵實。按墨子曰：文王舉閎夭、太顛於罝網之中，授之政，西土服。後儒如金仁山、胡休仲多主是說，以爲誦此篇之義，必有人焉當之，如文王狩獵而得呂望之類，姚氏亦以爲然。然則呂望、閎夭、太

顯諸公亦可謂之赳赳武夫耶夫擬人必於其倫昌望諸賢縱極野處亦斷不至與罝兔野人同秉赳赳之氣竊意此必羽林衛士扈蹕游獵英姿偉抱奇傑魁梧遙而望之無非公侯妙選識者於此有以知西伯興世之必昌如後世劉基赴臨淮見人人皆英雄屠販者氣宇亦異知爲天子所在而嘆其從龍者之衆也詩人咏之亦以爲王氣鍾靈特盛乎此耳不然周縱多才何至以罝兔野人爲干城好仇腹心之寄哉

【集釋】罝 罟也爾雅兔罟謂之罝李氏巡注兔自作徑路張罝捕之也 丁丁 集傳丁丁椓杙聲也爾雅橛謂之杙李氏巡注杙謂橛也許氏恒曰擊橛於地中張罝其上也 赳赳 武貌 逵 九達之道 好仇 仇與逑同匹也 腹心 同心同德可爲心膂之助也

【叶韻】罝 音嗟六麻又七虞叶苴入六魚 夫 七虞 通韻 賒句叶謂之轆轤韻下倣此 丁 九青 城 八庚 通韻

一片元音羌無故實通篇只六字變換而婦女拾菜情形如畫如話

逵四支仇十一尤叶韻　林十二侵心同本韻

芣苢　拾菜謳歌欣仁風之和鬯也

采采芣苢薄言采之采采芣苢薄言有之章一采采芣苢薄言掇之采采芣苢薄言捋之章二采采芣苢薄言袺之采采芣苢薄言襭之章三

右芣苢三章章四句小序謂后妃之美大序云和平則婦人樂有子矣皆因泥讀芣苢之過按毛傳云芣苢車前宜懷妊焉車前通利藥謂治產難或有之謂其樂有子則大謬姚氏際恒駁之謂車前非宜男草其說是矣然又無辭以解此詩豈以其無所指實殊知此詩之妙正在其無所指實而愈佳也夫佳詩不必盡皆徵實自鳴天籟一片好音尤足令人低回無限若實而

按之興會索然矣讀者試平心靜氣涵泳此詩恍聽田家婦女三三五五於平原繡野風和日麗中羣歌互答餘音裊裊若遠若近忽斷忽續不知其情之何以移而神之何以曠則此詩可不必細繹而自得其妙焉唐人竹枝柳枝櫂歌等詞類多以方言入韻語自覺其愈俗愈雅愈無故實而愈可以咏歌卽漢樂府江南曲一首魚戲蓮葉數語初讀之亦毫無意義然不害其爲千古絕唱情眞景眞故也知乎此則可與論是詩之旨矣集傳云化行俗美家室和平婦人無事相與采此芣苢而賦其事以相樂其說不爲無見然必謂爲婦人自賦則臆斷矣蓋此詩卽當時竹枝詞也詩人自咏其國風俗如此或作此以畀婦女輩俾自歌之互相娛樂亦未可知今世南方婦女登山採茶結

伴謳歌猶有此遺風云

【集釋】芣苢〔爾雅〕芣苢馬舄馬舄車前〔注〕生於兩旁者爲瞿〔韓氏嬰〕曰直曰車前瞿曰芣苢〔陸氏璣〕曰車前一名當道喜在牛跡上生故曰車前當道也掇拾也捋取其子也袺以衣貯之而執其衽也襭以衣貯之而扱其衽於帶間也

【標韻】采十賄有二十五有叶韻 掇七曷捋同本韻 袺九屑襭同本韻

漢廣 江干樵唱驗德化之廣被也

南有喬木不可休息〔吳氏曰〕韓詩作思漢有游女不可求思漢之廣矣不可泳思江之永矣不可方思章一 言情○寫景 人事是主

翹翹錯薪言刈其楚之子于歸言秣其馬漢之廣矣不可泳思江之永矣不可方思章二 再詠江景 進一層言情

翹翹錯薪言刈其蔞之子于歸言秣其駒漢之廣矣不可泳思江之永矣不可方思章三 三詠江景有篇終接混茫意而章法○尤○奇

從喬木興起爲下刈薪張本中間挿入游女未忽揚開極離合縹緲之致後二章刈楚刈蔞乃寫正面仍帶定游女妙在有意無意之間

漢廣三章竝詠一

字不易所謂一唱三歎有遺音者矣

右漢廣三章章八句小序謂德廣所及大序因謂化行乎江漢之域無思犯禮求而不可得集傳以下諸家莫不本此以爲江漢游女非復前日可求以見文王之化之廣矣然翹翹錯薪數語終無著落豈虛衍哉夫錯薪非游矚地刈楚亦於女子無關乃不言采蘭贈勺而云擔柴刈草豈不大煞風景姚氏際恒謂古者賓客至必共其芻薪以爲爨芻以秣馬是以游女爲賓客矣既以游女爲賓客而又欲戲而求之豈禮也哉下文忽又謂其女子自有夫彼將刈楚刈蔞以秣馬待其歸而親迎矣猶樂府所謂羅敷自有夫也前後兩說自相矛盾尤不可解唯歐陽氏說雖爲執鞭所欣慕之意差爲近之然刈楚刈蔞亦無詞以爲之說殊知此詩即爲刈楚刈蔞而作所謂樵唱是也近世

楚粤滇黔間樵子入山多唱山謳響應林谷蓋勞者善歌所以忘勞耳其詞大抵男女相贈答私心愛慕之情有近乎淫者亦有以禮自持者文在雅俗之間而音節則自然天籟也當其佳處往往入神有學士大夫所不能及者愚意此詩亦必當時詩人歌以付樵故首章先言喬木起興爲採樵地次卽言刈楚爲題正面三兼言刈蔞乃採薪餘事中間帶言游女則不過借以抒懷聊寫幽思自適其意云爾終篇忽疊咏江漢覺烟水茫茫浩渺無際廣不可泳長更無方唯有徘徊瞻望長歌浩歎而已故取之以況游女不可求之意也可卽以之比文王德廣洋洋也亦無不可總之詩人之詩言外别有會心不可以迹相求然則太史取之抑又何哉蓋國風多里巷詞況此山謳猶能以禮

自持則尤見周家德化所及凡有血氣莫不發情止義所以為貴也

【集釋】喬 高也 休息 韻〔孔氏穎達曰〕疑息字作思詩之大體韻在辭上疑休求為韻二字俱作思 漢〔集傳〕漢水出興元府嶓冢山至漢陽軍大別山入江〔皇輿表〕興元今陝西漢中府漢陽今湖廣漢陽府 泳〔集傳〕泳潛行也 江〔集傳〕江水出永康軍岷山東流與漢水合東北入海〔皇輿表〕永康軍今四川成都府灌縣 永 長也 方 桴也 翹翹 薪錯起不平貌 楚 荊屬 秣 飼也 蔞 蒿也

【標韻】休 十一尤 求 同 本韻 廣 二十二養 方 七陽 叶韻 隔句 泳 二十四敬 永 二十三梗 叶韻 案二句意本不相連而韻自叶或謂四句為一韻古韻則然今韻否 楚 六語 馬 二十一馬 叶韻 蔞 七虞 駒 同 本韻

汝墳 南國歸心也

遵彼汝墳。伐其條枚。未見君子。惄如調飢。一章 全詩皆比 遵彼汝墳。伐其條肄。

調飢寫出無限渴想意

不我棄寫出無限欣幸意
孔邇寫出無限安慰意

既見君子不我遐棄二章魴魚赬尾王室如燬雖則如燬父母孔邇三章

右汝墳三章章四句小序謂道化行而不言其所以行之之故大序則以爲婦人作集傳因之兼用小序謂汝旁之國先被文王之化故婦人喜其君子行役而歸夫婦人喜其夫歸與文王之化何與婦人被文王之化而後思其夫豈不被化卽不思其夫耶如此說詩能無令人疑議大抵學究家說詩必先有一付寬大帽子壓倒衆人然後獨申己見故此詩本欲說婦人思夫而又覺無甚關係故先言文王之化以鄭重其辭然後說思夫以致上下文義不相連貫亦不之覺且婦人思夫苟無大過何至以不我遐棄爲欣幸耶縱使因是爲喜而王室如燬之言又

何自來於是復以家人慰辭爲解以父母屬文王矣而又引嚴氏說更以父母爲巳之父母紛紛擬議原無定解唯何元子曰時蓋文王以脩職貢之故往來於商汝墳之人得見而喜之之說差近而姚氏以爲想像而得蓋其心尚無定識耳愚謂商辛無道王室久如焚燬天下臣民皇皇無定莫不欲得明主而事之矣及聞西伯發政施仁視民如傷莫不引領延佇若大旱之望雲霓所謂惄如調飢是也汝旁諸國去周尤近故首先嚮化歸心愈亟唯恐其棄予如遺耳一旦得睹君侯見其濶達大度愛民若子實能容衆而不我棄乃知帝王自有眞也不覺欣欣然有喜色而羣相慰勞曰父老苦商久矣王室其如燬乎嗟我勞人頳如魴尾然亦將有所歸也何也以西伯近在咫尺不啻

如赤子之依父母耳此馬援所謂當今之時非但君之擇臣臣亦擇君也然而商政雖虐天命未改詩人不敢顯言故託爲婦人喜見其夫之詞曰王室曰父母則又情不自禁其辭且躍然紙上矣誰謂詩旨隱而不露哉

〔集釋〕**遵**循也**汝**水名〔集傳〕汝水出汝州天息山逕蔡潁州入淮〔皇輿表〕宋汝州今河南汝州宋蔡州今河南汝寧府宋潁州今江南鳳陽府潁州**條枚**〔集傳〕枝曰條榦曰枚〔孔氏穎達〕曰大木不可伐其榦取條而已枚細者可以全伐之也**惄**〔孔氏穎達〕曰釋詁云惄思也釋言云惄飢也然則惄之爲訓本爲思耳但飢之思食意又惄然故又以爲飢惄是飢之意非飢之狀故傳言飢意箋以爲思義相接成也**調**〔集傳〕調一作輖重也〔王氏安石〕曰調飢飢而又飢飢之甚也**肄**〔孔氏穎達〕曰肄餘也左傳曰晉國不恤宗周之闕而夏肄是枿又曰杞夏餘也是肄爲復生之餘**遐**遠也**魴**魚名〔陸氏璣〕曰魴一名魾江東呼爲鯿**赬**赤也〔孔氏穎達〕曰魴魚之尾不赤故知勞則尾赤左傳如魚赬尾衡流而彷徉**燬**焚也**孔**甚也**邇**近也

三麟兮咏嘆有神

標韻 枚十灰 飢四支 通韻 棣四寘 萊同本韻 燬四紙 邇同本韻

麟之趾 美公族龍種盡非常人也

麟之趾。振振公子。于嗟麟兮。一章 麟之定。振振公姓。于嗟麟兮。二章 麟之角。振振公族。于嗟麟兮。三章

右麟之趾三章章三句小序謂關雎之應關雎未必專咏文王麟趾則實美周家子姓族其何以云應也卽使其應亦當應螽斯而不應麟趾何者以麟趾兼言子姓族非專咏文王子也顧何以螽斯不云應而麟趾則云應乎大序謂衰世之公子皆信厚如麟趾之時麟何以有時其不通已爲歐陽氏蘇氏所譏郎謂衰世公子亦殊謬戾夫旣謂關雎化行則郅治時矣而何以云衰世耶集傳云麟性仁厚故其趾亦仁厚尤可怪夯麟與趾

爲二物豈物性善而足或有不善乎天下父賢而子不肖者有之未有物善而足不善者且以麟比文王后妃以趾定角分配子姓族則下文于嗟麟兮之麟又將誰屬以爲美子姓族也則現以麟爲文王后妃矣以爲美文王后妃也而下文云是乃麟也何必麕身牛尾而馬蹄然後爲王者之瑞是又明明以之比子姓族爲文王后妃之應矣一言而自相矛盾也如是豈尚能得意旨哉大凡詩家咏物一意而分數層體例然耳非謂麟趾必公子麟定必公姓麟角必公族也唯言子姓族則由親及疏言趾定角則自下而上至詩中大旨則姚氏際恒云蓋麟爲神獸世不常出王之子孫亦各非常人所以與比而歎美之耳杜詩云高帝子孫盡隆準龍種自與常人殊可爲此詩下一注腳

夫文王為開國聖主其子若孫卽武王周公郕叔康叔輩當時同在振振公子中德雖未顯而器宇自異詩人窺之早有以卜其後之必昌故欲作詩以歎美其人而非神獸不足以相擬乃借麟為比口中雖美麟兮不置其實神注諸公子而不已也

集釋 麟 集傳麟麕身牛尾毛蟲之長也陸氏璣曰麟色黃員蹄音中鍾呂行中規矩行必擇地詳而後處不掔居不侶行不入陷阱不罹羅網王者至仁則出 趾 足也 振振 姚氏際恒曰振振起振與意毛傳訓仁厚意欲附會麟趾不知振字豈是仁厚義乎且其以趾之故故訓振振為仁厚然則定與角又何以無解乎毛傳于此訓振振為仁厚于螽斯亦然是因此而遷就于彼也集傳則于此訓仁厚于螽斯訓盛貌又兩為其說並可笑 定 額也孔氏穎達曰定或作顛釋畜云的顙口顛顛亦額也 角 集傳麟一角角端有肉

標韻 趾 四紙 子 同 本韻 定 二十五徑 姓 二十四敬 通韻 角 三覺 族 一屋 通韻

麟 十一真煞尾三 麟字自叶韻

以上周南詩凡十有一篇小序章章牽合后妃雎漢廣汝墳及文王集傳遵之以爲首五詩皆言后妃之德桃夭下則文王家齊國治之效而天下亦漸平焉末仍本序以爲關雎之應后妃亦不爲無助如此是周南諸詩皆爲后妃作直可曰周頌矣而何以爲風且可曰太姒頌矣又何以爲周南夫曰風則必里巷歌謠非朝廷雅頌可知曰國風則必一國之風非一家之俗又可見今既篇篇歸美后妃仍復謂之周南豈不與命名義大相左乎且文王脩身齊家以治其國而至于天下平疇不謂然何必牽引大學以釋風詩致使詞爲理障旨被塵蒙不得溫柔敦厚旨而何以識諷刺義耶夫子說詩曰興曰觀曰羣曰怨往往從言外以見意非穿鑿附會以求之也所謂言者無罪聞之者足以戒其意亦可想已愚案周南十一篇皆周人自咏其國風唯螽斯兔罝麟趾及公室蓋螽斯美后妃之多男兔罝喜文王之游獵麟趾見公族之日盛要皆假物咏嘆未嘗顯言稱頌所以爲風也然既采之民謠而又兼咏君妃者何哉夫民有民俗國有國風兼收並錄得失斯見首六章皆咏婦德見風化起自家庭也兔罝游獵芣苢鄙謳漢廣樵唱則郊外風焉至於汝墳兼及境外見遠人嚮化爲天下歸心之漸麟趾則嘆美公族乃發祥所自始故以是爲終焉編詩之意大畧如此至其音節優柔和順中正溫敦得天地太和翔洽氣所以爲風之

正唯漢廣氣體差濶而肆汝墳與中有怨與前後諸詩小異卽謂爲正風之變也亦宜此亦天地自然元音不可强而爲之者也

詩經原始卷之一終

隴州門人李沖霄校字

詩經原始卷之二目錄

國風二

召南 十三首

小星　小臣行役自甘也

江有汜　啇婦爲夫所棄而無懟也

野有死麕　拒招隱也

何彼穠矣　諷王姬車服漸侈也

騶虞　獵不盡殺也

詩經原始卷之二

寶甯方玉潤鴻濛氏撰

國風二

召南

召地名與周邑皆在岐山陽故南面地方最廣武王得天下後封旦於周創封奭於召以爲采邑周召二公之號由此起其所採民間歌謡有與公涉者有與公無涉者均謂之召南蓋皆召以南之詩故亦南之而已召與周近地同俗同故詩之音亦畧同且先天下而被文王之化者又莫不同此所以與周南同爲國風之正而居三百之首者也若序謂南言化自北而南與集傳謂召公宣布於外其詩得之南國則謂之南者均不可從夫王者之化自西自東自南自北無思不服何以獨行於南歟且文王時上有商王周召未得分封又何以有召公循行南國宣布於外之事天子在上諸侯擅使大夫宣政列國此何如臣而諸儒乃以誣文王耶

鵲巢　昏禮告廟詞也

取譬只在首二語餘皆敷衍且美中含刺不及關雎遠矣
二南皆以昏詞爲首如易上經首乾坤下經首咸恆陰陽爲道所始也

維鵲有巢維鳩居之之子于歸百兩御之一章維鵲有巢維鳩方之之子于歸百兩將之二章維鵲有巢維鳩盈之之子于歸百兩成之三章

右鵲巢三章章四句小序云夫人之德也大序衍爲國君積德累功以起家德如鳲鳩乃可配焉集傳更謂南國諸侯被文王之化其女子亦被后妃之化故嫁於諸侯而其家人美之三說均似可通然詩本咏昏姻而何以鳲鳩起興終無定解自序傳來說詩者無不以鵲巢鳩居況女居男室矣夫男女同類也鵲鳩異物也而何以爲配乎姚氏際恆最攻序傳力駁鵲巧鳩拙之說至舉其附會者四可謂痛切言之矣乃其自解詩意又以爲言鵲鳩者以鳥之異類況人之異類也其言巢居者況女之

居男室也則與舊說何異且謂以鳥之異類況人之異類男女縱不同體而謂之異類可乎哉此不通之論也然則何以爲鵲鳩辨竊意鵲巢自喻他人成室耳鳩乃取譬新昏人也蓋新昏者必治室所謂鳥革翬飛蟬聯鵲起無不極意煇煌以爲美觀又況鵲善營巢故以爲比鳩則性慈而多子曹之詩曰鳲鳩在桑其子七兮凡娶婦者未有不祝其多男而又冀其肯堂肯構也當時之人必有依人大廈以成昏者故詩人咏之後竟以爲典要耳否則公族子姓寵遇天王得邀賜第爲子娶婦其內詩人既美其宮室之富又頌其子婦之賢亦未可知然細咏詩詞與關雎雖同賦初昏而義旨迥別關雎似後世催妝花燭等詩此則語近祝詞古昏禮必告廟祝版樂章當有用者但無攷耳

而左傳曰圜布几筵告于莊共之廟既有告則有文旣有文郎有歌此亦禮之相因而致者愚故疑其爲告廟詞也

【附錄】姚氏際恒曰鵲巢鳩居自傳序以來無不附會爲說失風人之旨大序曰德如鳲鳩乃可以配鄭氏因以爲均壹之德嗟乎一鳩耳有何德而且以知其爲均壹哉此附會之一也毛傳云鳲鳩不自爲巢居鵲之成巢安見其不自爲巢而居成巢乎此附會之二也歐陽氏曰今人直謂之鳩者拙鳥也不能作巢多在屋瓦間或於樹上架構樹枝初不成窠巢便以生子往往墜鷇殞雛而死鵲作巢甚堅既生雛散飛則棄而去在於物理容有鳩來處彼空巢拔其謂鳩性拙既無据且謂鳩性拙不能作巢者取喻女子然則可謂女性拙不能作家乎女子從男配合此天地自然之理非以性拙不能作家而居男子之家也且男以有女方謂之有室家則作家正宜屬女耳又謂在屋瓦間幾曾見屋瓦間有鳩者又謂或於樹上架構樹枝夫樹上架枝此卽巢矣何謂不成巢乎又謂鳩生子墜鷇殞雛而死又謂鵲生雛散飛棄巢而去今皆未嘗見此附會之三也王雪山曰詩人偶見鵲有空巢而鳩來居而後人必以爲常此譚詩之病也若然是旣於道上見嫁女而又適見鳩居鵲巢因以爲興恐無此事其說名爲擺脫實成固滯此附會之四也僅舉其說之傳世者數端其他雜說不能殫述按此詩之意其言鵲鳩者

首二章事瑣偏重疊咏之末章事煩偏虛摹之此文法虛實之妙與葛覃可謂異曲同工

以鳥之巢類況人之巢類也其言巢與居者以鳩之居鵲巢況女之居男室也其義止此不穿鑿不刻畫方可說詩一切紛紜盡可埽御矣【案】此說駁人甚佳自論未允已見前論讀者可共參觀

【釋詁】鵲鳥名性善營巢而預識吉凶　鳩鳥名一名布穀埤雅云鳲鳩性一而慈祝鳩性一而孝　百兩車一兩輪故謂之兩百舉成數言其多也　方有之也　將送也　盈滿也　成禮成也

【標韻】居六魚　御六御叶韻　方七陽　將同本韻　盈八庚　成同本韻

采蘩　夫人親蠶事于公宮也

于以采蘩于沼于沚于以用之公侯之事一章　于以采蘩于澗之中于以用之公侯之宮二章　被之僮僮（虛摹觀祭人衆）夙夜在公被之祁祁（虛摹祭畢人歸）薄言還歸三章

右采蘩三章章四句小序以夫人奉祭祀爲不失職故毛鄭孔三家皆主祭祀言集傳既從其說又疑爲親蠶事蓋泥采蘩公

宮等字以爲祭祀用耳殊知蘩乃生蠶之物陸氏佃云蒿青而高蘩白而繁七月之詩曰采蘩祁祁以生蠶也今覆蠶種尙用蒿云且詩卒章曰薄言還歸亦非祭祀意夫曰祭則必有一番敬謹以將事意今曰薄言豈禮也哉集傳不得其解乃引祭義曰反祭之後陶陶遂遂如將復入然不欲遽去愛敬之無已也讀者試咏還歸句夫豈陶陶遂遂之謂乎抑尙有愛敬無已之心乎何曲爲之說如是也案禮祭義古者天子諸侯必有公桑蠶室近川而爲之築宮仞有三尺棘牆而外閉之及大昕之朝君皮弁素積卜三宮之夫人世婦之吉者使入蠶于蠶室奉種浴于川桑于公桑風戾以食之世婦卒蠶奉繭以示于君遂獻繭于夫人夫人遂副褘而受之因少牢以禮之及良日夫人繅

三盆手遂布于三宮夫人世婦之吉者使繅遂朱綠之玄黃之以黼黻文章服既成君服以祀先王先公此詩正爲此賦也曰采蘩者以生蠶也于沼于沚于澗之中者以近川也曰事者蠶事也曰宮者蠶室也曰公者公桑也曰夙夜者猶言朝夕以供蠶事也曰被者首飾也曰僮僮者僕婦衆多也曰祁祁者歸婦如雲也蓋蠶事方興之始三宮夫人世婦皆入于室其僕婦衆多蠶婦尤盛僮僮然朝夕往來以供蠶事不辨其人但見首飾之招搖往還而已蠶事既卒而後三宮夫人世婦又皆各言還歸其僕婦衆多蠶婦亦盛祁祁然舒容緩步徐徐而歸亦不辨其人但見首飾之簇擁如雲而已此蠶事始終景象如是讀者可無疑義已召地去周未遠故風尚畧同周有葛覃召亦有采

秋景如繪

山秋而春歷時愈久思念愈切本說

蘩均之蠶桑爲本女工是重創業如此流澤可知嗚乎此周之所以王且久也後世有天下國家責者其尙以此爲法乎哉

【集釋】蘩白蒿也【陸氏璣曰】凡艾白色爲皤蒿春始生及秋香美可生食又可蒸一名游胡北海人謂之旁勃故大戴禮夏小正傳曰蘩游胡游胡旁勃也沼池也事蠶事也澗山夾水曰澗被【集傳】被首飾也編髮爲之僮僮集傳訓竦敬無攷姚氏亦不能詳【案】僮從人蓋僮僕之僮曰僮僮者僕婦衆多之貌耳夙早也夜夕也猶言朝夕也公公桑也祁祁詩祁祁如雲衆多貌

【標韻】沚四紙事四寘通韻　中一東宮同本韻　僮一東公同本韻　祁五微歸同本韻

草蟲　思君念切也

喓喓草蟲趯趯阜螽未見君子憂心忡忡亦旣見止亦旣覯止我心則降一章　陟彼南山言采其蕨未見君子憂心惙惙亦旣見止亦

工於賦物　頓挫有致

未見却想及既見情景此透過一層法也

既覯止我心則說二章陟彼南山言采其薇未見君子我心傷悲亦既見止亦既覯止我心則夷三章

右草蟲三章章七句小序謂大夫妻能以禮自防集傳以爲南國被文王之化諸侯大夫行役在外其妻獨居感時物之變而思其君子如此集傳不過呆相小序則節外生枝細咏詩詞何嘗有以禮自防意即一婦思夫而必牽及文王之化者何哉至有謂其惟恐爲淫風所染因取此物以自警無論草蟲至微非自警之物即其夫偶一在外而妻遂幾幾乎不自保其爲淫俗所染此尚成婦道耶姚氏謂前輩說詩至此眞堪一唾未免過激然亦未爲過也其餘紛紛異說尚多有謂其爲未嫁之女言者有謂其爲既嫁之婦言者亦有謂其爲方嫁在途而言者更

無足道此蓋詩人託男女情以寫君臣念耳始因秋蟲以寄恨繼歷春景而憂思既未能見則更設爲既見情形以自慰其幽思無已之心此善言情作也然皆虛想非眞實覩古詩十九首行行重行行蟪蛄夕鳴悲明月何皎皎等篇皆是此意夫臣子思君未可顯言故每假思婦情以寓其忠君愛國意使讀者自得其意於言外則情以愈曲而愈深詞以益隱而益顯然後世之人從而歌咏之亦不覺其忠君愛國之心油然而自生乃所以爲詩之至也孔子云詩可以興者非是之謂歟不然彼婦自思其夫縱極工妙何足爲風詩之正耶

【集釋】喓喓聲也草蟲〔集傳〕草蟲蝗屬奇音青色〔孔氏穎達曰釋蟲云草蟲負蠜郭璞曰常羊也陸璣云小大長短如蝗也好在茅草中〕趯趯躍皃阜螽蠜也〔孔氏穎達曰釋蟲云阜螽蠜李巡曰蝗子也陸璣云今人謂蝗子爲

祭品及所采之地治祭品及所治之器祭地及主祭之人層次井然有條不紊

螽子陸氏佃曰今謂之蚱蜢亦跳亦飛飛不能遠草蟲鳴阜螽躍而從之故阜螽曰蠜草蟲謂之負蠜 **忡忡**猶衝衝也 **覯**遇也 **降**下也 **蕨**陸氏璣曰周秦曰蕨齊魯曰鱉初生似蒜莖紫黑色可食如葵 **薇**集傳薇似蕨而差大有芒而味苦山間人食之謂之迷蕨陸氏璣曰薇亦山菜也莖葉皆似小豆蔓生其味亦如小豆藿可作羹亦可生食今官園種之以供宗廟祭祀項氏安世曰薇今之野豌豆苗也蜀人謂之巢菜東坡改名爲元修菜也 **夷**平也

標韻 蟲東一螽忡並同降江三叶韻 蕨月六惙屑九說同通韻 薇微五悲夷支四同通韻

采蘋 女將嫁而教之以告於其先也

于以采蘋。南澗之濱。于以采藻。于彼行潦。一章 于以盛之。維筐及筥。于以湘之。維錡及釜。二章 于以奠之。宗室牖下。誰其尸之。有齊季女。三章

右采蘋三章章四句小序謂大夫妻能循法度於是傳說皆因

之若未嘗讀季女句者夫既謂之季女則明明是未嫁少女而乃以爲大夫妻者何哉序傳於周南則章章牽合后妃於召南則章章牽合諸侯夫人及大夫妻皆有意分屬二南於王者諸侯之說誤之遂不顧其詞之自戾也如是何元子則又謂其美邑姜也於是訓有齊之齊爲齊國之齊又引左傳季蘭爲邑姜之名以實之尤爲穿鑿臆斷均不可從唯毛傳云古之將嫁女者必先禮之于宗室牲用魚芼之以蘋藻者得之鄭氏亦引禮昏義云古者婦人先嫁三月祖廟未毀教于公宫祖廟既毀教于公室教以婦德婦言婦容婦功教成之祭牲用魚芼之以蘋藻所以成婦順也二說極爲明晰可無疑義而愚則更謂此詩非賥祀事乃教女者告廟之詞觀其歷敘祭品祭器祭地祭人

毛氏鳳枝曰案湘韓詩作鬺鬺爲本字湘爲同音假借字韓詩爲今文毛詩多古文古文多假借也

循序有法質實無文與鵲巢異曲同工蓋鵲巢爲壻家告廟詞

此特女家祭先文耳衆論紛紛可無煩置喙其間已

【集釋】蘋 萍也〔嚴氏粲曰〕本草水蘋有三種大者曰蘋中者曰荇菜小者水上浮萍毛氏以蘋爲大萍是也郭璞以蘋爲水上浮萍蘋可茹而萍不可茹不可茹豈可以供祭祀乎 濱 厓也 藻 〔陸氏璣曰〕藻水草也有二種其一種葉如雞蘇莖大如箸長四五尺其一種莖大如釵股葉如蓬蒿好聚生謂之聚藻二者皆可食 行潦 流潦 筐筥 皆竹器方曰筐圓曰筥 湘 〔集傳〕湘烹也粗熟而淹以爲菹也〔姚氏際恒曰〕湘韓詩作鬺鬺烹也似宜從韓不然湘之訓烹恐未允 錡釜 〔集傳〕錡釜屬有足曰錡無足曰釜〔孔氏穎達曰〕錡與釜連文故知釜屬說文曰江淮之間謂釜曰錡〔陸氏德明曰〕錡三足釜 宗 〔集傳〕宗室大宗之廟也大夫士祭於宗室 牖下 〔集傳〕牖下室西南隅所謂奧也〔姚氏際恒曰〕禮正祭在奧而此云牖下案士昏禮尊于室中北牖下此壻酳婦之禮其婦饋舅姑亦席于北牖下若然父家嫁女之祭亦在牖下可知又云集傳謂牖下爲室西南隅尤錯既曰室西南隅豈牖下乎牖豈在室西南隅乎古人之室戶牖並列故爾雅云戶牖之間謂之扆扆在戶西牖東也〔李氏如圭曰〕堂屋五架中脊之架曰楣後楣之下以南爲堂以北爲室與房大夫房東室西相連爲之室又戶東

襯詩鍊字一層深一層此詩一層輕一層然以輕而愈見其珍重耳

而牖西戶不當中而近東則西南隅最爲深隱故謂之奧而祭祀及尊者常處焉尸主也齊敬也季少也

標韻 蘋眞十一 濱同本韻 藻皓十九 潦同本韻 筥語六 釜麌七 下二十一馬 女語 叶韻

甘棠 思召伯也

蔽芾甘棠勿翦勿伐此會重召伯所茇一章 蔽芾甘棠勿敗此會輕召伯所憩二章 蔽芾甘棠勿拜此會尤輕召伯所說三章

右甘棠三章章三句集傳謂召伯循行南國以布文王之政或舍甘棠之下其後人思其德故愛其樹而不忍傷也夫召伯循行南國已在武王時非布文王政也其所稅駕而言憩止者何止甘棠一樹人縱愛惜亦不勝其保護而愛惜之矣韓氏嬰又謂召伯出就蒸庶於阡陌隴畝之間而聽斷焉百姓大悅劉氏

向所云亦畧同均不知爲政大體也召伯旣爲天子大臣而臨民治事必有公室豈可出而就民於田隴之間以博一時愛民勤政之譽則其僞亦甚矣安在其能久而不忘哉愚謂召伯之政其浹洽人心深入肌髓者固非一時一事而人之所以珍重愛惜而獨不忍傷此甘棠樹者必其當日勸農教稼或盡力溝洫時嘗出而憩止其下其後農享其利人樂其庥毎思召伯而不得見唯此樹尚幢幢然繁陰茂葉葱蒨如故故不覺覩樹思人以爲此召伯常憩止處也而忍伐而敗之哉不唯不忍伐而敗之卽一屈抑之亦有所不忍則其德之感人爲何如耶夫民之不忍忘召伯者一樹尚且如是則其他更可知已詩人咏之亦卽小以見大耳君子覩於此其平日學道愛人之心尙不能

借行露比起已將避嫌遠禍意寫足以下乘勢翻入毫不礙手

勃然而興者豈情也哉

集釋 蔽芾 芾茂盛蔽謂可蔽風日也 甘棠 陸氏璣曰甘棠今棠梨也陸氏佃曰其子有赤白美惡白色爲甘棠赤色澀而酢俗語澀如杜是也 翦 翦其枝葉也 伐 伐其條幹也 伯 羅氏中行曰伯長也爲諸侯之長也 茇 集傳茇草舍也羅氏中行曰止於其下以自蔽猶草舍耳非謂作舍也 敗 折也 憩 休息也 拜 屈也施氏上丏口如人身之拜小低屈也嚴氏粲曰挽其枝以至地也 說 舍也王氏質曰說或爲稅止詩稅意多通用說字

標韻 伐 六月 茇 七曷 通韻 敗 十卦 憩 八霽 通韻 拜 十卦 說 八霽 通韻

行露 貧士卻昏以遠嫌也

厭浥行露，豈不夙夜？謂行多露。一章 誰謂雀無角？何以穿我屋？誰謂女無家？何以速我獄？雖速我獄，室家不足。二章 誰謂鼠無牙？何以穿我墉？誰謂女無家？何以速我訟？雖速我訟，亦不女從。此讀汝字上二女皆本字 三章

奇語似民諺

右行露三章一章三句二章章六句自大序以強暴侵陵貞女爲言說詩者莫不遵而從之余嘗反覆詩詞而不得其解不敢隨聲以附和何也大畧解此詩者多執室家不足一語爲辭集傳先云女子有能以禮自守而不爲強暴所汚者自述已志以絶其人後又云汝雖能致我於訟而求爲室家之禮有所不足則我亦終不汝從是所爭者室家之禮耳意蓋本康成媒妁之言不和及毛氏昏禮財帛不過五兩之意以爲禮也果爾則求爲室家之禮亦易備使其旣備而且足不必問其人之爲強暴與否女亦將屈而從之乎亦尚有所擇乎姚氏際恒亦云此當是女旣許嫁而見其一物不具一禮不備因不肯往以見此女之賢是又本劉向列女傳申女許嫁於酆夫家禮不備女以爲

輕禮違制不可以行而致於訟女終持義不往君子以爲得婦
道之儀舉而揚之之說也夫昏嫁稱家有無此女果賢雖寄廡
賃舂之士亦當卸裝飾著布裙操作而前以相從茲乃以室家
不足故反生悔心致興獄訟而猶謂之爲賢吾不知其賢果安
在也說詩至此豈獨爲高叟之誚已乎章氏潢云行露首章似
爲比體君子敬慎避禍而禍猶不免故下二章雖遭獄訟猶守
正不從人以守正屬君子不屬貞女其言尙爲有見然亦只泛
言其有懷刑遠禍之心而其所以不能免禍之故則未嘗明愚
細繹詩意雖不敢妄有臆斷而其中委曲致禍之由似可得言
者大抵三代盛時賢人君子守正不阿而食貧自甘不敢妄冀
非禮當時必有勢家巨族以女强妻貧士或前已許字於人中

復自悔另圖別嫁者士既以禮自守豈肯違制相從則不免有
速訟相迫之事故作此詩以見志首章借行露爲比懼其沾污
而辱吾身也後二章則直明已志以絕之然立志雖嚴而詞實
婉云雀本無角尙穿我屋鼠本無牙尙穿我墉人之自防可不
慎哉此女果賢而尙無夫家也何配不可擇而必速我以獄乎
今既欲速我獄是明明以獄訟懼我耳我豈以獄訟是懼哉雀
無角而穿屋不謂之有角不得也女無家而速訟不謂之有家
者誰其信哉似此非禮相迫雖速之訟其能違禮以相從乎必
不然矣然女之有家與否吾不可知而吾之終不可以相從者
則以吾家素貧不足與豪富爲禮耳此詩人微意也太史取之
以士處貧困而能以禮自持不爲財色所誘不爲刑法所搖足

以風天下而勵後世非俗之至美者歟此召南所以媲周風而為十三國之首也

【集釋】厭浥（濕意）行露（道間露也）家（女之夫家也）速（召致也）獄（孔氏穎達曰獄者埆也囚證於角核之處周禮謂之圜土囚證未定獄事未決繫之於圜土因謂圜土亦為獄）牙（牡齒也）（楊氏時曰鼠無牡齒）（陸氏佃曰鼠有齒而無牙）（輔氏廣曰牡齒謂齒之大者）墉（牆也）

【標韻】露（七遇）露（同）二字自為韻　角（三覺）屋（一屋）獄（二沃）足（同）通韻　牙（六麻）家（同）本韻（隔句叶）墉（二冬）訟（二宋）從（二冬）叶韻（隔句叶）

羔羊　美召伯儉而能久也

羔羊之皮素絲五紽退食自公委蛇委蛇（一章）羔羊之革素絲五緎委蛇委蛇自公退食（二章）羔羊之縫素絲五總委蛇委蛇退食自公（三章）

摹神

三章迴環諷詠有歷久無改厥度之意

右羔羊三章章四句小序謂鵲巢之功致不知何所取意大序以爲召南之國化文王之政在位皆節儉正直德如羔羊服羔羊則德如羔羊服狐貉不將如狐貉乎且羔羊亦何節儉正直之有爲之解者曰羊性柔順逆牽不進象士之難進易退以爲正直夫以倒退倔強之性爲正直固大可笑而節儉二字仍無著落則其附會無理可知而集傳乃承而用之者何哉姚氏際恒曰此篇美大夫之詩詩人適見其服羔裘而退食卽其服飾步履之間以嘆美之而大夫之賢不益一字自可於言外想見此風人之妙致也其解委蛇委蛇之神别有會心較之諸家似覺圓通然素絲五紽五緎五總究竟無說以釋其義夫詩人措詞必有指實斷非虛衍毛氏萇曰紽數也古者數絲以英裘不

失其制意謂羔裘以黑素絲英縫取其分明爲不失制試問羔
裘露縫豈尚成裘凡製衣以無縫爲妙況羔裘純黑尤不宜露
縫所謂裁縫滅盡針線迹是也茲乃以素絲英裘成何制度眞
可嗤也愚意亭言節儉二字必有所本特不能言其所以然且
又雜以正直字並謂德如羔羊遂不成語案郝氏敬曰織素絲
爲組揜其縫際曰紽毛氏又曰緎縫也胡氏一桂曰合二爲一
謂之總然則紽也緎也總也皆縫之之謂也羔裘本當日常制
諸侯視朝之服大夫朝服亦用之唯褏飾與君異使凡在位者
皆羔裘而皆委蛇以退食亦何足異亦何足見其爲賢哉蓋此
詩所咏必有其人在非泛然也觀五紽五緎五總之言明是一
裘而五縫之矣夫一裘而五縫之仍不肯棄非節儉何晏子一

狐裘三十年人稱儉德載在禮經其是之謂乎至於委蛇委蛇則雍容自得之貌使服五緎之裘而無雍容自得之貌無以見其德之美使服五緎之裘雖有雍容之貌而不於自公退食之地見之且恒見之亦無以見其德之純茲則廷臣初見其服如是其貌如是繼見其服如是其貌亦如是久見之其服與貌仍無不如是無所矜亦無所掩不矯强亦不虛飾但覺其舒容安度而自有餘裕焉此雖外儀乎內德藴焉矣此雖末節乎全德見焉矣夫非道純德懋而臻乎自然境者不足以語此吾故謂必有其人在也其召公之謂歟其召公之謂歟詩人所以一再喙之不已也

【集釋】羔羊小曰羔大曰羊 革皮也 縫皮縫際也 總合衆皮爲一也

標韻 皮四支紽五歌蛇支叶韻 革十一陌緎十三職食同通韻 縫二冬

總一東公同通韻

殷其靁 諷衆士以歸周也

呼朋引類相率來歸如聞其聲如見其人

殷其靁。在南山之陽。何斯違斯。莫敢或遑。振振君子。歸哉歸哉。一章

殷其靁。在南山之側。何斯違斯。莫敢遑息。振振君子。歸哉歸哉。二章

殷其靁。在南山之下。何斯違斯。莫或遑處。振振君子。歸哉歸哉。三章

右殷其靁三章章六句小序謂勸以義大序乃以爲大夫遠行從政不遑寧處其室家能閔其勤勞勸以義也集傳因之而更爲說曰又美其德且冀其早畢事而還歸姚氏駁云按詩歸哉歸哉是望其歸之辭絕不見有勸以義之意且冀其歸可也何必美其德耶二義難以合併其爲支辭飾說無疑蓋集傳之云

美其德者以振振字訓信厚也姚氏又駁之曰振爲振起振興意亦爲衆盛意若衆盛則婦人無思衆盛之夫之理故毛傳集傳皆訓信厚於是後人反其思夫者以爲臣之從君焉僞傳曰召公宣布文王之命諸侯歸焉僞說曰武王克商諸侯受命于周廟僞傳以振振君子指文王猶如所言振作振起意也僞說以振振爲衆多貌指衆君子其于振振固皆可通然于何斯違斯二句何其意蓋謂何斯違斯句似婦人思夫之辭振振乃衆盛意于思夫又不倫故不敢直斷以爲義當闕疑嗟嗟此姚氏泥解二句爲思夫辭耳嘗讀孟子曰伯夷避紂居北海之濱聞文王作興曰盍歸乎來吾聞西伯善養老者太公避紂居東海之濱聞文王作興曰盍歸乎來吾聞西伯善養老者所謂盍歸

乎來者非何斯違斯莫敢或遑意乎所謂振振君子者非關文王作羣起而振興之士乎曰歸哉歸哉者則相招而來歸者之辭也然則殷其靁在南山之陽之側之下者抑又何說蓋靁霆所以喻號令也文王發政施仁其號令由近而遠猶靁霆發聲自高而下所謂南山者岐周地近終南故每以爲咏耳當時文王政令方新天下聞聲嚮慕有似靁發殷殷羣蟄啓戶故詩人借以起興而其振興起舞之意則有不勝其來歸恐後之心焉僞傳與說雖非古訓頗有所見特以歸哉屬諸侯及受命于克商後則非蓋此詩必爲伯夷太公輩作耳觀何斯違斯莫敢或遑意是避難來歸之辭非諸侯口吻然亦近似而幾矣不得以其僞傳而少之也

【集釋】殷殷雷聲何斯此事也違斯此地也遑暇也振振興起也又衆盛貌

【標韻】靁十灰哉同本韻首尾句叶陽七陽遑同本韻側十三職息同本韻下二十一馬處六語叶韻

摽有梅　諷君相求賢也

全詩比

摽有梅其實七兮求我庶士迨其吉兮一章摽有梅其實三兮求我庶士迨其今兮二章摽有梅頃筐塈之求我庶士迨其謂之三章

右摽有梅三章章四句小序謂男女及時也毛鄭以下諸家莫不本之然猶不過曰女求男恐其嫁不及時已耳及集傳則甚而言之曰懼其嫁不及時而有強暴之辱也夫女嫁縱不及時而何至有强暴之辱乎女嫁縱欲及時亦何至廹不能待乎以廹不能待之女而猶謂其能以貞信自守者吾不信也且强暴

之辱貞女恐非大無道之世而又遇極兇暴之人斷不至是曾謂文王化行俗美之世而猶煩貞女之亟亟自慮如是耶此必無事也亦嘗細玩此詩不類男女詞者有三咏昏姻不曰桃而曰梅不曰華而曰實比興殊多不倫一也求壻不曰吉士而曰我庶士加我字於庶士之上尤爲親暱可醜二也亟亟難待至於先逼媒妁以自薦情近私奔三也然此猶就其詞氣言之而其大不合者則以女求男爲有乖乎陰陽之義者也然則詩意云何姚氏際恒云此篇乃卿大夫爲君求庶士之詩也章氏潢亦云或者詩人傷賢哲之凋謝故寓言摽梅使求賢者及時延訪之耳二說庶幾得之何者鹽梅和羹書之喻賢也非摽梅之謂乎碩果不食易之象剝也非其實七其實三之謂乎庶常吉

士則周官衆職之稱故曰求士而又曰我庶士親之乃所以近之耳枚卜卜吉左氏卜吉之語今既迨吉豈不可擇而用之至於今兮謂之則又欲其及時而延訪之矣蓋商周之際剝復之秋也山林隱逸借肥遯以韜光者固自不少然求其賢如太公伯夷太顛閎夭散宜生輩亦難數數覯又況幾經喪亂幾經沉淪其能久而自存不至爲時所搖落如碩果之不食者豈可多得乎哉若不及早旁求而延訪之則鹽梅和羹之士日漸剝落有老死巖阿以至於盡焉耳雖然士之遇與不遇亦何足慮而特如需材孔亟之世也何哉詩人有念於此故作詩以諷當時在位使勿再事優游而有遺珠之憾云爾

【集釋】摽落也梅木名迨及也今今日也塈取也謂諮訪之意

標韻 七四質吉同本韻 三十三今十二侵通韻 墍五未謂同本韻

小星　小臣行役自甘也

嘒彼小星，三五在東。肅肅宵征，夙夜在公。寔命不同。一章 嘒彼小星，維參與昴。肅肅宵征，抱衾與裯。寔命不猶。二章

右小星二章，章五句。小序以爲惠及下也。大序謂夫人無妒忌，惠及賤妾，進御於君，其命有貴賤，能盡其心矣。集傳亦謹守其說而不敢背。然詩中詞意唯衾裯句近閨詞，餘皆不類，不知何所見而云然也。且卽使此句爲閨閫咏，亦青樓移枕就人之意，豈深宮進御於君之象哉？姚氏際恆解此詩引章俊卿之言，以爲小臣行役作，因推廣其意云：山川原隰之間，仰頭見星東西歷歷可指，所謂戴星而行也。抱衾裯云者，猶後人言襆被之謂

實命不同則較我從事獨賢稍爲渾厚若謂衆妾則是乃其常分安見爲后妃之惠及妾媵乎然而詩旨原自分明無如諸公之錯會其解者何哉夫肅肅宵征者遠行不逮繼之以夜也夙夜在公者勤勞王事也命之不同則大小臣工之不一而朝野勞逸之懸殊也既知命不同而仍克盡其心各安其分不敢有怨天心不敢有怨王事此何如器識乎藉非文王平日用人無方使之各盡所長烏能令趨承奉公之士勤勞而無怨蜀漢諸葛武侯亦稱得人嘗罷李平廢廖立爲民及亮卒立垂泣曰吾終爲左衽矣平聞之亦發憤死度後人之不能復用己也嗟嗟用人而苟得其平則雖廢棄終身猶不敢怨況于役乎此詩雖以命自委而循分自安毫無怨懟詞不失敦厚還旨故可風也

集釋 嘒 微貌 三五 〔集傳〕三五言其稀蓋初昏或將旦時也 征 行也 參昴 西方二宿之名〔毛氏萇曰〕參伐也昴留也〔孔氏穎達曰〕天文志云參白虎宿三星直下有三星銳曰伐演孔圖云參以斬伐故言參伐也昴六星昴之爲言留言物成就繫留是也 衾 被也 裯 襌被也

標韻 東 東一 公同 並同 本韻 昴 十一尤〔姚氏際恒曰〕毛傳云昴留也疏引元命苞云昴之爲言留也史律書云北至于留索隱云留即昴則此當音留〔案〕程氏音韻攷亦同從之 裯猶 並同 本韻

江有汜 商婦爲夫所棄而無懟也

江有汜。之子歸。不我以。不我以。其後也悔。一章 江有渚。之子歸。不我與。不我與。其後也處。二章 江有沱。之子歸。不我過。不我過。其嘯也歌。三章

右江有汜三章章五句序謂嫡不以媵備數媵無怨嫡亦自悔是則然矣然如嘯歌句何哉蓋嫡之待媵後悔容或有之善處

亦屬常情唯處而樂樂而至於嘯且歌恐非嫡婦待妾意且歗者悲歎之辭非和樂意也列女傳云倚柱而歗王風條其歗矣皆借悲歌以發鬱積氣又安見其爲融融意哉唯黄氏震曰呧隱云不我以正是置之於無所與事之地非遇勤勞也已乃寬釋曰久當自悔且有以處我嘯歌以俟時不必過爲戚戚也以前二章作或然之想以末一章寓無聊之心庶幾乎得之矣然又安知非棄婦詞而必爲媵妾作耶諸儒之必爲媵妾作者他無所據特泥讀之子歸句作于歸解耳殊知妾婦稱夫亦曰之子如有狐詩云之子無裳之子無帶之類不必定婦人而後稱之然則歸也者還歸之歸非于歸之歸也又明矣此必江漢商人遠歸梓里而棄其妾不以相從始則不以備數繼則不與偕

四句翻起通篇全
用比體
拊合正位仍是比
以下言拒之之詞

行終且望其廬舍而不之過妾乃作此詩以自歎而自解耳否則詩人託言棄婦以寫其一生遭際淪落不偶之心亦未可知然婦女爲人所棄而仍不忍忘其夫猶幸其萬一自悔有以處我我且嘯歌以自遣則詩人忠厚之旨也與前小星篇同一命意而詞之激切則更過之嗚乎讀此詩者可以怨矣

【集釋】汜江決復入爲汜（邢氏昺曰凡江之小岐流復還本水者名汜）渚小洲也 沱江之別者

【標韻】汜四紙以同悔十賄通韻 渚六語與處並同本韻 沱五歌過歌並同本韻

野有死麕 拒招隱也

野有死麕白茅包之有女懷春吉士誘之一章 林有樸樕野有死鹿白茅純束有女如玉二章 舒而脫脫兮無感我帨兮無使尨也吠三章

意微而婉

右野有死麕三章二章章四句一章三句自來解此詩者不一其說以爲惡無禮者古序也以爲凶荒禮殺以死麕死鹿爲昏禮者毛鄭也以爲淫詩者季明德也以爲刺淫詩者歐陽氏也以爲貞女不爲強暴所汚者集傳也紛紛臆斷原無一定夫所謂惡無禮者卽貞女不爲強暴所汚說也詩曰吉士傳曰強暴經與傳互相矛盾可乎哉女而懷春尚稱貞女天下有是貞女乎至其拒暴之詞則曰爾姑徐徐來勿感我帨勿吠我尨言何婉而意何切也而乃謂其爲凛然不可犯者誰其信耶若必謂爲淫詩與所謂刺淫之詩則白茅純束有女如玉亦可謂爲失德女而有汚潔白之體乎姚氏際恒能知衆說之非而不能獨抒所見仍主山野爲昏之說至謂吉士爲赳赳武夫亦屬不倫

唯章氏潢云野有死麕亦比體也詩人不過託言懷春之女以諷士之炫才求用而又欲人勿迫於已者差爲得之然謂懷春之女其色且如玉也吉士甯不誘之又誤解懷春如玉二語而爲一也夫曰懷春則其情近乎淫矣曰如玉則其德本無瑕矣語意各別斷斷不可相混故范氏處義曰女子之德潔白如玉不可犯以非禮白茅純束亦以比德與生芻一束其人如玉同、意則其識過章氏遠矣愚意此必高人逸士抱璞懷貞不肯出而用世故託言以謝當世求才之賢也意若曰惟野有死麕故白茅得以包之惟有女懷春故吉士得而誘之今也林有樸樕野有死鹿矣然白茅則純束也而誰其包之有女如玉質本無瑕也而誰能玷之爾吉士縱欲誘我我其能禁爾以無誘哉亦惟望爾入山招隱時姑徐徐以云來勿勞我衣冠勿引我吠尨不至使山中猿鶴共相驚訝也云爾吾亦將去此而他適矣此詩意極深而詞又甚婉故使讀者猝難領會愚固未敢自信能窺詩旨要之循章會意其大要亦不甚相遠也或又謂文武盛時何勞肥遯然巢由並生堯舜之世何害其爲堯舜卽夷齊同避文武之朝又何害其爲文武安知孤竹二子外不更有名賢遺老高尚其志不肯出而食粟者哉天地之大何所不容聖德如天亦何所不容然正唯有此高人逸士而能容之乃所以成文武之世之大也

【集釋】麕獐也〔陸氏德明曰〕麕本亦作麏又作麇麞也青州人謂之麏〔案〕麕有麝可合香故以起下懷春意　樸樕小木也〔孔氏穎達曰〕釋木云樸樕心某氏曰樸樕斛樕也有心能濕江河閒以作柱　鹿獸名有角〔案〕史記曰古者皮幣諸侯

以聘享又小雅鹿鳴以宴嘉賓是嘉儀也故以起下女如王　脫脫舒緩貌　感動也　帨巾也　尨犬也

標韻　麕十一眞　春同　本韻叶隔句　包三肴　誘二十五有　叶韻　樕一屋　鹿同　束、玉二沃　同　通韻　脫七曷　帨八霽　吠十一隊　轉韻

何彼穠矣　諷王姬車服漸侈也

何彼穠矣，唐棣之華。曷不肅雝，王姬之車。一章　何彼穠矣，華如桃李。平王之孫，齊侯之子。二章　其釣維何，維絲伊緡。齊侯之子，平王之孫。三章

右何彼穠矣三章，章四句。姚氏際恒云：「此篇或謂平王指文王，或謂即春秋時平王。凡主一說者必堅其辭，是此而非彼，然按主春秋時平王說者居多，亦可見人心之同然也。」章氏潢亦云：「若必指爲文王時，非特不當作正義，而太公尚未封齊，則齊將

誰指乎又謂武王女文王孫不知邑姜乃武王元妃果以姜女而下嫁於太公之子乎此皆至明至顯無可疑者此論出則衆說紛紛可息喙矣然此詩果如集傳諸家所云美王姬之下嫁不敢挾貴以驕其夫家而又能敬且和乎曰未也詩不云乎何彼襛矣是美其色之盛極也曷不肅雝是疑其德之有未稱耳有襛豔之色尤必有肅雝之意以將之然後德色雙美可以相慶今觀王姬下嫁其色之豔如桃如李何其如彼之盛乎而德雖未見第卽所駕之車未見肅雝氣象彼王姬乎曷不肅肅雝雝以稱其如桃如李之襛豔而無所疵議乎當姬下嫁日從旁觀者誰不曰此平王之孫齊侯之子色相配年相若也及溯其乃祖若父婚嫁時車服非不甚盛而琴瑟鐘鼓之中不失窈窕

好逑之意芳容非不豔冶而桃夭華葉之美自具室家相慶之心今則徒使人嘖嘖稱羨以爲齊侯之子平王之孫共此絲蘿之美而已矣其所以能結此絲蘿之美者豈不以王侯世胄互聯姻締如絲之合而爲緡乎由此觀之美中含刺其爲春秋之世也無疑而何以能附二南後乎章氏俊卿又云爲詩之時則東周也採詩之地則召南也愚謂此時召南亦非其舊乃新遷之召南耳故名雖如故而地有變遷風之淪濁亦因之使二南所收盡關雎麟趾之盛則其盛亦何足貴此詩所咏雖未必卽於淫泆然以視周初全盛時則德意亦漸後矣編詩微意固有在歟

【集釋】穠盛也石經作襛〔陸氏德明曰〕穠如容反韓詩作茙茙音戎唐棣〔陸氏璣曰〕唐棣奧李也一名雀梅亦曰車

末句與于嗟麟兮相似而實不同彼通章以麟爲比故末句單歎麟兮不爲突此詩發端未題騶虞末句不得突出爲比故知騶虞斷非獸名也

下李所在山中皆有其華或白或赤五月中成實大如李子可食〔郭氏璞曰〕江東呼夫核平王卽平王宜臼齊侯卽襄公諸兒〔春秋莊公十有一年〕王姬歸于齊〔左傳〕齊侯來迎共姬緡綸也合絲爲之

〔標韻〕襛二冬雝同本韻叶隔句華六麻車同本韻李四紙子同本韻緡十一眞孫十三元通韻

騶虞　獵不盡殺也

彼茁者葭。壹發五豝。于嗟乎句騶虞。一章彼茁者蓬。壹發五豵。于嗟乎騶虞。二章

右騶虞二章章四句小序謂鵲巢之應毛傳以騶虞爲義獸皆有心附會文王化行之故集傳更云是卽眞所謂騶虞矣以獸比君倫乎不倫固不待辯而自明也惟歐陽氏以騶爲騶囿虞爲虞官與韓魯說騶虞天子掌鳥獸之官及禮射義合是騶虞

非獸名也審矣淮南子與相如封禪等書雖亦有以騶虞名獸者而非詩之所謂騶虞也豝釋獸云牝豕集傳云牡豕均無足辯又謂一歲曰豵亦小豕也夫豕畜於家不生於野何獵之有豐道生引郊特牲迎虎謂其食田豕也以豝豵爲田豕害稼之獸似矣然既曰害稼則殺之正宜其多何五豝而僅一發乎若一發而中五豝則仁心又安在乎毛氏萇曰虞人翼五豝以待君之發歐陽氏因之以爲獸雖五豝矢唯一發以見君心之仁愛及物不忍盡殺之意愚案周禮大司馬中冬教大閱曰鼓戒三闋車三發徒三刺乃鼓退似一發之發乃車一發而取獸五非矢一發而中獸五亦非獸雖五豝矢唯一發之說也夫天子農隙蒐狩將以奉祭祀致禽饁獸于郊入獻禽以享烝非徒陳

師[illegible]旅以示威武也故大獸則公之小獸則私之獲者取左耳是一行圍而所射之獸不一類所獲之禽非一種乃可以享烝而奉祀若沾沾以一發五豝爲節恐以博仁愛之譽則有餘而致誠敬之心或不足也田獵之禮天子不合圍諸侯不掩羣亦不過獵不盡物物不盡殺之意也云爾而豈以是爲名譽哉然則壹發五豝之咏詩固無足信歟曰此正詩人之辭不可以辭害意且舉豝貕爲例而餘獸可知耳至末句不美國君而美虞人亦如郝氏所云不敢斥君而呼騶虞騶虞之仁卽國君之仁國君之仁卽文王之仁指在虞人而神注國君與文王故曰澤及昆蟲草木而有以見化育之廣爲王道之成也

【集釋】茁〔集傳〕茁生出壯盛之貌　葭〔嚴氏粲曰〕葭蘆葦又名華一物而四名葭葦之初生者　一蓬〔許氏愼曰〕蓬蒿

也

【標韻】葭麻六豝同本韻　乎虞七虞同本韻句自為韻姚氏既分于
嗟乎為句而又謂之無
韻者
何哉蓬東一豵同本韻　虞姚氏際恒曰集傳以上虞音牙下虞
音五紅反一字兩音謬甚程氏以恬
曰末句與上音遙應不入韻朱傳虞字首章音牙二音五紅反
顧氏詩本音云首章以葭豝虞為韻二章以蓬豵為韻而虞字
則合前一章集傳不得其解乃以首章之虞叶音牙二章之虞叶
五紅反一詩之中而兩變其音及至秦詩權輿之篇則無說矣
首章以渠餘輿為韻二章以簋飽為韻而輿字則合前章正與
此詩一律雖有善叶者不能以輿而叶簋飽也故愚以為此古
人後章韻前章之法不得此說而强求之上句宜其迷謬而不
合矣【案】古人用韻甚活有以隔句叶者有一音疊用而自叶者
有三章煞句為韻者有後章韻前章者隔句叶甚多不可枚舉三
一字疊用如行露首章兩露字是也三章煞句為韻麟之趾三
章是也且與章首三麟字應後章應前章則權輿與此是然二
詩皆本句自叶非定後章韻前章顧氏知之而未盡耳蓋乎字
與輿與虞皆本韻耳若姚氏
直以為無韻者何孟浪耶

以上召南詩凡十有四篇小序謂鵲巢騶虞之德諸侯之風
先王之所以教故繫之召公集傳

因之以爲鵲巢至采蘋言夫人大夫妻也甘棠以下由方伯能布文王之化至是而所施者溥所謂其民皥皥而不知爲之者然其中言强暴欲侵陵女子而致訟者有之女子懼嫁不及時而有强暴之辱竟迫不能待者有之且女子拒暴不及而曰爾姑徐徐來者亦有之詩僅十四篇而言强暴者三是何强暴之多也以文王之世而强暴徒在在梗化也如是謂之熙皥世得乎爲之解者曰女子陰柔易化男子陽剛難馴且商周之際紂之淫風流行民初被化未純故其俗如此殊知周家世德人民服化已深時王文王豈尚有强暴侵陵事乎前賢大儒說詩如此必有所據後生小子何敢妄議但事關風化道係人心者亦不可以不辨夫與其得罪先聖而有誣經之誚無寧獲咎後儒而無附和之嫌孔子教人學詩必首二南以爲不爲周南召南則猶正牆面而立二南所詠不過夫婦昏姻草木鳥獸亦何至不爲之而猶面牆立歟蓋昏姻者夫婦之始而夫婦者倫行之基人於此而未嘗學焉則身且未修也何有於家家且未齊也何有於國與天下是一步不可行非面牆而立之謂乎集傳說多本此其所見未嘗不是然而腐矣況章章牽合之歟夫學詩者不可不有無邪之心而作詩者未必先存無邪之念郎說詩者亦求如詩之意焉已耳詎可參以己意哉愚觀召南十四篇賦昏姻者五託言男女詞以寓君臣義者四供蠶事于公宮思仁政于已

往及美儉德嗟行役而頌畋獵者又各一其間有關乎文王者有無關乎文王者有係乎召伯者亦有無係乎召伯者關乎文王者殷其靁摽有梅小星騶虞是也係乎召伯者甘棠羔羊是也其餘則皆山林野夫閭巷婦女之詞然不必定詠文王亦無非文王之化不必定指召伯罔非召伯之功故可與周南並列爲萬世詩教祖王其音節較之周南稍迫而直無輕颺和緩之致故又爲周南亞也

詩經原始卷之二終

龍州門人李沖霄校字

詩經原始卷之三目錄

國風三

邶十九首

匏有苦葉　刺世禮義澌滅也
谷風　逐臣自傷也
式微　黎臣勸君以歸也
旄丘　黎臣勸君勿望救於衛也
簡兮　賢者自傷失位而抒所懷也
泉水　衛媵女和載馳也
北門　賢者安於貧仕也
北風　賢者見幾而作也
靜女　刺衛宣公納伋妻也
新臺　刺齊女從衛宣公也
二子乘舟　諷衛伋壽以遠行也

詩經原始卷之三

實甯方玉潤鴻濛氏撰

國風三

邶

邶鄘衛三國名在禹貢冀州西阻太行北踰衛漳東南跨河以及兖州桑土之野及商之季而紂都焉武王克商分自紂城朝歌而北謂之邶南謂之鄘東謂之衛以封諸侯邶鄘始封及後何時并入於衛諸家均未詳衛則武王弟康叔之國也衛本都河北朝歌之東淇水之北百泉之南至懿公為狄所滅戴公東徙渡河野處漕邑文公又徙居於楚邱朝歌故城在今衛輝府淇縣所謂殷墟衛故都即今濬縣漕滑縣楚邱則山東兖州府城武縣大抵河北一帶皆衛境也惟邶鄘地既入衛詩多衛詩而猶繫其故國之名且編之衛國前序與傳都莫名其故或謂因其詩所得之地而存之或謂因其聲之異而存之或又謂以寓存亡繼絕之心如楚既滅陳而九年經書陳災穀梁以為存陳意也愚謂邶自有詩特世無可攷故詩難徵實諸家又泥古序篇篇以衛事實之致令邶詩無一存者而乃謂徙

借柏舟以喻國事其汎汎靡所底極之形自見
用翻筆接入勢捷而矯
寫受譖極沉鬱痛切之致
寫憫亂極憤悱惶惑之心

存其名也豈不過哉至編次在衛前劉氏元城曰以其地本商之畿內故在王黍離上范氏處義曰先邶而後鄘者豈以其亡之先後歟然皆無確論姑仍之以存其舊云

柏舟　賢臣憂讒憫亂而莫能自遠也

汎彼柏舟亦汎其流耿耿不寐如有隱憂微我無酒以遨以遊一章

我心匪鑒不可以茹亦有兄弟不可以據薄言往愬逢彼之怒二章

我心匪石不可轉也我心匪席不可卷也威儀棣棣不可選也三章

憂心悄悄慍于羣小覯閔既多受侮不少靜言思之寤辟有摽四章

日居月諸胡迭而微心之憂矣如匪澣衣靜言思之不能奮飛五章

右柏舟五章章六句小序曰言仁而不遇也大序遂以衛頃公實之集傳更疑為莊姜詩今觀詩詞固非婦人語誠如姚氏際恒所駮然亦無一語及衛事不過賢臣憂讒憫亂而莫能自遠

之辭安知非卽邶詩乎邶既爲衛所并其未亡也國勢必孱君昏臣瞶僉壬滿朝忠賢受禍然後日淪於亡而不可救當此之時必有賢人君子目擊時事之非心存危亡之慮日進忠言而不見用反遭讒譖欲居危地而清濁無分欲適他邦而宗國難舍憂心如焚耿耿不寐終夜自思惟有拊膺自痛故作爲是詩以寫其一腔忠憤不忍棄君不能遠禍之心古聖編詩既憫其國之亡而又不忍臣之終沒而不彰乃序此詩於一國之首以存忠良於灰燼亦將使後之讀詩者知人論世雖不能盡悉邶事猶幸此詩之存可以想見其國未嘗無人所謂寓存亡繼絶之心者此也而無如說詩諸家不察其意乃以爲衛詩且以爲婦人作則邶眞亡矣不然邶國既入於衛而詩又皆衛詩何必

徒存其名於十三國之上以爲是存亡繼絶之意又何賴有此存亡繼絶意哉嗚乎吾恐邶之忠臣義士含寃負屈雖數千年下猶不能瞑目於九京也

【集釋】**柏舟**以喻國也舊說以爲仁喻下卽繼以耿耿不寐未免傷於廹切非仁人心也惟舟喻國汎汎然於水中流其勢靡所底止爲此而有隱憂乃見仁人用心所在**匪鑒**歐陽氏修曰我心匪石四句毛鄭解云石雖堅尚可轉席雖平尚可卷者其意謂石席可轉卷我心匪石席故不可轉卷也然則鑒可以茹我心匪鑒故不可茹文理易明而毛鄭反其義以爲吐鑒不可茹而我心可茹者其失在于以茹爲度也詩曰剛亦不柔亦不茹茹納也蓋鑒之于物納景在內凡物不擇妍媸皆納其景詩人謂衛之仁人其心匪鑒不能善惡皆納不善者納之惡者不納以其不能兼容是以見嫉于衛之羣小而不遇也此雖就衛事言然解匪鑒二句甚明晰故錄之**選**集傳曰簡擇也何氏楷曰古字選算通用論語斗筲之人何足算也漢書算作選故不可選之選當作算亦通存之**悄悄**憂貌**覯**見也**閔**病也王氏安石曰君子與小人異趣其爲小人所慍固其理也故曰憂心悄悄慍于羣小小人得志則爲讒以病君子君子既病矣則又從而侮之故曰覯閔既多受侮不少其

姚氏際恆曰光從
綠衣言黃裏又從
綠衣言綠又從絲
言絺綌似乎無頭
無緒却又若斷若
連最足令人尋繹

曰既多不少者以著小人之衆也 辟拊心也 摽亦拊心貌〔孔氏穎達曰〕寤覺之中拊心而手摽然 日月二

句〔嚴氏粲曰〕微不明也日月食則不明十月之交云彼月而微此日而微〔姚氏際恆曰〕喻君臣皆昏而不明之意也 匪

澣衣〔姚氏曰〕此句有二說蘇氏謂憂不去于心如衣垢之不澣不忘濯也亦廷嚴氏曰我心之憂如不澣濯其衣言處亂君之朝與小人同列其忍垢坌辱如此此說爲是

[illegible]舟十一尤 流憂遊並同 本韻 茹六御 據同 愬七遇 通韻 轉十六銑

卷選並同 本韻 悄十七篠 小同 少摽並同 本韻 微五微 衣飛並同 本韻

綠衣 衛莊姜傷嫡妾失位也

綠兮衣兮，綠衣黃裏。心之憂矣，曷維其已。一章 綠兮衣兮，綠衣黃裳。心之憂矣，曷維其亡。二章 綠兮絲兮，女所治兮。我思古人，俾無訧兮。三章 絺兮綌兮，淒其以風。我思古人，實獲我心。四章

右綠衣四章章四句小序謂衛莊姜傷己也大序云妾上僭夫

人失位而作是詩蓋指州吁之母而言也集傳旣從之而又以爲無所考姑從序說下三篇同姚氏際恒以爲此數篇皆婦人語氣又皆怨而不怒是爲賢婦則以爲莊姜作宜也其言極爲有見今從之莊姜之賢詩之怨而不怒諸家皆能言之故不復贅但擇其當者錄之而已其解首二章則孔氏穎達之言最善首章曰間色之綠不當爲衣猶不正之妾不宜嬖寵今間色爲衣而見正色反爲裏而隱以興妾嬖寵而顯夫人反見疏而微綠衣以邪干正猶妾以賤陵貴故心之憂矣何時其可以止也二章曰間色之綠今爲衣綠而在上正色之黄反爲裳而處下以興妾嬖寵而尊夫人反見疏而卑前以表裏興幽顯此以上下喻尊卑雖嫡妾之位不易而莊公禮遇有薄厚也姚氏謂決

章不必與上章分深淺仍主綠上其黃裳但取協韻而已然其義既有可通則亦何妨分也唯其解第三章則大有會心云綠兮絲兮謂此絲也本絲也前此素潔之時汝之所治何爲而染成此綠也猶墨子悲絲謂其可以黃可以黑之意二句全是怨辭而不露意若無端怨及于絲而追思及絲此種情理最爲微妙令人可思而難以言至末章則嚴氏粲曰絺綌暑服今當淒然寒風之時喻不適時而見棄猶班婕妤秋扇捐篋之意也我思古人能處嫡妾實得我心言當於人心也女子之情饒怨此詩但刺莊公不能正嫡妾之分其詞溫柔敦厚如此故曰詩可以怨統觀諸說詩之旨無餘蘊矣定爲莊姜作亦無疑矣而何以不編於衛詩之中而序諸邶風之內則其意又不可解仍之

以俟後攷

集釋 綠間色黃正色衣上曰衣裳下曰裳記曰衣正色裳間色 治理也 訧過也

標韻 裏四紙 已同本韻 裳七陽 亡同本韻 絲四支 治同 訧十一尤叶子六

叶韻 風一東 心十二侵 叶韻

反

燕燕 衛莊姜送歸妾也

燕燕于飛。差池其羽。之子于歸。遠送于野。瞻望弗及。泣涕如雨。一章

燕燕于飛。頡之頏之。之子于歸。遠于將之。瞻望弗及。佇立以泣。二章

燕燕于飛。下上其音。之子于歸。遠送于南。瞻望弗及。實勞我心。三章

仲氏任只。其心塞淵。終溫且惠。淑慎其身。先君之思。以勗寡人。四章

右燕燕四章章六句序謂莊姜送歸妾是也即證以史傳亦無不合者孔氏穎達曰隱三年左傳曰衛莊公娶于齊東宮得臣

前三章不過送別情景末章乃追念其賢愈覺難舍且以先君相勗而竟不能長相保尤爲可悲語意沉痛不忍卒讀

之妹曰莊姜美而無子又娶于陳曰厲嬀生孝伯早死其娣戴嬀生桓公莊姜以爲己子四年春州吁殺桓公由是其子見殺故戴嬀于是大歸莊姜養其子與之相善故作此詩知歸是戴嬀者經云先君之思則莊公薨矣桓公之時母不當輒歸雖歸非莊姜所當送歸明桓公死後其母見子之殺故歸莊姜養其子同傷桓公之死故泣涕而送之也然莊姜之惓惓於戴嬀而不能置者非獨其情可矜而其德尤可慕觀末章歷叙其賢可見然則莊姜之涕泣而送之者又豈尋常婦人女子離別之情所可同日並論哉

【集釋】燕 鳦也孔氏穎達曰釋鳥云巂周燕燕燕鳦孫炎曰別三名舍人曰巂周名燕燕又名鳦郭璞曰一名元鳥齊人呼鳦曰燕卽今之燕也古人重言之漢書童謠云燕燕尾涎涎是也 差池 不齊貌 歸 大歸也孔氏曰大歸者不反之

辭以歸甯者有時而反此卽 **頡頏** 說文頡直項也頏舊說同亢
歸不復來故謂之大歸也 釋鳥曰鳥嚨也何氏楷曰鳥
高飛直上故見其項頸向 **佇立** 久立 **上下** 低昂高
上也言有引吭高飛之意 佇立也 下之意

標韻 羽 麌七 野 叶二十一馬上與反 雨 麌七 叶韻 頡 陽七 將 同 本韻 及 緝十四
泣 同 本韻 音 侵十二 南 覃十三叶尼心反 心 侵十二 通韻 淵 先一叶一均反 身
十一眞 人 同 通韻

日月 衛莊姜傷己不見答於莊公也

日居月諸。照臨下土。乃如之人兮。逝不古處。胡能有定。寧不我顧。一章 日居月諸。下土是冒。乃如之人兮。逝不相好。胡能有定。寧不我報。二章 日居月諸。出自東方。乃如之人兮。德音無良。胡能有定。俾也可忘。三章 日居月諸。東方自出。父兮母兮。畜我不卒。胡能有定。報我不述。四章

右日月四章章六句此亦莊姜爲莊公而作而大序乃以爲遭
州吁之難者何哉辯說駁之是已夫仰日月而訴幽懷見三光
照臨下土罔非地義天經之常而不謂倫紀間乃有如是人不
以古夫婦之相處者以處我日惟謔浪笑敖來相慢侮是其心
志回惑而無所定也不知如何乃能使之有定哉然志雖無定
寧獨無伉儷情絕不一我顧而我報俾我自忘其憂乎乃如之
人兮是終不以古道相處乎吾亦末如之何也已矣一訴不已
乃再訴之再訴不已更三訴之三訴不聽則惟有自呼父母而
歎其生我之不辰蓋情極則呼天疾痛則呼父母如舜之號泣
于旻天于父母耳此怨極也而篇終乃云報我不述則用情又
何厚哉蓋君雖報我以無禮我不敢以無禮答君我惟以古夫

婦之道相處而已若莊姜者可謂善處人倫之變而不失爲性情之正者也

【集釋】逝發語辭　胡寍皆何也　冒覆也　報答也　畜養也　卒終也　不述言不欲稱述也

【標韻】土七麌　處六語　顧七遇叶果五反　叶韻　冒二十號　好報並同本韻　方七陽　良並同本韻　出四質　卒述並同本韻

終風　衛莊姜傷所遇不淑也

終風且暴。顧我則笑。謔浪笑敖。中心是悼。一章　終風且霾。惠然肯來。莫往莫來。悠悠我思。二章　終風且曀。不日有曀。寤言不寐。願言則嚏。三章　曀曀其陰。虺虺其靁。寤言不寐。願言則懷。四章

右終風四章章四句序以爲莊姜遭州吁之暴毛鄭以後皆從之朱子以爲詳味詩辭有夫婦之情未見母子之意仍定爲爲

莊公作其說良是者依序言則顧我則笑惠然肯來等語豈子所宜加于母哉州吁縱暴當不至此況非賢母所能出諸其口者首二章寫莊公爲人狂蕩暴疾之象殊非可以禮貌處其言笑也無常每顧人也則必笑而笑又不出於正徒見其爲詭浪笑敖有似狂風終日疾暴而已而予心安能無悼哉其往來也亦無定有時乎惠然而肯來而其來也又不以時則莫知其往莫知其來又似狂風終日陰晦而已而予心能無悠然思哉我之過人也如是我之自處也則又奚若故下二章又云驟雨迅靁有時而止至於終風且曀因而曀曀其陰加以虺虺之靁則殊未有開霽時也我之度日亦若是乎則何時始克見天日乎中夜披衣起而不寐憂心抑鬱結而成疾則懷抱終無可解之

一日矣四章宜分兩面解終風諸句作興不作比詩意乃長詩境乃寬即詩筆亦曲而不直否則專怨莊公有何意味耶○集傳云二詩宜在燕燕前是

【集釋】終風終日風也 暴疾也 謔戲言也 浪放蕩也 悼傷也 霾雨土蒙霾也 惠順也 曀陰而風曰曀 有又也 嚏鼽嚏禮月令民多鼽嚏注鼽嚏者氣窒於鼻嚏者聲發於口 曀曀陰貌孔氏穎達曰言曀復曀則陰曀之甚也 虺虺雷將發而未震之聲也 懷徐氏光啓曰懷懷抱不釋之意

【標韻】暴二十號 笑十八嘯 敖即傲字二十號 悼同 通韻 霾九佳 來十灰 思四支 通韻 曀八霽 嚏同 本韻 靁十灰 懷九佳 通韻

擊鼓 衛戍卒思歸不得也

總提三句○歸○主○所從之○帥所伐之○

擊鼓其鏜踊躍用兵土國城漕我獨南行一章從孫子仲平陳與宋

國○此○章○獨留是以○有憂○○解○散○情○形○不○堪○設○想○○○○○○

不我以歸憂心有忡二章爰居爰處爰喪其馬于以求之于林之下

有此一章追叙前盟文筆始曲與陳琳飲馬長城窟行機局相似連用于嗟字反轉上意毫不費力此種最宜學

章三死生契闊與子成說執子之手與子偕老章四于嗟闊兮不我活
○追○憶○敘○別○室○家○盟○誓○之○言○○○○○○○○○轉○合○當○下○不○能○

兮于嗟洵兮不我信兮章五
○如○約○之○詰○○○○○

右擊鼓五章章四句小序謂怨州吁鄭氏以隱四年州吁伐鄭之事實之雖集傳不能無疑以爲恐或然也故不敢確指其事但以爲衛人從軍者自言其所爲而已至姚氏際恒始駁之云按此事與經不合者六愚謂不必推論過細但即平陳與宋及不我以歸二語已大不相符夫所謂平者平其禍亂也州吁圍鄭是要宋與陳蔡同行何以獨云陳宋而不及蔡亦何可謂之爲平陳與宋圍鄭僅五日而還何以謂之不我以歸若云衛人惡州吁故未出師豫爲喪亡之言以刺之然則圍鄭還至秋再舉未見其敗此詩爲不實刪之可也又何存乎故姚氏疑爲衛

穆公背清丘之盟救陳爲宋所伐平陳宋之難數興軍旅其下怨之而作言頗近似然細玩詩意乃戍卒嗟怨之辭非軍行勞苦之詩當是救陳後晉宋討衛之時不能不戍兵防禦久而不歸故至嗟怨發爲詩歌始叙南行之故繼寫久留懈散之形因而追憶室家叙别之盟言此行雖遠而苦然不久當歸尚堪與子共期偕老以樂承平不意諸軍悉回我獨久戍不歸是曩以爲濶别者今竟不能生還也曩所云與子偕老者今竟不能共申前盟也夫國家大役無過土工城漕然尚爲境内事即征伐敵國亦尚有凱還時惟此邊防戍遠永斷歸期言念室家能不愴懷求免咨嗟涕淚而不能自已此戍卒思歸不得詩也又何必沾沾據一時一事以實之哉

[集傳]鏜鼓聲也踊躍用兵[曾氏鞏曰]鏜然擊鼓踊躍用兵想見州吁好兵喜鬬之狀也土土功也

漕衛邑名[王氏應麟曰]通典滑州白馬縣衛國漕邑戴公廬于漕即此孫子仲[集傳曰]孫氏子仲字時軍帥也[毛氏萇曰]孫子仲謂公孫文仲也[姚氏際恒曰]衛穆公時有孫桓子良夫良夫子文子林父相繼為卿所云孫子仲者不知即其父若子否也存參爰於也契闊隔遠之意成說謂約誓成言也活生還也洵信也信與申同

[標韻]鏜陽七兵庚八行陽七轉韻　仲送一宋宋二忡東一叶敕衆反叶韻　馬十二一馬下同本韻　闊曷七說屑九轉韻　手二十五有老十九皓叶魯吼反叶韻

闊活曷同本韻　洵真十一信同本韻

凱風　孝子自責以感母心也

凱風自南。吹彼棘心。棘心夭夭。母氏劬勞。一章　凱風自南。吹彼棘薪。母氏聖善。我無令人。二章　爰有寒泉。在浚之下。有子七人。母氏勞苦。三章　睍睆黃鳥。載好其音。有子七人。莫慰母心。四章

言婉而意愈深

右凱風四章章四句序傳均以爲衛之淫風流行雖有七子之母猶不能安其室諸家解此遂無異說惟集傳以爲七子自責之辭非矣七子之作較序差精然何以見其爲淫風流行耶孟子曰凱風親之過小者也若爲淫風所染則豈小過已哉蓋古來婦人改嫁原屬常然故曰小過乃一改適遂目爲淫恐天壤閒無處而非淫風矣夫七子自責而母心遂安子固稱孝母亦不得謂爲不賢也且子自責之心原欲婉詞幾諫未嘗顯彰親過今乃以爲淫風流行母難自守是欲掩親之過者乃適以彰親之惡也又豈孝子所樂聞哉況詩中本無淫詞言外亦無淫意讀之者方且悱惻沁心歎爲純孝感人更何必誣人母過致傷子心仁者之言恐不其然故愚謂七子之母猶欲改節易操

者其中必有所廹或因貧乏或處患難故不能堅守其志幾至爲俗所搖然一聞子言毋念頓回其惻然不忍別子之心必有較子心而難舍者而謂之爲淫也得乎不然慾心已動詎能遽挽故知其斷非爲淫起見也此詩之存豈獨以美孝子亦將以表賢母耳

集釋 凱風 季氏㮣曰南風長養萬物喜樂故曰凱風凱樂也 棘 小木毛氏萇曰棘難長養者 夭夭 蔡氏卞曰棘非能順者而凱風有母之道便能吹之使其心夭夭然和以茂也 棘薪 毛長萇曰棘薪其成就者 聖善 嚴氏粲曰聖者明達之稱善者賢淑之稱 令 善也 浚 衛邑王氏應麟曰水經注濮水枝津東逕浚城南而北去濮陽三十五里城側有寒泉岡酈詩爰有寒泉在浚之下世謂之高平渠非也 睍睆 毛氏萇曰睍睆好貌

標韻 南 十三覃 心 十二侵 通韻 夭 二蕭 勞 四豪 通韻 薪 十一眞 人 同本韻 下 二十一馬叶後五反 苦 七麌 叶韻 音 十二侵 心 同本韻

首章言遠行乃自詒次言懷想之至三章言難來之故末斯自勉亦以共勗

雄雉　期友不歸思以共勗也

雄雉于飛（雄飛興起）泄泄其羽（文采）。我之懷矣自詒伊阻。（一章）雄雉于飛下上其音（聲響）。展矣君子實勞我心。（二章）瞻彼日月（徒耗歲月）悠悠我思。道之云遠曷云能來。（旅隔關山）（三章）百爾君子（歸重）不知德行（不知修德）。不忮不求何用不臧。（雖伏亦作至理名言）（四章）

右雄雉四章章四句小序謂刺衛宣公大序謂淫亂不恤國事集傳則以爲婦人思夫從役于外之作非國人所爲也姚氏際恒云上三章可通末章難通不敢強說總因泥讀雄雉二字故求其說而不得耳蓋以爲友朋相勗之辭則雄雉二字不可解如以爲夫婦相思之作則百爾君子實難通殊知雄雉者雄飛之象也而雄又有文采可以章身故取以喻丈夫之有志高騫而欲顯名當世者非男女雌雄之謂也老子曰知其雄守其雌

爲天下谿是雄以喻高雌以喻卑之意且詩首章泄泄其羽者喻文采之光煇也下上其音者喻令聞之廣譽也而下云自貽伊阻又曰展矣君子者誠哉其爲君子也但欲高蹈以致遠隔誰實使之乃自貽耳何則吾人之所以自立者名固當爭實尤宜務今以務名之故蹉跎歲月更阻隔關山是徒馳逐於外而不反求諸內者之過也是不知修德立行以爲實至名歸者之過也誠能反求諸身毋忿人而生嫉忌之心毋枉己而啓貪求之念則何入而不自得哉卽使雌伏亦勝雄飛又何必遠適他邦廣求人譽不知自返使我勞心此友朋相望而相勉之詞不知諸儒何以認爲婦人作且以爲刺宣公淫亂不恤國事作淫亂詞固未嘗見卽男女情亦何可信哉讀古人詩當眼光四射

正起
副承
正轉分二層說通篇以涉水喻處世中間插入雉雁喻倫物詞旨隱約局陣離奇忽斷忽連若規若諷極風人之意趣

不可死於句下者此類是也

【集釋】雉野雞雄者有冠長尾而其羽文明可用爲儀 泄泄〔李氏樗曰〕泄泄自得也 阻隔也 展誠也 忮害也 求貪也 臧善也

【標韻】羽七麌 阻六語通韻 音十二侵 心同本韻 思四支 來十灰通韻 行七陽 臧同本韻

匏有苦葉 刺世禮義澌滅也

匏葉興○起——知○淺○深○是○通○篇○主○腦——、、不、知○淺、深、、、○、、、因、而、不、識、倫○類——轉入正○意○耿○帶○雉○鳴——昏○媾○須○時○不○脫○水字○○○○○○○○如○淺○深○○○○共○濟○宜○得○同○心○

匏有苦葉濟有深涉深則厲淺則揭一章 有瀰濟盈有鷕雉鳴濟盈不濡軌雉鳴求其牡二章 雝雝鳴鴈旭日始旦士如歸妻迨冰未泮三章 招招舟子人涉卬否人涉卬否卬須我友四章

右匏有苦葉四章章四句序謂刺宣公也公與夫人竝爲淫亂

辯說云未有以見其爲刺宣公夫人之詩故集傳但泛指爲淫

亂之人所見亦是但篇中雉鳴求其牡又似非泛泛然者故姚
氏際恒亦以爲序說可從而前後文義絕不相屬則又以爲四
章各自立義不爲連類之辭詩豈有四章各自立義不相連類
之理凡此皆固執雉鳴求其牡以爲實指宣公之說故致前後
文義自生轇轕絕不可解詳味詩詞非不連屬亦非不明顯特
其製局離奇變幻措詞譎詭隱微若規若諷忽斷忽連故難驟
解以愚所見直是一篇諷世座右銘耳首章借涉水以喻涉世
提出深淺二字作主以見涉世須當有識量度時務知其淺深
而後行是全詩總冒次章反承不識淺深明明濟盈濡軌矣而
自以爲不濡並帶出鳴雉求非其類而自以爲偶以喻反常亂
倫肆無忌憚之人惟其不度世道淺深故至越禮犯分而亦不

知自檢也雉鳴句引起鳴鴈歸妻意濟盈句引起人涉卬否意一反一正大開大合章法脉絡原自井然一絲不亂意以為吾人處世倫行為重夫婦之初不以禮合他可想知士人應世幹濟為先同舟之內苟無良朋覆可立待故不欲整綱飭紀則已如欲整綱飭紀則必自昏媾始古之昏禮多在春前迨冰未泮此其時也不欲涉身處事則已如欲涉身處事則必如濟川然世之濟險必得同心卬須我友誰可少哉此雖刺世乎實自警耳詩人之意未必專刺宣公亦未必非刺宣公因時感事觸物警心風詩義旨大都如是故謂之刺世也可謂之刺宣公也亦可謂之警世也可即謂之自警也亦無不可是在乎善讀詩者觸處旁通悠游涵泳以求其言外意焉斯得之耳

通章全用比體先論夫婦常理作冒次言見棄即從辭別起省却無數筆墨

集釋 匏陳氏子龍曰匏似瓠而圓亦曰壺盧性善浮腰之可以涉水鶡冠子中流失船一壺千金濟渡處也涉行渡水也厲揭以衣而涉曰厲褰衣而涉曰揭濔水滿貌鷕雌雉聲軌車轍也求牡爾雅釋獸正例飛曰雌雄走曰牝牡今詩言求其牡是不特以雌求雄且以飛之雌求走之牡其無倫也甚矣以喻亂倫之人不顧匹偶如是鴈鳥名鄭氏康成曰鴈者隨陽而處似婦人從夫故昏禮用焉冰未泮姚氏際恒曰古人行嫁娶必于秋冬農隙之際故云迨冰未泮荀子大畧篇云霜降迎女冰泮殺內正解此詩語也招招號召之貌孔氏穎達曰王逸云以手曰招以言曰召卬我也

標韻 葉葉十六涉同揭屑九通韻 盈庚八鳴同本韻 軌紙四叶居有反牡二十五有叶韻 且翰十五泮同本韻 否二十五有友同本韻

谷風 逐臣自傷也

習習谷風以陰以雨黽勉同心不宜有怒采葑采菲無以下體德音莫違及爾同死一章行道遲遲中心有違不遠伊邇薄送我畿誰

以陰陽○失調興起○同心是○夫婦常理○ ○比 ○雖

同心○乃可同死○入題簡捷○不忍遽去○ 望○共短送○

三乃推言見棄之故在色衰不在德失
四白道勤勞見無可棄之理
五言夫但念勞於貧苦之時而相棄於安樂之後
末節瑣事見夫之忍且薄因追憶及初來相待之厚掉轉作收章法完密

謂荼苦其甘如薺宴爾新昏如兄如弟（心苦○逾荼○奈爾新○昏何）章二涇以渭濁湜湜其沚宴（借涇自喻）

爾新昏不我屑以毋逝我梁毋發我笱我躬不閱遑恤我後（不忘舊○地舊物○旋○又自歎自○解）章三就

其深矣方之舟之就其淺矣泳之游之何有何亡黽勉求之凡民（○治○事○淺○深○皆○宜○○○○○家○計○有○無○不○論○○○○）

有喪匍匐救之章四不我能慉反以我爲讎旣阻我德賈用不售昔（○濟○人○之○急○○承○上○轉○落○有○力○○○○推○原○其○故○）

育恐育鞫及爾顚覆旣生旣育比予于毒章五我有旨蓄亦以御冬（○昔○顚○有○勞○○今○乃○相○仇○○無○聊○積○中○忽○念○及○）

宴爾新昏以我御窮有洸有潰旣詒我肄不念昔者伊余來塈章六（瑣細事○愈覺可傷○回應○同心○）

右谷風六章章八句小序曰刺夫婦失道也今味詩詞夫失道

有之婦則未見爲失大序以爲衞人化其上淫於新昏而棄其

舊室朱子辯說旣云未有以見化其上之意後又言宣姜有寵

而夷姜縊是以其民化之而谷風之詩作前後兩說迴不相蒙

何也此詩通篇皆棄婦辭自無畏譏然凡民有喪匍匐救之非

総公爾義胞與爲懷之士未可與言而豈一婦人所能言哉又昔育恐育鞠及爾顛覆亦非有扶危濟傾患難相恤之人未能自任而豈一棄婦所能任哉是語雖巾幗而志則丈夫故知其爲託詞耳大凡忠臣義士不見諒於其君或遭讒間遠逐殊方必有一番冤抑難於顯訴不得不託爲夫婦詞以寫其無罪見逐之狀則雖卑詞巽語中時露忠貞鬱勃氣漢魏以降此種尤多然皆有詩無人或言近旨遠借以諷世莫非脫胎於此未可遽認爲眞也至其文義集傳及諸家訓之甚詳故不再贅茲僅發其大凡如此

【集釋】谷風嚴氏粲曰來自大谷之風大風也盛怒之風也又習習然連續不絕所謂終風也又陰又雨無淸明開霽之意所謂曀曀其陰也皆喻其夫之暴怒無休息也舊說谷風爲生長之風以谷爲穀者非　葑蔓菁也陳氏子龍曰埤雅

云蕪菁似菘而小有臺一名蕦一名須俗謂之臺菜其紫花者謂之蘆菔一名萊菔所謂溫菘也梗長葉瘦高者謂菘葉濶厚短者爲蕪菁　菲葍類也〔郭氏璞〕曰即土瓜也　下體根也　畿郊畿也〔孔氏〕穎達曰畿者期限之名故周禮九畿及

王畿千里皆期限之義〔經〕云不遠故云薄送蓋望之之辭非眞送也集傳以爲送之門內者非　荼苦菜蓼屬〔邢氏昺曰〕荼味

苦月令孟夏苦菜秀是也　薺〔陶氏〕弘景曰薺味甘人取其葉作菹及羹亦佳　涇水名出今甘肅平涼府筓頭山至高陵縣

入渭　渭水名出今甘肅渭源縣鳥鼠山至陜西高陵會涇亦入于河　湜湜清貌涇濁渭清然未與渭滙時則亦覺其

清也　沚渚也　屑潔也　逝之也　梁堰石障水而空其中曰梁　笱竹器承梁以取魚者也　閱容也　方〔許氏〕慎曰

方併船也　匍匐手足並行急遽甚也　慉養也　阻卻也　鞫窮也　御當也　洸武貌　潰怒色　肄勞也　墍息也

〔黃氏〕一正曰婦三月廟見然後執婦功故婦初來曰息也

〔標韻〕雨七遇　怒同　本韻　體八薺　死四紙　通韻　違五微　畿同　本韻　薺

八薺　弟同　本韻　沚四紙　以同　本韻　笱二十五有　後同　本韻　舟十一尤

游求並同　救二十六宥叶居尤反　叶韻　讎十一尤　售同　本韻　覆一屋　毒二沃　通

語淺意深中藏無限義理未許粗心人鹵莽讀過

韻　冬冬二窮東一通韻　肄寘四塈同本韻

式微　黎臣勸君以歸也

式微式微胡不歸微君之故胡爲乎中露章一式微式微胡不歸微君之躬胡爲乎泥中章二

右式微二章章四句序云黎侯寓於衛其臣勸以歸也此必有所據故可從而辯說又以無黎侯字疑之則未免失之刻矣集傳既從其說又加失國二字反較支離蓋失國則不能歸故序但云寓於衛耳此必黎侯被逐後不久狄亦自退故可歸不歸其臣因以勸也夫既以是詩而屬之黎國臣子之詞則律以主憂臣辱君辱臣死之義是今日之君辱在泥塗之君也今日之臣不當周旋左右與共患難而乃以此歸咎其君不肯久事暴

姚氏際恒曰自問自答望人情景如畫

露乎殊知狄人旣退國虛無主所謂當今之時社稷爲重君爲輕也使諸臣非爲君故其誰肯久羈人國徒爲此狠狽形乎君乎君乎尙思早作歸計共圖恢復振此式微之世也乎黎侯乎素必優游頑懦以致被逐迫至狄退仍無遠志徒望人憐而人又不我憐其臣憂之故作此以勸其歸其一片憂國愛君之心溢於言表至今猶聞其聲也

集釋 式發語辭 微衰也爾雅式微式微者微乎微者也 微猶非 中露猶言暴露也 泥中猶言泥塗也毛氏萇曰中露泥中衛邑也此或後人因經而附會其說耳不可從

旄丘 黎臣勸君勿望救於衛也

旄丘之葛兮何誕之節兮叔兮伯兮何多日也章一何其處也必有與也何其久也必有以也章二狐裘蒙戎匪車不東叔兮伯兮靡所

與同○章三　瑣兮尾兮○流離之子○叔兮伯兮○褎如充耳章四

右旄丘四章章四句序謂黎臣責衛伯不能修方伯連率之職以救之也愚謂已不自振人又何咎但望救之心至無可望不能不以此勸君早歸耳蓋其始猶有奢望之心故雖時物變遷待久不至猶登高以望之曰衛非必無意於我也蓋其處也必有所待與我以伐狄也其久也又必有所挾以安吾國也迨至遲之又久途窮裘敝終不見來始知其無意於我我之不敢東向以求人者正爲衛之諸臣無與同心故耳我之流離尾瑣甚矣而人方且褎然盛服袖手旁觀置若罔聞是眞絕意於我也人旣若此我復何望不如謀歸故國之爲愈矣詞若責人意實勸君與前篇同一憂國愛君之心若作責人觀則忠臣之意泯

從將舞叙起

矣

集釋 旄丘（孔氏穎達曰釋邱云前高後下曰旄丘王氏應麟曰寰宇記旄丘在濮州臨河縣東）誕（姚氏炳曰毛傳訓誕爲濶無義誕與覃通猶葛覃之覃也書之誕敷亦作覃敷可證覃延也誕從延有延長意此說較優從之）與（姚氏際恒曰與與我伐狄也義較優）以（姚氏際恒曰能左右之曰以）狐裘（玉藻君子狐青裘豹褎玄綃衣以裼之注君子大夫士也）蒙戎（亂貌言弊也）不東（黎在衛西故入衛必向東言非我君之車不東來）瑣（細也）尾（末也）流離（漂散也）褎（姚氏際恒曰褎當從毛傳謂盛服貌曹氏漢策曰今大夫褎然爲舉首師古注曰褎然盛服貌鄭氏謂笑貌謬集傳訓多笑貌蓋本鄭也）充耳（塞耳也）

標韻 節（九屑）曰（四質）通韻 處（六語）與（同）本韻 久（二十五有叶舉里反）以（四紙）叶韻 戎（一東）東（同）同（並）本韻 子（四紙）耳（同）本韻

簡兮 賢者自傷失位而抒所懷也

（兮 別舞○八 舞名○ 舞時○ 舞地○ 匕）

簡兮簡兮，方將萬舞。日之方中，在前上處。（一章）碩人俁俁，公庭萬舞，

慨然遐想有高乎一世之志

有力如虎執轡如組二章左手執籥右手秉翟赫如渥赭公言錫爵

武舞如是。文舞又如是均能盡職故受祭。

寵然我之所懷則別有在所思為誰蓋西京聖王耶反覆詠歎神味無窮

三章山有榛隰有苓云誰之思西方美人彼美人兮西方之人兮四章

右簡兮四章三章章四句一章六句從集傳序傳皆言賢者仕於伶官之辭惟序則以為刺不用賢傳則以為賢者自作且有輕世肆志之心立說各異姚氏際恒亦主序言以為玩世不恭何以稱賢必非賢者自作乃詩人贊美賢者耳愚觀末章非賢者不能自道其胸臆餘亦未見有玩世不恭意乃集傳誤訓簡兮簡兮以為簡易不恭意故並下文亦疑其為誇大詞遂使才德兼優之士變而為輕狂傲慢之徒如禰正平羯鼓三撾解衣磅礴一流人物夫豈三代以上學歟此皆傳注者之過非經過也觀其自叙將欲習舞先簡舞人次定舞日再擇舞地而舞分文

武其武舞也力必如虎轡必如組方爲稱職其文舞也籥必左手翟必右手乃能如儀及其旣事錫爵於公無慢容亦無怍色顔如渥赭裕如也而可不謂之爲賢乎又何嘗有一毫自恃其賢玩世不恭以致懈乃公事耶特其抱負不凡有不盡是而止者蓋所挾者大所見者遠故不禁有懷西京盛世而慨然想慕文武成康之至治不復得見於今日因借美人以喻聖王而獨寄其遐思焉後儒不察一見詩中有碩人如虎等句遂指爲誇大詞又見卒章忽追憶及於西方美人更疑其爲思遇明主以見用於是多方擬議或以爲狂或以爲賢要非當日賢者所肯受亦非當日賢者所能辭可不慨哉

【集釋】簡〔姚氏際恒曰〕簡說文分别之也謂方將萬舞故先分别舞人如諸侯用六是也萬舞〔集傳曰〕萬者舞之總

凡事動謀外戚是婦女聲口然非爲

名武用干戚文用羽籥也（姚氏際恒曰）萬舞商頌曰萬舞有奕則其名已久毛傳謂干羽按干爲武舞羽爲文舞兼文武言鄭氏謂干武則單指武舞因引左傳振萬之言以萬舞爲武舞與諸說異存參 **日之方中** （姚氏曰）孔氏引月令仲春之月命樂正習舞入學謂二月日夜中也亦通 **碩人** 碩大也（朱氏道行曰）稱人而曰碩重其品也愚謂碩人不必重看對下有力如虎可知 **俁俁** 大貌（朱氏曰）指形體亦帶威儀說 **轡** 韁也 **組** 織絲爲之言其柔也 **籥** 如笛而小（孔氏穎達曰）樂雖吹器舞時與羽並執故得舞名賓之初筵云籥舞笙鼓是也 **翟** 雉羽也 **赫** 赤貌 **渥** （孔氏穎達曰）渥者浸潤之名 **赭** 赤色言其顏色之充盛也 **錫爵** （徐氏鳳彩曰）工告樂備則主人獻工主人宰夫也然必錫之於君故曰公言錫爵重君命也 **榛** 似栗而小 **隰** 下濕曰隰 **苓** （集傳曰）苓一名大苦葉似地黃即今甘草也

【標韻】舞（七麌）處（六語）通韻　俁（七麌）舞虎組（並同）本韻　籥（十藥）翟（十二錫叶直角反）爵（十藥）叶韻　榛（十一眞）苓（九青）人（十一眞）通韻

泉水　衛媵女和載馳作也

毖彼泉水，亦流于淇。有懷于衛，靡日不思。孌彼諸姬，聊與之謀。一章

從衛地起。入衛事。知諸姬之無能爲，故曰聊與謀。

衛何謀之有問及諸姑伯姊不失妾媵身分餞于禰又餞于言是虛想餞地而已非眞餞也餞既不成則唯有思漕以寫我憂耳

出宿于泲飲餞于禰女子有行遠父母兄弟問我諸姑遂及伯姊（夫人若行我當祖餞也說須有如是商量語）

二章

出宿于干飲餞于言載脂載舝還車言邁遄臻于衛不瑕有害（此乃是勸其行想亦無害）

三章

我思肥泉茲之永歎思須與漕我心悠悠駕言出遊以寫我憂（自寫胸臆）

四章

右泉水四章章六句序言衛女嫁于諸侯父母終思歸甯而不得故作此詩以見志集傳因之然詩詞未見有父母終意何氏楷則以此篇及竹竿一例與載馳爲許穆夫人不能救衛思控大國之作姚氏際恒駁之以爲無證而且多複句非一人作又疑爲許穆夫人媵妾之詞而終不敢定愚玩此詩與竹竿雖同爲思歸之詞而意旨迥殊竹竿不過想慕故國風景人物及當年遊釣之處而此則直傷衛事且爲衛謀與載馳互相唱和也

載馳云載馳載驅歸唁衛侯此則云飲餞于禰飲餞于言載馳云驅馬悠悠言至于漕此則云思須與漕我心悠悠載馳云控于大邦誰因誰極此則云變彼諸姬聊與之謀載馳云大夫君子無我有尤此則云問我諸姑遂及伯姊詞鋒相對語無虛設非唱和而何至其立言亦各有體嫡本欲告大夫君子媵則但問諸姑伯姊嫡本欲控于大邦媵則但謀彼諸姬嫡欲馳至於漕媵則但思須與漕嫡欲歸唁衛侯媵則但餞于禰于言嫡媵口吻各如其分絕不相陵故又知其爲妾和非夫人作也蓋媵亦衛女故同關心亦人情之常耳若但云思歸甯不得而作則婦女之歸甯與不歸甯有何關係而必存之以爲後世法耶姚氏旣疑爲媵作而又以爲無證不知其何所謂證也唯此詩旣

與載馳爲唱和則當序載馳後而乃編諸鄘風內則不可解

【集釋】毖泉水出貌泉水即今輝縣百泉也淇水名出今彰德府林縣孌何氏楷引說文訓慕可從諸姬周同姓國也衛姬姓故欲與謀以復衛也夫人欲控大邦妾欲謀諸同姓亦互相商酌語若謂歸甯則問我諸姑並及伯姊可也何必謀之同姓國耶泲地名〔王氏應麟〕曰地理志禹貢導沇水東流爲泲東郡臨邑有泲廟禰亦地名〔王氏〕曰寰宇記大禰溝在曹州寃句縣北七十里諸姑伯姊〔劉氏瑾〕曰夫人之嫁必有姪娣二人爲媵而同姓二國往媵之亦有姪娣皆謂之媵凡八人參此諸姑伯姊則夫人之媵妾輩也前云謀彼諸姬者謀復衛于同姓之國也此云問我諸姑者商夫人之行於同輩也詩意絕不相侔而集傳與姚氏均謂諸姬即諸姑伯姊詩豈如是之重複冗雜耶干言二地名〔王氏應麟〕曰隋志邢州內邱縣有干言山李公緒曰柏人縣有干山言山柏人邢州堯山縣脂以脂膏塗車舝使滑澤也舝〔陸氏明德〕曰舝車軸頭金也遄疾也臻至也瑕害〔姚氏際恒〕曰不瑕有害謂我之歸不爲瑕過而有害較鄭氏以害訓何集傳又謂瑕即何爲可遄但此是夫人可行語非妾自道也肥泉水名亦衛地須漕〔孔氏穎達〕曰鄭云以廬於漕漕是衛邑須與漕連明亦衛邑〔箋〕衛文公爲狄所逐時廬於漕故所思在此寫瀉通輸洩之意

貫知二字是主

室家勢利之情如
畫可謂摹寫殆盡

委之於天而已

標韻　淇四支 思同 謀十一尤叶讀悲反 叶韻　祁八齊 弟同 姊四紙 通韻　干十四寒 言十三元 通韻　邁十卦 害九泰 通韻　泉一先 歎十四寒 通韻　悠十一尤 憂同 本韻

北門　賢者安於貧仕也

出自北門。憂心殷殷。終窶且貧。莫知我艱。已焉哉。天實爲之。謂之何哉。一章 王事適我。政事一埤益我。我入自外。室人交徧讁我。已焉哉。天實爲之。謂之何哉。二章 王事敦我。政事一埤遺我。我入自外。室人交徧摧我。已焉哉。天實爲之。謂之何哉。三章

右北門三章章七句此賢人仕衛而不見知於上者之所作觀其王事之重政務之煩而能以一身肩之則其才可想矣而衛之君上乃不能體恤周至使其終窶且貧內不足以畜妻子而

有交讁之憂外不足以謝勤勞而有敦迫之苦重誒勑士之謂何而衞乃置若罔聞焉此詩之所以作也然則衞之政事不從可知哉夫以國士遇我者以國士報之以庸衆遇我者以庸衆報之亦屬事所常然而詩乃隨遇安之盡心竭力爲所當爲行所得行而已迫至無可奈何則歸之於天不敢怨懟於人而可不謂之爲賢乎若使朱買臣蘇季子二人處此不知如何揣摩時勢以求一售必力爭夫世之所謂勢位富厚者以誇耀於妻嫂不洩其憤焉不止詎肯終受室人交讁哉以彼方此則品誼之懸殊爲何如也然必曰出自北門者抑又何故邶在衞北此或邶士所爲亦未可知

【集釋】窶 孔氏穎達曰釋言云窶貧也則貧窶爲一此終窶且貧爲二事之辭故窶與貧別窶謂無財可以爲禮貧謂無

氣象愁慘

妖孽頻興造語奇闢似古童謠

財可以自給（何氏楷曰）窶說文無禮居也　王事（范氏處義曰）王事上所命之事也　政事（范氏曰）政事職所治之事

也　適之也一猶皆也　埤厚也　讁責也　敦迫也　摧說文擠也猶云排擠

標韻　門十三元　殷十二文　貧十一真　艱十五刪叶居銀反　通韻　之四支　哉十灰　通

韻　適十一陌　益並同讁　本韻　敦十三元　遺四支叶夷回反　摧十灰　叶韻

北風　賢者見幾而作也

北風其涼。雨雪其雱。惠而好我。攜手同行。其虛其邪。既亟只且。一章

北風其喈。雨雪其霏。惠而好我。攜手同歸。其虛其邪。既亟只且。二章

姚氏曰變得崚峭聽其不可解亦妙

莫赤匪狐。莫黑匪烏。惠而好我。攜手同車。其虛其邪。既亟只且。三章

右北風三章章六句姚氏際恒云此篇自是賢者見幾之作不必說及百姓是蓋見幾唯賢者乃早百姓豈能及也愚觀詩詞始則氣象愁慘繼則怪異頻興率皆不祥兆所謂國家將亡必

有妖孽時也赤狐黑烏當時或有其怪或聞是謠皆不可知總之敗亡兆耳故賢者相率而去其國也但不知其爲衛作乎抑爲邶言乎若以詩編邶風內則當爲邶言爲是與首篇柏舟憂讒憫亂之作相應蓋彼知其將亂而不忍去此則見其將亡而必速去一明哲以保身一忠貞而受禍雖曰時位不同亦各行其志焉已矣

集釋 雱雪盛貌 惠愛也 虛寬貌 邪陸氏德明曰爾雅作徐 亟急也 只且歐陽氏脩曰其虛其邪既亟只且者言無暇寬徐當亟去也 喈疾聲 狐獸名陸氏佃曰舊說以狐有媚珠善變化其爲物妖淫故詩以刺惡 烏陸氏佃曰烏一名鵶其名自呼 醜全黑

標韻 涼七陽 雱行並同 本韻 邪音徐六魚 且同 本韻 喈九佳 霏五微 歸同 通韻

狐七虞 烏同 車六魚 通韻

城隅二字是題眼
女美二字是罪案
極心滿意之至

靜女　刺衞宣公納伋妻也

靜女其姝俟我於城隅愛而不見搔首踟躕章一靜女其孌貽我彤管彤管有煒說懌女美章二自牧歸荑洵美且異匪女之爲美美人之貽章三

右靜女三章章四句序謂刺時毛鄭推原其意謂陳靜女之美德以示法戒集傳則從歐陽氏說斥爲男女相期會之詞夫曰靜女而又能執彤管以爲誡則豈俟人於城隅者哉城隅何地抑豈靜女所能至也於是紛紛之論起呂氏大臨曰古之人君夫人媵妾散處後宮城隅者後宮幽閒之地也女有靜德又處於幽閒而待進御此有道之君所好也巳屬勉强穿鑿而呂氏祖謙更主之以爲此述古者以刺衞君至謂搔首踟躕與關雎

之寤寐思服同爲思念之切亦何無恥之甚耶夫搔首踟躕何可與寤寐思服同日並語說詩至此真堪絕倒且媵女進御君王何煩搔首不見必說不去然至此論者甚多雖橫渠張子亦所不免觀其詩曰後宮西北遂城隅俟我幽閨念彼姝可見然則城隅靜女果何所指而何謂乎曰城隅即新臺地也靜女即宣姜也何以知之案水經注鄄城北岸有新臺寰宇記在濮州鄄城縣北十七里孔氏穎達曰伋妻自齊始來未至於衛故爲新臺待其至於河而因臺以要之此所謂城隅也所謂俟我於城隅之靜女也宣姜初來未始不靜而且姝亦未始不執彤管以爲法不料事變至於無禮雖欲守彤管之誡而不能即欲不俟諸城隅而亦不得也然使非其靜而且姝則宣公亦何必爲

此無禮之極乎詩故先述其幽閒窈窕之色以爲納媳張本當其初來止於城隅之新臺以相俟宣公只聞其美而未之見已不勝其搔首踟躕之思及其旣見果靜而且變則不惟色可取性亦可悅而女方執彤管以相貽煌煌乎其不可以非禮犯則此心亦自止耳無如世間尤物殊難自舍則未免有佳人難再得之意竟不顧惜廉恥自取而自納之亦悅懌女美之一念陷之也又況美人自外攜來土物以相貽贈又不啻珍重而愛惜之夫豈物之足重耶亦重夫美人所貽耳描摹宣公好色無禮逆理亂倫醜態可謂窮形盡相不遺餘力矣特其詞隱意微不肯明斥君非故難測識迨至下章新臺則直刺無隱顯故知此亦爲宣公發也

誒笑而道之

【集釋】靜閑雅之意　姝美色也　城隅指鄄城北建新臺地不言新臺者微詞也　踟躕〔黃氏一正曰〕搔首八煩急則手爬其首踟躕行不前也　孌好貌　彤管〔毛氏萇曰〕古者后夫人必有女史彤管之法事無大小記以成法　煒赤貌　牧郊外也　歸亦貽也　荑茅之始生者〔姚氏炳曰〕黃茅也古茅所以藉物易曰藉用白茅此茅其藉彤管者歟　洵信也

【標韻】姝七虞　隅　蹰並同　本韻　孌十六銑　管十四旱　通韻　煒五尾　美四紙　通韻　異四寘　貽上同　本韻

新臺　刺齊女之從衛宣公也

新臺有泚。河水瀰瀰。燕婉之求。籧篨不鮮。一章　新臺有洒。河水浼浼。燕婉之求。籧篨不殄。二章　魚網之設。鴻則離之。燕婉之求。得此戚施。三章

右新臺三章章四句小序云刺衛宣公也大序謂納伋之妻作

新臺於河上而要之國人惡之而作是詩事見春秋傳固無可疑而集傳既引其說又以爲於詩未有考不知何意愚謂此刺宣姜之作非但宣公也靜女篇以刺宣公爲主而帶及夫人此篇以刺夫人爲主而愈醜宣公何也婦人從一而終不可改行易節宣姜豈未之聞歟當其初聘本爲伋也妻迨至新臺乃爲伋也母此稍有廉恥者所不忍聞尙靦然立於人世乎使其執意不從宣公雖暴亦無如何而乃柔情懦志將順其惡以至逆理亂倫爲千古笑雖曰非其本意亦豈能辭咎哉故國人明指其臺與地直刺厥非曰此非新臺乎何其明且峻也其下河水瀰瀰互相瑩映又得佳麗鎖貯其中則山川尤爲生色卽此臺中人亦覺燕婉可遂而豈知其得此醜疾人乎夫此醜疾之人

其俯仰固不足以對人而爾夫人國色無雙亦甘心遺臭能無有媿於中所謂魚網之設鴻則離之所得非所求醜亦甚矣吾恐河水雖盛難洗君羞千載下有從新臺過者猶將掩鼻而去之也詩人之意如此蓋惡之之甚故亦不暇爲之隱約其辭矣

集釋 新臺 說見前〔爾雅四方而高曰臺 泚 〔劉氏彝曰泚水中臺影鮮明之貌 瀰瀰 盛也 燕 安也 婉 順也 籧篨 疾之醜者也本竹席名編以爲囷狀如人之擁腫而不能俯故又以名疾也 鮮 〔鄭氏康成曰鮮善也 洒 高峻也〔陸氏德明曰洒韓詩作漼鮮貌 浼浼 平也〔陸氏曰浼韓詩作浘浘盛貌 殄 〔鄭氏康成曰殄當作腆腆善也〔孔氏穎達曰腆與殄古今字之異故儀禮注云腆古文字作殄是也 鴻 鴈之大者 離 麗也 戚施 亦醜疾名晉語云蘧除不可使俯戚施不可使仰〔歐陽氏脩曰蘧除僂人不可使俛戚施僂人不可使仰明其俯仰有媿云耳

標韻 泚 四紙 瀰 同 鮮 十六銑叶想止反 叶韻 浼 十賄叶美辨反 殄 十六銑 叶韻

離 四支 施 同 本韻

情迫意切無限事理包孕其中指點情形亦流簡外

二子乘舟　諷衛伋壽以遠行也

二子乘舟。汎汎其景。願言思子。中心養養。章一 何不乘舟遠逝，使無蹤影可覓。我願如此子亦其無殆哉。從此而更長往，可以遠

二子乘舟。汎汎其逝。願言思子。不瑕有害。章二 禍可以掩覩瀰於理固無有害

右二子乘舟二章章四句序傳皆以爲伋壽爭死事國人傷之而作是詩古今說者都無異詞而姚氏際恒獨以爲事與詩不合疑之曰夫殺二子于莘當乘車往不當乘舟且壽先行伋後至二子亦未嘗並行衛未渡河莘爲衛地皆不相合古人亦未嘗見不及此但求其辭不得故多方附會以爲之說或以乘舟爲此歐陽氏說或造僞序與詩合劉向新序皆不免固哉之誚然此詩含却二子亦無他辭況序於新臺後則其迹尤顯然可見但詩人用意甚微而婉不可泥詩以求事尤不可執事以言詩當迂迴

以求其用心之所在然後得其意旨之所存詩非賦二子死事也乃諷二子以行耳意以爲孝子事親當先揆理苟有當於理雖違親命亦於天理人情無傷若沾沾固守小節不達權變非徒有害於身亦且陷親不義其於理又何當哉夫古之人有行之者舜是也焚廩浚井非不極人倫之變而卒能保身以格親心所以爲孝之大使二子能見及此必乘舟同往汎然遠逝共適他邦以避禍患盜賊雖兇亦無從要而殺之奈何徒拘小節同殉一死與當世子申生先後如出一轍豈不痛哉吾願二子之行也二子其能無意哉詩意若此亦非甚隱姚氏執事以案詩固自不合卽諸家曲爲之說亦豈能得意旨唯其詩之作或諷之於未行之先或傷之於既死之後則難臆定蓋二義均有

可通故也

〖集釋〗二子謂伋壽也乘舟渡河如齊也王氏應麟曰水經注京相璠曰陽平縣北十里有莘亭自衛適齊之道縣東有二子廟猶謂之孝祠景古影字劉氏瑾曰葛洪始加彡爲影字養養猶漾漾憂不知所定貌逝往也不瑕見泉水姚氏說

〖標韻〗景二十三梗叶舉兩反養二十二養叶韻　逝八霽害九泰通韻

以上邶詩凡十有九篇舊說云邶既入衛詩皆衛事而仍存其名且居變風之首今細玩之大抵皆忠臣智士孝子良朋棄妻義弟之所爲中間淫亂之詩僅靜女新臺二篇又刺淫之作非淫奔者比不知何以居變風之首蓋變風云者時變事變詩亦與之俱變故其音與體不得不變也而衛爲殷墟邶又朝歌舊地故以衛次周召而邶更居三國之首首邶所以首殷此編詩次第也其十九首中有可實指爲衛詩者有不必皆衛詩而亦編入其中者如莊姜四詩及擊鼓靜女新臺二子八詩的爲衛事無疑而八詩中又僅莊姜四首爲自作餘四首尚不知爲誰氏筆式微旄丘則外臣之羈於衛者泉水則衛女之作於他國者不唯非邶人抑且非衛風顧何以謂爲衛

詩邶舊說又謂邶既亡不得有詩而衛人所作仍繫之邶者存其音耳邶雖滅而音存故非衛所能亂然則莊姜非邶産亦非居於邶其音豈可爲邶不甯惟是黎臣偶寓於衛不久當歸衛女雖生於衛而嫁於許詩亦作於許其音與邶更不能同而何以雜乎邶而不嫌於亂乎故愚謂邶詩十九首除莊姜自作四首及黎臣二首衛女一首外餘皆可爲邶人作或以邶人而歌邶風或以邶人而咏衛事抑或作之於其國未併入衛之先或作之於其國既併入衛之後均之邶音均可謂之邶風唯既別其音於邶與衛之分而又以衛詩雜入邶音之內且以他國之偶關乎衛者而亦亂乎其中則不可解秦火而後羣籍蕩然詩豈獨全諸儒過信反魯樂正之言不敢妄生疑議故曲爲之說然古序尚可僞爲篇次能無錯簡觀於本風莊姜諸作已自顛倒錯亂也可知已何必巧爲之辯歟

詩經原始卷之三終

隴州門人李沖霄校字